만남의
철학 이야기

만 남 의
철 학
이 야 기

만남은 문화의 원천이다

김용성 지음

한국학술정보㈜

결혼 40주년을 맞아 이 책을 아내에게 바친다.

머리말

인류의 역사와 함께 만남의 역사도 시작되었습니다. 만남이 없는 문명사회는 없었습니다. 만남으로 인하여 희로애락이 있고, 만남으로 인하여 개인과 사회는 변화와 발전을 거듭하였습니다. 만남은 참으로 오묘하면서도 우리들의 행동양식과 생활양식입니다. 만남은 문화이며 그 속에 철학을 담고 있습니다.

이 글은 문헌정보학의 철학적 기반을 모색하는 가운데 나온 작은 결실입니다. 그런 탓으로 시작은 쉽고 가볍게, 끝은 조금 딱딱하고 무거운 느낌을 주는 글이 되었습니다. 제1장 만남은 축복이다, 제2장 만남의 순례, 제3장 만남의 철학, 제4장 문헌정보학의 철학적 기반 등은 그렇게 정해졌습니다.

만남이라는 낱말을 모르는 사람은 아무도 없겠지요. 그만큼 만남은 쉽고, 친근하며, 일상적입니다. 그런 탓으로 '만남의 철학'은 말도 안 되는 엉뚱한 소리라고 치부할 수 있습니다. 하여 '만남의 철학은 문헌정보학의 철학적 기반이다'라는 발상을 체계화하는 데 더더욱 어려움이 있습니다. 그러나 '만남은 문화'라는 생각을 고수했습니다. 만남이 없이 우리는 아무것도 할 수 없습니다. 만남은 우리의 행동방식과 생활방식이기 때문입니다.

새로운 문헌은 과거 문헌들의 모자이크이며, 정성스럽게 짠 옷감과 같다는 비유처럼 이 글 역시 많은 문헌에 바탕을 두었습니다. 인용된 문헌의 저자들에게 깊은 감사의 말씀을 드리며, 아울러 이 분야에 관심 있는 분들의 질책과 조언을 기대합니다.

2010년 10월 23일

김용성

:: 차 례

제4장

문헌정보학의 철학적 기반 … 447

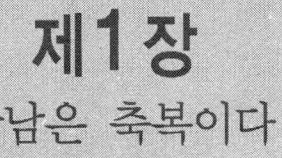

제1장
만남은 축복이다

우리는 참 유별나게 행복을 찾는다. 새해 인사는 너나없이 '새해 복 많이 받으십시오'이니까. 그것도 양력 1월 1일과 설날이 똑같다. 신자든, 아니든, 절에 가서도 복을 빌고, 교회와 성당에 가서도 복을 빈다. 그 간절함은 대학 입시 기간을 전후하여 절정에 이른다. 그런데 행복의 원칙은, "첫째, 일을 할 것. 둘째, 사람을 만날 것. 셋째, 일에 희망을 가질 것"이라고 칸트(E. Kant)는 말한다. 일의 만남, 사람의 만남, 희망의 만남. 한마디로 만남은 축복이다. 그래서 만남의 여행은 더욱 소중하고 필요하다.

1. 만남의 이모저모

사람의 일생은 무수한 만남의 연속이다. 만남을 사람과 사람의 만남, 사람과 종교의 만남, 사람과 사물의 만남 등으로 구분하는 사람도 있다. 그 만남의 대상은 참으로 다양하여 사람을 비롯한 생명체일 수도 있고, 각종 단체와 문헌처럼 겉으로는 무생물이나 사실상 생명체인 것도 있고, 종이나 길처럼 무생물인 경우도 있다. 만남의 대상은 생물이냐, 무생물이냐를 분간하기 어려운 문화, 예술, 학문, 종교, 시간, 소리, 바람, 하늘 등이 있는가 하면, 행복과 불행, 유쾌함과 불쾌함 같은 상황이나 정서일 수도 있다. 사람은 이들과 수없이 만나는 가운데 세상을 살아가며 미래를 설계한다.

만남은 사람과 사람의 관계를 말한다. "사람들의 관계란 대개 일반적이고 우연한 만남으로 시작된다. 이때의 일반적이란 거기에 특별한 의미, 그 만남을 위한 어떤 의식적인 자아도 끼어 있지 않았다는 뜻이다. 학생과 선생으로 이루어지는 학교라는 공간에서 학생인 내가 그곳에서 학생들을 가르치는 직업을 가지고 있던 그를 만났다는 데에는 아무런 특수성이 없다"라고 작가 한수산은 말한다(한수산, 타인의 얼굴).

사람은 누구를 만나서 어떤 내용의 이야기를 하는가가 중요하다. 품격 있는 인생을 살려면 깊이 생각하고, 열심히 배워야 하며, 성실하게 일을 해야 한다. 생각, 배움, 실천이 중요하다는 말이다. 그렇지 않다면 내가 만나는 사람과 나누는 대화는 하나도 의미가 없을 것이다. 그만큼 만남은 소중하고 뜻이 있다.

만남은 즐거움의 원천이다. "책과 만나 배우고 익히는 즐거움, 멀리서 찾아오는 벗을 만나는 즐거움, 남이 알아주지 않아도 노여워하지 않으면 군자가 아니겠는가 라고 여기며, 당당하게 사는 즐거움(學而時習之 不亦說乎, 有朋自遠方來 不亦樂乎, 人不知而不慍 不亦君子乎)"은 일찍이 공자가 밝힌 세상살이의 즐거움이다.

이 세 가지 즐거움은 모두 만남에 의하여 이루어지며, 특히 사람과 사람의 만남이 중요함을 일깨우고 있다. 배움과 익힘은 사람과 사람의 만남, 사람과 문헌의 만남, 사람과 시간 및 공간의 만남이기 때문에 우리는 그와 같은 즐거움을 추구하고, 기꺼이 의미를 부여한다. 벗과의 사귐은 말할 필요 없이 사람과 사람의 만남이며 곧 죽마고우(竹馬故友)를 연상시킨다. 인생을 당당하게 사는 즐거움은 자유를 구가하고, 정의를 실천한다는 의미를 함축하며 동시에 사람과 사람의 만남을 전제하기 때문에 빛을 발한다.

서예는 사람과 흑과 백의 만남이므로 일종의 만남의 예술이다. "흑백락(黑白樂)입니다. 흑과 백, 빛과 그림자, 겉과 속, 좌와 우가 함께 어울려 노래하자는 것이죠." 한국 서예의 거목으로 손꼽히는 동강 조수호 선생은 팔십 평생의 깨달음 중 하나를 '흑백락'으로 요약했다. 서예를 접(接)의 예술이라고 말하는 그는 "인간과 역사는 접을 통하여 이루어진다. 우리도 아름답게 접해야 한다"라고 말한다(허엽 heo@donga.com, "서예는 흑과 백의 아름다운 어울림" 동아일보, 2007. 5. 16). 만남은 힘이며, 즐거움의 원천이다.

만남은 행복의 지름길이다. 행복에 관한 연구는 아리스토텔레스에서 러셀(B. Russell)에 이르기까지 활발하게 이루어졌다. 행복의 정의를 아리스토텔레스는, "도덕적 가치의 실현을 통하여 얻는 기쁨"이라고 했고, 러셀은, "자기가 이루고자 하는 기대와 꿈을 실현하거나, 성취했을 때 발생하는 즐거운 느낌"이라고 말했지만 이런 주장이 행복의 보편적인 정의가 되기는 어렵다. 왜냐하면, 도덕적 성취와 상관없이, 자아실현에 대한 성취감 없이, 행복한 사람은 얼마든지 있기 때문이다. 행복은 지식인이나, 종교인이나, 출세하고 성공한 사람들 사이에서만 발견되는 삶의 모습이 결코 아니다. 교육받지 못한, 출세하거나 성공하지 못한, 평범한 사람 속에서도 행복은 얼마든지 발견될 수 있는 삶의 모습이다. 시골의 평범한 촌로와 촌부가 느끼는 높은 행복감은 아리스토텔레스나 러셀의 행복론 속에서는 찾을 수 없다.

예나 지금이나 우리는 "새해 복 많이 받으십시오"라는 새해인사를 한다. 그만큼 모든 사람은 행복을 원한다. 1980년대 중반부터 나타나기 시작한 '행복에 관한 연구'는 미국 일리노이대학 심리학과 디이너(E. Diener) 교수가 그 흐름을 주도하는 인물 중의 하나이다. 심리학자들의 행복에 관한 연구는 행복이라는 용어를 '주관적 안녕감(subjective well-being)'이라는 말로 바꾸어 사용하는 데에서 출발한다. 주관적 안녕감이란 '한 사람이 자신의 삶의 품질에 대한 전반적인 평가가 얼마나 긍정적인가'를 가리키는 개념이다. 그러므로 주관적 안녕감으로 개념화되는 행복의 개념은 세 가지 특징을 가진다.

첫째, 행복은 제3자의 시각이나 잣대가 아니라 주관적 판단이나 느낌으로 그 수준이 판가름된다. 나이, 성별, 건강, 재산, 명예,

신분, 계급 등 외적인 조건이 행복에 영향을 주기는 하나, 결정적인 변수는 아니다.

둘째, 행복은 삶 속에 부정적 요소가 없음을 뜻하는 것이 아니라 부정적 요소에 비하여 긍정적 측면이 더 우세함을 가리킨다.

셋째, 행복은 삶의 품질에 대한 전반적 평가에 연유하며, 결코 특정적인 세부 영역에 의하여 결정되지 않는다(문용린, 행복에 관한 연구, 한국교육신문 2007. 3. 5).

만남은 이와 달리 고통이 될 수 있다. 사람이 세상에 태어나 피할 수 없는 만남은 생로병사(生老病死) 이외에도, 사랑하는 사람과 헤어지는 고통(愛別離苦, 애별이고), 미워하는 사람과 만나야 하는 고통(怨憎會苦, 원증회고), 바라는 것을 얻지 못하는 고통(求不得苦, 구부득고), 오감에서 욕구가 불같이 일어나서 생기는 고통(五陰盛苦, 오음성고)과의 만남이 또 있다. 그러나 고진감래(苦盡甘來)라는 말과 같이 고통과의 만남을 긍정적으로 생각하고, 인내하고 극복할 때 우리는 자아실현과 살아 있음의 환희를 맛볼 수 있다.

만남은 경영철학이 된다. 일본의 한 호텔 호시료칸(法師旅館, 법사여관)의 서비스 모토는 일기일회(一期一會)인데, '이 만남은 인생에 단 한 번뿐인 만남이라는 생각으로 최선을 다해 모신다'는 뜻이다.

신라가 누각이라는 물시계를 처음 만들고, 중국에서 양귀비가 태어난 서기 718년, 일본의 3대 영산의 하나인 하쿠산(白山, 백산) 기슭에 료칸(旅館)이 한 채 들어섰다. 건립자 다이쬬(泰澄, 태징) 대사는 하쿠산 깊은 곳에서 불도(佛道)를 닦다가 꿈속에서 부처님을 만났다고 한다. "산 기슭에서 5, 6리 떨어진 곳에 아와즈(栖津, 서진)라는 마을이 있다. 그곳에 영험이 깃든 온천이 있으니 마을 사람들과 함께 파서, 중생을 건강하게 하라"는 부처님의 계시에 따라 온천을 판 다이쬬 대사는 그 위에 료칸을 지어, 제자 가료(雅亮, 아량) 법사에게 그곳을 오래오래 지키도록 명했다. 이 이야기는 전설이나 설화가 아니라 기네스북에 세계에서 가장 오래된 호텔로 기록된 호시료칸의 어엿한 창업기이다(동아일보, 2007. 11. 8).

만남은 시대의 흐름에 따라 그 형식과 순서가 바뀐다. 온라인에서 만난 사람들은 오프라인에서 대면하기 전에 '미니 홈피 일촌 맺기'와 '메신저 친구 등록'을 통하여 친밀감을 높인다. 신희정(SK커뮤니케이션즈 홍보팀 과장)은, "새로운 사람을 만났을 때, '일촌 맺자'고 하는 말은 '앞으로 친하게 지내자'는 말을 대신할 정도가 되었다. 미니 홈피는 아는 사람과 대화하는 수단에 그치지 않고, 인맥을 확장하는 데에도 효과적"이라고 말한다(김상우 swkim@joongang.co.kr. 중앙Sunday 2007. 11. 25). 이처럼 사람과 사람의 만남에 앞서 인터넷을 매개로 하는 사람과의 만남이 우선권을 확보하는 경우도 있다. 만남의 형식과 순서가 시대의 변천에 따라 과거와 다른 양상을 보이고 있다.

만남은 접근성을 갖추어야 하고, 그 접근성은 계속 향상되어야 한다. 그런 점에서 관광산업은 우수한 접근성을 확보하기 위하여 끊임없이 노력해야 한다. 이에 관한 어느 외국인의 충고를 들어 보자. 이 충고는 어느 경우에도 만남의 대상은 접근성이 우수해야 함을 지적하고 있다. 사람은 더욱 그렇다.

관광산업은 한국의 미래 성장 엔진이자 외화 벌이의 주요 수단이 되어야 한다. 한국이 관광산업을 성공적으로 일궈 내려면 우선 세 가지 과제를 해결해야 한다. 첫째, 내국인과 외국인 관광객이 쉽게 관광지에 갈 수 있도록 접근성을 향상시켜야 한다. 둘째, 아주 독특하면서도 지역 특성을 반영하는 콘셉트를 개발해야 한다. 셋째, 관광산업을 진흥시키기 위한 필수 요소인 다양한 소프트웨어를 개발해야 한다.

빠르고 예측할 만한 접근 인프라가 개선되지 않는다면 관광객을 유치하는 것은 대단히 어렵다. 한국은 도로, 기차, 지하철 및 공항을 잘 갖추고 있기 때문에 이 같은 지적에 대해 의아하게 생각할지도 모른다. 중요한 것은 주요 관광지까지 빠르게 갈 수 있느냐는 점이다. 한 외국인 간부는, 앞으로 주말엔 절대로 움직이지 않을 것이라고 했다. 한국인은 싫든 좋든 교통체증을 참아내겠지만 외국 관광객은 바로 발길을 돌리고 말 것이다. 접근성에 대한 해외 관광객의 요구 수준이 높아지고 있다. 공항에서 최종 목적지까지 30분 내에 갈 수 없다면 어느 누구도 해외 관광객을 관광지까지 모실 수 없을 것이다

(Tarig Hussein, 신동아 2006년 9월호: 443~449).

만남은 표준화와 통일성을 중시하기보다 개방성, 유연성, 불확실성을 추구한다. 사람은 필요에 따라 표준화와 규격화를 추구하는 경우가 있고, 그 결과 효율과 멋을 맛본다. 그러나 개방성, 유연성, 불확실성은 만남의 대상을 인정하고 이해하려는 것을 전제하므로 훨씬 인간적이다. 만남의 형식이 될 수도 있고, 만남의 결과일 수도 있는 대화는 반드시 따라야 할 형식이 없고, 해야 될 말과, 해서는 안 될 말의 구분도 엄격하지 않다. 그럼에도 불구하고 대화는 스토리가 있고, 재미도 있고, 이해하기도 쉽다. 그래서 만남은 매력 덩어리이다.

사람과 사람의 만남이 중요하다는 것 이상으로 자신과의 만남은 더욱 중요하다. 자신과의 만남은 변화와 발전, 행복과 보람, 생명의 평화를 위한 길이니까.

오늘날 우리는 정보와의 만남이 없이 한시도 살 수 없다. 후기산업사회, 탈공업사회, 정보사회, 지식기반사회, 지식정보사회는 단어의

차이일 뿐 기본적으로 정보와의 만남을 중요시하는 사회를 일컫는다. 그렇다면 정보와의 만남은 어떤 경우에 필요하고 또 어떤 경우에 이루어질까. 그 대강은 이렇지 않을까 한다. 첫째, 문제를 발견하기 위하여. 둘째, 발견된 문제를 해결하기 위하여. 셋째, 의사결정을 효과적으로 하기 위하여. 넷째, 정서적 요인이다.

정보의 필요성을 충족시키려면, 특정 정보의 가치와 유용성을 확인해야 한다. 그것은 정보의 샘, 정보의 원천인 정보원(情報源, information sources)을 찾아서 그 가치와 역할을 확인하는 것이다. 정보의 원천은 기본적으로 샘과 같으니까. 이런 의미의 샘에서 물을 길어 오듯이 우리는 필요한 정보를 길어야 하고, 길어 온 정보를 반드시 잘 써야 한다. 길어 온 정보를 항아리에 담아 놓기만 하고, 요긴하게 쓰지 않는다면 아무런 의미가 없고, 쓸데없는 짓을 한 것과 다름없다.

한 송이의 꽃에 관하여 알고 싶다면, 여러 가지 꽃을 비교하는 서술형의 정보가 필요할 것이고, 실험에 필요한 열역학적(熱力學的) 데이터를 찾지 못했을 때 이미 확인된 다른 열역학적 데이터와 방정식을 이용하면 필요한 데이터를 산출할 수 있을 것이다. 이렇게 얻은 정보를 우리는 반드시 써야 한다. 만남은 다양할 뿐만 아니라 넓고 깊은 뜻을 내포하는 탓으로 우리를 격려하고 자극하고 위로하며 성장을 촉진한다.

여러분, 이제부터 저와 함께 만남을 위한 순례자가 되지 않겠습니까?

2. 사람, 그 뿌리 깊은 나무

사람은 어떤 존재인가? 사람과 만남은 어떤 관계가 있는가? 만남과 관련하여 사람은 어떤 특징을 나타내는가? 이런 질문은 우리들의 영원한 숙제이다. 적어도 사람은 생각하는 갈대이니까 이런 질문은 앞으로도 세대를 이어 갈 것이다. 여기서는 이에 관한 일반적인 이야기를 가벼운 마음으로 알기 쉽게 써 보기로 한다.

사람은 상식, 경험, 지식, 정서, 능력, 인품, 창의력, 희생정신을 지니며, 자유와 정의와 진리를 추구하는 등 참으로 다양한 특징을 가진 소중한 존재이고, 여러 자원 중에서도 으뜸가는 자원이다. 『삼국지』와 『토지』 등 문학 작품에 등장하는 인물들을 조금만 생각한다면 이 말을 쉽게 수긍할 수 있다.

사람은 과연 어떤 생명체인가? 사람은 가정과 가족을 이루며 끊임없이 가치를 추구한다. 한울림출판사가 동아일보사의 후원으로, '5월 가정의 달'을 맞아 개최한 <우리 가족 아름다운 가치 찾기 공모전>에 당첨된 가족을 발표하였다. <아름다운 가치사전>이 제시하는 감사, 겸손, 성실 등 다양한 가족의 가치를 근거로 우리 가족만의 가치

를 찾고자 열린 이번 행사에서 67가족이 선정되었다. 이 행사의 대상
(大賞)은 15명의 대가족이 함께 살며, 가족의 사랑과 화목을 실천하는
모습을 잘 드러낸 태문희(34. 서울 은평구 갈현동) 씨 가족에게 수여되었다.
태문희 씨 가족이 말하는 아름다운 가치사전을 소개한다.

첫째 가치: 나눔

시어머니: 이웃 독거노인과 정성껏 담근 김치와 따뜻한 밥 한 끼를
나눠 먹는 것. 음식을 나누는 것이 아닌 내 마음을 나누는 것이니까.
양아림(딸): 맛있는 케이크, 내가 다 먹고 싶지만 학교에서 돌아오
는 오빠들을 위해 절반을 남겨 두는 것.
태문희: 대가족의 아침밥을 위해 쌀을 씻고, 때마다 쌀 한 그릇을
'사랑독'에 넣는 것. 그 사랑독은 한 달에 한 번 동사무소의 사랑의
쌀독으로 옮겨진다.

둘째 가치: 희망

양승창(아주버니): 오늘 공장 주문이 밀려, 고되고, 힘든 밤을 보내
지만 말일이면 결제가 이뤄지고, 그것으로 아들 생일에 작은 책상
을 사 주는 것.
양인숙(막내 시누이): 자격증을 따기 위해 학원을 다니고 자료 준비
로 동분서주하지만 합격만 되면 일본어 전문 통역사로서 누구보다
자신 있게 사는 것.

셋째 가치: 공평

시고모: 며느리가 솜이불을 뜯어서 햇볕에 말려 주면 내가 직접 꿰
매 덮는 것. 나도 움직일 수 있을 때까지 도움이 되고 싶다.
양승종(남편): 어린이날, 딸아이와 조카들에게 똑같은 선물을 나눠
주는 것.
양정현(큰집 조카): 급식 때 친구가 나를 위해 국 당번을 해 주면
다음에 나도 그 친구의 국 당번을 해 주는 것.

넷째 가치: 배려

배은하(대학생 조카): 지하철에서 임산부나 할머니께 자리를 양보하는 것. 에스컬레이터에서 바쁜 사람들을 위해 왼쪽 통로를 내주는 것.

이영숙(큰 동서): 동서의 아이가 병원에 입원했을 때 바쁜 동서를 위해 다른 조카들을 돌보는 것.

다섯째 가치: 우정

금다현(시누이네 조카): 어린이집까지 친구와 함께 손잡고 가는 것. 친구가 좋아하는 반찬을 나눠 먹고 맛있는 사탕도 함께 먹는 것.

배은하: 혼자 자취하는 친구가 아플 때 약을 사서 찾아가는 것.

양승종: 집안에 좋지 않은 일이 생겼을 때 발 벗고 나서서 돕는 사이. 항상 마음속으로 누구보다 먼저 그를 생각하는 것.

여섯째 가치: 믿음

양승창: 거래처에서 결제대금을 5시까지 입금한다고 했을 때 기다리는 마음.

양정현: 친구가 약속시간에 한 시간이나 늦었지만 이유가 있을 것이라고 생각하며 기다리는 것.

태문희: 아이가 내게 처음 거짓말을 했지만 다시는 거짓말을 안 하리라 생각하는 마음.

일곱째 가치: 사랑

할머니: 온 가족이 건강히고 화목하게 살살기를 바라는 마음.

태문희: 내 아이가 아플 때 마치 내 몸 아픈 것처럼 고통스럽고, 내 아이가 활짝 웃을 때 하늘을 날듯 기분 좋은 것. 몸 힘들 때 남편이 따뜻한 물로 내 발을 씻어주는 것.

양아림: 엄마와 아빠가 나를 가운데 두고 양 볼에 뽀뽀해 주는 것. 아침마다 할머니가 나를 힘껏 안아 주는 것.

여덟째 가치: 인내

배은하: 산을 오를 때 턱까지 오르는 숨 가쁨을 참는 것.
양승종: 마라톤에서 마지막 관문까지 참아 견디는 것. 그리고 그
기쁨을 만끽하는 것. 영업을 할 때 남보다 낮추고 더더욱 겸손해하
는 것.
양아림: 주사는 아프지만 참고 맞아야 건강하다는 것.

아홉째 가치: 대화

할머니: 아이들 말에 귀 기울이고 바른 대답을 하는 것. 마음을 통
하는 길.
양정현: 가족에게 비밀을 갖지 않는 것. 고민을 털어놓고, 혼자 끙
끙 앓지 않는 것. 대화를 하지 않으면 친구도 사귈 수 없다.
양승창: 진실과 거짓을 느끼는 또 다른 통로. 대화를 통해 얻는 것
은 무엇보다 귀한 마음.

열째 가치: 가족

태문희: 희로애락을 함께하고 진실한 마음을 나누는 것이 가족. 세
상에서 단 하나뿐인 사랑의 연결.
배은하: 내가 가장 사랑하는 사람들, 나를 가장 아끼는 사람들.
양아림: 없으면 눈물이 나고, 있으면 행복한 것. 서로가 서로를 지
켜 주는 사람(동아일보, 2006. 5. 26).

태극기를 사랑하는 사람들

사람은 조국이 있고 그 조국은 국기를 간직한다. 조국은 자유와 정
의의 상징이다. 대한민국 사람은 누구나 태극기를 안다. 태극기는 대
한민국과 우리 민족의 상징이다.

누가 시켜서가 아니라 스스로 펼쳐 든 태극기의 모습을 충격적으
로 본 것은 1980년 광주의 사진이다. 시위대가 펼친 태극기. 그것은

"총구를 겨누지 마라. 우리는 폭도가 아니라 이 나라의 국민이다"라는 절규였다.

1987년 6월, 훗날 AP통신이 선정한 20세기 100대 사진으로 뽑힌 한 장의 사진은, 한 청년이 시위대 선두에서 태극기를 들고, 앞장서 바람처럼 달려가는 모습이었다. 사진의 캡션은 '아! 나의 조국' 그래서 조국은 자유였다.

1987년 6월 이후, 다시 거리에서 태극기를 만난 것은 2002년 6월이었다. 월드컵 응원에 나선 젊은이들은 저 높은 깃대에 매달려 있던 태극기를 내려, 셔츠로 입고, 치마로 두른 채 '대~한민국!'을 좋아하는 운동선수의 이름인 듯 외쳤다. 충성을 맹세하지 않아도 되고, 순교를 의미하지 않아도 되는 그런 태극기였다.

현충일인 어제 서울시청 앞 서울광장에 다시 대형 태극기가 등장했다. 20년 전, 젊은이들이 빼곡히 채우고 앉아 "호헌철폐, 독재타도"를 외치던 그 자리에 종교단체와 보수단체의 회원들인 중년과 노년들이 앉아 "북핵 폐기"를 외쳤다.

2007년 6월, 태극기의 물결과 그 함성 속에는 저버릴 수 없는 목소리가 있다. 납북자 가족들이다. 그들 대부분은 여느 날처럼 일터인 바다로 나갔다가 북으로 끌려간 아버지와 형제의 생사를 확인해 달라고 호소한다. 인사 한마디 나누지 못한 채 헤어진 가족을 찾는 이들의 요구는 보수적인 것인가? 거리에서 전투경찰의 발길에 차이면서도 1987년의 태극기 대열이 포기하지 않았던 꿈은 국민이 합당한 이유 없이 표현의 자유를 억압당하지 않고, 행복을 침해당하지 않는 대한민국이었다. 다른 말을 하는 사람에게 귀를 막는 것이 아니라 당신의 말에 동의하지는 않지만 당신이 말할 권리를 지켜 주기 위해 나는 기꺼이 죽을 수 있다고 말하는 그런 민주주의였을 것이다. 1987년의 태극기는 2007년의 태극기를 만날 수 없는가(정은령 ryung@donga.com "6월의 태극기", 동아일보, 2007. 6. 8).

중독의 위인

사람은 무언가에 중독이 될 수 있다. 우리 주위에는 무언가에 중독된 사람들을 쉽게 찾을 수 있다. 음악, 춤, 사진부터 게임, 자동차, 다이어트까지… 좋은 것이든 나쁜 것이든 중독은 시대를 뛰어넘어 존재했다. 독립운동가 김산, 실학자 이덕무를 잠시 만나보자.

조국의 독립을 위한 열정에 중독되고, 『아리랑』이라는 책으로 알려지기 시작한 김산. 김산은 그가 추적을 피하기 위하여 썼던 수많은 가명 중 하나일 뿐이며 그의 본명은 장지락이다. 열다섯 어린 나이에 고향을 떠나 일본과 만주, 베이징과 상하이, 옌안 등으로 중국 대륙을 누비며 조선 독립을 위해 몸을 바친 김산. 그는 혈혈단신으로 중국에 건너가 신흥무관학교를 졸업하고 <독립신문>에서 잡일을 하면서 보이지 않게 독립운동을 했다. 그런 노력도 잠시, 김산은 일본의 첩자라는 누명을 쓰고, 서른네 살의 나이에 암살당하는 것으로 삶을 마친다. 조선 독립을 위해, 평생을 다해, 몸과 마음 모두를 바쳤던 독립운동가 김산. 그런 그의 열정 또한 위대한 중독이라고 할 수 있다. 그의 자서전 중 한 구절을 보자.

내 전 생애는 실패의 연속이었다. 또한 우리나라의 역사도 실패의 역사였다. 나는 단 하나에 대해서만, 내 자신에 대하여 승리했을 뿐이다.

이덕무는 독서에 중독된 사람이다. 스스로를 가리켜 간서치(看書痴: 책만 보는 바보)라고 부르던 사람, 조선 시대 실학자 이덕무이다. 비록 서얼의 신분으로 태어나 가난하게 살았지만 책 읽는 것만큼은 일가견이 있었다는 그는 모두가 알아주는 책벌레였다. 그의 아들 이광규가 훗날 회고하기를, 그분은 어렸을 때부터 문을 닫고 들어앉아 글을 읽으면, 하도 오래도록 앉아 있어 사람들이 그 얼굴을 잊을 정도였다고 한다. 이덕무의 지인들은 책을 빌려 주면서 "책을 두고 자네의 눈을 거치지 않으면 그 책을 무엇에 쓰겠는가?"라고 말했다 하니, 자타가 공인한 독서광이었음을 알 수 있다. 어릴 때부터 21세가 되도록 손에서 하루도 책을 놓은 적이 없었다는 이덕무. 그는 조선 시대의 북학파 실학자 중 가장 많은 책을 썼으며, 후에 규장각의 일원으로 정조의 많은 사랑을 받았다.

서희 장군

장위공(章威公) 서희(徐熙, 942~998) 장군을 상기한 적이 언제인가? 기억조차 없다. 그런 마당에 서초동의 외교안보연구원도서관에서 사서로 근무하는 제자 문희옥을 찾아갔을 때, 본관 앞에 세운 서희 장군의 동상을 만났다. 필자보다 꼭 천 년을 먼저 살았던 분이나, 56세를 일기로 너무 일찍 타계했다. 본관은 이천(利川), 호는 장위(章威), 자는 염윤(廉允)이다.

960년(광종11), 문과에 급제, 광평원 외랑(廣評員 外郞)에 이어 내의시랑(內議侍郞)이 되었다.

982년, 송나라에 가서 중단되었던 국교를 최복하고 검교병부상서(檢校兵部尙書)가 되어 귀국했다.

993년(성종12), 거란의 내침 때 중군사(中軍使)로 북계(北界)에 출전했다. 전세가 불리하자 조정은 항복안과, 서경 이북을 할양하고 강화하자는 안 중에서 후자를 택하기로 했으나 이에 극력 반대, 자진하여 국서를 가지고 적장 소손녕(蕭遜寧)과 담판하였다. 이때 옛 고구려 땅은 거란의 소유라는 적장의 주장에 반박, 국명을 보아도 고려는 고구려의 후신임을 설득하여 거란군을 철수시켰다.

994년, 평장사(平章事)로 청천강 이북의 여진족을 축출, 장병진(長兵鎭), 곽주(郭州) 등을 축성하여 압록강 진출의 전략기지로 삼았다. 압록강을 전담하는 압록강도구당사(鴨綠江渡勾當使)를 두었으며 이듬해 안주(安州) 등지에 축성을 하고 선주(宣州) 등지에 성보(城堡)를 쌓아 지금의 평양 일대를 완전히 회복했다. 태보내사령(太保內史令)을 지내고 신병으로 개목사(開目寺)에서 입적했다. 성종 조정에 배향, 덕종 때 태사(太師)를 추증했다.

문무를 겸비한 우리나라 외교관으로서 누구보다 굳센 자주정신으로 무장하고 그 기개를 대외에 널리 선양하여 국위를 선양한 서희 장군! 그 장군이 외교안보연구원을 지키며 후손들에게 자주 외교를 부르짖고 있었다.

박병선 박사

『직지심체요절(直指心體要節)』을 발견한 사람. 13년간 프랑스 국립도서관에서 3천만 종이 넘는 장서를 뒤져『직지심체요절』과 외규장각 도서를 찾아낸 박병선 박사. 최근 병인양요 관련 자료를 찾기 위해 모국을 들른 그에게 암이라는 병마가 찾아왔다. 그는 아픔 속에서도 끝까지 우리나라의 역사를 알리고 싶다고 말한다.

그는 몇 달 전까지 프랑스 국립도서관에 근무하던 재불(在佛) 서지학자였다. 그는 1928년 서울에서 태어나, 1955년 홀로 프랑스에 건너갔다. 소르본대학과 프랑스고등교육원에서 각각 역사학과 종교학으로 박사학위를 받았다. 1967년부터 13년간 프랑스 국립도서관에 근무하면서 세계 최고의 금속활자본 『직지심체요절』과 외규장각 도서 297책을 찾아내 주불한국대사관에 알렸다.

10년 넘게 매일 도서관에 가서 외규장각 도서의 목록을 베끼고 내용을 요약했다. 점심시간에 자리를 비우면 책을 일찍 반환하라고 할까 봐 밥도 안 먹었다.

"내 연구를 정리하려면 아직 1년 정도 시간이 더 필요해요. 그 1년만 주어진다면 하느님께 정말 감사하겠어요. 6·25동란 직후 1955년 프랑스에 건너갔어요. 한국 사람이면 당연히 병인양요에 관심을 갖지 않겠어요? 애초에 프랑스 국립도서관에 취직한 것도 외규장각 도서를 찾기 위해서였어요. 프랑스 함대가 가져간 책이 이 도서관에 있다는 풍문을 들었거든요. 호랑이를 잡으려면 호랑이 굴에 들어가야죠."

그는 틈난 나면 서고를 뒤졌다. 그는 단순히 『직지심체요절』을 찾아낸 사람이 아니라 이 책이 1455년에 나온 『구텐베르크 성서』보다 78년이나 앞선 금속활자본임을 증명한 사람이다. 그는 평생 결혼하지 않았다. 프랑스 국립도서관을 그만둔 뒤에는 연금으로 생계를 꾸리며 누구도 보상해 주지 않는 연구를 계속했다. 그는 10종이 넘는 학술서를 썼다.

그는 대한민국 임시정부와 독립운동에 대한 사료를 찾아내는 작업도 했다. 그는 "임시정부가 상하이의 프랑스 조계(租界)에 있었기 때문에 프랑스에 이와 관련된 사료가 많다"며 "우리 세대가 죽고 그 모든 사료가 흩어지기 전에 다 찾아내야 한다는 절박함이 있었다"고 했다. 그는 관련 자료를 모아 총 다섯 권짜리 책을 낼 계획이었지만 한 권이 나온 뒤 정부의 지원이 끊겨 중단했다.

그는 프랑스 공무원 신분으로 한국 문화재를 찾아냈다. 이후 프랑스 공무원 연금으로 생계를 꾸리면서 우리 역사를 연구했다. 지인들은 "평생 프랑스 연금으로 생활하면서 돈이 안 되는 연구를 계속한 분이라 재산이 없다"고 발을 굴렀다.

집필 중인 역사서 얘기가 나오면 그는 병상에서도 신이 나서 몸을 들썩거렸다.

"병인양요가 일어나게 된 사회적, 정치적 배경을 밝힌 책이에요. 당시의 일기나 편지 등을 갖고 있는 사람이 나타났으면 좋겠어요. 한국에 온 것도 그 때문이었어요. 아무도 알지 못하는 걸 연구하여 제대로 알리는 일이 얼마나 짜릿한지 안 해 본 사람은 몰라요."

27세에 한국을 떠난 그가 지금 제일 하고 싶은 일은 '기운을 차리고 파리의 집으로 돌아가는 것, 프랑스 음식을 먹는 것, 병인양요에 대한 책을 마치는 것'이라고 말한다.

프랑스 국립도서관 직원들은 비가 오나 눈이 오나 외규장각 도서를 펼쳐놓고 있는 그를 보고 '파란 책에 파묻힌 여자(la femme cachee derrie relelivrebleu)'라고 했다. 외규장각 도서의 표지가 파란색이다(변희원, "직지심체요절 발견한 재불 서지학자 박병선 박사" Weekly 공감, no. 39. 2009.12.2).

사람과 돈의 위대함

삶의 많은 부분이 돈으로 표현된다. 그런 탓인지 돈이라는 단어에 어떤 낱말이나 개념을 갖다 붙여도 말이 된다. 돈은 악마이며 천사이고, 사랑이며 저주이고, 기쁨이며 슬픔이고, 행복이며 불행이고, 천국이며 지옥이고, 영광이며 치욕이고, 성군이며 폭군이고, 유용한 심부름꾼이며 무자비한 주인이다. 돈을 거부하는 것은 세상의 다양성을 거부하는 것이다.

돈은 건강과 직업과 함께 현대인의 가장 중요한 관심사이다. 사람들은 끊임없이 돈을 갈망한다. 무엇을 하든 돈이 필요한 세상이다. 돈은 꿈과 공상의 대상이다. 돈은 사람들의 공공연한 욕망이다. 돈은 인간사회의 공통분모가 되었고, 삶의 목적이 되었다. 수단이 목적으로 바뀐 것이다.

돈을 둘러싸고 기상천외한 일들이 벌어졌고 지금도 벌어지고 있다. 돈이 아무리 많아도 사람은 더 많은 돈을 원한다. 돈에 대한 욕심은 끝이 없다. 돈은 불행의 근원인 동시에 행복의 원천이다. 사람은 돈이 있든 없든 돈으로부터 자유롭지 못하다. 돈은 전 세계가 이해할 수 있는 하나의 언어이다. 돈은 세계의 공통어이다.

돈에 끌려 다니는 우리의 일상을 보면 돈의 위력은 대단하다. 돈이 없어서 쩔쩔매 본 사람은 돈의 위력을 절감한다. 돈은 사람을 움직이게 하는 동력이나. 돈이 없으면 아무것도 할 수 없다. 돈으로 행복을 살 수는 없다. 그러나 돈은 불행의 고통을 덜어 줄 수 있다. 돈은 삶이고 죽음이다.

돈이 없으면 인격도 없다. 돈은 사람의 귀천을 결정한다. 태생, 행태, 사상이 아무리 저급하고 천박해도 돈만 있으면 우러러본다. 모두가 돈 앞에 굴복한다. 돈을 추구하는 과정에서 인격을 버리는 사람들이 너무도 많다.

온갖 일이 돈으로 평가되고 측정된다. 돈은 여러 부문에서 성공 여부를 측정할 수 있는 기준이다. 사회가 사람을 돈으로 측정하기 때문에 우리도 자신과 타인을 그렇게 측정할 수밖에 없다. 아니라고 펄쩍 뛰어도 소용없다. 돈은 자신과 타인을 판단하는 척도이며 사람을 움직이는 수단이다. 그러나 돈이 많다고 해서 인간이 더 나은 것은 아니다.

돈이란 종잇조각에 불과하다. 그러나 가난에 쪼들리는 사람에게 무엇보다 돈은 소중하다. 세상에는 배가 고파 쓰러지거나, 일거리를 찾아 거리를 헤매는 사람들이 많다. 오늘 저녁 밥값을 벌어야 한다는 강박감이 인생을 얼마나 비참하게 만드는지 경험해 본 사람만이 안다. 돈에 의해 흔들리지 않는 사람은 도통한 군자이다. 수행의 정도를 돈으로 점검할 수 있다. 거래를 해 보고, 마음에 분노심이 일거나 억울한 생각이 들면, 아직 수행과 공부가 덜 되었고, 그런 마음이 안 생기고 담담하면 잘된 것이다. 돈은 가장 통속적인 동시에 가장 철학적이다.

지폐를 만나면 역사를 듣는다. 더러운 돈이고, 돈 없이 살 수 없다는 지폐 속에서 우리는 사람과 역사를 읽는다. 직전의 1만 원권에는 세종대왕 초상과 자격루, 경회루가 그려져 있지만 지금 유통 중인 1만 원권에는 세종대왕의 초상은 그대로 유지되지만 자격루와 경회루 대신 용비어천가, 일월오봉병, 혼천의, 천상열차분야지도, 천체망원경이 들어간다. 새 1천 원권의 경우, 퇴계의 초상은 그대로 있지만 투호도구와 도산서원이 빠지고 창호무늬, 성균관 명륜당, 퇴계의 집필 모습을 담은 겸재 정선의 계사정거도가 등장한다.

역사적 인물과 문화재를 화폐 속에 넣는 이유는 화폐의 권위와 신뢰감을 표시할 수 있고, 대외적으로 한국의 정체성을 과시할 수 있기 때문이다. 우리 화폐에 가장 먼저 등장한 인물은 조선 후기의 별전(別

錢) 속에서 사랑을 나누는 남녀이다. 별전은 공식적으로 유통된 화폐가 아니라 기념주화의 일종이다. 이 별전 속에서 성희(性戱)를 즐기는 남녀는 한 쌍이 아니라 무려 네 쌍이다. 인물은 단순하게 처리되었지만 그 자세는 대담하고 노골적이다. 이는 조선시대 사람들의 다산(多産)에 대한 기원을 표현한 것으로 보인다.

근대 화폐에 처음 등장한 인물은 1914년 조선은행이 발행한 100원권의 대흑천상(大黑天像). 대흑천은 불교의 불법승(佛法僧) 삼보(三寶)를 수호하는 신이며, 실제 인물이 아니라 관습적으로 상상해 온 인물이다.

1915년 조선은행이 발행한 1원권, 5원권, 10원권에는 사람의 수명을 관장하는 수노인(壽老人)이 있다. 이는 1940년대까지 발행된 거의 모든 화폐에서 모습을 드러낸다. 그러나 수노인이 아니라 조선 말기의 관료 김윤식이라는 설도 있다. 비슷하나 뚜렷한 물증은 없다.

한국은행 출범 후, 화폐에 가장 먼저 등장한 인물은 이승만 대통령이다. 그는 1950년 8월에 발행한 1,000원권에 처음 모습을 보인 이후 1950년대 말까지 대부분의 지폐에 독점하다시피 등장한다. 그의 초상의 위치는 처음엔 지폐의 왼쪽이었지만 1956년에 발행된 500원권에서 가운데로 위치가 바뀌었다. 그런데 지폐를 반으로 접는 과정에서 그 얼굴이 훼손되는 문제가 발생하자, 화가 난 경무대(현 청와대)는 즉시 도안을 바꾸도록 한국은행에 엄명을 내렸다. 이듬해 그 초상은 지폐 오른쪽으로 바뀌었다.

살아 있는 인물에서 역사적 인물로 바뀐 것은 1960년부터이다. 당시 500환권, 1,000환권에 세종대왕이 등장했고, 1970년대 들어, 충무공(100원 주화, 500원권), 율곡(5000원권), 퇴계(1000원권) 등이 인물 대열에 합류했다.

1972년과 1973년에 5000원권과 1만 원권을 만들 때, 당시 국내의 화폐 제작 기술이 부족하여 영국의 전문 업체 토머스 델라루사에 제작을 의뢰했다. 한국인의 얼굴 특징을 잘 모르는 영국 업체는 이율곡과 세종대왕의 얼굴을 갸름하게, 코를 오똑하게 묘사하는 등 서구적인 얼굴로 표현하는 우를 범했다. 이를 놓고 사람들 사이에 논란이 일었다. 정부는 곧 역사적인 인물의 표준 영정을 정하여 이를 화폐에 적용토록 했다.

1962년 5월 16일 발행된 100환권에는 특이하게도 일반인 모자상(母子像)이 등장했다. 어머니와 아들이 저축통장을 들고 있는 모습이다. 제1차 경제개발 5개년 계획을 추진하면서 국민의 저축 심리를 고취하기 위함이었다. 이 100환권은 제3차 화폐개혁으로 그해 6월 10일 발행이 중단되었다. 불과 25일 만에 수명을 다하여 한국 화폐 역사상 가장 단명한 인물모델이 되었다.

우리 화폐에 처음 선보인 문화재는 경기도 수원 화성의 화홍문이다. 화홍문은 국권 상실 이후인 1910년 12월에 발행된 1원권에 등장한다. 이어 1911년에 발행된 5원권에는 경복궁 광화문이, 10원권에는 창덕궁 후원의 주합루가 각각 등장한다. 문화재는 이후 화폐에서 자취를 감추었다가 1949년 조선은행의 신 5원권, 신 10원권에 독립문이 등장한다. 문화재가 화폐와 본격적인 인연을 맺게 된 것은 1950년 한국은행이 설립되고 그해 8월 발행한 100원권의 광화문을 필두로 1952년 탑골공원과 원각사지 10층 석탑(신 1000원권, 500원권), 1953년 거북선(1환권, 5환권, 10환권, 100환권, 1000환권)과 숭례문(신 10환권)으로 이어지면서 문화재 전성시대를 열었다. 숭례문, 거북선, 원각사지 10층 석탑과 탑골공원은 1960년의 화폐에도 계속 들어갔다. 1966년 다보탑(10원 주화)이 추가되었다.

최고액인 1만 원권이 처음 발행된 것은 1973년. 이에 앞서 1972년에 1만 원권이 제작된 일이 있다. 한국은행이 석굴암 본존불과 불국사를 넣어 시쇄품(試刷品)까지 만들었으나 일부 기독교계의 반발에 부닥쳐 취소되었다. 문화재를 특정 종교의 산물로 보는 좁은 시각이었으나, 어찌 되었건 국내 최초 1만 원권의 발행은 이렇게 어이없이 무산되었다. 결국 1973년 세종대왕 초상과 경복궁 근정전으로 도안을 바꾸어 새로운 1만 원권을 만들었다. 박정희 대통령이 서명했으나 어이없이 빛을 보지 못한 이 1만 원권 시쇄품은 현재 한국은행 화폐금융박물관에 전시되고 있다. 시간이 흐르면 이것 자체가 귀중한 문화재가 될 것이다.

1만 원권에 등장하는 일월오봉병은 조선시대의 용상(龍床: 임금의 자리) 뒷면에 세워 두었던 병풍 그림을 말한다. 일월은 왕과 왕비를, 다섯 봉우리는 왕이 다스리는 국토를 각각 상징한다. 천문도인 천상열차분야지도, 천체의 운행과 그 위치를 측정했던 혼천의 및 천체망원경은 조선을 대표하는 과학 문화재이다.

한나 아렌트와 아이히만

만남을 모르면 무능한 사람이다. 2006년 10월 14일로 탄생 100주년을 맞은 정치철학자 한나 아렌트(1906~1975)에게 대중적인 명성을 안겨준 『예루살렘의 아이히만(Eichmann in Jerusalem, 1965)』. 이 책은 나치의 유대인 학살 실행을 책임진 아돌프 아이히만의 재판부터 사형집행 순간까지 1년여의 취재를 바탕으로 아렌트가 주간지 <뉴요커>에 1963년 4회에 걸쳐 연재한 심층기사를 엮은 것이다. 아렌트는 독일 출신의 유대인으로 나치의 학대를 피해 미국으로 망명했다.

<뉴요커>의 특파원 자격으로 쓴 이 기사에 불멸의 명성을 안겨 준 것은 "악의 평범성(banality of evil)"이라는 표현이다. 진부함과 일상적인 일로도 번역되는 banality의 사전적 의미는 '새롭거나 독창적인 것을 담고 있지 못해 따분하기 그지없는 것'이다. 이 표현은 처음에 유대인들의 격렬한 비판을 불러일으켰으나 시간이 지남에 따라 악의 개념에 대한 '코페르니쿠스적 전환'이라는 찬사를 받았다.

아렌트는 아이히만의 죄를 3개의 무능에서 찾았다. 말하기의 무능, 생각의 무능, 타인을 배려할 줄 모르는 판단력의 무능이다. 이 세 가지의 무능은 모든 사람이 공유하는 상식의 결여와 동의어이다. 아렌트는 이를 바탕으로 판결문 형식을 빌려 아이히만에게 사형선고를 내렸다.

인간의 탈을 쓴 악마 아돌프 아이히만. 유대인 학살을 총지휘한 그는 정신이상자나 성격파탄자는 아니었다. 지극히 가정적인 평범한 사람이었다. 단지 아무 생각 없이 그저 상부의 명령을 따랐을 뿐… 그래서 양심의 가책을 느끼지 못했다(권재현 confetti@donga.com 동아일보, 2006. 10. 14). 아이히만, 그는 만남의 철학을 모르는 무능한 사람이었다.

사람과 소리

추녀 끝에 걸어놓은 풍경은 바람이 불지 않으면 소리를 내지 않는다. 바람이 불어야만 비로소 그윽한 소리를 낸다. 채근담이다.

사람은 귀가 있어 소리를 듣고 느끼며 생각하기 때문이다. 두둘두둘~, 밤새 나뭇잎에 비 듣는 소리. 쏴쏴~, 비바람에 나무들이 고개

숙여 집 안을 엿보는 소리. 후드득 후드득~, 유리창에 장대비 긋는 소리. 촐촐 철철~, 아파트 베란다의 홈통을 타고 물 떨어지는 소리. 색색~, 지나가는 바람이 창틀 사이를 간질이는 소리. 찰랑찰랑~, 어릴 적 툇마루에서 설핏 든 잠결에 듣던 처마 끝 낙숫물 소리(김화성, "오늘의 날씨" 동아일보, 2007. 7. 12).

어느 누구보다 시조시인이며 국문학자인 최승범처럼 우리의 소리를 맛깔스럽게 다루고 탐구한 연구자가 또 있을까. 그는 우리네 전통적인 삶의 소리와 자연의 소리 100여 종을 글로 보여 준다(최승범, 2007). 거기서 한 토막을 인용해 보자.

동지섣달 긴긴밤을 배경으로 생각해도 좋다. '치마 벗는 소리'와 '술 거르는 소리' 중 하나를 택하라면 어느 것을 취하겠는가. 홍만종의 『명엽지해』에 이런 이야기가 나온다.

어느 날 송강, 서애, 백사 등 몇몇 어른이 술자리에서 소리를 두고 담론이 벌어졌다. "이 세상, 무슨 소리가 가장 듣기 좋은가?"라는 질문에 서애 유성룡이 "술 거르는 소리"라고 하자, 백사 이항복은 "가인해군성"(佳人解裙聲: 아름다운 여인의 옷 벗는 소리)을 들더라는 것이다.

사실 우주도 대폭발음과 함께 열렸고, 우리들 인간도 소리와 더불어 이 세상에 대어나고, 온갖 소리 속 세상을 살다가, 세상 소리들이 아스라이 사라지는가 싶자, 숨을 멈추는 존재가 아니겠는가. 그렇게 보면 우리들의 한생이란 알게 모르게 소리에 에워싸여 있다고 말할 수 있다.

그러나 사람이 소음과 만나면 이야기는 달라진다. 인간의 오감 가운데 청력은 특별한 성능을 가졌다. 인간의 귀는 들릴까 말까 하는 5만분의 1Pa(파스칼)부터 고통을 느끼게 되는 20Pa까지 다양한 음압(音壓)의 소리를 식별한다. 인간의 귀가 가려내는 소리의 종류는 100만 가지에 이른다.

현대 사회에서 소음은 점점 더 심각해진다. 대도시에 사는 사람들은 집에서조차 소음에 시달린다면서 고통을 호소한다. 세계보건기구는 소음과 연관된 질병이 크게 증가하는 현상에 주의를 기울이고 있다. 교통수단에서 오는 소음부터 작업장의 소음까지 소음의 원인은 다양하다. 유럽은 새로 규범을 정해 작업장의 소음을 80dB(데시벨)로 제한했다. 이 규정은 갈수록 까다로워질 전망이다.

소음의 폐해와 관련하여 명심해야 할 일은 소음 때문에 사람들이 폭력적으로 변한다는 사실이다. 어느 수준 이상의 소음이 일정 시간 지속되면 평범한 사람들도 공격적인 행동을 보인다. 소음의 결과는 두 가지 타입으로 나타난다. 첫째, 청각 자체에 미치는 영향이다. 귀의 중이(中耳) 부분에는 근육이 있으므로 소음 차단 기능을 한다. 허나 근육을 수축시키는 반응 시간이 느려서 갑작스러운 소음으로부터 귀를 적절히 보호하지 못한다. 다른 근육처럼 이 근육도 피로를 느끼기 때문에 오랜 시간 시끄러운 환경에 노출되면 근육은 무력해진다. 또 하나는, 귀가 아닌 다른 인체 기관에 미치는 영향이다. 한 연구에 따르면, 공항 근처에서 5년 정도 산 사람은 심장박동과 호흡에 변화가 오는 것으로 확인되었다. 면역 체계에도 영향을 미친다. 60dB이 넘는 소음은 고혈압과 심근경색을 일으킨다는 연구 결과가 있다. 어린이들이 소음에 노출되면 언어 습득 능력이 저하되는 것으로 나타났다.

프랑스 정부는 소음과의 전쟁을 위한 정책을 실행하면서 우선 자동차 소음을 꼽았다. 파리시는 정밀한 소음 측정을 위해 소음의 발원지를 표시하는 지도 제작에 착수했다. 이를 근거로 5년 전부터 도시 전체를 커버하는 소음 측정 소프트웨어를 도입했다. 시간별로 특정 건물 주변의 소음을 미터 단위로 측정할 수 있는 기술이다. 그러나 현대 사회는 휴대전화의 사용에 의한 통화 소음처럼 인간이 만들어 내는 새로운 유형의 소음이 계속 등장한다(제라르 뱅데, "소음과의 전쟁" 동아일보, 2007. 4. 6).

인재육성

사람은 낯이 있다. 낯이 얇은 사람이 있는가 하면, 낯이 두꺼운 사람도 있다. 우리말과 영어가 똑같이 피부가 얇거나 두꺼운 것을 비유적 표현으로 쓴다는 사실은 흥미롭다. "낯가죽이 얇은(thin-skinned)"이라는 말은 부끄러움을 잘 타거나 소심한 성품을 묘사하고, "낯가죽이 두꺼운(thick-skinned)"이라는 말은 좀 뻔뻔하고 남의 말에 개의치 않는다는 의미를 내포한다. 양쪽 다 장단점은 있다. 일반론이지만 낯이 얇은 사람들은 법을 잘 지키고 양심이 바른 반면에 결단력이 부족하고 남의 비난에 민감하다. 낯이 두꺼운 사람들은 제멋대로이고 안면 몰수하고 비양심적인 행동을 하고서도 얼굴 표정 하나 바뀌지 않는 반면에 카리스마가 있고 강한 의지력이 있어 보인다. 세상에는 이 두 부류의 사람들이 공존한다. 물론 전자가 늘 수적으로 우세하니까 세상은 살 만하다고 우리는 자위한다.

사람은 성공을 만나려고 무진 애를 쓴다. 그러나 사람들이 애타게 매달리는 성공에도 수준과 차원이 있다. 성공이란 꼭 돈을 벌고 이름을 드날리는 일만은 아니다. 내가 아닌 타인의 삶을 더 낫게 만들어주는 일이야말로 인생에서 추구할 만한 성공의 의미이다. 내가 하는 일이 세상을 바꾸는 일이 아니더라도, 내가 누군가와 친밀한 시간을 보내며 그 사람의 이야기에 누구보다 더 귀 기울여 들어주었을 때,

그로 인해 어떤 사람이 이전과 다르게 생각할 수 있게 되었다면, 그 하루는 의미 있는 하루이다(고미석, 동아일보, 2007. 9. 18). 상식이 통하고, 남을 배려하는 마음, 흉이나 욕보다 칭찬하는 자세로 삶을 이어가는 것도 아름답고 행복한 일 아닌가!

이런 사람이 있어 세상은 살맛이 난다. 나는 1급 신체장애인이고 암 투병 생활을 했다. 그러나 한 번도 내 삶을 천형(天刑)이라고 생각해 본 적이 없다. 이 없으면 잇몸으로 산다는 말처럼 나름대로 삶의 방식에 익숙해져 큰 불편을 느끼지 않고 살아간다. 장애인이 장애인이 되는 것은 신체적 불편 때문이 아니라 사회가 그를 장애인으로 만들기 때문이다. 서울명혜학교 복도에는 윤석중 씨가 쓴 다음과 같은 시가 걸려 있다.

사람 눈 밝으면 얼마나 밝으랴/사람 귀 밝으면 얼마나 밝으랴/산 너머 못 보기는 마찬가지/강 너머 못 듣기는 마찬가지/마음 눈 밝으면 마음 귀 밝으면/어둠은 사라지고 새 세상 열리네/달리자 마음 속 자유의 길/오르자 마음 속 평화동산/남 대신 아픔을 견디는 괴로움/남 대신 눈물을 흘리는 외로움/우리가 덜어주자 그 괴로움/우리가 달래주자 그 외로움.

영어 속담에 "Count your blessings"라는 말이 있다. 네가 누리는 축복을 세어 보라는 뜻인데 누구의 삶에나 많은 축복이 있다는 사실을 전제하고 하는 말이다. 천형이라고 불리는 내 삶에도 축복은 있다.

첫째, 나는 인간이다. 개, 소, 말, 바퀴벌레, 엉겅퀴, 지렁이가 아니라 나는 인간이다.

둘째, 내 주위에는 늘 좋은 사람만 있다. 좋은 부모님과 많은 형제 사이에서 태어난 축복은 말할 것도 없고, 늘 마음 따뜻한 사람, 똑똑한 사람, 재미있는 사람으로 가득하다. 이 세상에 태어나서 그들을 만난 것을 나는 천운(天運)이라고 생각한다.

셋째, 내겐 내가 사랑하는 일이 있다. 가치관의 차이겠지만 나는 무엇보다 선생이 훨씬 보람 있고 멋진 직업이라고 생각한다.

넷째, 나는 남이 가르치면 알아들을 줄 아는 머리, 남이 아파하면 나도 아파할 줄 아는 마음이 있다. 남의 말을 못 알아듣는 안하무인(眼下無人), 남을 아프게 하고 오히려 쾌감을 느끼는 이상한 사람들이 많은데, 적어도 기본적인 지력과 양심을 타고난 것은 이 시대의 천운이다 (장영희, "네가 누리는 축복을 셰어 보라" 동아일보, 2007. 1. 18). 장영희, 그는 모든 일에 감사하고, 많은 사람들의 축복을 기원하며 일찍 세상을 떠났다.

사람을 키워야 기업이 산다고 한다. 이는 사람을 중요한 자원으로 인식하는 철학이다. 미국 경제주간지 <Fortune>은 "앞으로 세계경제는 금융자본보다 인적 자본에 더 의존하게 될 것"이라며 인재를 키우는 방법을 다음과 같이 제시했다(김재영 redfoot@donga.com. 동아일보, 2007. 9. 22).

- 시간과 돈을 투자하라.
- 미래의 리더를 조기에 발굴하라.
- 업무를 통하여 리더십을 쌓게 하라.
- 지속적인 관심과 지원은 필수이다.
- 개인이 아닌 팀을 육성하라.
- 인재중시를 기업문화로 삼는다.

인재중시는 사람을 보배라고 여기는 경영철학이다. 인적 자원을 소중하게 생각하고 배려하는 기업 문화는 기업 규모에 상관없이 성공 기업의 조건이다. 결국 사람이 경쟁력이며, 사람은 가꾸면 꽃이 된다. 인재교육을 강조한 어록을 몇 가지 더 찾아본다.

'네 회사는 무엇을 만드는 회사인가'라고 물으면 우리 회사는 사람을 만든다고 대답한다(마쓰시다전기 창업자 마쓰시다 고노스께).

경기가 좋을 때는 교육 예산을 2배 늘리고, 나쁠 때는 4배 늘려라(경영학자 톰 피터스).

GE의 크로톤빌 연수원을 건설할 때, 투자 회수 기간을 묻자 "무한대"라고 응답해 인재 교육은 평생 투자임을 강조했다(전 GE 회장 잭 웰치).

최고경영자를 뜻하는 CEO가 아닌, 직원들의 평생 학습을 책임지는 Chief Education Officer가 되어야 한다(유한킴벌리 사장 문국현).

국내 기업의 직원 1인당 교육훈련비 평균 투자액은 2003년 66만 7천 원에서 2004년 82만 3천 원으로 23% 늘었다. 미국 기업의 3%에 비하면 아직 낮지만, 매출액에서 교육훈련비가 차지하는 비중도 0.18%에서 0.22%로 늘어나는 추세이다(기업교육컨설팅업체 엑스퍼트컨설팅).

연수원에 들어가 2박 3일간 단기 주입식 위주로 진행하던 교육도 이제는 육성이라는 점에 초점을 두고, 5, 6개월씩 장기 지속형 교육으로 바뀌고 있다(LG화학 인사담당 부사장 육근열).

사람이 사람을 평가한다.

인물 평가, 그중에서 고인이 된 전직 대통령을 바르게 평가하기란 결코 쉽지 않은 일이다. 몇 사람밖에 되지 않는 우리나라의 전직 대통령 가운데 특히 박정희 전 대통령에 대한 평가는 시시비비 논란이 많다.

오늘날의 한국인에게 박정희 전 대통령 재임 18년간은 무엇을 의미하는가. 박정희 모델에는 쉽게 폐기할 수 없는 소중함이 있는 모양이다. 박 대통령과 그 정부를 지배한 행동원리를 요약하면 다음과 같다.

첫째, 철저한 실용주의이다. 그가 잘 훈련된 경제학자였다면 결코 '수출 주도 공업화'라는 한 시대를 구원한 위대한 전략을 발견할 수 없었을 것이다.

둘째, 조정과 합의이다. 흔히들 그가 독재를 하였다지만 합의와 조정의 시스템을 독재했을 뿐이다. 제도화된 시스템의 상징이 1965년부터 매달 이어진 '수출진흥확대회의'와 '월간경제동향보고'이다. 두 회의를 통해 수도승처럼 경제를 익혔으며, 때로는 매서운 선생으로 돌변해 학생을 질타했다. 조정과 합의를 거친 다음의 이견이나 불평은 그의 정부에 없었다.

셋째, 선택과 집중이다. 지나친 단순화이겠지만 그가 추구한 일은 수출 진흥과 새마을운동 두 가지뿐이다. 그의 정부는 두 가지를 위해 잘 훈련된 군대와 같이 조직이 간편했고, 기동이 민활했으며, 집행이 강력했다.

넷째, 공명과 강직이다. 재임 18년간 그는 사(私)를 추구한 적이 없다. 빈털터리로 떠났다. 이 점은 동시대의 한국과 비슷한 수준의 후진국에서 비슷한 예가 하나도 없을 정도로 탁월한 정치적 덕목이다(이영훈, "박정희 모델을 다시 본다" 동아일보, 2006. 10. 23).

그러나 대한민국의 민권과 자유민주주의의 신장은 어디로 갔을까!

사람의 접근성

날줄과 씨줄처럼 얽혀 있는 수많은 인간관계를 현명하게 풀어 나가는 지혜는 남녀노소, 직업에 관계없이 어느 사이에 우리 삶의 덕목이 되었다. 그것은 사람의 접근성을 말한다. 끌리고, 만나고 싶은, 인간미가 넘치는, 유머가 풍부한, 호감이 가는 사람일수록 우리는 그를 접근성이 높은 인물이라고 말한다. 그는 인간관계를 유지하는 탁월한 능력의 소유자이다. 그러면 사람의 접근성을 높이는 방안은 무엇일까.

첫째, 칭찬을 차별화하라. 어떤 사람이 소유하고 있는 물건보다 그의 재능을 칭찬하라. 그러나 빈번한 칭찬은 금물이다.

둘째, 옳은 말하는 사람보다 이해해 주는 사람이어야 한다. 이성적으로 판단하여 아무리 옳은 말이라도 말하는 사람의 입장에서는 자기 말에 맞장구쳐 주기를 바라는 것이 사람의 마음이다. 사람은 옳은 말을 해 주는 상대보다 자신을 이해해 주는 상대에게 끌린다.

셋째, 자랑은 적당히 애교 있게 하라. 만나면 자랑을 일삼는 사람이 있다. 자랑을 듣는 사람에게는 고역이다. 꼭 자랑을 하고 싶으면, '나 지금부터 벌금 내고 자랑 좀 할게'라는 식의 애교 있는 양해를 구한 뒤 적당한 선에서 마무리하자.

넷째, 대화의 원칙 1:2:3을 활용하라. 말재주가 없다고 모임을 피하지 말고, '1분간 말하고, 2분간 들으면서, 그 2분간, 3번 맞장구를 친다'라는 대화의 원칙을 활용하자.

다섯째, 작은 빈틈이 타인의 마음을 연다. 이성 간에도 너무 완벽한 사람에게는 접근하기 어렵듯 동성 간에도 자신보다 잘나 보이는 사람에게는 다가서기 어려운 것이 사람의 기본 심리이다. 늘 행복하고 충만해 보이던 사람이 '사실은 나도 고민이 있어'라고 말하며 솔직하게 자신을 열면 훨씬 많은 친구가 그 틈으로 들어올 것이다(동아일보, 2006. 9. 8).

사람이 피우는 담배

담배에서 우리는 사람을 읽는다. 그렇다고 흡연을 권장, 찬양하는 뜻은 결코 아니다. "달빛 어린 고개에서 마지막 나누어 먹던 화랑 담배 연기 속에 사라진 전우야." 이는 유명한 군가 <전우야 잘 자라>의 2절이다. 이 군가에 등장하는 '화랑 담배'는 1949년 4월에 국군 창설을 기념하여 발매되었고, 같은 해 6월 15일 병사들에게 보급되기 시작했다.

문화인류학자들은, 약초로 쓰이던 담배를 기호품으로 운명을 바꿔 놓은 것은 연기(煙氣)라고 진단한다. 피어오르는 연기가 담배에 대한 흥미를 이끌어 냈다는 것이다.

군가 속의 화랑 담배 연기는 단순한 연기가 아니다. 전장의 포연(砲煙)이자, 민족의 깊은 한숨이다. 이처럼 담배는 한국 현대사의 희로애락이 담긴 아이콘 중의 하나이다.

광복 후 처음 세상에 나온 '승리'(1945년)는 광복의 기쁨을 표현했다. 6·25전쟁 도중에 태어난 '건설'(1951년)은 전방은 진격, 후방은 건설이라는 구호에서 유래했다. 폐허가 된 조국을 다시 일으켜 세워야 한다는 의지가 담겼다. 전후 첫 제품인 '파랑새'(1955년)는 희망과 의욕을 불어넣기 위한 것이었다. 파랑새와 동갑내기인 '풍년초'는 역설적으로 당시 보릿고개의 배고픔을 상징한다.

1961년 5·16군사정변 이후 군사정권 시절에는 정치적 구호가 담배 이름이 되었다. '재건'(1961년), '새마을'(1966년), '충성'(1976년), '협동'(1977년) 등이 대표적이다. 1972년 유신 선포 이후에는 화랑 담뱃갑에 '유신 과업 수행에 앞장서자/멸공방첩'이라는 표어가 등장하기도 했다.

우리들의 사랑을 가장 많이 받은 담배는 '솔(1980년)이었다. 한민족을 상징하는 푸른 소나무처럼… 1988년 서울 올림픽을 계기로 담배 시장이 개방되면서 담배 이름에 외국물이 짙게 물들기 시작했다. '88디럭스'(1990년), '디스'(1994년), '오마샤리프'(1995년), '에쎄'(1996년), '리치'(1999년), '타임'(2000년), '레종'(2002년), '더원'(2003년), '비전'(2004년) 등이 그들이다(부형권 bookum90@donga.com, 동아일보, 2007. 6. 15).

동서고금, 남녀노소를 막론하고 애연가들이 있는 한 담배는 사라지지 않고 그때그때 편린의 역사를 담고 있다. 허나 마약 이상의 해악을 내뿜는 담배이니 이 일을 어찌하나!

사람의 특징

사람의 특징은 외모만큼이나 다양하고 오묘하다. 그런 점에서도 사람은 중요한 정보원이다. 이처럼 소중한 정보원을 어떻게 만날까. 사람이라는 정보원과 만나는 방법은, 직접 혹은 단체를 통하여, 문헌을 통하여, 정보 시스템이 제공하는 각종 참고 도구를 통하여 등 다양할 것이다. 그러나 그 만남의 형식과 방법을 생각하기 전에 무엇보다 사람은 정보의 원천임을 인식할 필요가 있다. 더구나 정보는 예고 없이 오류의 가능성이 있고, 제공된 정보의 유형에 관계없이 정보의 일부가 정확성이 결여될 수 있기 때문에 우수한 정보원으로서의 사람을 분명하게 인식해야 한다.

사람은 흔히 잠재력이라고 말하는 다양한 능력에 더하여 경험을 가지고 있기 때문에 그 자체가 중요한 정보원이다. 사람은 오랜 기간 다양한 방식으로, 여러 대상을 만나서 습득한 지식과 경험을 가지고 있을 뿐만 아니라 문헌을 수집하고 이용함으로써 때론 새로운 지식을 생산하며, 때론 경험을 통하여 어느 곳에서도 입수할 수 없는 데이터를 제공할 수 있는 합성(synthesis) 능력이 있다.

정보가 필요할 때 그것을 효과적으로 수집할 수 있는 순서와 방법은 사람을 중심으로 정보를 수집해야 한다는 대단히 평범한 원리이다. 즉 필요한 정보를 수집하려는 나 자신(정보 이용자)에게서 타인으로, 내부 정보원에서 외부 정보원으로 확산하는 방식의 만남을 통하여 필요한 정보를 수집해야 한다. 어느 정도 수준을 갖춘 나 자신이라면 문제의 해결을 위하여 처음부터 대뜸 문헌과 만나기보다, 축적된 지식과 경험의 소유자인 자신의 두뇌를 적극 활용하려는 자세가 더욱 필요하다. 그런 다음에 문헌과 만나는 순서를 따르는 것이 효과적이다. 예를 들면, 기계공학도가 특정 금속의 물리적 특성을 정확하게 알고 싶을 때, 특정 문헌이 제시하는 데이터에 의존하는 것보다 스스로 그 특성을 측정하는 편이 효과적이다. 나 자신을 중심으로 산고, 먼저 사람과 만나는 방법은 필요한 정보를 수집할 수 있는 지름길일 뿐만 아니라 평가된 정보와 비출판문헌(非出版文獻)을 만남으로써 요긴한 정보를 수집할 수 있는 지름길이다.

정보 이용자인 나 자신이 기대할 수 있는 도움은 만남의 자세와 태도에 따라 크게 좌우된다. 필요한 정보를 얻기 위하여 사람을 만날 때, 예의를 갖추는 것은 물론이고, 나 자신의 시간이 소중하다고 생각한다면, 필요한 정보를 얻으려고 노력하는 자신을 만나 주는 사람의 시간은 더욱 소중하다는 자세를 가져야 한다. 정보가 필요하다는 자신의 입장만을 내세우면서 신속한 도움을 기대하는 태도는 옳지 않다. 신중하고, 예의 바르고, 재치 있는 만남의 방법은 양방향식 커뮤니케이션의 성패를 좌우한다. 상대편이 나를 도우려고 노력할 때, 감사의 표시를 잊어서는 아니 되고, 또 짤막한 글로 감사의 뜻을 전하는 일은 별로 시간이 걸리지 않는다. 누구나 답변할 수 있는 질문으로 바쁜 사람이나 연장자를 괴롭히는 일은 삼가야 한다. 필요한 정보를 요구하고, 정보를 교환하려는 목적으로 전화를 사용하는 것은 어느 경우이거나 늘 바람직한 만남의 방법이 되는 것은 아니다. 나 자신과 똑같은 분야에 종사하는 지면 있는 사람, 남을 추천할 만한 위치에 있는 사람, 나 자신과 똑같이 정보의 필요성을 가지고 비슷한 분야에 종사하는 사람 등과 만날 때, 정보를 이용하는 사람으로서의 나는 분명한 태도, 세심한 배려, 적합한 만남의 방법이 무엇인지를 잘 살펴야 한다. 우리는 대체로 다음과 같은 경우에 정보원으로서의 사람을 만나서 필요한 정보를 얻고, 또 이용한다.

첫째, 필요한 정보를 수록한 문헌을 발견할 수 없을 때.

둘째, 신속성과 편의성이 요구될 때.

셋째, 정보원의 선택 등 충고와 자문이 필요할 때.

넷째, 특정 주제에 관한 지식이 부족하여 전문가의 의견이 필요할 때.

다섯째, 특정 문헌이 제시하는 정보보다 더욱 구체적인 정보를 입수할 필요가 있을 때.

여섯째, 양방향식 커뮤니케이션의 효과를 기대할 때.

정보원으로서의 사람을 선택하는 방법은 필요한 정보의 양과 품질을 좌우한다는 점에서 역시 중요하다. 그 선택 방법은 다음과 같다.

첫째, 동료와 도서관 사서 및 아는 사람에게 질문한다.

둘째, 전문직 단체, 연구 단체 등의 자문을 구한다.

셋째, 인명록을 비롯한 다양한 안내 도구를 이용한다.

넷째, 해당 주제를 다룬 문헌의 필자를 확인하여 그에게 질문한다.

3. 문헌, 그 샘이 깊은 물

문헌을 우리는 흔히 책이라고 말한다. 책은 사람과 함께 중요한 정보원이다. 멀리 죽간목독(竹簡目讀)에서부터 목판본, 인쇄문헌, 전자문헌에 이르기까지 그 종류도 다양하다. 책은 정보를 전달하는 매체이다. 간단히 말하면 정보매체이다. 지금 우리는 무수하고 다양한 정보매체 가운데에서 필요에 따라 각각 유용한 문헌을 수집하고 이용한다.

책에는 새로운 사상과 새로운 세상이 들어 있고, 세상을 바꿀 수 있는 혁명의 씨앗이 들어 있기도 한다. 책은 사람과 세상을 변화시킬 수 있는 힘을 지닌 위험한 물건일 수도 있다. 우루과이 작가 도밍게스의 소설 『위험한 책』은 책 때문에 희생된 이야기들이다. 어떤 노교수는 도서관의 서가 위에 있던 『브리태니커 백과사전』이 머리 위로 쏟아져서 반신마비가 되었고, 어떤 여인은 헌책방에서 산 에밀리 디킨슨의 시를 읽으며 길을 가다가 교통사고로 죽었다. 어떤 개는 화가 나서 『카라마조프가의 형제들』을 입과 발로 북북 찢어서 몽땅 삼킨 뒤 소화불량으로 죽었다.

책은 위험한 물건이고, 책 읽는 여자가 위험하다고 하지만 디지털

멀티미디어방송(DMB) 기기를 든 여자보다 책을 든 여자가 더욱 아름답고, 꽃을 든 남자보다 책을 든 남자가 훨씬 매력적이다(이남호, "책으로부터의 도피" 동아일보, 2007. 4. 23).

사람은 책을 만들고, 책은 사람을 만든다는 말이 오늘도 우리를 일깨운다. 결론은 사람은 사람을 만든다는 것이다.

대한민국의 첫 문고본

우리나라의 첫 문고본은 『십전총서(十錢叢書)』이다. 이름도 귀엽다. 1909년 2월 12일, 신문관(新文館)이 『십전총서』의 첫 번째 책을 펴냈다. 십전총서는 단돈 10전으로 책 한 권을 구입할 수 있다는 뜻이다. 값이 싸고, 가지고 다니기에 좋은 책, 국내 최초 문고본 출간의 순간이었다. 이 책의 크기는 세로 18cm, 가로 13cm로 요즘 문고본 판형(22.5×15.2cm)과 크게 다르지 않았다. 신문관은 육당 최남선이 1908년 창설한 출판사이다. 『소년』, 『청춘』, 『아이들 보이』, 『붉은 저고리』, 『새별』 같은 최초의 근대 잡지를 발행한 곳이다.

『십전총서』의 첫 번째 책은 조너선 스위프트의 『걸리버 여행기』 번역본이있다. 54쪽짜리 이 번역본의 제목은 『걸늬버유람긔(葛利寶遊覽記)』. 아쉽게도 『십전총서』는 두 번째 책 『산수격몽요결(刪修擊蒙要訣)』이 나온 뒤, 발행이 중단되었다. 『격몽요결』은 율곡 이이가 한문으로 지은 어린이용 학습서이고, '산수'란 글을 다듬어 정리한다는 뜻이다. 『격몽요결』의 요약본 정도가 된다.

『십전총서』는 중단되었지만 신문관은 1913년 값이 싼 『륙전쇼셜문고(六錢小說文庫)』 시리즈로 『홍길동전』, 『심청전』, 『전우치전』 등 국문 소설 10여 종을 발행했다. 이 문고본은 당초무늬로 표지를 장식했고, 당초무늬 곳곳에 빨간색 꽃잎을 그려 넣어 화려한 느낌이 들게 했다.

우리 문고본의 전성시대는 1960, 70년대이다. <을유문고>, <삼중당문고> 등이 이 시기를 풍미했다. <을유문고>는 정치, 사회, 경제, 철학, 역사, 예술, 과학 분야를 망라했고, <삼중당문고>는 주옥같은 문학작품을 연이어 펴냈다. <서문문고>, <삼성문화문고>, <문예문고> 등이 문고본의 황금시대를 이뤄 갔다.

1980년대 들어 인기가 식은 문고본은, 2000년대 이후, <살림지식총서>, <책세상문고>, <태학산문선> 등이 출간되면서 인기를 회복하긴 했으나 문고본이 출판시장의 흐름을 이끌고 있는 선진국 수준에는 아직 미치지 못하고 있다. 외국의 문고를 살펴보면, 1841년 탄생하여 100여 년간 5,290종을 펴낸 독일의 <타우흐니츠문고>, 우리에게도 친숙한 영국의 <펭귄문고>, 일본의 <이와나미신서(巖波新書)>가 잘 알려진 문고들이다(윤완준 zeitung@donga.com 동아일보, 2008. 2. 12).

브리태니커 백과사전

이 사전에서 'Encyclopaedia Britannica'를 찾아보면 이런 내용이 나온다. "영어로 출간된 백과사전 가운데 가장 오래되고 방대한 책…." 자기 사전이 자기 사전을 설명하는 문구치고는 정말 자신만만하다. 하지만 사실이 그렇다. '서구문명의 집대성'이라는 수식어가 붙는 이 사전은 양과 질에서 세계 최고의 권위를 자랑한다. 브리태니커는 영국에서 나온 문헌을 총칭하는 말이다.

『브리태니커 백과사전』은 18세기 스코틀랜드 계몽주의의 중심인

에든버러에서 출간되었다. 당시 에든버러는 애덤 스미스(Adam Smith)가 국부론을 집필하고, 월터 스코트 경(Sir Walter Scott)이 소설을 쓰던 곳이다 (브리태니커 홈페이지 참조).

이 사전의 초판은 1768년 12월 6일에 나왔다. 출판업자 콜린 맥파쿼, 조판사 앤드루 벨, 28세의 젊은 에디터 윌리엄 스멜리가 의기투합하여 만든 작품이었다. 그러나 이때 나온 책은 완성본이 아니다. 총 3책 가운데 첫 부분이었다. 2,391페이지에 160개의 그림을 담은 완성본은 3년 뒤인 1771년에 나왔다.

이 사전은 초판 간행 후 238년간 7만 개 이상의 항목을 담은 최고의 백과사전으로 성장했다. 경제학자 밀턴 프리드먼, 천문학자 칼 세이건 등 당대의 전문가 4천여 명의 글이 담겨 있다. 우리나라에 한국어판이 소개되었을 때는 '백과사전'이라는 말도 모자라 '대백과사전'이라고 썼다. 이 사전은 정보기술에 힘입어 변신을 거듭했고, 『위키피디어(Wikipedia)』라는 최대 경쟁자도 나타났다(차지환 cha@donga.com 동아일보, 2006. 12. 6). 이 사전에 얽힌 한 가지 어이없는 일은 『Encyclopaedia Britannica』를 한글로 소개할 때 오랫동안 『대영백과사전』이라고 불렀다는 점이다. 왜 『대영백과사전』인가. 『영국백과사전』이면 몰라도. 그렇게 쓰이다가 현재의 『브리태니키 백과사전』으로 바뀌었다. 이와 관련하여 더 우습고 어이없는 일은 세계적인 박물관 'Smithsonian Institution'을 '스미스소니언박물관'으로 번역하여 부르는 일이다. 마치 'Boolean Logic'을 '불리안논리'라고 말하는 것과 같다. 이는 '스미슨박물관'과 '불논리'가 각각 정확한 호칭이다.

잡지

잡지는 단행본(흔히 말하는 책)의 단점을 극복하기 위하여 등장한 정보 전달 매체이다. 잡지는 본래 연구자들이 생산한 최신 정보를 신속하게 전달하기 위하여 등장한 정보매체로서 연속간행물을 가리키는 일반 용어이다. 잡지는 정기 혹은 부정기를 막론하고 연속으로 간행되므로 그것의 간행 빈도만큼 정보 전달의 신속성이 있다. 하나의 표제를 계속 사용하면서, 그러나 간행될 때마다 그 내용은 늘 다르다. 필자가 여러 명이고 따라서 기사도 여럿이다.

일본의 미술 월간지 <게이주쓰신초(藝術新潮)>. 1950년에 창간된 이 잡지는 역사와 권위를 자랑하는 일본의 대표적인 미술 잡지다. 며칠 전 2007년 1월호를 뒤늦게 펼쳤다. '대만고궁박물원의 비밀'이란 특집 기사가 실려 있었다. 전체 170여 쪽의 거의 대부분이 대만고궁박물원 기사였다. 고궁박물원의 역사와 소장 유물, 재개관 특별전 내용, 박물관 사람들, 주변 여행 및 음식 안내까지 그야말로 없는 것이 없을 정도로 상세하고 치밀했다. 확인하진 않았지만 대만에서조차 이렇게 방대하고 심층적인 기사를 실은 잡지가 있을까 싶을 정도였다.

많은 생각이 머리를 스친다. 두 달 전, <동아일보>의 '책 읽는 대한민국'이 '문화 예술 답사기 30선'을 선정할 때였다. 국내에서 출간된 답사기를 뒤져 보았지만 제대로 된 일본 문화 예술 답사기는 찾을 수 없었다. 일본은 우리와 교류가 많았고 가장 뼈아픈 과거사를 맺고 있는 나라다. 우리는 일본을 더 잘 알아야 한다. 일본의 문화 예술을 답사하고 쓴 책이 없다니 놀라운 일이다.

일본의 시분도(至文堂)출판사는 1966년부터 매월 하나씩 전통 미술 분야의 테마를 정해 『일본의 미술』이라는 책을 월간지처럼 낸다. 지금까지 간행된 책은 무려 492권. 이뿐만 아니라 <문화유산>, <일본유산>, <일본의 미를 찾아서>와 같은 계간지와 주간지 그리고 박물관, 미술관을 소개하는 격주간지들이 즐비하다. 그러나 우리에겐 서점에서 사 볼 수 있는 전통 미술이나 문화재 전문 교양 잡지가 거의 없다. 자기네 박물관도 아닌 대만고궁박물원을 그토록 치밀하게 소개한 일본 월간지는 놀라움을 넘어서 두려움으로 다가온다.

1980년대 일본 NHK방송은 바티칸 '시스티나 성당'의 천정화(天井畵)인 <천지창조>의 보존 처리 비용을 대 주고 그 촬영권을 따냈다. 이에 따라 NHK의 허가 없이는 천정화 사진 촬영을 할 수 없다. 2005년 프랑스 루브르박물관에 <모나리자>를 위한 독립 전시실을 만들 때도 600만 달러의 비용 전액을 일본 NTV방송이 댔다. 여기에도 무언가 조건이 숨어 있을 수 있다. 전통문화를 다루는 전문 잡지 하나 제대로 없는 우리의 현실이 못내 마음에 걸린다(이광표 kplee@donga.com, "부러움을 넘어 두려운 日 전통문화잡지" 동아일보, 2007. 6. 2).

종이와 책의 만남

종이와 책은 만남은 역사적이며 사회적인 큰 사건이다. 종이와 책은 요즘 같은 최첨단 디지털 시대에 아날로그적 감성을 유지하고 있는 전통적인 문화 코드이다. 종이는 문화의 쌀이고 책은 잘 지은 밥이라고 보면 무리가 아닐 듯싶다.

경기도 파주에서 '북시티페스티벌 2006, 종이와 책 특별전'이 열리고 있다. 이 행사는 종이와 책이 만나는 귀중한 자리이다. 이처럼 종이와 책은 불가분의 관계인데 너무 가까운 관계여서 서로를 잘 모른다. 그러므로 이번 만남이 흔치 않은 기회이고 처음이라 해도 지나친 과장이 아니다. 그런데 놀라운 일은 출판계에 종사하는 분들이 국내에서 만들어지는 종이의 다양성에 대해 잘 모르고 있다는 점이다. 책에서 종이가 차지하는 비중을 간과하고 있다. 종이와 책이 불가분의 관계임에도 정작 종이를 만드는 사람과 책을 만드는 사람은 서로 잘 모르고 있다. 비록 이번 만남이 늦은 감은 있지만 문화를 대표하는 동질성이 있기에 그리 낯설지 않을 것이다. 곧 서로를 잘 이해하고 격려하는 사이가 될 것이다. 이런 점에서 이번 페스티벌은 문화산업의 재발견이라는 의미를 부여해도 좋을 듯하다(안상철, 종이와 책. 서울경제, 2006. 10. 24).

인류에게 책만큼 귀중한 유산도 없다. 책은 문명과 역사의 축적이자 상징이다. 책은 기록이고 기록되는 것은 모두 과거이지만 그것을 통해 현재와 미래를 볼 수 있다. 책이 없는 공허는 영혼이 없는 것과 같고(로마의 문장가 키케로), 책은 꿈꾸기를 가르쳐 주는 선생이고(프랑스 과학철학자 가스통 바슐라르), 지혜의 샘은 책 사이로 흐르며(독일 속담), 책은 과거와 미래, 현실과 비현실을 넘나드는 상상을 담는 그릇이다(화가 한만영).

책을 통하여 우리는 옛사람을 만나고, 산의 아름다움을 본다. 『천년산행』(박원식 지음, 크리에디트, 2007)은 옛사람과 함께하는 우리 산 탐승기이다. 이 책은 우리 산의 아름다움은 물론이고 그 산에 아로새겨진 선인들의 발자취를 되짚어 내 그들과 대화할 수 있도록 안내한다. 충남 예산 덕숭산과 만공 스님, 전남 강진 만덕산과 정약용, 전남 해남 두륜산과 초의선사, 경남 합천 가야산과 최치원, 충남 부여 만수산과 김시습, 경북 봉화 청량산과 퇴계 이황, 전북 부안 쌍선봉과 매창, 전남 신안 흑산도 선유봉과 정약전 등 명산 20곳과 선인 20인의 인연을 소개하고 있다.

사진

사진은 독특한 형태의 문헌이다. 사진애호가들은 단순히 좋은 사진을 보고 즐기는 차원에서 벗어나 직접 사진을 찍으면서 사진을 통해 사람과 삶, 자연과 사회를 이야기한다. 나름대로의 미학도 그려낸다. 사진의 가장 큰 매력은 살아 숨 쉬는 순수한 리얼리티다. 사진을 보고 눈물을 흘릴 수 있고 기분 좋게 웃을 수 있는 것은 바로 이 살아 숨 쉬는 생명력 때문이다. 사진은 있는 그대로를 기록하고 보존한다. 사진은 기억을 존재하게 만드는 도구이기도 하다. 누구나 어렸을 때 추억이 담긴 사진을 간직하고 있다. 카메라라는 도구를 통하여 존재의 가치를 기억으로 남기고 있는 것이다. 사진은 현대 건축물에 아주 잘 어울린다. 그래서 아파트 실내를 사진으로 장식해 내부 공간을 한층 더 품격 있게 만들려는 사람이 늘고 있다. 사진 작품은 다른 세상을 만날 수 있는 새로운 간접 경험의 기회가 되기도 한다. 이런 변화는 사진이 오랜 시간 보존되며 향유하는 예술작품이 되었기 때문에 가능한 일이다(김영섭, "사진을 살리는 길, 망치는 길", 동아일보, 2007. 10. 20).

제3회 아시아경기대회 개막식사

제3회 아시아경기대회는 1958년 5월 24일부터 6월 1일까지 일본의 동경에서 개최되었다. 임원 37명과 선수 119명이 참가한 대한민국은

금 8, 은 7, 동 12개를 획득하여 일본, 필리핀에 이어 메달 순위 3위를 차지했다. 특히 정치, 경제적으로 후진을 벗어나지 못한 당시 우리나라의 국력은 필리핀을 앞서지 못할 정도로 빈약하고 불안하였다.

다음과 같은 이 대회 개막식 연설문은 필자가 1969년부터 1976년까지 고려대학교 도서관의 사서로 근무할 당시 재미 문학가 강용흘 (Young Hill Kang) 씨의 기증 도서를 정리하던 중 어느 책갈피에서 발견한 것이다. 문헌과 사람의 만남은 이렇게 순간적으로 시간과 공간을 훌쩍 건너뛰어 과거가 오늘처럼 우리 앞에 다가온다.

Address by Mr. Juichi Tsushima at the Opening Ceremony of the Third Asian Games

Your Imperial Majesties the Emperor and the Empress, Your Imperial Highness the Crown Prince, the Patron of the Third Asian Games, Your Imperial Majesty the Shar of Iran, President and Council Members of the Asian Games Federation, President and Members of the International Olympic Committee, Your Excellencies, Delegations of twenty participating countries, ladies and gentlemen. It is a great honour for me to extend my hearty welcome to you on behalf of the Organizing Committee.

Since the First Asian Games were held in New Delhi in 1951 and the Second in Manila in 1954, continuous progress has been made, fittingly to the Federation Motto of "Ever Onward", until the Third Games are to be opened here on this day, as a result of most enthusiastic cooperation rendered by those concerned in all the participating countries.

The spirit of the amateur sports, which we never cease to love, is to pursue the common ideal of all human being, aiming at peace and justice, irrespective of race, politics, ideologies and religions.

Asian Games are the Sports Festival in Asia and at the same time a festival symbolizing joy and happiness of the Asian Nations, proud of their common culture, and the oldest history.

In this age of extreme mechanicalism the part played by sport is of great importance for us to rediscover and procreate the beauty and strength of inherent human nature.

I ardently hope that the youths of the Asian Countries, who are going to bear the responsibility on their shoulders in the future generation, may join in one harmonious Asia through sport and contribute towards peace and prosperity of the world by their healthy physical strength and their fragrant spiritual culture.

The Flame kindled in Manila, the site of the last Games, having been relayed by thousands of athletes, is now approaching this stadium this very minute and will arrive here in exactly 5 minutes from now.

On behalf of the Organizing Committee I have the honour to ask your Imperial Majesty the Emperor to proclaim the Third Asian Games officially open.

자서전

자서전은 한 사람이 살았던 시대의 문화적이며 사상적인 지형도이다. 철학자, 수학자, 문필가, 반전운동가, 백작, 노벨문학상 수상자, 대안교육가, 여권신장운동가 등 하이브리드(hybrid)의 삶을 산 러셀(B. Russell)의 자서전이 바로 그렇다. 어린 시절부터 청소년기, 케임브리지 시절, 학술

활동기, 사회활동기 등으로 이어지는 이 자서전에서 단연 흥미로운 대목은 문화계와 사상계 저명인사들과의 교류이다. 철학자 조지 무어(George Moore), 루트비히 비트겐슈타인(L. Wittgenstein), 앨프리드 화이트헤드(Alfred Whitehead), 경제학자 존 케인스(John Keynes), 소설가 데이비드 로렌스(David Lawrence), 조지 콘래드(George Conrad), 사회운동가 시드니 웨브(Sidney Web) 부부, 시인 엘리엇(T. S. Eliot), 과학자 아인슈타인(Albert Einstein) 등을 예로 들 수 있다.

자서전을 평가하는 중요한 기준들 가운데 하나가 솔직함이라고 할 때, 러셀의 자서전은 최고급이다. 청소년 시절, 러셀은 하녀를 유인하여 키스와 포옹을 하고 '나와 하룻밤을 같이 보내지 않겠느냐'고 제의했다. 하녀는 러셀의 제의를 거부하면서 '당신이 훌륭한 사람인 줄 알고 있었는데 그렇지 못하다는 걸 알게 되어 실망스럽다'라고 말했다. 이밖에도 러셀은 자신의 약점으로 비칠 소지가 있는 행적이나 심경을 감추지 않고 솔직하게 밝힌다.

러셀의 자서전은 자서전 문화에 관해 많은 걸 생각하게 한다. 시시비비의 판단을 드러내지 않는 두루뭉술한 자서전, 사회적 파장을 불러일으킬 수 있는 대목은 슬쩍 넘어가는 자서전, 자화자찬으로 가득한 자서전. 이것이 우리의 자서전 문화가 아닌가 하는 자성을 해 본다(표정훈, "러셀 자서전" 동아일보, 2007. 2. 13). 자서전을 쓰는 일에도 상식과 양식이 필요하다. 그런 자서전은 수명이 길뿐만 아니라 한 사람이 살았던 시대의 문화적이며 사상적인 지형도가 될 수 있다.

4. 단체, 그 큰 나뭇가지

단체, 기관, 조직은 한마디로 동의어이다. 글 쓰는 사람의 의도, 글의 주제 혹은 글 앞뒤의 구조에 따라 가려 쓸 뿐이다.

단체는 그 설립 목적을 수립하고, 그것을 달성하기 위하여 함께 활동하는 사람들의 유기체이며, 내외부 문서와 문헌 및 시설 등을 갖춘 조직이다. 따라서 정보원으로서의 기관과 만날 수 있는 길은 해당 기관의 구성원, 내외부 문서와 각종 문헌으로 구성되는 문헌집단(文獻集團), 자체 간행물, 각종 시설 등을 이용하는 것이다. 이 경우, 만남의 중심이 되는 정보원은 무엇보다도 단체의 주체가 되는 사람이다.

잠재력이 있는 정보원으로서의 기관과 만나려면, 필요한 유형의 정보를 입수할 수 있는 적합한 형태의 기관을 선택해야 한다. 일반적으로 주제, 생산품, 서비스 등의 유형에 따라 해당 분야의 전문직 단체와 만난다. 그러한 단체는 직접 도움을 주지 못하더라도 질문에 대한 접근 방법 혹은 도움말을 제공할 것이다.

기관의 유형은 산업체, 교육기관, 공공기관, 전문직 단체, 연구 기관, 비정부 기관 등이다. 각 유형은 설립 목적과 그 역할이 각각 다르나, 이들을 안내하는 도구들은 선정된 기관을 그 명칭의 자모순 혹은 주제의 자모순으로 수록한다는 점에서 유사점이 있다. 기관에 따라 둘 이상의 범주에 속하는 기관도 있으므로 이때는 관련된 모든 안내 도구와 만나야 한다. 특히 기관의 구성원을 통하여 기관에 접근할 때, 예의를 갖춘 신중한 만남은 필요한 정보의 양과 질을 좌우한다는 사실을 유념할 필요가 있다. 여기서는 정보원으로서의 산업체, 교육기관, 공공기관을 개괄적으로 살펴본다.

산업체는 소비자에게 상품과 서비스를 제공하여 영리를 추구하는 단체를 말한다. 산업체와 만날 때 주의할 점은, 자체 상품에 관련된 정보에 치우치거나, 다른 단체의 상품에 관련된 정보를 제공하는 데 주저하거나, 충분한 도움을 주겠다는 대가(對價)로 상품의 구매를 기대하는 등의 태도이다.

산업체와 만날 수 있도록 안내하는 도구는 전화번호부, 기업체 총람, 산업체 디렉터리, 기관지(機關誌), 각국의 공관(公館) 및 상무관(商務館) 리스트 등이다. 이러한 도구는 산업체를 그 명칭의 자모순(字母順) 혹은 주제명의 자모순으로 수록하고, 그 명칭 밑에 주소, 전화 번호, 생산품, 서비스, 대표자, 자본 및 경영 상태, 다른 산업체와의 관계, 관심을 가지고 있는 연구 주제 등 각종 정보를 수록한다. 산업체의 안내 도구를 이용하려면, 그것의 최신성, 정확성, 신뢰성을 사전에 반드시 평가해야 한다.

교육기관은 교육, 연구, 봉사활동을 수행하는 초등, 중등 및 고등교육기관, 전문직 교육기관, 교육 관련 협회 등을 말한다. 교육과 학술 및 연구 정보, 계약 연구, 도서관 봉사, 각종 기술과 기기 및 도구의 사용법에 관한 전문가의 도움말이 필요할 때 이용자는 교육기관과 만난다.

정보원으로서의 교육기관 가운데 특히 대학은 광범위한 주제를 다루며, 그것의 공식 커뮤니케이션 경로는 추진 중인 과다한 업무량으로 인하여 두절되는 경우가 종종 있다. 독립된 조직으로서의 대학의 각 학과와 만나려면 관련 인사의 도움이 필요하다. 대학의 구성원을 개별적으로 만나는 데는 예측할 수 없는 어려움이 있는데, 그것은 틀에 매이지 아니한 집무 시간, 연구 여행, 각종 회합, 강의 등에서 비롯되는 대학의 업무와 그 구성원의 특성에 기인한다.

교육기관은 독자적으로 특징적인 안내 도구를 간행하며 그 안내 도구는 국내 혹은 국제 규모의 단체를 명칭의 자모순 혹은 주제의 자모순으로 수록한다. 대학 요람이나 대학 안내와 같은 도구는 교육 과정, 교수진, 시설, 각 학과의 특성, 각종 위원회, 장학 제도 등에 관한 상세한 정보를 제공한다.

대학은 한 사회의 두뇌이며, 정신이며, 지성이다. 대학은 한 사회의 전통과 질서를 보존하고, 전승하는 기능도 있지만 바로 그 전통과 질서를 비판하고 개혁하여 보다 나은 새로운 사회와 역사 창조의 책임도 있다. 교수가 상아탑에 갇혀 학문의 순수성만을 고집하지 않고 사회비판과 개혁에 적극 참여하는 것은 사회의 한 구성원으로서 대학인의 마땅한 도덕적 의무이다. 오늘날 여러 분야에서 많은 교수들이 변화를 위한 사회비판적 발언과 개혁을 위한 건설적 제안을 하는 것은 대학의 도덕적 건강성을 보여 주는 증거이다.

대학이 사회적 변화와 개혁을 위해 이같이 중요한 역할을 맡고 있다면 실제로 그만한 역할을 자신 있게 할 수 있을 만큼 그 자체가 바람직하게 건전하고 건강해야 한다. 대학이 대학 밖의 사회적 변화와 개혁을 위한 기능을 자신 있게 수행하려면 먼저 대학 자체의 변혁이 필요하다. 한국이, 우리 민족이 살아남고 번영하려면 국가적, 사회적, 민족적 차원에서 개혁이 절박하듯, 한국의 대학이 대학다운 대학이 되려면 대학도 큰 개혁을 끊임없이 해야 한다.

대학은 자기 자신을 비판과 개혁의 대상으로 삼아야 한다. 자신은 어떠하며, 무엇이 비판되고, 바뀌어야 하는가의 물음을 스스로에게 던져야 한다. 대학의 냉엄한 자기비판과 용감한 개혁이 정치 사회 비판과 개혁에 선행되어야 한다. 내적으로 교육 문제와 사회문제의 깊고 심각한 역학적 관계, 외적으로 정치, 경제, 사회, 문화적 차원에서 이뤄지고 있는 세계의 지구촌화 그리고 가속화되는 정보 통신 분야에서 불고 있는 기술적 혁명들은 싫건 좋건 한국 대학의 획기적이며 총체적 개혁을 불가피하게 한다.

현재 우리 대학의 상황은 어떤가. 대학은 지금 변화를 위한 몸부림을 하고 있다. 여러 차원에서 급격한 변화와 개혁이 이뤄지고 있다. 불과 몇 년 만에 실제로 엄청난 변화가 이뤄지고 있다. 변화는 어떻게 진행되며, 개혁의 결과는 만족스러운가. 이 물음에 대한 대답은 무엇이 먼저 변해야 하며, 어떻게 개혁되어야 하는가를 전제로 한다. 예산, 시설과 같은 물리적 변화와 제도, 절차와 같은 행정적 개혁은 바람직한 대학의 필수조건이다. 그러나 이런 요소들은 교육의 외형적 요소이지, 내면적 요소는 아니며, 그 의미는 수단일 뿐 목적은 아니다.

대학은 정치 집단도 아니고 무역 회사도 아니며 생산 공장이 될 수도 없다. 대학의 주요 목적과 의미는 교육, 진리탐구, 기술개발이라는 정신적, 지적 가치의 창조와 계발에 있으며, 이는 어떤 상황에서도 달라질 수 없다. 교육자의 도덕성, 학자로서의 지적 호기심, 탐구의지 차원에서 냉철한 자기반성과 자기비판, 변화와 개혁이 더 근본적이다.

대학은 지식층의 지성을 대변한다. 지성인은 세계를 반성적으로 비판하고, 개혁해야 할 사회적 의무가 있다. 자신을 뒷받침해 주는 사회를 위하여 보답할 도덕적 의무가 선행되어야 한다. 대학 교수의 의무 가운데 교육과 학문탐구보다 중요한 것은 없다. 한국 대학에 물질적, 제도적 개혁이 절실하지만 그에 앞서 변화하고 개혁되어야 할 것은 교수의 의식이다(박이문. "한 이상주의자의 대학관" 교수신문, 1997. 4. 14).

'대학생들에게 대학 생활을 어떻게 하면 좋을까?'라고 물으면 그 답변이 꽤 다양할 것이라고 생각한다. 그러나 이 물음에 대한 해답을 찾는 일은 학생과 교수가 다 함께 심사숙고할 문제이다. 이에 대한 대안으로 다음과 같은 "대학생활계획서"의 작성과 실천을 대학생들에게 적극 권장한다.

대학에 입학하면 "제1차 대학생활계획서"를 작성하여 지도교수에게 제출하고, 그의 평가를 받은 다음, 보완된 계획서를 지도교수에게 다시 제출하여 승인을 받는다. 승인된 계획서를 적극 실천한다. 이런 방식을 거듭하여 4학년에 진급하면 "제4차 대학생활계획서"를 작성하고, 같은 절차와 과정을 거쳐 이를 실천한다. 이 계획서는 적어도 다음과 같은 내용을 밝혀야 한다.

(1) 자신의 학습능력을 구체적으로 분석한 내용.
(2) 진로설정을 위한 구체적인 내용과 취업계획.
(3) 외국어 능력을 향상시키기 위한 구체적인 방안.
(4) 컴퓨터 활용능력을 향상시키기 위한 구체적인 방안.
(5) 전공 분야의 탐구 활동 계획과 실천 방안.

(6) 부전공 분야의 선택과 그 탐구 활동 계획 및 실천 방안.

(7) 공식, 비공식을 막론한 교양 독서 캠프에의 참여계획 및 독서계획.

(8) 우리 대학 문헌정보학회 및 소학회를 통한 탐구 활동 계획.

(9) 도서관 중심의 탐구 학습과 현장 실습 기회의 활용 방안.

(10) 도서관 및 관련 단체를 위한 자원 봉사 계획.

(11) 지도교수가 선정한 도서관에 대한 자원 봉사 계획.

(12) 교수 및 선후배와의 인간관계를 원만하게 유지하기 위한 방안.

대학생활은 실질적으로 마지막 학창생활이라는 점에서 이는 대학생들의 미래를 좌우할 것임에 틀림없다. 또 계획서 운운하기는 이미 때가 늦었다고 체념하거나 포기할 일이 아니다. 문제는 대학생인 나 자신이 얼마나 철저하게 자신을 분석하고, 그 결과에 부합하는 실천 방안을 마련하며, 얼마나 철저하게 그 방안을 실천하느냐 하는 것이다. 희망과 용기를 가지고 정진하면 영광은 자신의 몫이다.

공공기관은 입법, 사법, 행정과 관계되는 단체를 말하며 이 범주에 중앙정부, 지방정부 및 그 산하 단체를 말한다. 따라서 통계, 법령, 정책을 비롯한 다양한 공식 정보와 정부의 하급 기관, 각종 협회, 정보 제공 기관 등과 관련된 정보가 필요하면, 이용자는 공공단체와 만나야 한다.

만나야 할 특정 부서나 특정 인물을 알지 못하거나, 필요한 정보이긴 하나, 시급히 입수할 필요가 없을 때는 서신을 통하여 공공단체와 만나는 것이 편리하다. 기억에 남을 만한 특별한 만남이 없음에도 불구하고 정보 이용자가 공공단체에 전화를 한다면, 먼저 안내 부서와 통화를 하고, 필요하다면 해당 단체를 방문하여 안내를 받아 정보를 검색하는 것이 순서이다.

　대규모 단체가 정보 이용자를 도울 수 있는 인물의 소재를 파악하는 일은 쉽지 않다. 각 부서들은 독립성이 있을 뿐만 아니라 다른 부서에서 일어나고 있는 일을 잘 모른다. 정보 이용자가 어떤 단체에 전화를 할 때마다 따돌림을 당한다면 그는 당연히 불만스러울 것이고, 최악의 경우, 비용과 시간만 낭비하는 결과를 낳을 수도 있다. 공공기관 가운데 도서관을 만나보자.

　알렉산드리아도서관(Alexandria Library)은 기원전 3세기 초, 알렉산더대왕의 뜻에 따라 그의 후계자인 프톨레마이오스 1, 2, 3세에 의하여 건립되었다. 지식의 통제를 목표로 만들어진 이 도서관은 80만 책의 장서를 소장한, 오늘날에도 찾아보기 힘든 규모였고, 철학, 수학, 천문학, 의학 등 모든 학문의 발전에 지대한 공헌을 한 학문 연구 기관이자, 대학이자, 정책 자문 기관이었다. 이 도서관은 서적의 번역, 편집, 출판 작업도 주도하여 오늘날 우리가 알고 있는 구약의 원형인『셉투아긴타』및『아리스토텔레스전집』을 소장하여 후세에 전하였다. 여기에 소속되어 활동한 학자들의 명단은 화려하다. 프톨레마이오스 1세에게 "학문의 길에 왕도는 없다"라고 말한 유클리드 기하학의 창시자 에우클레이데스, '유레카'라는 명언을 남긴 아르키메데스, 천동설로 유명한 천문학자 프톨레마이오스, 세계 칠대 불가사의 중의 하나인 파로스 등대를 설계한 건축가 소스트라투스 등이 그들이다.

　이 도서관은 450년경 인류의 시야에서 사라져 전설과 신화의 영역으로 들어갔다. 이 고대 도서관은 그 뒤 1600여 년간 인류 지식의 에덴동산이자 이상향으로 기억되며, 전 세계 작가와 지성인에게 살아 있는 상상력의 모태가 되었다. 모든 책벌레들의 꿈인 알렉산드리아도서관은 르네상스에 비견할 만한 학문과 문화 발전을 이끌며, 서구 문명의 중요한 토양이 되었다.

1980년대 후반, 유네스코가 이집트 정부의 요청을 받아들여, 국제 사회에 이 도서관의 재건 사업에 동참할 것을 호소했고, 각국 정부와 기업의 지원이 쏟아졌다. 재건 프로젝트의 자산을 확보하기 위하여 '알렉산드리아도서관의 친구들(Friends of Alexandria Library)'이라는 단체가 전 세계적으로 조직되었고, 중동, 아시아, 유럽 등 각국의 적극적인 참여와 지원으로, 2002년 옛 자리에 알렉산드리아도서관은 영광스러운 모습을 드러냈다(로이 맥클라우드 등저, 에코의 서재: 알렉산드리아도서관).

천하제일의 부자 빌게이츠는 자신의 아버지가 졸업한 미국의 어느 로스쿨(Law school)에 건립비용으로 2천만 달러를 기부했다. 조건은 단 한 가지, 로스쿨 건물의 이름을 아버지의 이름으로 해 달라는 것이었다. 2천만 달러를 기부하는 마당에 건물 이름 하나쯤 바꾸는 것이 어려운 일이겠는가. 이 로스쿨은 '윌리엄 게이츠 홀'로 바뀌었다. 그러나 로스쿨은 법대 건물 이름을 변경하면서도 법대 도서관의 이름, '갈라거 라이브러리'를 고수했다. '갈라거'는 37년간 도서관에 근무하면서 많은 공을 세운 사서의 이름이다.

어느 교수는 대학에서 저작권법 강의를 하면서 학생들에게 이 대학 '법학도서관'의 사서가 누구인지 아느냐고 물은 적이 있다. 물론 단 한 명도 대답을 하지 못했다. 사전에 연락을 받은 법학도서관 사서를 학생들에게 소개하고, 앞으로 나오게 했다. 저작권법의 한 테마인 도서관의 중요성을 설파한 뒤인지라 큰 박수가 터졌다.

산업이 발달하려면 도로, 항만, 통신, 전력 등 사회기반시설이 잘 닦여 있어야 한다. 인프라만 잘 갖추었다고 하여 물류의 소통이 원활

한 것은 아니다. 교통질서를 잘 지켜야 한다. 길이 넓고 교통량이 적을 때는 신호를 위반해도 크게 위험하거나 불편하지 않다. 교통량이 많아지면 신호를 잘 지켜야 인프라가 제 기능을 발휘할 수 있다.

학문 발전의 인프라는 무엇일까? 필자는 도서관과 문헌정보학이라고 생각한다. 구슬이 서 말이라도 꿰어야 보배라고 했다. 너무 많은 정보는 오히려 쓸모없는 시대가 왔거나 곧 올 것이다. 학문 발전의 인프라는 필요한 정보를 수요자에게 정확하고 빠르게 공급해 주는 것을 목표로 한다. 우리는 세계 제일의 초고속 인터넷망을 보유하고 있으므로 길은 잘 뚫려 있는 셈이다. 문제는 길을 질주하는 폭주족이 많은 데 있다. 인터넷에서 너무 쉽게 다른 사람의 노작(勞作)을 '컷 앤드 페이스트(cut and paste, 잘라 붙이기)'하고 있는데, 더 큰 문제는 이런 행위에 별로 죄의식을 느끼지 않는다는 것이다. 최근 김병준 전 장관 사태로 인해 표절시비가 많은 관심을 끌었다. 지금도 표절의 기준이나 문헌 인용에 대한 통일규칙이 만들어지기는커녕 논의조차 되지 않고 있다는 데 문제의 심각성이 있다.

'학문의 소통을 위한 학문'인 문헌정보학과 그 질서체계의 일부를 담당하고 있는 저작권법학은 빛이 나지는 않지만 매우 중요한 분야임에 틀림없다. 우리는 언제쯤 국립도서관, 시립도서관과 같은 딱딱한 이름 대신에 두꺼운 안경에 머리칼은 하얗게 센, 평생을 책 먼지를 뒤집어쓰고 살아온 사서의 이름을 딴 도서관을 가질 수 있을까?(남형두, "사서 이름 붙인 도서관을 기다리며" 동아일보, 2006. 8. 30). 우리의 소박한 소망은 그뿐이 아니다. 유능한 사서 출신의 국립중앙도서관장과 국회도서관장의 배출, 동서양을 막론하고 사서라면 수상을 탐낼 만한 도서관상의 제정, 세계적인 수준의 정보관리연구소 설립 등이 그것이다.

연구기관은 각 학문 분야의 학회와 연구소 및 국공사립의 각종 연구소 등을 말한다. 구체적인 기관을 소개하는 것보다 연구기관은 어떤 사회적 배경을 가지고, 어떻게 설립되고, 운영되었는지를 살피는 것이 연구기관의 중요성을 이해하는 데 도움이 될 것이다. 아울러 이들이 창간한 학술지의 등장 배경과 그 의미를 살펴보자.

17세기에 접어들면서 학문연구의 중심인 과학연구소가 많이 설립되었다. 물론 B.C. 5세기에 플라톤의 아카데미아, 아리스토텔레스의 류케이온, B.C. 3세기의 무제이온, 중세 아랍의 연구소, 12, 13세기에 창설된 대학 등이 있었다. 그러나 이들은 순수한 성격의 과학기술 연구기관은 아니었다.

과학의 제도화에 관한 착상은 1624년 베이컨(Francis Bacon)이 쓴 『뉴 아틀란티스(New Atlantis, 1627)』에서 비롯한다. 태평양의 외딴 섬 뉴 아틀란티스에는 베이콘의 사상을 이해하는 연구자들이 상호 협력하는 큰 연구소가 있었다. 베이콘은 이 연구소의 목적을 인류의 복지증진에 두었다. 그는 유용한 과학과 기술을 장려하는 것은 국가가 해야 할 당연한 일이지만 이러한 의미의 단체는 민간인이 중심이 되어 자치적으로 관리되어야 한다고 강조하였다. 많은 연구자를 도시에 모으고 우대하면서 그들을 서로 결속시키는 일이 중요하다고 역설하였다. 그는 결속된 연구자들의 재능이 교류함으로써 과학과 산업의 발전을 촉진시켜야 한다고 강조하였다. 특히 당시의 과학 분야는 진리 탐구를 위한 상호 협력이라는 경향이 짙어졌다.

1657년 이탈리아에 역사상 유명한 "실험연구소(Accademia del cimento)"가 설립되었다. 당시의 부호인 메디치(Medici) 가문의 재정적 후원으로 설립된 이 연구소는 보렐리(Giovanni Alfonso Borelli, 1608~1679), 비비아니(Vincenzo Viviani, 1622~1703) 등 갈릴레오의 제자들에 의하여 운영되어 많은 업적을 남겼다. 그러나 스콜라 사상과 신학, 아리스토텔레스의 사상에 도전하고 충돌한 탓으로 1667년에 폐쇄되었다. 연구소의 명칭이 말하듯 이 기관은 실험을 연구의 중심으로 삼았으므로 오늘날 물리 실험실의 모체가 되었다는 평가를 받는다.

현존하는 학회 중에서 가장 오래된 것은 1662년 영국에 설립된 왕립학회(The Royal Society)이다. 1644, 1645년경 영국에는 실험과학을 표방하는 두 개의 자주적인 그룹이 생겼다. 하나는 '철학협회(The Philosophical Society)'이고, 다른 하나는 '보이지 않는 대학(invisible college)'이다. 보일(Robert Boyle, 1626~1691), 훅(Robert Hooke, 1635~1703), 뉴턴(Isaac Newton, 1642~1727)을 중심으로 활동한 후자가 모체가 되어 1660년 찰스 2세의 후원을 받아 1662년 7월 15일 왕의 정식인가로 왕립학회는 발족하였다. 이 학회는 이론보다 실험을 중시하였으므로 연구의 중심도 강연이 아닌 실험이었다. 새로운 사실이나 법칙을 발견한 연구자는 회원들 앞에서 그에 관한 실험과 증명을 해야 했다. 실험 못지않게 중요한 역할을 한 것은 이 학회가 1665년 3월에 창간한 학술지 <The Philosophical Transactions>이다. 이 학술지는 당시의 과학기술에 관한 정보의 교환, 지식의 공개 및 비판, 상호자극을 도모하는 중추적인 역할을 하였다. 그러나 회원들은 국가로부터 어떤 종류의 연금이나 보수를 받지 않았고, 신분상 특권도 인정받지 못하였다. 이 학회는 과학 발전을 위하여 뜻을 같이하는 연구자들의 순수한 모임이었다.

데카르트(Rene Descartes, 1596~1650), 파스칼(Blaise Pascal, 1623~1662), 페르마(Pierre de Fermat, 1601~1665)를 중심으로 연구자들 사이에 공식적인 과학 연구 기관을 만들려는 움직임이 있었고, 드디어 1666년 프랑스에 과학아카데미

(Academie des Sciences)가 설립되었다. 영국의 왕립학회 설립과 과학의 연구가 개인의 힘으로 계속될 수 없다는 점, 그리고 과학 연구 자체가 사회성을 지닌다는 점 등이 작용한 결과이다.

당시 연구자들은 재상 콜베르(Jean Baptiste Colbert, 1619~1683)에게 협력을 구했다. 그는 과학 연구가 산업 발전에 크게 기여할 것을 확신하고 왕립연구기관의 설립을 결의하였다. 이 기관의 설립은 당시 과학의 사회적 기능을 높이 평가한 결과이다. 과학과 기술의 발전의 온상은 바로 과학연구소임을 확신한 것이다. 다수의 상인이 이 기관의 설립과 운영에 참여한 사실도 같은 이유에서였다. 따라서 이 연구소의 중요한 과제의 대부분은 사회가 기대하고 요구하는 분야였다.

영국의 왕립학회와 달리 프랑스의 과학아카데미는 국립연구소이고, 그 운영은 대부분 왕실의 출자에 의했으며, 20명 정도의 회원은 모두 국가로부터 급료를 받는 직업적인 과학자였다. 영국의 경우는 개인 연구가 대부분이었으나 프랑스는 완전한 공동 연구 체제가 이루어졌다. 그들은 국내뿐만 아니라 네덜란드의 호이흔스(Christiaan Huyghens, 1629~1695) 등 외국 연구자들과 끊임없이 연락을 취하고, 때론 세계 각 지역에서 저명한 연구자를 초빙하기도 했다. 이 기관은 콜베르의 후원을 받아 1665년에 학술지 <Journal des Savants>을 창간하면서 연구자들의 업적을 발표하였다.

라이프니츠(Gottfried Leibniz, 1646~1716)가 주동이 되어 독일이 베를린과학아카데미를 설립한 것은 1700년 7월 11일이다. 이 학회의 성과는 대단하지 않았으나 학술지 <Acta Eruditorum>을 창간하면서 주로 수학과 물리학에 관한 연구 결과를 발표하는 장이 마련되었다.

천문학 연구자 라플라스(Pierre Simon Laplace, 1749~1827)는 "개개의 연구자는

독단에 빠지기 쉬우나 학회 안에서는 의견이 일치해야 하므로 독단적인 것으로부터 빠져나올 수 있다"라고 과학의 조직화를 강조하였다(오진곤, 서양과학사, pp.127~131; Pierre Guaydier, 물리학사, pp.29~32).

5. 종교와의 만남

    동서고금을 막론하고 종교가 없는 시대는 없었다. 종교는 기도, 믿음, 선행이 중심을 이룬다. 다만 종교에 따라 그 비중의 차이가 있을 뿐이었다. 그렇게 사람은 종교와 밀접한 관계를 가지고 있다.

    종교란 무엇인가? 종교는 기도와 선행이다. 기도는 하느님에 대한 믿음, 교리에 대한 믿음, 전지전능한 위대함에 대한 믿음, 말씀과 가르침에 대한 믿음, 두려움과 역경을 극복할 수 있는 힘에 대한 믿음이다. 선행은 교리의 실천, 말씀과 가르침의 실천 등 믿음의 실천이다. "수행이 있은 다음 도장이 생겼다"라고 전남 승주에 자리한 '송광사 사적비'는 우리를 깨우친다.

    교회나 성당 혹은 절에 나간다는 것은 나가지 않는 것보다 좋은 일일지 모르나, 성스러운 곳에 간다거나 기도한다는 것만으로 혹은 믿음을 간직한다고 해서 진정한 종교인이나 신도가 될 수 없다. 선행이 뒤따르고 선행이 뒷받침되어야 한다. 신도나 신자가 많고, 교회와 사찰을 비롯한 성소가 아무리 많은들 무슨 소용인가. 그들의 선행이 없고, 선행이 쌓이지 않는다면 모두 부질없는 일이다. "수행이 있은 다음 도장이 생겼다"라는 '송광사 사적비'의 첫 마디를 다시 되새길 필요가 있다.

선행은 말 그대로 착하고 참된 것을 실천하는 것이다. 타인을 해치지 않고, 욕하지 않고, 저주하지 않고, 모략하지 않음에 그치지 않는다. 한 걸음 더 나아가 자유, 정의, 진리를 적극적으로 실천하는 것이다. 헐벗고, 굶주리고, 추위에 떠는 사람을 돕고, 어려움과 난처함에 빠진 이웃을 도우며, 곧고 바르게 자라는 어린이들을 돕고 보살피는 일이 모두 선행이다. 많이 안다는 것과, 아는 것을 자신과 이웃과 사회 발전을 위하여 잘 쓴다는 것은 뜻이 다르고, 그 결과는 큰 차이가 있다. 도장이 중요하지 않고 수행이 중요하며, 기도는 능사가 될 수 없고 착함과 참의 실천이 뒤따라야 한다. 김수환 추기경이나 법정 스님이 열반에 들었을 때 많은 사람들이 두 분을 추모한 것은 이들이 평소에 실천한 믿음의 무게 때문이며 그 덕을 추모한 것이다. 선행과 적선이 계속되는 기도와 예배일 때 사람과 종교의 만남은 큰 의미가 있고, 그 속에 사람의 진정한 가치와 행복이 있다.

불교는 사찰을 크게 불보종찰(佛寶宗刹), 법보종찰(法寶宗刹), 승보종찰(僧寶宗刹)로 구분한다. 쉽게 말하면, 부처님과 그 사리의 보전, 불경의 보전 및 고명한 스님의 배출을 기준으로 삼은 사찰의 구분이다. 양산의 통도사, 합천의 해인사, 승주의 송광사를 각각 가리킨다. 이처럼 종교는 부처님이나 예수님처럼 받들어 모시는 대상과, 불경이나 성경 같은 경전 및 스님, 목사, 신부, 수녀 등 수행자를 기본 구성 요소로 삼는다.

종교의 기본적인 구성 요소는 기도와 믿음과 선행과 통한다. 대자대비한 부처님, 전지전능한 하나님 모두 기도와 믿음과 선행이 없다면 하나같이 부질없다. 성경과 불경이 제아무리 위대한들 믿음과 선행이 뒤따르지 않으면 모두 부질없다. 수행자들의 기도와 선행이 없을 때 종교는 더 이상 존재가치가 없다. 그러므로 기도와 선행은 동전의 양면처럼 종교의 두 모습이다. 이 두 얼굴이 언제나 조화를 이루어 평온하고 인자한 모습을 간직할 때 비로소 종교는 의미가 있고 설 자리가 있으며 사람과 사회의 성장과 발전을 위하여 큰 역할을 할 수 있다.

관점을 달리하면 종교는 창시자를 모신 단체와 경전이라는 문헌 및 수행자라는 사람을 기본적인 구성 요소로 삼는다. 간단히 말하면 종교는 기본적으로 사람과 문헌 및 조직을 갖추어야 한다. 이들 요소를 언제, 어떻게, 얼마나, 무엇 때문에 만나느냐 하는 점이 수행자가 결정해야 할 일이다. 결국 사람과 단체 및 문헌의 조화롭고 끊임없는 만남이 관건(關鍵)이 아닐 수 없다.

6. 학문은 살아 있다

학계는 최근, 정치, 경제, 기술, 문화계 못지않게 활발히 움직이고 있다. 지난 20년간 과학자들의 수와 질은 사업가나 기술자들의 그것에 못지않게 놀랄 만큼 커지고 향상되었다. 20년 전과 비교하더라도 인문학계의 학위를 받은 사람의 수는 상상할 수 없이 팽창했고, 크고 작은 수많은 학술 모임을 통해 연구에 열중하고, 날로 수준이 높아지는 논문과 저서를 수없이 생산하고 있다. 현재 한국은 오천 년 역사상 어느 때에도 볼 수 없었던 문예부흥기를 맞고 있음에 틀림없다.

그러나 바로 이런 즐거운 상황 속에서 최근 인문학의 위기라는 소리가 대학에서 높아지고 있다는 사실은 극히 역설적이다. 인문학의 위기는 몇 가지 구체적인 사례로 드러난다. 하나는 현재 국내에서만이 아니라 외국의 일류 대학에서 거의 10년 가까이 공부를 해야 했던 천여 명의 철학, 문학, 사회학, 인류학 박사의 대부분이 몇 년이 지나도 자리를 잡지 못하고 대학이나 연구소 주변을 배회하고 있다. 인문계열의 교수들에 대한 연구비 등 경제적 지원이 상대적으로 너무나 빈약하다. 더 분명한 위기의 징조는 최근 인문계열 전공 지원 학생의 급격한 감소와 늘어나는 인문계열 강좌의 폐강도 절실히 실감한다. 지금 상태라면 앞으로 이러한 추세는 더욱 가속화되고, 대학에서 인문계의 몇몇 학과들이 없어진다고 예상될 만큼 인문학의 위기는 심각하다.

의식 있는 교육학자들이나 교수들은 물론 일부 사회인들도 이런 현상을 인문학만이 아니라 대학 교육의 위기로 규정하여 경종을 울리고, 인문계열의 대학인은 한결같이 이런 현상을 개탄, 고발한다. 인문학의 위기를 극복하려면 그에 앞서 중요한 것이 있다. 그 현상의 의미를 냉철하게 진단하고, 그 원인을 파악하여 적절한 처방을 모색하는 일이다. 인문학은 무엇이며 그 위기현상은 무엇을 의미하는가.

동서를 막론하고 근대 이전의 대학 교육의 핵심은 인문학이었다. 인문학은, 동양에서는 『논어』, 『도덕경』, 『춘추』 등 고전적 텍스트에, 서양에서는 『성서』, 플라톤의 『대화』, 단테의 『신곡』, 셰익스피어의 『햄릿』, 보들레르의 『악의 꽃』 등 고전적 텍스트에 대한 이해, 평가, 계승을 통하여 각각 정신적 전통을 이어 간다. 이처럼 인문 교육이 대학 교육의 핵심으로 중요시되었던 이유는 이런 고전들에 담겨 있는 정신적 세계와 가치가 인간다운 삶의 필수적 조건으로 전제되었던 데 있다.

인간은 지적, 정신적 만족에 앞서 물질적 만족이 필요하다. 『논어』나 플라톤의 텍스트를 암기하기에 앞서 먼저 먹고, 입어야 하고, 생활에 필요한 수많은 것들을 생산해야 한다. 아무리 고귀하더라도 생각이나 지식만으로는 살 수 없다. 인문학은 농사를 짓고, 물건을 만들고, 자연을 개발하고, 적을 정복하는 데 직접적으로 아무런 쓸모가 없다. 근대 과학기술의 발달과 병행한 산업화는 전에는 상상도 못 했던 물질적 욕망 충족을 가져왔다. 물질적 가치추구가 잘못되지 않았다면 더 큰 물질적 만족을 위하여 인문학적 텍스트를 읽기에 앞서 과학기술의 습득에 교육의 초점을 옮긴다는 것은 당연하다. 그럼에도 불구하고 인문학이 중요하다면 설득력 있게 그 이유를 댈 수 있어야 한다.

첫째, 철학적 분석이나 해명, 종교적 체험이나 윤리적 이해, 예술적 감수성이나 경험 등은 어떠한 도구적 가치를 개입시키지 않더라도 그 자체가 가장 고귀한 가치이다. 정신적 가치에 무감각한 인간은 진정한 의미의 인간이 될 수 없다. 이런 사실을 느끼고, 알고, 그런 사실에 따라 살 수 있는 방법을 가르치고 배울 수 있는 곳은 오직 인문학이다.

둘째, 더 현실적이고 절박한 이유가 있다. 어떠한 경우에도 신념의 옳음과 행동의 정당성은 절대적이지 못하다. 만약 신념과 행동이 잘못되었다면 그 결과는 개인이나 사회적으로 파괴적일 수 있다. 오늘의 물질문명이 반성되어 새로운 방향을 찾지 않는 한, 인류는 생태계만이 아니라 자신을 멸망의 길로 몰아가게 되리라는 징조가 현재 심각한 환경오염, 생태계 파괴현상이다. 이런 문제를 의식하게 하는 능력을 마련할 수 있는 곳은 인문학 이외에 아무 곳도 없다.

개인이나 사회적으로 이처럼 중요한 인문학이 위기에 처하게 된 데는 인문 교육 방법이나 인문학 연구자에게도 그 책임이 있다. 교실에서 학생에게, 저서나 논문을 통하여 독자에게, 문학 역사 철학이 우리의 정신을 각성시키는 역할, 그것의 중요성, 그것의 재미를 말로만 아니라 피부로 체험할 수 있게 해야 한다. 철학 강의나 문학 강의에서 학생들이 스스로 인문학의 재미와 중요성을 동시에 실감할 수 있게 해야 한다. 그러자면 뛰어난 인문학 교수 및 학자의 양성을 위한 과감한 사회적 투자가 장기적이고 거시적인 관점에서 있어야 한다(박이문, "인문학을 살려야 하는 이유" 교수신문, 1997. 6. 9).

인문학의 위기가 몇 년 전부터 학계의 화두가 되었고, 정대현 교수의 저서 <표현인문학>의 출판을 계기로 일간지, 계간지, 학술회를 통하여 활발한 논의가 전개되고 있다. 인문학에 대한 위기의식이 한국에서 각별하지만 그것은 한국만의 특수한 현상이 아니다. 그것은 하버드대학에서 시작되어 여러 주요 대학으로 퍼진 교육과정의 전면적 개편과 미국 대학에서의 인문교육의 빈곤을 고발하고 맹렬히 비판한 부룸의 베스트셀러 『정성의 폐쇄』가 불 지른 교육계의 뜨거운 논쟁으로 이미 70년대부터 미국에서 나타난 현상이다.

거듭되는 논의, 토론, 논쟁에도 불구하고 인문학의 위기 해결에 대한 답은 고사하고 그 문제에 대한 공감대, 특히 우리나라에서는 그 윤곽조차 잘 드러나지 않는 것은 모든 사람들이 공감할 수 있는 '인문학의 위기'의 개념은 고사하고 인문학의 개념조차 정리되지 않은 데 기인한 것으로 생각한다.

문사철, 즉 문학, 역사, 철학을 총칭하는 인문학은 학문 대상의 존재론적 성격, 학문의 방법 및 학문적 주장의 객관성의 차이에 따라 한편으로는 물리학, 화학, 생물학, 천문학으로 대표되는 자연과학과 다른 한편으로는 사회학, 정치학, 경제학, 인류학으로 대표되는 사회과학과 구별되는 전통적인 학제적 개념이다. 인문학이 위기에 처했다면 학문의 위기가 정확히 무엇을 뜻하며, 어떤 근거에서 인문학의 위기를 말할 수 있을까.

첫째, 학문의 위기는 이미 절대적 권위를 누리고 있는 특정한 학설의 흔들림을 뜻할 수도 있다. 아인슈타인의 상대성 이론에 흔들린 뉴턴의 물리학, 리만의 기하학의 발명으로 흔들린 유크리트의 기하학,

칸트의 인식론에 앞 서 있던 데카르트의 인식론, 데리다의 철학적 포스트모더니즘이 해체된 플라톤적 철학적 모더니즘, 생명의 다양한 종의 기원에 관한 다윈의 진화론의 도전을 받은 기독교적 창조론은 학문적 위기의 예들이다. 이런 위기가 학문의 퇴보보다 발전의 징표인 이상 그것은 우려가 아니라 환영의 대상이다. 이런 뜻으로 한국에서의 인문학의 위기를 말할 수는 없다.

둘째, 학문의 위기는 학계의 학문적 업적의 침체성을 말할 수 있다. 세계적인 맥락에서 한국의 인문학이 다른 모든 분야와 마찬가지로 서양적 이론에 의존하고 있는 채, 세계적으로 주목할 만한 학설을 내놓지 못하고 있는 사례로 보아 한국의 인문학의 위기를 진단할 수 있다. 이런 현상은 20년 전후에 새롭게 나타난 것이 아니다. 근대적 학문이 수입된 이래 줄곧 그래 왔다. 이런 사실을 전제할 때 오늘날 모든 분야가 그렇듯이 인문학은 인문학자의 수나 그들이 이룬 성과의 양과 질을 과거의 50년 아니 30년 전과 비교할 때 상대적으로 위기는 커녕 믿을 수 없을 정도의 전성기를 누리고 있다.

한국의 인문학의 위기를 말할 수 있다면 그것은 구체적으로 무엇인가? 첫째, 자연과학이나 사회과학 계열의 학자들과 상대적으로 비교할 때, 인문학이나 학자를 위한 국가적 및 사회적 관심, 대우, 지원의 놀라운 차이, 그에 따른 인문학자들의 상대적 소외와 박탈감을 의미할 수 있다. 이런 현상은 인문학 계열 학자의 경제적, 심리적 문제이지 인문학 자체의 위기일 수 없다. 둘째, 대학의 인문학 전공 학생의 급속한 감소, 이에 따른 대학 기구 개편을 통한 전통적 인문학과들의 폐쇄나 통합, 그것이 함의하는 인문학 전공 학자들의 직장이나 활동 기회의 축소와 부재를 지칭할 수 있다.

이런 현상은 특수한 계층의 심리적, 경제적 문제이며, 그런 계층에서 부각된 사회적 위기일 수 있지만 그 자체가 인문학의 위기는 아니다. 이런 여건 속에서도 문학, 역사, 철학에서 독창적이고 위대한 학문적 이론이 세워질 수 있으며, 위대한 소설가나 시인이 탄생할 수 있기 때문이다. 현재 한국에는 어느 때보다 많은 수백 명, 수천 명의 문학, 역사학, 철학 박사들이 직장을 찾아 헤매고 있다.

한국에서의 인문학 위기의 핵심은 인문적 교양의 일반적인 질적 저하나 부재이다. 현재 학계에서 벌어지고 있는 인문학의 위기에 대한 의식과 담론과 논쟁에는 인문학, 즉 문학, 역사학, 철학 등에 관한 어느 수준의 교양을 일반 국민은 물론 대학 교육을 받은 사람들조차 갖추지 못했다는 인식이 깔려 있다.

인문학에서 얻을 수 있는 교양의 구체적인 내용은 무엇이며 그 교양의 주요 근거는 무엇인가? 중요하다면 누구에게 얼마나 중요한가? 인문학에 관한 담론은 이 물음에 대한 대답에서 시작되어야 한다. 한국의 인문학이 위기에 처했다는 판단이 난다면 그 위기는 극복되어야 하고, 위기를 극복하려면 위기의 원인을 규명해야 하며, 이에 근거하여 국가 차원의 일관된 교육 이념의 확립, 대학 제도 개혁, 교육과정의 재편성, 인문 교양 교육 방법의 개선, 이러한 목적 달성을 위한 국가적, 사회적 투자의 증가가 필수적이다. 인문학의 담론은 재정리되어야 한다(박이문, "인문학의 위기" 대한교육신문, 2001. 3. 7).

인문학은 인간을 연구하고 이해하는, 즉 인간 자체와 인간성을 모색하고 탐구하는 학문이다. 인간은 어느 시대나 획일적인 모습이 아니었고, 개인의 내면과 외면의 삶은 엄청난 갈등과 왜곡의 형태가 자리 잡고 있다. 사람은 언제나 흔들리는 존재, 불안정성의 존재이다.

서구 인문학에서 학문 세계와 지성계의 획기적인 인문학적 연구는 인간의 무한한 흔들림, 은폐, 억압, 비이성적인 심성을 다룬 것이다. 푸코, 니체, 프로이트 등이 그런 인물이라고 본다. 인문학은 삶의 빈 터를 만들고 찾아가는 것이며, 직선이 아니라 우회할 수밖에 없는 여정이다. 레비스트로스는 '가족을 여행 중의 쉼터'로 비유하였다. 여정을 멈추고 휴식을 취한다는 것은 여행의 목적에 위배되나 여행을 위하여 휴식은 필요하며 휴식이 있어야 여행을 할 수 있다는 의미이다. 인문학은 여행 중의 휴식과 같다(정철웅, "인문학 발전을 꿈꾸며" 명대신문, 2001. 3. 26).

전국대학인문학연구소협의회와 인문사회연구회 주최로 2001년 10월 19~20일 충북대학에서 열린 제5회 인문학학술대회는 '인문학의 경제적 가치와 생산성'을 학술대회의 주제로 삼았다(제5회 인문학학술대회: 2001.10.19~20. 전국대학인문학연구소협의회, 인문사회연구회 주최). 그 가운데 두 편의 연구 결과를 간단히 소개하면 다음과 같다.

인문학, 수학, 물리학 등 기초 학문 분야에서의 발견이나 발명의 성과는 인류를 위한 보편적인 이론이나 사회 윤리로 간주되어 지적 재산권이나 특허로 보호를 받지 못하며 누구든지 비용 지불이 없이 이용할 수 있는 비배제성[非排除性(nonexcludability)]의 특징이 있다. 이 때문에 배타적인 이윤 달성을 목표로 하는 기업은 인문학에 대한 투자를 끼릴 수밖에 없다(이석희, "인문학과 국가 경쟁력" 상게서).

산업 시대에서 지식 기반 시대로 이행한 후 상상력의 역할이 중요해짐에 따라 이제 상상력의 원천인 인문학도 사회적 생산 기반의 일부로 간주되어야 한다. 고전경제학에서 사회적 총생산은 자본, 노동, 기술 변화에 의하여 좌우되었다. 특히 후진국일수록 인건비가 싸기 때문에 선진국에서 신기술을 도입하여 약간의 변형만 가해도 부가가치를 많이 창출할 수 있기 때문에 국제적으로 경쟁력을 가지게 된다. 한국 경제 역시 1980년대까지 이런 발전 단계에 있었기 때문에 굳이 상상력을 제공하는 인문학의 역할을 요구하지 않았다. 그러나 1980년대 중반부터 경제 성장 이론은 지식과 정보를 중요시하는 방향으로 빠르게 이행되었다. 기술의 수입과 모방보다 인간의 무한한 상상력에 의한 새로운 기술을 그 사회에서 개발하는 것 자체가 경쟁력이 된다. 사회적 생산의 총합(總合)을 좌우하는 요인은 과거의 노동과 자본이 아니라 인적 자원, 경험, 학습, 연구와 개발 등의 축적으로 바뀌었다. 이 이론을 주장한 대표적인 연구자 루카스(Robert Lucas)는 "인적 자원은 경제 성장의 엔진"이라고 주장하였다. 그런데 인적 자원인 개별 기업의 근로자들은 사회 전체의 지적 수준이 높을수록 기술을 빨리 습득하고 활용할 수 있다. 경제학자 허슬러(John Hussler)는 이 점에 관하여 "사회 전체의 지식수준이 개별 기업의 물적 투자보다 훨씬 높은 사회적 이익을 초래한다"라고 주장하였다. 즉 기업의 이윤 창출을 증대시키려면 개별 기업 내의 연구 개발이나 특정 기술의 교육 못지않게 사회의 지적 수준을 높이는 것이 효과적이라는 것이다. 따라서 사회구성원의 상상력과 창의력을 북돋우고 지적 수준을 높이는 인문학의 중요성은 계속 강조되고 인식되어야 하며, 사회 전체의 생산 인프라를 확충하는 차원에서 국가는 인문학을 육성해야 할 책무가 있다(전택수, "지식 정보 시대에서의 사회 생산 함수와 인문학의 새로운 역할" 상게서).

여기서 잠시 인문학의 정의와 그 특징을 간단히 살펴보자. 그 정의는 다양하나 대체로 다음과 같이 정리할 수 있을 것이다.

인문학은 인간과 인류문화에 관심을 갖거나 인간의 가치와 인간만이 지닌 자기표현능력을 인식하기 위한 분석적, 비판적 연구 방법에 관련된 학문 분야이다.

인문학의 특징은 세 가지로 요약된다. 첫째, 인간에게 즐거움, 만족감, 기쁨을 주며, 삶의 가치를 생각하게 한다. 둘째, 인간의 참된 면을 인식하게 하고, 정신을 풍요롭게 하며, 상상력과 창의력을 북돋아 준다. 셋째, 학문 분야 간의 상호 관련성이 높다.

현재는 대학교육을 위한 촉매의 시기라고 한다. 기업에서 적극적으로 교수들의 연구와 대학교육을 지원하고 있기 때문이다. 그러나 인문학 교육의 사명에 대해 고찰할 때, 이런 일련의 상황들은 오히려 애처로울 정도로 위험하다.

자금을 지원함으로써 대학교육의 촉매 역할을 하고 있는 기업들은 이윤추구를 전제로 대학에 접근하고 있기 때문에 생산성과 직접적인 관련이 없는 인문학 교수들은 자연히 변방으로 밀려났다. 그러나 인문학 교육은 창조적인 아이디어를 내게 하는 배경지식을 제공함으로써 학문 간의 융합과 연계에 중요한 역할을 한다. 인문학은 때로는 융성하고 때로는 쇠락하면서 끊임없이 '융합을 통한 균형'이 필요함을 역설한다.

인문학 교육은 다른 학문과 달리 특이한 점이 있다. 인류 전반의 진보를 추구하기 때문에 근본적으로 현학적(衒學的)이라는 것이다. 인문학은 색다른 유형의 지식을 생산한다. 개인적 차원에서 이는 상호연관성을 찾게 하고, 더욱 넓은 시야를 가지게 한다.

세상은 중심부와 주변부로 이분되었다. 중심부에 위치한 실용학문은 점점 융성해지고, 주변부에 위치한 순수학문은 점점 힘을 잃는다. 가장 실용적인 것이 최상인가. 어떻게 실용성이 학문의 중요성을 판가름하는 척도가 되는가.

다행히 이 문제에 대한 정부의 관심을 촉구함으로써 카네기 인문학 교육 프로그램은 그 교육적 기능을 강화할 수 있었다. 그러나 현재의 기준이 잘못되었다고 외치는 것 이외에 최상의 것에 대한 새로운 기준을 세우는 것 또한 중요하다. 인문학 교육은 두드러지는 성과를 내지는 못한다. 그러나 이는 더 본질적인 목표를 향해 가고 있다. 지금 미국의 대학교육은 새로운 기준을 세우는 데 힘을 쏟고 있다(윌리엄 설리번, 2001년 10월 12일 카네기재단 홈페이지에 게시된 글에서 번역, 정리함. 박나영 imnaria@kyosu.net).

인문학은 삶의 기본을 탐구한다. 인문 정신은 인간의 진정한 가치와 삶의 의미를 논의한다. 인문학은 세상을 살아가는 데 필요한 윤리와 도덕의 기준을 제시한다. 인문학은 학문의 세계에서 지하수의 수맥과 같다. 인문학이 없이는 다른 학문도 위기를 맞는다(조광, "인문학은 학문의 생명수" 동아일보, 2006. 9. 20).

유학(儒學)은 동아시아의 학문을 주도하였고, 동아시아 인문학의 전형(典型)이다. 유학만큼 역사적으로 오랫동안 인간의 인격을 중시하고 인간이 이룩한 문화를 귀하게 여긴 사상은 없었다. 인문이라는 단어는 유학의 최고 경전인 주역에 나오며, 학문이라는 말 자체도 『춘추곡량전(春秋穀梁傳)』, 『맹자(孟子)』, 『순자(荀子)』 등 유학 경전에서 비롯되었다. 학문의 개념이 형성되기 이전에 '배운다는 學 자'와 '묻는다는 問 자'가 따로 사용되었는데 이때의 배움과 물음을 가장 사랑한 사람이 바로 『논어(論語)』의 주인공 공자(B.C. 551~479)이다. 유학은 주체적인 인간 삶에 대한 이해를 일차적인 목표로 삼는다. 이런 이해를 바탕으로 자신의 삶을 자연의 진리에 일치시키도록 꾸준히 노력하며, 자기 삶을 고양시켜 인격의 완성을 위해 정진한다. 이를 토대로 이상 사회를 이룩하는 것을 최고의 이념으로 삼는다(이광호, "공자의 학문은 인문학의 전형이다"

민족문화추진회보, 제83호, 2006).

예로부터 선비라고 하면 인간이 되는 공부를 하는 사람들을 말한다. 공부는 자기수양을 겸하는 것이라고 생각해 왔다. 한때 그것이 너무 심해서 나라가 발전하지 못했다고도 했다. 그런 우리나라에서 최근 본교 문과대학 교수들이 '인문학 선언'을 했다. 이 선언에는 인문학에 대한 우리의 애정과 반성과 결심이 담겨 있다. 이 선언을 발표했다는 사실은 우리의 부끄럽고 참담한 일기의 한 부분일 수밖에 없다. 이 선언은 전국 인문대학장단의 선언으로 이어졌다. 우리 선언에 대한 매스컴의 열띤 호응은 우리를 내심 당황케 했다. 인문학에 대한 화두는 안팎으로 중요한 테마가 되었다.

인문학의 위기에 대한 논의가 전개되는 과정에서 학계는, 인문학의 위기인가, 인문 정신의 위기인가를 생각하게 되었다. 인문학의 위기와 인문학자의 위기를 구별해야 한다는 논리도 제기되었다. 인문 정신은 인문학적 기초에서 나오고, 인문학은 인문학계나 인문계 대학의 노력에 의해서 발현될 수 있다. 이 점을 감안하면, 오늘의 인문학은 위기적 상황에 놓여 있다고 해도 틀린 말은 아니다.

인문학의 위기를 극복하려면 그 원인부터 검토해야 한다. 그 원인온 우리 사회에서 찾을 수 있다. 우리 사회는 1960년대 이래 급속한 압축성장의 과정에서 실용과 능률을 강조해 왔다. 수백 년의 역사를 가진 민주주의를 우리는 광복 이후 수십 년 만에 성취했다. 이 과정에서 대립과 투쟁이 강화되었고, 이 상황들은 인문 정신의 성장에 지장을 주었다.

우리나라는 인문학에 대한 적절한 지원이 사실상 불가능했던 국가적 가난을 겪었다. 경제성장을 이룩한 다음에도 타성화된 인문학에 대한 경시가 개선되지 못했다. 나라에서 교육이나 문화정책을 세울 때에도 인문학은 늘 뒷전에 있었다. 이제 우리는 인문학의 성장을 위해 정부는 무엇을 했는지 묻지 않을 수 없다.

인문학의 위기는 인문학자들 자신에게서도 나타났다. 많은 인문학자들이 자신의 분야에 대한 담장을 높여 왔으나 이제 열림과 소통을 존중하는 인문학으로 전환되어야 한다. 원래 인문학은 자기가 좋아서 하는 학문이다. 이제 인문학자들은 새로운 이론과 방법론의 개발을 위해 투신을 강화하고, 인문정신의 고양과 소통을 위하여 더 큰 노력을 전개해야 한다. 우리 사회와 정부도 학문의 기본과 기초에 대한 관심을 더욱 높여야 한다. 통합학문으로서의 성격이 강한 인문 전통에 대한 성찰은 인문학의 각 영역들이 높게 쌓아 가고 있는 서로 간의 담장을 허무는 계기가 되어야 한다. 문사철(文史哲) 같은 인문계의 기초 분야에 대한 중요성의 인식은 수학, 물리학, 지학, 화학, 생물학 같은 기초과학의 중요성을 인정하는 데로까지 발전해야 한다. 사이버 세계를 향한 인문학의 도전을 비롯한 응용인문학 분야의 이론과 방법을 개척하기 위한 노력이 인문학 자체에서 일어나야 한다. 인문학은 위기가 아니라 기회에 직면하고 있다(조광, "인문학의 기회" 고대교우회보, 2006. 10. 2).

인문학의 위기와 관련하여 전국의 인문대학장들은 다음과 같은 요지의 성명서를 발표했다.

그동안 엄정한 자기성찰, 적극적인 현실참여로 대안적 가치를 창출하지 못한 채 인문학의 위기라는 담론 뒤로 몸을 숨겨 온 인문학계 내부 상황에 대하여 깊이 반성한다.

문제의 근원은 인문학적 정신과 가치를 경시하는 사회구조의 변화에 있으며 이를 주도한 정부 당국과 그 변화에 순응한 대학에 책임이 있다.

인문학은 모든 학문과 사회, 기술, 경제, 정치 분야의 수원지(水源地)이며, 이 수원지가 마르면 사회(society), 기술(technology), 경제(economy), 정치(politics), 즉 스텝(STEP)이 페스트(PEST)로 변한다.

인문학의 진흥을 위하여, 정부 주도의 인문학 진흥 기금 설치, 인문학 발전을 위하여 교육부총리 산하에 인문한국위원회(Humanities Korea)의 설치, 국가 주요 정책위원회에 인문학자의 참여 보장, 인문대학장, 교육인적자원부, 학계 및 관계 기관이 참여하는 인문학발전추진위원회의 구성을 요구한다(동아일보, 2006. 9. 27).

'추사 김정희 재조명'은 고려대학교 문과대학 교수들의 '인문학 선언', 전국 93개 대학의 인문대학장들이 발표한 '인문학 위기 성명'과 밀접하게 연관된다. 많은 인문학자가 현 인문학의 위기를 '인문학 내부의 열림과 소통의 부족'에서 찾았기 때문이다. 박성창 서울대 국문학과 교수는 인문학의 위기 탈출 방법으로 "폐쇄적인 학과위주의 연구 시스템에서 벗어나 학문적 연계가 가능한 인문학 연구 시스템을 활성화해야 한다"라고 주장한다. 추사는 추사체보다 다양한 영역을 자신의 학문세계로 연계시킨 인문학자로 각광을 받을 것이다. 추사의 학예일치(學藝一致), 문사철의 통합은 인문학 위기의 대안으로 떠올랐다(김윤종 zozo@donga.com 농아일보, 2006. 10. 2).

최근 학계에 닥친 인문학의 위기감은 수치(數値) 만능주의로 획일화된 이 시대의 분위기에서 비롯되었다. … 검증 가능한 숫자와 문자가 점령한 대학에서 인문학은 필요 충분한 조건이 결락(缺落)된 사상누각으로 배제되고 있다. 기업과 유사한 대학의 정책 속에서 사유는 교환가치가 없기에 거부된다. 구체적 수치나 이윤으로 학문의 가치가 검증되는 이상, 사유를 근간으로 한 인문학은 도태될 수밖에 없다.

닐 포스트먼은 앎을 세 가지 체계로 구분했다. 가장 기초적인 앎은 정보이고, 정보에 대한 분석적 이해가 지식이며, 정보와 지식에 대한 주관적 적용이 지혜이다. 인문학은 한낱 정보를 지식의 체계로 끌어올리는 학문의 영역이다. 역사의 흐름과 함께 누락되었을 정보와 사실들이 인문학의 영역에서 지식으로 체계화되고 지혜로 전유(傳輸)되는 셈이다.

… 최근 거론되는 인문학의 위기는 인문학의 소생을 위한 계고(警告)로 확산되어야 한다. 인문학의 위기는 사유의 부재이다. 질문을 던지는 것 그것이 인문학이다. 인문학은 발전의 나르시시즘에 대한 근원적 사유이며 반성이다(강유정, "인문학의 위기" 서울경제, 2006. 10. 4).

얼마 전 고려대학교 문과대학 교수 전원의 명의로 '인문학 선언문'이 발표되었다. 그 내용은 '급속한 산업화와 과학기술의 발전' 그리고 그에 따른 '무차별적 시장 논리와 효율성에 대한 맹신'으로 인하여 '인문학의 존립근거가 위협받고 있다'라는 것이다. 이 발표는 적지 않은 반향을 불러일으켰다. 인문학 발전을 위한 대책을 촉구하는 전국 인문대학장단의 성명이 뒤따랐고 지난달 말에는 일주일간 인문주간이 선포되어 각종 행사가 진행되었다.

인문학의 위기진단에 대하여 의외로 반대론도 만만치 않게 제기되었다. 인문학자들의 생계문제를 인문학의 본질적 문제로 확대하고 있다는 지적, 시장경제 사상을 폄훼하는 듯한 시각에 대한 비판 등이 그것이다. 현실적으로 우리 사회에서 인문학이 홀대받고 있다는 것은 인정해야 한다. 인문대 졸업생들의 취업이 상대적으로 어려운 게 사실이고, 이에 따라 인문대 학생들의 전과 및 자퇴가 늘고 있으며, 일부 대학은 학과를 폐쇄하는 경우도 있다.

인문학이란 무엇인가. 사전은 '인간과 인간의 문화에 대한 관심을 갖는 학문 분야'라고 정의한다. 미국식 분류에 따르면 소위 '문사철'이라 불리는 문학, 역사학, 철학에 예술 일반이 포함된 학문 영역이다. 이어령 교수는 '모든 학문과 사회, 기술, 경제, 정치 분야의 수원지'라는 표현으로 인문학의 중요성을 강조했다. 인문학이 약화된다는 것은 인간에 대한 근원적인 관심이 줄어든다는 것이고, 각 분야의 학문적 기초가 메마르게 된다는 것을 뜻한다.

저명한 미래학자 다니엘 핑크는 특정한 분야에 논리적, 계량적 능력을 가진 사람들보다 다양한 사고를 바탕으로 창의성과 감수성이 발달한 인재가 더 우대받는 시대가 도래(到來)할 것이라고 주장한다. 소위 좌뇌위주(左腦爲主)의 인재개발이 산업화 시대의 산물이었다면, 이젠 우뇌의 중요성이 강조되어야 한다는 것이다.

최근 미국에서는 갈수록 많은 의과대학이 인문학 강좌를 개설한다고 한다. 진정한 의술은 환자의 신체구조뿐 아니라 인간의 내면을 이해할 수 있어야 한다는 자각에 따른 것이다. 최인호의 소설 『상도』에서 거상 임상옥은 "장사는 이문을 남기는 것이 아니라 사람을 남기는 것"이라고 말한다. 우리가 그간 인간의 본질에 접근하려는 노력을 얼마나 소홀히 해 왔는지 반성해야 한다. 인문학의 부흥은 이런 노력을 촉진하기 위해서라도 필요한 것이 아닐까(진수형, "인문학의 부흥" 서울경제, 2006. 10. 16).

인문학자들이 나서서 '인문학 선언'을 하고, 각 언론이 '인문학의 위기'를 진단하는 특집을 잇달아 보도한 지 두 달 남짓. 최근 국회교육위원회는 인문 사회 분야 연구지원금을 1000억 원 증액한 예산안을 의결했다. 학문 분야별로 연구비를 균형 있게 지원하고 인문학의 기반을 보강하기 위한 취지라고 한다. 이 안이 그대로 예산결산특별위원회를 통과한다면 2002년부터 약 1200억 원 수준에서 정체되어 있던 이 분야의 지원금이 한꺼번에 80% 이상 늘어나는 셈이다.

그런데 정작 인문학자들의 이야기를 들어 보면, 이런 관심과 지원을 고마워하는 분위기만은 아니다. 인문학이 꼭 국가에 손을 벌려야만 생존할 수 있는 학문이냐는 비아냥거림이 있는가 하면, 요즘처럼 인문학 분야에 재정적, 인적 자원이 풍부한 적이 있었느냐며 과욕을 부리지 말라는 경계의 목소리도 있다. 프로젝트 중심의 연구 지원, 연구 성과에 대한 계량적 평가 등으로 인해 정부의 재정 지원이 인문학의 연구 풍토를 망치고 있다는 주장도 거세다. 여기에 1000억 원을 더 준다니 정작 연구는 뒷전이고 잿밥싸움만 더 거칠어질 것이란 우려도 적지 않다.

인문학은 기본적으로 자유로운 분위기에서 혼자 하는 학문이다. 자유롭게 연구에 몰두하기 위해 현직 전임교수에게 절실한 것은 연구에 전념할 시간의 확보이고, 비전임자에게 필요한 것은 생계보장이다. 아무리 인문학의 현실이 열악하다 해도 인문학의 길을 스스로 택한 이들은 그 학문의 가치와 보람을 아는 한 외롭게 연구를 계속할 것이다.

인문학에도 결코 혼자서 할 수 없는 일이 있다. 그것은 학문의 재생산 구조를 구축하는 일이다. 여기에는 두 가지 방면의 작업이 필요하다.

첫째, 각 분야의 자료를 체계적으로 정리하고, 활용하기 편리하도록 만드는 일이다. 요즘은 누구나 이용할 수 있게 된 『조선왕조실록』처럼, 연구에 필요한 기본 자료와 연구 성과를 분류, 정리, 번역, 주석하여 해당 분야의 전문가뿐 아니라 다른 분야의 전문가나 비전문가까지도 이용할 수 있게 하는 일이다. 이런 기반이 탄탄하게 갖춰져야만 인문학은 연구자 개인의 시공간적 한계와 제한된 역량을 넘어 끊임없이 새로운 성과를 생산할 수 있다.

둘째, 기성학자들과 후속 세대가 함께 연구할 수 있는 체계를 갖추는 일이다. 광복 후 60여 년이 지난 지금까지도 학문은 식민지 상황을 벗어나지 못하고 있다. 대학교수들은 자신이 길러낸 박사보다 외국 대학 출신 박사를 선호하는 경향이 뚜렷하다. 자기 제자에게 연구 여건이 더 나은 곳에서 공부하라며 유학을 권유하는 상황은 식민지 시대와 다를 게 없다. 아무리 세계 일류 대학 출신의 교수라 해도 재능 있는 학생들의 도전의식과 열정이 없는 학문풍토에서는 곧 노쇠해 버리게 마련이니 학문 식민지의 악순환은 계속된다. 게다가 그 사회의 역사와 문화를 바탕으로 하는 인문학 연구에서 후속 세대의 자체 재생산 구조의 구축 없이는 우수한 성과를 기대할 수 없다. 이런 학문 재생산 구조의 구축은 국가적 차원의 체계적 지원 없이는 불가능하다

(김형찬, "인문학 부흥, 돈만으론 안 된다" 동아일보, 2006. 12. 5).

인문학은 인간의 문제를 통합하면서 모든 학문 분야들이 서로 혜택을 줄 수 있는 가치의 호혜성(互惠性)을 실현한다. 그것은 인간의 본성을 탐구하면서 참다운 삶을 위한 규범적 의제를 설정하고 구체적인 행동 프로그램을 개발해야 한다. 인문학은 자신의 생존을 위하고, 새로운 지식체계 수립을 위하여 다른 모든 학문과 적극적으로 연대해야 한다. 인문학은 지식 창조와 적용의 사회적, 문화적 맥락을 제공하며, 지식의 사회적 적용이 갖는 효과와 함의가 무엇인지를 비판적으로 성찰한다. 인문학은 광범위한 사회적, 문화적 판독 능력을 제공하며, 문화적, 기술적 가치들을 이해할 수 있는 시민의 비판 능력을 함

양한다. 인문학이 없는 세계에서 과학과 기술은 사회적 준거를 갖지 못하며, 문화적 반경과 도덕적 범주를 상실한다.

인문학자들은 자신들의 사회적 사명, 즉 문화의 창달에 기여할 수 있는 구체적 가치를 전달해야 할 책임이 있다. 첫째, 단절된 대중과의 소통을 회복해야 한다. 문화, 도시, 공간, 윤리, 진실, 아름다움, 시간, 주체성, 의식 등을 연구하는 인문학보다 더 실용적인 학문 분야는 없다. 인문학은 삶과의 연관성이 떨어지고 덜 실용적이라는 선입관을 불식시켜야 한다. 둘째, 고답적인 텍스트 해석과 이론 학습의 틀에서 벗어나 창의성에 기반을 둔 인문학 프로그램의 쇄신이 이루어져야 한다. 인문학의 원천 지식을 활용하여 다른 분야에서의 인문학의 창조적 가치를 입증해야 한다. 셋째, 인문학의 원천 지식과 상상력을 활용하여 문화정책과 문화 콘텐츠를 발굴하고, 국부를 창출할 수 있는 대규모 연구 기관을 설립해야 한다. 인문학은 젊은이들에게 그들의 미래를 투자할 만한 비전과 가시성을 제시해야 한다(김성도, "인문학의 르네상스 가능하다" 고대투데이, 2006, Winter).

후마니타스(Humanitas)에서 우리는 모든 학문의 모체가 인문학임을 알 수 있다. 인문학은 춘수저대(椿壽樗大)한 학문이다. 장자(莊子)의 소요유(逍遙遊)에 의하면 춘(椿), 즉 참죽나무는 8천 년을 봄으로 삼고, 또 8천 년을 가을로 삼을 만큼 장수한다. 저(樗), 즉 가죽나무는 몸통이 울퉁불퉁하여 먹줄을 칠 수 없고 가지는 휘고 구부러져 자를 댈 수 없기 때문에 길가에 서 있어도 목수가 돌보지 않지만 그 때문에 능히 거목이 되어 큰 그늘로 사람들을 쉬게 한다고 했다. 이처럼 인문학은 무한한 생명력과 포용력을 가진 학문이다. 인문학 연구자들이어, 자부심과 패기를 가지고 일로정진(一路精進)합시다.

7. 문화, 그 생명의 꽃

우리는 흔히 문화생활, 문화수준, 문화시설, 문화교류, 문화사를 말하는가 하면, 종교문화, 정치문화, 법률문화, 기업문화, 교육문화, 인쇄문화, 교통문화, 건축문화, 한국문화, 영국문화를 말한다. 이처럼 최근, 문화라는 단어가 참으로 많이 사용된다. 심지어 화장실문화를 말하기도 하는데 어느 단체가 간행하여 배포한 작은 인쇄물 하나는 화장실문화를 이렇게 말한다.

오늘날 여성의 아름다움과 매력을 뽐내며 높은 품위의 상징으로 알려진 하이힐과 에티켓이라는 말이 화장실에서 유래되었다고 하니 참으로 아이러니컬하다. 그 유명한 베르사유 궁전에도 화장실이 없어서 귀부인들이 대소변을 아무 데서나 보았고, 땅이 오물로 질퍽거려 긴 드레스 같은 옷은 오물이 묻지 않도록 하이힐을 신기 시작하였으며, 유럽 신사들의 검정색 모자와 코트와, 여성을 동반할 때 길 안쪽에 세워 에스코트하는 풍속도 중세 유럽에 화장실이 없어서 아침마다 창밖으로 내버려지는 대소변을 피하기 위하여 고안되었다고 한다. 우리나라 왕실에서 사용되었던 매화틀(매우틀)이라는 일종의 요강에 임금님이 배설을 하면 대기하고 있던 상궁이 즉시 치운 다음 그것을 임금님의 건강 상태를 체크하는 데 활용하였다고 한다.

인간의 생리적 현상을 충족시키는 장소이자 우리 생활에서 필수 불가결한 생활환경의 일부로서 변소, 측간, 뒷간이라고 불려 왔던 화장실은 생활수준이 향상되고 문화적 욕구가 증가함에 따라 다양한 행동을 영위하는 생활공간으로 그 인식의 전환이 일어나고 있다. … 화장실을 사용한 후에는 '사용 전과 똑같은 상태로 돌려놓는다'는 사용자의 의식이 화장실문화를 만드는 기초라고 생각한다 (한국도로공사 편, 화장실문화, 1999).

문화를 언급할 때 흔히 혼돈되는 것은 문화와 문명과의 관계이다. 문화는 문명을 구성하는 개별적 요소이며 그 양상이다. 문화와 문명의 관계는 위계적(位階的) 관계가 아니라 개체와 총체, 단일성과 복합성, 재료와 제품의 포괄적 관계이다. 비유하자면 문명이 총체로서의 옷감이라면 문화는 개체로서의 재료이며 씨줄과 날줄에 해당한다(정수일, 고

대문명교류사, 서울: 사계절, 2001, p.23).

문화란 자연과 대립되는 개념이고 일정한 목적을 위하여 의미 있게 파악한 것이며 그 의미를 파악한다는 것은 인간 정신의 발로(發露)이다. 문화의 진정한 발전은 언제나 외적 및 형태적 조건과 내적 및 정신적 조건이 결합하여 조화를 이룰 때 성취된다. 즉 외적 조건이 되는 사회적, 경제적, 정치적 발전과 아울러 과학, 문학, 예술, 철학, 종교 등 정신적 발달이 조화를 이룰 때 문화는 진정한 발전을 거듭한다. 이런 의미에서 웨버(Alfred Weber)는 역사를 사회의 발전, 문화의 발전, 문명의 발전이라는 3단계로 설명하였다. 그에 의하면, 사회 발전은 언제나 기본적인 생명체, 즉 민족에 의하여 이룩된다고 하였다. 공동체 안에서 사람의 자연적 충동과 의지적 활동은 지리와 풍토라는 자연 조건 밑에서 제반 활동을 통하여 일정한 사회 형태를 이룬다. 문화의 발전은 정신적 본질의 구현을 위하여 모든 것을 창조한다.

민족이나 국가에 따라 문화는 특색이 있고, 시대에 따라 그 특색이 다르다. 고대 그리스는 철학과 예술에 그 문화의 특징이 있었고, 고대 로마는 정치문화가 찬란하였으며, 인도는 종교문화에 특색이 있었고, 중국은 도덕문화가 이채롭다. 중세기는 종교문화로 일관하였고, 근대는 과학문화가 우세하였으며, 현대는 경제문화가 중시되었다.

문화의 본질에는 보편성과 특수성이 있으며, 그로 인하여 이민족의 문화를 아끼고, 사랑할 수 있고, 동시에 여러 민족과 국민은 각각 독특한 문화를 창조하기 위하여 노력하고 있다. 인류문화는 독특한 민족문화 혹은 국민문화의 창조에 의하여 발전하고 있다. 그것은 마치 여러 가지 꽃이 만발하여 꽃밭을 이루고, 다양한 악기들의 소리의 조화가 웅장한 교향악단을 이루는 것과 비슷하다.

한 국가가 그 생명을 유지하려면 한 가지 문화에 치우쳐서는 아니 될 것이다. 국가는 하나의 전체성을 가지고 있으므로 그 전체적 통일성을 확보하기 위하여 문화의 종합적 실현을 요구한다. 그러므로 기계문화에 치우치거나 정신문화에 도취될 일도 아니다. 과학문화의 발달을 신속하게 추진하는 일도 필요하고, 민족문화의 쇄신(刷新)도 긴급하다. 그렇게 하여 문화적 기초를 튼튼히 할 필요가 있다. 모든 문화는 각각 특수성을 가지고 있는 반면에 하나의 질서 속에 통합되고 조화를 이루어야 한다. 그렇게 이루어진 다양한 문화는 우리의 의식과 생활을 풍요롭게 하며 국가의 경쟁력을 강하게 만든다. 그렇지 않으면 국가는 하나의 기형아로 전락하고 말 것이다.

문화의 정의

레이먼드 윌리엄스는 문화의 정의를 세 가지 범주로 구분한다. 첫째, 이상의 정의이다. 문화는 절대적이거나 보편적인 가치의 견지에서 인간의 완성상태 또는 완성의 과정이다. 둘째, 기록의 정의이다. 문화는 세밀한 방식으로 인간의 생각과 경험을 다양하게 기록하는 지적이고, 상상력이 깃든 작품의 총체이다. 셋째, 사회적 정의이다. 문화는 예술이나 학문에서뿐만 아니라 제도나 일상적 행위에서 어떤 의미나 가치를 표현하는 특정한 삶의 방식을 묘사하는 것이다. 이 세 영역을 모두 포괄할 때 문화의 가장 적절한 이론이 된다(Williams, 2007).

문화는 인간의 육체적 및 정신적 노동을 통하여 창출된 결과의 총체이다. 문화의 생명은 공유성(共有性)이다. 문화는 자생(自生)과 모방에 의하여 탄생하고 발달하며 다양해진다. 자생성은 문화의 내재적(內在的)이고 구심적(求心的)인 속성으로서 문화의 보편성과 개별성을 규제하고, 모방성은 문화의 외연적(外延的)이고 원심적(遠心的)인 속성으로서 문화의 전파성(傳播性)과 수용성(受容性)을 나타낸다. 따라서 자생성과 모방성은 문화의 2대 속성인 동시에 그 발생의 2대 요소이기도 하며, 이는 상호보완적 관계를 가진다. 그 어느 하나가 결여되거나 미흡할 때 문화는 반드시 침체(沈滯)하고 기형(畸形)을 초래할 것이다(정수일, 전게서, p.22).

도서관을 비롯한 모든 정보 시스템은 직접 혹은 간접으로 문헌을 통한 커뮤니케이션을 형성시키고 원활하게 하여 궁극적으로 문화의 보존과 창달에 기여하는 데 그 목적이 있다. 문화라는 단어의 쓰임새는 문화비, 문화인, 문화권, 문화단체, 문화혁명, 문화도시, 문화민족, 문화유산, 문화충격, 문화훈장, 문화정치 등 다양하다. 그렇다면 문화란 무엇인가? 그 어원과 연구자들의 몇 가지 견해를 살펴보자.

먼저 문화의 어원을 살펴보자. 영어 culture는 라틴어 cultura에 어원을 둔다. 즉 인간의 가능성과 잠재력을 현실화하는 것이 마치 토지를 경작하여 각종 농산물을 생산하는 것과 비슷하다는 데서 문화는 비롯되었다.

문화는 흔히 인간의 행동양식(行動樣式)과 생활양식의 총체(總體)라고 말하며, "문화는 사회구성원에 의하여 습득, 공유, 전달되는 행동양식과 생활양식의 총체"라고 사전은 정의한다. 문화의 개념은 연구자에 따라 다양하게 정의되고 있다. 문화에 대한 정의가 다양하다는 것은 그만큼 문화라는 것이 꽃밭이나 교향악에 비유될 정도로 다양한 내용을 내포하고 있음을 말한다. 문화의 정의에 관한 몇 가지 견해를 살펴보자.

문화는 사회구성원으로서의 인간이 습득한 모든 지식, 신념, 도덕, 법률, 관습, 신앙, 예술, 예절, 소질, 관습 등의 복합체이다(Edward Tyler, Primitive Culture, 1871).

문화는 한 집단을 이룬 사람들이 같이 일하고, 연장을 만들어 사용하고, 이웃과 어울려 살아가는 방식, 그들이 쓰는 말, 그 말로 의사를 나타내는 방법, 그들의 의사내용 등을 총칭한다(P. B. Sears).

문화는 완전한 인간을 지향하려는 개인적 노력에서 나타나는 모든 결과이다. 참다운 인간을 만드는 진선미(眞善美)만이 문화적으로 의미 있는 것이며, 그렇지 않은 인간의 사고와 행동은 모두 비문화적 요소이다(Matthew Arnold).

문화는 인생을 보람 있고 아름답게 하는 것이다(T. S. Eliot).

문화는 인간사회의 고유영역에 속하는 인류의 모든 유산이다(Andre Malreaux).

이러한 견해는 사회의 구성원으로서의 인간들의 사고, 행위, 양식, 기타 인간의 능력의 총체가 바로 문화이기 때문에 한 사회는 문화를 갖고 있지 않은 집단이나 개인이 있을 수 없다. 따라서 인간은 누구나 그가 소속된 집단의 문화를 공유하고 있다고 하겠다. 이와 같이 문화는 사회생활을 통하여 만들어지고 공유되는 것이기 때문에 사회와 유리(遊離)된 개인과 그의 행동은 문화라고 할 수 없다. 이때의 사회는 사람들이 오랜 기간을 함께 생활함으로써 조직을 만들고 그것이 다른 조직과 구별되는 하나의 단위라고 생각하는 사람들의 집합체를 말한다. 문화는 한 사회의 구성원들이 공유하고 따르는 생활의 양식이다. 그러므로 사회가 그릇이라면 문화는 거기에 담긴 내용물이라고 할 수 있다.

문화의 구분

남용이라고 말할 정도로 문화는 분야를 가리지 아니하고 흔하게 쓰인다. 의식주와 관련하여 복식(服飾)문화, 음식문화, 주거문화가 있는가 하면, 대중문화와 고급문화, 전통문화와 외래문화, 물질문화와 정신문화는 서로 비교가 되는 문화들이다.

문화를 개체와 재료로 본다면 문화는 물질문화와 정신문화로 크게 구분할 수 있을 것이다. 물질문화를 씨줄이라고 하면 정신문화는 날줄에 비유할 수 있다. 그런데 재료로서의 문화는 또한 여러 가지 재료로 구성된다. 그러한 문화를 하위문화 혹은 세분(細分)문화라고 한다. 예컨대 농경문화, 종교문화 같은 것이 여기에 속한다(정수일, 전게서, pp.23~24). 문화는 연구자와 관점에 따라 각각 다르게 구분된다.

(1) 인류문화와 개별문화

인간은 다른 동물과 구별되는 행동양식이 있다는 관점에서 이것을 인류문화라고 한다. 이는 인류가 공통적으로 지니고 있는 행동양식의 총체이다. 위슬러(Clark Wissler, 1870~1947)는, 인류문화는 언어, 물질, 예술, 사회와 과학적 지식, 종교, 가족과 사회 조직, 소유, 통치, 전쟁 등 아홉 가지의 행동양식으로 구성된다고 주장한다.

일반적으로 지역사회에 따라 다른 생활양식이 존재한다는 관점에서 이것을 개별문화라고 한다. 이는 한 민족으로부터 한 부락의 주민에 이르기까지 사회 조직을 형성하고 있는 곳에서 볼 수 있는 모든 생활 관습을 말하며 그러한 생활 관습은 하나의 패턴을 이룬다는 점에서 생활양식이라고 할 수 있다. 개별문화는 모든 생활 관습이며 하나의 패턴을 이룬다고 하였다. 예를 들면, 온돌방에서 한국 음식을 먹는다는 행동 속에는 관련된 행동양식이 질서 있게 배치되어 있고 그러한 행동양식은 필요에 따라 의식적 혹은 무의식적으로 표출된다.

(2) 물질문화와 비물질문화

물질문화는 도구, 건물, 기계, 시설, 의상, 약품 등 구체적이며 가시적(可視的)인 인간의 창조성을 말한다. 즉 인간은 물질적 가치를 창조하는 존재임을 말한다. 비물질문화는 눈으로 볼 수 없는 신념, 관습, 관념, 이데올로기, 사회제도 등 정신적 가치의 창조를 말한다. 인간이 동물과 구별되는 본질은 정신적 가치를 창조하는 능력에 있다. 비물질문화는 학문, 종교, 예술 등 정신적 창조물로 이루어지는 정신문화와, 관습, 민속, 제도 등 행동양식으로 이루어지는 행동문화로 구분된다.

(3) 관념문화와 규범문화

관념(觀念)문화는 미신, 속담, 민화(民話), 격언, 전통, 신화, 문학, 종교, 과학 등을 말하고, 규범(規範)문화는 관습, 터부(taboo), 유행, 상식, 규칙, 법률, 명령 등을 말한다.

관습이란 식사, 의복, 예절, 의식(儀式) 등 일상생활의 행동 유형을 좌우하는 규범이며 이러한 규범은 한 세대에서 다른 세대로 전승되는 가운데 가감(加減)되고 수정(修正)된다. 그런 맥락(脈絡)에서 유행은 단기적으로 변화하는 관습이며, 법률은 성문화(成文化)된 상식과 관습이라고 할 수 있다. 법률은 관습과 상식의 준수(遵守)를 어떻게 보장하느냐를 공식적으로 규정한 규범이며 강제성(强制性)과 구속성(拘束性)을 가진다. 그러므로 법률의 제정과 그 집행은 사회의 공적(公的) 권력에 의하여 이루어진다.

(4) 대중문화와 고급문화

이 구분은 차원의 문제이다. 전자는 대중 문학, 대중 음식, 모조품 혹은 위조품, 대중음악, 뒷골목 등으로 구성되고 후자는 진선미, 전문직, 완전한 인간의 추구, 규범적 언행, 고전음악, 고전문학, 이데올로기, 창작품 등으로 구성된다. 그러나 두 문화의 경계는 때때로 무너진다. 예를 들면, 포크너(William Faulkner)의 작품 중 한 단편소설은 창녀와 목사를 등장시켜서 대중문화와 고급문화의 충돌로 인한 한 목회자(牧會者)의 파탄(破綻)을 묘사하고 있다. 물론 이 작품의 문학적 가치는 따로 있다. 대중문화와 고급문화를 다룬 글을 예로 들어 본다.

영국에서 철도문학은 저급한 대중소설을 일컫는 말이다. 산업혁명과 함께 철도가 발달한 이후 여행자들은 열차 안에서 무료한 시간을 보낼 수밖에 없었다. 이 틈을 노리고 등장한 오락성 소설과 잡지가 철도문학이었다. 우리도 주간지와 대중소설이 전성기를 누렸던 70년 대가 고속도로 등 교통망이 확충된 시기였다는 점에서 영국의 그것 과 비슷한 면이 있다. 철도문학이라는 말에는 깔보는 듯한 뉘앙스가 담겨 있지만 문화의 대중화에 기여한 측면은 인정할 만하다.

서구 미술에서 철도문학에 비유할 수 있는 것이 '키치(kitsch)'이다. 화 가들이 영리 추구를 위해 대중의 기호(嗜好)에 맞게 적당히 그린 작품 을 뜻한다. 이와 비슷하게 우리나라에는 '이발소 그림'이 있다. 초가 집과 물레방아가 있는 농촌 풍경이나 솜털이 보송보송 나 있는 새끼 고양이 그림 등이다. 아직까지 주변에서 종종 찾아볼 수 있다.

미술에 안목(眼目)이 있다는 사람들은 이런 그림을 가치가 없다며 외 면한다. 그러나 이 그림들이 끈질긴 생명력을 유지하고 있는 것은 나 름대로 이유가 있어 보인다. 미술을 잘 몰라도 편안하고 예쁘다는 느 낌을 갖게 하는 점이다. 얼마 전까지 이런 그림들은 미술관과 화랑에 얼씬도 할 수 없었으나 최근 몇몇 화랑들이 이런 그림들을 모아 전시 회를 갖고 있다는 소식이다.

미술인들은 이런 전시회에 거부감을 느낄 것이다. 이런 그림에서 전문가들이 말하는 미의식(美意識)이나 미술적 가치를 찾아내는 것은 불 가능할지 모른다. 그러나 대중의 입장에서 고급문화의 벽은 여전히 높기만 하다. 난해(難解)하고 비용이 많이 드는 탓이다. 이발소 그림들 은 대중을 위해 고급 미술이 해내지 못한 역할을 해낸 측면이 있다. 대중문화와 고급문화의 경계구분이 무너지고 있다. 대중에게 가까이 다가서려는 노력이 고급문화에서도 요구된다(동아일보, 1999. 3. 17).

(5) 용기문화, 규범문화, 관념문화

용기(用器)문화는 원초적(原初的)이고 기초가 되는 문화이다. 이는 인간의 생활용품을 망라(網羅)한 원초적인 문화를 가리키는 말이다. 즉 인간이 생활의 편의를 위하여 만든 모든 물건을 총칭한다. 그릇은 물론이고 옷, 가옥, 정원, 건축물 등 인간의 편리를 위하여 인간의 지혜가 창출한 모든 물건이 이 범주에 든다. 우리가 실생활에서 체험하는 먹고 입고 쓰는 용기문화는 별다른 저항이 없이 전파되고 수용된다. 그러나 이런 문화이더라도 민족 특유의 생활환경이나 생활 습성에 알맞은 것은 소중히 가꾸어 나가야 한다. 조상의 지혜가 깃들어 있고 오랫동안 몸에 밴 한국 고유의 온돌은 세계적인 것이다. 온돌은 난방장치에다 물리 치료의 효과까지 있으니 굳이 난로에 침대를 갖추는 번거로운 일을 자초(自招)할 필요는 없다.

규범문화는 관행, 사회제도, 법률 등 한 단계 높은 정신문화로서 물질 위주인 용기문화에 윤리, 예절, 의식(儀式) 등이 수용되어 형성되는 문화이다. 사회제도, 법률, 도덕, 윤리, 예절, 의식, 관행 같은 규범문화는 시대의 변천에 따라 변화하므로 가변적(可變的)이다. 가변적이라고 하여 전승(傳承)의 가치가 없다는 뜻은 아니다. 이러한 문화는 한 사회의 규범적 역할을 하기 때문에 용기문화처럼 쉽고 빠르게 전파되거나 수용되지는 않는다. 비록 구체적인 제도나 법률은 사라졌지만 그것을 지탱하게 한 이념이나 정신 가운데서 이어받을 만한 것은 전통으로 이어받아야 한다.

관념문화는 문화의 뿌리가 되고 뼈대가 되는 문화의 정수(精髓)이다. 관념문화는 한 민족이 가지고 있는 고유의 사상과 철학, 이념, 예술, 신앙 등 고차원적 정신문화를 집대성(集大成)한 문화이다. 관념문화가 바탕에 깔려 있느냐의 여부로 그 나라의 문화, 그 민족의 문화가 있느냐의 여부를 판가름한다. 용기문화와 규범문화의 바탕에 관념문화가 깔려 있어야 비로소 문화라는 의미가 부여될 수 있을 것이다. 그런 점에서 전통문화는 관념문화를 바탕으로 삼아야 한다. 정신문화는 100년 혹은 200년으로 이룩되는 것이 아니라 수백 년 혹은 수천 년의 세월이 흐르는 동안 수많은 시행착오(施行錯誤)와 한 민족의 예지(叡智)가 모여 이룩된다. 정신문화는 한 민족의 생존과 발전의 잠재력을 의미한다. 문화의 주인인 민족과 운명을 같이하는 관념문화는 다듬고 되살려서 이어 가야 할 전통문화이다. 관념문화를 전승하는 일은 시간과 공간을 초월한 문화 발전의 정도(正道)이다.

문화의 전승

문화사를 통관(通觀)하면 역사적으로나 지역적으로 서로 다른 문화권(文化圈)이 형성되어 상호교류가 이루어지는 사실을 알 수 있다. 일반적으로 문화교류는 이질적인 문화권 사이의 교류를 의미한다. 문화권이란 문화의 전승이나 전파를 통하여 이루어진 공통의 문화 구성 요소들을 공유한 국가, 민족, 지역을 망라하여 형성된 문화의 역사저 및 지역적 범주를 말한다. 하나의 문화권이 형성되려면 다음과 같은 조건을 구비하여야 할 것이다. 그러나 문화권을 어떻게 구분하는가는 간단한 문제가 아니다.

첫째, 문화의 구성 요소에 특성이 있어야 한다. 즉 다른 문화와 구별되는 독특한 문화의 구성 요소를 갖추어야 한다.

둘째, 문화의 시대성과 지역성이 있어야 한다. 즉 시대적으로 장기간 존속해야 하고 지역적으로 한정된 국가나 민족의 범위를 벗어나 비교적 넓은 지역에 분포되어야 한다.

셋째, 문화의 생명력이 유지되어야 한다. 즉 장기간에 걸쳐 지역사회 전반에 지속적으로 영향력을 행사해야 한다(정수일, 전게서, p.29).

인간의 행동 유형은 동물과 같이 본능적이며 유전적인 것이 아니라 사람들과의 다양한 상호작용을 통하여 행동양식, 언어, 신념, 가치관 등을 배우고 창조함으로써 이룩된다. 문화는 사회적 유산이며 역사적 소산이다.

문화의 어떤 요소는 조건만 조성되면 다른 곳으로 전파되나, 친족조직, 식생활 등 쉽게 전파되지 않는 부분도 있다. 그러나 문화는 소멸되지 않는 한 다음 세대에 전승된다. 신세대는 기성세대로부터 교육 혹은 모방을 통하여 문화를 수용하고 그것을 다음 세대에 전승한다. 이와 같이 세대교체와 함께 문화는 전승된다. 그러나 사회 변화가 심각할 때 신세대와 기성세대 사이에는 여러 가지 요인이 작용하여 단층(斷層)이 생기고 문화 전승에 충돌이 일어난다. 즉 두 세대 간의 가치관이 충돌하고, 어느 시대에나 존재하는 신세대의 특징이며 공통점이라고 할 수 있는 혁신성(革新性) 혹은 개혁성향(改革性向)이 작용하여 문화가 전승되는 과정에 충돌이 발생한다. 그러나 이때의 충돌은 정반합(正反合)의 원리에 따라 사회와 문화 발전의 원동력이 된다.

문화의 통합

특정 사회의 생활양식으로서의 문화는 여러 가지 문화 단위, 문화 요소, 문화 복합 등과 기능적으로 결합하여 독자적인 문화적 정체성을 형성하는 과정 혹은 상태를 표출한다. 이것을 문화의 통합이라고 한다. 예를 들면, 의식주 혹은 관혼상제(冠婚喪祭) 등은 정도의 차이가 있을 뿐 각 행동양식들이 상호 관련성을 가지기 때문에 한 부분은 다른 부분과 함께 전체를 형성한다. 즉 복식문화, 음식문화, 주거문화, 결혼문화, 장례문화 등을 구성하는 각 행동양식은 상호 관련성을 가진다.

문화의 변동

문화는 단계적으로 하나의 유형에서 다른 유형으로 변화할 수 있다. 즉 문화는 시간의 연속선상에서 단계적으로 변화를 거듭한다. 이때 변화는 단기적인 발달이고 발달은 장기적인 변화라고 할 수 있다. 문화의 변동은 마치 생물진화의 돌연변이(突然變異, mutation)처럼 하나의 문화 속에서 새로운 발명이나 발견에 의하여, 혹은 유전자(遺傳子)의 이동처럼 서로 다른 문화 간의 접촉으로 생겨나는 문화의 전파에 의하여 일어난다. 물론 유전자의 제거처럼 문화의 어떤 요소가 제거되거나, 유전자의 유실(流失)처럼 문화의 어떤 요소가 소멸되어 문화의 변동이 발생할 수도 있다(정수일, 전게서, p.25).

문화변동은 어떤 형태에서 다른 형태로 문화가 변화하는 과정을 말하는데 이는 문화혁신이 일어남으로써 이루어지며 이 혁신은 내적 요인과 외적 요인이 좌우한다. 전자는 발명과 발견 등 기술혁신과 향상 및 그 정착을 의미하고, 후자는 외래문화의 차용, 즉 문화의 전파를 의미한다. 문화의 변동에 영향을 주는 또 하나의 요인은 문화지체(遲滯)이다. 문화지체는 기술혁신 혹은 외래문화의 전파가 한 문화에 정착하는 데 소요되는 시간을 말한다.

문화의 구성요소

문화란 인간의 행동양식과 생활양식의 총체이다. 그런 의미의 문화
는 무엇으로 이루어질까? 이에 대한 해답은 어떤 것을 문화시설이라
고 말하고, 무엇을 문화행사라고 말하며, 문화인과 야만인은 어떻게
구별되는가를 생각하면 짐작할 수 있을 것이다. 문화를 구성하는 구체
적인 요소는 언어, 도구, 물질, 과학, 예술, 지식, 가치관, 이념, 종교,
가족, 소유, 통치, 전쟁 등 매우 다양하다. 미국의 문헌정보학자 셰라
(Shera)는 문화의 구성요소를 장비(裝備, physical equipment), 학문(scholarship), 사회조직
(social organization) 등 세 가지로 구분하고, 장비는 도구(tools), 기계장치(mechanical
equipment), 메커니즘(mechanisms)을, 학문은 축적된 경험(accumulated experience)과 지식
(knowldge)을, 사회조직은 단체(institutions), 관습(mores), 규칙(customs)을 각각 포함
한다고 하였다(Shera, 1976, p.44). 여기서는 문화의 구성요소를 도구, 사회조직,
사회제도, 전문직, 학문 등 다섯 가지로 나누어 살펴본다.

(1) 도구

도구란 "일할 때 쓰는 연장의 총칭, 어떤 목적을 이루기 위한 수단과
방법"이라고 사전은 풀이하고 있다. 그러므로 도구의 종류와 그 다양
성은 이루 헤아릴 수 없을 정도이다. 의식주와 관련된 기본적인 도구
를 비롯하여 장신구(裝身具), 교통 및 통신 수단, 언어, 종이, 각종 비품, 냉
난방 기구, 화장품, 주류(酒類), 교육용 기자재, 문구류, 교과서, 교육 및
연구 방법, 의약품과 의료 기구, 다양한 건축물 등이 모두 도구이다.

문화의 구성 요소로서의 도구의 종류와 기능의 다양성 및 그 형태
의 정교도(精巧度)는 한 집단과 사회와 그 시대의 문화적 성숙도를 말한

다. 도구는 또 인간의 기능을 확대하고 보완한다.

(2) 사회조직

사람은 공동 목적이나 관심사를 중심으로 집단을 이룬다. 이때 모든 구성원이 합의한 행동양식, 공통의 커뮤니케이션 수단 및 가치관이 요구되며 이들이 문화의 기초를 이룬다. 이렇게 하여 사회 조직은 크고 작은 집단으로 구성되고 그 구조는 포충망(捕蟲網) 혹은 어망(漁網)과 같은 네트워크를 형성하며 네트워크는 여러 매듭(즉 여러 집단)에 의하여 결정된다. 이렇게 하여 지역을 중심으로 형성된 집단(마을, 도시, 국가 등), 직업을 중심으로 구성된 집단(교사, 의사, 변호사, 성직자 등), 영리를 추구하는 집단, 공공복리(公共福利)를 추구하는 집단 등이 출현한다.

(3) 사회제도

문화의 구성요소로서의 사회조직은 사회제도에 따라 형성되고, 사회제도는 사회구성원들의 행동규범을 제시하며, 그 규범은 행동을 통제하는 수단(전통, 관례, 규칙 등)이 된다. 그러한 수단은 사회구성원의 이익과 상호협동 및 발전을 추구하게 마련이다. 사회제도는 어떤 개념(이념, 주의, 사상, 교리 등)과, 그 개념의 목표 달성에 이바지하는 실천기관으로 구성된다. 따라서 전문직과 공공단체를 비롯한 사회의 모든 기관은 사회제도에서 나온다. 예를 들면, 홍익인간(弘益人間)이라는 교육이념은 사회제도이고, 이 이념을 실천하기 위하여 학교, 도서관, 연구소 등이 설립되고 운영된다. 한 기관은 독자성을 지님과 동시에 다른 기관과 상호작용하며 그러한 기관들은 상호보완관계(相互補完關係, complementary relation)를 유지하는 가운데 발전하고 분화하며, 문화 변동에 따라 대체(代替)될 수 있다. 도서관 역시 다른 기관으로 대체될 수 있다. 그러므로 다음과 같은 경고를 주목해야 할 것이다.

실행기관으로서의 공공도서관이 우리 사회에서 사라지는 날은 오지 않는다고 누가 보장할 수 있는가. … 공공도서관이 생명을 유지하고 발전하려면 그 목적을 사회환경에 비추어 재평가하고 조정하여 봉사의 우선순위(優先順位)를 시류(時流)에 맞게 수정해야 한다(Philip Ennis, 1964).

(4) 전문직

직업은 어느 속성보다도 개인의 사회적 지위를 잘 나타낸다고 할 수 있다. 그러므로 어느 한 사람 자신의 지위 향상을 위하여 노력하지 않는 사람이 없고 그것을 기대하게 마련이다. 자신의 지위 향상을 도모하는 상식적인 방법은 고위직으로의 전직, 직장 내에서의 승진, 해당 자체의 지위 향상 등을 꼽을 수 있다.

한 사회와 국가가 인정하는 전문직의 종류와 역할의 다양성은 그 사회와 국가의 문화적 성숙도를 가리킨다. 전문직에게 다소의 특권이 부여되는 경우가 있으나 전문직의 가치와 중요성은 무엇보다 투철한 봉사정신과 지적인 활동에 있다. 또 전문직은 전문직 단체를 설립하고 그 주체가 된다. 전문직 단체는 전문직의 권익을 보호하고 증진시킬 뿐만 아니라 벌칙을 주는 기능을 가진다. 게이츠(Jean Key Gates)는 전문직에 관하여 일찍이 다음과 같은 견해를 피력하였다.

첫째, 전문직은 전문성을 인정받을 수 있는 다양한 기술을 창출하고 지원하는 체계적인 이론을 갖추어야 한다.
둘째, 전문직은 체계적인 이론을 수반하는 광범위한 교육과 그것에서 표출되는 높은 수준의 권위를 갖추어야 한다.

셋째, 신뢰감, 업무 수행의 표준화, 전문성을 인정할 수 있는 규칙의 제정 등에 전문성을 부여하는 것처럼 전문직은 사회가 인정하는 권위가 있어야 한다.

넷째, 전문직은 그 종사자와 고객 및 동료와의 관계를 통제하는 윤리 강령이 필요하다.

다섯째, 전문직은 공식 단체에 의하여 전승되는 전문직 문화를 갖추어야 하며 그러한 단체는 전문직의 가치와 규범 및 상징으로 구성되고 전문적인 소양(素養)이 중심이 되어야 한다.

여섯째, 전문직은 봉사를 위한 지도체제를 갖추어야 한다.

(5) 학문

"학문이란 지식을 체계적으로 배워서 익히는 일 혹은 체계화된 지식"이라고 사전은 풀이하고 있다. 또 사람의 능력은 지력, 심력, 체력, 자기 관리 능력, 인간관계 유지능력 등 다섯 가지로 요약할 수 있을 것이다(원동연). 이처럼 학문의 정의와 인간의 능력을 감안할 때 학문이 문화의 구성요소가 된다는 점은 분명하다. 학문은 기억(memory), 이성(reason), 심상(image, 心象)으로 구성되며, 이들은 각각 역사, 과학, 시(詩)를 의미한다는 것이 베이컨(Francis Bacon)의 견해이다. 학문은 일반적으로 인문학(humanities), 사회과학(social science), 순수과학(pure science), 응용과학(applied science)으로 크게 구분된다. 최근에는 학문 분야 간의 연계성이 높아지면서 학제적 연구(interdisciplinary study)가 각광(脚光)을 받고 있다. 학제적 연구는 학문의 발달을 더욱 촉진시키기 때문이다. 학문의 융합에 대한 높은 관심도 마찬가지이다.

문화의 특징

문화는 공동생활을 영위하는 인간사회에 반드시 있다. 그러나 한 사회의 문화는 개인의 주체성과 창의성 및 사회에의 적응성으로 말미암아 다른 사회의 문화와 구별되고 각각 특징을 가진다. 헤르더 (Herder)는 인간성의 소재(素材)를 민족에 두었다. 그는 민족의 보편적 바탕은 인간성이지만 서로 다른 풍토의 영향을 받아 민족성이 형성된다고 보았다. 인간은 자연 속에 살며 자연의 일부로 존재하면서도 자연을 객관화하며 자신을 주관적으로 의식하고 행동한다는 데에 문화 창조자로서의 인간의 본연의 모습이 있다. 문화 창조자의 주체는 개인이며 개인은 자주적인 개성을 가진다. 따라서 같거나 비슷한 자연적 혹은 사회적 환경조건에서도 이에 적응하는 인간의 의식과 행동은 다를 수 있다. 그것은 인간만이 지니고 있는 자유와 의지 때문이다. 인간성의 일반성은 문화의 보편성을 가져오지만 자유와 의지는 문화의 특수성을 낳는다.

인류문화의 발달과정을 보면, 모든 문화는 4대 문명의 발상지(發祥地)로부터 공간의 확대과정을 통하여 이루어졌음을 알 수 있다. 우리의 문화 역시 문화의 확대과정 가운데 이루어진 것이다. 여기서 문화의 특수성의 보편화와 보편성의 특수화를 알 수 있다. 인류문화는 문화의 보편성과 특수성의 조화에 의하여 발전하였다.

8. 도서관문화

앞에서 문화의 대강을 살펴보았다. 그렇다면 과연 도서관문화란 무엇인가? 오늘날 정치, 경제, 사회, 교육, 과학, 종교 등 각 분야에 문화라는 어휘를 붙여 쓰는 경향이 점차 높아지고, 유행처럼 번지고 있다. 기업문화, 대학문화, 청소년문화, 교통문화, 화장실문화, 놀이문화, 법률문화, 정치문화 등이 그것이다. 도서관문화를 논의하기에 앞서 대학생과 도서관, 대학도서관의 장서, 대학생과 독서를 개괄적으로 살펴보자.

(1) 도서관에서 보낸 어느 대학생의 하루

캠퍼스를 거닐다가 우연히 도서관으로 향하는 친구를 만나면 우리는 움찔 놀라며 '어쩐 일로 네가 공부를?'이라는 경이로운 반응을 보인다. 하지만 그 친구는 단지 공부를 위해 도서관을 찾는 이가 아니었으니…. 도서관에 배정된 사물함에 수업이 끝난 책을 저축(?)하러 갔다가 잠시 영화도 보고, 신문도 보고, 잠까지 자고 오겠다는 포부를 가졌던 것! 아, 그렇다. 도서관은 바야흐로 '복합 문화 공간'이 되고 있지 않은가. 대학인의 희로애락(喜怒哀樂)이 구석구석 담긴 도서관에서 무슨 일이 일어나고 있을까?

 - 시험 기간 동안 생략했던 영어 토론 스터디, 깜빡하고 사전을 안 챙겨 왔는데, 도서관에 비치된 영영사전 덕분에 별 어려움 없이 공부할 수 있었다. 나름대로 열띤 토론을 하고 있는데, 낯선 사람이 똑똑 문을 두드린다. "저기요, 좀 조용히 해 주실래요?" 목소리가 높아진 모양이다. 혹, 방음이 제대로 안 되나?

 - 스터디를 끝냈는데도 시간이 많이 남았다. '짧은 영화나 한 편 때릴까?' 무슨 영화를 볼지 한참을 고민하던 주인공. 아! 생각난 김에 다음 주 발표 때 필요한 DVD도 미리 대여받기로 했다.

 - 주변과 단절된 채 헤드폰을 끼고 홀로 보는 영화는 쏠쏠한 재미가 있다. 눈도 몇 번 깜빡거리지 않은 채 혼자만의 세계 속에서 영화 삼매경에 빠진 주인공.

 - 잠시 인터넷 뉴스도 검색하고, 대출할 도서도 검색할 겸 컴퓨터 앞에 앉은 주인공. 오호라, 주인공이 빌리려고 벼르고 별렀던 책이 도착했단다. 곧장 마음이 설렌다.

 - 책! 책! 책! 책을 읽읍시다. 높다란 책장 사이에 서 있을 때면 대학 졸업하기 전까지 대학 도서관에 소장된 책은 다 읽어 버리겠다던 새내기 시절의 슬픈(?) 꿈이 떠오른다.

 - 엥? 분명 823에 꽂혀 있어야 할 그 책이 어디로 갔지? 누군가가 자신만의 아지트에 숨겨놓았는가? 아니면 그 몇 분 사이에 누군가가 쏙 낚아채 간 것인가? 방금 전까지만 해도 입가에 미소가 번지던 주인공에게 좌절이 찾아온다. 도서관에 한 권만 더 있었더라면 이다지 상심하진 않았을 거라면서….

― 날마다 등하굣길에 들르게 되는 사물함. 도서관에서 배정한 사물함에서 일용할 양식(?)을 꺼내 들었다. 벌써부터 기말고사 준비에 돌입할 것인가! 사실 주인공은 중간고사 이후 철저한 예습, 복습의 필요성을 절감했다.

　― 아니, 모처럼 큰마음 먹고, 구석자리에 앉아 공부 좀 해 보려 했더니 이게 뭐니 이게…. 책들만 가지런히 놓여 있는 책상. 투명인간 납시었습니까?

　― 아무리 도서관이 복합 문화 공간화되었다 해도, 사실 우리가 도서관에서 제일 많이 하게 되는 그 흔한 짓이 공부다. 계산기까지 들이대며 열심히 공부하는 군세어라 주인공!

　― 어디서 바람이 솔솔 새어 들어오는 건지, 난방이 어느 한 곳에만 집중되는 건지. 간만에 탄력받아 열정적으로 공부하고 있으면 괜히 환경적인 요인이 태클로 작용한다. 주인공의 손끝, 발끝이 오들오들 시리다.

　― 집에서 10여 년 동안 A신문만 구독한다는 주인공은 이따금씩 도서관에 비치된 다양한 신문들을 보며 개념을 환기시킨다. 한 푼이 귀한 자취생이라면 여기 이 신문들이 더욱 소중하게 다가온다. 제발, 여러 사람들이 보는 신문, 군데군데 오려 가지는 맙시다!

　― 수업에 들어가려고 도서관을 나서는데 오른쪽 상단에서 묘한 포스가 느껴진다. 도서관 출입구에 마련된 CCTV. 그래도 모른 척 지나가 주는 센스를 발휘하는 주인공. 도서관에서 이것저것 하다 보니 막막하던 공강(空講) 5시간이 훌쩍 흘러가 버렸다. 대학 캠퍼스 내에서 가장 비옥한 공간, 우리는 오늘도 그 공간에서 꿈을 펼친다.

(2) 리포트를 쓰려고 해도 책이 없다

과제를 받자마자 달려간 도서관. 그러나 필요한 책은 이미 모두 대출 중이다. 예약을 해 두어도 과제 제출 마감일이 지난 뒤에나 받아 볼 수 있다. 이번에도 어쩔 수 없이 다른 학교 친구에게 도서 대출을 부탁한다. 책을 펼치니 김치 국물, 커피 자국, 심지어 찢어 간 페이지도 있다. '아니, 이거 언제 적 거야? 박물관도 아닌데 70, 80년대 낡은 책이 즐비하다. 필요한 책은 이미 대출 중이거나 대출이 금지된 책이라고 한다. 누구나 한 번쯤 이런 일들을 겪어 보았을 것이다. 부족한 도서관의 장서 문제, 대안은 없을까?

어느 대학생은 "검색해서 찾아보면 관련된 책이 10책도 채 안 된다. 질적으로 필요한 책보다는 형식적인 책들이 더 많은 것 같다"라며 불만을 토로한다. 교육인적자원부의 '2004년 대학도서관 장서 보유현황'에 따르면, 우리나라 4년제 일반 대학 가운데 가장 많은 장서를 보유하고 있는 대학은 서울대학교이다. 이 대학도서관은 동서양서를 합쳐 모두 249만 3919책을 보유하고 있다. 이것도 규장각 장서를 포함했을 경우이다. 이 밖에 경북대 211만 5085책, 연세대 187만 6233책, 고려대 171만 5170책, 이화여대 140만 3107책 등의 순위이다. 몇몇 대학은 1만 책도 안 되는 장서량이어서 대학도서관이라는 이름값도 하지 못하고 있다.

단순 비교는 금물이나, 이런 실정은 선진 외국과 비교할 때 더욱 열악한 수준이다. 한국교육학술정보원이 경제협력개발기구(OECD) 가입국 가운데 28개국을 대상으로 도서관장서현황(2001~2002년 기준)을 조사한 결과, 미국 하버드대 1,518만 1,349책, 예일대 1,111만 4,308책, UC버클리대 957만 2,462책, 일본 도쿄대 811만 2,335책, 영국 옥스퍼드대

713만 5,000책, 케임브리지대 556만 7,505책을 각각 소장하고 있었다. 우리나라 대학도서관의 장서 부족에 대하여 현장 사서들은, '같은 책을 여러 책 비치하는 것이 현실적으로 어렵기 때문에 동일한 도서를 5책에서 최대 10책까지 비치하고, 이 테두리에서 도서의 회전율을 높이려고' 노력하고 있다.

장서 부족은 이런 문제만 있는 것이 아니다. "연초에 책을 신청하면, 신청한 지 얼마 되지 않아 꼬박꼬박 책이 잘 들어오는데, 연말에 신청하면, 예산 사정 때문인지 해가 바뀌어야 비로소 신청한 도서가 들어온다"라는 경우도 있다. 또 "희망도서를 신청할 수 있는 제도가 있는지조차 몰랐다. 학교를 2년이나 다니면서도 이 사실을 모르는 이유는 도서관 홍보 활동에 결함이 있다고 본다. 도서관에 책을 신청해도 뒤늦게 학생들에게 전달된다는 사실도 불만스럽다"라는 경우도 있다.

책의 훼손 문제도 심각하다. 지식인 계층에 다가서려는 대학생들이 도서관에서 대출한 책을 마치 자신의 자산인 양, 마음대로 낙서를 하거나 더럽힌 것을 볼 때마다 눈살을 찌푸릴 수밖에 없다. 이 밖에 연속간행물의 부족, 열람만 가능한 도서의 대출 요구, 개가실과 폐가실의 비율에 대한 논쟁 등 도서관 장서에 대한 시비와 논쟁은 끝이 없다. 현대 사회에서의 정보, 특히 학술 정보는 국가 경쟁력 향상의 기반이 되므로 정보의 공유를 위한 정보의 효율적인 유통이 필수적이다. 대학도서관은 '현실적으로 어려움이 따르기 때문에, 상황이 여의치 않아서' 등의 변명보다 학생들의 불만과 불편의 호소에 귀를 기울이고, 문제점을 개선하려고 적극 노력해야 한다. 단과대학별 비치 자료실 운영(해당 학기가 끝나면 중앙도서관으로 반납), 신간 도서 전시 판매, 수시

주문 방식, 우선 대출 방식, 학과 및 학생당 도서구입비의 탄력적 운영 등은 대학도서관이 학생들의 요구를 충족시킬 수 있는 실천 가능한 방법이 될 것이다.

여기서 6·25동란 때 있었던 미 8군과 서울대학교도서관이 얽힌 감동적인 에피소드 한 토막을 소개한다.

화제의 주인공은 미 8군사령부 G-2에서 일하던 커 중령(Lt. Colonel Kerr)이다. 평소부터 안면은 있었지만 그리 잦은 접촉은 없었다. 하루는 경교장으로 나를 찾아와서 약 2~3일간 오후 시간을 좀 내주어야겠다고 말했다. 별일 없을 테니 좋다고 했다. 다음 날 데리러 오겠다면서 돌아갔다. 약속대로 다음 날 하오 경교장에 머무는 우리 부대에 왔다. 사무실에서 잠깐 이야기를 했다. 궁금할 테니 말한다면서 그는 입을 열었다. 우리가 하고자 하는 일은 '도서회수작전'이라고 웃으며 말했다. 그의 작전 내용은 대충 다음과 같다.

지금 서울대학교 문리과대학이 미 8군사령부로 쓰이고 있다. 교실, 연구실, 도서관 등등 모든 시설물들이 사무실 아니면 장교 숙사로 쓰이고 있는 형편이다. 도서관 관리가 제대로 되어 있지 않아, 사령부 장병들이 서고에 마음대로 드나들고, 서울대 장서들이 각 방에 흩어져 있다. 사령부가 곧 용산으로 이전하는데, 그 이전에 각 방에 산재한 서울대 도서관 장서들을 회수하지 않으면 많은 책들이 없어질 것이라는 것이다.

이 말을 듣고 다시 한 번 커 중령의 얼굴을 쳐다보았다. 너무나 감격적인 말이었다. 전쟁의 와중에서도 도서관 장서를 살리려는 갸륵한 마음. 이것이 바로 그가 말하는 '도서회수작전'의 내용이었다. 사병 네 명을 확보했으니 문리대 구내 모든 방을 돌면서 옛 경성제대와 서울대 도서관 장서인이 찍혀 있는 도서는 모조리 회수하자는 것이었다. 우리들과 사병을 태운 두 대의 지프차는 동숭동 미 8군사령부로 달려갔다.

커 중령이 나를 동반하게 된 것은 서울 문리대 구내 구조물의 사정을 잘 알고 있기 때문이었다. 커 중령은 대단히 재미있는 사람이었다. 그는 모든 방을 순회했다. 노크를 한 다음, 방으로 들어가서 내방한 이유를 설명했다. 그리고 "서울대 도서관에서 가져온 책이 있으면 이 바구니에 넣어주십시오"라고 점잖게 말했다.

장병들의 반응은 아주 협조적이었다. 도서관에서 나온 책들을 순순히 바구니 안에 넣었다. 커 중령은 고맙다는 말을 남기고 방을 나왔다. 이렇게 3일 동안 회수한 책은 대단히 많았다. 커 중령은 모은 책들을 다시 도서관 서고로 가지고 가서 한곳에 모아 놓았다. 어디서 구한 것인지 커다란 도서관 서고용 자물쇠를 가지고 있었다. 이 자물쇠로 서고를 잠갔다. 이제는 안심이 된다고 그는 사뭇 만족한 듯 나를 보고 윙크를 했다.

전쟁 중 한국에 와서 그는 무언가 보람 있는 일을 하려고 마음먹고 있었다. '도서회수작전'은 그의 최대의 영광스러운 작전이었다(조성식, 영어와 더불어. 서울: 해누리, 2007: pp.543~544).

역사가 시작된 이후 인간의 지적인 소산을 기록한 문헌이 끊임없이 출현하여 누적되었고, 그 문헌들은 시간과 공간을 초월하여 다음 세대로 전승되었으며, 그러한 전승이 반복되는 가운데 사회에서 문헌 관리의 필요성이 제기되고, 그 필요성을 충족시키기 위하여 사회는 문헌관리의 책임을 묶고, 권한을 위임하여 도서관을 탄생시켰다. 그렇게 출현한 도서관은 사회구성원들의 커뮤니케이션을 돕는 사회적 장치임에도 불구하고 도서관과 문헌정보학에 대한 사회적 인식은 아직 미흡한 수준이며 이 분야의 철학의 빈곤을 비판하는 경우도 종종 있다.

도서관문화는 문화를 구성하는 여러 하위문화 중의 하나이며, 문화에서 비롯되는 지적인 소산의 하나인 다양한 문헌을 수집, 처리, 축적, 검색, 제공하는 지적인 활동과 그 활동의 결과들이 축적되고 전승됨으로써 조성된다. 표현을 달리 하면 도서관문화는 정보의 입출력이 이루어짐으로써 조성되는 문화이며, 정보의 입출력에 관련된 이론과 실제의 총체이다. 정보의 입출력에 관한 중요한 기본 원리는 '입력이 없으면 출력도 없다(Baggage in, baggage out. 쓰레기를 입력하면 쓰레기가 출력된다)'는 것이다.

도서관은 수집된 문헌에 국가 혹은 국제 수준의 표준화된 규칙을 적용하여 기술편목(記述編目, descriptive cataloging) 및 주제편목(subject cataloging)을 하고 그 결과에 근거하여 문헌파일과 목록파일을 편성하는 지적인 활동을 끊임없이 수행한다. 이때 컴퓨터를 비롯한 기계 장치를 활용하느냐의 여부는 오직 수단과 방법일 뿐이다. 국가 혹은 국제 수준의 표준화된 규칙의 적용은 효과적인 서지통정(書誌統整, bibliographic control)과 도서관 협동을 이룩함으로써 사회구성원들의 문헌 요구를 충족시킴과 동시에 문헌 및 정보의 만인공유(萬人共有)를 유도(誘導)하고 촉진한다. 이 일은 문헌을 수집하여 제공함으로써 문헌 이용자의 요구를 충족시킴과 동시에 그 권리를 보장한다는 문헌정보학 사상에서 비롯된 것이다.

문헌정보학 사상의 실천적 노력의 결과는 다양하게 표출되었다. 즉 각종 서지(書誌)의 편찬과 서지데이터베이스의 제작, CIP 데이터(cataloging-in publication data), 도서관 협동(협동수서, 협동목록, 상호대출 등), 신착문헌속보, 학술잡지목차속보(contents sheet service), 문헌의 자동색인(自動索引) 및 분류(分類), SDI서비스(Selective Dissemination of Information Service), 번역서비스, 도서관 홍보, 정보분석, 사서직 양성, 도서관 이용교육, 도서관법과 납본법(納本法), 도서관헌장, 윤리강령, 국제표준서지기술법(ISBD: International Standard of Bibliographic Description), 국가단위정보망(National information network: 금융전산망, 교육학술전산망, 행정전산망, 과학기술전산망 등), 세계과학기술정보 시스템(UNISIST: Universal System for Information In Science and Technology), 문서관(文書館, archives), 전자도서관, 도서관사의 저술, 국가 단위의 도서관협회, 국제도서관협회연맹(IFLA: International Federation of Library Associations & Archives) 등으로 나타났다. 이렇게 계속되는 성과는 도서관문화의 통합, 변동 및 전승을 의미하며, 아울러 도서관문화의 창달(暢達)에 공헌한 사람들의 소중한 업적이며 유산이다.

도서관이 수행하는 여러 역할 중에서 정보의 입출력은 가장 중요하다. 도서관은 정보를 입력하기에 앞서 도서관의 설립 목적과 요구를 충족시킬 수 있는 정보를 선택해야 한다. 필요한 정보, 양질(良質)의 정보를 선택하는 과정은 일련의 의사결정과정이다. 정보의 선택 과정에서 의사결정론, 도서관의 설립 목적, 정보의 우수성을 모두 고려해야 함은 물론이다. 이렇게 선택된 정보는 체계적인 수집, 처리 및 축적이라는 일련의 과정을 거쳐서 이용자의 요구가 있을 때 효과적으로 검색되고 제공되어야 한다. 이러한 일련의 과정은 상호보완성, 일관성, 계속성, 신속성, 정확성 및 표준화가 필요하다. 이들이 유지되지 아니하거나 어느 한 과정이 부실(不實)하면 부실할수록 정보의 효과적인 검색은 이루어지지 않고 결과적으로 이용자의 불만이 야기된다. 정보 이용자의 불만을 야기하고 그러한 불만을 누적시키는 어떠한 요인도 도서관의 적(敵)이다. 도서관이 수행하는 여러 기능들이 원만하게 상호작용을 하고, 모두 조화를 이루면 정보 검색 및 제공이 효율화될 것이며, 그것이 효율화되면 될수록 정보 이용자의 만족도와 정보이용의 효과는 더욱 향상될 것이다. 그 결과, 개인과 조직 및 사회가 발전하고 학문과 문화의 발달은 더욱 촉진될 것이다. 이와 관련하여 대한민국의 도서관을 대표하는 국립중앙도서관은 다음과 같은 비전을 제시한 바 있다(국립중앙도서관 2010, 서울: 국립중앙도서관, 2005).

(1) 한국의 고유 가치와 정보 사회의 기본 가치를 소중히 간직한다.
(2) 한국의 지식 문화유산을 안전하게 보존하고 후대에 전수한다.
(3) 한국인의 지식 정보 및 문화유산에 대한 접근과 이용을 촉진한다.
(4) 한국인의 언어와 사고를 개발하고 그것의 사회적 가치 창출에 기여한다.
(5) 한국의 문화 수준을 높이고 모든 국민의 풍요로운 삶에 기여한다.
(6) 한국의 지력강국(知力强國)을 선도한다.

도서관은 유사 이래, 인류의 사회 및 문화적 장치로 존재, 발전하여 왔다. 그런 가운데 도서관의 정체성을 규정한 키워드도 무수히 등장했는데, 이른바 인류의 지식의 보고, 지력 총화의 공간, 통시적 지식 교류의 장, 정보의 집적소, 정신문화의 타임캡슐, 정보에 대한 국가 사회의 안전망, 문화 수준의 척도 등이 대표적이다. 이러한 정체성은 동서고금을 막론하고 도서관이 인류의 지적, 정신적 기록문화를 수집, 보존, 제공, 전수하는 구심체 내지 중심 기관으로서의 역할을 수행해 왔을 뿐만 아니라 그렇게 해야 하는 당위성을 내포하고 있다.

국가 대표 도서관의 역할은 자국에서 생산, 유통되는 모든 문헌과 지적 문화유산을 수집, 보존하는 지식의 보고로서의 위상을 높이고, 자국민의 정보에 대한 접근 및 이용의 권리를 보장하며, 지식의 상대적 격차를 해소하는 정보서비스센터로서의 역할, 다른 국가의 대표 도서관과 교류, 협력하는 창구로서의 기능을 통하여 국민의 문화 수준을 향상시키는 한편, 후대의 접근과 이용을 예비하는 타임캡슐로서의 정체성을 확립하는 것이다. 국가 대표 도서관은 고유한 존재가치와 위상, 사회적 역할, 미래지향적 계획과 전략 및 실천 등을 지속적으로 갈무리하고 핵심 역량을 제고시키는 데 주력해야 한다. 이와 관련하여 우리나라 국립중앙도서관의 비전을 실천하기 위한 투자 계획을 살펴보면 다음과 같다.

국립중앙도서관 투자계획

사업명	계	2006	2007	2008	2009	2010
한국 지식 문화유산의 보존	794.0	70.0	84.5	96.5	215.0	328.0
정보의 유통관리 및 제공	2,198.7	205.0	701.0	665.7	292.0	335.0
도서관 정책연구	2,068.0	358.0	417.0	422.0	433.0	438.0
국내외 도서관 교류 협력	79.6	31.0	11.5	10.7	12.7	13.7
합계	5,140.3	664.0	1,214.0	1,194.6	952.7	1,114.7

출처: 국립중앙도서관 2010.

도서관문화와 관련하여 분명히 밝히고 넘어가야 할 사실이 있다. 우리나라 공공도서관이 다른 부문에 비하여 지금까지 낙후된 까닭을 명확하게 인식해야 한다는 점이다. 그 까닭은 대강 이렇다.

한마디로 말하면, 항일시대의 제국주의 일본은 식민지 정책 수행의 필요에 따라 공공도서관의 설립과 지원을 결정했기 때문이다. 일제는 당시 조선에 거주하는 자국민을 위하여 공공도서관을 설립, 지원한 반면에 우리 민족이 설립, 운영하는 공공도서관은 전혀 지원하지 않았다. 오로지 일제는 조선총독부와 그 정책을 홍보하고, 우리 민족을 사찰하기 위하여 조선의 공공도서관을 이용했을 뿐이다. 조선의 공공도서관은 그렇게 전락했다. 이로 인하여 공공도서관에 대한 우리 민족의 인식은 매우 나빠졌고 이를 백안시했다. 이는 일제가 표방한 내선일체(內鮮一體)와 크게 모순된다. 공공도서관의 장서 구성 역시 과학기술 분야에 치중하였고, 인문사회과학은 등한하였거나 극히 제한하였다. 이는 조선문화를 말살하고 그 진보를 가로막으려는 일제의 간악한 흉계이다. 한글의 사용을 엄금하고, 창씨개명(創氏改名)을 강요한 일제의 정책은 이와 맥을 같이한다.

항일시대에 형성된 우리 민족의 공공도서관에 대한 바람직하지 못한 인식은 광복 이후로 이어졌고, 대한민국 정부가 수립된 이후 오늘날까지 도서관문화의 진흥을 위한 국가 차원의 실질적인 배려가 부족했다. 다른 사실은 여기서 덮어 두자. '역대 국립중앙도서관장과 국회도서관장은 과연 어떤 면모(面貌)인가? 환갑을 넘긴 한국도서관협회가 아직도 독립 건물을 갖추지 못한 까닭은 무엇인가?'라는 반문은 이를 입증하고도 남는다. 필자만의 독설인가!

제2장
만남의 순례

나무와 물, 참으로 친근한 낱말이다. 앞에서 사람과 문헌을 나무와 물에 각각 비유하였다. 그만큼 나무와 물은 우리가 늘 주목하는 대상이 아닐 수 없다. 물과 나무가 없으면 도저히 살 수 없는 것처럼 사람과 문헌이 없으면 새로운 정보를 생산할 수도 없고, 보존하기도 어렵고, 얻어 쓰기도 힘들다. 사람과 문헌은 정보의 샘이다. 그래서 우리는 이들을 가장 중요한 정보원(情報源, information sources)으로 꼽는다. 우리는 너나없이, 또 때를 가리지 않고, 정보를 얻기 위하여 다양한 정보의 샘을 만난다. 물론 경우에 따라, 상황에 따라 우리는 대상을 달리하면서 다양한 만남을 이어 간다. 그 만남이 얼마나 차란한가에 따라 개인과 사회의 변화와 발전에 큰 차이가 있다.

1. 사람과 사람의 만남

만남 가운데 가장 소중하고 일반적인 만남은 사람과 사람의 만남이다. 사람은 품성과 능력, 경륜과 가치관, 실천력과 영향력 및 업적 등을 간직한 유기체이기 때문이다. 사람과 사람의 만남은 이 같은 유기체와 유기체의 융합이며 상호작용이다.

15년간 꽃을 재배하면서 꽃처럼 아름다운 봉사자로 변신한 농군 박재선 씨(47. 전남 화순군 도곡면 신성리 202). 그는 꽃 재배로 자신의 소득향상은 물론 신성리 마을을 부자마을로 만들고 이제는 전남지방 1천여 농민이 재배한 꽃을 팔아 주는 봉사자로 변신했다. 거기다 경로잔치, 자연정화운동을 펼치고 있다.

태어나서 이사 한번 하지 않고 고향을 지키면서 오이, 참외 등을 재배하며 농군의 꿈을 다짐했던 박 씨가 꽃에 눈을 돌리게 된 것은 주위의 권유에서였다. 일찍 고향을 떠났던 선후배들이 경제적 기반을 다졌다는 소식을 들으면서 고향을 버릴까 망설일 무렵 농협조합장 등 주위 사람들이 경남지방 등에서 꽃 재배로 많은 소득을 올리고 있다는 정보를 주면서 꽃 재배를 권했다.

박 씨는 주위의 권유를 받아들여 경남지방의 꽃 재배 농가를 돌아보고 서울 등 꽃시장을 방문하면서 자신감을 얻었다. 그는 마을의 젊은이들을 설득해 화훼작목반을 조직하고, 다른 지역에서 성공을 거둔 국화, 백합 등 비교적 재배하기 쉽고 판로가 확실해 보이는 작목을 재배하기 시작했다.

생각처럼 쉽지는 않았다. 기술부족, 시설부족, 판로개척의 어려움 등이 장애물이 되었다. 포기하지 않고 그는 극락조, 미리오쿠라데스 등 수익성 있고 다른 지역에서 재배하지 않는 꽃들을 재배했다. 성공이었다. 같은 면적의 쌀농사에 비해 15배의 높은 소득을 올렸다. 그는 농촌을 떠나려는 청년들을 설득하여 화훼작목반을 확대하고 10ha의 면적에 42동의 하우스 시설을 갖추었다. 1980년에 호당 평균 소득이 2백만 원 안팎이던 신성리 마을은 이제 호당 평균 2천만 원이 넘는 부자마을로 성장했다.

판로개척을 위해 그는 호남화훼조합을 설립하고 광주 북동에 화훼공판장을 만들어 공동판매를 하였다. 기술과 가격 정보를 제공하는 일도 조합이 담당했다. 환경정화운동, 경로잔치 등도 거를 수 없는 일이었다. 논, 밭, 하천 등에 버려진 폐비닐, 농약병, 생활쓰레기 등을 수거했다. 마을 안길 포장도 지원하고 애향(愛鄕) 표지석(標識石)을 마을에 건립했다. 꽃과 더불어 사는 박 씨의 한 가지 소망은 국민이 믿을 수 있는 정부가 돼 달라는 것이다.

박재선 씨와 신성리 마을 사람들의 만남은 설득, 인내, 화합, 준비, 계획, 실천, 노력, 배려, 협동 등이 내주는 가치의 융합이었고, 그 융합은 축복으로 이어졌다. 만남 가운데 가장 소중하고 일반적인 만남은 사람과 사람의 만남이다.

뉘른베르크 재판

만남은 매우 인간적이다. 엉뚱하다고 할 수도 있으나 우리는 재판이라는 제도와 형식을 통하여 사람을 만나는 경우도 있다. 전범 재판 가운데 대표적인 것은 아마도 1945년의 독일 뉘른베르크 재판이라고 생각한다. 여기서 사람들은 어떤 사람들을 만났을까?

"역사상 최초로 세계 평화를 위협한 범죄를 재판하게 된 것에 엄중한 책임을 느낀다." 뉘른베르크 재판의 수석검사를 맡은 로버트 잭슨 미국 대법원 판사는 이렇게 말했다. 독일 전범에게 전쟁의 책임을 묻는 최초의 군사재판은 1945년 11월 20일 그렇게 시작되었다.

히틀러의 후계자 헤르만 괴링, 나치 국무장관을 지냈고 히틀러가 구술한 『나의 투쟁』을 받아쓴 루돌프 헤스, 나치 외교정책을 담당한 요하임 폰 리벤트로프, 이들을 포함해 나치 고위 관료 24명이 평화에 반한 죄, 인도에 반한 죄, 전쟁을 일으킨 죄, 침략전쟁을 모의한 죄로 전범 재판에 기소됐다.

전쟁으로 잿더미가 된 독일 뉘른베르크에서 열린 재판은 사망자가 일 오천만 명에 이르는 이 참혹한 전쟁의 책임을 개인에게 묻고, 사법적으로 단죄했다. 12명이 사형, 3명은 종신형, 4명이 징역형이었고, 1명은 자살, 1명은 병으로 판결 연기, 4명은 무죄였다. 리벤트로프는 교수대에 오르며 "세계 평화를 빈다"라고 말했다. 괴링은 처형 직전에 청산가리를 삼켜 자살했다. "200만 명이 넘는 젊은이가 아버지의 나라를 위해 죽었다! 이제 아들들을 뒤따른다!"라고 말한 자도 있고, "하이 히틀러!"를 외친 자도 있다.

뉘른베르크 재판이 우리에게 남긴 숙제는 무엇일까. 전쟁의 책임을 개인의 죄로 돌려, 법으로 심판할 수 있을까. 세계대전이 끝난 후 아르헨티나로 도망쳤다가 붙잡혀 이스라엘 법정에 선, 카를 아돌프 아이히만. 유대인 대량학살의 책임자인 그는 법정에서, "상부의 명령을 충실히 이행했을 뿐 유대인 학살에 책임이 없다"라고 항변했다. 거대한 체제의 톱니바퀴로 명령을 이행했을 뿐이라는 것이다. 아이히만처럼 나치 전범 대부분은 죄의식을 느끼지 않았다. 사상가 해나 아렌트(1906~1975)는 아이히만 재판을 참관한 뒤 '악의 평범성'을 얘기했다. 아이히만은 자신이 받은 명령을 수행하지 않았으면 양심의 가책을 느꼈을 것이라 대답했다. 아렌트에 의하면, 국가의 영광과 충성으로 세뇌당한 평범한 사람 누구나 '악'이 될 수 있다는 것이다. 이 같은 재판이, 사법적 심판의 대상이 되지 않았던 다른 동시대인에게는 과거에 대한 뼈아픈 기억과 성찰을 잊게 하는 것은 아닐까. '대중독재' 연구에 천착해 온 임지현 한양대 교수는, "침묵함으로써 전쟁과 학살에 공모했던 독일인에게 면죄부를 준 것은 아닌지" 되묻는다. 과거에 대한 책임 있는 기억을 재구성하여 보존하는 것이 사법적 심판보다 중요하며, 역사에 대한 사법적 심판으로 사회적 기억을 망각시켜서는 안 된다는 뜻이다(윤완준 zeitung@donga.com, "나치 전범 심판대" 동아일보, 2007. 11. 20).

1962년 5월 31일, 선직 나치 친위대 장교 아돌프 아이히만은 이스라엘에서 교수형에 처해졌다. 멀쩡한 호남형의 아이히만은 제2차 세계대전 중에 독일과 독일 점령하의 유럽 각지에 살고 있던 유대인의 체포, 강제이주, 살해를 계획하고 지휘한 악마 같은 자였는데 그의 지휘로 체포되어 강제수용소에서 희생된 유대인의 수는 약 600만 명에 이르렀다. 독일이 패전한 뒤 가족을 데리고 대서양을 건너 아르헨티나로 도망가, 가명으로 시민권을 얻은 뒤 부에노스아이레스 근처의 자동차 공장에서 기계공으로 은신해 있던 아이히만은 이스라엘 비밀 정보부 모사드의 끈질긴 추적 끝에 아르헨티나에서 납치돼 이스라엘로 비밀리에 압송됐다.

뉘른베르크 재판은 잘못된 만남이 얼마나 무서운 결과를 초래하는지를 일깨운다. 아울러 이 재판은 사람과 사람의 만남이 전쟁과 평화, 변화와 발전에 얼마나 큰 영향력을 발휘하는지를 일깨운다.

한창기, 그 뿌리 깊은 사람

한창기, 그는 직판(直販) 세일즈맨 제1세대를 조직하고 훈육한 사람, 몇 세대 앞선 선진적 업적을 남긴 언론 출판인, 미시적인 관찰력으로 머리카락에 홈을 파듯이 글을 쓰는 문화비평가, 아무도 흉내 낼 수 없는 생동하는 광고 카피라이터, 심미안(審美眼)이 빼어난 격조 높은 문화재 수집가, 판소리를 비롯한 한국 전통 음악의 회생을 도운 '비개비', 전통 의식주의 파괴 없는 창조적 계승을 실천한 사람, 국어학자가 울고 가는 재야 국어학자였다.

한창기는 1936년 전남 보성군 벌교읍 고읍리에서 태어났다. 광주고, 서울대 법대를 졸업한 뒤, 명성 높은 사전 『브리태니커 백과사전』의 한국지사를 만들고, 세일즈 신화를 만들며, 수많은 세일즈 영웅을 훈련시켰다. 1976년 3월 혁신적인 종합 월간 잡지 <뿌리깊은나무>를 창간해 한글 전용과 가로쓰기, 전문 미술 집단에 의한 지면 배열로 한국잡지사에 새 장을 열었으나 1980년 8월 신군부에 의해 강제 폐간되었다. 1984년 11월에 여성 종합 문화지 <샘이깊은물>을 내며, 여성 잡지 시장에 새 바람을 불어넣었다. 잡지 발행 이외에 그는 11

책으로 이루어진 땅 종합 인문지리지『한국의 발견』, 20책으로 이루어진 이름 없는 민중의 구술 역사책『민중자서전』, 충실한 해설집을 단『한국전통음악음반전집』등을 냈다. 일찌감치 한국 토박이 문화에 눈떠, 방짜 유기, 옹기, 백자, 한복, 한옥, 차, 염색 등 전통 문물을 되살리는 일에 힘썼다. 1997년 병으로 세상을 떠났다.

그는 현대적 판매기법을 처음 도입한 회사의 설립자이고 사장이며, 직판사업의 선구자로 불리면서도 문화에 관하여 일가견을 피력한다. 문화는 한 사회의 사람들이 역사에서 물려받아 함께 누리는 생활방식의 체계이다. … 안정을 지키면서 변화를 맞을 슬기를 주는 저력, 그것이 문화이다(특집! 한창기; 정재숙, "뿌리 깊은 사람 한창기" Sunday Magazine, 2008. 1. 27).

한창기는 우리 사회를 구성하는 한 개인에 불과했다. 그러나 그의 능력과 성품, 관심사와 실천력, 업적과 영향력은 개인의 한계를 뛰어넘어 사회와 국가의 변화를 촉진하고 그 발전에 공헌하였다. 그와 다른 사람들의 만남이 소중했듯이, 그를 다룬 문헌과의 만남이 소중할 것이라는 예상과 기대는 헛되지 않을 것이다.

스승과의 만남이 있어 행복하다

어떤 경우건 교육이 시작되면 학생과 교사는 만난다. 그러나 학생과 스승과의 만남은 쉽지 않고 흔치 않다고 사람들은 말한다. 교사와 스승의 구분이며 다름이다.

어느 해 봄, 대학의 연구실로 조성식 선생님을 찾아뵈었을 때, 필자보다 먼저 왔던 손님이 막 연구실 문을 나서는 순간이었다. 손님이 떠난 뒤 필자를 맞이한 선생님은 아주 자연스럽게 연구실 앞 복도 구석에 세워 놓았던 장대 물걸레를 가지고 연구실 바닥을 손수 닦으셨다. 앞서 자리를 뜬 방문객이 연구실 바닥 위에 구두의 흙먼지로 뽀얀 발자국을 만들어 놓았기 때문이다. 이 광경을 목격한 이후부터 필자는 선생님의 연구실을 출입할 때마다 내 복장의 단정함과 구두의 청결 여부를 확인하게 되었고, 필자가 대학 강단에 섰을 때 이 일은 나의 습관이 되었다.

선생님은 강의의 유무에 상관없이 늘 오전 8시경에 출근하셔서 오후 5시까지 연구실을 지키셨고, 그 이후는 동료 교수들과 어울려 문과대학 건물 뒤에 있는 운동장에서 테니스 하기를 큰 즐거움으로 여기는 모습이었다. 선생님의 이러한 모습은 정년퇴임 때까지 이어졌다. 이 사실을 아는 나와 몇몇 동창들은 선생님과의 약속도 없이 불쑥불쑥 연구실을 방문하여 선생님의 귀한 시간을 빼앗는 무례를 범하기도 하였다.

선생님은 교내외를 막론하고 체육대회가 열리면 빠짐없이 참가하여 묘기와 체력을 과시하였다. 이튿날 강의는 전날의 피로를 전혀 내색함이 없이 세 시간짜리 강의를 연속으로 마침으로써 수강생들을 놀라게 하고 겁을 먹게도 했다.

언젠가 종강이 되자, 우리는 시험 준비를 염두에 두고, 선생님이 지도하셨던 '영어학개론'의 출제 경향을 넌지시 탐색하려고 하자, "출제는 OX 방식이다"라는 아주 간단한 답변이 돌아왔다. "그럼 감점을 합니까?"라고 우리가 확인 질문을 하니, "물론이지"라는 답변이 곧장 돌아왔다. OX 문제라고 하지만 우리는 설마 감점까지 하겠느냐고 반신반의, 설왕설래하면서 헤어졌고, 곧 시험을 보게 되었다. 시험 결과는 직격탄을 맞아 수강생의 절반 정도가 재시험의 대상자가 되었고, 일정액의 수험료를 납부하고 재시험을 보는 신세가 되었다.

당시 우리는 매학기 초에 두 장의 수강신청서를 자필로 작성하여 소속 학과의 주임교수와 학부장의 확인(일명 수강지도)을 받아 교무처에 이를 제출하였고, 다음 학기가 시작되기 직전에 교무처에 가서 학생증을 보이면 전기한 수강신청서에 지난 학기의 성적을 기입하여 돌려주었다. 수강신청서가 성적통지표로 변신하는 과정이다. 100점을 만점으로 하는데 만약 성적이 60점 이상이면 청색 잉크로 기입되지만 그렇지 않으면 적색으로 성적이 기입된다. 교무처의 창구를 사이에 두고 울긋불긋한 성적통지표를 받아 보는 순간을 상상해 보시라!

우리 대학은 시험을 본시험, 추가시험, 재시험으로 구분했다. 추가시험은 불가피한 사정으로 인하여 본시험을 치르지 못한 학생에게 부여된다. 이 경우, 해당 학생은 불가피한 사정을 입증하는 증빙서류를 제출하여 교무처의 확인을 받아야 하며, 수험료는 징수하지 않는다. 재시험은 성적이 50~59점인 학생에게 다시 한 번 시험을 볼 수 있는 기회를 제공하는 것이며, 소정의 수험료를 납입해야 한다. 추가시험과 재시험을 포기하거나, 시험 결과가 60점 미만이면 과락이 되어 해당 교과목을 재수강해야 한다. 추가시험과 재시험은 담당 교수의 강의시간에 맞추어 같은 강의실에서 강의와 시험이 동시에 시행된다. 강의하는 교수의 음성과 수험자들의 불편함, 속상함, 창피함, 두려움 등이 뒤엉켜 야릇한 분위기가 연출되는 순간이다.

선생님은 언젠가 C. T. Onions의 저서 『The Advanced English Syntax』를 강의하였다. 영어문법론 자체가 어려운가 하면, 선생님의 질문에 답변하기 어렵고 두려운 터에, 이 교재는 셰익스피어 작품 중의 몇몇 문장을 해당 문법론의 예문으로 제시했기 때문에 그것을 해독하는 일이 쉽지 않았다. 그런 예문을 해독하려면 『Shakespeare Lexicon』, 『Shakespeare Concordance』 따위의 참고도서의 도움이 반드시 필요했고, 우리는 이 참고도서를 먼저 차지하려고 경쟁하다시피 도서관으로 달려갔다. 왜냐하면 당시 우리 대학 도서관은 이 참고도서를 두 벌만 소장한 상태였으니까.

알려진 바와 같이 Onions는 이름값에 걸맞게 옥스퍼드대학의 교수이며, <OED>로 약칭되는 방대한 『옥스퍼드영어사전』의 편집위원이기도 했다. 선생님은 이 강의를 통하여 우리를 웃기는가 하면, 긴장시키고, 유쾌하다 싶으면, 불안하게 만들었다. "아무개 군, 해보라우!"라는 선생님의 말씀은 선생님의 심벌이기도 하지만 당시 우리는 그 한마디에 150분간 극과 극을 오락가락하였다.

선생님은 타고난 체력도 있지만 건강관리를 잘하셔서 두주불사(斗酒不辭)하면서도 술 한잔을 드실 때마다 넥타이를 바로잡는 신사이시다. 그런 탓인지 선생님과 자리를 함께하면 늘 자세를 바로 하는 버릇이 생겼고, 지금도 필자는 그렇게 함으로써 독일 병정이라는 닉네임을 얻었다.

위수령이 발동되고, 여차하면 대학 한둘쯤 폐교시킬지 모른다는 소문이 파다했던 1970년대 초에 우리 대학은 군사정권의 미움의 본보기가 되었음인지, 수도경비사단 병력 1개 대대가 진주하면서 한동안 곤욕의 연속이었다. 당시 김상협 총장이 전두환 대대장을 면담했다는 소문이 퍼진 바로 그 시기이다. 선생님은 동료 교수들과 함께 최루가스와 눈물로 얼굴이 뒤범벅이 되었을 때, "지금, 이 정권은 야단, 법석, 지랄, 발광하고 있다"는 유명한 말씀을 남겼다.

시인 정호승은, "지금은 세상을 떠나셨지만 김진태 선생님은 늘 내

가슴속에 살아계신다. 선생님이 스승으로 존재하고 계심으로써 내 인생이 쓸쓸하지 않음을 나는 안다. 스승이 계시지 않는다는 말은 인생에서 가장 소중한 사람을 만나지 못했음을 의미하므로 그런 면에서 나는 행복하다"라고 말한다. 소설가 황순원의 제자들은 이 분의 기일만 되면 선생님의 묘소를 찾는다고 한다. 스승과 제자 간에 형성된 사랑의 본질이 영원성을 지니기 때문이리라.

선생님은 우리 대학을 정년퇴임한 이후, 평소에 벼르고 벼르던 『셰익스피어 구문론』을 저술, 출판함으로써 제자들을 크게 놀라게 했다.

평생 꼬장꼬장한 문법학자로 살아온 그에게 짓궂은 질문을 던졌다. 오늘날 문법 기준으로 셰익스피어는 몇 점이나 받겠느냐고. "100점에 가깝습니다. 400년 전 그의 시대엔 사전도 없었고 제대로 된 문법책도 없었는데 어떻게 그렇게 문법에 맞는 글을 썼는가 싶습니다. 운을 맞추기 위해 현재완료나 과거완료를 과거형으로 쓴 예외가 몇몇 있긴 하지만 그건 '시적 예외'로 보아야죠."

15년여의 공을 들인 『셰익스피어 구문론』을 최근 펴낸 원로 영어학자 조성식 고려대 명예교수의 말이다. 1,696쪽에 달하는 방대한 분량의 이 책은 37편에 이르는 셰익스피어의 희곡에서 대략 1만 개가 넘는 문장을 뽑아서 의미, 품사, 시제, 서법 등 체계적으로 정리했다.

셰익스피어의 영어는 오늘날의 영어와 형태는 같지만 의미가 다른 경우가 많다. 가령 지금은 '집으로'라는 뜻의 부사 'home'을 당시에는 '철저히, thoroughly'로 새겼고, 기후라는 뜻의 'climate'이 당시에는 '지역, region'이라는 뜻을 지녔다. 이 저서는 그런 차이를 섬세하게 짚어낸다.

셰익스피어 작품을 문법적 분석 대상으로 삼은 저서는 1869년 영국에서 출간된 애버트(E. A. Abbott)의 저서 『A Shakespearian Grammar』와 1939년 독일에서 출간된 프란츠(W. Franz)의 저서 『Shakespeare‒Grammatik』 두 가지뿐이라는 게 조성식 교수의 설명이다.

"제 부친이 해주고보와 경성제대 선배이기도 하셨는데 그 당시로는 방대한 영어영문학 문헌을 수집하셨습니다. 1946년 겨울, 해주에서 인천으로 내려올 때 황급하게 제가 가지고 온 책이 딱 세 가지인데, 앞의 애버트와 프란츠의 저서 그리고 Francis Henry Stratmann과 Henry Bradley 두 사람이 편찬한 『A Middle English』입니다."

1947년부터 경성대학 예과 전임강사로 시작해 평생 영어학을 가르쳐 온 그에게 이 책은 그만큼 필생의 염원과 애착이 담긴 책이다. 워낙 방대한 작업이라 엄두를 못 내다 1988년 대학을 정년퇴임하면서 뛰어들었다. 컴퓨터를 뒤늦게 배웠고, 매일 오전 9시에서 오후 7시까지 서울 중구 신당동 양옥집 2층의 서재에서 영어로 된 아든(Arden)판 『셰익스피어 전집』과 2003년 별세한 김재남 동국대학 명예교수의 『셰익스피어 전집』 등을 비교해 읽고 또 읽으며 용례를 뽑고 분류했다.

"집필에 정확히 15년이 걸렸어요. 그중 용례를 뽑는 데 근 10년이 걸렸고, 교정 작업에 다시 3년을 투자했어요. 정말 힘겹고 지루한 작업이었지만 경성제대 동기인 김재남 교수의 노고가 없었다면 더욱 힘들었을 것입니다. 그에 비하면 제 작업은 '새 발의 피'에 불과합니다. 그 친구가 살아 있다면 '고생했다'고 어깨를 두드려 줄 텐데…" 먼저 간 친구에 대한 애틋함과 쓸쓸함이 노학자의 눈가에 살짝 드리웠다.(권

재현 confetti@donga.com, "셰익스피어 구문론 펴낸 조성식 고려대 명예교수" 동아일보, 2007. 12. 4).

선생님, 『셰익스피어구문론』의 표지에 당당하게 내세운 "대한민국 학술원 회원, 고려대학교 명예교수 조성식"이라는 표석(標石)과 함께 부디 연년세세(年年世世) 강건하십시오.

신일스승상은 무엇인가

잇따른 교육계 비리사건들로 교단의 사기가 떨어진 가운데서도 묵묵히 교육현장에서 학생들을 위해 스승의 소명을 다하는 교사를 찾아 시상하고 격려하는 행사가 있다. 신일중고교와 서울사이버대학을 운영하는 학교법인 신일학원의 신일스승상위원회(위원장 정원식 전 국무총리)는 5월 15일, 제9회 신일스승상 시상식을 개최했다. 서울 강북구 미아동 신일캠퍼스 차이코프스키홀에서 열린 이날 시상식에서 오랜 세월 교육계에 몸담으며 학생들을 위해 헌신한 평교사 7명을 선정하여 시상했다.

2002년에 제정된 신일스승상은 신일학원 설립자 고 이봉수 이사장의 뜻을 기려 교육현장에서 본분을 다하는 서울, 경기, 인천 지역의 초중고교 평교사들의 숨은 공로를 찾아 격려하고 세상에 알리기 위해 제정된 상이다.

심사대상은 교사 경력 10년 이상의 평교사이며, 학교장 추천을 통해 접수 후 교육계의 저명한 인사들로 구성된 신일스승상위원회의 엄격한 심사과정과 실사를 거쳐 선정된다. 특히 7명의 수상자 중에는 특수학교 교사를 1명 이상 선정한다. 수상자는 각각 상패와 1천만 원의 상금을 받는다.

학생뿐만 아니라 교사에게도 상은 필요하다. 상은 칭찬이요, 격려이다. 피땀 어린 노력과 공헌에 대한 보상이다. 말로만 교육은 백년지대계라고 외치지 말자. 교육을 책임진 사람들, 특히 평교사들을 위한 시상제도는 많을수록 좋다.

늬들 마음을 우리가 안다

어느 스승의 뉘우침에서

조지훈

그날 너희 오래 참고 참았던 의분이 터져

노도와 같이 거리로 거리로 몰려가던 그때

나는 그런 줄도 모르고 연구실 창턱에 기대 앉아

먼 산을 넋 없이 바라보고 있었다.

오후 두 시 거리에 나갔다가 비로소 나는 너희들 그 무엇으로도 막

을 수 없는 물결이

의사당 앞에 넘치고 있음을 알고

늬들 옆에서 우리는 너희의 불타는 눈망울을 보고 있었다.

사실을 말하면 나는 그날 비로소

너희들이 갑자기 이뻐져서 죽겠던 것이다.

그러나 이것은 어쩐 까닭이냐.

밤늦게 집으로 돌아오는 나의 발길은 무거웠다.

나의 두 뺨을 적시는 아 그것은 뉘우침이었다.

늬들 가슴속에 그렇게 뜨거운 불덩어리를 간직한 줄 알았더라면

우린 그런 얘기를 하지 않았을 것이다.

요즘 학생들은 기개가 없다고

병든 선배의 썩은 풍습을 배워 불의에 팔린다고

사람이란 늙으면 썩느니라 나도 썩어가고 있는 사람
늬들도 자칫하면 썩는다고….

그것은 정말 우리가 몰랐던 탓이다.
나라를 빼앗긴 땅에 자라 악을 쓰며 지켜왔어도
우리 머리에는 어쩔 수 없는 병든 그림자가 어리어 있는 것을
너희 그 청명한 하늘같은 머리를 나무랬더란 말이다.
나라를 찾고 침략을 막아내고 그러한 자주의 피가 흘러서
젖은 땅에서 자란 늬들이 아니냐.
그 우로(雨露)에 잔뼈가 굵고 눈이 트인 늬들이 어찌
민족만대의 맥맥(脈脈)한 바른 핏줄을 모를 리가 있었겠느냐.

사랑하는 학생들아
늬들은 너희 스승을 얼마나 원망했느냐
현실에 눈감은 학문으로 보따리장수나 한다고
너희들이 우리를 민망히 여겼을 것을 생각하면
정말 우린 얼굴이 뜨거워진다 등골에 식은땀이 흐른다.
사실은 너희 선배가 약했던 것이다 기개가 없었던 것이다.
매사에 쉬쉬하며 바로 말 한마디 못 한 것 그 늙은 탓 순수의 탓
초연의 탓에 어찌 가책이 없겠느냐.

그러나 우리가 너희를 꾸짖고 욕한 것은
너희를 경계하는 마음이었다. 우리처럼 되지 말라고
너희를 기대함이었다. 우리가 못한 일을 할 사람은 늬들뿐이라….

사랑하는 학생들아
가르치기는 옳게 가르치고
행하기는 옳게 행하지 못하게 하는 세상
제자들이 보는 앞에서 스승의 따귀를 때리는 것쯤은 보통인
그 무지한 깡패 떼에게 정치를 맡겨놓고
원통하고 억울한 것은 늬들만이 아니었다.

그러나 이럴 줄 알았다면 정말
우리는 너희에게 그렇게 말하진 않았을 것이다.
가르칠 게 없는 훈장이니
선비의 정신이나마 깨우쳐 주겠다던 것이
이제 생각하면 정말 쑥스러운 일이구나.

사랑하는 젊은이들아
붉은 피를 쏟으며 빛을 불러놓고
어둠 속에 먼저 간 수탉의 넋들아
늬들 마음을 우리가 안다. 늬들의 공을 온 겨레가 안다.
하늘도 경건히 고개 숙일 너희 빛나는 죽음 앞에
해마다 해마다 더 많은 꽃이 피리라.

아 자유를 정의를 진리를 염원하던
늬들 마음의 고향 여기에
이제 모두 다 모였구나
우리 영원히 늬들과 함께 있으리라.

고려대 국문학과 교수로 재직 중이던 조지훈 선생님이 4·18의거와 4·19혁명을 지켜보며 1960년 4월 20일에 제자들에게 쓴 시이다. <고대신문>, 제238호(1960년 5월 1일자)에 발표되었다.

대학에 입학한 1960년에 필자는 지훈 조동탁 선생님의 <교양국어>를 수강하였다. 우리들이 고어체의 시조를 떠듬거리며 읽으면, 우리글도 모른다며 화를 내시고 야단을 치셨다. 강의 중 틈틈이 강조하신 선비정신은 알게 모르게 오래도록 많은 영향을 주었다. 소설가 정한숙 선생님이 목 짧은 군화를 신고, 조교수로 재직하던 시절에 선생님은 고전국역위원회를 설립, 운영하여 고려대학교민족문화연구원의 기틀을 마련했고, 『한국민족문화대계』를 출간하는 기초를 다졌다. 백옥 같은 얼굴에 훤칠한 키 그리고 검은 테 안경이 퍽 인상적이었던 선생님은 능력과 열정을 제대로 꽃피우지 못하고 너무 일찍 타계하셨다.

김재수, 임홍기, 노동현 선생님

세 분 스승은 모두 필자의 무장초등학교 은사이시다. 김재수 선생님은 5학년 담임선생님이셨고, 임홍기 선생님은 6학년 담임선생님이셨으며, 노동현 선생님은 교감이셨다.

필자는 1950년의 민족의 비극, 가족의 비극 6·25동란을 맞아 바로 피난을 하지 못한 채 9·28 서울수복을 맞았고, 1951년 소위 1·4후퇴 식전인 1950년 12월 말에 서울을 떠나 피난길에 올라 안성의 미곡초등학교를 거쳐 무장초등학교에 편입, 졸업하였다.

김 선생님은 6·25동란 직후 무장초등학교에 재직한 극소수 여선생님 가운데 한 분이셨는데 품성이 곧고 바르며, 독립심과 책임감이 강한 분이다. 학교로 출근하는 길에 선생님은 때때로 짓궂은 마을 청년들의 놀림감이 되었음에도 아랑곳하지 않고 당당한 자세로 출근하심으로써 비록 나이는 어리지만 우리들을 감동시켰고, 선생님을 우러러보게 하셨다. 수업은 수업대로, 놀이는 놀이대로 우리들과 함께하셨고, 엄격하면서도 사랑을 아끼지 않으신 선생님이셨다. 과학 숙제는 특별한 관심을 보이셨다. 그런 탓인지 우리가 직접 조사하고 관찰해야만 풀 수 있는 문제를 숙제로 주셨다. "천일염이 만들어지는 과정을 조사하라"라는 숙제가 그 한 예이다. 우리들이 숙제를 제출하면 꼼꼼하게 살피시고, 잘잘못을 지적하면서, 잘한 점이 있으면 칭찬을 아끼지 않으셨다. 그렇게 선생님은 우리를 바르고 씩씩하게 키우셨다.

일 년에 한 번 열리는 교내학예회가 다가오면 당신 반이 다른 반에 뒤질세라 열심히 연습에 연습을 거듭하였다. 학예회를 앞둔 어느 날, 선생님은 교무실에서 독일 가곡 <로렐라이>를 노래하며 풍금을 치고 계셨다. 내가 조금 아는 노래이므로 교무실 앞을 지나면서 이 노래를 따라 불렀다. 내 노랫소리를 들은 선생님은 당장 나를 불러 세웠고, 그때부터 나는 꼼짝 못 하고, 선생님의 지도를 받아 가며 연습을 쌓은 끝에 이해 학예회에서 <로렐라이>를 독창하게 되었다. 2002년 2월에 독일을 방문했을 때 '로렐라이 언덕'을 찾아갔다. 마침 일요일인 탓으로 관광객도 거의 없었고, 주변은 조용하고 따스했다. 생각했던 것보다 이 언덕은 평범하다 못해 초라했다.

임 선생님은 우리 반의 담임을 맡으신 첫날, 우리들이 등교하여 교실에 들어가 보니, 칠판에 가득하게 당부의 말씀을 써 놓으셨다. 그 내용을 모두 기억할 수 없지만 "내가 열심히 여러분을 가르칠 터이니 여러분도 열심히 배워, 부디 훌륭한 학생이 되어 이 나라가 필요한 사람이 되기 바란다"라는 그런 내용으로 기억한다. 선생님은 대단히 검소, 근면하고, 우리를 벌할 때는 조용하나 따끔한 말씀으로 우리를 떨게 만드셨다. 체벌은 없으나 말씀이 무서웠다. 이런 일이 있었다. 교탁을 마주하고 선생님은 연필을 깎으셨는데 우리들은 교탁 주변을 에워싸고 이 말 저 말 재잘거렸다. 거의 연필을 다 깎으셨을 때 나는 아무 생각 없이 교탁 위에 흩어진 연필 깎은 찌꺼기를 선생님이 앉아 계신 쪽으로 훅 불고 말았다. 큰 실수를 한 것이다. 순간, 아이들은 너나없이 "어떻게 그런 짓을 하느냐!"라고 야단이었으나 막상 선생님은 나를 힐끗 쳐다보는 것으로 일을 마무리 지었다. 선생님은 가난과 역경을 아랑곳하지 않는 노력 끝에 교감으로 승진하셨는데, 승진 발령을 받던 날 뇌졸중으로 그만 세상을 떠나셨다. 이 황망한 소식을 나는 몇 년 뒤에 들었다.

노 선생님은 키가 후리후리한 미남이시나 매우 엄격하고 자상한 분으로 소문이 났거니와, 바르고 성실한 분으로도 정평이 났다.

운동장 조회가 끝나면 우리들은 전후좌우 줄을 맞추고 발을 맞춰가며 교실로 들어갔다. 이때 선생님은 행진하는 우리들 옆에 서서 깐깐하게 우리를 지도하셨다. 만일 선생님의 눈 밖에 나는 언행을 하면 해당 학생을 즉시 대열에서 뽑아, 불러 세우고 호되게 야단을 치셨다. 당시의 재학생 중에 선생님의 자제도 있었다. 그 자제가 선생님에게 적발되었을 때도 선생님은 주저 없이 오히려 더욱 엄하게 꾸중하시는 것을 우리는 목격했다. 어느 날 우리는 수업 후 정해진 학교생활 계획표에 따라 청소를 마치고, 마지막 순서인 종례(終禮)를 기다리고 있었다. 뜻밖에 교감이신 노 선생님이 담임선생을 대신하여 들어오셨는데, 선생님은 교실에 들어서자마자 "이놈들아, 저게 뭐냐?"라고 고함을 치셨다. 청소를 마친 뒤에 청소도구를 도구함에 넣었으나 그 문을 닫지 않았으므로 갖가지 보기 흉한 모습들이 그대로 드러나고 말았다. 그 점을 선생님은 꾸짖고 계셨다. "부끄러운 일을 부끄러운 줄도 모르고, 더러운 것을 더러운 줄도 모르고, 저렇게 문을 활짝 열어 놓은 것은 상식 밖의 일이며 예의도 아니다. 저런 꼴을 거리낌 없이 남에게 보이는 썩은 정신을 가지고 있었기 때문에 과거에 일본 놈들이 우리나라를 집어삼킨 것이다. 너희들은 아직도 그걸 깨닫지 못했느냐?" 이렇게 선생님은 우리를 가르치셨다. 가을에 운동회가 열린다. 운동회가 열리기까지 학급별로 혹은 전체가 모여 여러 날 연습을 했다. 전체 연습이 끝나면 마지막으로 교감선생님의 강평이 있었다. 어느 날 선생님이 강평을 하고 있는데 교무실에서 갑자기 풍금소리가 났다. 선생님은 주저 없이 교무실을 향하여 "어느 놈이 지금 풍금을 치느냐?"라고 고함을 쳤다. 질서를 무시하고, 분위기에도 어울리지 않게 풍금을 치던 그 선생님은 말할 것도 없이 얼굴이 빨개진 채 교무실에서 나올 수밖에 없었다. 가을운동회가 열리면 운동장 가득 만국기가 휘날린다. 그런데 만국기가 휘날리도록 게양하려면 매우 길고 질긴 끈이 많이 필요했다. 6·25동란 직후에 그렇게 쓸 만한 끈을 구하기란 결코 쉽지 않았다. 선생님은 운동장 조회에서, "운동회 때 만국기 게양에 사용할 끈을 마련해야겠다. 논에 모를 심을 때 사용하는 못줄을 여러분들이 가져오면 운동회 기간 중에 잘 쓰고 돌려주겠다"라고 제안했다. 수십 명의 학생들이 이 제안을 따랐고, 우리들의 못줄에 묶여 눈이 부시게 파란 가을 하늘에 떠 있는 만국기는 운동회를 더욱 빛냈다. 운동회가 끝나자 선생님은 못줄 동원에 협조한 수십 명의 학생들에게 못줄을 되돌려줌과 동시에 그들에게 선행의 상품으로 노트 몇 권씩을 전교생이 보는 앞에서 칭찬과 함께 전달하는 따뜻함과 치밀함을 보이셨다.

세 분 선생님들은 이미 모두 세상을 뜨셨다. 당신들께서 어린 우리들에게 남긴 존귀하고 참된 언행은 제자들의 가슴에 깊이 간직되었고, 당신들께서 베푸신 은혜와 가르침은 우리들 마음속에 각인되어 아름다운 화강암으로 영원히 남아 있다.

무위당 장일순을 아세요?

> … 생전에 선생님을 뵐 기회가 없었던 분들께도 선생님의 말씀이 삶의 지혜와 지침이 되어 줄 거라고 믿습니다. 향기가 못 가는 데 없고, 인적 없는 골짝에서도 그 향기를 감추지 않는다는 말씀을 생각하면 당연한 일입니다. 선생님을 그대로 보여드릴 수만 있다면, 나머지는 선생님의 향기가 다 알아서 하시리라 믿고 하는 일이기도 합니다.
> 그래도 선생님의 삶과 사유에 쉽게 다가갈 수 있는 책을 만드느라 여러분이 고심을 했습니다. 공을 들여서 글과 그림을 가리고 순서를 잡고 하는 일이 쉽지 않았을 겁니다. 다들 저 좋아하는 일이라고 하시지만 고마운 일입니다. … 선생님을 말씀드리기에 적당한 사람이 못 되는 줄 압니다(김익록, 나는 미처 몰랐네 그대가 나였다는 것을).

이는 『나는 미처 몰랐네 그대가 나였다는 것을』의 머리말에 나오는 목판화가 이철수 님의 글이다. 존경, 흠모, 겸손의 뜻이 물 흐르듯 한다.

> … 삼십 년 전 까까머리 중학생이 이제 나이를 먹었나 봅니다. 예전엔 잘 몰랐던 말씀들이 새롭게 가슴에 와 닿았습니다. 더 많은 분들과 선생님 말씀을 나누고 싶어서 욕심을 내었습니다. 좀 더 쉽게 엮어내지 못한 아쉬움은 여전히 남습니다. 참으로 소중한 인연입니다. 평생 동안 선생님을 가까이에서 모셨던 분들이 많이 계신데도 불구하고 감히 제가 선생님 말씀을 엮는 이 귀한 작업을 하게

될지는 생각지도 못했습니다. '선생님께서는 여전히 나를 많이 가르쳐 주시는구나!' 하는 생각이 듭니다. 마음속 깊이 머리 숙여 감사드릴 뿐입니다.

늘 선생님께서 바라보셨던 치악산이 그때처럼 변함없는 모습으로 머리에 잔설을 이고 서 있습니다. 선생님이 많이 그리운 날입니다.

이는 위 책의 엮은이의 말에 나오는 김익록 님의 글이다. 긍지, 의욕, 겸손, 그리움이 독자의 가슴을 파고든다. 무위당 선생님은 67세를 일기로 영면했는데 선생님의 사후 3년 뒤부터 무슨 일이 있었나를 밝히는 것이 한 독자의 선생님에 대한 예우일 것 같다는 생각이 들어서 여기 옮겨 본다.

1997년, 녹색평론사에서 장일순 선생님의 이야기를 모은 『나락 한 알 속의 우주』를 펴냄.

1998년, 상지대학교 전시관에서 <장일순 유작전>이 열흘간 열림. 시사주간지 <뉴스플러스> 제147호(1998. 8. 20)에서 선정한 <건국 50년, 아웃사이더 50인>에서 역사에 뚜렷한 발자취를 남겼으되 당대에는 아웃사이더에 머물렀던 인물들을 가려 뽑은 '우리 시대 아웃사이더'로 선정됨.

2001년, 제7주기 기일을 맞이하여 원주시립박물관에서 기획전시회 <무위당, 그 삶의 미래>가 두 달 동안 열림.

2004년, 제10주기를 맞이하여 토지문화관과 원주가톨릭센터, 원주시립박물관 등에서 다양한 추모행사가 열림. 최성현이 쓴 『좁쌀 한 알』이 도솔출판사에서, 최종덕이 편집한 『너를 보고 나는 부끄러웠네』가 녹색평론사에서 각각 출간됨. 무위당의 사상적 유산인 원주밝음신협 건물 4층에 '무위당 기념관'을 개관함.

2009년, 제15주기를 맞아 4월에 문화마당 '좁쌀 한 알에도 우주가 있다네'가 광주에서, 7월에 전국우수마당극제전 9주년기념 특별전시회 '무위당 장일순의 삶과 수묵전'이 목포에서 각각 열림.

스승이 없는 시대는 없었다. 다만 찾기 어렵고 만나기 어려울 뿐이다. 나를 찾는 스승을 기대하기 전에 나 자신이 먼저 스승을 찾아보 겠다는 마음가짐이 중요하다.

인요한을 아십니까

인요한(John Linton)은 지금도 적선(積善)을 하고 있다. 연세대학교 세브란스병원 국제진료센터 소장으로 재직 중인 그는, "하늘은 스스로 돕는 자를 돕는다"라는 성경 말씀처럼 남을 돕는 것은 나를 돕는 것이라고 말하며, 대한민국 국민을 대강 이렇게 평가하였다.

다방면에 수준은 높으나 감정적이고 비타협적이며 단합을 잘 못하는가 하면 양보를 모르고, 배타적이고 법과 질서를 잘 지키지 않는다. 역사적으로 불법이 애국인 시대(항일시대와 군사정권시대를 말함)가 있었으나 지금은 그럴 때가 아니다. 문화의 보존과 전승을 위한 원대한 꿈이 필요하다. 반면에 위기극복능력이 뛰어나고 외부 환경에 잘 적응하며 교육열이 높다. 가족과 이웃과의 정이 깊고 의리가 있다. 서두를 일은 결코 아니고 남북한의 자연스럽고 평화로운 통합과 통일을 기대한다.

각종 토론회를 보면 참석자 모두가 하나같이 자기주장만 하지, 남의 의견을 듣질 않는다. 반대의견에 대한 반응은 말할 필요도 없이 마치 적군과의 싸움 같다. 많이 개선되었다고 하지만 지하철을 내리고 탈 때를 보면 아직도 무질서가 눈살을 찌푸리게 한다. 내리기 전에 타고, 새치기하고, 양보를 모른다. 돈과 권력에 관련된 일이면 상식을 뛰어넘는 언행을 서슴지 않는 사람들! 심지어 NGO마저 그 규모가 방대해지면 예외 없이 부패하여 부정한 일이 벌어지고 관련 인사들이 법의 심판을 받는다. 법의 심판을 말하니 새삼 생각나는 일은 변호사가 감옥에 가는 일을 보질 못했다. 또 연간 소득이 몇백만 원에 불과하다고 신고하는 변호사가 제법 있다니 변호사는 빚더미에 앉아 변론하는 셈이다. 하긴 법의 판결에 따라 재산을 환수하겠다고 하니, "나는 내 통장에 단돈 몇 십만 원밖에 없다"라고 태연히 말하는 전두환 전직 대통령도 있는 대한민국이다. 우리 문화를 이해하는 외국인의 평가를 우리는 경청해야 한다.

위수령을 만나다

1971년에 들면서 대학가는 교련 반대 데모가 활발했고, 이 데모는 점차 당시 군사정부의 부정부패를 비판하는 양상으로 바뀌었다. 이해 9월 30일 고대생들이 교련복 화형식(火刑式)을 거행한 뒤를 이어, 당시 권력의 실세였던 이후락 중앙정보부장, 박종규 대통령 비서실장, 윤필용 수도경비사령관 등 3인의 이름을 부정부패자로 직접 지목한 대자보를 학교 안에 내걸었다. 10월 5일 새벽, 수도경비사령부 소속의 무장군인 22명이 고려대학에 난입하여 학생회관에서 잠을 자던 재학생 5명을 구타하고 불법 연행한 사건이 발생했다.

이 사건은 수경사 소속 중령급 장교와 일부 군인들이 자신들의 직속상관이 부정부패자로 지목된 것에 분노하여 일으킨 일이었다. 수경사는 사태 진화에 나섰고 그날 바로 김상협 당시 고대 총장에게 5명의 학생을 인계하였다.

그러나 이 사건을 계기로 하여 전교생이 데모에 나섰고, 데모는 전국으로 확산되었다. 급기야 군사정부는 10월 15일 위수령(衛戍令)을 발동하고, 대학에 휴교령을 내렸다. 대학 하나쯤은 폐교될지도 모른다는 소문도 있었다.

위수령 발동 직후, 수경사 소속 군인 200여 명이 트럭을 몰고 사이렌을 울리며 고려대학 정문을 통과했고, 대학 본관에 도착하여 무섭게 집합했다. 곧 지휘관의 지시에 따라 군인들은 학생들을 향하여 곤봉을 휘두르며 돌진하면서 최루탄을 쏘아댔다. 그들은 결국 1,300여 명의 고대생들을 무차별 구타하고 연행하였다.

이 과정에서 고대생들은 주로 시계탑이 있는 서관 강의실, 교양관 강의실, 도서관, 뒷산 등으로 피신했으나 특히 서관 강의실로 피신한 학생들은 엄청난 고초를 당했다. 왜냐하면 학생들은 고대에 진입한 수경사 군인들을 피하여 강의실로 들어가서 출입문을 봉쇄하였고, 뒤따라온 수경사 군인들은 봉쇄된 강의실 유리창을 깨고 강의실 속으로 무자비하게 최루탄을 쏘았으니까.

견디지 못한 학생들은 2층, 5층, 층을 가리지 않고 맨땅으로 뛰어내리기 시작했다. 속수무책으로 이 광경을 지켜보던 교수와 직원들은 급히 숙직실 침구를 끌고 와서 맨땅에 깔았지만 위험한 순간에 처한 많은 학생들에게 어디 그게 해결책이 되었겠는가!

군인들에 의하여 끌려온 학생들은 인촌 동상이 서 있는 본관 잔디광장에 무릎을 꿇린 채 꼼짝을 하지 못했고, 이 처참한 광경을 바라보는 교수와 직원들은 최루가스와 억울함과 분함 등이 뒤엉겨서 눈물을 흘리지 않는 사람이 없었다. 당시 고대 도서관 사서로 근무한 필자는 도서관 석탑의 창문을 통하여 대학 본관 앞 광장에서 벌어진 이 광경을 바라보면서 자신도 모르게 눈물을 마구 쏟았다.

당시 <고우회보(高友會報)> 편집국장 박춘길은 회보 1면에 군인들에 의해 무릎을 꿇린 채 연행되는 고려대학 학생들의 사진을 실었다. 그리고 검은 바탕에 흰색 글자로 "군인은 고대에 왔다. 짓밟았다. 그리고 문을 닫았다. 10월 15일"이라고 제목을 달았다. 이 회보는 검열을 통과하지 못했고 박춘길은 중앙정보부에 연행되어 일주일간 조사를 받는 고초를 겪었다. 그의 자작시 「못다 부른 노래」의 후미를 옮겨 본다(고대교우회보, 제473호. 2009년 12월 10일자).

> 부정축재원흉 축출하라. 거센 안암골 호랑이 포효. 위수령에 무장 군 APC 앞세워 고대난입, 요란한 사이렌소리, 군화발길질에 캐터 필러 굉음까지. 최루탄 날벼락 맞은 여학생 휴게실, 강의실도 아수 라장 숨도 쉬지 못해. 5층 뛰어내리는 학생들, 숙직실 이불 받쳐 받 아 내리는 교직원까지. 춤추는 야전삽자루, 머리채 끌어 꿇려 앉힌 포로대열. 어느 나라 군인이더냐. 군인이 왔다, 짓밟았다, 그리고 문을 닫았다.

이 사태는 11월 9일 휴업령이 해제되는 것으로 마무리되었고, 11월 11일에 대학의 강의는 겨우 이어졌다. 젊은 학생들의 의로운 패기와 행동이 우리나라 민주주의 발전을 위한 작은 초석이 되지 않았을까 싶다. 그렇다면 이날의 부상자들은 국가유공자의 예우를 받고 있을 까? 이들은 지금 어디서 무얼 하고 있을까?

사도 순교자를 만나 보면

명나라를 건국한 태조 홍무제(洪武帝)는 정비가 낳은 다섯 아들을 비롯하여 26명의 왕자를 두었다. 이들은 당시의 봉건제에 따라 전국에 나라를 갈라 주어 사병을 거느렸다.

다섯 정비 소생의 아들들이 변방의 왕으로 나가기 전에 홍무제는 당시 중국에서 가장 소문난 지행일치(知行一致)의 거유(巨儒) 방효유(方孝孺)

를 한림원 시강(侍講)으로 삼아, 자신을 비롯한 황태자와 왕자들에게 제왕학(帝王學)을 가르쳤다. 글이 짧았던 홍무제 자신도 틈을 내어 이 스승의 말을 들었다. 곧 방효유는 명나라 건국의 문치적(文治的) 역할을 담당한 제왕의 스승이었다.

홍무제의 손자 건문제(建文帝)가 즉위하면서 삼촌들인 변방 왕들의 세력이 커 가는 것을 두려워한 나머지, 핑계를 대어 처형을 일삼았다. 이에 불안을 느낀 연왕(燕王)은 선수를 쳐 남경의 왕궁을 불사르고, 조카인 건문제를 추방해 죽이고, 군신의 추대형식으로 제위에 오른다. 그가 바로 수도를 북경 자금성으로 옮긴 영락제(永樂帝)이다. 당시 건문제가 스승으로 받들고 있던 방효유는 영락제에게도 스승이다. 건문제 측근들을 무참히 살해, 제거했지만 방효유는 스승이기도 하려니와 명성 높은 대학자이기에, 등용하고자 즉위 조서를 짓도록 하명했다. 그 조서로써 전제(前帝)로부터의 변심을 확인코자 함이었다.

영락제 앞에서 붓을 들고 간단히 써 바친 조서에는 "연나라의 적(賊)이 제위를 강도질했다"라고 씌어 있었다. 영락제는 격노했고 중국 역사상 가장 혹독한 형벌이 가해졌다. 방효유의 일가족뿐만 아니라 처가, 외가 일족, 그의 문하에 이르기까지 살해된 자가 873명에 이른다. 이 많은 혈육과 제자들을 한꺼번에 숙인 것이 아니라 뮤어 놓은 방효유의 앞에서 하나씩 비명을 들어가며 죽였다. 물론 변심만 하면 형벌을 중단한다는 조건부였다. 그는 끝까지 스승의 자세로 제자인 영락제를 나무라고 스승의 길이 일가일문의 멸족보다 위대하다는 것을 만방에 고하고, 취조문 밖 광장에서 처참하게 공개적으로 서서히 살해당했다.

이 스승의 길을 이어받은 분 가운데 조선 왕조 연산군 때 사도(師道)

를 지키다 순절한 조지서(趙之瑞)라는 분이 있다. 학문이 뛰어나기로 소문난 조지서는 연산군이 임금이 되기 이전의 세자 시절에 세자시강원(世子侍講院)의 보덕(補德)으로 있었다. 그는 사마초시(司馬初試), 생원과(生員科), 사마중시(司馬重試)의 세 과거에서 모두 장원 급제한 삼장원(三壯元)으로 소문나 있었기에 세자 스승의 요직에 발탁되었다. 그는 행실이 고약한 동궁 연산군을 호되게 나무라고 훈계했으며, 공부를 소홀히 하면 성종에게 알려, 꾸지람과 벌을 받게 했다. 곧 사도를 게을리하지 않았다. 임금으로 등극할 것이 뻔한 동궁이기에 사도를 버리고, 아부하고, 마음에 들게 하여 영달을 꾀할 수도 있었을 것이다. 허나 공부하고는 담을 쌓은 연산군과 원한만 남겼을 뿐이다. 갑자사화로 선비들의 학살을 시작한 연산군은 먼저 이 스승을 잡아들였지만, 묶여 있으면서도 스승으로서 임금의 잘못된 행실을 바로잡으려 하자, 입을 짓물러 버리고, 바라본다 하여 눈을 빼고, 끝내 맷돌에 갈아 죽여서 한강에 버렸다. 한국 사도의 첫 순교자라 하겠다. 열부인 그의 아내 정 씨가 한강에 흐르는 피를 치마에 묻혀 만든 치마무덤과 그가 태어난 경남 하동군 옥종면에 삼장마을이라는 마을의 이름으로 이 거룩한 사도가 남아 있다(이규태, "한국의 스승" 한국교육신문, 1997. 10. 15).

고귀한 만남

피천득 선생과 이해인 수녀의 만남은 차라리 고귀하다.

너는 이제 무서워하지 않아도 된다. 가난도 고독도 그 어떤 눈길도
너는 이제 부끄러워하지 않아도 된다. 조그마한 안정을 얻기 위하

여 견디어 온 모든 타협을 고요히 누워서 네가 지금 가는 곳에는 너같이 순한 사람들과 이제는 순할 수밖에 없는 사람들이 다 같이 잠들어 있다.

5월 29일 서울아산병원에서 열린 수필가 금아 피천득(1910~2007) 선생의 장례식에서 이해인 수녀가 이런 조시(弔詩)를 낭독했다. 자작시인 줄 알았는데 아니었다. 금아 선생이 10년 전 간행한 시집 『꽃씨와 도둑』을 통해 선을 뵌 "너는 이제"라는 시였다. 이해인 수녀는 당시 이 시를 읽고 "당신 자신의 죽음을 예비하시는구나" 하고 가슴에 새겼다.

노 수필가와 수녀. 두 사람의 관계는 이처럼 세밀하고 오밀조밀했다. 위스키 한 방울 넣은 커피, 장미꽃과 엽서, 클래식 음악과 로버트 프로스트, 르누아르…. 두 사람의 인연은 30여 년 전으로 돌아간다. 라일락 향기가 물씬 흐르던 5월 홍은숙 시인과 함께 이해인 수녀가 망원동 자택으로 피 선생을 뵈러 갔을 때였다. 피 선생은 60대, 이해인 수녀는 30을 갓 넘긴 나이였다.

"선생님은 생사(生死)마저도 초탈한 듯한 수사(修士)의 모습으로 그곳에 계셨어요. 아니 선생님의 글처럼 정갈하고 티끌 하나 없이 잘 정제된 수필이셨습니다. 가구 하나 없이 텅 빈 마루, 서재라 하기엔 너무 작은 선생님 빙의 낡은 책상과 의자, 오래된 영문 시집들이 꽂혀 있는 서가…" 이해인 수녀의 회고이다. 피 선생님은 유난히 '오월'을 사랑했다. 그는 "오월은 금방 찬물로 세수를 한, 스물한 살 청신한 얼굴이다. 하얀 손가락에 끼여 있는 비취가락지다"라고 노래했다. 고인에게 이해인 수녀는 '오월'이었다. 그를 "오월같이 정다우며 글 또한 신록처럼 맑고 따뜻하다"라고 예찬했다.

이해인 수녀는 '금아 선생의 여인들' 중 한 사람이었다. "금아 선생이 아끼는 또 다른 한 여인을 빠뜨릴 수 없다. 서로 자주 만나지는 못하지만 두 사람은 정신적으로 가깝고 늘 상대편을 염려하는 마음을 지니고 있는 듯하다. 이 여인은 구도(求道)의 길에서 창작을 게을리하지 않는 수녀다."(심명호, "피천득의 여인들" 1997년)

이해인 수녀에 대한 피 선생의 감정은 매우 복합적이다. 안쓰러움과 애틋함, 싱그러움, 일찍 떠나보낸 모친에 대한 감정이입 등이 교차하고 있는 듯했다. 10세 언저리에 모두 잃은 피 선생의 사모곡(思母曲)은 각별하다. "나는 엄마 같은 애인을 갖고 싶었다. 엄마 같은 아내를 얻고 싶었다. 이제 와서는 딸 서영이나 아빠의 엄마 같은 여성이 되기를 바랄 뿐이다. 내 일생에는 두 여성이 있다. 하나는 나의 엄마이고, 하나는 서영이다."

하느님 앞에서 서원한 젊은 수녀에 대한 애처로움과 보호본능, 엄마 없이 자란 자신이 기대고 싶은 넉넉한 성모(聖母)의 품을 이해인 수녀를 통해 구현하고자 했다면 지나친 억측일까. '아가페'와 '필로스'를 결합한 듯한 두 사람의 관계는 그래서 더 은은하고 오래 묵었다. 이들의 인연은 이제 천상(天上)으로 이어지고 있다(윤영찬 yyc11@donga.com, "수필가와 수녀 … 오월에 만나 오월에 헤어지다" 동아일보, 2007. 5. 31).

피천득 선생과 손소정 작가의 만남은 또 어떠한가? 프랑스 작가 레몽 장의 소설『책 읽어주는 여자』는 사람들에게 책을 읽어 주는 일을 하는 여성을 통하여 사람이 맺는 관계를 성찰하는 작품이다. 5월 25일 별세한 수필가 피천득 서울대 명예교수에게도 책 읽어 주는 여자가 있었다.

장례 기간 내내 서울아산병원 빈소를 찾아 눈물을 쏟은 손소정 씨. 4월 말 고인이 폐렴으로 입원하기 직전까지 1년 동안 고인과 꾸준하게 만났다. 작가 지망생인 손 씨는 창작을 지도하는 수필가 김훈동 씨의 소개로 고인을 만났다.

"피 선생님이 눈이 나빠져 책을 읽지 못하시는데 누군가 읽어 주면 좋겠다고 하셔서 제가 그 일을 하게 되었습니다. 다시 만날 약속을 하고 갔는데 다음 날 입원하셨다는 소식을 듣고 너무 놀랐어요." 28 일 통화에서 손 씨는, "선생님이 세상을 떠나셨다는 게 아직 실감이 안 난다"면서 몇 번이나 목이 멨다. 손 씨는 일주일에 두세 번 선생의 자택을 방문해 한 시간씩 책을 읽어드렸다고 한다. 선생은 권오분 씨 의 『제비꽃 편지』, 신영복 씨의 『감옥으로부터의 사색』 등과 고인의 수필집 『인연』, 『어린 벗에게』 등을 골라 읽어 달라고 부탁했다. "들 으시다가 좋은 부분이 나오면 밑줄을 그어 달라고 하시고, 접어놓아 달라고도 하시고… 며칠 뒤에 접어놓았던 부분을 다시 읽어 달라고 도 하셨어요." 지난달 고인에게 읽어드린 마지막 책은 고인이 번역한 영미시를 엮은 『내가 사랑하는 시』였다. 로버트 프로스트의 『가지 않 은 길』, 앨프리드 테니슨의 『모래톱을 건너며』, 윌리엄 블레이크의 『 천진의 노래』 등을 들으면서 선생은 행복한 표정이었다고 손 씨는 돌 아봤다.

성악과 학생이시만 작가가 되기를 꿈꾸면서 습작에 열심인 손 씨 는 고인에게서 배운 게 많다. 사랑하는 문학 작품을 귀로라도 듣고 싶어 했던 열정, 주변 사람들을 소중하게 생각했던 다감한 마음씨를 손 씨는 누구보다 가까이에서 느낄 수 있었다. "매사에 불평 한번 하 신 적이 없고 늘 칭찬만 하셨고, 늘 좋은 것만 바라보는 긍정적인 분 이셨어요. '글쓰기 공부는 어떻게 되어 가느냐'면서 챙겨 주시고, 걱 정해 주시고…" 말을 맺지 못하고 손 씨는 울먹였다. 또 하나의 인연

에게 감동을 주고 선생은 떠났다(김지영 kimjy@donga.com, "고 피천득 선생의 책 읽어

주는 여자 손소정 씨" 동아일보, 2007. 5. 29).

종교지도자들의 만남

불교 조계종 총무원장 지관 스님, 한국기독교총연합회 한창영 공
동회장, 천주교 주교회의 종교간 대화위원장 김희중 주교, 원불교 이
성택 교정원장, 성균관 최근덕 관장, 천도교 김동환 교령, 한국민족종
교협의회 한양원 회장 등 한국의 7대 종교지도자들이 2일 이틀 일정
으로 대구 경북 지역의 성지순례에 함께 나섰다. 신도와 성직자들이
이 같은 행사를 한 적은 있으나 종교지도자들이 함께 성지순례에 나
선 것은 처음이다.

한국종교지도자협의회(종지협 공동대표의장 지관 스님) 소속 7대 종교대표자
들은 이날 첫 합동순례지인 대구 계산 성당을 방문하여 성당 앞마당
에 화합과 평화를 상징하는 소나무를 심었다. 사적 제290호인 계산 성
당은 1899년 건축된 목조 십자형 성당이 1900년 불에 탄 뒤 1919년에
현재의 모습을 갖추었다. 계산 성당은 19세기 말, 천주교 박해 직후의
전도(傳道)와 일제강점기 국채보상운동 등 역사가 담긴 가톨릭 성지다.

종교지도자들은 원불교 5대 성지 중 하나인 경북 성주 성지를 찾
았다. 원불교 초대 소태산 대종사의 법통을 이어받은 정산 종사가 태
어나 구도생활을 시작한 곳이다. 이어 불교 성지로 경북 청도 운문사
를 방문했다. 비구니 사찰인 이곳에선 260여 명의 비구니 스님이 '하
루 일하지 않으면 하루 먹지 않는다'는 청규를 실천하고 있다. 개신
교는 사찰에서 절하는 것을 엄격히 금지하므로 한창영 공동회장은

대웅전에서 절을 하지 않았다.

종교지도자들은 3일 경북 경주 용담정(천도교), 경주 향교(성균관), 영천 자천교회(기독교) 등을 순례할 계획이다. 김희중 주교는 "우리나라처럼 다종교 사회에서 종교 간 큰 갈등 없이 협력하는 곳도 없다. 이번 성지순례가 화합과 일치, 사회와 나라를 위한 공동선을 추구하는 데 도움이 될 것"이라고 말했다(윤영찬 yyc11@donga.com, "종교의 벽을 넘어서" 동아일보, 2007. 7. 3).

노벨평화상 시상식에서 달라이 라마는 비폭력 독립 운동을 이렇게 천명했다. "모든 고통은 무지에서 비롯된다고 나는 믿습니다. 사람들은 자신의 행복과 만족이라는 이기적인 추구로 타인에게 고통을 전가하고 있습니다. 참된 행복은 사랑과 자비인 애타주의의 수련, 무지와 이기심과 탐욕의 제거를 통해 마침내 달성되는 평화와 만족감에서 오는 것입니다." 1950년 10월 중국의 침략, 59년 인도로의 망명 이후 40년을 이어온 비폭력 독립 투쟁을 인정받은 티베트의 정신적인 지도자 달라이 라마는 1989년에 노벨평화상 수상자로 선정되었다.

마라토너 봉달이 이봉주

우리는 마라도너 이봉수를 언제랄 것도 없이 봉달이리고 부른나. 봉달이 이봉주를 보면 속이 짠하다. 안쓰럽다. 쪼글쪼글한 얼굴, 덥수룩한 턱수염, 검은 선글라스와 듬성듬성한 머리카락, 몸은 마른 명태처럼 기름기가 거의 없다. 마치 뼈에 가죽만 입혀 놓은 것 같다.

마라토너에게 35㎞ 지점은 아득한 경계이다. 일단 그 경계를 지나면 확실한 것은 아무것도 없다. 가도 가도 사막 길, 타는 목마름, 휘청거리는 다리, 터질 것 같은 심장, 길은 사라졌다가 다시 나타나고, 나타났다가 또 사라진다.

18일 열린 2007 서울국제마라톤대회 겸 제78회 동아마라톤대회에서 이봉주 선수가 1.575㎞를 남기고, 역전 '인간드라마'를 연출했다. 그는 2시간 8분 04초를 기록하며 케냐의 폴 키프로프 키루이(2시간 8분 29초)를 따돌리고 1위로 골인했다. 그는 40.62㎞ 지점에서 불굴의 투지로 30여 미터를 앞서 가던 키루이를 따라잡았다. 키루이는 잘나가는 세단이랄까, 더욱이 젊다. 이봉주와 10년 차이다.

이봉주는 너무 많이 뛰었다. 한마디로 40만㎞쯤 뛴 승용차라고 할 수 있다. 16년 동안 35번 완주는 기네스북에 올라야 할 정도이다. 마라토너가 대회에 한 번 출전하려면 최소 매주 330㎞씩 12주 동안 달려서 몸을 만들어야 한다. 그는 37번(2번 도중 기권)의 대회에 출전했으므로 훈련 거리만 14만 6천 520㎞이다. 여기에 실제 대회에서 달린 거리 약 1,703.41㎞(42.195㎞×35＋하프마라톤 및 역전대회)를 더하면 14만 8천223㎞나 된다. 지구를 약 3.7바퀴(지구 한 바퀴 약 4만 ㎞) 돈 셈이다.

마라톤의 엔진은 심장과 폐이다. 이봉주의 최대 산소 섭취량(1분간 몸무게 ㎏당 산소 섭취량)은 78.6㎖(20대 평균 남자 45㎖). 황영조의 82.5㎖보다 적다. 무산소성 역치도 70% 정도로 황영조의 79.6%보다 낮다. 무산소성 역치는 어느 순간 피로가 급격히 높아지는 시점을 말한다. 그는 35㎞ 지점에서 무산소성 역치가 한계점 70%를 지났다. 몸은 바닥났다. 그의 피와 눈물과 땀만 남았다. 꺾이지 않는 의지, 끈기, 투지로 무소의 뿔처럼 달렸다. 키루이는 이봉주보다 25초 뒤에 들어왔다. 봉달이는 약 137m의 머나먼 길을 깡과 오기라는 '정신근육'으로 한 방에 날려버렸다.

마라톤은 고행이다. 몸으로 쓰는 시다. 참다 참다 마침내 터져 나온 울부짖음 같은 것. 사람들은 스스로 고행을 함으로써 저마다 꽃을 피운다. 이봉주도 그렇게 '바늘로 우물을 파듯' 꽃을 피웠다(김화성 mars@donga.com, 동아일보, 2007. 3. 19).

전용복, 진정한 옻칠장이

1조 원대의 일본 국보급 건물의 복원 공사, 세계 최초의 옻칠악기, 세계에서 가장 비싼 시계를 만든 예술가의 꿈과 집념의 이야기『한국인 전용복』(전용복 지음. 서울: 시공사, 2010, p.320). 3천 명에 이르는 일본 장인을 압도한 대한민국의 옻칠장이 전용복의 열정과 인생이 여기 있다.

어이없게 불타 버린 남대문의 복원 공사를 일본 장인이 맡는 충격적인 일이 벌어진다면 어떻게 될까? 전용복은 이와 맞먹는 1조 원대 일본 국보급 건물을 복원해 냈다. 통념을 깬 그의 화려한 옻칠의 미학에 한류스타 배용준과 최고의 패셔니스타 김혜수도 반했다. 전용복의 옻칠에 대한 집념과 열정의 이야기가 우리들의 가슴을 뜨겁게 달군다.

분명 이것은 책이 아니다. 고난의 그 기록들은 바로 그 자체가 옻칠이고, 창조를 향한 열정은 영롱하게 깎아낸 나전의 빛이다(이어령 전 문화부장관).

전용복 선생님의 작품에는 전통과 현대성이 공존한다. 대담하고 섬세하고 강렬하고 서정적이다(김혜수, 영화배우).

옻의 황홀한 빛깔에 삶을 바친 옻칠 장인 전용복의 생생한 인생 이야기. 중간 중간 삽입된 작품 사진들이 달리는 기차에서 보는 풍경처럼 운치 있다(조선일보).

박원순 변호사

시민단체 참여연대를 시작으로 아름다운재단, 아름다운가게, 민간 싱크탱크를 표방한 희망제작소(The Hope Institute)에 이르기까지 암울했던 시절, 대표적 인권변호사로 치열하게 살아온 박권순 변호사가 20여 년간 걸어온 행보는 시민운동가였다. 요즘 그의 명함엔 '희망제작소 상임이사'라는 직함 이외에 'Social Designer'라는 낯선 단어가 보인다.

진리는 현장에 있다는 믿음으로 이 시대의 문제를 푸는 대안을 찾아 나선 그는 『마을에서 희망을 만나다』에 이어, 최근 두 번째 성과인 『마을이 학교다』를 펴냈다. "4년간의 지역 탐방과 현장 기행을 통해 만난 희망의 새순들로 말미암아 황폐해진 우리 교육에도 희망이 철철 넘쳐흐른다고 말할 수 있게 되었다"라는 것이 그의 생각이다.

그는 서울대 법학과에 들어갔으나 학생운동으로 구속, 제적된 후 다시 단국대 사학과에 입학, 1980년 사법고시에 합격하고 검사를 거쳐 변호사가 되었다. 1980년대와 1990년대를 아울러 대표적인 인권변호사로 치열하게 살았다. 1990년대 중반 참여연대 창립을 이끌었고 2000년 아름다운재단과 아름다운가게를 열어 나눔과 기부를 시민들의 일상으로 확장시켰다. 2006년 희망제작소를 설립, 상임이사가 되어 밤낮을 가리지 않고 바쁘게 뛰고 있다. 그렇듯 치열하게 살아온 그의 어린 시절은 한마디로 방탕아였다고 그는 고백한다.

우리 어머님이 저를 마흔둘에 낳으셨는데 딸이 여섯에, 아들이 둘인 집안에서 자랐지요. 말 그대로 저는 집안에서 하늘이었어요. 제 성질이 어땠겠어요. 문제가 아주 많았죠. 시골에서 농사를 지으시는 부모님은 제가 잠에서 깨어 보면 늘 들판에 나가 계셨고, 잠잘 때가 되어도 새끼를 꼬건, 쇠죽을 끓이건 늘 손에서 일을 놓지 않으셨어요. 중학교 2학년 때인가, 30리 길을 걸어서 학교에 다녔는데 산마루에서 보니, 볏단을 쌓고 계시는 부모님이 보이더라고요. 순간 눈물이 주르륵 흐르는데, 그날 이후 저는 완전히 다른 사람이 되었어요. 공부를 정말 어마어마하게 했지요. 나중에 서울에 와서는 독서실에서 석 달을 양말도 벗지 않고 공부를 했을 정도니까요. 아무리 자식에게 공부하라고 강요한들 되는 게 아닙니다. 저절로 공부해야겠다는 생각이 들도록 부모는 열심히 자신의 삶을 살면 됩니다.

김연아 덕분에 행복한 대한민국

밴쿠버 동계 올림픽 프리스케이팅에서 김연아는 150.06점을 획득, 쇼트프로그램과의 합계 228.56점으로 첫 출전한 올림픽에서 금메달을 목에 걸었다. 늘 꿈꿔 온 올림픽 무대에서 금메달을 차지하면서 김연아는 여자 피겨 사상 처음으로 그랜드슬램(4대륙선수권, 세계선수권, 그랑프리 파이널, 올림픽)을 달성했다.

경기가 끝난 후, 김연아는 그간 보이지 않던 눈물을 보였다. 이를 지켜본 우리도 함께 눈물을 흘렸다. 그가 쇼트와 프리 연기를 펼쳤던 7분간 주식 거래량이 평소의 절반가량으로 떨어지는 등 '연아타임'이라 불리기도 했다. 중계방송 시청률은 44.2%로 동 시간대 최고 시청률을 갱신했다. 대한민국 전체가 숨죽이며 그를 주목하였다.

국민체육진흥공단은 한국이 밴쿠버 동계 올림픽에서 창출한 경제적 가치가 약 6조 원대, 이 가운데 김의 경제적 가치는 약 5조 원대라는 흥미로운 분석을 하기도 했다. 그야말로 금을 몰고 온 연아다. 그는 "오래 준비해 온 큰 산을 넘어 아직 얼떨떨하다. 일단 이달 말 세계선수권대회 2연패가 목표이고, 그 이후는 생각해 보지 않았다"라고 말한다.

2009년 12월 19일, 캐나다 온타리오 주 해밀턴에서 성화 봉송에 나서기도 한 김연아는 이제 고려대학교 체육교육과 2학년. 오늘의 그가 있기까지 훌륭한 지도와 끈기 넘치는 노력에 아낌없는 찬사를 보낸다. 한 분야의 세계적인 일인자가 된다는 것은 전문직을 초월하는 맹렬한 노력과 열정, 자신을 극복하려는 끈기와 자존심의 결실이다. 김연아는 그런 이유로 우리의 존경의 대상이고, 젊은이들의 우상이다. 이제 우리가 할 수 있는 일은 그를 열심히 응원하는 일이다.

사막 레이스 그랜드슬래머 김효정

평범한 30대 여성이 동양 여성으로는 처음, 세계 여성으로는 세 번째 사막 레이스 그랜드슬래머가 되었다. 이글거리는 태양을 뒤로하고 모래 속에 푹푹 발을 내담그는 사막 레이스를 통해 인생의 모든 것을 배웠다는 그의 이야기.

그냥 사막이 좋아 떠났어요. 기록을 세워 보겠다는 마음이 있었다면 진작 주저앉았을 거예요. 사막을 좋아하게 된 이유요? 영화 <무사> 제작팀에서 일하던 2000년 중국 중웨이사막에서 처음 매력을 느꼈어요. 50도가 넘는 허허벌판 그곳에서 바람 한 점도 참 아름답다고 느꼈거든요.

40대 중반 아저씨도 저렇게 뛰는데 나는 무엇을 하며 살고 있나 싶었어요. 청춘을 이렇게 내버려 두어선 안 되겠다 싶어 새벽 수영부터 등록했죠. 몸을 만들려고요.

2005년 고비사막이 최악이었어요. 출발한지 30분 만에 코스를 이탈하고 말았으니까요. 앞선 이들의 발자국은 물론, 코스를 표시하는 분홍 깃발도 보이지 않았죠. 비상 신호용 호루라기를 꺼내 20분 동안 불어대며 달렸어요.

거의 꼴찌였고, 탈락 2분 전에 골인한 적도 있어요. 그래도 박수는 많이 받았습니다. 사막에선 꼴찌에게 가장 많은 갈채를 보내거든요. 누구를 이겼느냐보다 자신을 이겼느냐를 더 값지게 보기 때문이에요. 그렇게 걷는 사이 내 속의 상처들이 아물었고, 작은 일에도 감사하는 마음이 생겼죠.

2003년 모로코 사하라사막 마라톤에서는 프랑스에서 온 50대 남자들이 손을 맞잡고 사막 위를 걸었어요. 그중 한 사람이 점점 시력을 잃어 가는 병에 걸렸고요. 그 사실을 알게 된 친구가 더 늦기 전에 이 지구에서 가장 아름다운 곳을 보여 주겠다며 친구를 사막으로 이끌었던 거죠. 그는 사막을 걸으면서 주변 풍경을 끊임없이 친구에게 설명했어요. 시력을 잃어 가는 다른 친구의 눈에서 눈물이 흘러내렸죠.

목표달성, 성취 뒤의 허탈감이 그렇게 큰 것인지 그때 처음 알았어요. 열병을 앓던 것처럼 꿈꿔 온 일이 이뤄지는 순간, 가슴이 텅 빈 듯한 겁니다. 이제는 무엇을 해야 할지 모를 공허함에 머리가 하얗게 비어 버렸어요.

2003년 4월의 서부 아프리카의 모로코 사하라사막 마라톤, 2005년 4월의 중국 고비사막, 2006년 7월의 칠레 아타카마, 2007년 10월의 동부 아프리카 이집트 사하라, 2008년 11월의 남극… 사막 레이스 그랜드슬래머 김효정은 그간의 사막 레이스 경험을 담은 책『나는 오늘도 사막을 꿈꾼다』를 펴냈다. 영화사 '꿈꾸는 오아시스'를 만든 지 한 달 남짓 되었다. "첫 작품은 사막을 뛰는 세계 아저씨들의 사연들, 내가 보고 들었던 그 삶들에 관한 겁니다."(Weekly 공감, No. 55, 2010. 4. 7)

고혜경과의 짧은 만남

서울 부암동 한적한 산자락에 위치한 고혜경의 집에는 비교신화학자 조셉 캠벨의 사진이 놓여 있다. 캠벨은 신화학자들로부터 이야기꾼으로 폄하되기도 하지만 고혜경은 그의 친근하고 쉬운 화법을 높이 평가한다. 아마도 자신과 비슷한 점이 있어서이기도 할 것이다. 그가 지질학으로 석사학위를 받을 때 주변 사람들은 "논문을 무슨 소설처럼 썼느냐?"고 농담을 했다고 한다. 문득 예전에 품었던 소망을 떠올리고 신화와 꿈을 공부하게 된 고혜경은 매일 아침, 잠에서 깨자마자 꿈을 노트에 기록하여 스스로를 들여다본다. "꿈 작업을 하다 보면 사람들이 쉽게 자기를 드러내게 돼요. 이건 꿈이니까 하고 방심하듯 말을 하지만 그 꿈이 솔직한 자신이거든요."

그의 저서 『선녀는 왜 나무꾼을 떠났을까』도 '나를 찾는 탐색의 과정'에서 나온 책이다. "여성이란 자부심도 없었고, 그러나 공허하고 목마르고…. 그래서 문을 두드린 게, 꿈하고 여신 공부였어요. 가부장적 시각으로 오염되지 않은 본래 여성의 힘과 신비를 내 안에서 체험하고 싶었어요." 고혜경은 '융 심리학'을 공부한 정신분석가 로버트 A. 존슨의 『신화로 읽는 여성성 She』, 『신화로 읽는 남성성 He』 등을 번역하여 소개하기도 했다.

그는 논문을 쓰면서 이것이 맞는 이야기일까 하고 회의를 느끼던 중에 자신에게 많은 영향을 준 존슨이 머리를 감겨 주는 꿈을 꾸고, 확신을 얻었다고 한다. 남의 꿈에 다가갈 뿐만 아니라 자신의 꿈도 정면으로 응시하는 그는 여신을 본격적으로 연구하며 올 한 해를 보낼 계획이란다.

정몽준 국회의원

어눌한 말솜씨 탓에 김빠진 맥주를 연상시키는 정몽준 의원. 그의 정치에 관한 단견을 들어 보자. 그는 알려진 대로 현대그룹 정주영 왕회장의 아들이다. 서울대를 나왔고, 대한축구협회를 이끄는 체육행정가이기도 하고, 현직 국회의원이며, 2010년 5월 현재, 한나라당 대표이다. 대권을 꿈꾸는 정치인으로 이미 소문이 파다하다.

저는 정치야말로 미래를 만드는 직업이라고 생각합니다. 그래서 정치라는 공직에 몸담는 것은 고귀한 헌신이고 봉사라고 생각합니다.

우리 정치는 이제 정치 본연의 고귀한 역할로 돌아가야 합니다. 국민의 꿈을 실현시키는 도구가 되어야 합니다. 어떤 어려움에 직면하더라도 국민의 삶의 질이 나아지도록 최선을 다해야 할 의무가 바로 정치인들에게 있습니다. 우리의 후손들, 미래의 우리 국민들이 자신의 삶에서부터 가정, 사회에 이르기까지 긍지를 느낄 수 있는 대한민국에서 살 수 있도록 지금 우리는 최선을 다해야 합니다.

우리 정치도 여러분의 꿈을 현실로 만들 수 있도록 변화하겠습니다. 그래서 후손과 그 후손들이 자랑스러워하는 대한민국을 만들고 싶습니다.

우리나라 정치인들의 발언과 소신을 믿어야 하나? 일단 믿어 보자고 생각하고 믿어 본다. 그러나 시간이 흐르면 그 믿음은 늘 빗나가고, 그래서 배신감을 맛보게 된다. 우리나라 정치인들의 의식은 국민의 정치의식을 따라가지 못한다. 그런 탓으로 정권마다 부르짖는 개혁과 혁명적 발상 그리고 말끝마다 내뱉는 '존경하는 국민과 국민을 위하여…'라는 말은 늘 공허할 뿐이다.

그래도 역사의 수레바퀴는 답답할 정도로 서서히 발전을 향하여 끊임없이 굴러가지 않는가. 대다수 국민이 자각하고, 앞장서서 정치인을 감시하고, 독촉하여 국민 스스로 국민과 국가를 위하여 헌신해야 할 것이다. 그러니 더욱 정치인을 만나야 하고, 쓴소리를 마다하지 말아야 하며, 그들이 초심을 잃지 않도록 감독해야 하는 일도 언제나 국민의 몫이다. 나라의 주인은 국민이니까.

법관의 지혜

법관은 일반인과 어떻게 다를까? 한 법관을 만나 보자. 양심과 용기와 지혜를 갖춘 법관이 되려고 35년간 노력한 박송하 서울고등법원장은 법관의 자세를 이렇게 강조한다.

첫째, 법관은 편견, 감정, 이해관계, 형식논리에 좌우되지 않는 떳떳한 양심을 갖추어야 한다.

둘째, 법관은 사회의 어느 한 조직이나 집단 등의 힘에 굴복하지 않고, 재판의 독립을 지킬 수 있는 용기를 갖추어야 한다.

셋째, 법관은 이해관계가 첨예하게 대립하는 분쟁의 틈바구니 속에서 원칙을 준수하면서도 이해를 절충하고 시기의 완급을 슬기롭게 조절하는 지혜를 지녀야 한다.

법관은 언제나 정의의 편에 서서, 법을 보호하고 법을 집행하는 전문직이다. 전문직은 높은 지식과 투철한 봉사정신으로 항상 국가와 국민을 위하여 실천적 노력을 경주하는 사람이며, 그렇게 하여 사회의 인정을 받은 사람이다.

발레리나 강수진

불혹의 나이에도 여전히 최고의 현역으로 활동하는 발레리나 강수진이 쇼팽과 라흐마니노프 곡으로 한국을 찾는다. 솔로나 2인무 위주의 짧은 작품들을 맛보기로 제시하는 통상적인 갈라 공연에서 벗어나, 20분 길이의 독립된 작품과 드라마 발레 전막을 압축해서 보여줘 강수진의 다양한 매력을 느낄 수 있는 공연과 함께, 특히 이번 공연은 서호주발레단과 피아니스트 2명, 비주얼 아티스트가 함께해 다채로운 갈라로 꾸며질 예정이다.

무대에 오르는 총 7편의 작품 가운데 강수진은 드라마 발레 <카멜리아 레이디>, 영상미가 돋보이는 <스위트 No. 2>, 고도의 기교가 필요한 지리 킬리언의 <구름>, 이반 맥키의 <수증기 초원> 등 네 편에 모습을 드러낸다. 1막은 피아니스트 지용과 함께하는 무대, 2막은 피아니스트의 연주와 하이라이트 영상, 3막은 강수진의 파드되(두 사람의 춤)로 선보인다. 이 중 최고의 기대작은 아무래도 <카멜리아 레이디>이다. 알렉상드르 뒤마의 <춘희>를 원작으로 하는 이 작품은 <로미오와 줄리엣>, <오네긴>과 더불어 강수진의 삼대 드라마틱 발레 작품으로 꼽힌다(서울사랑, 2010년 4월호).

건축가 김진애

김진애너지, 메타우먼(진화하는 여자), 이것이 그의 별명이다. 빠르고 명쾌한 말투, 목소리와 제스처, 표정에도 에너지가 넘친다. 사람, 관계, 이해, 소통, 가치관 같은 단어를 많이 쓰는 그는 자주 크게 웃는다. 자유롭고 당당하고 따뜻하다. 여자보다 여자 같고, 남자보다 남자 같다.

1953년생, 이화여중고와 서울대 건축학과를 졸업하고, 미국의 MIT에서 건축학 석사와 환경설계학 박사학위를 받았다. '산본 신도시', '인사동길' 설계 등 도시 설계도 하고, '밀라노 트리엔날레 서울전시관', '서울600년 전', '미디어시티 서울' 등 전시 작업을 했다. 건축 웹진 www.archforum.com을 운영하며 시사지 <Time>이 뽑은 21세기 차세대 리더 100인에 선정되었다.

그가 말하는 좋은 집은 추억이 많은 집, 마음껏 어지르는 아이들의 방이 있는 집, 곳곳에서 사랑의 몸짓을 할 수 있는 집, 체험 동선이 긴 집이다. 집은 모쪼록 구석이 많아야 추억이 많고, 아이들이 마음껏 어지르고 술래잡기를 할 수 있는 집이어야 한다. 넓은 거실만 만들 것이 아니라 구석을 많이 만들어서 아이들이 숨을 곳을 만들고, 기댈 수 있는 곳, 무언가를 걸 수 있는 구석이 있어야 한다고 말한다.

아이들 방은 방에서 나오고 싶은 유혹을 견디며 스스로 공부할 수 있게 만들어야 잘 큰다. 마음껏 자기 방을 어지르고 스스로 바꿀 수 있어야 한다.

부부가 행복해야 집도 건강하다. 침실을 멋지게 장식한다고 행복한가? 부부의 온갖 사랑의 몸짓이 집 곳곳에서 자연스럽게 일어날 수 있어야 한다.

동선이 짧은 집은 나쁜 집이다. 사람들은 거닐면서, 수많은 만남과, 추억과, 이야기를 만들어 낸다. 만남이 이루어져야 이야기가 생기고 성장한다.

그는 말한다. 고교 1, 2학년 때는 반에서 30~40등 했어요. 영화 보고 놀러 다니다가 겨울방학에 정신 차리고 공부해야겠다고 마음먹었죠. 그해 열두 달, 내 생애에 그때처럼 독하게 마음먹고 공부한 적이 없어요. 정말 제 자신과의 약속을 지키기 위해 애를 썼지요. 집중력과 강한 몰입은 그때 이루어진 것 같아요. 인생에 한 번쯤은 자신에게 독해져야 하는 순간이 오고, 그런 극복이야말로 세상을 살아가는 힘이 되지요.

그는 지금 민주당 비례대표 제18대 국회의원이다. 건축가로서 정치권의 러브콜을 수용한 것이다. 그는 정치도, 건축도 사람과 사람 사이의 관계를 만드는 것이라고 말한다. 서로 다른 생각을 하는 사람들을 어떻게, 무엇을 통해 조정해야 할까. 그는 소통과 설득, 때론 위협과 매혹의 기술도 필요한 것이 정치라고 말한다. 사람 사이의 좋은 가치를 어떤 방식으로 고민하고 실현하는가가 정치권의 역할이라고 한다.

그는 아이들에게 공부를 강요하지 않는다. "나는 너희가 엘리트에 속하는 2퍼센트 대열에 들어가기 위해 힘들게 경쟁하는 것을 원치 않는다. 거기에 속하지 않아도 행복하고 즐겁게 사는 방법은 많다. 공부는 공부 시간에만 하는 것이 아니고 매일매일 세상을 통해 배우고 자라는 것이다."

자녀들의 독립심은 어린 시절부터 실천한 용돈관리에서 비롯되었다. 아이들이 어느 정도 자랐을 때 청소, 설거지, 심부름 등 집안일을 시키고 각각 단가를 매겨서 그 대가를 주었다. 그것도 좋은 추억이 되었다. 부모란 자식이 홀로 서는 것을 도와주고 지켜보는 존재라고 그는 믿는다.

아레오파지티카

1644년 11월 24일, 『실낙원(失樂園, Paradise Lost)』의 작가이자 정치사상가인 밀턴(John Milton, 1608~1674)은 「Areopagitica」라는 글을 발표했다. 고대 그리스의 고등법정 'Areopagos'에서 제목을 딴 60여 쪽 분량의 글이다.

"예나 지금이나 죽은 생명을 다시 살릴 수 없다는 것은 진리이고, 책을 죽인다는 것은 그 이상의 손실이 없을 만큼 큰 손실이며, 한 시대의 혁명들도 흔히 진리의 거부로 생긴 이러한 손실을 회복하지 못하며, 이렇게 진리가 거부된 속에서는 어떤 나라든 더욱 나쁜 상태에 빠진다. … 나에게 어떤 자유보다 양심에 따라 자유롭게 알고, 말하고, 주장할 수 있는 자유를 달라."(아레오파지티카, 임상원 옮김. 나남출판)

지금부터 400년 이상을 거스르는 시대에 발표된 글을 만나 읽고 느끼고 생각하게 되다니 대단한 만남이 아닌가! 더구나 책의 소중한 가치를 말하고, 언론의 자유를 갈파한 이 짧은 글이 오늘 우리의 눈과 귀와 입을 자극하고 신선하게 만드는 까닭은 무엇인가?

정치판에 뛰어든 이유

2010년 6월 2일은 지방자치를 위한 선거일이다. 여기에 교육감과 교육의원까지 포함되어 오월의 거리는 새벽부터 일몰 때까지 소란 그 자체이다. 무가지(無價紙) <메트로(Metro)> 5월 26일자는 서울시장 후보들에게 몇 가지 흥미로운 질문과 함께 그들의 답변을 기사화했다.

정치하시는 이유가 무엇입니까?

오세훈: 제가 정치를 하는 이유는 지난 4년 동안의 서울의 변화가 말해 줍니다. 먼저 나서서 시민들의 장애물을 치워드리는 것뿐 아니라 희미하게 형체만 보이는 장애물까지도 찾아내 치워드리고, 그곳에 돋움판을 세워, 새로운 도약을 만들어 내는 것, 제가 정치하는 궁극적인 이유입니다.

한명숙: 제가 성장한 시기는 갈등과 대립, 분열의 시대였습니다. 그래서 언제나 대화와 소통, 화합을 꿈꿔 왔습니다. 지난 민주정부 10년, 저는 어울림의 리더십을 배우고 익혔습니다. 지금 불통의 정치가 또다시 시민의 삶을 억압하고 있습니다. 소통과 화합, 어울림의 복원을 위해 정치로 복귀했습니다.

지상욱: 경찰이 왜 되어야 하냐고 하는 질문과 같습니다. 도둑이나 강도가 없으면 경찰이 있을 수도 없죠. 마찬가지로 우리 사회에는 많은 모순과 부조리, 정의롭지 못한 섯늘이 있습니다. 이런 것들로부디 세 자신과 제 가정을 지키기 위해 정치를 합니다.

노회찬: 다수 시민의 힘으로 세상을 바꾸는 방법이기 때문이죠. 제 현수막 구호가 대한민국을 바꾸는 서울시장입니다. 서울시장이 돼 서울이 이렇게 변하는 게 가능하다는 점을 시민들 스스로 느껴 대한민국을 바뀌게 할 생각입니다.

가장 근본적인 질문, 왜 서울시장이 되고 싶으신가요?

오세훈: 수많은 시행착오를 겪으며 얻은 귀중한 시정경험으로 서울시민의 삶의 질을 높이고 도시경쟁력을 강화하는 데 쓰고 싶습니다. 이는 4년 전, 저를 믿고 기회를 주신 시민들에 대한 도리라고 생각합니다. 엄중한 책임감으로 서울을 세계 5위권 도시 반열에 올려놓겠습니다.

한명숙: 이명박-오세훈 시장 8년, 부수고 파헤치는 삽질행정에 사람이 소외되었습니다. 저는 사람특별시를 만들고 싶습니다. 사람 존중의 시정철학을 토대로 복지와 교육, 일자리 창출을 서울시정의 최우선 과제로 삼겠습니다.

지상욱: 600년 역사를 가진 서울은 그동안 4년짜리 개발로 지쳐 있습니다. 이제 서울은 10년, 100년 미래설계로 세계의 중심도시가 되어야 합니다. 정치인 서울시장은 서울을 긴 안목에서 큰 비전을 절대로 제시하지 못합니다. 제가 서울시장에 나온 이유는 서울의 미래를 설계해서 서울시민의 행복공간으로 만들기 위해서 출마하였습니다.

노회찬: 서울을 바꾸기 위해서입니다. 서울에 복지혁명을 이루고 싶습니다. 아이, 어른, 노인, 주부, 직장인, 자영업자, 너 나 할 것 없이 서울시민들은 중병을 앓고 있습니다. 중병을 앓고 있는 서울을 복지혁명으로 고치고 싶습니다.

과연 정치란 무엇인가? 백성들의 의식주를 정의롭고 평화롭게 실현하는 일이 아닐까! 그럼에도 불구하고 탐정소설의 대가 코난 도일 (Conan Doyle)의 유명한 풍자(諷刺)는 한마디의 말장난이 아니라 많은 것을 생각하게 하면서 인구에 회자된다.

도일은 어느 날, 권세가 하늘을 찌르는 당시 런던의 정치인들에게 전화를 걸어서, "모든 게 들통 났다. 48시간 이내로 런던을 떠나라"라고 말했다. 48시간이 지난 후 이들 정치인들에게 전화를 걸어 보니, 한 사람도 남김없이 모두 런던을 탈출했음을 확인했다.

파트너를 잘 만나야

인간관계를 '모' 아니면 '도'로 보는 사람이 있다. 죽이 맞는 사람이 있으면 푹 빠졌다가 상대가 자기만큼 집중하지 못한다고 느낄 때 무 자르듯 끊어 버린다. 이런 일이 반복되면 점점 외톨이가 된다. 건국대학교 의대 신경정신과 하지현 교수는 "현실에 없는 이상적 관계를 목표로 하기 때문"이라면서 "구름을 향한 인간관계 기대치를 땅으로 내리라"고 조언한다. '관계에 대한 현실적 기대치'를 가져야 실망도 줄어든다는 것이다.

변화무쌍한 인간관계를 관념에 묶어 두는 사람들이 있다. 스토커는 '사랑이 변한다는 것을 인정하지 않는 사람'이라는 말도 있다. 사람도 변하고, 사랑도 변한다. 사람들은 사랑에 대한 믿음이 무너지는 순간의 허탈감, 영원할 수 없는 사랑과 관계의 속성을 깨달으며 인생을 보낸다.

디지털 시대의 인류는 신유목민이라 불린다. 삶에서 이동성의 비중이 커지는 만큼 인간관계의 변화의 폭도 크다. 의지만 있으면 직장도 옮기고 배우자도 바꾼다. 영원한 관계는 없다. 붙박이 시대의 인간관계는 지속성이 최대 가치였는지 모르나 가파른 변화 속에서 생존과 번영을 고민하는 신유목민에게는 인간관계도 경영의 대상이다. 제한된 시간과 비용을 효율적으로 쓰려면 무조건 마당발보다 선택과 집중이 필요하다.

국제관계도 같다. 미래학자 앨빈 토플러가, "한국 외교는 미국, 중국, 일본을 등거리로 대하다, 정작 파트너를 잃었다"라고 말한다. 겉으로 친구가 많아 보이나 믿을 만한 친구는 한 사람도 없을 때를 '파트너 빈곤'이라고 했다(허문명 angelhuh@donga.com, "파트너 빈곤" 동아일보, 2007. 9. 21).

여유는 삶을 즐기는 것

물건을 샀을 때 잔돈을 돌려주는 인도 상인은 "잘디, 잘디(빨리, 빨리)"라고 외치는 소리에 그저 시큰둥할 뿐이다. 1분의 오차도 참지 못하는 우리들에게 인도 기차는 어이없음을 넘어 가혹하다. 일단 연착이라면 1시간, 5시간, 10시간 동안 아무것도 하지 못하고 정거장에서 속수무책으로 가만히 기다려야 한다. 인도인들은 "아람쎄, 아람쎄(천천히, 천천히)" 하면서 이부자리를 깔고 누워 열차를 기다린다. 하긴 조급해한다고 늦는 열차가 빨리 오나. 인도인들에게 필요한 것은 오직 여유이다. "시간이 약이다"라는 말처럼.

인도인 최고의 오락은 영화관에서 영화 보기이다. 내용은 고사하고, 3시간이 넘는 상영시간임에도 느긋한 인도인들은 영화 중간에 "intermission"이라는 자막이 나오면 등이 켜지고, 짧게는 10분, 길게는 30분 정도 쉬는 시간이다. 화장실에도 가고, 간식도 먹고, 본 영화에 대한 말씨름도 한다. 그렇게 영화 한 편을 보면 거의 4시간이 지난다. 그런 다음에도 두 번째 영화를 보러 가는 인도인들이 있다. 참으로 여유가 있고, 잘 기다리는 인도 사람들이다. 인도 사람들은 무얼 해도 "아람쎄, 아람쎄" 하며 느긋하게 사는데, 그렇게 살면 답답하지 않느냐고 물으면, 이런 대답이 돌아온다. "힌두교의 믿음에 따르면 인간은 윤회를 통해 7번 태어난다. 이 삶에서 얻을 것은 따로 있고, 주어진 만큼의 몫만 이루고 간다. 지금 삶에서 얻지 못한 것은 내세에서 얻게 된다. 어차피 내세가 있는데 뭐하려고 그렇게 겁을 내며 조급하게 살아가는지 오히려 안타깝다. 그저 지금의 삶을 행복하게 사는 게 최고다."

한 유럽인 여행가는 이런 글을 썼다. "여행을 다니며 진정으로 무거웠던 것은 내 등에 있는 짐이 아니라 내 자신을 얽매고 있는 나의 편견과 선입견이었다. 그것을 벗어 버리자 나의 짐은 더할 나위 없이 가벼워졌다."

인생이라는 여로에서 행복이라는 목적지에 도달하기 위한 해답은 무엇일까? 어쩌면 그 답의 일정 부분은 돈과 명예에의 집착을 잊고 느긋하게 주어진 삶을 즐기며 살아가는 인도 사람에게서 찾을 수 있을지도 모른다.

What is sex?

현군으로 꼽히는 세종과 성종 시대에 어우동 사건을 비롯하여 유난히 섹스스캔들이 끊이지 않았는데, 그 이유는 여성들의 프리섹스가 보장되었던 고려의 풍속이 남아 있었기 때문이었다. 더불어 12명의 비빈을 거느렸음에도 자주 궐 밖으로 나가 기생놀음을 즐긴 성종의 색탐(色貪)도 한몫을 단단히 했는데, 성종은 음풍(淫風)에 무척 관대했던 임금이었다.

그리하여 기생들을 멀리하라는 신하들의 상소에 골머리를 앓았으니, 가장 강경하게 군주의 도리를 호소하는 신종호를 버릇 들이기로 결심했다. 신종호는 과거제도가 생긴 이래 처음으로 세 번에 걸쳐 장원을 차지하여 칭송이 자자했던 강직한 인물이었다.

성종은 여색으로 신종호의 입을 막아야 마음껏 풍류를 즐길 수 있다고 판단하고, 암행어사에 임명하여 평안도로 보냈다. 평안도에 당도한 신종호는 수령들이 마련한 술자리조차 마다하고 공무에 여념이 없었으나 성종의 덫에 걸리고 말았다.

선천부사가 임금의 밀명에 따라 신종호의 처소 옆집에 아리따운 기생 옥매향을 투입했기 때문이다. 소복을 곱게 차려입은 옥매향이 달빛을 받아 더욱 요염해진 자태로 낮은 담장 앞을 거닐며 유혹했으니, 목석같은 신종호도 넘어갈 수밖에. 결국 신종호는 옥매향과 꿈같은 하룻밤을 보내고, "비도 안 온 골짜기 축축도 하이… 새콤하기가 덜 익은 살구 맛이네"라며 감탄을 금치 못했다.

신종호는 옥매향의 새콤한 살 송곳 맛을 부채에 일필휘지(一筆揮之)하여 신표(信標)로 건네며, 때가 되면 반드시 부를 것이라고 약속했다. 그리고 한양으로 돌아와 성종에게 어사의 임무를 마치고 왔음을 고했다. 그러자 성종이 객고에 수고가 많았다며, "평안도 선천은 천하절색의 기생이 많이 배출되는 색향인데 별일이 없었느냐?"고 하문했다. 신종호가 옥매향과 나눈 사랑으로 우물쭈물하자, 성종이 품에서 부채를 꺼내더니 낭랑한 목소리로 그가 선천에서 지은 시를 읊으며, 당대의 문장가가 이처럼 음탕한 시를 쓴 연유가 무엇이냐고 놀리더니 옥매향을 첩으로 삼아 평생토록 살구 맛을 즐기라고 했다. 이 일이 있은 후로 신하들이 더 이상 성종의 풍류를 논하지 못했으니, 가히 성종은 성에 있어서도 현군이라고 할 수 있을 것이다.

성종이 옥매향을 미끼로 신종호의 절개를 꺾은 것은 자신의 호색을 정당화하기 위한 것만은 아니었다. 성종은 바른 정치란 흐르는 물처럼 자연스러워야 한다고 여겼으니, 백성을 다스리는 관리들이 인간의 삶에서 가장 중요한 성에 대하여 경직된 태도를 갖는다면 올바른 정치가 이루어질 수 없다고 판단한 것이다. 성종의 사례에서 보듯이, 성적으로 불만이 쌓이거나 콤플렉스를 갖고 있으면 사회생활이 온전할 수 없다(김재영, "경직된 성관념, 사회생활에도 악영향" 동아일보, 2006. 12. 14).

사람들은 섹스라고 하면 벌거벗은 남녀의 결합을 연상한다. 의사에게 섹스는 에이즈의 원인일 뿐이다. 엄격한 이분법적 발상에 갇힌 도덕군자에게 섹스의 대상은 단지 암컷과 수컷이라는 두 가지에 불과할 것이다. 왜 섹스는 이렇게 잘못 이해되는 것일까? 분명 아무도 섹스의 역사를 제대로 알지 못하기 때문이 아닐까?

왜 과학자들은 기본 수학을 무시하는 것일까? 생물학에서 $1+1=2$가 아니다. 오히려 정자 하나와 난자 하나가 합쳐서 수정란을 탄생시키듯 $1+1=1$이다. 우리가 제아무리 정교한 컴퓨터 모델을 가지고도 섹스의 행태를 예측하는 데에 번번이 실패하는 것은 바로 그 때문일 것이다.

섹스는 청춘의 반란을 유발한다. 질투심 섞인 분노, 낭만적인 로맨스, 무분별한 모험 행위, 갓난아기 등도 다 섹스의 산물이다. 섹스는 우리의 삶 속에서 이렇게 강력하고 신비로운 힘으로 작용한다.

입장권 스토리

덕수궁에서 아내와 첫 데이트를 했던 조그만 흔적이 발견되었다. 오래된 스크랩을 정리하다가 덕수궁 입장권이 눈에 띄었다. 왼쪽 부분은 잘라내어 입장할 때 제출하고 나머지인 오른쪽 부분은 덕수궁 석조전 전경을 담은 천연색 사진이다. 그러니까 사진엽서로 사용할 수 있도록 만든 입장권이다. 이 엽서에 다음과 같은 아내의 글이 있다.

왠지 불쾌했다. 입장권을 사라던 그 마음씨가 한없이 얄밉기만 하다. 너무 타산적인 그의 태도. 남자라면 좀 더 너그러운 게 좋지 않는가. 1970년 2월 21일.

아내를 처음 만난 것은 1970년 2월 초라고 기억한다. 이 입장권은 결혼 전에 있었던 덕수궁에서의 첫 데이트를 확인하는 증거물인 셈이다. 아내는 필자에 대한 그날의 기분을 '얄밉고 너그럽지 않은 남자'라고 표현하고 있다.

이는 잘잘못의 문제가 아니라 결혼을 전제로 하는 만남에서 순간적으로 상대를 배려하지 못한 마음이 문제라면 문제이다. 왜 그랬을까? 더구나 그 당시 "덕수궁에서 젊은 남녀가 데이트를 하면 결혼에 성공하지 못 한다"는 소문이 널리 퍼져 있었다. 그러나 같은 해 10월 23일 우리는 시공관(市共館, 지금의 세종문화회관 터에 자리한 우남회관의 후신. 4·19혁명 전까지 이승만 대통령의 호를 따서 우남회관으로 불림)에서 결혼함으로써 앞의 소문은 전혀 근거 없는 뜬소문에 불과하다는 것을 입증했다. 더욱이 아내는 대학도서관 사서의 박봉에 더하여 박사과정에 소요되는 수업료의 부담을 지혜롭게 해결하고 우리 가정의 경제위기를 잘 넘겼다.

승용차를 타고 아내와 함께 낙산사(洛山寺)를 찾아간 것은 1997년 봄으로 기억한다. 설악산 흔들바위와 금강굴을 구경한 뒤였다. 우리나라의 유명 고찰들이 그렇듯이 고요 속에 위엄을 갖춘 낙산사는 동해를 끼고 있어 더욱 돋보인다.

우리의 입장권은 349054와 349055번의 연번이다. 낙산도립공원 입장료 700원과 낙산사 문화재관람료 800원, 합계 1,500원이 성인 한 사람의 입장료이다. 양양군수와 낙산사 주지가 공동 발행한 것으로 인쇄되었다. 전면은 원통보전과 칠층석탑의 천연색 사진이고, 후면은 다음과 같은 낙산사 연혁이다.

1. 본 사찰은 지금부터 1,300년 전(서기 671년) 신라 문무왕 11년에 의상조사께서 창건하였으며, 그 후 헌안왕 2년(서기 858년)에 범일대사가 중건하였고, 관세음보살님께서 상주하신다고 전해지고 있는 세계 삼대 기도처의 하나인 유명사찰이다.
2. 조선조 7대 세조대왕께서 낙산사에 행행하였을 때 삼층 사리탑에서 오색 방광을 하여 분신사리가 나왔으므로 이 상서를 간직하기 위하여 삼층석탑을 칠층석탑(보물 제499호)으로 개축하고 예종의 명으로 범종(보물 제479호)을 주조하였음.
본 사찰은 그간 1,300년을 내려오면서 수차에 걸쳐 개수하였으나 1950년 6·25동란 때 전소된 것을 당시 일군단장 이형근 장군의 주선과 지방 유지들의 협력으로 1953년 4월에 재건하여 오늘에 이르고 있다.

국립공원관리공단 설악산관리사무소장이 발행한 공원입장료(800원) 영수증은 천연색의 설악산 전경 사진을 담고, 그 좌측 위에 붉은 글씨로 "불, 불, 불조심, 쓰레기는 갖고 가자"라는 경고문이 인쇄되었음에도 불구하고, 부끄럽고 어처구니없게 낙산사는 화마의 재해를 입었다. 나무관세음보살! 재건된 낙산사의 원통보전과 칠층석탑은 입장권에 인쇄된 사진과 어떻게 다른지 기회가 있으면 비교해 봐야겠다.

화암동굴은 1934년 금광 갱도 작업 중 발견된 석회석 동굴로서 입구에서 약 200미터 들어가면 2,800평방미터의 대광장이 있다. 이 광장은 국내에서 발견된 석회석 동굴의 공동 중 가장 큰 것으로 알려져 있으며, 광장에는 높이 7~8미터, 둘레 5미터에 달하는 3개의 대석순과 성모 마리아의 모습을 한 석주, 부처의 모습을 한 석순 등이 있으며, 현재 강원도 지방기념물 제33호로 지정되었다(정선군수가 발행한 800원의 입장권 No. 257002의 후면에서 인용).

강원도 정선군 동면 화암리 비경(秘景)의 그림바위 산속에서 바위를 뚫고 신비롭게 샘솟는 화암약수(畵岩藥水)는 1910년경, 이 마을 사람 문명무(文命武) 씨가 처음으로 발견하였다. 그는 꿈에 산신령의 계시를 받아 약수를 찾아냈다고 한다. 이 약수는 신비한 맛과 함께 위장병, 피부병, 빈혈, 안질까지 매우 영험한 효험을 크게 나타내 사람들의 발길이 끊이지 않는다.

약수 성분은 리터당 희드로 탄산이온 854.3㎎, 철분 26.9㎎, 칼슘 82.9㎎, 불소 0.6㎎. 이 밖에 9종의 건강 필수 원소가 함유되었음(정선군수가 발행한 400원의 입장권 No. 407768의 후면에서 인용).

사적 제196호 장릉(莊陵)은 조선 단종(1441~1457)이 안장된 능이다. 단종은 세조 2년(1456), 16세의 어린 나이로 숙부 수양대군에게 왕위를 빼앗기고 노산군(魯山君)으로 강봉(降封)되어 청령포(淸泠浦)로 유폐(幽閉)되었다가 세조 3년(1457) 10월 24일 사약을 받고 17세를 일기로 최후를 마쳤다.

단종이 죽자, 후환이 두려워 아무도 그 시신을 거두는 사람이 없었는데 영월호장(寧越戶長) 엄흥도(嚴興道)가 관을 준비해 아무도 모르게 동을지산(冬乙旨山)에 매장하였다. 중종 11년(1516) 노산묘를 찾으라는 왕명이 내렸고, 숙종 24년(1698)에 복위되어 장릉으로 추봉(追封)되었다. 그 후 매년 청명(淸明)에 한식제(寒食祭)를 올리고 1967년부터 문화행사를 곁들여 단종제(端宗祭)를 거행한다(영월군수가 발행한 380원의 관람권 039762에서 인용).

보물 제218호인 관촉사 석조미륵보살입상은 고려 초기의 대표적 불상으로 고려 4대 광종 19년(968)에 착공, 목종 9년(1006)에 완공된 국내 최대의 석불상이다. 18미터 높이의 이 불상은 자연석 화강암반에 별석으로 얼굴을 포함한 상체 부분과 허리 이하를 각각 한 개의 돌로 조각하였고, 가슴 좌우에는 가늘고 긴 돌을 연결하여 두 팔을 만들고, 머리 위에는 원통의 관을 만들어 이중으로 된 사각형의 보계를 두고 있다. 본래 보관 사이에 작은 금불상이 있었으나 도난당하였다.

관촉사 석등(보물 제232호)은 위 입상과 같은 시대의 작품으로, 조각기법의 웅장함과 안정감은 불교미술의 극치라 할 수 있다(1,000원의 관람권 No. 088318에서 인용).

서기 913년(신라 신덕왕 2년)에 창건하였다고 전해지는 용문사는 수도권에 인접한 1일 관광 코스로서 수려한 자연경관, 수령 1,100년여 년, 높이 41미터, 둘레 11미터의 은행나무(천연기념물 제30호)와 정지국사 부도 및 비(보물 제531호) 등 고귀한 관광자원을 간직하고 있는 아름다운 곳이다 (1,500원의 입장권에서 인용).

대둔산도립공원 입장권은 완주군수가 1997년 10월에 발행한 공원 입장료 800원, 시설사용료 500원, 합계 1,300원의 영수증(No. 300135)이다. 입장권의 앞면은 대둔산을 오르기 위하여 만든 구름다리를 중심으로 한 천연색 사진을 수록하고 있다.

선운사는 백제 위덕왕 24년(577) 검단대선사와 의운국사께서 창건하여 조선 성종 3년(1472) 행호선사께서 중건하였으나 정유왜란으로 소실된 것을 광해군 6년(1614)에 재건하였다. 초기 전성시대에는 산내에 89 암자와 수천의 승려가 수행하던 대가람이다. 5천여 평에 산재한 3천 그루의 동백 숲은 사계절 그 푸름을 이룬다. 보물 290호 대웅보전, 동 279호 금동보살좌상, 동 280호 지장보살좌상, 동 803호 참당암 대웅전, 동 1200호 도솔암 마애불상 등 문화재와 동백나무 숲, 장사송, 송악 등 천연기념물이 있다_{(선운산도립공원관리사무소장과 선운사 주지가 1999년 4월 17일}에 공동 발행한 공원입장료 800원, 문화재관람료 1,500원, 계 2,300원의 영수증에서 인용). 도솔암 마애불상은 다음과 같은 이야기를 전한다.

> 마애불상이 조성되기 이전에, 바위 한 부분에서 언제부턴가 매일같이 보석이 하나씩 똑똑 떨어졌다. 이 광경을 눈으로 본 수행 중인 한 스님은 보석이 나오는 곳을 부처님의 이마로 생각하고 마애불상을 만들었다. 말할 나위도 없이 여기서 얻은 보석들은 부처님의 자비를 전파하고 중생을 제도(濟度)하는 좋은 일에 사용되었다. 그런데 부처님 이마에서 보석이 나오는 것을 훔쳐본 어떤 도둑이 욕심을 이기지 못하여 일을 저질렀다. 그는 한꺼번에 많은 보석을 독차지하려고 불상의 부처님 이마를 쇠붙이로 파기 시작했으나 보석은 하나도 보이지 않았다. 그 이후부터 부처님 이마에서 보석은 사라졌다.

누구나 자신의 그림자를 본다

나에게 그림자는 조그만 깨달음의 계기가 된 적이 두 번 있는데, 하나는 어린 시절, 시골에서 살 때, 우물에 물 길러 가서 여러 번 들여다본 우물 속에 비친 내 그림자. 그 속에 소리도 질러 보는 등 일종의 놀이로서 들여다보곤 했던 우물 속 내 그림자를 보면서 나는 스스로 잘 모르는 사이에 내가 하나의 타자(他者)라는 사실을, 마치 물이 스며들 듯이 알게 되었다고나 할까. 사실 우물은 만상(萬象)이 비치는 지구의 눈동자였으니까. 또 한 번은, 단테의 표현대로 '반고비 나그네 길'에 젊은 사람들과 지리산 추성계곡으로 등산을 하고 민박을 한 일이 있다. 술을 한잔하고 늦게 잠자리에 들었으나 방 안에서 뭐가 계속 바스락거렸다. 일어나 불을 켜 보니, 누가 장수하늘소 한 마리를 비닐봉지에 넣어 묶어 놓아 그놈이 숨 가쁘게 부스럭거리는 것이었다. 그걸 들고 나가, 집 뒤 산길에 풀어 주었다. 칠흑 같은 밤, 밖에 켜 놓은 등의 불빛에, 길 내느라고 자른 비스듬한 흙벽에 나의 거대한 그림자가 찍혀 있는 것을 본 순간, 나는 깜짝 놀라면서 동시에 그 그림자의 향기에 어지럽게 취했다. 왜냐하면 '나'는 흙벽에 찍힌 '그림자 화석'이었기 때문이다_{(정현종, "그림자의 향기" 동아일보, 2006. 12. 16).}

뜻밖의 순간에 자신의 그림자를 본다는 건 섬뜩하고 무서운 일이다. 독서나 대화를 하고, 강연을 듣는 중에 혹은 골똘한 생각에 빠진 순간에도 우리는 종종 자신의 그림자를 본다. 자아인식, 깨달음의 순간이기도 하다.

법정 스님

우레와 같은 침묵으로 돌아간 법정 스님은 입적하는 마지막 순간까지 무소유의 삶을 실천했다. "수의도, 관도 마련하지 말고 평소 승복 그대로 다비하라"고 했다. 자신이 쓴 책도 더 이상 출판되길 원하지 않았다. 올곧은 수행자로, 영혼을 깨우는 문장가로 수많은 사람에게 삶의 가르침을 준 스님은 그렇게 다 버리고 떠났다. 자연으로 돌아간 것이다.

"모든 분들에게 감사드린다. 이제 시간과 공간을 버려야겠다. 이 세상에서 저지른 허물은 생사를 넘어 참회할 것이다. 내 것이라고 하는 것이 남아 있다면 모두 맑고 향기로운 사회를 구현하는 데 사용해 달라. 머리맡에 남아 있는 책은 내게 신문을 배달하던 사람에게 전해 달라." 평생 무소유의 삶을 살고 아름다운 마무리를 강조한 법정 스님이 마지막으로 남긴 말이다. 스님은 2010년 3월 11일 오후 1시 52

분쯤 서울 성북동 길상사에서 입적했다. 법랍 55세, 세수 78세.

1932년 전남 해남에서 태어난 스님은 1954년 당대의 선승 효봉 스님을 은사로 출가해 송광사, 쌍계사, 해인사 등에서 수행했고, 1975년부터 17년간 송광사 뒷산 불일암에서 홀로 살았다. 스님의 명성이 높아져 찾아오는 사람이 많아지자 1992년 다시 출가하는 마음으로 강원도 화전민이 살던 산골 오두막으로 옮겼다. 스님은 자신이 창건한 길상사의 회주를 한동안 맡았을 뿐, 그 흔한 사찰 주지 한 번 지내지 않았다. 나답게, 단순하게 사는 길을 찾아, 버리고 또 버리며 살아온 삶이었다.

스님에게 삶과 죽음이 따로 있는 것이 아니었다. 그저 우주 질서의 한 부분이었다. 류시화 시인이 스님에게 죽음에 대해 물었을 때 스님은, "우레와 같은 침묵으로 돌아가는 일이다"라고 대답했다.

"절대로 다비식 같은 것을 하지 말라. 이 몸뚱이 하나를 처리하기 위해 소중한 나무들을 베지 말라. 내가 죽으면 강원도 오두막 앞에 내가 늘 좌선하던 커다란 너럭바위가 있으니 남아 있는 땔감을 가져다가 그 위에 얹어 놓고 화장해라. 수의는 절대 만들지 말고, 내가 입던 옷을 입혀서 태워라. 그리고 타고 남은 재는 봄마다 나에게 아름다운 꽃 공양을 바치던 오두막 뜰의 철쭉나무 아래 뿌려라. 그것이 내가 꽃에게 보답하는 길이다. 어떤 거창한 의식도 하지 말고, 세상에 떠들썩하게 알리지 말라."

3월 12일 정오, 어른 몸 너비 정도의 대나무 평상 위에 가사로 덮인 법정 스님의 법구는 스님의 출가 본사인 순천 송광사로 옮겨졌다. "아무것도 갖지 않을 때, 온 세상을 다 가질 수 있다"라고 말했던 스님은 입적하는 길에도 관 없이 무소유의 정신을 보여 주었다. 다비식은 13일 오전 11시 송광사에서 거행되었다.

스님은, 『내가 사랑한 책들』, 『아름다운 마무리』, 『사람은 모두를 모두는 한 사람을』, 『일기일회』 등 30종의 책을 썼다. 그러나 속세의 모든 것을 버리고 떠난 스님에게 책은 말빚일 뿐이었다. 그래서 "그 동안 풀어놓은 말빚을 다음 생으로 가져가지 않겠다. 내 이름으로 출판한 모든 출판물을 더 이상 출간하지 말라"는 유언을 따로 했다.

무소유. 그것은 법정 스님만의 독특하고 창의적인 철학은 아니다. 그건 자연으로 돌아가기와 자연을 섬기기, 자연스럽게 살기와 자연과 공생하기와 다름이 없다. 다만 그것의 실천이 어려울 뿐이다.

도법 스님

도법 스님은 2004년 3월 1일 실상사 주지 자리를 내려놓고 지리산 노고단에서 탁발순례를 시작했으니 벌써 3년 반이다. 그간의 순례길이 2만 5천 리, 1만 킬로미터. 이제 강원도 일부와 서울 경기 지역만 남았지만 언제 끝날지 모른다. 생명과 평화를 위한 탁발 순례에 나선 도법 스님은 이렇게 말한다.

"걷는 것은 자기 사신과의 만남입니다. 자신의 생명의 평화를 완성하기 위한 행위지요. 걷는 것은 곧 자기성찰의 시간을 갖는 것입니다. 내면의 소리를 듣고, 내면의 소리에 충실한 삶을 살고, 그 결과 내 삶에 생명과 평화를 흘러넘치게 합니다."

걷기가 사유의 수단이라면 그 종착지는 어디인가. 왜 섭씨 30도가 넘는 땡볕 속에서 끝도 보이지 않는 길을 걸어야 하는가. 스님은 인간의 가장 본능적인 행위인 걸음걸이를 통해 형이상학적이고 추상적인 관념의 세계를 끌어내리고, 그 자리에 사람, 흙, 돌과 땀을 채워 넣었다. 순례를 통해 몇 사람을 만난다고 해서 온 세상에 평화와 생명이 충만해질까. 스님의 목소리는 작지만 분명하다. "세상은 그물과 그물코처럼 상호의존적으로 얽혀 있습니다. 나와 너, 개인과 전체, 인간과 자연, 정신과 육체가 분리해 존재하는 것이 아닙니다. 생명 평화가 내 삶이 되면 사회를 변화시키고, 사회가 변하면 개인의 변화를 이끌게 됩니다. 개개인의 주체적 각성이 필요합니다. 나는 행복한가. 행복하다고 생각하면 그대로 살면 됩니다. 그렇지 않다면 자신과의 대면이 필요합니다. 어디에서 무엇을 하든 나의 삶에 만족하고 보람을 느끼면 그것이 생명과 평화의 삶입니다. 다만 이기적 욕망의 충족에 의한 쾌락과 삶의 만족은 다릅니다. 스스로에게 만족하는 삶은 다른 사람에게 피해를 주지 않습니다."(윤영찬 yyc11@donga.com, "이 염천에 왜 걷느냐고? 길 나서야 나를 만나지" 동아일보, 2007. 8. 23)

스스로 만족을 알고 행복하다고 생각하며, 다른 사람을 이해하고 존중하는 것은 자유를 알고 향유하며 실천하는 것과 같다.

김밥할머니

김밥할머니 고 이복순(법명 정심화) 여사의 이야기가 초등학교 교과서에 실렸다. 김밥을 팔면서 힘들게 번 돈으로 어려운 학생들에게 희망을 전하고 싶었던 그의 나눔 정신이 교과서에 실려 아이들에게 전해진다. 초등학교 4학년 1학기 국어교과서(미래앤컬처그룹 발행) "아름다운 사람들"에 소개된 이 할머니는 듣기와 말하기의 과제로 언급돼 아이들에게 본받을 만한 분으로 기억에 남게 된다.

이복순 할머니는 1914년 충남 홍성군 광천읍에서 태어났다. 넉넉한 살림은 아니지만 남편과 외아들을 두고 남부럽지 않게 살았다. 그러나 39세 때, 남편과 사별하고 혼자가 되는 시련이 찾아왔다. 졸지에 가장이 된 그는 그 후 30년 동안 행상을 하거나 여관을 운영하며 재산을 모았다. 그는 가족을 살리겠다는 일념으로 운동회나 행사가 열리는 곳을 찾아가 김밥과 음료수를 팔기도 했다. 할머니의 외아들 임채훈 씨는, "초등학교 시절, 운동회가 열리면 김밥을 머리에 이고 와 팔던 어머니의 모습이 생생하다. 이런 사연이 알려지면서 김밥할머니라는 별명이 생긴 것 같다"라고 말했다.

1990년, 충남대 오덕균 총장과 안병기 기획실장에게 김밥할머니의 장학기금 기증 의사가 전해졌다. 기증 의사를 밝힌 부동산은 그때 시가로 50억 원에 달했다. 당시 개인이, 거액의 부동산을 지방대학에 기증하는 것은 초유의 일이었다. 이 할머니의 법명을 따 이름을 붙인 '정심화 장학재단' 창립총회는 이듬해인 1991년 1월 서울에서 열렸으며, 정부는 이 여사의 기부 정신을 기리고자 국민훈장목련장을 수여했다.

'정심화 장학재단'은 1992년부터 지금까지 232명에게 4억 7천7백만 원의 장학금을 전달했다. 또 할머니의 뜻을 기리기 위해 1992년 8월 정심화국제문화회관의 기공식도 가졌다. 2000년에 완공된 이 회관은 한때 국고지원을 받는 등 우여곡절이 많았지만 기부문화의 상징이자 대전시민들의 자랑거리로 꼽힌다(Weekly 공감, No.52. 2010. 3. 17).

김밥할머니가 사는 대한민국은 그래서 살 만한 나라이고 그래서 길이 보존해야 한다. 그것은 자유와 정의, 평등과 평화를 누릴 수 있는 길이다.

대화, 또 다른 만남

"대화는 인간과 동물, 문명인과 야만인을 구분하는 기준"이라고 영국 철학자 마이클 오크쇼트는 말하지만 대화는 만남, 특히 사람과 사람의 만남을 전제로 한다. 대화의 기본은 혼자서 떠드는 것이 아니라 상대방의 말을 귀담아 듣는 것이다. 서양 역사에서 대화가 꽃을 피웠던 시기는 17~18세기이다. 문화적인 대화가 오갔던 프랑스 살롱과, 정치를 논했던 영국의 커피하우스와 클럽은 대화를 풍성하게 만든 장소이다. 대화의 단절이 시작된 것은 19세기에 인쇄문화가 부흥기에 접어들면서이다. 아이러니하게도 인쇄기술은 지식의 보편화로 대화를 풍성하게 만들기도 했지만, 책을 읽는 동안은 침묵을 지켜 대화를 단절시키는 양면성을 지니고 있다. 전자는 두 사람 사이의 대화이고, 후자는 독자와 저자와의 대화이다.

대화는 독창적 아이디어의 호혜적 교환과 정서의 고양이 있어야 한다는 점에서 잡담과 구별되고, 특정한 목적을 지니지 않으며 그 자체가 목적이라는 점에서 토크(talk)와 달라야 한다. 대화에 참여한 사람은 평등해야 하고, 무엇보다 경청하는 기술을 지녀야 한다. 정중함과 재치도 빼놓아서는 안 된다. 대화에 필요한 재치는 영혼의 흥겨움을 가져오는 선의의 놀림이지 결코 상대를 깔아뭉개는 것이 아니다(스티븐 밀러, 진성록 역. 소크라테스가 에미넴에게 말을 걸다. 대화의 역사. 서울: 부글, 2006).

만남은 힘이다

제2차 세계대전 당시, 갓난아기들을 수용한 독일의 보육원에서 원아들이 집단 영양실조로 죽어 갔다는 얘기가 있다. 일부는 수유 거부 증세를 보이기도 했다. 그러나 유독 건강하게 자라는 아기가 있었다. 조사 결과, 보모가 40명의 아기를 돌보며 정해진 시간마다 젖병을 급유 틀에 꽂아 주었는데, 끝의 아기만은 보모가 의자에 앉아 쉬면서 품에 안고 젖병을 물렸다는 것이다. 죽은 아기들에게 부족했던 것은 영양이 아니라 신체접촉이었던 것이다.

1950년대 '붉은털원숭이'에게 두 '가짜 어미'를 만들어 준 해리 할로 미국 위스콘신대 교수의 실험도 유명하다. '우유병이 달려 있지만 철골로 만든 어미'와, '젖은 없지만 푹신한 천으로 만든 어미'를 줬더니 새끼원숭이들은 배고플 때만 젖을 빨고 나머지 시간은 '천 어미'에게 매달려 놀았다. 이 실험으로 아이들은 엄격하게 키워야 한다는 생각은 퇴조하고, 애정과 신체접촉이 중요하다는 육아론이 힘을 얻었다.

호주에서 시작된 '자유롭게 껴안기(free hugs)' 캠페인이 한국에 상륙했다. 인터넷 동영상에는 공공장소에서의 포옹을 만류하던 경찰이 취지 설명을 듣고 함께 안기는 장면도 있다. 캐서린 키팅은 저서 『포옹의 힘』에서 "포옹하면 긴장이 풀리고, 불면증 해소에 도움이 되며, 어깨와 팔 근육이 좋아지고, 환경친화적으로 되며, 단열효과가 높고, 휴대용이라 특별히 도구가 필요 없다"라고 너스레를 떨었다(허승호 ugera@donga.com, 동아일보, 2006. 10. 26).

머리나 얼굴 쓰다듬기, 손잡고 걷기, 손 잡아주기, 등 토닥이기, 눈 맞추기, 뽀뽀하기 등 신체접촉과 사랑의 표현은 만남에서 비롯된다. 이는 남녀노소와 동서양을 불문하고 만남이 얼마나 소중하고 힘이 있는지를 대변하고 있다.

인간관계는 우수한 자산이다.

지난해 2월, 임승남 반도건설 회장이 사표를 내자 그의 재기 여부가 건설업계의 관심사가 되었다. 직업이 CEO라는 별명이 있을 만큼 CEO로 장수하면서 출중한 능력을 보였지만 68세의 나이가 재기에 걸림돌이 될 것이라는 의견이 우세했다. 이를 비웃듯 임 회장은 4개월 만에 C&그룹 자회사인 C&우방 회장으로 복귀했다. 롯데건설, 우림건설, 반도건설에 이어 네 번째로 건설회사의 CEO가 된 것이다.

"인간관계에서 가장 중요한 것은 상호신뢰"라고 강조하는 임 회장이 꾸준히 참석하는 친목 모임은 15개 정도이다. 아무리 친하더라도 친구에게 부담을 주어서는 안 된다는 말도 덧붙였다. 2003년 법원에서 유죄가 선고되어 40년 3개월간 몸담았던 롯데그룹을 떠나게 되었지만 그는 아무에게도 민원(民怨)을 하지 않았다. 그 대신 그는 친구들의 우정을 확인할 수 있었다. "많은 친구가 용기를 주고 앞으로의 진로에 대하여 조언을 해 주었다"라고 그는 말했다. 백년회(대학 동문 모임), 30년 친구, 건설업계 CEO, 신록회(폭탄주 모임), 부안 임씨 종친회, 사월회(4·19 정신 계승 모임)는 그가 참석하는 중요 모임이다(황진영 buddy@donga.com, 동아일보, 2007. 1. 9).

변화와 발전의 기틀, 그리고 가치 있는 주요 자원을 꼽으라면 아마도 인적 자산(human capital)과 재정 자산(financial capital) 두 가지를 말할 것이다. 둘 가운데 전자에게 더 높은 가치를 부여한다는 점에서 인간관계는 우수한 자산이다. 결국 사람을 사람이 되도록 끌고 가는 주체도 사람이고, 어떤 조직을 불문하고 그것을 실질적으로 변화, 발전시키는 주체도 사람이며, 국가 경영의 주체 역시 마찬가지이다. 시스템이 없고, 법이 마련되지 않았다고 탓하는 것도 따지고 보면 인적 자산에 대한 타박과 원망이며, 하소연과 질책이다. 인재양성, 인사는 만사, 인간성 회복 운동, 재건국민운동, 친구를 만들지 못할망정 적을 만들지 말라, 죽마고우 등은 한결같이 인간관계는 우수한 자산임을 대변한다.

감사패 유감

감사패란 글자 그대로 고마움의 뜻을 알리기 위하여 그림이나 글씨를 그리거나 새긴 작은 나뭇조각이다. 참으로 갸륵하고 아름다운 징표이다. 감사패가 등장하기 이전에 감사장이 있었고 그것은 나뭇조각이 아니라 종잇조각이었다. 그랬던 거기에 말도 되지 않는 권위주의와 명예욕이 덧칠을 하여 결과적으로 나뭇조각이나 플라스틱조각이 종잇조각을 압도한 꼴이 되었고, 그것은 제작비용의 상승을 초래함과 동시에 비치와 보관 및 공간문제를 야기하여 하나의 공해로 낙인찍혔다.

감사패

이사   김 용 성
(재임기간 2002. 3. 16~2010. 4. 18)

귀하께서는 학교법인 ○○학원 이사로 재임하시는 동안 법인과 ○○○고등학교의 발전을 위해 헌신적으로 협조해 주셔서 명문사학으로 성장하는 데 크게 기여하셨으므로 이에 감사의 마음을 모아 이 패를 드립니다.

2010. 4. 18.

학교법인 ○○학원
이사장 ○○○

전술한 내용을 담은 필자가 받은 ○○학원의 감사패는 순도 99.9%
의 금가루로 만든 Gold Card를 투명한 플라스틱판에 넣고, 이를 책표
지처럼 열고 닫을 수 있는 나무상자에 담은 모습이다. 첫눈에 고급스
럽다는 느낌을 준다. 감사의 글도 이만하면 탓할 바가 없다. 그러나
이 글을 쓰는 까닭은 감사패를 받던 이 순간의 분위기와 사람들의 행
태를 고스란히 묘사함으로써 사람과 인간관계의 소중함을 일깨우기
위함이다.

이번 임시이사회에서 감사패 전달이 있다는 통보를 받고 필자는
조찬 형식의 회의에 참석했다. 테이블에 이미 감사패가 놓여 있었다.
식사와 함께 회의는 진행되었고, 건강이 좋지 않다는 이사장이 회의
에 참석함으로써 분위기는 좋은 편이었다. 회의와 아침 식사도 끝났
고, 이젠 폐회 선언만 남았다. 이 순간까지 이사장이나 이사로 참석한
교장 모두 감사패에 관한 이야기는 한마디도 없었다. 필자는 너무나
어이가 없고 기가 막혔으나 짐짓 점잖게, "감사패가 이렇습니다. 한
번 보십시오"라고 말하며 동석한 이사들에게 내보였다. 이때 비로소
교장은, "감사패는 이래 보여도 금가루를 써서 만든 것입니다"라며
가볍게 웃었고, 다른 참석자들도 따라 웃었다. 그것이 끝이었다. 그간
수고했다, 여러 가지로 감사했다, 고맙다 등 겉치레의 말조차 감사패
에 담긴 말들로 모두 대치된 꼴이 되었고, 이사장도 그 누구도 감사
패에 관하여 한마디 말이 없었다. 회의에 동석한 이사들은 감사패를
받은 두 사람에게 흔해빠진 악수조차 청하지 않았다.

우리나라 학교법인의 이사는 일반적으로 사회의 저명인사에 속한
다고 하여 과언이 아니다. ○○학원도 예외는 아니어서 그 이사진은
교수, 변호사, 건축가, 스포츠 전문인, 교장 등으로 구성되었다. 한마

디로 전문직으로 구성된 이사진이다. 또 그들이 모인 이사회에서 학원의 이사장이 감사패를 전달한다고 통보한 마당이다. 속마음이야 어떻든 감사패 전달은 아주 간단하다. 복잡할 이유가 있을 수 없다. 그럼에도 불구하고 감사패를 읽고, 악수를 하면서 건네는 간단한 수고마저 생략한 채, "감사패는 여기 있으니, 가지고 가시오"라고 말하듯이 당사자의 테이블 위에 미리 감사패를 올려놓는 것으로 감사패의 전달은 시작과 끝이 없었다.

한 학교법인의 사유와 행태가 이렇고, 이사장이나 이사진의 마음 씀씀이가 이러했다. 사람을 가르치고, 사회를 훈육하며, 국가의 진로를 자문하고 기여함을 자부하는 한 학교법인과 그 구성원들이 빚은 80분간의 단막극은 이렇게 막을 내렸다.

찰스 다윈

다윈(Charles Darwin)은 진화론을 발표한 뒤에도 생물학과 의학의 중심에 자리를 잡고 있을 뿐만 아니라 계속 깊은 논쟁을 야기하고 있다. 비록 그가 누구인지 대다수 사람들은 잘 알지 못하지만 과학의 진화과정을 이해하는 방식과, 학교에서 그 과정을 가르쳐야 할지 여부에 내한 사회의 판단을 논의할 때 그에게 영예와 비난이 동시에 쏟아진다.

다윈은 코페르니쿠스가 시작한 혁명을 이어받아 인류에게 우리가 우주의 중심에 있지 않다는 사실을 일깨워 주었다는 측면에서 그와 비견되는 인물이다. 다윈은 그 인식을 우주론에서 생물학으로 확장했다.

다윈의 진화론이 문제 삼는 것은 신의 존재가 아니라 인간이 거룩하다는 생각이다. 여기서 기독교, 유대교, 이슬람교 및 이 행성에 있는 대다수 종교와 충돌한다.

진화의 주된 메커니즘으로서의 '자연 선택' 개념은 과학사에서 가장 흥분을 자아낸다. 다윈이 이 생각을 처음 떠올렸을 때부터 『종의 기원』이 출간되기까지 21년이라는 세월이 흘렀다. '자연 선택'은 지구의 생물들, 그들의 능력, 역사, 토착성, 상호관계가 모두 신이 미리 정한 어떤 계획을 나타낸다는 개념과 반대되는 심오한 우연성을 구현한다. 따라서 기독교의 정치 강령에 따르는 창조론의 전도자들이 그것에 질색하고 경계심을 갖는 것은 당연하다.

다윈이 '자연 선택'이라는 이름을 붙이고 진화적 변화의 주된 메커니즘이라고 파악한 개념은 많은 사람들에게 너무 거칠고 위협적으로 느껴졌다. 다윈의 견해 이후에도 생물학적 증거들을 통해 재확인한 바에 따르면, '자연 선택'은 목적은 없지만 효과가 좋은 과정이라고 말한다. 냉정하고 미래를 내다보지 못하며 목표도 없고, 결과만을 중시한다. '자연 선택'의 평가 기준은 오로지 생존과 번식에 성공했느냐 여부이다. 그것은 산발적인 변이를 추리고 늘려서 실용적인 형태의 질서를 만든다. 그리고 과잉 다산성과 치명적인 경쟁을 추진력으로 삼는다. 그것의 산물과 부산물은 적응, 복잡성, 다양성이다. 다윈은 "자연의 모든 것은 정해진 법칙의 결과이다"라는 냉정한 결론을 내렸다.

다윈은 많은 책을 쓴 은둔한 생물학자이며 급진적인 사상을 전파하는 부담을 스스로 떠안은 신중하고 수줍은 사람이었다. 그는 비둘기 사육가, 따개비의 친구, 자식을 끔찍이 아낀 아빠, 가정적인 사람, 당구광, 불가지론자, 딱정벌레 채집가, 병약한 사람이자 예상을 할 수 없는 다양한 모습을 지닌 사람이었다. 대머리에 수염이 텁수룩한 수줍은 가장, 비둘기 사육자 겸 앵초 재배자, 웨스트민스터 대성당에 묻힌 지극히 비사교적인 영국인, 지폐에 인쇄될 만한 후덕한 얼굴을 지닌 이 사람은 우리에게 편안한 시골노인 같은 인상을 풍긴다.

다윈은 병명을 알 수 없는 나쁜 건강에 시달렸는데 구역질이 치밀어서 며칠이고 소파에서 꼼짝 못 하고 앉아 있기도 했다. 이를 치료하기 위해 '걸리'라는 의사에게 일종의 미신적인 '물치료'를 받기도 했다. 그의 병은 정신적 불안을 몸으로 드러내는 것이었다. 꼼꼼한 습관이 몸에 배어 결혼 당시부터 사망할 때까지 43년간 가계부를 썼다. 사촌이었던 엠마와 결혼하여 태어난 10명의 아이 중 3명이 죽고, 몇몇이 병약한 것은 근친혼 때문일지도 모른다고 내심 걱정했다. 수십 년간 장례식에 참석하지 않았고, '자연 선택'에 많은 도움을 준, 작은 생물 따개비의 연구에만 8년을 쏟았다.

앨빈 토플러와 학생들

그가 강연에서 귀에 못이 박히도록 강조한 것은 "지식이 가치를 창출하는 시대에서 가장 중요한 것은 창조적 상상력"이라는 말이었다. 세계적인 미래학자 앨빈 토플러 박사가 4일 오전 보성고교에서 500여 명의 한국 학생과 민난 것이다. 이날의 만남은 학생들의 흰호와 토플러 박사의 웃음이 끊이지 않는 화기애애한 분위기에서 진행되었다. 그는 "여러분은 지금보다 훨씬 빠른 속도로 급격히 변화할 미래를 살아가야 하는 만큼 평생 끊임없이 새로운 것을 배우겠다는 자세를 익혀야 한다"고 당부했다. 그는 "청소년에게 중요한 것은 지식 습득 그 자체보다 끊임없이 배우는 습관을 들이고, 새로운 아이디어를 창조하는 힘을 기르는 것"이라고 강조했다. "새로운 변화를 추구하지 않고 현재에 안주하는 기업은 결국 죽을 수밖에 없다. 새로운 제품이나 서비스를 창출하기 위하여 기업들이 강력하고 혁신적인 아이디어를 가진 인재들을 갈구하고 있는 만큼 여러분도 그런 사람이 되기 바란다"라고 덧붙였다.

미래사회에서 유망한 직업과 학과를 추천해 달라는 학생의 질문에 "오늘 있던 직업이 내일 사라질 수도 있을 만큼 변화가 빠른 것이 미래사회이다. 확실한 것은 근육(몸)을 쓰는 일보다 뇌(머리)를 쓰는 일을 해야 한다"고 말했다. "미래에는 평생 직업의 개념이 사라져 끊임없이 새로운 기술을 배우고, 새로운 직업에 도전해야 한다. 자신이 원하는 것과 직업을 하나로 단정하지 말고, 늘 10년, 20년 뒤의 미래를 생각하면서 상상력을 키우고 사람들과 교류하라"라고 조언했다.

그는 "새로운 시대가 원하는 것은 새로운 아이디어지만 그렇다고 모든 사람이 여러분의 혁신적인 아이디어를 환영할 것이라고 생각하지는 말라. 대부분의 사람이 여러 이유를 들어 변화에 반대하고 두려워하겠지만 이를 관철하고, 성공으로 이끌 수 있는 의지를 갖는 것도 상상력만큼 중요하다"라고 말했다.

자신이 존경하는 두 작가로 존 스타인벡(John Steinback)과 잭 런던(Jack London)을 꼽은 토플러 박사는, "스타인벡은 『분노의 포도』를 쓰기 위해 실제 포도 농장에서 일했고, 잭 런던은 선원 경험을 바탕으로 바다에 관한 소설을 썼다. 나도 소재를 직접 경험하고 사회문제를 훌륭하게 다루는 작가가 되기 위해 다른 보통의 미국인들처럼 공장에서 일했다. 이는 훗날 미래학에 관한 책을 쓰는 데도 많은 도움이 되었다"라고 소개했다. 강연이 끝난 후 한 학생은 "쉬운 예를 들어 가면서 어려운 미래학 개념을 설명해 줘서 좋았다. 교과서에서만 만났던 분을 직접 보게 되어 정말 기뻤다"라고 말했다_{임우선 imsun@donga.com, "급격히 변화하는 미래, 창}조적 상상력이 살 길" 동아일보, 2007. 6. 5). 이처럼 사람과 사람의 만남은 소중하고 그 의미는 깊다. 만남의 대상이 훌륭한 사람일수록 만남의 성과는 기대 이상이라고 단정해도 좋다.

이 사람이 저 사람을 만나고, 한 사람이 또 다른 사람을 만나는 식으로 우리는 평생을 두고 사람을 만난다. 그렇게 만나는 사람마다 느낌이 다르고, 깊이가 다르다. 사람은 꽃보다 아름다우니 그 만남이 소중하고 아름답지 않을 수 없다.

전문가들의 만남

달마를 그리다 달마를 닮아 버린, 낮게 깊이 흐르는 큰 강, 홍어에 반하고 꽹과리에 미친 한국인 아닌 한국인, 불교화가 브라이언 베리와 디자이너 심인보("디자이너 심인보" 동아일보, 2007. 5. 19).

일어나세요, 선생님. 봄날의 '인연' 5월 햇살로 꽃피워야죠. 5월처럼 정답고 따뜻한 30년 인연, 피천득과 수녀 이해인("이해인 수녀" 동아일보, 2007. 5. 26).

보고 있어도 보고 싶은, 순수한 서민들의 뚝배기, 탤런트 손현주와 홍창진 신부("신부 홍창진" 동아일보, 2007. 6. 2).

사람을 알처럼 품는, 그의 한옥은 그대로 자연이 된다는 대목수 신영훈 한옥문화원장과 사진작가 윤광준("사진작가 윤광준" 동아일보, 2007. 6. 16).

'섬 소년의 바다'를 품고 사는가… 도무지 도전의 끝이 없다. 작은 의자, 이제는 작은 거인, 프로골퍼 최경주와 화가 지석철("화가 지석철" 동아일보, 2007. 6. 23).

그녀의 해금이 춤을 추면, 한의 소리는 희망을 노래한다. 크로스오버 국악인 강은일과 서울역사박물관장 김우림("김우림 서울역사박물관장" 동아일보, 2007. 6. 30).

'그때 거기' 빠르게 사라진 것들, 영원의 풍경이 되어 빈 가슴 채우고… 내 청춘을 사로잡은 흑백 사진 한 장. 사진작가 강운구와 소설가 조경란("소설가 조경란" 동아일보, 2007. 7. 21).

이들의 만남은 사회가 인정하는 서로 다른 한 분야의 전문가들의 만남이라는 점에서 이채롭다. 전문가와 전문가의 만남은 더없이 소중하고 아름답지 않을까!

어둠이 깊을수록 별은 빛난다.

그저 사람 냄새 물씬한 이야기보따리가 그리웠다. 어설픈 이념논쟁으로 인격을 통째로 부정하는 딱지 붙이기가 횡행하고, 서로의 가슴을 후벼 파는 독설의 돌팔매질이 난무하는 이 시대에 여전히 사람이 등불이고 샘물일 수 있음을 일깨워 줄 수 있는 그런 이야기. 우리가 살아가는 이 세상이 여전히 사람 때문에 달뜨고, 눈물겹고, 아름다울 수 있다는 것을 확인하고 싶었다.

어둠이 깊을수록 별은 더욱 찬란하지 않던가. 시인 윤동주가 아니더라도 젊은 시절, 밤하늘의 별을 헤는 마음으로 누군가를 동경한 사람이 왜 없으랴. 오랜 세월의 풀무질을 거치며 삶의 고단함을 달래 주는 진통제가 되고, 영혼의 고독을 지켜 주는 울타리가 되고, 인생의 항로를 찾아 주는 나침반이 되는 그런 사람을 갖는다는 것은 축복이다. 2006년 10월의 마지막 토요일부터 1년여에 걸쳐 매주 토요일자

<동아일보>에 연재된 '내 마음속의 별'은 사람과 사람의 만남이 곧 축복이라는 믿음에서 움튼 것이다. 사람이 사람을 그리워하고, 좋아하고, 아끼는 그런 정(情)의 문화를 통하여, 갈수록 살벌해지는 우리 사회의 멍든 마음을 치유해 보자는…. 또 하나, 20세기 대중문화의 산물로서 스타덤 문화와 팬덤 문화에 이제 연륜에 걸맞은 깊이를 부여하자는 것이다. 청바지와 통기타로 상징되던 대중문화를 향유하던 세대가 사회의 지도층이 되었는데도 여전히 대중문화를 하위문화로 인식하는 데는 이를 10대의 전유물로 바라보는 고정관념이 작용한다. 대중문화의 주체를 10대로 못 박아 놓은 채 그 미숙성을 손가락질하는 것이야말로 허위의식이 아닐 수 없다.

조용필 노래의 미학적 가치와 사회적 의미를 분석한 송호근 교수, 황선홍 축구 인생의 미완성의 미학을 읽은 작가 김별아, 영화배우 이영애의 아름다움을 당당히 선언한 임동혁 피아니스트, 가수 심수봉 뽕짝의 생명력을 찬미한 정세진 뉴스 앵커, 가야금 연주자 황병기를 흠모한 첼리스트 장한나, 목판화가 이철수의 작품 세계에서 인간적 향취를 읽은 만화가 이두호, 소설가 강석경의 작품에서 자신의 영혼의 무늬를 찾은 카피라이터 최인아 등에서 우리 대중문화의 높은 수준과 크로스오버 현상을 확인할 수 있다.

옛사람들은 이렇게 말한다. "천지간에 고운 것이 사람이고, 사람 중에 고운 것이 말이고, 말 중에 고운 것은 글이며, 글 중에 고운 것은 시이다"라고. 사람은 꽃보다 아름다울 뿐 아니라 밤하늘의 별보다 곱다. 그런 사람이 가진 것 중에서 가장 고운 것은 시문(詩文)이라는 뜻이다(권재현 confetti@donga.com, 동아일보, 2007. 12. 26).

예술인의 고귀한 만남

원로 배우 82세 신영균이 한국 영화계를 위해 5백억 원 상당의 사재를 쾌척했다. 그는 자신이 소유한 서울 중구 초동의 명보극장과 제주의 신영영화박물관을 문화예술계의 공유재산으로 기부한다. 그는 비공개로 호주머니를 털어서 생계가 어려운 영화인을 돕는 보기 드문 훌륭한 인품의 소유자이다. 그는 1960년 조긍하 감독의 <과부>로 데뷔했다. 1960년대의 한국 영화계를 이끌었으며 30여 편의 영화에 출연하는 동안 대종상영화제에서 3차례 남우주연상을 받았고 한국영화인협회 이사장, 한국예술문화단체총연합회 회장을 역임했다. 2010년 10월 그는 아름다운 기부를 스스로 실천한 것이다.

"나이가 들면 자신의 얼굴에 책임을 져야 한다"라는 링컨의 말에 꼭 맞는 이가 있다. 강효 줄리아드음악원 교수가 바로 그분이다. 나는 개인적으로 그분을 따로 뵙거나 직접 대화한 적이 없다. 음악회에서 먼발치로 보았거나 연주회장 로비에서 우연히 맞닥뜨린 게 전부이다. 숫기가 없어서 그냥 아무 말도 못 하고 가볍게 목례만 한 게 직접적인 인연의 전부이다. 그러나 생면부지의 나에게 활짝 핀 미소로 답례하던 그분을 지금도 잊을 수가 없다. 그의 미소는 그가 쌓아 온 어떤 음악적 성취보다 나에겐 큰 의미와 가치로 여운을 남겼다. 어떻게 살면 저이처럼 아름다운 미소를 담뿍 머금고 살 수 있을까? 사람은 누구나 닮고 싶은 사람이 있다. 나도 모르게 그분은 내가 닮고 싶은 모델로 자리 잡았다.

연초에 『나이 듦의 즐거움』이란 산문집을 내면서 그분에 대한 꼭지를 담았더니 많은 사람이 그분에 대한 짧은 소개에도 불구하고 마음에 끌린다는 이메일을 보냈다. 그분은 1964년 한국에 공연차 왔던 세계적 바이올리니스트 벌 세놉스키에게 오디션을 받았는데 세놉스키는 그 자리에서 그를 미국에 데려가겠다고 했고, 재능이 뛰어난 제자의 향수병을 달래 주며 스스로 음악에 몰입할 수 있도록 배려했다. 그분이 삶과 사람에 대하여 너그러움과 따뜻함을 갖게 된 것은 그의 천성과 이런 인연들이 쌓이고 익어서 생긴 것이라고 생각된다. 줄리아드대학원을 마친 청년 강효는 1976년 줄리아드에서 강의를 하게 된다.

자신이 뛰어난 바이올리니스트이기도 하지만 그의 진가는 교육에서 빛났다. 수많은 그의 제자 가운데 장영주, 길 샤함, 김지연, 용재 오닐 등 유명인들이 있다. 그의 교수법은 배우는 이로 하여금 평생 그와의 만남 자체를 인생의 고마움으로 간직하게 한다는 점에서 눈여겨볼 필요가 있다. 그의 일상을 담은 다큐멘터리 필름이 있다. 제자를 맞는 건 수줍은 듯 따뜻한 그의 미소이다. 흔히 가르치는 사람은 학생의 모자람에 눈길이 가고, 훈계하고, 야단친다. 그러나 강효 교수는 제자들의 장점을 먼저 꺼내고, 칭찬하고, 격려함으로써 스스로의 능력에 자신을 갖게 하고, 자연스럽게 미흡한 점까지 제 눈으로 찾아서 극복하게 만드는 것으로 유명하다. 이처럼 그의 연주 능력과 교수법은 뛰어나지만 내가 그분을 삶의 본으로 삼으려는 가장 매력적인 부분은 그의 따뜻한 휴머니즘이다. 바이올리니스트 김지연 씨가 전하는 일화가 있다.

당시 경제적으로 어려웠던 그가 강효 교수에게 교습비를 전한 다음 날, 강 교수가 그를 불러서 그의 아버지께 '감사카드'를 썼으니 전하라고 하여 아버지께 전했는데, 거기에는 교습비와 함께 이런 글이 담겨 있었다고 한다.

지연이 같은 재능 있는 아이를 가르치게 해 주셔서 감사합니다. 지연이가 크게 성공하면 그때 아버님과 술 한잔 함께하면 어떨까요?

이런 분에게서 배운 사람들은 단순한 예술가가 아니라 그의 예술을 통해 사람과 세상에 대한 아름다움과 따뜻함을 그대로 전하고 나누는 전령이 될 것이다(김경집, "내 마음 속의 별" 동아일보, 2007. 2. 24). 스승과 제자의 만남이다. 선생과 연구자는 많지만 스승은 흔치 않다. 스승 예찬은 언제나 우리의 가슴을 파고든다.

파트너와의 인간적인 만남

일 때문에 만난 사람들과 인간적인 만남을 지속할 수 있다면 그는 매력이 넘치는 사람이거나 인맥 관리의 달인일 것이다. 하나로텔레콤 박병무 사장은 그런 능력을 가진 사람이다. 그가 말하는 인간관계 5계명은 만남으로 시작된다.

첫째, 만남을 즐겨라. 만남은 인생을 풍요롭게 한다.

둘째, 진실하게 대하라. 이 세상에 유일한 정답이 있다면 그것은 진실이다.

셋째, 형식과 격식에 얽매이지 말라. 누구를 만나든지 상대의 지위나 위치를 보지 않고 자연인으로 상대방을 보아야 한다.

넷째, 많이 들으라. 마음의 귀를 열고 상대의 말을 듣고 있으면 상대방은 어느새 나의 스승이 되어 삶의 해법까지 이야기한다.

다섯째, 공과 사를 구별하라. 개인적으로 친하다고 하여 공적인 부탁을 해서는 안 되고, 그런 부탁을 들어주어서도 아니 된다

(황진영 buddy@donga.com, 동아일보, 2007. 3. 6).

검사와 비행 소년의 만남

최근 현직 여검사가 탄광 지역 비행 소년을 선도하기 위해 이들과 함께 탄광 막장 체험을 하여 화제다. 춘천지방검찰청 영월지청에 근무하다가 지난 2월 서울 서부지검으로 자리를 옮긴 구태연 검사(35, 사시 42회). 구 검사는 서울로 부임하기 직전, 영월 지역의 선도 조건부 기소 유예 청소년 9명을 어떻게 선도해야 할지 고민에 휩싸였다. 그러던 끝에 관할구역이 폐광 지역임을 고려해 그들과 탄광 막장 체험을 하기로 결정했다. 이들 학생에게 자신들의 어버이이기도 한 광부들의 모습을 직접 보여 줌으로써 부모의 노고가 얼마나 큰지 이해시키려는 목적도 있었다.

구 검사는 영월 장성광업소에서 가장 깊다는 작업 장소에서 엘리베이터를 타고 1,000m의 수직 갱도를 내려갔다. 그 다음 채굴장으로 가기 위해 2.2km를 수평 이동했다. 갱도에 들어가기 전 시큰둥한 반응을 보였던 아이들은 1,000m 넘는 지하에서 묵묵히 일하는 광부들의 진지함과 엄숙함을 보고 느낀 다음부터 태도가 달라지기 시작했다. 구 검사는, "아이들이 엘리베이터를 타고 수직 갱도를 내려갈 때만 해도 집담을 하는 능 반성의 모습을 찾기 힘들었지만 일하는 광부들을 현장에서 맞닥뜨리자 뭔가 느끼는 듯한 인상이 역력했다. 절도, 폭행, 무면허 운전 등의 혐의로 초범이 된 아이들을 기소유예로 그냥 처리하면 재범 확률이 높다. 탄광 체험을 통해 아이들과 인생의 소중함과 신성함을 느낀 것이 가장 값지다"라고 말했다(이병관 comeon@sed.co.kr, 서울경제, 2007. 3. 6).

헬렌 켈러와 설리번

1887년 3월 3일, 앤 설리번(1866~1936)은 일곱 살 난 여자아이를 만났다. 보지도 듣지도 말하지도 못하며 제 뜻대로 안 되면 발작하듯 난리를 치는 아이. 설리번은 그 아이를 맡아 가르쳐야 할 터였다. 아이의 이름은 헬렌 켈러(1880~1968)였다.

20대의 젊은 선생님은 과격한 아이에게 가장 필요한 것은 '세상과 소통할 수 있다'는 믿음이라는 것을 곧 알았다. 선생님은 아이의 손바닥에 낱말의 철자를 써 주기 시작했다. 헬렌은 그 행위가 그냥 놀이인 줄 알았다. 선생님은 철자를 쓰고 또 썼다. 선생님의 끈기 있는 노력에 아이는 한 달 만에 '말과 사물의 관계'를 알게 된다. 선생님이 우물가의 시원한 물에 헬렌의 손을 담가 주고 손바닥에 'W－A－T－E－R'라고 썼을 때 헬렌은 그게 '시원한 무엇'을 가리키는 이름이며, 모든 사물에는 이름이 있다는 것을 깨달았다. 배움의 기쁨에 헬렌은 기뻐 날뛰었고, 그날 하루 30여 개의 단어를 배웠으며, 석 달 뒤엔 수백 개의 단어를 습득하고, 간단한 문장을 쓸 수 있었다. 이듬 해 봄, 설리번 선생님은 헬렌을 자신이 졸업한 맹인학교에 데려간다. 점자를 읽게 되었고, 입술을 만져서 무슨 말인지 알아듣는 기술도 배웠다. 총명한 헬렌은 무섭게 공부하여 19세에 하버드대학의 자매학교로 불리는 여자대학 래드클리프대학에 입학했고, 우수한 성적으로 졸업했다.

1935년, 설리번은 세상을 떠나기 전에 이런 얘기를 남겼다. "나는 외로웠고, 사랑받기를 원했다. 그때 헬렌이 내 삶으로 들어왔다. 그녀가 살도록 내 삶을 바쳤으니 감사할 일이다. 부디 내가 떠난 뒤에도 그녀가 나 없이 살도록 도와주시기를." 장애를 극복한 헬렌 켈러. 그러나 설리번 선생님이 아니었다면 그 기적은 일어나지 않았을 것이다. 오늘은 두 사람의 첫 만남이 이루어진 지 120년이 되는 해이다(김지영 kimjy@donga.com, 동아일보, 2007. 3. 3).

작가와 글과 독자

… 조각 글도 못 쓰는 날이 몇 주째 계속되었다. 어느 날 새벽, 결국 울음을 터뜨리고 말았다. 엉엉 우는 소리에 자다 깬 신랑은 차분히 이야기를 다 듣더니 최인호 선생을 찾아가 뵈라고 했다. 나는 다음 날 일찍 한남동으로 갔다.

선생님, 세상엔 지금 이 시간에도 정말 힘들고 버거운 일을 겪고 있는 사람이 많잖아요. 그런데 전 그까짓 글 좀 안 써진다고 울었습니다.

어렵게 말을 꺼낸 건 어린 것이 오만한 고민에 빠졌다고 역정을 내실까 봐 두려워서였다. 하지만 선생님은 가벼운 목소리로 대답하셨다.

나도 울어. 한번 울면 지금도 펑펑 울어. 마감은 코앞인데 죽어도 글이 안 써져. 나 때문에 신문 못 찍는다고 난리를 치는데 한 줄도 생각이 안 나 그럼 어떻게 해. 그냥 울어. 그리고 다시 써!

'길 없는 길'에는 '부처를 만나면 부처를 죽여라'라는 대목이 있다. 두려움을 만나면 두려움을 죽여야 한다. 울든, 발버둥을 치든 마주 보지 않으면 상대가 어디 서 있는지조차 알 수 없다. 넘어졌으면 다시 일어나야 하고 안 써지면 다시 써야 한다(장유정, "최인호" 동아일보, 2007. 8. 25). 이런 과정을 통하여 작가는 글을 쓰고, 그렇게 쓴 글은 독자와 만나며, 그 독자는 변화하고 성장한다.

CEO들의 성공비결

성공하려면 인연을 소중히 하라. 국내 기업 최고경영자 5명 중 1명 가량은 사람과의 인연을 소중히 여기는 습관 덕분에 오늘의 자리에 이르게 되었다고 생각하는 것으로 나타났다. 삼성경제연구소(SERI)는 경영자 대상 정보사이트 'SERI CEO' 회원 413명을 대상으로 오늘의 내가 있기까지 가장 힘이 된 습관을 사자성어로 물은 결과, 응답자 중 19.7%가 순망치한(脣亡齒寒)을 꼽았다고 26일 밝혔다. 입술이 없으면 이가 시리다. 즉 가까운 사이의 하나가 없으면 다른 한편도 온전하기 어렵다는 뜻이다. 응답자 중 16.1%는 어려운 처지에서도 새로운 지식을 흡수하며 견문을 넓히는 형설지공(螢雪之功)을, 14.6%는 전통에 안주하지 않고 날마다 새로움을 추구하는 일신우일신(日新又日新)을 각각 성공의 비결로 꼽았다.

이 밖에, 한 번 실패해도 포기하지 않고 끝까지 도전하는 와신상담(臥薪嘗膽), 훌륭한 인재를 등용하기 위해 최선을 다하는 삼고초려(三顧草廬), 높은 완성도를 위해 완벽함을 지향하는 격물치지(格物致知), 머뭇거리지 않고 과감히 결단하는 읍참마속(泣斬馬謖), 사전에 준비를 철저히 한 뒤 앞으로 나아가는 절차탁마(切磋琢磨), 한번 일을 시작하면 끝장을 내려는 무한추구(無限追求), 남보다 한발 빠른 것을 추구하는 선즉제인(先卽制人)을 꼽았다(김유영 abc@donga.com, "사자성어로 본 CEO들의 성공비결", 동아일보, 2007. 8. 27). 사자성어로 본 CEO들의 성공비결을 우리도 알 수 있다. 중요한 것은 사자성어에 내포된 큰 뜻을 줄기차게 실천하는 것이다.

만화가 고우영 화백

고우영(1938~2005)이 땅을 뜬 지 3년. 그의 만화를 잊지 못하는 이들이 그를 미술관으로 불러냈다. 2008 아르코미술관 기획전 <고우영: 네버 엔딩 스토리>(7월 11일~9월 12일, 서울 동숭동 아르코미술관 제1~2전시실)는 미술관에서 열리는 한국 만화가의 첫 회고전이자 헌정 전시회이다. 펜 하나를 무기 삼아 세상과 역사를 해학과 풍자로 뒤집어 온 작가의 50년 세월이 이제 빛을 받는다. 그의 끝없는 만화 이야기가 있다.

이번 전시의 책임자인 김형미 아르코미술관 큐레이터는, "고우영 작가의 절정기였던 1970, 80년대의 시대적 문맥, 현재 이뤄지고 있는 고우영 작품에 대한 젊은 작가들의 재해석, 한국 만화의 현 상황과 지향점 등에 대하여 깊게 살펴보고, 이들을 미술관이라는 공간에서 조형적으로 다채롭게 펼쳐 보이는 형식이 될 것"이라고 설명했다.

고우영의 삶과 일상을 실감나는 대사와 노래로 엮어 지인들의 눈물샘을 자극했던 "내가 생각나시거든"은 이렇게 흘러간다. "내가 생각나시거든, 옆에 한 자리 비워 두고, 빈 술잔 하나 꺼내, 짭짤한 술 가득 따라 보시게." 그는 책상 앞에 앉아 공상으로 그리는 만화가가 아니라, 땀 흘리며 체험으로 겪은 시대인식을 웃음으로 버무렸기에 보는 이들이 공감의 폭소를 터뜨릴 수 있었다고 고우영의 셋째 아들 성일(37, 뮤지컬 창작소 "불과 얼음" 대표) 씨는 말한다. 그는 낚시 모임의 골수이고, 골프 모임의 핵심이며, 여행 마니아였고, 스킨스쿠버, 암벽등반, 야구, 테니스, 사격 등 만능 스포츠맨이었다. 만화를 그리기 위한 체력단련이란 목적만큼이나 중요했던 다양한 경험을 쌓기 위한 노력이었다. 선생 자신이 남긴 글에서 그 맹렬한 과정을 엿볼 수 있다. "북

극의 참기름 같은 바닷물, 사하라 사막 위로 랜드 크루저를 질주시키기, 필리핀 세부 해저 15미터의 스쿠버다이빙, 멕시코 투우사의 팬티 입는 법, 죽은 투우의 고기 맛, 중국 산시 성 친링산맥의 무서운 고독, 캄보디아 앙코르와트의 신비감, 달밤에 보던 취리히의 에델바이스와 그녀, 정말 헤밍웨이처럼 벌였던 플로리다 바닷고기와의 줄다리기 싸움 등등. 그렇게 18년을 그린 만화들이 지금은 100여 권의 책으로 모여, 내 책장에 꽂혀 있다."

이렇듯 치열한 고우영 선생의 현장 관찰과 탐구정신을 찡하게 보여 주는 삽화 한 토막이 있다. 2002년 대장암 수술을 받으러 들어간 수술실 풍경이다. 그는 수술대에 누워 마취를 하기 전에 윗몸을 일으키더니 수술방 구석구석을 꼼꼼히 살피기 시작했다. 간호사가 "그만 좀 누워 계세요"라고 핀잔을 주자, 이렇게 답했다. "수술실에 들어올 기회가 자주 있는 게 아니잖우. 나중에 만화 그릴 때 써먹으려면 열심히 봐 둬야지."

선생의 장례식에서 동료 만화가 허어 씨는 말했다. "쓸데없는 것들은 살아남고, 살아남아야 할 고우영은 가 버렸다"고(정재숙, "고우영 만화, 미술관으로 걸어 들어가다" Sunday Magazine, 2008. 5. 4).

아주 오랜 시간 한국 만화는 고우영이라는 탁월한 작가와 함께했다. 신문과 잡지 지면을 채우는 그의 펜은 독자를 자유롭게 조율했다. 독자들은 그가 이끄는 대로 웃고, 울고, 분노하고, 즐거워하며, 가난하고 암울했던 시대를 견딜 수 있었다.

고우영은 희비극을 넘나드는 탁월한 이야기꾼이다. 특정 장르에 얽매이지 않고 여러 장르를 넘나들었다. 사기(史記)와 야담(野談), 열전(列傳)과 기담(奇譚)을 넘나들며 낯선 것을 뒤섞고 흔들어 '고우영표 이야기'

를 만들었다. 그것은 거대한 지식의 창고에서 자유자재로 꺼내 풀어 내는 시원한 방담(放談)이었다.

고우영 이전의 만화가들이 주로 해설을 통해 이야기를 들려주었다 면 고우영의 극화는 개성 강한 인물을 내세워 극을 만들어 갔다. 거 기에 작가가 1인칭 시점으로 거침없이 개입하는 입담 좋은 해설을 활 용해 특유의 유머를, 때론 날카로운 풍자를 선보였다. 그 때문인지 그 의 극화는 단행본으로 묶일 때마다 심의의 칼날에 난도질당했다.

고우영이 보여 주는 재미는 그가 재해석한 인물의 개성에서 나온 다. 도대체 어느 『삼국지』가 주인공 유비를 '쪼다'라고 명명할 수 있 단 말인가. 중국 여행과 자료 수집을 통해 중국 역사를 쉽게 정리한 『십팔사략』은 최고의 교양 만화이다.

그의 펜과 붓이 펼치는 그림의 맛과, 과거의 이야기를 끌어내 현실 을 풍자하는 특유의 웃음과, 책을 잡으면 놓지 못하게 하는 이야기의 힘을 지닌 그의 만화는 한국 만화 100년의 빛나는 유산이다(박인하, "거침 없는 입담, 날카로운 풍자" Sunday Magazine 2008. 5. 4). 고우영의 발자취를 대강 살펴 보면 다음과 같다.

1938년 만주 본계호(本溪湖)에서 출생. 1947년 광복이 되던 해, 만주 인 공격을 피해 평양에 피신한 뒤 월남하여 서울 정착. 1953년 한 국전쟁 중 피란지 부산에서 중학생 신분으로 만화 『쥐돌이』 발표, 만화계 데뷔. 1958년 서울 동성고 졸업 무렵 소년 가장이 되어 잡 지 <만화학생> 입사, 『짱구박사』 등 연재. 1960년 출신 고교 이름 을 딴 <추동성>으로 『아짱애』, 『공주 애찌루』 등 출간. 1972년 <일간스포츠>에 한국적 극화 『임꺽정』 연재 시작. 1973년 『수호 지』 연재. 1975년 『고우영 일지매』 연재. 1978년 신문 구독자를 폭 발적으로 늘린 『고우영 삼국지』 연재. 1980~1984년 『서유기』, 『열 국지』, 『초한지』 연재. 1987년 한국 고전 극화 시리즈 『가루지기』,

『놀부전』, 『바니주생전』, 『연산군』, 『박씨전』, 『오백년』 등 연재.
1988년 극화 <가루지기>의 영화감독으로 데뷔, 한국만화가협회 회
장. 1992년 왼쪽 눈 실명. 1996년 한국일보 시사만평 『고소금』 연재.
2001년 『일지매』 만화 우표 발행, <삼국지> 게임 제작 및 라디오
드라마 방송. 2002년 왼쪽 눈 시력 회복, 대장암 발병. 2003년 서울
국제만화페스티벌(SICAF) 공로상 수상. 2005년 4월 25일 별세, 독일
프랑크푸르트 국제도서전은 『일지매』를 한국 100대 도서로 선정.

만화가 이홍우 화백

동아일보 네 컷 만화 『나대로 선생』을 연재하는 이홍우 화백의 자
서전 『나대로 간다』의 출판기념회가 26일 오후 5시 반 서울 중구 태평
로 한국프레스센터 20층 국제회의장에서 열렸다. 성우 배한성 씨의 사
회로 진행된 이 행사에는 2007년 현재 이명박 대통령 당선자와 김영
삼 전 대통령이 화환을 보냈으며 정재계, 문화예술계 등에서 400여 명
이 참석했다.

김학준 동아일보사 사장은 축사에서 "때로는 익살스럽게 때로는
풍자 가득했던 만화를 묶은 책이 나오게 되어서 반갑다. 영국의 윈스
턴 처칠은 하원이던 25세 때 정치 풍자만화인 『펀치』를 보며 정치의
세계를 알게 되었다. 오랫동안 정계를 조감하고 비판해 온 나대로 선
생이야말로 이 시대의 진정한 거물급 정치인"이라고 말했다.

김덕룡 의원은 "나대로의 네 컷 만평을 보며 독자들은 카타르시스
와 가슴 찌릿한 아픔과 기쁨을 느꼈을 것이다. 『나대로 간다』 책 속
에는 나대로 27년의 역사와 개인의 인생사, 한국 정치사와 사회사가
그대로 농축되어 있다"고 말했다.

이 화백은 인사말을 통하여 "저는 여러분이 말씀하신 대로 잡놈 기

질이 많다. 중학교 때 가출도 해 봤고 권투도 배웠고 음반을 내며 딴따라도 해 봤지만 한번 시작한 만화만큼은 때려치우지 못했다. 네 컷 만화의 기본은 기승전결(起承轉結)인데 결(結)을 향해 가는 내 만화 인생이 보인다. 물러날 때를 아는, 뒷모습이 그나마 괜찮은 만화쟁이로 남고 싶다"라고 말했다.

이날 행사에는 김성환 화백, 김형오 대통령직인수위원회 부위원장, 남시욱 전 문화일보 사장, 박세직 재향군인회 회장, 서정우 전 연세대 영상대학원 원장, 신동헌 화백, 안경률 의원, 유지담 전 중앙선거관리위원회 위원장, 원우현 전 고려대 언론대학원 원장, 원희룡 의원, 이상득 국회부의장, 이채주 이현락 전 동아일보 주필, 정구종 동아닷컴 사장, 정풍송 작곡가, 최성두 전 문화일보 전무, 최시중 전 한국갤럽 회장, 최종철 전 SBS 전무, 최희조 전 문화일보 상무, 허영만 화백 등이 자리를 빛냈다(염희진 salthj@donga.com, 동아일보, 2007. 12. 27).

빨간 자전거와 우편배달부

김동화의 만화『빨간 자전거』는 자전거와 우편이라는 통신수단을 통해 현대적 소외와 동경을 상징하는 공간, 임화면 야화리이 가슴 뭉클하면서 흐뭇한 풍경을 담고 있다. … 부동산에 가치가 있고 지번이 있듯 그곳 사람들에게도 저마다의 형편과 처지가 있다. 농사를 짓는 노인들이 사는 빈농단지, 외지인들이 자리 잡은 전원주택단지가 우편 집배원의 일터다. 주소에서 드러나는 차이와 달리 우편물 안에는 한결같은 가슴앓이가 담겼다. 우편집배원은 그들을 다독이며 고향의 모성애, 전원생활에 대한 동경과 소망, 무엇보다 소외된 사람들 간의 교통과 정서적 통신을 돕는 메신저가 된다. … 2005년 발행된 프랑스어 판은 일본 만화의 아류로 평가받았던 한국 만화의 독창적 서정을 과 시한 역작이라는 평가와 함께 최초로 '프랑스만화비평대상' 최종 후 보에 올랐다. 올해는 '부천만화대상' 대상작으로 선정되었다. 『빨간 자전거 4』의 일부 내용을 인용하면 다음과 같다.

옛날 이장님 댁 편지 왔습니다.
다음은 강낭콩 돌담집. 밭에 나가셨나? 아무도 안 계시네. 우편함도 없고….
더우시죠? 편지 왔어요.
그냥 집에다 두지. 뭘 여기까지 쫓아왔어.
우편함도 없는데 없어지면 어쩌려구요.
하기사 이 더운 날 배달해 준 정성이 어딘데 없어지면 안 되지.
수원에서 유민영이 보냈네요.
우리 손자야. 지금 5학년인가?
손에 흙이 묻었으면 제가 읽어드릴까요?
아니, 됐어. 일 마치고, 저녁 먹고, 자기 전에 느긋하게 읽을 테야. 그래야 손자 녀석 꿈속에서 만나 어리광 보지. 그때까지 뭐라고 썼 을까? 궁금해하는 것도 솔찮은 재미지~.
다음은? 받는 사람: 임하면 야화리 느티나무 아래 빨간 자전거를 타고 가는 우편배달부 아저씨 귀하.
이런 주소도 있었나? 빨간 자전거를 타고 가는 우편배달부? 그럼 나한테 온 편진가?
월간 포토 갤러리 사진부 장미야 보냄.
누구지? 사진부 장미야?
오늘 찍은 사진 중 가장 맘에 드는 사진은 바로 빨간 자전거를 타고 우편 배달하는 아저씨 모습이었어요.
맞아! 지난번 그 사진작가. 그 자리에서 편지를 보려다가 주머니에 넣습니다.
나도 강낭콩 돌담집 할머니처럼 잠자리에서 읽어볼 생각입니다. 그럼 혹시 꿈속에서 그 귀여운 아가씨를 만날 수 있을까? 풋~
(김동화, 빨간 자전거 4, 서울: 행복한 만화가게, 2007: pp.98~101)

만화 속의 편지를 통하여 우리는 사람과 사람의 만남이 얼마나 인간적이며 아름다운지를 새삼 깨닫는다. 그런 숨쉬기를 통하여 우리는 성장하고 발전한다.

교육, 잘 짜인 만남의 형식

교육은 무엇보다 사람과 사람의 만남에서 시작된다. 교육이란 일반적으로 여러 사람이 시간과 공간을 공유함과 동시에 약속되고 계획된 다양한 커뮤니케이션을 이룸으로써 심신의 성장과 발전을 꾀할 수 있는 잘 짜인 만남의 형식이다. 교육이라는 하나의 약속된 형식을 통하여 우리는 사람을 비롯한 다양한 문제, 문헌, 시설 등과 만남으로써 사제관계가 이루어지고, 우정을 쌓고, 지식을 상대하고, 지혜를 발견하며, 문제를 발견하고 해결하며, 생활양식과 행동양식을 터득한다. 이 과정에서 우리는 창의력을 비롯한 자립과 자율 능력을 배양하고 가치관을 정립함으로써 자기성장과 발전을 이룩하고 나아가 사회발전에 기여할 수 있는 자원이 된다.

교육은 잘 짜인 만남의 형식인가 하면 그 유형은 다양하고 특징적이다. 연령, 수준, 기간, 공간, 필요성과 목적, 대상, 방법, 과정, 내용과 학문 분야 등에 따라 교육은 구분되기 때문이다. 잘 아는지 모르는지 이곳저곳에서 많은 사람들이 왈가왈부한다 하여 가볍게 볼 일은 아님에도 불구하고 평생교육은 이젠 진부한 단어가 되었다고 하여도 과언이 아니다. 교육은 백년지대계(百年之大計)라는 말처럼 교육은 아무리 강조해도 지나침이 없다. 그럴수록 교육은 잘 조직해야 하고, 잘 지원해야 하며, 잘 실천해야 마땅하다. 이인호 교수의 말이다.

교육이 해야 하고, 할 수 있는 것은 자유와 정의에 대한 정당한 요구를 충족시킬 수 있는 적절한 방법과 그렇지 못한 방법을 스스로 구분할 수 있도록 비판적 사고 능력을 길러 주는 것이며, 미리 내린 결론을 주입시키는 일이 아니다. 그런 비판적 사고 능력이란 어릴 적부터 폭넓게 책을 읽고 생각하고 토론하는 습관을 기름으로써 생기는 것이다(이인호, "이념 교육의 한계" 조선일보, 1994. 8. 31).

맨발의 디바 이은미

포효하는 목소리와 주체하지 못하는 퍼포먼스로 이름난 이은미에게 발라드는 음악생활에 또 다른 질서를 부여하는 하나의 테마이다. "발라드를 계속 이어 가더라도 답습에서 벗어나는 원칙을 지키려고 했어요. 우려먹는 방식이 체질에 맞지도 않고요. 쉬운 멜로디, 가벼운 아날로그 사운드…. 다만 노랫말만큼은 수정에 수정을 거듭할 만큼 고민을 많이 했어요." 그의 목소리는 여전히 거칠고 투박하다.

그는 <애인있어요>, <투웰브 송즈>, <소리 위를 걷다> 등 앨범을 냈고, 최근 <소리 위를 걷다 2>를 발표했다. 작곡가 윤일상과 다시 손잡은 이 음반은 타이틀곡 '죄인'을 비롯해 '다시 겨울이 오면', '녹턴', '강변에서' 등 서정과 애절함이 교차하는 선율이 잇따른다. 이 가운데 '녹턴'은 윤일상과 이은미에게 가장 큰 고통을 안겨준 수작이다. 이은미에게 꼭 맞는 멜로디를 안겨 주기 위해 고심 끝에 노래를 완성한 윤일상은 작업이 끝난 뒤 3일간 앓아누웠고, 이은미는 그에 맞는 가사를 얻기 위해 40여 명의 유명 작사가를 동원하기도 했다.

"노래는 옷을 잘 입혀야 한다. 쉽게 노랫말을 담으면 안 된다. 처음 곡과 만났을 때 받은 느낌대로 그 노래를 불러야 한다. 그렇게 전달되려면 노랫말이 주는 의미와 멜로디가 잘 맞아야 한다"라는 것이 그의 지론이다. 노래를 듣는 사람은 아무 의미 없이 듣더라도 아티스트는 제대로 된 음반을 만드는 데 혼신의 힘을 쏟아야 한다는 뜻이다(김고금평 danny@munhwa.com).

무대 위에서 펼쳐지는 그의 퍼포먼스는 힘과 흥이 넘치고, 그런 힘과 흥은 곧장 보고 듣는 사람들의 가슴에 전달되어 수십 배의 힘과 흥으로 충전된다. 그의 힘과 흥은 혼신의 노력을 기울이는 평소의 몸가짐에서 비롯되지 않을까. 그의 퍼포먼스를 즐기는 사람들은 그의 힘찬 음악이 오래 계속되기를 기대한다.

방송인 김미화

김미화는 서슴없이 자신을 운명론자라고 칭했다. 보이지 않는 우주의 힘이 오늘의 자신을 만들었다는 부연설명까지 하면서. 그의 말 뒤에는 역경을 견뎌낸 사람만이 체득할 수 있는 지혜가 숨어 있었다. "목표를 좇아 애태우며 전전긍긍하지 말 것. 그 대신 최선을 다해 좋아하는 일을 즐길 것"을 힘주어 말한다.

"꿈을 이루고 사는 사람이 가장 행복하잖아요. 그런 면에선 제 인생의 만족지수는 상당히 높은 편이죠. 굳이 점수를 매기면 100점을 훌쩍 넘으니까. 이만하면 성공한 거죠? 후후."

스탠딩 코미디 르네상스의 창시자, 라디오 시사 프로그램 진행자, 비정부 시민운동단체 수십 곳에 참여하는 사회 활동가, 기부천사. 김미화를 칭하는 화려한 수식어들이다.

"어렸을 때 미아리 돌산 근처 무허가 판잣집에 살았어요. 집에 앉

아 있으면 오가는 사람들의 발이 창문을 통해 보였죠. 어머니는 돈을
벌어야 했기 때문에 폐병으로 누워계시는 아버지 수발은 항상 제 몫
이었습니다. 하지만 한번도 원망한 적은 없어요. 셋돈을 내지 못해 쫓
겨나거나 식구들이 장롱 속에 다닥다닥 붙어 노숙했을 때도 어린 눈
에는 굉장히 아름답게 느껴졌죠. 남들이 버린 장판을 덮고 자야 하는
암울한 상황이었는데도 밤하늘의 별이 참 예뻤거든요. 다만 '빨리 어
른이 되어 돈을 많이 벌면 아버지를 낫게 해드릴 수 있을 텐데…'라
는 안타까움은 늘 있었어요. 주위 어른들이 폐병은 잘 먹으면 낫는다
고 하셨는데, 저희 집에는 먹을 게 없었거든요. 동사무소에서 밀가루
를 타다가 수제비를 끓여 먹으면 다행이었죠. 그래서 저희 어머니는
아직도 밀가루 음식을 입에 대지 않으세요."

그는 고등학교를 졸업한 뒤 KBS 개그맨 공채에 도전하여 한 번에
통과했다. "아등바등하다가 단순히 저의 일 욕심이 돈에만 관련된 게
아니라는 사실을 깨달았어요. 남들처럼 힘겨운 무명시절을 거쳤지만,
한 번도 코미디를 그만둬야겠다는 생각을 한 적은 없어요. 어린 시절
부터 절실하게 꿈꿔 온 일이고, 코미디를 통해 성취감을 맛볼 수 있
었으니까요. 저 혼자 뭔가 해야겠다고 결심을 한다고 이뤄지는 일은
없는 것 같아요. 1980년대 <쇼 비디오자키> 프로그램에서 '쓰리랑
부부'를 할 때, 큰 성취감을 맛보았지만, 글쎄요…. 그게 단순히 저와
제 팀의 노력만으로 되었을까요? 그건 좀 의문이에요. 어떤 보이지
않는 손의 이끌림이 항상 있어 온 것 같아요. 그런데 미련 없이 돈에
대한 욕심을 버리니까 신기하게도 돈이 쫓아오던데요."

엄마라는 이유 때문에 '항상 맑음'을 연출할 필요는 없다. "바쁘다
는 핑계로 아이들을 제 품에서 키우지 못했어요. 친정어머니가 모든

걸 도맡아 주셔서 저는 아이들에게 늘 2등이에요. 물론 불만은 없지만 저도 모르게 집착한 적도 있죠. 자의 반 타의 반으로 아이들을 100퍼센트 방목했지만, 한 가지 원칙은 확고했거든요. 엄마가 아이들 곁에 있지 못하니까 남들보다 똑바르게 자라야 한다는 강박관념에 시달렸어요. 공부에선 뒤처져도 되지만, 예의가 없는 건 참지 못했죠. 때론 지나치게 엄하게 아이들을 훈육했어요."

그는 요즘도 매니저 없이 모든 스케줄을 소화한다고 한다. 돈이나 불편한 관계에 얽매여 행복하게 살자는 생각이 흐려지는 게 싫어서라고 한다. "사실 쉽지는 않아요. 굉장히 부지런하지 않으면 안 되는 일인데, 저를 위한 선택이니 불만은 없어요. 사회복지학을 공부하는 것도 온전히 저를 위한 결정이에요. 남을 도울 수 있는 기회가 주어진 건 감사한 일이잖아요. 죽을 때까지 계속하고 싶은데, 사회복지 관련 공부를 해 놓으면 도움이 될 거라는 생각에 늦깎이로 시작했죠."

"저는 아이들에게 유산을 물려줄 마음이 없어요. 그건 아이들에게도 말했죠. 그런데 나이가 들수록 조금 불안감이 생기던데요. 모아 놓은 재산이 너무 없어서 제가 죽은 다음에 '에게, 겨우 요거야?'라는 말을 들을까 하는 걱정."

욕심을 버릴수록 행복해진다는 생각은 재혼한 남편과의 관계에서도 마찬가지이다. 서로 측은하게 생각하다 보니 자연히 부부관계가 좋아질 수밖에 없고, 남편이 행복해하는 일이라면 무엇이든지 지지해 주고 싶다고 한다. "짧은 인생을 살아왔지만 정말 제 마음대로 흘러간 건 없어요. 시사 프로그램도 처음부터 해야겠다고 결심을 해서 맡은 건 아니거든요. 남들은 정치계로 입문하기 위한 발판이라는 등 말이 많지만 그 부분은 좀 섭섭해요. 좋아하는 일을 하다가 우연히 기회가 왔고, 이왕 맡은 일은 열심히 하자는 생각에 최선을 다하다 보니 꽤 오랜 기간 MC로 활동할 수 있었죠. 저는 남들과 신경전을 벌이며 싸우는 게 싫어요. 스트레스 팍팍 받고, 뇌세포 죽이며, 살고 싶지 않아요. 행복하기에도 시간이 부족하잖아요." 반칙이 아닌 이상 무조건 행복하자는 명제를 고수하기 위해 그는 오늘도 스스럼없이 자신의 모든 걸 타인과 나눌 준비가 되었다. 그리고 전염성 강한 그의 행복 바이러스는 곤궁한 영혼에게 잠시나마 평온과 안식을 선사할 것이다. 1984년 KBS 2기 개그맨 공채시험 합격. 제6회 대한민국 연예예술상 희극인 여자 연기상(1999), 백상예술대상 코미디언 연기상(2002), 제21회 한국PD대상 라디오진행자부문 출연자상(2009), 이웃돕기 유공자 포상식 대통령 표창(2009) 등을 수상했다(강남서초내일신문, 제462호, 2010. 6. 19). 김미화는 긍정과 낙천성으로 무장한 진취적 운명론자인가 보다.

2. 사람과 책의 만남

누구든 무엇을 알고자 하는 욕망이 있다면 아마 그는 책을 갖고자 할 것이다. 책은 지적인 즐거움과 만족감을 충족시킬 수 있기 때문이다. 공부를 하면서 일생을 보내는 사람들은 책에 대한 욕망을 가지지 않을 수 없다. 보통 사람들에게 책은 단순히 읽고 깨닫는 즐거움만을 주지만 공부를 하는 사람들에게 책은 즐거움뿐만 아니라 미지의 세계로 향하는 '발견의 문'을 열어 주는 열쇠가 된다. 책은 우리에게 지적인 목마름을 축여 주는 '샘터'가 되고, 역사 속에서 삶의 의미와 보람을 찾을 수 있는 길이 된다. 책은 우리에게 다양한 자극을 주고, 사유와 연구를 촉진한다.

사람이 무엇을 알려고 하는 것은 타고난 자질 때문이기도 하지만 그것은 아마도 인간이 공간과 시간적으로 자신의 한계에 대하여 눈을 뜨고, 거기서 벗어나려는 욕망 때문일 것이다. 한 사람이 지혜를 얻기 위하여 경험할 수 있는 시공간의 범위는 극히 제한적이다. 그러나 책은 우리에게 몇 세대에 걸친 삶을 살 수 있게 하고, 제한된 영역을 벗어나 세계의 끝까지 가게 한다. 우리는 책을 통하여 희랍시대의 철학자 소크라테스는 물론 20세기의 과학자 아인슈타인과도 담론하며, 그들이 밝힌 지식과 지혜를 함께 나눌 수 있다. "좋은 책을 읽는 것은 과거의 가장 뛰어난 사람들과 대화를 나누는 것과 같다"라고 데카르트가 말한 것도 이와 같은 뜻일 것이다.

우리가 책을 많이 가질 수 있으면 그만큼 광범위하게 지식의 폭을 넓힐 수 있다. 그래서 대학은 책을 많이 가진 도서관을 가지려 하고, 개인은 서재에 많은 장서를 가지려고 한다. 장서는 보통 자기가 읽은 책만으로 구성되지 않고, 읽지 않은 많은 책으로 구성되는 경우가 많다. 읽은 책이 많으면 한 번 더 읽어 볼 수 있어서 좋고, 읽지 않은 책이 있으면 앞으로 읽을 것이 많아서 좋다. 장서에 욕심을 부리는 것은 지적인 자극과 욕망을 충족시키기 때문만은 아니다.

장서를 가지고 싶은 것은 그 책을 쓴 사람의 정신과 뜻을 함께하며, 거기에 새로운 생명을 부여하기 위함이다. 수집한 책을 다 읽을 수 있다면 더욱 좋겠지만 책을 다 읽지 못하고 서가에 꽂아 두고 그것들과 대화를 나눌 수 있다고 생각하는 것도 지적인 부를 누리게 한다. 진정한 수집가에게는 한 권의 고서를 얻는 것이 책의 재탄생을 의미한다 해도 과장이 아니라고 발터 벤야민이 말한 것은 이런 사실을 염두에 둔 것이 아닌가 한다. 아나톨 프랑스가 그의 서재를 돌아본 어느 팔레스타인 사람의 물음에 대답한 것을 기억한다면, 장서의 의미를 이해할 것이다. "선생님은 이 책을 모두 읽으셨나요?", "아마 십분의 일도 못 읽었을 것이오. 당신도 세브르 도자기를 매일 사용하지는 않을 텐데요."

우리는 수집한 책에서 '숭배의 가치'를 찾는다. 숭배할 가치가 있는 책을 사방에 꽂아 두고, 문득 과거에 읽은 기억이 나서, 책을 뒤져,

어떤 값진 구절을 다시 확인하거나 진실과 지혜가 담긴 구절을 발견했을 때, 과거라는 시간의 바다로 가서 '바다 작용에 의한 변화'를 겪고, 환경에 정복당하지 않은 채 남아 있는 산호에서 진주를 캐내어 온 듯한 느낌을 갖는다. 나는 장서에서 발견한 '사고의 편린'은 단순히 과거의 것이 아니라 전통 속에 녹아든 새로운 진실이므로 우리의 삶에 새로운 충격을 준다고 생각한다.

밤늦게 '시간의 빈터'에 앉아 수집한 책들을 바라볼 때면 발터 벤야민의 느낌을 함께 느끼고 있는 자신을 발견한다.

이것은 상념이 아닌 영상이며, 추억이다. 그 많은 것들을 발견할 수 있었던 여러 도시들의 추억들, 리가, 나폴리, 뮌헨, 단치히, 모스크바, 플로렌스, 바젤, 파리, 뮌헨의 호화롭던 로젠탈의 방들이며, 고인이 된 한스 하우에가 살던 단치히, 스톡홀름, 남베를린의 쉬센쿠트의 곰팡내 나는 지하다방, 이 책들이 머물러 있던 방들, 뮌헨에서의 학창시절 나의 초라한 살림집, 브리엔츠 호숫가의 고독, 마지막 내 주위에 쌓여 있는 수천 권의 책들 가운데 불과 네 댓 권만이 자리 잡고 있던 내 소년시절의 방. 이 모든 추억들이 수집가에게는 더 없는 행복이며, 한가로운 사람의 크고 높은 기쁨이다(이태동, "서가에 꽂힌 책들" 교수신문, 1995. 10. 23).

책과 교양

돈키호테, 햄릿, 파우스트, 로빈슨, 지킬 박사와 하이드, 훈민정음, 춘향전, 목민심서, 용비어천가, 삼국사기, 조선왕조실록을 알고 있다고 말하는 것은 왜 중요한가? 단정적으로 말한다면, 이들을 안다는 것은 교양과 상통하기 때문이다. 대학 교육은 전공 및 교양 교육으로 대분될 만큼 교양은 동서고금을 막론하고 강조된다.

교양을 뜻하는 영어는 liberal education이다. '교양이 있다'는 말은 '교육을 잘 받은, 예절 바른, 문화적인'이라는 뜻이다. 교양은 프랑스어로 '다방면으로 교육받은 상태(culture generale)'를 뜻한다. 교양의 빈틈은 곧 '무지' 또는 '지적인 공백'을 뜻하게 된다. 그러므로 교양은 복합적인 대상이다. 그것은 이념, 과정, 지식과 능력의 총합 그리고 정신적인 상태이다.

독일의 『브로크하우스 백과사전(Der grosse Brockhous)』은 "교양이란 본능적으로 행동하는 예측 불가능한 존재인 인간이 세계, 특히 문화의 내용들과 접하고 대결함으로써 그 한계를 극복하고 인간됨의 완전한 실현, 즉 인간성에 도달하는 모든 정신적인 과정과 성과이다"라고 정의한다. 그 뒤를 이어 교양 장애, 교양 격차, 교양 마스터플랜, 교양 위기, 교양 정책, 교양 휴가라는 표제어들이 등장한다. 교양은 자신의 문명화에 대한 매우 폭넓은 지식을 뜻한다. 문화가 사람이라면 그 이름은 교양이 될 것이다. 교양은 우리 문화사의 기본적인 특징들, 예컨대 철학과 학문의 기본 구상, 미술, 음악 그리고 문학의 대표작들에 대해서 통달하는 것이다. 교양은 유연하게 훈련된 정신 상태이며, 모든 것을 한 번 알았다가 다시 잊었을 때 생겨나는 것이다. 교양은 문화에 대한 상식이 있는 사람들과의 대화에서 어색하게 남의 눈에 튀지 않을 수 있는 능력이다. 교양은 전문가의 양성과는 반대로 보편적인 인격 형성을 핵심 이념으로 한다.

상대방의 교양을 마치 퀴즈대회에서처럼 물어서는 아니 된다. 예를 들면 이런 것이다. 조선왕조의 제4대 임금은 누구입니까? 뭐라고요? 그것도 모릅니까? 그러면서 사법고시를 보려는 겁니까?

교양은 사회 속의 게임이며, 이 게임은 참가자들의 문화적 지식과 관련한 기대감의 고조, 그리고 다시 이 기대감에 대한 기대감의 고조로 특징지어진다.

예술에 관한 대화는 교양을 추구하는 사람이 가장 쉽게 배울 수 있는 것이다. 즉 침묵하고 있으면 된다. 침묵의 장소는 미술관이나 박물관이다. 이런 전시관은 과거에 신들을 섬기던 신전이 발전해서 생겨난 것이다. 신들이 있던 자리를 이제 예술작품이 차지했다. 사람들은 예술품 앞에 경건히 서서 정숙을 유지한다. 정숙은 어떤 대상에 사로잡혔다는 뜻이다. 관람하면서 정숙을 유지하는 것은 아주 힘든 일이다. 예술을 감상하려면 체력이 좋아야 하고 지구력이 강해야 한다.

문학 역시 교양을 추구하는 사람이 쉽게 배울 수 있는 것이다. 문학만큼 사랑을 많이 체험하게 하는 것은 어디에도 없다. 그 이유는 문학이 사랑과 매우 닮았기 때문이다. 문학은 우리로 하여금 함께 체험하도록 유혹하고, 환상에 호소하며, 삶의 진부한 일상에서 탈출하게 한다. 문학은 사랑처럼 친밀한 것이다. 우리는 문학을 통하여 사랑의 기술을 터득해야 한다. 문학은 사회적 과정과 개인들의 구체적인 인생살이 사이의 복잡한 관련성을 간단명료하게 표현한 것이 무척 많아서 인용하기에 아주 좋다. 문학의 인물들은 인간의 전형적인 운명들을 문학적으로 구체화한 것이며, 꿰뚫어보기 힘든 인생살이에 하나의 선명한 얼굴과 주소를 배정한다. 살아 있는 사람들과 마찬가지로 이 구체화된 등장인물들은 집약된 정보(compact information)이다. 그러므로 과거에 망설임과 갈등의 문턱을 넘어서지 못하는 소년에게 육체적 사랑의 비밀을 가르치기 위하여 그를 사창가로 보내서 화류계의 권위 있는 여성으로 하여금 레슨비를 받고 그를 조심스럽게 교육하도록 했던 것처럼, 우리는 문학을 통하여 다양한 시각으로 세계를 바라보고 체험하면서 또 이 체험을 통찰해야 한다.

교양으로 이끄는 왕도(王道, royal road)는 바로 언어의 길을 통해 나 있다. 언어는 일반적으로 책과 글의 세계와 관계를 맺으며, 이러한 세계는 교육 특히 학교 교육과 통한다. 학교 교육은 두 가지 유형의 인간을 양성한다. 하나는 독서 그룹이고, 다른 하나는 비독서 그룹이다. 책과 가까운 관계를 유지하고 친하게 사귐으로써 우리는 교양을 쌓을 수 있고, 많은 정보를 얻을 수 있다.

비독서 그룹의 사람들은 책을 오직 추측의 산물로 간주한다. 이들은 독서 그룹의 사람들을 이해하지 못하며 불신한다. 이들에게 책의 세계는 양심의 가책을 느끼도록 꾸며놓은 속임수처럼 느껴진다. 이런 식으로 자신을 정당화하고 차츰 책을 혐오하게 된다. 자신의 주장이 별로 호응을 얻지 못하게 된 까닭이 독서를 멀리함에 있음을 인식하지 못한다. 주위 사람들이 복잡한 생각을 논리적으로 개진하고 적절히 표현할 경우에도 그는 그것이 그의 자존심을 건드리는 일이라고 오해하게 된다. 그는 책을 읽는 사람들과 접촉하기를 꺼리게 되고, 이 사회의 새로운 문맹의 그림자 속에 서서히 빠져들게 된다. 독서는 완전히 몸에 배기까지는 조깅처럼 매일 약간의 시간을 투자해야 하는 그 무엇이다(Schwanitz, Dietrich; 인성기 등 역, 교양: 사람이 알아야 할 모든 것, 들녘, 2001).

창간호

책 가운데 잡지는 또 다른 형태의 지식전달 매체이며, 그것은 시대와 사회를 반영한다. <소년생활>, <소년중앙>, <새소년>, <보물

섬>, <중학생>, <학원>, <사상계>, <창비>, <문지>, <과학사
상>, <팬티하우스>에 이르기까지 잡지의 종류와 특징은 무척 다양
하다.

잡지는 반드시 창간호를 간행한다. 잡지의 창간호는 그 잡지를 만
드는 사람들의 모든 것이다. 창간호는 그것을 만드는 사람들이 세상
에 내놓는 첫 자식이다. 어느 도색 잡지를 봐도 창간호는 창간사가
있다. 우리는 이렇게 잡지를 만들 터이니 잘 봐달라는 뜻이다. 사람의
초심(初心)과 같다. 그 초심이 창간호에 담겨 있다. 창간호에 담긴 창간
사는 글자 그대로 창간호를 만든 사람들의 포부, 열정, 야심, 이상의
응축일 것이다. 또 적어도 잡지의 창간호를 낼 때, 그 잡지가 지령 몇
호에 종지부를 찍으리라고는 절대로 생각하지 않았을 것이다. <팬티
하우스>조차 한국판 <플레이보이>를 꿈꾸며 원숙한 성인문화의 창
달에 기여하리라고 기염을 토한 바 있다.

한 잡지의 창간사를 접하면서 우리는 스스로에게 이런 질문을 해
보면 어떨까? 내 인생에 있어서의 창간호는 무엇인가? 대체 어떤 사
건이고, 무엇을 하고자 했고, 무엇을 위하여, 무엇이 되고자 했을까?
나는 무슨 말로 세상에 내 포부를 밝혔을까? 해마다 수많은 창간호들
이 창간되고, 머지않이 폐간을 고한 것은 아니었을까? 새해마다 떠오
르는 해를 향하여 다짐했던, 그러나 지켜지지 않았던 그 숱한 결심들
이 다름 아닌 자신이 발행인이었던 창간호의 창간사가 아니었을까?(김
형민 PD의 썸데이, 서울: 헌책방 손님).

아득히 멀어져만 가는 초심들의 흔적을 새해마다 되짚음에 머리를
긁적이면서 나는 단순히 새해의 초심뿐만 아니라 인생의 초심을 기
억하면서, 창간호 이래 지령(誌齡) 수백 호를 기록하고 있는 사람들을

부러워하고, 자신을 부끄러워하는지도 모른다. 각자의 이상과 현실에 알맞은 잡지의 창간사를 준비하자. 그리고 한결같은 마음으로 그 초심을 유지하자.

삼사삼칠의 창간사

<삼사삼칠>은 우리들의 만남의 장이다.

다섯 달 전인 지난 6월, 우리는 졸업30주년기념 모교방문행사(home coming day)를 참으로 멋지고 알차게 치렀습니다. 그때의 일을 생각하면 나는 진심으로 우리 친구들에게 감사하다는 마음을 억누를 수가 없습니다. 친구들 모두에게 다시 감사의 인사를 드립니다.

작년에 그 계획을 꾸미면서 "도대체 무슨 힘으로, 어떤 재주로 해낼 것인가?" 하는 대목에서는 막막하기 그지없었습니다. 그러나 막상 판을 벌여 놓고 보니 무언가 가닥이 잡히기 시작했고, 친구들의 열성 어린 협조가 일을 하지 않으면 안 될 정도로 나와 추진위원들을 격려해 주었습니다. 그래서 우리는 지난번 기쁘게 큰 웃음을 웃을 수 있었습니다. 다시 한 번 모든 친구들에게 감사드립니다.

일을 해내고 보니, 30주년 행사로 우리의 결속력은 응집되었고, 우리의 뜨거운 판을 그냥 둘 수 없다는 의견이 우세했습니다. 이제 우리의 나이 반백이 되었으니 서로의 동정을 알고, 우의를 다질 수 있는 자리가 필요하다는 것이 친구들 대부분의 의견이었습니다. 그래서 이사회는 동창회보를 만들기로 했습니다. 이사회는 1년에 두 차례 정도 만들어 내자고 의견을 모았으나 편집 책임을 맡은 동문들은 그것을 계간으로 하여 1년에 네 차례를 내야 한다고 의욕을 보였습니다.

이 또한 고맙고 신나는 일이 아닐 수 없습니다. 부디 이러한 뜻을 헤아려 본인은 물론 이웃 친구들의 소식도 부지런히 보내 주고 해서 동창회보 <삼사삼칠>이 우리들의 만남의 장으로 자리를 굳혀 가게 이끌어 주기를 빕니다.

우리는 30주년 기념행사로 이제 더욱 가까워지기 시작했습니다. 그러한 판은 <삼사삼칠>을 통하여 계속 이어질 것입니다. 친구들의 관심과 격려로 우리들의 우정은 더욱 두터워질 것입니다. 어디에서 무슨 일을 하건, 항상 우리 모두는 <삼사삼칠>을 통하여 만날 수 있어야 합니다.

끝으로 이 지면을 빌려, 멀리 떨어져 있어 소식이 두절되었다가 새로 만나게 되고 또 성금까지 보내 준 친구들에게 고마운 인사를 전합니다.

<삼사삼칠>의 발전과 여러분의 건안을 기원합니다.

1990. 11. 10.

발행인/동창회장 김성길

> <삼사삼칠>은 전주북중학교 34회와 전주고등학교 37회 졸업생들이 만드는 동창회보이다. 필자도 그 일원이다. '만남의 장'이라는 표현이 마음에 들어 여기에 옮겼다. 모든 책은 쓴 사람과 읽는 사람이 만나는 곳이다.

좋은 여행의 창간사

'좋은 책은 친구와 같다'는 제목을 앞세우며 외환은행은 2007년 5월 <좋은 여행>을 창간했다. 다음은 창간 메시지이다.

진정으로 좋은 친구가 되고 싶었습니다. 정말 좋은 책이 아니라면 만들지 않겠다는 생각으로 준비했습니다. 그래서 이렇게 화사하게 피어나는 새 봄 계절의 여왕 5월에 이 세상에 하나밖에 없는 작은 책자가 탄생하게 되었습니다.

이제 저희는 여러분의 진정한 친구가 되고 싶습니다. 이 책자를 통해 보다 활력 있고 아름다운 삶을 가꿔 가시기 바랍니다. 건강하고 행복한 가정 되시기를 진심으로 기원합니다.

앞으로 더 나은 서비스로 찾아뵐 것을 약속드리며 댁내 만복이 가득하시기를 빕니다.

2007년 5월

외환카드사업본부장
케빈니본 올림

출판인 정진숙

"오동나무는 천 년이 지나도 곡조를 머금고 있고, 매화의 일생은 춥지만 향기를 팔지 않는다(桐千年老恒藏曲, 梅一生寒不賣香, 동천년노항장곡 매일생한불매향)." 국내 출판계의 1세대로 꼽히는 은석 정진숙(隱石 鄭鎭肅 95) 을유문화사 회장이 6일 펴낸 자서전에서 인생철학을 밝힌 글이다. 평생 출판 한길을 걸어온 우리 시대의 거목임에도 책 제목은 간결했다. <출판인 정진숙>

그의 저서는 단순한 자서전이 아니라 한국 출판의 역사이다. 정 회장은 자서전에서 "을유해(1945년)에 문화 사업을 통해 민족문화를 계승하고 발전시킬 뜻으로 을유문화사를 세웠다"라고 밝혔다. 1946년 첫 성과물『가정 글씨 체첩』에 대해서는 "사라진 언어 문자를 복구하고 어린 세대가 한글을 터득하려면 꼭 만들어야 했던 시절의 아픔이 스며 있었다"라고 회고했다. 1947년 10월 첫 권이 발행된『조선말 큰사전』은 '나랏말 큰사전'이란 제목으로 한 장(章)을 할애할 만큼 애정이 깊었다. "조선어학회 회원들이 일제에 압수당한 원고를 1945년 9월 서울역 한국통운(주) 창고에서 기적적으로 찾아냈다. 자금 압박에 시달렸으나 언젠가 해내야 할 일이라 믿었다. 그들이 놓고 간 원고는 이후 10년에 걸쳐 모두 3,558쪽 6권으로 완간되었다."

자서전에는 1970년 발행한 『한국사』의 영문판 『The History of Korea』에 대한 각별한 애정을 언급했다. 그는 "금전적으로 손해를 보고 안 보고는 중요하지 않았다. 해외에 한국의 역사를 제대로, 아니 처음으로 알릴 수 있다는 게 중요했다"라고 회고했다. 이 책은 한국 역사를 본격적으로 소개한 최초의 영문 한국사였다.

출판업을 시작할 당시, 위당 정인보(爲堂 鄭寅普) 선생의 말씀도 상세히 소개했다. "조풍연(언론인, 수필가), 윤석중(아동문학가) 등이 함께 출판업을 권했으나 썩 내키질 않았다. 먼 친척 할아버지뻘 되던 위당이 찾으시더니 '문화유산을 되찾는 게 진짜 애국자다. 민족혼을 되살리는 유일한 문화적 사업이야말로 출판인데 왜 그걸 안 하겠다는 거냐?'고 불호령을 내리셨다."

1968년 대통령 표창, 1970년 국민훈장 동백장, 1997년 금관문화훈장 등 영예를 얻었으니 그는 늘 출판인의 삶에 감사하고 헌신했다. "출판을 천직으로 삼은 것은 운명이고 축복이었다. 숱한 삶 가운데 책과 함께 살아가는 인생처럼 좋은 것이 어디 있겠는가." 그는 최근에도 매일 오전 9시 출근하면서 출판에 대한 애정을 놓지 않았다. 그는 자서전에서 "출판은 장사 수단이 돼서는 안 된다. 책은 문화의 창조와 민족 역사 계승에 가장 중요한 견인차"라는 신념을 피력했다. 정 회장의 손자 정상준 상무는 "할아버지께서는 출판이 사회와 문화

발전을 이끈다는 믿음이 깊으셨다"라고 말했다정양환 ray@donga.com, "출판 1

세대 정진숙 을유문화사 회장 자서전 출간" 동아일보, 2007. 8. 7).

대한민국 역대 대통령 취임사

생존 여부를 떠나 혹은 현직이든 전직이든 대통령을 만나기는 쉽
지 않지만 그 취임사를 만나는 일도 쉽지 않다. 우리의 역대 대통령,
아직 많지도 않지만 그 취임사를 통하여 그들의 초심을 읽고 공과를
상기하는 짧은 만남의 기회를 만들어 보자동아일보, 2008. 2. 26).

재임기간이 1년도 되지 않았던 이해할 수 없는 분이 있고, "못 살겠
다 갈아 보자"라는 민주당의 창에 대하여 "갈아 봐야 별 수 없다. 구관
이 명관이다"라는 자유당의 방패로 대변되는 피 터지는 싸움이 있는
가 하면, 권불십년(權不十年)이라는 말이 무색할 정도로 무려 18년간 권력
의 핵심에 있었던 탓에 비극적인 종말을 맞이한 분도 있다. 더하여 전
직 대통령이라는 명예와 자존심을 헌신짝 버리듯 급기야 자살로 삶을
마감한 쪼다도 있다. 그러나 뭐니 뭐니 해도 가장 유감스럽고 한심한
일은 온 국민의 추앙을 받는 대통령이 아직 한 사람도 없다는 점이다.
그럼에도 불구하고 그들의 취임사는 한결같이 멋지다.

이승만(1948년 7월 24일 취임)
새 정신 새 행동으로 세계 문명국과 경쟁
－일하는 정부, 흔들리지 않는 정부 구성
－평화통일
－세계 모든 나라와 평화증진

윤보선(1960년 8월 13일 취임)

4·19정신 계승한 국민의 정부 실현

－정치적 자유와 경제적 자유 보장

－반민주주의와 부패 제거

－창의적 행정과 외교 강화

박정희(1963년 12월 18일 취임)

경제 근대화와 부패 척결

－독재 부패 배격

－건실한 경제 사회 구축

－선린과 융화로 낙오 없는 전진

최규하(1979년 12월 21일 취임)

국난 극복 위한 단합

－정치권력 남용과 국론 분열 방지를 위한 개헌

－과학기술 진흥, 민생 정치

전두환(1980년 9월 1일 취임)

성의 사회 구현과 민주 복지 국가 건설

－구시대의 잔재 청산

－민간 주도 경제

－중화학 공업 육성

노태우(1988년 2월 25일 취임)
보통 사람들의 위대한 시대
- 지도층의 솔선수범
- 지역 갈등 해소
- 폭력 투기 방지

김영삼(1993년 2월 25일 취임)
변화와 개혁을 통한 신한국 창조
- 부정부패 척결과 위로부터의 개혁
- 경제 회생
- 국가 기강 회복

김대중(1998년 2월 25일 취임)
국난 극복을 위한 단합과 국민의 정부 실현
- 정치 보복 금지
- 물가안정과 기업개혁
- 남북관계 개선

노무현(2003년 2월 25일 취임)
개혁과 통합을 통한 평화와 번영의 시대 개막
- 동북아 중심 국가 건설
- 지방분권과 국가 균형 발전
- 개혁과 통합으로 더불어 사는 사회

이명박(2008년 2월 25일 취임)

경제발전과 사회 통합을 통한 신발전 체제 개막

- 활기찬 시장경제, 작은 정부 큰 시장
- 글로벌 실용 외교와 한반도 평화 정착
- 교육개혁과 국토 구조 개편

사람과 사진의 만남

강원도 평창군 용평리조트에서 23일 열리는 한국사진학회 세미나 참석을 위해 방한한 보도사진가 제임스 낵트웨이. 그는 1976년 미국 지역 신문의 사진기자로 출발한 이래 시사주간지 <타임>의 사진기자로도 활동했고 세계언론사진상 등을 수차 수상했다. 사진에 관하여 그는 이렇게 말한다. "사진은 어둠을 빛으로 바꾸는 힘이다."

인식하지 못했던 사실을 단 하나의 종이를 통해 순간적으로 깨닫게 하는 것이 바로 사진이다. 현장 사진가에게 필요한 자질은 열정, 호기심, 인내심, 예민함, 대담함, 적응력이다.

사람을 담은 사진, 인본주의를 담은 사진이 정부의 정책을 바꾸는 계기기 되고, 새로운 세상을 이끄는 역할을 하기도 한다 사진가의 시명도 바로 여기에 있다.

멀티미디어 시대가 왔지만 사진의 힘은 쇠락하지 않는다. 현장의 느낌을 고스란히 담아내는 사진은 보는 사람으로 하여금 엄청난 집중력을 끌어내고, 각인의 효과를 주기 때문이다. 사진은 국적과 언어를 초월하여 메시지를 전할 수 있는 매체이다. 우리는 사진의 사회적 기능과 가치를 공감해야 한다(남원상 surreal@donga.com, 동아일보, 2007. 2. 23).

사진가 주명덕 씨는 눈이나 입으로 사진을 찍지 않고 발로 찍는다. 그의 발에는 눈이 달렸다. '사실과 기록'에서 사진의 생명을 보는 그는 리얼리스트이다.

1966년 첫 개인전 '포토에세이─홀트씨 고아원'을 연지 41년. 그의 작품 세계는 한국 사회의 거울처럼 다가온다. 글씨가 곧 사람이라는 말을 사진이 곧 그 사람이라는 말로 바꿔 보면, 주명덕의 사진은 주명덕 그 사람이다. 사진의 사회적 기록 가능성을 바탕에 깐 그의 작업은 줄기차게 다큐멘터리 언저리에 머물러 왔다. 그러나 그 사진은 거칠지 않고 부드러웠다. 모나지 않고 어질었다. '내 자존심'이라는 그의 표현은 여기서 나왔을 것이다.

<한국의 이방>, <한국의 가족>, <은발의 한국인>, <명시의 고향>, <한국의 메타포>, <국토의 서정기행> 등 그는 사진 속에 한국의 혼과 숨을 담았다. 이 땅에서 일어나는 모든 일을 그는 거울처럼 솔직하게 보여 주고 싶어 했다.

그는 '뜻을 얻으면 말을 잊어버리는 것'이라고 말한다. 검은빛이라고 다 검은빛은 아니다. 수백 년 살아남을 강한 흑백사진 앞에 서면, 평면의 인화지에 고인 빛이 마치 유화의 마티에르처럼 울렁인다. 두께가 다른 빛이 넘실거리는 풍경 앞에서 문득 아득해진다(정재숙, "41년 발로 찍은 한국 혼 숨 쉬는 정경" 중앙 Sunday Magazine, 2007. 4. 22).

<퓰리처상 사진전(The Pulitzer Prize photographs)>이 2010년 6월 22일부터 8월 29일까지 서울의 예술의 전당 디자인미술관에서 열렸다. 쉽게 만날 수 없는 소중한 사진전이다. "순간의 역사, 역사의 순간(Capture the Moment)"이라고 소개된 이 사진전은, "당신을 웃거나 울거나 가슴 아프게 한다면 제대로 된 사진입니다(If it makes you laugh, if it makes you cry, if it rips out

your heart, that's a good picture)"라고 외치는 1969년 수상자 애덤스(Edward T. Adams)의 작품도 선보인다. 전시장은 보도사진을 위해 사용된 각종 기기 및 사진기를 전시한 '보도사진의 역사', 퓰리처상의 소개 및 실제 상황을 전시한 '퓰리처상', DVD를 상영하는 '영상실', 2000~2010년간의 수상작 39점을 전시하는 코너 '2000년대', 1990~1999년간의 수상작 27점을 전시하는 코너 '1990년대', 1980~1989년간의 수상작 27점을 전시하는 코너 '1980년대', 1970~1979년간의 수상작 23점을 전시하는 코너 '1970년대', 1960~1969년간의 수상작 12점을 전시하는 코너 '1960년대', 1950~1959년간의 수상작 10점을 전시하는 코너 '1950년대', 1942~1949년간의 수상작 8점을 전시하는 코너 '1940년대'로 구성되었다.

전시 작품은 신념과 신뢰, 한국전쟁, 성조기 수리바치산에 게양되다, 아프가니스탄의 전쟁과 평화, 바리케이드를 사수하며, 생명의 키스, 베트남—전쟁의 테러, 베이브 루스 등번호 3번을 은퇴하다, 생명을 불어넣다, 컬럼바인고등학교, 가벼운 대화, 테러당하는 미국무역회관 등 145점이다. 6·25동란을 체험한 탓인지 '한국전쟁 1951(by Max Desfor, Courtesy The Associated Press)'에 한동안 시선이 고정된 자신을 발견했다. 클린턴 대통령과 한 소년의 만남을 포착한 '가벼운 대화'는 매우 인상적이었다. 제대로 된 사진은 살아 있는 역사였다.

팔만대장경판과 소설 대장경

흔히 『팔만대장경』이라고 부르는 『고려대장경』은 석가모니의 설교 모음집이다. 글자 수가 5천200만 자에 이른다. 8만 1258장의 나무판에 새겨 넣은 원본 경판(經板)은 경남 합천 해인사에 고스란히 보관돼 있다. 한 장 한 장을 눕혀서 쌓으면 백두산 높이가 더 된다. 길이는 150리, 전체 무게는 약 280t이니 4t 트럭에 싣는다면 70대 분량이다.

몽고와 처절한 전쟁을 치르던 고려 고종 23~38년(1236~1251)에 제작된 『팔만대장경』은 세계 최대의 목판 유물이다. 최근 세계기록유산 (Memory of the world)으로 등재가 확정되어 인류의 위대한 유산임이 다시 한 번 확인되었다. 이렇게 엄청난 규모의 경판을 만들려면 고려인의 정성과 당시로서는 최신 기술이 모두 동원되었을 터이다. 작업일지를 쓴대도 수천 쪽이 나올 분량이지만 남아 있는 기록이 너무 빈약하다. 『고려사』에 한 줄, 『조선왕조실록』에 한 줄이 전부다. 고려 고종 때 강화도에서 새겨 보관하다가 조선 초에 해인사로 옮겼다는 설명이 전부다. 이마저도 앞뒤 문맥으로 추정한 내용일 뿐, 딱 부러지게 구체적인 사실을 적어 두지 않았다.

사정이 이러니 『팔만대장경』은 아는 것보다 모르는 것이 더 많다. 비밀투성이라는 말이다. 그 많은 글자 새김 작업에 참여한 사람은 누구이며, 수만 그루에 이르는 나무는 어디서 어떻게 조달했을까? 경판에 소요된 경비는 어디서 나왔으며 새김 장소가 과연 강화도일까? 해인사까지 어떻게 옮겼을까? 전쟁을 하려면 무기를 만들고 병사를 훈련시켜 적을 물리치는 것이 상식인데 좁은 해협 건너 육지에 몽고군을 코앞에 두고, 강화도라는 작은 섬에서 경판새김에 매달릴 수 있었을까? 우리가 궁금해하는 대부분은 베일에 가려 있다.

기록이 불충분한 『팔만대장경』은 현품 자체에 과학적으로 접근하는 길만이 상당한 미스터리를 풀 수 있다. 현대 과학의 지식으로 무장한 타임머신을 타면, 경판 속으로, 750여 년 전의 고려시대까지 갈

수 있다. 경판으로 사용된 나무의 종류를 찾아보자. 호기심 차원이 아니라 새김장소를 알아내는 단서를 비롯한 수많은 정보를 얻을 수 있다. 주사전자현미경을 이용하면 머리카락 몇 올 크기의 표본으로 경판의 나무 세포를 손바닥 보듯 훤히 들여다볼 수 있다. 경판 글자의 표면을 현미경으로 관찰하여 마모 여부를 판단하면 얼마나 멀리서 옮겼는지 판단할 수 있다.

경판 안의 소금 성분을 분석하면 과연 소금물에 삶았는지 알 수 있고 옻칠 층을 분석하면 옻에 관련된 여러 의문을 풀 수 있다. 손톱과 손대패로 만든 경판의 치수는 매우 정확해서 기계목공에 의존하는 오늘의 기술자가 혀를 내두를 정도이다.

경판에만 옛사람의 과학기술이 들어 있지 않다. 보관 장소인 건물의 설계를 보자. 경판을 오랫동안 썩지 않고 그대로 보관할 수 있는 공기 순환 기술은 오늘의 우리를 감탄하게 한다. 경판을 옆으로 세우고, 손잡이에 의해 만들어지는 수직 공간으로 아래위 공기의 대류현상을 유도했다. 건물은 흙바닥으로 경판과 흙이 자연스럽게 수분을 주고받도록 했고, 창문의 크기를 앞뒤로 달리하여 수평 공기의 흐름을 원활하게 했다.

이렇게 현존 경판과 보관 선불에서 얻어진 과학적인 조사 결과는 기록으로 찾을 수 없는 경판 역사의 일부를 복원하는 기초 자료가 된다. 아울러 지금처럼 완벽한 상태로 후손에게 물려줄 보존 기술의 실마리를 함께 찾을 수 있다. 『팔만대장경』 경판에 숨겨진 과학기술을 밝히는 일은 경판의 과거와 현재를 이어 주고, 미래의 자손만대에 물려줄 길라잡이다(박사인, "팔만대장경판에 숨겨진 신비" 동아일보, 2007. 6. 18).

1967년 1월 29일, 서울 중구 소공동 반도호텔 2층 프린세스룸, 이등병 계급장을 단채 결혼식을 올리는 24세의 용감무쌍한 문학청년이 있었다. 40년이 흐른 29일, 웨스틴 조선호텔 코스모스홀로 이름이 바뀐 바로 그 장소에서 그의 대하소설『아리랑』100쇄 돌파 기념식이 있었다.

필자는 이보다 훨씬 전에 조정래의 소설『대장경』을 읽고 이렇게 썼다.

우리의 불교문화재를 테마로 한 역사소설도 흔치 않지만『고려대장경』을 다룬 작품은 전무한 것으로 알고 있다. 그러나 소설의 내용이 역사와 관련될 경우, 정도의 차이는 있겠으나 그 내용이 역사적인 사실에 충실한가에 대한 논란이 없을 수 없음을 우리는 안다. 여기,『소설 대장경』이 내포하고 있는 서지학적 측면에서의 몇 가지 문제점을 요약하여 제시하려고 한다.

대장경 조조(雕造)는 초조대장경(初雕大藏經), 속장경(續藏經), 재조대장경(再雕大藏經) 등 셋으로 크게 구분하는 것이 학계의 일반적인 견해이다. 이들 장경에 관해서는 일찍부터 역사학, 미술학, 불교학, 서지학을 비롯한 관련 분야에서 국내뿐만 아니라 중국, 일본 등지에서도 학술적인 논란이 많았다. 그 이유는 한국인쇄문화사뿐만 아니라 세계인쇄문화사의 구명이라는 측면에서도 중요한 위치를 차지하기 때문인 것으로 본다.

초조대장경은 고려 현종 2년(1011)의 거란 침략을 계기로 국가 수호를 목적으로 하는 대발원(大發願)에서 조조가 시작되어 선종 4년(1087)까지 76년간에 걸쳐 일단락된 초조정장(初雕正藏)으로 고증이 완료된 것은 현재 59종 77권으로 밝혀졌으며, 속장경은 문종의 제4왕자인 대각국사 의천(義天, 1055~1101)에 의하여 선종 8년(1091)부터 숙종 6년(1101)까지의 10년여에 걸쳐 필역(畢役)된 복각(覆刻)이나 중각(重刻)이 아닌 독자성을 지닌 정각본(精刻本)으로 밝혀졌다. 조정래 작가가 테마 겸 서명으로 삼고 있는 대장경은 전기한 재조대장경을 말하며, 세칭『팔만대장경』이라고 널리 알려진 장경이다. 간단히 말하면,『팔만대장경』은 초조대장경의 복각본이라는 역사적 사실을 외면한 채 작가는 이 작품을 쓴 것이다. 서지학 용어인 복각본은 저본(底本)으로 삼은 원본(原本)을 뒤집어서 판목에 붙인 뒤, 그것을 도각(刀刻)한 것이므로 원각본(原刻本)과는 다르다. 팔만대장경은 초조대장경을 복각한 것이므로 그 정교함이 초조대장경보다 훨씬 떨어진다는 것이 학계의 견해이다. 다만 유의해야 할 점은 『팔만대장경』이 초조대장경을 저본으로 삼은 복각본임에도 불구하고 북송본(北宋本), 거란본(契丹本)과 반드시 대교(對校)했음은 물론 송(宋) 신역경론(新譯經論), 개원록(開元錄), 정원속개원록(貞元續開元錄) 등을 모두 참고하여 본문의 오탈(誤脫), 착자(錯字), 이역(異譯) 등을 교정(校訂), 보수(補修)하고, 경명(經名), 역자명(譯者名), 권수(卷數), 함차(函次)의 이동(異同)까지 정확을 기한 다음, 비로소 복각한 것으로 알려지고 있다. 일본 대정연간(大正年間)에 엮어진 『대정신수대장경』(大正新修大藏經), 중국 청말(淸末)의 『빈가정사장판』(頻伽精舍藏版)은 바로 우리의 『팔만대장경』을 정본(定本)으로 삼아 이루어진 장경이다.

"강화부(江華府) 가문(價門) 밖에 정한 판전(板殿) 신축지…(작품, 142쪽)"라는 기술은 "강화도성 서문 외(西門外)에 정한 판전 신축지"가 정확한 기술이다. 첨언하면, 조조된 경판은 강화도성 서문 외의 대장경판당(大藏經板堂)에 수장(收藏)되어 충숙왕 5년(1318)까지 전해 오다가 조선왕조 태조 7년(1398) 5월에 강화 선원사(禪源寺)에서 가지고 나와 용산강(龍山江)에 이르렀을 때 우천으로 인하여 서대문 밖 지천사(支天寺)로 잠시 이안(移安)하고, 이듬해 정종 원년(1399) 정월 9일에 태조의 요구에 따라 대장경의 인출(印出)을 위하여 경상감사가 해인사(海印寺)에서 대장경 인행작업(印行作業)을 하는 승도(僧徒)들에게 판사(鈑事)를 제공했다고 전해진다.

"그리고 한 면에 14자 23행씩으로…(작품, 150쪽)"라는 부분은 『팔만대장경』 전체에 관한 대략적인 기술일 뿐 부분적인 사실은 그렇지 않다. "삼본(三本) 화엄경(華嚴經)만은 초조대장경의 14자본 체제를 택하지 않고, 국내 전본계(傳本系)의 17자본을 저본으로 하여 복각하였다"라는 기술로 수정되어야 옳을 것이다.

『팔만대장경』의 경판이 고려 고종 23년(1236)부터 동 38년(1251)의 기간 중에 조조된 것은 틀림없으나 작품의 내용처럼 "중앙 관서인 대장도감에서만" 성판의 조조가 이루어진 것은 아니고, 지방의 각 분사도감(分司都監)에서도 이 같은 불사(佛事)가 행해졌다는 점을 밝혀 둔다.

종경록(宗鏡綠)은 고종 33년(1246)부터 35년(1248)에 걸쳐 경상도 남해분사도감(南海分司都監)이 개판(開板)하였고, 조당집(祖堂集), 수현기(搜玄記), 화엄경 탐현기(探玄記)는 고종 32년(1245)에, 증도가(證道歌)는 고종 35년(1248)에, 금강삼매경론(金剛三昧經論)은 고종 31년(1244)에 각각 분사도감이 개판하였다. 이 가운데 『증도가』와 『금강삼매경론은 당시 강화정권을 장악한 진양공(晉陽公) 최이(혹은 우)(崔怡, 瑀)의 수복(壽福)을 빌기 위하여 그와 밀접한 관련이 있는 인물들이 개판한 것으로 학계는 보고 있다.

"입장(入藏)을 결정한 불서(佛書)는 총 6,547권이었다(작품, 149~150쪽)"라는 내용은 현재까지 총 6,778권으로 밝혀졌다. 전자와 후자의 차이는 231권인데 이는 추가목록에 수록된 24함 15부 231권을 말한다(김용성, "소설『대장경』" 명대신문, 1981. 3. 1).

연꽃의 향연

작자 미상. 불기 2553년, 단기 4342년, 서기 2009년.

진흙에 물들지 않네(離諸染汚, 이제염오)

진흙 속에 자라지만 물들지 않고
그 어떤 더러움도 용납하지 않아
고고하게 자라서 아름답게 꽃 피우네.

자랄수록 더욱 고와라(成熟淸淨, 성숙청정)

커 갈수록 숨은 멋이 드러나니
만개했을 때 빛깔이 더욱 고와라
활짝 핀 꽃을 보니 마음이 더욱 맑아지네.

연꽃의 향기여(戒香充滿, 계향충만)

꽃이 피면 향기 가득 악취는 사라지고
한 자락 촛불이 방의 어둠을 가시게 하듯
한 송이 연꽃이 진흙탕의 연못을 향기로 채운다네.

티 없는 맑음을(不與惡俱, 불여악구)

한 방울의 오물도 허용하지 않아
연잎에 닿은 물이 그대로 굴러 떨어질 뿐
물방울 지나간 자리 그 어떤 흔적도 남지 않네.

합장한 불자의 모습처럼(花如合掌, 화여합장)

합장한 불자의 모습처럼
수줍게 피어오른 꽃봉오리
두 마음이 하나로 부처님과 나도 하나로.

빈 것은 도와 통함이오(中通外直, 중통외직)

줄기는 부드럽고 유연하니
속은 비어 있고 밖은 곧아라
빈 것은 도와 통함이요 곧은 것은 정직함이네.

원력 세워 태어니듯(生己有想, 생기유상)

떡잎부터 확연하여 날 적부터 다르다네
원력 세워 태어나신 보살님같이
넓은 잎에 긴 대가 우람도 하다.

둥글고 원만하여(面相喜怡, 면상희이)

둥글고 원만하게
피어오르는 연꽃이여!
보노라면 마음이
절로 온화하고 즐거워지네.

꽃처럼 아름다운 씨앗을(花果同時, 화과동시)

아름다운 꽃처럼 좋은 씨앗 잉태하여
꽃과 함께 씨앗이 맺히네
아, 착한 행에 따르는 복의 공덕이여.

어떤 곳에 있더라도(本體淸淨, 본체청정)

어떤 곳에 있어도 푸르고 맑음이어라
진흙 밭을 마다 않고 뿌리를 내려
그 모두를 감싸 안되 청정함을 잃지 않네.

의연히 서 있음이여(不蔓不枝, 불만부지)

가지 곧아 휘감아 괴롭힘도 없고
끼리끼리 의지함도 없이
의연히 홀로 서 있음이여.

멀수록 향기 더욱 맑아라(香遠益淸, 향원익청)

당당하고 고결한 기품으로

멀수록 그 향기 더욱 맑아라

깊은 덕 날이 갈수록 멀리 퍼짐과 같네.

암자기행

다음의 글은 우리나라에서 이름난 암자를 노래한 시인 장인성의 『암자기행』이다. 그는 미당 서정주의 추천으로 『시와 시학』에 등단했고, 『우리 언제 쓸쓸하지 않으랴』를 비롯한 여러 시집을 냈으며, 『해학사전』 등 저서가 있다(장인성, 암자기행).

영구산 향일암

향일암 노스님 새벽염불 소리에

새 한 마리 푸드득 깃을 털고 일어나

바다로 아득히 날아가서는

붉은 햇덩이를 덥석 채 물고

하늘로 솟구치는 남해의 아침

(向日庵은 여수 돌산도에 있는 암자. 놀문 틈새로 조망하는 일출 모습이 장관이다.)

영축산 자장암

영축산 자장암을 한 바퀴 둘러보다

캄캄한 바위돌이 제 몸을 열고

꽃모가지 환하게 피워낸 걸 보았다.

바윗돌도 나이가 지긋해지면
꽃 같던 옛날이 저렇듯 그리울까

제가 피운 꽃송이를 끌어안은 어깨가
살아서는 절대로 풀릴 것 같지 않다.

慈藏庵은 통도사의 부속 암자인데 불쑥 솟은 암벽에 붙여 세운 법당이 흡사 바위가 피워 든 꽃처럼
보인다.

불령산 수도암

큰 산을 쉬엄쉬엄 오르다 보면
산맥마다 뽀얀 젖가슴을 열어놓고
절 꽃 한 송이씩 품고 있음을 안다

세상에서 제일 곱고 아름다운 꽃!
향기가 천만년 지워지지 않는 꽃!
불령산을 오르다
도톰한 젖가슴에 토닥토닥 품고 있는
활짝 핀 암자 한 채 만난 적 있다
몸에 밴 향기가
죽어서도 무덤 속에 남을 것 같다

修道庵은 신라 적 풍수에 통달했던 도선국사가 천하제일의 명당을 골라 세웠다는 김천 불령산 기
슭의 암자이다.

조계산 불일암

산중에 빈 집 있어 들어섰더니
마당에 빈 의자만 손님을 맞네
그리움도 지니면 짐이 된다고
그마저 벗어놓고 돌아서라네

佛日庵은 무소유의 수도승 법정스님이 송광사 경내에 세운 암자이다.

월출산 견성암

월출산은 열사흘이 보름달 보는 날
달마다 그맘때면 초저녁부터
달맞이꾼들이 견성암에 올랐다가
달빛만 터지게 싸가지고 가는데요
공양보살 그것이 성가시러워
부처님은 안 보고 달만 훔쳐 간다고
궁시렁거리느라 설거지도 미루지요

부처님이 그 꼴을 지켜보시다
밤에는 달빛이 부처란 걸 모른다며
휘영청 휘어진 죽비를 들어
보살님 쭈구렁한 궁둥짝을 내리칠 때
그 모습 얼마나 우스웠던지
춘란(春蘭)이 배를 잡고 깔깔대다가

아뿔싸!

눈꼽 같은 꽃망울을 터뜨리고 말지요

見性庵은 월출산 기슭의 달맞이 명소로 이름난 조그만 암자. 초저녁부터 떠오르는 열사흘 보름달이 가장 보기 좋다.

영축산 축서암

스님은 화선지에 솔잎을 그리는데

솔잎은 허공에다 바람을 그리는구나

저것 봐!

먹물 대신 손가락에 바람을 찍어

허공에 그려놓은 바람소릴 들어봐

축서암은 통도사 부속암자이며 주변 경치가 빼어난 때문인지 그림 솜씨가 좋은 스님들이 대를 이어 머물고 있다.

사자산 다성암

뱃속이 허허롭게 황톳길을 걷다가

첫날밤 여인의 숨소리같이

하얗게 자지러진 차꽃에 홀려

화순 땅 다성암에 들어선 적 있었다

절 마당 가득하게 빗살무늬 그려대는

싸리비질 소리를 피해 가다가

한번 피운 꽃잎을 접지 못하고

천년을 환하게 웃고 서 있는

한 송이 탑꽃을 우러른 적 있었다

캄캄한 바위 속을 뚫고 피어서
천년의 빛깔과 천년의 향기를 바위처럼
단단하게 붙들고 있는
철감선사 사리탑!

자지러지게
자지러지게
보듬은 적 있었다

茶性庵은 구산선문 사자산파를 철감선사(澈鑑禪師)가 입적한 암자. 주위에 자생하는 차나무가 많기로 유명하다.

운달산 금선암

청산에 들면 숨소리도 푸르다
굴참나무 몇 그루
몸뚱이 속으로
옮겨 앉은 것 같다

청산에 들면 핏줄이 고요하다
정갈해진 몸속에
법당 한 칸 세울
자리 있을 것 같다

金仙庵은 원시림이 짙푸른 운달산 정상에 자리한 단칸집 암자. 보이는 것이라곤 푸른 하늘과 푸른 숲뿐인 완벽한 녹색공간이다.

호구산 염불암

염불암 목탁 소리 바다에 뜨면
끼룩대던 갈매기도 합장을 하고
돌탑 위를 빙빙 돌다 날아가대요

念佛庵은 남해 용문사 뒷산에 자리하여 남해를 굽어보고 있는 암자이다.

재약산 내원암

살다 보면 외로운 날이 있다
핏줄이 휘도록 적막한 날이 있다
그런 날엔 아무렇게 자라난 풀 한 포기에게도
다정하고 싶을 때가 있다

살다 보면 그런 날이 있다
눈꼽 같은 꽃망울을 피우기 위해
여름 한철 풀포기를 가슴에 안고
젖꼭지를 내어준 햇빛의
그윽한 시선과 마주칠 때가 있다

그런 날엔 내 몸도
무엇엔가 포근하게 안기고 싶다
깊은 산 적적한 절집에 들어
입술이 뽀얗도록 젖꼭지를 빨고 싶다

內院庵은 판사 출신 승려였던 효봉 스님이 수행하던 표충사 부속암자이지만 지금은 찾는 발길이 드물어 적적한 기운이 감돈다.

팔공산 중암

팔공산 꼭대기 아슬한 절벽을 허리 휜 노인이 기어오른다
가볍고 헐거운 껍질 틈새로 거친 숨소리가 자꾸만 새고 있다. 바람이 새고 있다.
바람이 샐 때마다 조금씩 조금씩 꺾이던 허리가 법당 앞에 기어이 기울고 만다
오래된 돌탑처럼 가볍고 헐거운 껍질이 일순에 허물어져 동그랗게 엎드린다
엎드린 육신이 동그란 무덤처럼 편안해 보인다
中庵은 팔공산 꼭대기 깎아지른 절벽 위에 자리한 조그만 암자이다.

오대산 중대암

큰 산에 눈발 쌓여 무릎까지 하얗다
길 없는 실에
깊은 발자국을 찍으며 들어선
오대산 중대암

돌담 밑에 뿌려놓은 먹이를 다투는
산짐승 날짐승들 허기진 눈빛이
나처럼 먼 길을 걸어온 것 같다

눈발이 쌓이면 큰 산도 문을 걸고

죽은 듯 꼼짝 않고 지내는 줄 알았더니

그런 게 아니구나

절집으로 나 있는 산문을 활짝 열고

품에 든 목숨들을 쓰다듬고 있었구나

그래서 큰 산마다 절집을 세워놓고

산으로 드나드는 문을 달아 놓았구나

中臺庵은 오대산의 다섯 봉우리 즉 동대, 서대, 남대, 북대, 중대 가운데 중대에 자리한 사자암獅子
庵을 인근 주민들은 중대암으로 부른다.

책과 자주 만나자

최근 책사랑 운동이 온오프라인을 중심으로 활발하다. 뜻있는 일
이다. 우리 세대가 학교 다닐 때 교육정책의 슬로건은 '아는 것이 힘
이다'였다. 선생님들은 한결같이 책 속에 길이 있다고 했다. 서울 세
종로 사거리에 있는 큰 서점을 지나다 보면 '사람은 책을 만들고, 책
은 사람을 만든다'는 돌에 새긴 큼직한 글이 눈에 띈다. 금언이 아닐
수 없다.

요즘 사람들은 책을 좋아하지 않는 것 같다. 한국인의 독서에 관한
여러 통계 수치가 그렇고, 직접 만나는 사람에게서도 쉽게 확인할 수
있다. 성인의 대화에서 책이나 독서에 관한 얘기를 듣기는 어렵다. 무
엇보다 책을 사지 않는다고 한다. 1년에 3권 이상 책을 사서 읽는 이
가 드물다니 놀랍다. 동네 어귀의 친근했던 작은 서점이 하나둘 사라
진 모습도 오래되었다. 최근 이름만 대면 알 만한 인문학 교수님을
만나 책에 대해 얘기를 나눴다. 그분은 굳이 다양한 책을 볼 필요가

없는 교육시스템이 근본적인 문제라고 진단했다. 대학에 가기까지 주어진 시간은 한정돼 있는데 입시 위주의 과중한 학업을 수행하자면 자연스럽게 책에서 멀어진다는 뜻이다. 다양하고 폭넓은 독서라는 말은 그럴듯해 보여도 사실 입시 측면에서 보자면 효용성과 실용성이 떨어진다. 그런 과정을 거치면서 나이에 걸맞은 독서 능력을 자신도 모르는 사이에 상실했다.

지도층이 자나 깨나 놓치기 싫어하는 효용성에 관하여 지난 수십 년간 욕심껏 살아온 끝에 도달한 이 혼란스럽고 천박한 현실에 대해 덕담만 나누기는 곤란하다. 기성세대와 앞으로 이 나라를 책임질 세대가 함께 보여 주는 우리 사회의 자화상이 쓸쓸하다. 효용성만 추구하는 틈에 학생들의 인지능력은 경제협력개발기구(OECD) 회원국 중 최하위를 기록했다. 소위 명문대에 들어간 대학생도 창의적인 도전에 뛰어들기보다 쉽게 현실에 안주하려는 경향을 진하게 보여 준다. 우리 사회는 교육의 원론적인 목적과 그것이 갖춰야 할 당연한 가치로서의 실용성에 대해 심각한 오해를 하는지 모르겠다.

다양한 책을 통해 합리적인 판단력을 기르고, 삶이 추구해야 할 진정한 가치를 반성하며, 더불어 살기 위한 인간미를 갖추는 일이 모두 비실용적이라면 우리가 집착하는 실용성이란 도대체 무엇이고, 무엇을 위한 것인가. 그런 교육과정을 거친 젊은이의 인성이 나날이 파괴된다면 교육을 통해 이루고자 하는 것은 무엇인가.

더 늦기 전에 책으로 돌아가야 한다. 인간이 인간답게 살아가려면 책이 필요하다. 이 단순한 진리를 잊기 때문에 사회의 모든 소통이 왜곡된다. 타인의 의도를 이해하지도 믿지도 못하는 사람이 된다. 중국의 '예기(禮記)'에 "다듬지 않으면 옥이 아니요, 책을 읽지 않으면 사

람이 아니다"라는 말이 있다. 옥으로 성장하도록 만들어 주는 진정한
실용성을 책 속에서 찾자(손풍삼, "책 읽는 대한민국을 위해" 동아일보, 2007. 5. 24).

책을 만나면 눈이 커진다.

인간은 생각하는 동물, 생각하기에 존재한다, 먹고 자고 하루하루
를 꾸려 가는 하루살이 인생이 아니라 도대체 왜 살아야 하는지, 어
떻게 살아야 하는지 거듭 돌이키면서 살아야 하는 삶 아닌가.

예술중학, 예술고와 미술대학을 거쳐 대학원까지 무난하게 미술가
의 정도를 걷던 내가 세상을 홀로 짊어져야 하는 벌을 받은 양 '생각
하는 짐승'이 되었던 1994년을 잊을 수가 없다.

"젬마야, 넌 왜 미술 작업을 하니? 네가 그림을 그리는 이유가 뭔
데?"라는 질문과의 충돌. 아니, 내가 그럼 생각 없이 살았다는 것인가.
이런 질문을 받다니… 매우 불쾌하고 용납하기 힘들었지만 이내 무
지의 문이 열리며 비집고 들어오는 새로운 인식의 빛을 막을 수는 없
었다. 거부하기에 너무 강렬했고 받아들이기엔 너무 고통스러운 무게
였다.

"그래, 내가 왜 그림을 그리지? 그림만이 내 인생의 전부인가? 그렇
다면 나는 어떻게 살아가야 하는가."

고민은 꼬리에 꼬리를 물고 세상과 삶의 목적에 대한 갈증을 더해
가며 사막의 오아시스처럼 종착한 곳이 바로 철학이었다. 대형서점의
철학코너에서 이것저것을 비교하고도 내가 선택한 책이 바로 『철학
의 세계』(강성률 지음, 한울, 1994)이다. 이 책은 철학을 크게 서양과 동양으
로 구분하고 시대적인 흐름에 따라 흘러간다. 서양철학은 고대철학,

기독교를 중심으로 한 중세철학, 합리주의와 경험주의와 계몽주의와 칸트 독일관념론을 총괄하는 근세 철학, 마르크스와 쇼펜하우어와 프로이트와 니체 등 거장의 철학세계를 간파하는 현대철학을 포함했다. 동양철학은 중국과 인도의 지역적 구분으로 읽어내어 그야말로 철학의 세계를 총망라하고 있다.

무엇보다 이 책에서 얻은 큰 수확을 꼽는다면 종교가 아닌 철학으로서의 불교를 접하는 기회가 되었다는 것이다. '젬마'라는 세례명을 가지고 천주교라는 굴레에서 내가 가지고 있었던 타 종교에 대한 편견을 벗고 진정한 종교의 의미에 접근하는 기회가 되었다. 비록 철학자나 학파들에 대한 깊이 있는 접근에는 미치지 못했지만 인생을 알고자 하는 목마른 문외한에게 단숨에 여러 사유를 맛보게 해 주는 철학 뷔페 상차림과 같은 책, 인생과 예술에 대한 진지한 사유를 할 수 있는 삶의 태도를 마련해 준 책이다.

오랜만에 색 바랜 추억의 책장을 다시 넘겨본다. 드로잉북을 방불케 할 정도로 곳곳에 줄 친 문장을 쓰다듬고, 구석구석 남긴 독백의 흔적을 더듬으며 당시 간절하고 의욕적이었던 삶의 에너지를 재충전해 본다(한젬마, "내가 요즘 읽은 책: 철학의 세계" 동아일보, 2001. 10. 27).

독서는 영혼의 행위이다

역사적으로 최초의 책 읽기는 수도사들의 성경 읽기에서 비롯되었다고 한다. 독서란 책을 읽는 개인이 북적이는 군중을 떠나 외롭게 내면을 들여다보는 영혼의 행위이다. 독서란 단순히 책에 기록된 문자를 추적하고 페이지를 넘기는 행위가 아니라 문자와 문자로 조형

된 세상, 그리고 그 사이 행간에 은닉된 사유와의 만남이다_{(강유정, "왜 가}
을은 독서의 계절일까?" 서울경제, 2006. 11. 4).

왜 책을 읽어야 하는가? 건축가 송효상은, "전문가는 남과 다른 브
랜드가 있어야 한다. 이를 위해 책을 읽어야 한다. 본질에 관련된 책
을 찾아 읽고, 파고들어야 한다"라고 말한다. 『서른 살 직장인 책읽기
를 배우다』를 공동 집필한 구본준과 김미영은 생각하는 틀을 바꾸는
것이 진정한 자기계발이며, 제대로 된 책 읽기가 그 유일한 해결책이
라고 주장한다. 정운찬 서울대 교수는 "책을 읽으면 전에 몰랐던 세
계를 접하게 되고, 호기심을 갖게 되고, 그래서 질문을 하게 만든다.
이 질문 과정에서 전과 다른 생각을 하게 되고, 이것이 새로운 아이
디어가 되어 창의력으로 이어진다"라고 말한다. 반면 이어령 교수는
"독서 행위 자체에 함몰되는 책벌레는 행동은 없고, 현실에서 동떨어
진 생각만으로 치우치게 된다"고 경고한다. 책 읽기는 낡고 고루한
것이 아니라 가장 실용적이고 현실적인 자기계발 수단이다. 남이 시
키는 일만 할 것인가 창의성을 발휘할 것인가.

독서는 자기 스스로 즐기는 일이자, 놀이인 만큼, 자기한테 알맞고
즐거운 책을 자기 스스로 골라야 한다. 고르는 방법에 가장 좋은 방
법은 없다. 아무리 좋은 책이라 해도, 독자가 참된 가치를 느끼지 못
하면 종잇조각에 불과하다. 아무리 나쁜 책이라 해도 독자가 어떻게
곰삭히고 받아들이느냐에 따라 도움이 되고 안 됨이 갈린다. 좋은 책
을 알아보고 즐긴 사람들은 왜 자기들이 겪은 어려움을 차근차근 풀
어내면서 어려움을 헤칠 시간에 더 좋은 책을 보도록 사람들을 이끄
는 일을 하지 않는가.

우리가 읽는 책은 심심할 때 시간 죽이는 읽을거리이든, 잘 모르는

것을 알아보는 읽을거리이든, 참답고 밝은 삶을 비추는 깨달음을 얻는 읽을거리이든, 가슴에 와 닿는 이야기가 되어야 한다. 가슴에 와 닿는가, 아닌가가 중요하다(최종규, 헌책방에서 보낸 1년. 그물코: 2006).

독서는 책을 읽는 개인적인 행위이며, 책의 내용을 각자의 지적인 수준과 정서적 상태 및 경험에 따라 개별적으로 이해하고 해석하게 되는 지극히 개인적이고 주체적인, 지적인 활동이다. 이것은 곧 도서관에서 독서를 한다는 것이 왜 자유로울 수 있고 주체적일 수 있으며 민주적인 활동인지 또 도서관에서의 독서와 그것을 진흥시키기 위한 프로그램이 왜 개발되고 운영되지 않으면 안 되는지에 대한 해답이기도 하다.

독서는 존재를 확인하는 지적인 행위이다. "누가 나를 여기에 보냈을까? 누구의 명령과 지침에 의하여 이 공간과 이 시간이 나에게 할당되었을까?" 이는 『팡세』에 나오는 파스칼의 독백이다. 너나없이 시간과 치열한 싸움을 하며 살아가는 현대인에게 진정한 삶과 행복은 어떤 것인가? 나는 누구인가? 신은 존재하는가? 나는 무엇을 아는가? 나는 무엇을 위하여 사는가? 이런 보편적인 질문에 대한 해답은 책과의 만남을 통하여 얻을 수 있다. 그러니까 헤르만 헤세의 말처럼, "인간의 정신이 만든 가장 위대한 세계를 책의 세계라 한다면, 독서를 하지 않는 것은 우리의 삶을 포기하거나 배신하는 것이다."

독서를 통하여 다음과 같은 서로 다른 중산층의 정의를 만남으로써 우리는 참된 삶과 행복의 의미를 새삼 깨닫게 된다.

중산층이란 4년제 대학을 졸업하고, 한 직장에서 10년 이상을 다니고, 30평 이상의 아파트를 가지고 있으며, 2천cc 이상의 승용차를 타는 사람이다(이름이 밝혀지지 않은 한국인).

중산층이란 하나의 외국어를 구사할 수 있어 세계여행을 자유롭게 다니며 많은 경험을 할 수 있어야 하고, 한 가지 스포츠를 즐길 수 있어 남과 어울릴 줄 알고, 악기 하나쯤은 연주할 수 있어 여가를 즐길 수 있으며, 한 가지 요리 정도는 할 수 있어 남을 대접할 줄 알고, 사회 정의가 흔들릴 때 용기 있게 나설 수 있는 사람이다(프랑스 대통령 풍피두).

침팬지와 오랑우탄의 DNA는 인간의 그것과 99% 정도가 같은데 놀랍게도 살아가는 모습은 전혀 다르다. 특히 동물은 배만 부르면 행복하지만 사람은 배만 불러서 행복할 수 없는 동물이다. 어찌 된 셈일까? 그 해답은, 사람은 시간을 잘 알고, 중요하게 생각하는 존재라는 것이다. 동물은 시간 개념이 없으므로 과거와 미래가 없이 오직 현재만 있는 반면에 사람은 과거사를 되돌아보고, 현재를 인식하고 의사결정을 하며 다양하게 미래를 꿈꾸는 존재이기 때문이다. 사람은 문자와 숫자라는 약속된 기호에 시간의 개념을 더하고, 상상력과 창의력을 발휘하여 문화와 문명을 이룩하였고, 이 일은 계속될 것이다. 인류의 문화는 시간의 문화이다. 시간을 잘 관리하는 사람은 행복한 사람이다.

대한민국과 원자력의 만남

"원자로를 개발하지 못하면 다 함께 태평양에 빠져 죽자고 다짐했어요. 당시 원자력연구소 연구원들은 목숨을 걸고 원자로 개발에 매달렸어요." 한국 원자력계의 대부 한필순 전 원자력연구소장의 회고이다. 그는 1984년부터 1991년까지 소장으로 재직하며 한국형 원자로 개발, 핵연료 국산화 등을 이끌며 원자력 국산화의 기틀을 다졌다.

박정희 대통령의 서거로 정권이 바뀌면서 연구소는 사실상 해체될 분위기였다. 사기는 땅에 떨어지고 연구소를 떠나려는 연구원도 많았다. 산업계는 물론 연구소 내부에서도 반대가 너무 심해 포기하려고 했으나 이런 프로젝트는 돈이 아니라 정신력으로 한다는 자각으로 도전은 계속되었다. 외국 기술로 조합한 '짜깁기 기술'이라는 비아냥, 전기가 남아도는데 정치자금을 내려고 대형 연구를 시도한다는 비난과 감시 등이 잇달았다. 서경수, 김병구, 이병령, 김시환, 임창생, 김동수 박사 등의 피나는 노력이 계속되었다(weekly 공감, no. 46. 2010. 1. 27).

"2009년 12월 27일 저녁 UAE에서 날아온 '400억 달러 UAE 원전 수출 계약' 소식에 심장이 멎을 것 같은 충격을 받았다. 왜냐하면 이는 바로 한국이 원자력 기술식민시에서 원자력 기술독립국으로 테어닌 것을 전 세계에 공표하는 날이기 때문이다." 장인순 전 원자력연구소장의 말이다.

오천 년의 역사를 자랑하는 조용한 아침의 나라는 아름다운 산하를 가졌으나 천연자원의 축복을 받지 못했다. 뿐만 아니라 20세기 들어 세계를 선도하는 과학문명에 동승하지 못해 외세의 침략과 조국 분단 그리고 민족상잔이라는 질곡에서 세계에서 유일하게 허리가 잘린 나라가 되고 말았다.

1948년 5월 14일. 이날은 북한이 예고 없이 송전을 중단하여 한국이 전기가 없는 암흑의 나라가 된 바로 그날이다. 북한이 단전하자 미국은 6900Kw 발전함 일렉트라함을 인천항에, 2만Kw 자코나함을 부산항에 각각 보내 선상에서 발전하여 전기를 공급했다. 그만큼 절박한 상황이었다.

1950년대 국민소득 80달러 시대에 이승만 대통령은 원자력연구소를 설립하고 미국이 건설비의 절반을 부담하는 소형 연구용 원자로를 건설함으로써 매우 기초적인 원자력 연구개발이 시작되었다. 1970년 국민소득 200달러 시대에 박정희 대통령은 '고리 1호기'의 건설에 착수하여 1978년 완공함으로써 원자력 발전의 시대를 열었다.

'고리 1호기'가 가동되면서 원자력에 관한 관심이 높아졌다. 그러나 1979년 10·26사건을 계기로 정치적 혼란에 빠지면서 원자력연구소는 설 땅을 잃었다. 결국 원자력연구소는 한국에너지연구소로 치욕의 창씨개명을 하게 되었다. 눈물과 질곡의 역사 위에서 핵연료 국산화 사업, 연구용 원자로 개발 사업, 한국표준형 원자로 개발 사업 등 원자력 기술 개발 사업은 일주일에 80시간 이상을 연구에 몰두한 연구원들의 열성으로 이루어졌고, 드디어 1989년 핵연료 국산화 사업이 성공을 거두었다. 1990년 한국원자력연구소는 부활되었다.

원자력 연구 개발에 얽힌 수모, 고초, 에피소드 등을 좀 더 살펴보자. 전술한 바와 같이 연구소의 이름을 바꾼 창씨개명, 북한의 핵실험에 침묵으로 일관한 반핵 단체들의 집요한 폭력과 그로 인한 심신의 고통 그리고 잃어버린 시간과 돈과 열정, 엽전이 무슨 원자력 기술 자립이냐는 부정적 시각, 한국표준형 원전의 존재에 대한 시비, 1996

년 원자력연구소가 개발한 기술과 인력을 산업체로 이관하는 문제의 어려움과 고뇌 등이 그것이다. 다시 장인순 박사의 회고담이다.

한창 한국 표준형 원자로에 관한 시비가 있었을 때 어느 중요한 회의 장소에서 어떤 고명한 교수 한 분이 아주 언짢은 표정으로 '장박사, 요즘 말썽 많은 한국표준형 원자로가 정말 있는 거요?' 하면서 주위의 모든 사람들에게 동의를 구하는 태도로 말한 적이 있었다. 나는 몹시 화가 났지만 꾹 참고 '서울 시내를 달리는 그랜저는 국산 차입니까, 미국 차입니까?'라고 반문했더니 그때서야 머리 좋은 그분을 포함한 모든 사람이 '이제 알겠다'라고 말했던 기억이 생생하다. 당시 청계천 상가는 우리가 찾는 국적불명의 부품이 모두 있었다. 그런 탓으로 우리는 연구 개발에 필요한 주요 부품을 구하기 위해 청계천 상가를 구석구석 뒤졌다. 한국산 탱크가 개발되기 이전에 청계천 상가는 탱크도 만들 수 있다는 소문이 돌았을 정도였다. 전술한 바와 같이 원자력 기술 개발은 국가 최고 경영자의 관심과 지원이 필수적이다. 그런 점에서 가난이 상식으로 통했던 시절에 원자력연구소를 설립하고 연구용 원자로를 건설하여 원자력 기술 자립의 의지를 확고히 한 이승만 대통령, 70년대 어려운 경제 상황에서 제2의 연구용 원자로를 건설하고 과감히 상용 원자로를 건설한 박정희 대통령, 80년대에 핵연료 국산화, 연구용 원자로, 한국 표준형 원자로 개발 등 대형 원자력 연구 개발을 지원한 전두환 대통령, UAE 원전 수출 계약을 원자력에 관한 지식과 신념으로 지원한 이명박 대통령에게 감사한다. 또 초창기 한국원자력연구소 소장 한필순 박사, 이정오, 김성진 두 과학기술처장관, 박정기 한국전력 사장 등에게도 감사한다(고대교우회보, 제474호. 2010년 1월 11일자).

앞으로 한국 원자력계가 할 일은, 개발 중인 해수담수화 원자로, 수소생산 고온가스 원자로, 지역난방용 원자로, 대형 선박동력 원자로 개발 등 무궁무진하다. 우리나라 원자력 연구자들은 자만하지 말고 더 안전하고 효율적인 원자력 기술 개발에 정진해야 한다(고대교우회보, 제474호. 2010년 1월 11일자).

설날의 미풍양속

음력 1월 1일 즉 정월 초하룻날은 설날이라고 하여 일 년 중 우리 민족의 가장 큰 명절이다. 묵은해를 보내고 새해를 맞이하는 첫날이니 복되고 탈 없는 한 해를 비는 뜻으로 여러 가지 행사와 놀이를 한다.

설빔

설날에 입는 새 옷과 양말(과거엔 버선), 신발을 통틀어 '설빔'이라 한다. 특히 아이들은 까치저고리라고 하는 색깔 고운 색동저고리를 입는데, 이는 대표적인 때때옷이다.

차례와 음복

집안의 조상들에게 차를 대접하는 의미로 지내는 '차례(茶禮)'를 위하여 떡국과 탕, 과일, 술, 포, 식혜 등을 차린다. 차례를 지내는 조상의 범위는 돌아가신 부모님, 조부모님, 증조부모님, 고조부모님 등이시다. 차례가 끝나면 차례상에 올렸던 음식들을 나누어 먹는데 이를 '음복(飲福)'이라고 한다. 조상들께서 드셨던 음식을 받아먹음으로써 그 덕을 물려받는다는 뜻이 있다.

세배와 덕담

'차례'가 돌아가신 분들에게 올리는 예의라면 '세배'는 살아계신 어른들에게 공경의 마음을 표하는 예의이다. 세배를 드릴 때 "절 받으세요"라고 말하는 것은 예의에 어긋난다. 그런 명령조의 말보다 "세배 드리겠습니다"라고 하는 게 좋다. 그러면 어른들은 건강을 빌어주거나 소원 성취하라는 등 좋은 말을 해 주는데 이것을 덕담(德談)이라 한다. 어른들은 앞으로 돈을 많이 벌라는 뜻으로 세뱃돈을 준다. 과거엔 곶감이나 한과 등 전통 식품을 주거나 책이나 학용품을 주었는데 요즘은 아이들에게 돈을 주기도 하고 문화상품권이나 도서상품권을 주기도 한다.

설음식

설날 먹는 대표적인 음식은 떡국이다. 떡국은 장수를 기원하는 뜻에서 흰 쌀을 쪄서 길게 뽑은 가래떡을 알맞게 말린 것을 납작납작하게 썰어서 끓인 다음, 잘게 다져서 익힌 쇠고기 가루, 달걀 노른자위를 터뜨려 부친 것, 잘게 부순 김 조각 등 고명(condiment)을 얹어서 먹는다. 만둣국, 식혜, 수정과, 다식 등 여러 가지 음식을 만들어서 이웃과 나누어 먹는다.

놀이

설날에 어른들은 주로 윷놀이, 칠교놀이, 투호놀이, 고누놀이를 하고, 아이들은 연날리기, 제기차기를 하며 여자들은 널뛰기를 즐긴다. 옛날에는 마을 사람들이 모여 새끼줄을 굵게 꼬아, 양쪽에서 끌어당기는 고싸움놀이를 했다. 이런 놀이는 각각 풍년을 기원하거나 복을 빌거나 건강을 소망하는 등의 뜻을 가지고 있다.

복조리, 청참

설달그믐 특히 설날에 대나무를 쪼개 만든 '복조리'를 사는 풍습이 있다. 조리는 쌀을 씻을 때 돌을 고르는 도구인데 설날에 사는 조리는 복이 묻어 들어온다고 하여 복조리라고 한다. 일 년 동안 쓸 조리를 이날 새벽에 몽땅 사서, 두세 개씩 묶어서 문 위에 걸어 둔다.

그밖에 '청참'은 새해 첫날 새벽에 밖에 나가서 가장 먼저 어떤 짐승의 소리를 들었느냐에 따라 그해의 농사가 풍년이 들 것인가를 점치는 것을 말한다. 또 설날 밤에 각자 신발을 방 안에 들여놓고 자는 풍습이 있다. 앙괭이(야광귀, 夜光鬼의 동의어)라는 귀신이 신발을 신고 가면 그 신발의 주인은 그해의 운수가 좋지 않다고 믿기 때문이다.

경인년의 희망

금년은 庚寅年, 호랑이 해, 그것도 상서로운 백호란다. 김명인 시인은 신년시 「범 가는데 바람 가듯」에서 새해를 이렇게 노래한다.

범 가는데 바람 가듯

한 해의 기상이 새날로 지폈으니
경인년 새해 아침 설원(雪原)을 가로질러
환한 햇살로 달려가는 백호를 보라

우리가 떨면서 아로새겨온 혼신(渾身) 아닌가!

지축(地軸)을 박차고 포효(咆哮)하여라,

맹호는 굶주려도 풀을 먹지 않느니

그렇다, 호(虎) 시절 그 교정에서 키운 의기처럼

새해 불끈 솟았으니,

생명이라면 온갖 초본(草本), 뭇 짐승과 더불어

소망이라면 온 인류의 염원을 모두 합쳐

누리 위에 우뚝 솟은 벅찬 해, 또 무궁

우리, 꿈꾸며 사랑하며 펼쳐가리!

새날의 기개, 너의 날램, 땅 끝까지 어디든,

범 가는데 바람 가듯!

제품과 통계정보

　신제품을 개발하거나 마케팅 전략을 세울 때 통계수치를 이용하는
것은 경영학의 기본이다. 특히 국가 기관의 통계는 신뢰도가 높고 별
도의 비용을 들이지 않아도 된다는 장점이 있다.

　한국의 전통식품을 어떻게 상품화할 수 없을까 고민하던 (주)대상
의 청정원 마케팅팀은 '해외 관광 여행자 수' 통계를 보고 무릎을 쳤
다. 1998~2002년, 내국인 출국자가 연평균 24%씩 급증하고 있었기
때문이다. 해외로 나갈 때 고추장을 간편하게 들고 갈수 있게 하면

잘 팔리겠다고 판단한 것이다. 결국 치약처럼 생긴 튜브에 한두 끼 분량의 고추장을 넣은 제품을 만들었다. 이렇게 탄생한 튜브형 '순창 쇠고기볶음 고추장'은 이젠 해외 여행객의 필수품이 되었다. 이 제품의 매출액은 2004년 19억 7,700만 원에서 지난해 35억 2,100만 원으로 급증했다. 올해는 52억 원 정도로 예상된다.

알코올 도수를 20도로 낮춘 두산의 '처음처럼'은 '음주현황' 지표와 '여성 경제활동 참가율'에서 힌트를 얻은 제품이다. 1998년 이후 여성 음주율과 여성의 경제활동 참가율이 급증하는 점에 착안한 것이다. 제품 개발 과정에 여성 소비자를 대거 참여시켰고, 경품으로 화장품을 제공하는 등 순한 이미지를 부각시켰다. 결국 약 6개월 만에 판매량 1억 병을 돌파하는 히트상품이 되었다.

CJ의 '햇반'과 오뚜기의 '씻어 나온 쌀'은 인구주택 총 조사에서 '나 홀로 가구(1인 가구)'가 늘고 있는 점에 주목한 상품이다. CJ는 1985년 66만 가구에 불과하던 나 홀로 가구가 1995년 164만 가구로 급증하는 것을 보고, 2~3분만 데우면 먹을 수 있는 즉석밥을 상품화하였다.(홍석민 smhong@donga.com, 동아일보, 2006. 10. 17).

통계정보는 정보의 한 부분이며 그런 까닭에 정보 본래의 기능, 즉 새로운 정보의 생산을 자극하고 의사결정을 도우며 궁극적으로 성장과 발전의 밑거름이 된다는 의미와 가치를 지니고 있다.

예술의 본질은 구도와 같다

카피라이터 최인아의 지친 어깨를 펴 준 소설가 강석경. 나는 주변에 책 선물을 잘한다. 선물은 내가 읽고 좋았던 책 중에서 한다. 가장 많이 선물한 책은 따져 보지 않아도 강석경의 『일하는 예술가들』이다.

몇 년 전 조희봉이라는 분이 이윤기 선생을 좋아해 그의 작품을 모조리 읽고 그 얘기를 『전작주의자의 꿈』이라는 책으로 펴냈는데 나야말로 강석경의 전작주의자(全作主義者)를 자처할 만하다.

세상이 치는 그의 출세작은 『숲 속의 방』일 거다. 하지만 내가 치는 그의 대표작은 1987년에 나온 『일하는 예술가들』이라는 인터뷰집이다. 그 책과 나와의 만남은 본질적이라 할 만한데 그 무렵 나는 광고에 입문하고도 한참이나 자리를 잡지 못하고 방황하던 터였다.

이 직업의 보람이 무엇인지, 세상에 어떤 가치를 발생시키는지 알수 없었다. 그때 만난 책이 강석경의 『일하는 예술가들』이다. 예술가 열네 분과의 인터뷰를 엮은 이 책은 예술의 본질이 무엇인가를 묻고 그것은 구도(求道)와 다름없음을 행간마다 적어 놓은 글이다. 화가 장욱진 선생 인터뷰에 이런 대목이 나온다. "네가 하는 일이 불도(佛道)에서 하는 일과 똑같다. 화가는 화가로서, 사업가는 사업가로 사는 거다." 이는 장욱진을 출가시킬 마음을 접으셨다며 하신 만공 스님의 말씀이다. 이런 말씀들에서 스물일곱 나는 위안을 얻었다. 광고를 만들고 카피를 쓰는 것 또한 구도일 수 있다는 희망을 얻고서(최인아, "내 마음 속의 별, 강석경" 동아일보, 2007. 1. 13).

어찌 예술뿐이랴. 분야를 가리지 않고 발전에 이바지하고 문화에 공헌하려면 항간에서 말하는 장이가 되고, 전문가의 칭호를 얻어야 한다. 굳이 '일만 시간 성공의 법칙'을 꺼내들지 않아도 된다. 한 가지 일, 재미와 기쁨이 있는 일, 그래서 자연스럽게 열정을 쏟을 수 있는 일을 계속한다면 그는 분명 구도자와 다름없다.

4·18 고대생 의거

1960년 4월 1일, 개학을 맞아 모여든 고려대학 학생들은 교정 여기
저기에서 방학 동안 쌓인 회포를 혼탁한 정국에 대한 비분강개로 나
누고 있었다. 이러한 심상치 않은 분위기와 사명감을 외면할 수 없던
학생회 간부들은 4월 3일 신입생 환영회 준비를 위한 모임에서 거사
의 필연성에 대하여 의기투합하였다. 이날 종로2가 '수정궁다방'의
회동에서 정경대학운영원장 이세기와 상과대학운영위원장 이기택의
발표로 시작된 토론은 4월 8일의 '수정궁 2차 회동'에서 거사를 결행
하는 것으로 결론을 맺었다. 마침 김주열의 처절한 최후의 모습이 신
문지상에 보도되어 이들의 결의는 더욱 확고해졌고, 마침내 '수정궁
3차 회동'에서 4월 16일(토)에 봉기할 것을 확정하였다. 그러나 기밀
이 누설되어 학생회 간부들에 대한 경찰의 감시가 엄중하고 교수들
의 염려하는 마음이 두드러지는 등 교내의 기류에 이상이 생김으로
써 학생회 간부들은 신입생 환영회의 무기연기를 발표하고 거사일을
4월 18일로 변경하게 되었다.

당시 <고대신문> 편집국장 박찬세가 쓴 「우리는 행동성이 결여된
기형적 지식인을 거부한다」는 제하의 이 사설은 사회 현실에 대하여
신념을 확고히 하지 못하고 현실도피의 성향마저 보이는 학생들을
통렬히 공박했고 이는 그대로 학생들의 현실비판에 강한 추진력을
부여하였다.

첫 신호는 "인촌 동상 앞으로—4월 18일 12시 50분"이었다. 오전
수업을 마친 학생들은 이 신호를 주고받으며 본관 앞 인촌 동상 앞으
로 집결했다. 신입생 환영회에 쓰일 흰 수건을 이마에 두르고, 결의문

낭독, 스크럼, 데모에 돌입했다.

학생들은 "기성 정치인은 각성하라", "자기 행동에 책임을 져라", "학원에 자유를 달라" 등의 구호를 외치며 교문을 통과, 학교 앞에서 형사대와 가벼운 충돌, 안암지서의 50여 경찰대의 강력한 저지, 안암교에서 경찰과 충돌하여 학생 10여 명 부상, 대광고등학교 학생들의 환호성을 들으며 신설동 진입, 동대문을 거쳐 시내로 육박, 뒤처진 일부 학생들 형제주점 앞에서 해산당하는 가운데 학생들은 개별 행동으로 국회의사당 앞으로 집결 시작, 질서 정연하게 시위 계속, 종로4가에서 곤봉을 앞세운 경찰과 충돌하여 부상자 속출, 화신백화점 앞에서 교전, 오후 2시 국회의사당 집결, 농성, 일부 시민 가세, 유진오 총장의 설득, 대모 속행, 이철승 의원의 설득, 임시 학생 대표의 호소, 귀교 결정, 을지로 4가에서 종로 4가로 꺾어드는 순간 아, 뜻밖에 깡패집단의 습격, 부상자 속출, 격앙된 학생들 밤 8시 30분경 학교 도착, 8시 50분경 만세삼창을 끝으로 평화적인 시위를 마감했다. 이튿날은 4월 19일이다.

이날 낭독되고 배포된 '4·18선언문'은 <고대신문> 편집국장 박찬세가 기초하였는데 그 전문은 다음과 같다.

친애하는 고대 학생 제군!

한마디로 대학은 반항과 자유의 표상이다. 이제 질식할 듯한 기성 독재의 최후적 발악은 바야흐로 전체 국민의 생명과 자유를 위협하고 있다. 그러기에 생생한 증언자적 사명을 띤 우리들 청년 학도는 이 이상 역류하는 피의 분노를 억제할 수 없다. 만약 이와 같은 극단의 악덕과 패륜을 포용하고 있는 이 탁류의 역사를 정화시키지 못한다면 우리는 후세의 영원한 저주를 면치 못하리라. 말할 나위도 없이 학생이 상아탑에 안주치 못하고 대사회 투쟁에 참여해야만 하는 오늘의 20대는 확실히 불행한 세대이다. 그러나 동족의 손으로 동족의 피를 뽑고 있는 이 악랄한 현실을 방관하랴.

존경하는 고대 학생 동지 제군! 우리 고대는 과거 일제하에서는 항일투쟁의 총본산이었으며 해방 후에는 인간의 자유와 존엄을 사수하기 위하여 멸공전선의 전위적 대열에 섰으나 오늘은 진정한 민주이념의 쟁취를 위한 반항의 봉화를 높이 들어야 하겠다.

고대 학생 동지 제군! 우리는 청년 학도만이 진정한 민주 역사 창조의 역군이 될 수 있음을 명심하여 총궐기하자.

구호

1. 기성세대는 자성하라.
1. 마산사건의 책임자를 즉시 처단하라.
1. 우리는 행동성 없는 지식인을 배격한다.
1. 경찰의 학원 출입을 엄금하라.
1. 오늘의 평화적 시위를 방해치 말라.

당시 국문학과 교수이던 조지훈 시인은 다음과 같은 시를 남겨 이날을 기렸고, 이 시는 고대 시계탑 밑에 자리를 잡은 '4·18 비문'으로 새겨져 조용히 그러나 당당하게 서 있다.

자유!

너 영원한 활화산이여!

압제의 사슬을 끊고

사악과 불의에 항거하여

분노의 불길을

터뜨린

아! 1960년 4월 18일!

천지를 뒤흔든

정의의 함성을 새겨

그날의 분화구

여기에 돌을 세운다.

조지훈의 한국전쟁시

6·25동란 3년 중 가장 치열한, 실로 시산혈해(屍山血海)의 격전이었던 전장은 다부동(원) 전투였다. 그리고 전쟁의 흐름을 바꾸고, 대한민국의 운명을 결정지은 것도 바로 이 전투였다. 대구 북방 22㎞에 위치한 이곳의 행정구역은 경북 칠곡군 가산면 다부리. 특히 왜관 동북쪽의 다부동 고개는 팔공산, 황학산 등의 사이에 있던 요충지로, 조선시대 이래 문경새재를 거쳐 한양으로 통하는 유일한 길목이기도 했다. 연합군은 이곳을 중심으로 동남향으로 마지노선인 낙동강 방어선을 치고 있었고, 공산군은 이 전선의 돌파를 위해 최정예 3개 사단을 투입하는 집중력을 보였다. 아군 1사단장 백선엽 장군과 적군 3사단장 이영호 소장의 대결이기도 했다.

(전략) 피아 공방의 포화가 한 달 내리 울부짖던 곳/아아 다부원은 이렇게도 대구에서 가까운 자리에 있었고나/조그만 마을 하나를/자유의 국토 안에 살리기 위해서는/한 해살이 푸나무도 온전히/제 목숨을 다 마치지 못했거니/(중략) 스스로의 뉘우침에 흐느껴 우는 듯/길옆에 쓰러진 괴뢰군 전사/일찍이 한 하늘 아래 목숨 받아/움직이던 생명들이 이제/싸늘한 가을바람에 오히려/간 고등어 냄새로 썩고 있는 다부원/(중략) 살아서 다시 보는 다부원은/죽은 자도 산 자도 다 함께/안주의 집이 없고 바람만 분다. <다부원에서>

…불타 버린 초가집과/주저앉은 오막살이/이 붕괴와 회신(灰燼)의 마을을/내 초연히 지나가노니/(중략) 흩어진 마을 사람들 하나둘 돌아와/빈터에 서서 먼 산을 보는데/하늘이사 푸르기도 하다/도리원 가을볕에/애처로운 코스모스가/피어서 칩다. <도리원에서>

죽령은 구절양장(九折羊腸) 천험의 고개 위에 밤이 오는데/패주하는 적군을 몰아 우리가 간다./사람의 피로써 하마 짙은 단풍잎/검은 돌바위에 이끼도 핏빛으로 물이 들었다/불비에 녹아내린 탱크/강아지만치 타 오그라진 시체/아 터져 나온 뇌장(腦漿)에는 벌써 왕개미 떼가 엉겨 붙었다/이 마당에 죽음을 두려워함은 사치가 아니라 차라리 만용/어두운 밤하늘에 포문은 쉬지 않고 불을 뿜는데/구절양장 죽령은 천험의 고개/불을 죽인 트럭으로 조용히 기어간다(후략). <죽령전투>

의성에서 안동으로 죽령으로/바람처럼 몰아가는 추격전의 한때를/내 트럭에서 뛰어내려 목을 축이고/조찰히 피어난 들국화를 만지노라니/길가 풀 섶에 백묵으로 써서 꽂은/나무 조박이 하나/여기 괴뢰군 전사가 쓰러져 있다/그 옆에 아직/실낱같은 목숨이 붙어 있는 소년의 시체/(중략) 아 이는 원수이거나/한 핏줄 겨레가 아니거나 다만 그대

로/살아 있는 인간의 존엄한 애정!/누가 이 영혼에 총칼을 더할 것이냐/(하략)

(전략) 총알이 옆구리를 꿰뚫어도 총알이 가슴에 박혀도 불타는 생명의 곳집, 그 오묘한 세포 구석구석에 자리한 영혼을 샅샅이 명중하기 전에는 오직 적진으로 적진으로 달리는 부르짖음이 있을 뿐/아 죽음을 홍모에다 비긴 자에게만이 생명은 이렇게도 악착한 것이었노라/포탄의 태풍이 마을을 거두어 가버린 뒤 사람 그림자 하나 없고/개 닭소리조차 그친 마을에/오곡이 제대로 익어 제대로 썩을지라도 비바람을 무릅쓰고 산골짝에서 호곡하며 풀잎으로 목숨을 이으는 백성들/(하략) <전선의 서>

망우리를 돌아들면, 아 그리운 서울/예서 죽기로 했던 이 몸이 다시 살아/돌아오는 서울은 90일 전장/(중략) 내사 충성도 공훈도 하나 없이 돌아왔다/(중략)

버리고 떠나갔던 성북동 옛집에/피난 갔던 가족이 돌아와 풀을 뽑는다/밤길을 걸어서 아이를 데리고/울며 갔다는 먼 산 중 절간/아내는 아는 집에 맡겨논 보퉁이를 찾으러 가고 없고/도토리 따먹느라 옻이 올라 진물이 나는 세 살 백이 어린것을 안고 뺨을 부빈다. (중략) 애비를 잘못 둔 탓, 찢어져 죽었디면/어쩔 섯이냐/밤마다 죄지은 아프던 가슴/근심은 실상 그것밖에 없었더니라…

아버지가 안 계시다. 죽을까 염려하시던 자식은 살아왔는데/원수가 돌려준 아버지 세간/안경과 면도만이 돌아와 있다. 어머니는 아직 짓밟힌 고향에서 소식이 없다./서른을 넘어서 비로소 깨달은 내 육친에의 사랑이 아랑곳없음이여/(하략). <서울에 돌아와서>

지훈 선생의 춘부장 조헌영 선생은 공산군에 납북되어 종적을 알 수 없었기 때문이다. 그는 와세다대학에 유학하고, 신간회 동경지부장과 제헌 국회의원을 지낸 이 시대의 인텔리였다.

다음의 두 글은 통과의례식의 글이 아니라 학술세미나의 성격에 맞게 꽤 학술적이다. 이런 생각으로 두 글을 실었다. 우리는 학술세미나, 학회 등에서 배부되는 문헌 즉 공식적인 출판과정을 밟지 않고 출판되는 문헌을 비출판문헌이라고 부른다. 비출판문헌을 수집하고 이용하기란 쉽지 않은가 하면 거기에 수록된 정보는 의외로 우수한 정보일 가능성이 높다.

인사 말씀

제1회 국제학술대회, "동서문학에 나타난 여인상", 명지대학교 인문과학연구소 주최, 1994. 10. 7.

이 사람이 지난 3월 2일부터 인문과학연구소를 운영하면서 워낙 천학 비재한 터라 일반 통상적인 일에서조차 어려움이 많았는데 이에 한 걸음 나아가 국내외 석학들을 모시고 국제학술세미나를 개최하자니 그 어려움은 말로 표현이 어려울 정도지요. 그런데 다행히 교내외를 막론하고 불비한 이 사람을 적극 도와주셔서 오늘 이 자리를 마련하게 되었습니다. 학교에서는 총장님으로부터 특히 서울캠퍼스 부총장 이일균 박사님의 자상한 배려와 운영 인문대학장, 인문대학 교수님들, 관련된 교직원들의 열렬한 후원, 교외로는 연구와 지도에 여념이 없으심에도 개의치 않으시고 학술세미나에 발표와 토론으로 적극 참여하시어 도와주시거나 성원해 주신 학계에 계신 교수님들, 그리고 저의 어려운 여건을 감안하시어 한국어로 발표하기로 선뜻 허락하시고 원고를 써 주시고 오늘 이 자리에서 발표하실 영국의 도일 교수님과 중화민국 국립정치대 진축삼 교수님, 네바론의 무함마드 깐수 교수님께 이 자리를 빌려 진심으로 감사를 표하는 바입니다.

오늘 국내외 석학들을 모시고 토론하고자 하는 주제는 "東西文學上에 나타난 女人像"입니다. 인류의 절반 이상이 여성일 것이고 우리나라의 현상으로는 여성은 가정의 주부요, 아내요, 어머니요, 남성의 연인이요, 더러는 사회생활을 이끌어 가는 선도적인 위치에서 활동하기도 하지요. 여성들의 역할을 다시 고대사회로부터 현대사회까지 이어오면서 개관해 본다면 수렵시대, 원시 농경시대, 석기시대, 청동기시대, 철기시대, 고도 산업사회로 넘어오면서 동서양을 통틀어 변화하지 않은 것은 여성으로서의 가정주부, 어머니, 연인의 위치일 것입니다. 그러나 이를 좀 더 깊이 통찰해 보면 위와 같은 엄연한 여성의 위치를 확보하고 있으면서도 동양의 봉건시대 유교사상이 지배하고 있을 때는 여성들에게 혹독하리만큼 인고(忍苦)를 요구했는가 하면, 여성으로서 남성에 대등한 위치에 서기는 고사하고 억눌려 살아오면서 여성-한 인간으로서의 숭고한 인격을 존중받지 못하고 남성들의 그늘에서만 살아왔던 때도 있을 것입니다. 저는 중국문학을 전공했기 때문에 중국문학 작품상에 나타난 단적인 예이기는 하지만 『上山采蘼蕪(상산채미무)』라는 작품을 보면, 이는 중국 한대 악부시(樂府詩)인데 자품 중에 이혼당한 전처가 전남편을 만나 단정한 모습으로 무릎 꿇고 예를 갖춘 뒤, 문안을 여쭌다든가, 지금 살고 있는 후처가 측문으로 드나들지 않고 정문으로 출입한다고 표현해 중국 봉건시대 여인의 억압상이 적나라하게 드러나고 있습니다.

오늘날, 현대 고도 산업사회를 살아가면서 건강한 사회를 이룩하려면 여성들의 직업과 가정, 사랑과 성, 남녀관계와 부모자식 관계 등 모든 면에서 필연적으로 여성의 올바른 자리매김이 있어야 할 것으로 봅니다. 특히 우리나라는 고도 산업사회를 지향하는 길목에서 달갑지 않게 일어나는 일부 소수이기는 하지만 도덕불감증, 법 경시주의, 부정부패 만연, 수단과 방법을 가리지 않고 치부만 하면 된다는 금전만능 배금사상까지 젖어들어 경악할 인명경시 풍조가 일더니, 우리 주변에서 소위 '지존파'라는 천인공노할 살인집단이 생기지 않았습니까. 미혹(迷惑)한 저로서는 이런 문제들을 푸는 데 제도나 법의 정비도 해야겠지만 그에 못지않게 중요한 문제는 원만한 인격형성을 도울 수 있는 가정교육을 중시하는 풍조를 조성하는 것이라고 봅니다. 가정교육 가운데 태아로부터 유치기에 이르는 시기는 한 인간의 인격형성에 가장 중요한 시기로 본다고 하며, 이때 가장 많이 접촉하는 사람은 어머니이니, 어머니의 역할이 얼마나 중차대합니까. 또 인간의 영원한 고향은 어머니의 품속일 것입니다.

이상과 같은 여러 측면에서 여성을 이해하기 위하여 그동안 여러 분야에서 많은 연구와 토론이 있었다고 보지만 동서양의 문학작품을 통하여 한자리에서 조명해 본 적은 제가 과문한 탓인지 모르지만 없었던 것으로 보여, 오늘 이런 자리를 마련했습니다. 아무쪼록 활발한 의견개진으로 좋은 성과 있기를 기대하는 바입니다. 감사합니다(명지대학교 인문과학연구소장 송천호).

격려사

제1회 국제학술대회, "동서문학에 나타난 여인상", 명지대학교 인문과학연구소 주최, 1994. 10. 7.

우리 명지대학교의 인문과학연구소에서 "동서문학에 나타난 여인상"이란 주제로 국제학술세미나를 개최하시게 된 것을 진심으로 축하합니다. 큰 성과를 거두어 우리의 학문발전과 인간의 행복한 삶에 지대한 공헌을 하리라고 믿습니다.

이 국제학술세미나의 주제를 선정에서부터 모든 일을 주관하신 인문과학연구소 송천호 소장님의 노고에 경의를 표하며, 이 일에 큰 협조를 아끼지 않으신 인문대 윤영 학장님을 비롯한 교수 여러분께 사의를 드리며, 오늘 발표, 사회, 토론을 맡으시는 여러분께 존경을 표하는 바입니다.

지금은 우리의 흥겨운 세미나를 시작하는 초입에 있으니 프랑스 19세기 상징주의의 대표 시인 말라르메(Mallarme)가 문학지 <La Plume>이 베푼 제7차 만찬회를 주재한 이 시인이 1893년 축배를 위하여 쓴 시를 인용함으로써 양해를 하신다면 축제의 분위기를 돋아볼까 합니다.

Salut

Rien, cette ecume, vierge vers A ne designer que la coupe; Telle loin se noie une troupe De direnes mainte a l'envers.	무, 이 거품, 때 묻지 않은 시는 술잔의 모습을 지시할 뿐 멀리 海精의 떼들 수없이 飛下하여 바닷물에 든다.
Nous naviguons, O'es divers Amis, moi deja sur la poupe Vous l'avant fastueux qui coupe	오 나의 다양한 친구들아 우리는 함께 항해한다. 나는 벌써 船尾에 그대들은 壯 麗한 船首에
Le flot de foundres et d'hivers;	우리와 한겨울의 물결을 끌고 나간다.

Une ivresse belle m'engage	아름다운 취기에 젖어
(Sans craindre meme son tangage)	배의 요동을 두려워 않고
De porter debout ce salu	내 일어서서 이 술잔의 인사를
Solitude, recif, stoile	고독, 암초, 별의 술잔을 들어
A n'importe ce qui valut	우리들 돛이 받아 안은
Le blanc souci de notre toilet	그 백색의 모든 心慮에 인사한다.

말라르메의 이 시는 무에서 출발하여 전체의 통일에 이르는 창조의 과정을 암시합니다. 무→거품→바다→항해→창조의 확대과정은 놀랍습니다. 술잔의 샴페인의 거품이 바다라는 이미지를 유도하고 나아가 다이빙하여 목욕하는 해정, 즉 여자들의 이미지를 생성시킵니다. 풍경화 속의 관능적인 여인들, 이것이 19세기 프랑스 문학에 나타난 여인상의 하나가 아닌가 생각되기도 합니다.

이에 반하여 단테(Dante)와 괴테(Gothe)의 경우, 여인은 남성의 구원뿐만 아니라 인류의 구원 그 자체입니다. 그런데 20세기에 와서는 여인상도 많이 달라지는 것 같습니다. 엘리엇(T. S. Eliot)의 "The Love Song of J. Alfred Prufrock"는 수줍어 사랑도 고백하지 못하는 데 비해 여인들은 유식하고 수다스럽습니다.

In the room the women come and go
Talking of Michelangelo

And indeed there will be time
To wonder, "Do I dare?" and, "Do I dare?"

동양의 여인은 순종이라는 두 글자가 지배한다고 생각하고 있으나

『시경(詩經)』을 보면 그런 것도 아닌 것 같습니다. 오히려 적극적인 면도 있습니다. 『시경』의 표유매(摽有梅)에 이런 글이 있습니다.

摽有梅 頃筐墍之 매화열매 떨어진 광주리에 담았네
求我庶士 迨其謂之 나를 찾는 그 임은 말이 났을 때를 놓치지 마소

앞에서 엘리엇의 「연가」를 얘기했습니다만 최영미의 「연가」는 어떻습니까? 최영미는 지금 베스트셀러가 되어 있는 『서른, 잔치는 끝났다』에서 아도니스를 위한 연가를 부르고 있습니다.

너의 인생에도
한번쯤
횅한 바람이 불겠지

바람이 갈대숲에 누울 때처럼
먹구름에 달무리 질 때처럼
남자가 여자를 지나간 자리처럼
시리고 아픈 흔적 남겼을까

최영미가 아마추어 시인이므로 오랜 전통을 뛰어넘어 새로운 시각을 보여 주리라고 기대했지만 역시 전통 속에 머물러 있는 듯합니다.

공자 앞에서 문자 쓴다더니 사계의 권위자들 앞에서 그만 문자를 썼습니다. 문학의 한 dilettante의 애교로 쳐 주시고 양해해 주시기를 부탁합니다.

인사가 늦었습니다. 여러 귀빈들께서 우리 명지대학교에 오신 것을 진심으로 환영합니다. 우리 대학교는 44개 학과로 구성되었으며 서울캠퍼스에 인문대학, 법정대학, 경상대학이 소재하고 용인캠퍼스에 이과대학, 공과대학, 예체능대학이 있습니다. 서울캠퍼스는 비좁은 실정이지만 용인캠퍼스는 부지가 넓어 기숙사, 체육관 등 건물도 많으며 환경도 어느 정도 정비되어 캠퍼스가 웅장하고 아름답습니다.

그간 용인캠퍼스 건설에 치중하여 서울캠퍼스는 제대로 개발을 못했습니다. 그러나 서울캠퍼스 발전계획 수립이 완성 단계에 있으므로 조만간 확정될 예정입니다. 필요한 건물도 확보하고 기존 건물의 renovation도 이 계획에 포함됩니다. 무엇보다도 캠퍼스가 캠퍼스다운 정취를 갖도록 완벽한 조경을 이룩할 계획입니다. 다음에 오실 때는 좋은 환경에서 모시겠습니다.

이 세미나가 큰 성과를 거두어 우리의 가정을 반석 위에 올려놓아 사랑과 화목이 넘치는 가정이 이룩되게 하고, 그 바탕을 통하여 건전한 사회에 큰 공헌을 이룩하는 계기가 되리라고 기대합니다. 감사합니다(명지대학교 부총장 이일균).

3. 사람과 단체의 만남

사람은 사회적 동물이며, 사회의 구성원이므로 사람과 단체는 밀접한 관계를 가진다. 사람이 없는 단체는 없고, 단체가 없는 사회가 없는 것은 그 까닭이다. 단체의 어우러짐은 곧 사회이다.

단체는 사회의 요구에 기반을 두고 설립되고, 운영되고, 발전한다. 그러므로 사회의 요구가 사라지거나 사회의 인정을 받지 못하는 단체는 수명을 다하여 더 이상 존재가치가 없다.

단체는 입력과 출력이 이루어지는 성장하는 유기체이다. 입력과 출력이 무엇인가에 따라 단체의 특징은 드러나고 그에 따라 어떤 단체인지 구분된다. 설립 주체에 따라 국공립과 사립 단체로, 영리를 추구하느냐의 여부에 따라 영리단체와 비영리단체로, 설립 목적에 따라 산업체, 사회단체, 문화단체, 학술단체 등으로 각각 구분된다. 단체는 정보의 입출력이 끊임없이 이루어지고, 정보의 신진대사가 이루어지는 성장하는 유기체이다. 단체는 정보의 입출력이 계속 이루어지는 유기체라는 점에서 중요한 정보원이다. 그런 맥락에서 사람은 싫으나 좋으나 단체와 만난다. 사람은 단체와의 만남을 통하여 성장하고 발전한다.

국제여성한문서법학회

이 단체는 『제1회 국제여성한문서법학회전』이라는 작품집을 통하여 세상에 알려진 단체이다. 이처럼 새로운 단체의 출현을 확인하거나 특정 단체가 간행하는 문헌을 수집하는 일 등은 모두 쉽지 않다. 그런 까닭으로 특정 단체에 관한 정보를 수집하기란 극히 제한적일 수밖에 없다.

이 학회는 그 창립을 기념하기 위하여 회원들의 작품을 모아 첫 번째 전시회를 열고, 작품집을 만들어 배포하였다. 다음 글은 작품집에 수록된 심재영 회장의 인사말씀이다.

하루하루의 삶을 수놓듯이 정성 들여 엮어 가면서 그 여백을 붓글씨와 그림으로써 장식하는 서우들이 모였습니다.

언젠가는 한자리에 모여 각자가 연구한 것을 글씨를 쓰면서 또 그림을 그리면서 쌓여 가는 의문점도 함께 풀고 모아 놓은 자료 등을 함께 참고하며 연서할 수 있는 기회를 마련하고 싶던 차에 몇 분의 중진들과 먼저 상의하여 이제 뜻을 같이하는 서우들과 여성들만의 한문학, 서법 등을 연구할 수 있는 학회를 창립하게 되었습니다.

이를 기념하여 회원들의 글씨와 그림을 한자리에 모아 전시하게 되었습니다. 모든 회원들이 사사한 스승은 달리할지라도 앞으로 가는 길이 같은지라 서로 일깨워 주고 모자라는 부분을 서로 채워 주는 길 벗이 되었으면 하고 바랍니다.

이제 국제여성한문서법학회가 크게 발전하는 데 한 사람 한 사람의 힘이 모이도록 여러 선생님, 선배님 또 같은 길을 가는 후배들의 크신 가르침 주시기 바라며 국제여성한문서법학회의 든든한 후견인이 되어 주시기를 기대합니다(심재영, 2005. 5).

이 작품집을 열면 표제지 다음에 심 회장이 짓고, 쓴, 여성한문서법학회를 첫 운으로 하는 글에서 이 학회의 창립 정신을 엿볼 수 있다. 매우 섬세하고 단정하고 아름답다는 느낌을 주는 글이라고 여겨 옮겨 본다.

女性(여성)으로서

性情(성정)이 溫和(온화)하고 智慧(지혜)로우며

漢文學(한문학)과 國文學(국문학)을 깊이 硏究(연구)하고

文字香(문자향)을 생각하며

書畵(서화)를 즐기면서

法古創新(법고창신)에 힘쓰는 것이

學究的(학구적)이고 또 進就的(진취적)이어서

會員(회원)들의 글씨와 그림이 모든 書友(서우)들의 길잡이가 되기를

이천오년 오월 국제여성한문서법학회 창립을 자축하며

墨禪(묵선) 沈載榮(심재영)이 글을 짓다

이 작품집은 글씨와 그림을 수록한 본문과, 말미를 장식한 작품석문(作品釋文)으로 구성되었다. 여기에 수록된 대강의 작품을 열거하면 다음과 같다.

도연명의 음주, 두보의 애강두, 매죽헌 선생 시, 명심보감 구절, 반야바라밀다심경, 순자의 수신편, 유성룡의 사색, 이규보의 북산잡제, 이백의 장진주, 이색의 한포농월, 이제현의 청교송객, 적벽부 구절,

정몽주의 춘흥, 채근담 구절, 허목의 동해송비.

내친 김에 작품집에 남긴 김보금 회원이 쓴 「나옹선사의 시」와 조갑녀 회원의 자작시 「독도」를 각각 옮겨 본다.

나 옹 선 사 시
羅翁禪師詩

청산 혜 요 아 이 무 어　창공 혜 요 아 이 무구
青山兮要我以無語 蒼空兮要我而無垢
로 무 애 이 증 혜　여 수 여 풍 이 종 아
聊無愛而憎兮 如水如風以終我

청산은 나를 보고 말없이 살라 하고 창공은 나를 보고 티 없이 살라 하네

탐욕도 벗어놓고 미움도 벗어놓고 물같이 바람같이 살다가 가라 하네

獨島
독도

망망대해　귀 요 손　격랑 폭풍 지 기근
茫茫大海貴要孫 激浪暴風持氣根
왜 국 잡담　무감각　천신 보호 수 고혼
倭國雜談無感覺 天神保護守孤魂

망망대해에 우리 땅 귀한 손 격랑 폭풍에 기근 되어 버티네

왜국의 잡담에는 관심도 없어라 하늘이 보호하여 고혼을 지키네

단체는 이처럼 단체 자체에 관한 정보만이 아니라 관련된 정보와 예상 밖의 정보를 이용자에게 제공하는 주요 정보원이다. 그 까닭은 무엇보다도 사람은 단체를 구성하는 주요 요소이기 때문이다. 그런 의미에서 우리는 단체를 소중하게 여기며 만나야 한다.

예술의 전당에서 빚어진 에피소드

전두환 전 대통령은 퇴임 열흘 전인 1988년 2월 15일, 우선, 음악당
과 서예관의 개관 테이프를 끊어 예술의 전당 시대의 개막을 알렸다.
노태우 전 대통령 역시 퇴임 열흘 전인 1993년 2월 15일 서둘러 오페
라하우스 개관식을 거행했다. 두 전직 대통령은 예술의 전당 건립이
자신의 주요 치적으로 기록되기를 바랐을 것이다. 그러나 그들이 진
정 사랑한 것은 문화 예술이 아니라 건축물로서의 예술의 전당이었
을 뿐이다. 예술의 전당은 건축가 김석철이 설계한 작품이며, 음악당,
오페라하우스, 한가람미술관 등 7개의 공연 전시 교육시설을 갖고 있
다. 연간 2,500여 회의 예술 행사가 열리고, 200만 명의 관람객이 출
입한다.

2001년 어느 날, 오페라하우스 1층 로비에 철가방을 든 중국집 배
달원이 나타나 "자장면 시키신 분!"을 외쳐대는 바람에 직원들이 경
악했다.

2001년 런던 필하모닉 오케스트라 내한 공연은 지휘자인 쿠르트
마주어가 첫날 공연 후 심장통증으로 다음 날 연주에 차질을 빚는 바
람에 예술의 전당 측이 전 세계를 수소문하여 마침 일본에 와 있던
상트페테르부르크 상임 지휘자 유리 테미르카노프를 찾아내, 대신 지
휘봉을 맡기는 아찔한 순간도 있었다.

2002년 6월, 세계적 안무가인 나초 두아토가 이끄는 스페인 국립무
용단은 공연 첫날 벌어진 한국과 스페인의 월드컵 축구 8강 대결로
인하여 겨우 150명의 관객 앞에서 공연하는 굴욕을 당했다.

2004년 소프라노 바버라 보니 내한 공연 때는 50대 여성이 콘서트

홀에 애완견을 몰래 데리고 들어갔다가 주변 사람들의 항의로 적발된 엽기적 사건이 발생했다.

2005년 여름, <오페라의 유령> 공연 때는 어린이가 입장을 못 하게 되자 30대 초반의 어머니가 문을 붙잡고 40여 분간이나 고함을 치며 소동을 벌이는 바람에 문을 연 채로 공연이 시작되었다. 또 강아지를 데리고 콘서트홀로 들어가려던 귀부인을 제지하자, "이 강아지는 나와 늘 클래식 음악을 들었기 때문에 웬만한 관객보다 낫다"며 소동을 부렸다.

파주 인물박물관 '93뮤지엄'

고종 황제의 무표정한 눈빛에는 나라를 빼앗긴 무력함이, 김구 선생의 자애로운 미소에는 독립을 향한 불굴의 의지가 담겨 있다. 입술을 굳게 다문 박정희 전 대통령의 옆에는 웃는 모습이 보는 이의 가슴을 아프게 하는 일본군 위안부 할머니가 자리 잡고 있다.

경기도 파주시 탄현면 헤이리 예술인 마을의 '93뮤지엄'에는 이렇게 사람들의 표정을 통해 읽어 보는 역사가 있다. 이곳에 전시된 인물화는 1,000여 점. 조선 시대 내시와 중국 대륙을 호령했던 황제, 중세 유럽의 귀족 부인 등 시간과 공간을 뛰어넘은 인물들이 동거하고 있다. 이곳의 구삼본 관장은 "사람들의 얼굴이 좋아 30년간 인물화만 사 모으다 보니 인물화 박물관이 됐다"면서 "젊은 시절 미술에 대한 꿈을 이 박물관을 통해 이뤘다"라고 말했다. '93뮤지엄'은 고상하거나 어렵지 않다. 신문에서 자주 보던 얼굴이 있고, 역사책에서 이름을 본 적이 있는 사람들의 인물화가 걸려 있다. 그림 옆 해설을 읽으면 당시의 시대상과 역사적 배경을 알 수 있다.

한가롭게 자세를 취한 시골 노인의 인물화는 '정부수매양곡'이라는 도장이 찍힌 쌀자루 위에 그려졌다. 외환위기 이후 침체됐던 한국 사회에 공 하나로 희망을 던져 주었던 골프선수 박세리와 야구선수 박찬호의 얼굴도 2층 전시실 한쪽을 차지하고 있다. 1층에 들어서면 군위안부 할머니 15명의 초상화가 눈길을 끈다. 2층에는 조선 시대 초상화실, 에로틱 아트실이 있다. 국내 유일한 내시 영정 '김새신 초상화'도 이곳에 걸려 있다. 에로틱 아트실에는 조선 말기의 성 풍속을 보여 주는 유머 가득한 풍속화와 중국, 일본의 춘화 등이 전시되어 성인 관람객의 웃음을 자아낸다. 3층에는 현대의 인물들이 관객을 반긴다.

구 관장은 고등학생 시절 미술반 활동을 했지만 대학에서 미술을 전공할 수는 없었다. 집안의 반대와 가난 탓에 축산학을 전공했다. 그러나 그림을 그리기 위해 사람의 얼굴을 유심히 뜯어보는 습관은 평생을 갔다. 그가 1981년 취직하여 대기업 회장 비서실에서 받은 첫 월급은 24만 원. 이 중 20만 원을 주고 인물화를 산 게 이 박물관의 출발이었다. 그는 "당시에는 풍경화, 추상화가 인기를 끌었고 인물화에 대한 관심은 거의 없었다"라고 말했다.

우연히 산 재건축 아파트 값이 폭등하자 그는 아파트를 팔아 화랑을 만들었고, 돈이 생길 때마다 인물화를 사들였다. 좋은 인물화를 가진 사람들을 찾아다니며 그림을 팔라고 부탁하는 것이 일이었다. 해외여행 때는 골동품 거리를 찾아다니며 인물화를 구입하여 들여왔다.

최근 주목하고 있는 곳은 베트남. 프랑스 식민지 시대에 훌륭한 인물화가가 다수 배출되었기 때문이다. 1990년대부터 베트남 국민 작가로 꼽히는 '부이쑤언파이'의 작품을 대량 구입하여 올해 9월 전시회를 열기도 했다(동아일보, 2007. 11. 12).

백두산 가는 길의 독서당

백두산 가는 길에서 만난 독서당(讀書堂)은 심양(瀋陽) 고궁(故宮)에 있다. 1625년 청나라가 심양을 왕도로 정하고 1644년 연경(燕京)으로 옮길 때까지 고궁은 청 태조와 태종의 왕궁이었다. 이 고궁 한구석에 있는 독서당이 1636년 병자호란 때 볼모로 잡혀간 소현세자와 봉림대군 두 왕자가 8년간 유폐된 채 정복자의 무례를 견디며 수많은 고초를 겪었던 곳이다.

말뿐인 초라한 이 건물은 대문 옆에 붙어 있는 주악정(奏樂亭)의 부속 건물에 불과하며, 한때 악공(樂工)들의 거처였다. 청에 끌려온 두 왕자와 중신들이 대청문(大淸門) 앞에서 사흘간 꿇어 엎드려 사죄한 후 왕자들의 숙소로 전해진 곳이 바로 독서당이다.

홍익한(洪翼漢), 윤집(尹集), 오달제(吳達濟) 등 삼학사가 심양성 서문 밖에서 처형되고, 김상헌(金尙憲), 최명길(崔鳴吉) 등 중신들이 유폐 혹은 심문의 고초를 당하고, 함께 끌려온 수많은 포로들이 행방도 모른 채 흩어진 난장판 속에서 40평 남짓한 건물 속에 유폐된 두 왕자들의 심경이 우리의 가슴을 친다. 심양일기(瀋陽日記)는, 노예시장에 버려진 우리 포로들 가운데 아들, 어머니, 형제가 서로 만나 부둥켜안고 통곡하는 소리가 천지를 진동했다고 전한다.

우리 역사의 최대의 수모였던 병자호란의 한이 서린 독서당. 백두산에 오르는 길에 한번쯤 눈여겨 만나 보자.

4. 사람과 문화의 만남

사람은 문화를 창조하고, 전승하며, 문화는 사람을 자극하고, 사람의 양식을 살찌게 한다. 사전은, 문화란 생활양식과 행동양식의 총체라고 정의한다. 그만큼 사람과 문화의 만남은 필연적이며, 문화의 구분은 다양하다.

영화에서 문화를

영화제의 당연한 홍보 문구가 보이지 않는 영화제. 오래된 영화를 극장에서 다시 보자고 주장하는 영화제. 2007년 10월 25일부터 11월 2일까지 한국 영화의 상징적 공간인 서울 충무로에서 열리는 '제1회 서울충무로국제영화제'는 거꾸로 전략을 채택하였다. 이 영화제는 예술 영화 마니아들만의 잔치가 아니다. 온 가족 나들이를 위한 축제의 장이다. 아래에 열거하는 작품은 영화제 프로그래머들의 추천작이며, 한옥마을, 청계광장, 중앙극장, 명보극장, 충무아트홀, 중앙시네마, 대한극장 등에서 상영된다.

키드, 시티 라이트, 모던 타임즈, 레오파드(1963), 센티멘탈 블로크(1919), 와일드 와일드 로즈(1960), 기쁜 우리 젊은 날(1987), 막차로 온 손님들(1967),· 아크메드 왕자의 모험, 산불, 바람과 함께 사라지다(채지영 yourcat@donga.com, "옛 명품 영화와의 재회" 동아일보, 2007. 10. 16).

술문화

각국의 언어에서 일반적으로 나타나는 어휘 중의 하나는 '술'이다. 세계의 언어는 대략 3,500개이고, 사라져 가는 소수민족의 언어까지 합쳐 많게는 6000여 종류까지 어림하지만 '술'이라는 단어가 없는 언어는 거의 없다고 한다. 지역과 시대에 따라 피부색과 언어는 다를지언정 종족마다 곡식이나 과일 혹은 가축의 젖을 발효시켜 만든 고유의 술을 지켜 왔다. 경우에 따라 그것을 '생명의 술'이라거나 '지혜의 원천'이라고 칭송하기도 한다.

종족사회에서 술은 조상에게 제사를 드리거나 풍년을 기원할 때 가장 필요했다. 우리 민족은 청주나 막걸리가 여기에 해당된다. 국화주, 송엽주, 백화주, 이강주, 감홍로, 죽력고, 과하주, 모주, 홍주, 소곡주, 법주, 밀납주 등 모두 200여 종류에 이르는 전통술 중에서 우리의 일상생활과 가장 친숙한 술은 청주와 막걸리이다. 쌀이나 보리, 고구마, 옥수수 등을 쪄낸 다음 누룩을 발효시켜 만드는데, 텁텁한 곡식 성분을 맑게 걸러낸 것이 청주이고, 걸러내고 만든 것이 막걸리이다. 막걸리는 탁주 혹은 농주라고도 부른다. 막걸리는 애환이 남긴 서민의 술이다.

만남과 모임의 분위기를 돋우는 데 술보다 더한 것이 없다. 예술인들, 특히 시인들이 모인 자리에 술이 빠질 수가 없다. 술을 몇 잔씩 마시고 나면 비로소 부끄러운 삶, 서러운 삶, 자랑스러운 삶, 사랑스러운 삶을 말할 비위가 생기게 된다. 시대를 논하고, 사랑을 노래하고, 국가를 논할 힘이 솟는다. 시인들은 술과 음주를 소재로 시를 쓴다. 술을 찬양하거나, 술을 권하고, 술을 경계하거나 금주를 권하는 시가 대부분이다.

이재무의 시 「애주가」는 시인의 아픈 삶을 진득하게 담고 있는 애주의 시이다. "아빠는 예술가가 아니라 애(愛)술가예요/자리끼 심부름을 시키는 내게/아들놈 싸가지 없이 불쑥 내뱉는 말 새삼/못 되어 가슴의 널빤지에 와서 박힌다"로 시작해서, 반성과 후회의 구절들을 지난다. "하지만 요놈, 이 천하에 둘도 없는 불효자식아/애비에게 때로 술은 약이 되기도 하느니" 하는 구절에 이르러서는, 술을 가까이할 수밖에 없는 이유를 설명한다. 이후 "아느냐, 요령부득 영하권 아래로만 밀도는/저 가혹한 생활의 길 술이라도 있어 과장/허풍도 치고 넉살 부리며 걸을 수 있다는 것을" 하며 술의 효능을 강조한다. 그리고 "그 부끄러움 있어, 네가 아직은 뜻도 모르는/가난한 시일망정 쓸 수 있다는 것을/네 애비에게는 때로 애술이 예술이라는 것을" 하며 음주의 당위성을 말하고 마무리한다.

이재무는 산문에서 "30년 넘게 먹어온 술! 친구들은 술이 없는 나를 상상하기 힘들다고 한다. 나는 이 말이 결코 명예가 아님을 안다. 하지만 어쩌랴. 이제 술은 내게 버리기에 너무 늦어 버린 조강지처라서 때로 지겹고 무섭긴 해도, 없는 것보다 나은 생활의 발판이 되어 버린 것을"하고 고백한다.

천상병은 「주막에서」라는 시에서 환상을 본다. 밥보다 술을 더 좋아해서 평생에 밥보다 술을 더 많이 먹었다는 시인의 술을 마시는 이유가 거기에 있었다. 첫 구절 "골목에서 골목으로/거기 조그만 주막집. 할머니 한 잔 더 주세요"에서처럼 이미 취한 상태에서도 한 잔을 더 달라고 하는 시인이다. 그 끝에 "할머니 등 뒤에/고향의 뒷산이 솟고/그 산에는 철도 아닌 한겨울의 눈이 펑펑 쏟아지고/그 산 너머의 성황당 꼭대기 위에는 함박눈을 맞으며/아기들이 놀고 있다"라고 노래한다. 일본에서 출생하여 열다섯 살에 귀국한 그는 잃어버린 어린 시절로 인해 늘 가슴 아팠을 것이다. 그를 어김없이 그 시절로 데려가는 것은 술뿐이었다. 평생을 주막을 떠돌듯 살면서 착하고 순하고 어진 삶을 어린애 모습으로 살다 간 그를, 세상 사람들은 기인이라고 부를 수밖에 없다.

천상병의 다른 시 「술」에서 "술 없이는 나의 생을 생각 못 한다/이제 막걸리 왕대포집에서/한잔하는 걸 영광으로 생각한다." 그는 젊은 날에는 취하게 마셨지만 오십이 넘어서부터는 마시는 것만으로 만족한다고 절제된 생활을 자랑하면서도, "아내는 이 한 잔씩에도 불만이지만/마시는 것이 이렇게 좋은 술을 어떻게 설명하란 말인가?"라며 술을 마실 수밖에 없음을 난감해한다.

김육은 그의 시 「자네 집에 술 익거든」에서, 나와 벗과 세상사의 의미를 술에 담았다. "자네 집에 술 익거든 부디 날 부르시게/내 집에 꽃 피거든 나도 자네 청하옴세/백년간 시름 잊을 일 의논코자 하노라."

김태준의 시 「흔들릴 때마다 한 잔」은 고단한 서민의 삶에 술이 주는 작은 위안과 용기를 노래한다. "포장술집에는 두 꾼이, 멀리 뒷산에는 단풍 쓴 나무들이 가을비에/흔들린다 흔들려, 흔들릴 때마다 독하게 한 잔씩, 도무지 취하지 않는" 두 사람이 있다. 그들은 막걸리를,

소주를 마시고 또 마시면서 구어 낸 참새의 날개를 씹고 젖은 담배에 몇 번이나 성냥불을 댕긴다. 그러나 그들은 일어선다. "이제는/시작이야. 포장 사이로 나간 길은 빗속으로 흐늘흐늘 이리저리 풀리고, 풀린" 길로 나선다. 그리하여 "다만 다 같이 풀리는 기쁨, 멀리 뒷산에는 문득/나무들이 손 쳐들고 일어서서 단풍을 털고 있다." 이렇게 술로 얼큰해져서 기쁨을 되찾은 그들은 손을 맞잡고 일터를 찾아 길을 떠난다.

이렇듯 시인들은 술을 마시며, 때론 절망을, 때론 희망을 찾는다. 생활에 찌든 시인들은 술에서 위로를 받고 술을 노래한다. 술은 생각과 용기와 지혜의 샘인가 보다. 오늘밤, 사랑을 하고 싶다.

우리나라 속담에 나타난 술의 의미는 사람이 살아가는 동안 부딪칠 수 있는 여러 가지 경우와 그때마다 겪는 감정의 변화에 대한 내용을 골고루 담고 있다. 우리 민족의 온갖 정서와 해학(諧謔)과 경고가 가식 없이 녹아 있다. 그런 탓인지 비록 술에 관한 속담조차 배운 사람과 못 배운 사람을 가리지 않고 감동과 깨달음을 주는 압축성과 상징성을 잘 갖추고 있다. 속담은 촌철살인(寸鐵殺人) 자체이다.

술 괴지(익사) 임 오신냐: 술 익자 체 장수 지나간다.

한잔 술에 눈물 난다.

밀밭에 가서 술 찾는다: 공술이라면 한 잔 더 마신다.

취중에 이웃집 땅 사 준다: 해장술 석 잔이면 제 애비도 몰라본다.

이태백도 술병 날 때 있다: 물에 빠져 죽은 사람보다 술에 빠져 죽은 사람이 더 많다.

술을 보거든 간장같이 대하라: 술은 백약 중에서 으뜸이다.

술 취한 놈 달걀 팔듯 한다.

술 받아 주고 뺨 맞는다.

전통주는 우리 땅에서 생산한 곡물을 주재료로 하고 누룩을 발효재로 하여 물로 빚어 익힌 술이며, 화학적 첨가물을 전혀 사용하지 않고 익힌 술을 말한다. 전통주는 형태에 따라 청주, 탁주, 소주로 나눌 수 있는데, 술독에 용수를 박아 맑은 술을 받아내면 청주이고, 용수를 박지 않고 그냥 걸러내어 얻은 술을 탁주라고 한다. 흔히 탁주를 막걸리라고 말하지만 막걸리는 거를 때 물을 넣어서 막 걸렀다 하여 막걸리라고 한다. 즉 탁주는 물을 넣지 않고 막걸리는 물을 넣은 것이다. 소주는 청주, 탁주 등을 가열하여 증류기(소줏고리)를 통해 얻은 도수 높은 술을 말한다. 우리가 흔히 마시는 소주는 희석식 소주인데 높은 도수의 주정을 만든 뒤 물을 타서 희석시켜 만든 것이며 쓴맛을 줄이고 맛을 내려고 각종 화학적 첨가제를 넣은 술이다.

전통주의 맛은 달콤한 맛을 주로 하고 여기에 신맛, 쓴맛, 매운맛, 떫은맛이 조화를 이룬 미묘한 감칠맛을 으뜸으로 한다. 전통주로 즐길 수 있는 향기는 주로 복숭아, 사과, 포도, 자두, 살구, 복분자, 매실, 배 등 천연의 과실과 꽃향기이며 이들 향기는 여러 가지가 어우러져 나타나므로 마시는 사람마다 조금씩 다르게 느끼는 입체적인 향이다.

전통주는 가양주(家釀酒) 형태로 대를 이어왔다. 가양주는 말 그대로 집집마다 술을 빚어 즐겼다는 뜻이며 가가호호의 형편, 빚는 이의 성격 등이 그대로 녹아들어 가서 만들어진 술이기 때문에 종류가 다양하다. 다양한 술을 가지고 조상을 모시고, 손님을 접대하고, 일을 하면서 한잔 술로 고단함과 피로를 달랬다. 또 절기마다 다른 술을 빚어서 나누어 마시고, 계절의 변화에 따르는 운치와 풍류를 즐겼다.

항일시대에 일본제국은 우리의 삶의 모습이 그대로 투영된 우리 술문화를 <주세령(酒稅令)>으로 말살한 결과, 공장에서 획일적으로 생산된 술, 수입된 양주 등에 의한 왜곡된 술문화가 생겼다. 우리 조상으로부터 물려받은 고유의 가양주를 되살려야 함은 우리 자신을 위함이고, 후세에 더욱 풍성한 문화유산을 남겨 주는 뜻 깊은 일이다. 전국 각지에 점차 술박물관이 설립, 운영되고 있음은 퍽 다행스럽다.

어느 날, 성균관대학교 명륜당에 술 전문가들이 모여 유쾌한 술 대담을 나누었다. 조동원 성균관대 사학과 명예교수, 송재소 성균관대 한문학과 교수, 박원목 고려대 생명과학부 명예교수, 이종기 술박물관 관장, 박지배 한국외대 역사문화연구소 전임연구원이 그들이다. 이들은 각자 추천하고 싶은 술을 한 병씩 내놓았다.

중국술의 대가 송 교수는 <라오바이펀주(老白汾酒)>를 소개했다. '펀주'는 1952년 베이징에서 열린 제1회 중국핑주후이(評酒會)에서 중국 명주로 꼽힌 바이주(白酒, 증류주)의 대명사이다.

포도주개론을 교과목으로 개설한 박 교수는 포도 대신 복분자와 머루를 섞어 만든 와인을 내놓았다. 머루는 심장질환과 암을 예방하는 '레스페리트롤'이라는 물질이 적포도보다 5배 많고, 복분자 와인의 항산화 효과(노화예방효과)는 포도주보다 뛰어나다고 강조하는 그는, 100% 알코올을 마신다면 하루 17cc가 적당량이고, 알코올 12%인 와인은 하루 약 300cc, 5%인 맥주는 680cc, 20%인 소주는 170cc, 40%인 양주는 85cc가 각각 적정 음주량이라고 말했다. 박 연구원은 '러시안 스탠더드'를 러시아의 대표 보드카로 추천했고, 이 관장은 평범한 위스키 '윈저 12년'을 소개했다.

한국의 술 가운데 조 교수가 선택한 술은 찹쌀과 누룩을 원료로 만든 '화랑'이다. 그는 항일시대의 주세령과, 1965년 쌀로 술을 만드는 것을 금한 양곡정책 등이 시행되면서 전통주의 명맥이 끊어졌음을 안타까워했다.

이 관장은, "한국의 전통주를 살리려면 '스토리'를 만들어야 한다. 한국 사람들이 포도주에 열광하는 것은 포도주마다 스토리가 있기 때문이다. 어느 지방 어느 농가에서 생산되었느냐에 따라 맛과 향이 다르다. 사람들은 포도주를 마시며 그 스토리를 즐긴다. 우리도 전통주 자신만의 스토리를 만들어야 한다"라고 강조했다.

이 관장은 술을 맛있게 즐기는 비결로 7단계 음미론(吟味論)을 제시했다. (1) 눈으로 술의 색(潤澤)을 즐긴다. (2) 술이 자연히 내뿜는 휘발성 향을 맡는다. (3) 숨을 들이키며 향 속에 숨은 묵직한 내면의 향을 맡아야 한다. (4) 혀끝으로 술맛을 느낀다. (5) 술을 입안 가득 퍼뜨린다. (6) 목에 술을 넘기며 다시 술맛을 음미한다. (7) 여운을 즐긴다.

박 교수는, "분위기에 맞는 술을 선택하는 게 중요하다. 다음은 어떤 음식을 먹느냐가 중요하다. 떫고 드라이한 와인과 짠 음식은 상극이다. 적포도주를 마실 때는 샐러드드레싱을 피해야 한다. 술의 온도도 중요하다. 뜨거운 맥주나 샴페인, 차가운 적포도주는 금물"이라고 했다.

조 교수는, "술을 강요하지 않는 분위기도 중요하다. 옛 어른들은 순배(巡杯: 술잔을 차례로 돌림)를 하면서 석 잔은 훈훈하고, 다섯 잔은 기분 좋고, 일곱 잔은 흡족하고, 아홉 잔은 지나치다고 했다. 술은 곧 상대를 배려하는 것"이라고 말했다(이재명 egija@donga.com, "술" 동아일보, 2007. 6. 16).

주령구(酒令具) 굴리기는 통일신라시대 술문화의 유물이다. 14면체 주사위인 주령구에는 '한 번에 술 석 잔 마시기', '시 한 수 읊기' 등 술

놀이 벌칙 14개가 적혀 있다. 술은 여운과 색향미(色香味)가 있다. 예이츠(William B. Yeats)는 술을 이렇게 노래한다.

A Drinking Song	술의 노래
Wine comes in at the mouth	술은 입으로 들어오고
And love comes in at the eye.	사랑은 눈으로 들어오네.
That's all we shall know for truth	우리가 늙어서 죽기 전에
Before we grow old and die.	알게 될 진실은 그것뿐.
I lift the glass to my mouth	잔 들어 입에 가져가며
I look at you, and I sigh.	그대 보고 한숨짓네.

한의학이 말하는 술

한의학은 정기신(精氣神)을 보양하는 것을 매우 중요하게 여긴다. 정은 몸의 근본으로 응축된 생명에너지와 같다. 기는 정과 신의 근본으로, 우리가 자주 사용하는 원기, 생기, 정기, 기력, 기운 등의 단어가 모두 기에서 파생된 것이다. 기가 왕성하면 몸이 강해지고, 기가 쇠하면 병이 생긴다. 신은 온몸을 주관하는 정신에 해당하는데, 깨끗한 최고급 에너지이다.

우리는 몸속 깊은 곳에 비축된 정을 기와 신으로 승화하여 사용하는데, 술은 장정(藏精)하는 기운을 흩어뜨리고, 정을 소진시키는 역할을 한다. 과음하게 되면 생명에너지인 정이 고갈될 뿐 아니라 술의 뜨거운 기운을 이기지 못하고 타 버리게 되면서 내 몸의 정기는 계속 약해진다. 결국 술로 인해 질병이 유발되고 수명이 단축된다.

술을 뜻하는 酒(주) 자는 항아리에 들어 있는 신성한 액체라는 의미이며, 예로부터 술은 약으로 사용되었다. 한서(漢書)는 주백약지장(酒百藥之長)이라 하여 술은 모든 약 중에서 으뜸이라 하였고, 서양에서 술은 생명수라고 불린다. 적당량의 술은 혈관을 확장시키고 혈액순환을 촉진하여 근육을 이완시키고 긴장을 완화시킨다. 술의 뜨거운 기운은 찬바람과 추위를 물리치고, 올라가기를 좋아하는 술의 성질은 약의 기운을 전신 경락과 인체 상부 쪽으로 잘 도달하도록 돕는다.

술은 진솔한 마음의 문을 열게 함으로써 더욱 긴밀한 인간관계를 맺을 수 있게 한다. 적당량의 술은 기쁠 땐 즐거움을, 슬플 땐 위안을 가져다주기도 한다. 술은 쌓였던 긴장과 피로를 풀어 준다. 바쁘게 돌아가는 현대인에게 지인과의 술자리는 정신적으로 여유를 느낄 수 있게 한다.

술을 인생의 선생으로 정의하기도 한다. 술이 있기 때문에 사람들과 인생을 논할 수 있고, 정사를 논할 수 있고, 시름을 잊을 수 있다. 사람들은 술로 인한 폐단을 술의 탓으로 돌린다. 술로 인한 폐단은 사람들이 술을 함부로 다루기 때문에 생긴다. 술은 잘못이 없다. 술을 대하는 사람들의 자세가 잘못이다. 음주문화가 나쁘게 인식되는 것은 술을 다스리지 못하는 사람들 때문이다.

술은 인간관계를 유지시키는 윤활유이기도 하고 감정을 다스리는 매개체가 될 수도 있다. 신체적, 정신적, 심리적으로 많은 영향을 주는 술은 고귀할 수밖에 없다. 그렇다면 술을 사랑해야 하고 더 나아가 공경해야 한다. 술을 마실 때 방심하고 교만하여 함부로 다루면 아니 된다. 주도(酒道)가 있으니 음주문화는 나쁘지 않다. 사람마다 주량과 술에 대한 선호도가 다르다. 이를 존중한다면 인간관계에서 술만큼 좋은 매개체는 없다.

술은 바쁘게 돌아가는 삶의 템포를 한 박자 쉬어가게 하고, 풍류를 즐기는 데 도움을 준다. 신이나 조상과의 소통을 돕는 매개체 역할을 하기도 한다. 제사를 지낼 때 술을 올리는 의식은 신과 가까워질 수 있는 통로이다. 절제와 풍류를 담은 음주문화를 계승하자.

맹사성 고택

수령 6백 년이 훌쩍 넘은 은행나무 아래 오롯이 자리한 고려시대 살림집 맹 씨 고택은 예산의 수덕사 대웅전, 영주의 부석사 무량수전과 함께 현존하는 최고 목조 건물 중의 하나이다. 현존하는 살림집 중 최고로 오래된 맹 씨 고택을 만나면 『강호사시가(江湖四時歌)』의 선비 맹사성(1360~1438)의 체취를 한껏 느낄 수 있다.

강호에 봄이 드니 미친 흥이 절로 난다.
탁료 계변에 금잉어 안주로다.
이 봄이 한가해옴도 역군은(亦君恩) 이샷다.
강호에 여름이 드니 초당에 일이 없구나.
유신한 강 파도에 나를 보내나니 바람이로다.
이 몸이 서늘해옴도 역군은 이샷다.

강호에 가을이 드니 고기마다 살쪄 있구나.
작은 배에 그물 실어 흐르게 띄워 던져두고

이 몸이 소일해옴도 역군은 이샷다.

강호에 겨울이 드니 눈 깊이 쌓이는구나.
삿갓 빗겨 쓰고 누역으로 옷을 삼아
이 몸이 춥지 아니해옴도 역군은 이샷다.

충남 아산시 배방읍과 온양 시내가 만나는 삼거리에는 남쪽으로 향하는 두 개의 길이 있다. 천안 광덕으로 향하는 길 쪽으로 꺾어지면 중리 방면이고, 공주 유구 가는 길로 꺾어지면 송악 외암리가 나온다. 중리에 자리한 맹씨행단(孟氏杏壇)은 조선 초 청백리로 유명했던 재상 고불 맹사성이 향리로 내려와 후학을 양성했던 곳이다. 주변에는 그의 고택과 정려, 정자가 있다.

맹 씨 고택은 우리나라에서 가장 오래된 살림집으로 국가 지정 사적 제109호다. 풍수적으로 인재가 나온다는 문필봉으로 송악 외암리와 배방 맹씨행단의 주산 역할을 하는 설화산과 배방산이 둘러쳐 있는 고택 자리는 누구나 첫눈에 명택임을 알 수 있는 곳이다. 이 고택은 원래 고려 말의 명장 최영 장군의 부친이 마련한 집이었다고 전한다. 실제로 맹사성의 할아버지와 최영 장군은 우의가 돈독했다. 그래서 자연스럽게 두 집안은 왕래를 했고, 그 과정에서 총명했던 어린 맹사성을 본 최영 장군은 그를 손녀사위로 삼았다.

고려가 망하고 조선이 서자, 맹사성의 아버지와 할아버지는 한산을 거쳐 이곳까지 들어왔고, 자연스럽게 최영 장군의 집을 물려받아 살게 되었다. 이후 맹사성은 조선조에 출사를 했고, 재상에 올라 그 이름을 널리 알리게 되고, 이곳에 맹 씨 일가가 뿌리를 내리고 번창하게 되었다.

맹씨행단이란 말은 고택 뜰 안에 6백 년도 더 된 은행나무에서 따온 것이다. 본래 행단은 공자가 은행나무 위에서 제자들에게 학문을 가르쳤다는 데서 전해진 말로 일반적으로 학문을 갈고닦는 곳을 말한다. 맹사성은 조정에서 물러나 이곳에 은행나무 두 그루를 심고, 스스로 학문에 정진하는 한편 후학을 양성했다고 전한다. 맹씨행단의 살림집은 독특한 고려 양식의 건물로 대청이 한가운데 두 칸이 있고, 양쪽에 방이 한 칸씩 있다. 기둥과 도리 사이에는 단포가 봉의 혀로 장식되었다. 본채 뒤편에는 맹사성, 그의 부친과 조부의 위패를 모신 사당 세덕사와 우의정 허조(혹은 황희), 영의정 권근, 좌의정 맹사성 등 삼정승이 함께 국정을 논했다는 구과정(혹은 삼상당)이 있다.

고택 입구의 유물관에 맹사성 영정, 국가 지정 중요민속자료 제25호로 중국 황제에게서 받았다는 옥적, 옥로, 벼루, 옥인 등이 있고, 신창 맹 씨의 인물도 등을 볼 수 있다. 매년 10월 10일에는 맹사성과 부친, 조부를 함께 기리는 숭모제가 열린다. 대원군이 서원을 철폐하기 전까지 유림에서 올렸지만 이후 중단되었고, 최근 복원되어 아산시가 후원을 하고 맹 씨 일가가 주제를 해 숭모제를 올린다.

경기도 안성의 천변마을

전성기가 있으며 쇠퇴기가 있고, 십 년이면 강산도 변한다고 한다. 안성장의 역사를 고스란히 품은 천변마을을 더듬어 보자는 생각은 6·25동란과 얽혀 있는 슬픈 이야기이기도 하고 아름다운 추억일 수도 있다. 안성은 필자의 6·25동란 피난지였으니까. 그렇게 안성의 천변마을은 많이 변하여 옛 시절은 그리움이 되었다.

물건이 모이고, 돈이 모이고, 사람이 모이니 자연스럽게 동네가 흥청거렸고, 남사당놀이가 번성하였다. 안성맞춤이라는 말도 생겼다. 지금은 작은 개천이지만 안성천에는 오랫동안 배가 다녔다. 서해의 고깃배들이 안성천을 거슬러 평택의 항곶진(亢串津)까지 올라갔다. 이 어물들이 안성장을 거쳐 한양으로 올라갔다.

육상교통이 발달함에 따라 하천을 이용한 교통은 쇠퇴했다. 1973년 아산방조제가 완공됨에 따라 안성천을 이용한 교통은 완전히 사라졌다. 안성장이 있던 성남동, 옥천동, 신흥동은 지금 안성1동인데, 개천 옆에 있는 마을이라 천변마을로 불린다. 과거의 중심가에서 변두리로 바뀐 것이다.

안성천을 가로지르는 몇 개의 다리 가운데 안성교가 있다. 안성교를 건너 안성으로 들어서는 입구가 바로 안성장이 서던 곳이며 안성에서 가장 큰 길이었다. 영암→나주→정읍→공주→수원→한양을 잇는 호남로와, 동래→대구→충주→용인→한양을 잇는 영남로는 안성에서 만나 한양으로 이어졌다. 그만큼 이 길은 당시 조선에서 가장 큰 길 가운데 하나였다.

지금의 천변마을 어귀는 버스 두 대가 겨우 다니는 좁은 길이다. 시내버스는 이곳에 멈춰서 장을 보러 온 사람들과 돌아가는 사람들을 태웠다. 경기도에서 천안으로 갈 수 있는 유일한 길이었으므로 '황금 목'이라 할만했다. 그만큼 이 길은 안성의 중심길이었다. 입구 오른쪽은 우전대장간이다. 대장간 주인 김필오 씨의 말. "한창때는 말도 못 했어요. 새벽에 나와서 밤늦게까지 일했죠. 나 말고도 일꾼이 두 명이나 더 있었어요. 농기구 만들어 달라는 사람도 많았고, 사람들이 마차를 이용했으니 바퀴살을 만들거나 수리했죠." 지금 농기구는 모두 공장에서 만들고, 중국에서 수입한 농기구도 넘치며, 마차는 경운기로 바뀐 지 오래다. 김 씨의 대장간 건물은 100년이 넘었으나 이제 대장간은 대를 이을 사람이 없다. 못을 담는 종이상자는 세월의 무게를 견디다 못해 너덜너덜하다.

대장간 건너편은 신창정미소이다. 주인 조춘형 씨의 처외삼촌이 1938년 문을 열었다. 가을이 되면 힘 좋은 젊은이 칠팔 명이 일을 할 만큼 일이 많았으나 지금은 그렇지 않다. 마을 농협마다 정미 기계들이 들어서고, 정부가 쌀을 수매하기 때문이다. 벽에 걸린 가방에 쌓인 먼지는 세월의 흔적이다. 1980년대까지만 해도 이 일대엔 오래된 집이 제법 있었으나 90년대 들어서서 옛집들은 대부분 사라졌다. 옛 안성장이 서던 길을 따라 걸으니 벽, 전봇대, 가게 문 등에 옛날 포스터들이 다닥다닥 붙어 있다. 1960~70년대 유행했던 광고들이다.

석탄 증산으로 경제 부흥 이룩하자 (대한석탄공사).

미국에서만 경구용 피임재 애용자가 매년 100만 명씩 증가하고 있다 (피임약 아나보리).

손으로 글자를 쓰던 시대는 지나가고 타자기로 찍는 시대가 왔다 (국산 한글 타자기 프린스).

어린이 감기약 러미라.

간첩 잡아 상금 타니 나라 좋고 나 좋다.

가래침 뱉는 곳에 결핵균 날린다.

크라운 맥주는 크라운 스토아에서.

텁텁한 입안 상쾌한 기분 셀렘민트껌(이 광고엔 신동우 화백이 그린 홍길동이 있음. 그는 1994년 세상을 떠났으나 홍길동은 1967년 애니메이션으로 만든 지 나흘 만에 10만 관객을 모을 만큼 인기가 있었다).

'야고보 슈퍼' 앞에 섰다. 창문에도 광고가 가득하다. 고바우 만화방 처마엔 통나무가 박혀 있고, 양철로 마감을 했다. 동네엔 연탄집이 몇 곳 있다. 연탄과 쌀을 함께 파는 상회가 있는가 하면 연탄 직매소가 있다. 어느 연탄 집 옆에 녹슨 짐자전거가 서 있다. 안장은 파란색 비닐덮개를 했고, 짐받이엔 커다란 지지대가 세워져 있다. 체인을 보니 최근에 움직인 흔적이 보이지 않는다.

위를 보니 '가구전길'이라는 안내판이 붙어 있다. 오래전에 사라진 옛 안성장은 안내판에 박제처럼 이름만 남겼다. 장터웃머리길, 나무전길, 시장목길, 옹기전거리길 등을 보면서 사람들로 북적이는 옛 안성장을 더듬는다.

1995년에 출판된 『한국의 시장』에 의하면, 안성장엔 쇠전, 돼지전, 닭전, 곡물전, 옹기전, 포목전, 종이전, 어물전, 과일전, 유기전, 철물전, 돗자리전, 갓전, 신전, 주물전, 채소전, 약전 등 좌판들이 즐비했고, 이십여 곳의 대장간과 주막집, 밥집도 적지 않았다고 한다.

동선네 구멍가게가 보인다. 동선이는 주인 할머니의 손자 이름인데, 가게 입구엔 벽화를 그린 사람들이 만든 예쁜 간판이 붙어 있다. 벽화 사업은 2008년에 시작되었는데 2007년 '바우덕이축제'를 안성천에서 개최하고, 사라지는 동네 모습을 축제와 어울리게 하려는 안성시의 향토 문화 복원 노력이다. 동선네 가게는 찐빵을 만들어 팔았는데 인기가 좋아서 밀가루를 매일 두세 포씩 썼다고 한다. 당시 찐빵을 사 먹던 아이들이 지금 중년이 되어 찾아오고, 호롱불 켜놓고 팔던 할머니의 찐빵 이야기를 하고 간다고 한다. 못살고, 먹을 게 없던 시절, 빵을 훔쳐 먹는 아이들도 있었다.

천변마을 사람들은 안성천에서 빨래도 하고 목욕도 했다. 여성들은 밤에 천에 내려가 멱을 감았다. 양치질도 하고 보리쌀도 씻어먹었다. 겨울에 천이 얼면 썰매를 탔다. 마을 어른들은 그물을 들고 나가 천에서 물고기를 잡았다. 큰 가마솥에 물고기와 내장을 넣고 끓여 온 동네 사람들이 나눠 먹었다.

'안일옥'이 보인다. 1920년대 안성장이 열릴 때, 장 한쪽에서 우탕을 끓여서 팔던 곳이다. 어림잡아 80년이 넘는 세월이 흘러갔다. 1대 이성례, 2대 이양귀비, 3대 우미경과 김종열로 이어졌다. 식당 벽엔 과거 안성장과 안성 우시장, 안성 최초 은행 호서은행, 안성 최초 여관, 안성초등학교 최초 교사 등 흑백사진이 걸려 있다.

안성장의 역사를 품은 천변마을의 옛 모습과 이야기와 기억들을 소중하게 간직하자. 그것뿐인가. 옛 안성의 유물과 모습을 복원하고 간직하여 후대에 전해야 한다. 이를 위하여 안성시를 경영하는 사람들과 시민들은 하나같이 지혜를 모아 기획하고 이를 실천해야 한다. 안성맞춤은 말과 홍보만으로 이룩할 수 없다.

운주사를 찾아서

전남 화순은 익숙지 않은 여행지다. 동쪽에는 아름다운 순천만이 흐르고. 남쪽으로는 녹차 밭으로 유명한 보성, 북쪽으로는 소쇄원의 담양이 버티고 있다. 정작 화순에는 떠올릴 만한 여행지가 없다. 그러나 화순은 운주사(雲住寺)를 비롯한 동복호의 푸른 물과 어우러진 화순 적벽, 작은 저수지의 산벚꽃이 화려한 세량제, 쌍봉사의 철갑선사 부도와 탑비 등 숨 돌릴 틈도 없이 새로운 풍경을 불쑥불쑥 만날 수 있는 그런 곳이다.

구름이 머무는 절이라는 뜻의 운주사의 내력은 여느 사찰에서는 발견할 수 없는 불가사의한 신비를 지닌 천년 고찰이다. 그래서 모든 것이 수수께끼로 남아 있다. 소박한 석탑들과 위엄을 찾아볼 수 없는 엉성한 조형미의 불상들. 지금은 18기의 석탑과 80기의 석불만 남아 있지만 조선시대까지만 해도 이런 석불과 석탑이 각각 1,000기씩 있었다고 한다.

1481년에 편찬된 『동국여지승람』을 보면, 운주사는 천불산에 있으며 절 좌우 산에 석불과 석탑이 각각 일천 기가 있고, 석실에 두 석불이 서로 등을 대고 앉아 있다雲住寺 在天佛山 寺之左右山脊 石佛石塔 各一千 又有石室二石佛 相背以坐, 운주사 재천불산 사지좌우산척 석불석탑 각일천 우유석실 이석불 상배이좌는 기록이 있다.

일주문을 지나는 순간부터 그곳은 부처의 땅이다. 계곡을 따라 여기저기 버려진 듯 보이는 돌탑과 돌부처들을 쉽게 만날 수 있다. 크기도 제각각, 얼굴도 각양각색이다. 홀쭉한 얼굴형에 선만으로 단순하게 처리된 눈과 입, 기다란 코, 단순한 법의(法衣) 자락이 인상적이다. 민간에서는 할아버지 부처, 할머니 부처, 남편 부처, 아내 부처, 아들 부처, 딸 부처, 아기 부처라고 불러 오기도 했는데 마치 우리 이웃들의 얼굴을 표현한 듯 정감 있고 친근하다.

이처럼 운주사의 석불석탑은 산도, 들도 아닌 만산 계곡 길가와 논밭에 소박하기 짝이 없는 모습으로 세월의 이끼를 껴입고 여기저기 서 있다. 운주사에서는 못생기고 비례가 맞지 않는 석불에서 구원을 바라는 보통 사람들의 염원이 읽히고, 석공의 소박한 솜씨에서 진정한 불심이 느껴진다. 그래서 절집을 걷는 것은 그저 한 무더기 돌덩

이를 만나도 그것이 탑이 되고, 부처가 되게 하는 민초들의 간절한 마음들이 이뤄낸 천불천탑이 아닐까.

운주사의 상징이 된 거대한 석조와불(石造臥佛)은 서쪽 야산에 있다. 미완성으로 추정되는 이 와불은 산에 누워 있는 바위에 부처를 조각했으므로 자연스럽게 누워 있는 부처가 되었다. 이 와불을 일으켜 세우면 천년의 태평성대가 이어지는 새로운 세상이 온다는 전설이 입에서 입으로 전해지고 있다.

석조와불 전망대에서 바라보면 2년 전, 큰 불로 상처를 입은 주변의 산들이 눈에 들어온다. 불길은 와불 주위의 나무들을 모두 태웠으나 천만다행으로 와불과 석탑석불들은 화마를 피했다.

미술작품의 감상은 축복이다.

… 더 행복한 충격을 안겨 준 것은 비엔나미술사박물관에서 작품을 감상한 일이다. 미술에 대해 별로 아는 게 없던 내게 비엔나는 막연히 음악의 도시로 입력되어 있었고, 별 기대 없이 시간이 남아서 들러 본 자리였다.

세상에! 건물 안으로 들어가자마자 그야말로 별천지가 펼쳐졌다. 피터르 브뤼헐의 <바벨탑>과 얀 페르메이르의 <화가의 아틀리에>를 비롯하여 책에서만 보던 대가들의 그림들이 방마다 벽면을 꽉 채우고 있었다. 내겐 이름마저 낯설던 이 박물관의 걸작 컬렉션을 보면서 가슴이 뛰었다. 영화 <쇼생크 탈출>에서 죄수들이 난생 처음 들어 본 클래식 음악에 사로잡히듯, 걸작 미술품에는 사람을 끌어당기는 묘한 힘이 있음을 체험한 순간이었다. '아는 만큼 보인다'는 말이 있으나 '잘 몰라도 보는 즐거움을 누릴 수 있다'고 생각해 본 것도 그때였다.

이번에 서울 나들이를 온 <비엔나미술박물관전: 합스부르크 왕가 컬렉션>을 보면서 다시 한 번 그런 생각을 했다. 렘브란트가 그린 아들의 초상화를, 주름살 하나하나가 생생한 데너의 <늙은 여인>을, 참회하는 베드로의 눈에 고인 눈물을, 신화 속 인물들의 생생한 표정을 오랫동안 바라보면서. 붓질마다 스며 있는 화가의 숨소리, 고뇌와 영혼의 흔적에서 전해 오는 감동일 것이다.

미술품과 마주하는 것은 인간이 할 수 있는 것 가운데 가장 풍부하고 강렬하고 보람 있는 일 중 하나라고 한다. 중요한 점은 평론가처럼 조목조목 분석하고 설명할 만한 지식이 있어야만 미술을 즐길 수 있는 것은 아니라는 것이다. 덕수궁 미술관의 최은주 관장은, "해석해야 한다는 의무감에서 벗어나라"는 충고로 내게 용기를 주었다. 모든 뛰어난 예술작품은 마음을 열고 대하는 사람 누구에게나 공평하게 감동이라는 선물을 안겨 주기 때문이란다. 그 어렵지 않은 공간이야말로 좋은 작품들이 내뿜는 특이한 에너지의 자장이 아닐까_{(고미석} mskoh119@donga.com, "나만의 명작을 만나자" 동아일보, 2007. 7. 3).

미술 작품 감상, 그건 살아 있는 건강한 나와 또 다른 생명체의 치열한 몸짓과의 만남이며 거기에 시간과 공간이 녹아 있다. 그러니 미술 작품 감상은 축복이 아니고 무엇이랴.

역사란 무엇인가

이는 우리를 깊은 생각에 잠기게 하는 물음이며, 카아(Edward Hallet Carr)가 쓴 책의 서명이기도 하다. 역사는 우리들에게 무수한 교훈과 깨달음을 주는 반면교사이다. 카아의 저서는 독자에게 많은 감명과 함께 역사를 반추하게 하는 힘이 있다. 다음과 같은 글은 필자에게 여러 가지 생각을 불러일으켰다. 그 가운데 문헌정보학과 관련된 글을 인용하여 나대로 새겨 보았다.

2, 3년 내로 우선 논문이나 단행본의 주(note)에 수록된 후에 본문에 나타나고, 20, 30년이 지나는 동안에 역사적 사실로서 제자리를 잡게 될 가능성이 엿보인다(과거의 단순한 사실이 역사적 사실로 정착하는 과정과 문헌의 필요성 및 그 생산과정을 간단히 살필 수 있다).

본래부터 역사란 잃어버린 부분이 허다한 그림 맞추기라고 해 왔다[학술문헌은 마치 잘 짜인 옷감처럼 여러 문헌이 얽혀 있다는 프라이스(Derek J. de Solla Price)의 말을 연상시킨다].

우리들이 책으로 읽는 역사는 인정된 판단의 체계이다(문헌은 인정된 지식체계를 시간과 공간을 초월하여 효과적으로 전달하는 기능이 있다).

19세기의 사실숭배는 문헌숭배라는 것으로 완성되고 정당화되기에 이르렀다. 문헌은 사실이라는 신전의 성물이었다. 경건한 역사가들은 머리를 굽혀 가며 문헌에 접근했고… 문서에 나타난 일이라면 무조건 그대로이다. … 어떤 문헌일지라도 그 문헌의 필자가 생각하고 있던 이상의 것을 우리들에게 말해 줄 수는 없다. 즉 일어났다고 생각한 일, 일어날 것이라고 생각했던 일, 자신이 그렇게 생각한다고 사람들이 생각해 줄 것을 바랐던 일, 심지어 자기가 그렇게 생각한다고 자기 스스로만이 생각했던 일, 이러한 것이 그 전부이다(19세기라는 시대의 제약은 있지만 문헌의 의미와 특정 문헌에 담겨진 내용이 어떤 것인지를 집약적으로 그러나 쉽게 기술하고 있다).

바이마르 공화국의 외상 슈트레제만(Gustav Stresemann)이 1929년에 서거했을 때 그는 300상자에 해당하는 방대한 양의 공식, 비공식 서류를 남겼다. … 그의 친구와 가족들은 작고한 위인을 위하여 기념이 될 만한 사업을 이루어야겠다는 생각을 갖게 되었다. 그의 비서 베른하르트(Bernhard)가 이 일에 착수하여 '슈트레제만의 유산(Stresemann Vermachtnis)'이라는 표제를 달고 매 권 600쪽이나 되는 세 권의 책으로 출간하였다. … 1945년 상기한 문서들은 영국과 미국 양 정부의 수중에 들어갔고, 사진판으로 복제되어 런던의 문서보관소(Public Record Office)와 워싱턴의 국립문서보관소(National Archives)의 관리하에 두었다. … 『슈트레제만의 유산』이 출간된 지 얼마 뒤에 히틀러가 정권을 잡았고, 슈트레제만의 이름은 독일에서 망각되어 이 문헌 역시 나돌지 않게 되었다. 그것의 거의 전부가 산실(散失)되었다. … 1935년에 영국의 한 출판업자가 상기 문헌의 축소번역판을 출판했는데 원본의 약 삼분의 일이 줄어들었다. 독일어 문헌의 영역자로서 유명한 사튼(Sutton)이 이 일을 감당하였다. 그 결과 베른하르트에 의하여 소홀하게 다루어진 슈트레제만의 동방정책은 시야에서 더욱 멀리 물러났고, 소련은 슈트레제만의 서방 중심 외교정책 속에 달갑지 않게 끼어드는 난입자와 같은 것으로 치부되었다. 만일 슈트레제만의 원본이 1945년의 폭격으로 소멸되고 베른하르트가 쓴 책의 흔적이 없어졌다면 사튼의 권위는 의심의 여지가 없을 것이다(새로운 문헌의 출현과 그 유통 및 변형 과정을 읽을 수 있는 대목이다).

사실과 문헌은 역사가에게 필수품이다. 그러나 사실과 문헌 자체만으로 역사가 이룩되는 것은 아니다(문헌의 중요성과 그 집필자의 의식 및 배경을 잘 살펴야 한다).

역사를 쓴다는 것만이 역사를 만드는 유일한 방법이다. … 역사상의 사실은 기록자의 마음을 통하여 항상 굴곡된다. 따라서 역사책을 읽을 때 관심을 두어야 할 일은 그 책 속에 어떤 사실들이 실려 있느냐는 문제보다 그 책을 쓴 역사가가 어떤 사람인가라는 문제이다. … 사실에 대한 연구를 시작하기에 앞서 우선 역사가를 연구해야 한다(문헌의 중요성 그리고 글을 쓰는 사람의 의식과 배경을 잘 살피는 일이 문헌의 내용을 파악하기에 앞서 이루어져야 한다).

역사가의 기능은 과거를 사랑하는 것도 아니요, 과거로부터 자신을 해방시키는 것도 아니요, 현재를 이해하는 열쇠로써 과거를 지배하고 과거를 이해하는 것이다(역사가가 이런 기능을 충분히 발휘하려면 문헌을 수단과 방법으로 선택해야 한다).

나도 지난 수년간 문헌을 쫓아다니며 정독하려고 많은 시간을 소비했고, 역사 서술을 할 때도 충분한 사실을 주(note)에 제시하려고 골몰했기 때문에 문헌을 소홀히 취급한다는 비난을 면할 수 있다고 자부한다. … 한편으로 읽어 가며, 한편으로 써 붙이고 깎아내고, 다시 쓰고 지워 버린다. 읽는 것은 씀으로 해서 인도되고 방향이 제시되고 풍부해진다(글을 쓰는 사람은 문헌의 가치를 제대로 인식해야 하며, 글을 쓸 때는 더없이 신중하고 삼가는 자세가 필요하다).

역사란 역사가와 사실 사이의 끊임없는 상호작용의 과정이며, 현재와 과거 사이의 끊임없는 대화이다(이 정의는 문헌의 존재가치를 높이는 것이며, 이 정의 속에 내포된 의미 역시 문헌을 통하여 알 수 있는 일이다).

카아의 이 저서를 고전의 하나로 꼽는다면 우리들에게 '역사란 무엇이며, 대한민국 역사란 무엇인가?'를 음미하게 한다. 구체적으로 '한국사를 가볍게 다루는 까닭이 무엇인지'를 통찰해야 한다. 대학의 교양 교육 과정에서 한국사는 어떤 대접을 받는가. 각종 공무원 채용 고사에서 한국사는 어떤 위치인가. 어느 경우에도 모두 다 필수과목이 되어야 하지 않을까. 제 나라의 역사도 잘 모르고 잘 배우지 않는 국민과 백성이 참된 국민과 백성인가. 그렇게 하여 선진국이 된다 한들 반신불수에 불과하다. 지위 고하, 분야를 가리지 말고 한국사를 가볍게 다루지 말자.

Speaking Name

험구(險口)의 사전적 의미는 남을 헐뜯기를 좋아하는 짓 또는 그런 사람이다. 그런데 누가, 어떤 상황에서, 어떤 의도로, 어떻게 험구를 하느냐에 따라 단순하고 지저분한 험구가 될 수도 있고, 차원 높은 위트와 유머가 될 수도 있다. 후자는 코미디와 일맥상통하므로 아무나, 언제나, 쉽게 할 수 없다. 어느 정도 수준이 있고, 많은 사람의 공감을 불러오면 올수록 험구와 코미디는 조직과 사회를 순화하는 기능이 높아진다. 『School for scandal』은 '험구학교'쯤으로 번역할 수 있는 극작가 쉐리단(Sheridan)의 작품이다. 작가는 여기서 speaking name(작품 속의 인명이 그 인물의 성격을 가리키는 이름)의 기법을 써서 독자와 관객의 흥미를 유발하고, 극적인 효과를 유도하고 있다. 다음의 글은 speaking name 과는 상관없는 「험구」라는 제목의 짤막한 필자의 글이다.

險口

어느 평등주의자인 아버지가 어린 아들에게 아침마다 그 볼에 뽀뽀를 하면서 "너, 밤에 잘 잤니?" 하며 문안(?)을 했더니, 그 아들이 말을 배우고 난 뒤, 아버지의 방에 들어가서 아버지의 볼에 뽀뽀를 하면서, "너, 밤에 잘 잤니?"라고 아침인사를 하더란다. 평등주의자인 아버지 왈, "아버지에게 그런 말버릇이 어디 있어" 했더니, 아들 왈, "왜 안 돼, 아버지도 날보고 그랬는데."

공자 왈, "어! 똑똑한 아들이야. 헌데, 그의 아버지는 교육의 기능을 모르는가 보군."

버스를 타고 가던 한 대학생이, 나이 지긋한 신사 한 분이 버스에 오르기에 자리를 양보했다. 이 신사는 호기 있게 그 자리에 앉았는데, 한참을 가도록 쓰다 달다 말씀 한마디가 없더란다. 슬그머니 화가 난 이 대학생 왈, "손님, 방금 저에게 무슨 말씀을 하셨나요?" 신사 왈, "아니, 아무 말도 안 했는데." 대학생 왈, "네에, 저는 손님께서 고맙다고 말씀하시는 줄 알았지요." 신사 왈, "아니야, 고맙다는 말은 내리면서 하려고 했네."

이곳은 동방예의지국(東方禮義之國), 장유유서(長幼有序)의 세계올시다.

명망 높은 보직 교수 한 분이 근무를 태만히 한 그 대학의 운전기사에게 왈, "너 이 새끼, 왜 멋대로 자리를 비우냐? 이 새끼야, 그래 그 차가 네 자가용이냐?" 태만한 운전기사 왈, "주의하겠습니다. 용서하십시오."

여기는 인권옹호협회 가두선전반입니다. 만인은 불평등하며 직업에는 귀천이 있으므로 우리는 발전적인 해체를 결의했습니다.

한일친선축구경기를 관람하던 아버지와 아들의 대화. 아들 왈, "아버지, 일본은 우리의 우방인가요?" 아버지 왈, "물론이지, 우방이고말고." 아들 왈, "그런데 왜 여기저기서 왜놈들, 쪽발이들, 하면서 소리를 지르지요?" 아버지 왈, "아, 저 사람들, 아마 술이라도 마신 거겠지."

바라건대, 한일 두 나라 사이에 서려 있는 혼돈과 혼미, 증오와 불신의 안개가 가셔서 10년 후, 20년 후에는 이런 말이나 글들이 한낱 쓸모없는 옛이야기로 돌려지기를! 여기는 목근통신(木槿通信)입니다.

이승만 전 대통령의 서거가 신문지상에 크게 보도된 날, 국군이 평양 입성하는 사진도 곁들여 실렸었다. 이 사진을 고참 병장과 충청도 출신의 새까만 이등병이 들여다보고 있었다.

이등병 왈, "야아, 이날 졸병들의 국 맛이 썩 좋았겠는디!"

고참 병장 왈, "레마르크는 말했다. 인격포기의 실제화라고."

이등병 왈, "내년에는 나도 제대한다구! 머슴을 살더라도 이보다 못하겠어? 어때요? 하 병장님, 나는 그렇기 생각하는디!"

우리들은 10주간의 군사훈련을 받는 동안 10년간의 학교교육보다 더 결정적으로 변하였다(레마르크, 서부전선 이상 없다).

대폿집에서 모교 출신 대학 선배는 선배임을 밝힌 다음, 후배 학생을 붙잡고 실례를 나무랐다.

학생 왈, "당신, 선배요? 선배 아니면 죽어!"

기성세대는 자숙하라. 나는 법대생이다.

한 대학생과 도서관 사서가 언쟁을 하고 있었다.

학생 왈, "아저씬 학생들의 등록금으로 월급을 받는 처지에 왜 이리 큰소릴 치시오?"

대학사회에서 학생과 사서는 어떤 관계인가. 진정한 Client는 존재하는가!(김용성, "험구" 고대교육신보, 제24호, 1974. 5. 15).

대학도서관의 문제점

문헌정보학에 관련된 필자의 최초의 글 「대학도서관, 그 문제점과 개선 시론」은 1977년 <명대신문>에 발표되었다. 당시 필자는 명지대학도서관 사서장의 신분이었다. 1970년대만 해도 우리나라 대학도서관은 정상궤도에 진입했다고 단언할 수 없을 정도의 수준이었고 또 도서관 상황이 그랬다. 연간 장서 증가 책 수 1만 책인 대학도서관은 손가락으로 꼽을 정도였다는 사실이 이를 반증한다. 이 글에서 필자가 밝힌 내용은 대략 다음과 같다.

대학도서관의 필요성과 설치 이유, 이용자와 사서의 유기적인 노력, 사서의 끊임없는 연수와 연찬, 사서의 전문성 향상과 처우 개선, 기존의 도서관 자원의 충분한 활용, 개가식 서고 운영, 24시간 서비스를 지향하는 대학도서관, 대열람실과 소열람실 및 과제도서실의 설치와 운영, 자료복사실의 확장, 신착도서속보 발행과 활용, 희망도서신청제도의 활성화, 학과 증설과 전임교원의 증원에 따른 도서관 예산의 확충, 학과실험실습비로 구입된 문헌의 도서관 장서편입의 제도화, 도서관 기본구성요소의 지속적인 확충.

The grammatical form, function and meaning in the English language by Y. S. Kim, Chief Librarian, Myongji University.

Language is the most effective means of expression to the structure of consciousness of human beings and to all phenomena of the universe has both sides: (1) formal side based on phonetics, (2) logical side based on psychology. Language and grammar is not to deal with the grammatical form and its meaning individually, but to the closely adhere these two relative elements formed the phenomena of language. Only in this sense it is possible to speak of form without meaning. On the other hand, it is difficult to speak of meaning without form. And so form without lexical meaning is grammatical meaning or grammatical relation. As these two relative elements contain the following irregularity and illogicality, it is possible for them to speak of becoming an object of study: even if a grammatical form is the same, its function can be various and disparate, on the contrary, even if a grammatical form is different, its function can be the same. For example, trees or grows is the former, trees, children or men is the latter.

As the same point of view for language or grammar many people have is common-sense, they maintain their language activity with analogy, folk etymology, psychological effect and their linguistics habit smoothly.
The object of the study of number, one of the important grammatical categories in today's English grammar is mainly noun and verb, word-class. There are some differences of conception between noun and verb play an important part in number category in spite of their close relation is sentence structure: (1) as in the noun the number is logical and grammatical, its plural means one more practically and meaning leads a grammatical form, (2) as in the verb the number is only grammatical mark, its plural form cannot mean logical plurality.

As 'boys' in the following sentences is grammatical and logical, it means two boys clearly, while 'walk', a plural verb is only an agreement of number between the plural subject and the predicate verb. And so 'walk' itself does not have the plural meaning, but only means an agreement of number or concord.

The two boys go there together.

They walk home together.

It is difficult to explain grammatical category of number by only the fact that singular means one and plural one more. For example, The military were called out; Mathematics is the science of quality. As unchanged plural form such as sheep or deer is the same in singular and plural, it is impossible to discern its number when it is not in the construction. The phenomenon gives rise to grammatical meaning not backed by grammatical from.

As grammatical form, for the most part, was lost throughout the history of the English language, it is difficult to distinguish its grammatical function of each words which is not in the construction. Even if the word form in the construction is the same, its meaning or usage can be different. In the following sentences the number of the former is clear and the latter is ambiguous.

The sheep is in the meadow.

The sheep ran into the meadow.

Number form in the Modern English, for the most part, sets limits to the substantive. In the construction substantive with number form can be subject, object or complement while verb, adjective or adverb has not morphologic device showing the practical plural concept. Ending '-s' adds to the verb when the subject is the third person, singular, indicative and present only does not mean plural concept but singular concept of its subject.

He eats three times a day.

The verb form itself is not pluralized but its meaning only is pluralized by 'over and over' an adverbial phrase in the following sentence.

The bell rang over and over.

Grammatical form showing plural concept in the Modern English generally tends to be unified ending '-s'. On the other hand the plural form of noun is not so simple because of the remnants of the Old English such as irregular plural form or foreign plural form. And singular can be dealt with plural, on the contrary, plural can be dealt with singular by its meaning, form or mental attitude of the speaker.

A horse and cat was seen in the distance.

The typewriter and the case weights about 50 pounds.

When oneness or individuality of subject is emphasized, its predicate verb of the former is singular and the latter is plural.

The family is a distinguished one.

The family were gathered around the table.

Language, a good partner of human beings, is the means of expression showing not only various and disparate structure of consciousness in human beings but also phenomena of the universe effectively. As the number of symbols and forms of language is limited, it is impossible to describe all of them without any compulsion. Even if there are unlimited linguistic materials, we cannot apply and receive all of them. As language activity depends on the limited means of expression, such friction may be inevitable(The Myongji Press, November 30, 1977).

귀신이 사라지고 있다

달걀귀신, 몽달귀신, 마마, 탈바가지, 돈 귀신, 목 없는 귀신, 손말명, 구미호 등 온갖 귀신은 길을 잃었거나 붙을 데를 찾지 못한 채 떠돌다 문명의 불빛과 인심의 뒤안길로 빠르게 사라지고 있다. 적어도 이들은 더는 무서운 존재가 아니다.

상당수 귀신은 오래도록 한국인이 품어 온 집단적 죄의식의 형상화로 존재했다. 원통하게 죽어 곧장 저승으로 가지 못한 원귀(冤鬼)가

귀신설화의 대부분을 차지한다. 가부장 사회의 억압이 복합구조화되어 있었던 만큼 원귀는 거의 여자였다. 이는 남성 권력의 죄의식과 이를 고발하려는 여성의 자의식을 동시에 투사한다. 그 정서적 요체는 이른바 한(恨)이다. 이 귀신들은 결코 헛되이 익명 공간에 나타나지 않았다. 『아랑설화』에서 보듯 자신이 당한 일을 호소코자 그만한 상징적 장소에서 대개 머리를 푼 채 호곡한다. 산 자와의 소통이 가장 큰 목적이다. 귀신의 사회성을 간명하게 알 수 있는 정황이다. 고발 내용은 몰래 죽임을 당하거나 성폭행으로 인한 자결, 굳은 약조 뒤에 버림받은 여인, 굶어 죽거나 맞아 죽은 자들의 신산(辛酸)한 삶이다.

이들의 한이 사회적으로 원만히 해결되지 아니한 채 장기적으로 사회문제가 될 때 귀신은 힘을 얻는다. 사회적인 원만한 해결이란, 한이라는 개인적이며 사회적인 문제의 해결을 위한 다양한 요인들의 만남이 때를 맞추어 이루어지지 않았음을 말한다(서해성, "전설의 고향 속으로 사라지는 귀신" 중앙Sunday: Sunday Magazine, 56. 2008. 4. 6).

한국의 멋과 맛

한국에서 사라져 가는 옛 모습이 있는가 하면 갈수록 묵은 된장처럼 깊은 맛을 더해 가는 전통과 문화도 많다. 그중의 하나가 풍부하고 다양한 도자기 유산이다. 나는 한국의 옛 도공들이 어수선한 나라 안팎의 정세 속에서도 굴하지 않고 수백 년 동안 그토록 아름답고 정교한 미적 감각을 지켜 왔다는 사실에 경탄한다. 신라시대의 토기에서부터 고려시대의 전통적 청자, 그리고 분청사기를 거쳐 조선시대의 백자에 이르기까지 모든 도자기들이 저마다 당시의 문화적 진면목을 보여 주는 영구한 교과서들이 아닌가. 옛 도자기에는 단순성, 아름다움 그리고 영속성의 멋이 있다. 갈수록 복잡해져 가는 세상에서 맛보는 단순성, 성가신 사건이 연속되는 거친 현실을 벗어나 잠시라도 맛보는 아름다움, 도처에서 날마다 겪는 변화의 현기증 나는 속도 가운데 재확인하는 불변의 영속성을 느낀다.

조선시대의 백자를 바라볼 때 느끼는 따뜻함과 차분함에 비할 것이 있을까. 고려시대의 청자에 아로새겨진 혹은 분청사기 술잔의 흙에서 풍기는 단순함보다 아름다운 것이 또 있을까. 다양한 모양과 형상, 그리고 무수히 많은 상감무늬 디자인도 놀랍고, 창조적인 예술적 감각의 깊은 멋도 감동적이다.

조선시대의 청자와 백자의 그 독특한 크림색의 백색 광택은 오늘에도 재현할 수 없는 오묘한 흰색이다. 유약을 바르기 전의 푸른색 밑그림 역시 그것이 꽃이든, 용이든, 한자나, 날개 모양이든, 상관없이 아무리 보아도 질리지 않고, 도자기의 자연적인 단순미를 더해 준다.

한국 사람들은 이 훌륭한 유산의 진가를 알기 위해 반드시 도자기를 보려는 노력이 필요하다. 여러 곳에서 훌륭한 모습을 뽐내는 한국의 도자기는 한국인이 긍지를 가져야 할 보물이다(스튜어트 솔로몬, "볼수록 빼어난 한국 도자기" 서울경제, 2006. 8. 8).

헌책방

영화 <해피엔드>는 최민식이 죽치고 앉아 소설을 보다 주현한테 타박을 맞던 헌책방의 한 장면을 보여 준다. 이 후줄근한 헌책방은 용산의 '뿌리서점'이다. 대략 8만 권의 책이 있다고 한다. 곳곳에 솟아오른 책의 산 틈에서 책 하나 꺼내려다가 그대로 '책 사태'에 묻혀 압사하지 않을까 하는 아슬아슬한 분위기에서 무슨 책을 어찌 고르나 싶지만, 단골들은 마치 보물찾기라도 하듯 그 아수라장을 뒤져서 흐뭇한 만족감을, 때로는 아쉬움을 남기고 돌아간다.

헌책방 예찬자 최종규

책을 많이 사서 읽고, 헌책방을 예찬하는 최종규. 그는 『헌책방에서 보낸 1년』이라는 그의 저서에서 책문화에 관한 그의 모든 생각을 밝히고 있다. 그가 지닌 책은 어림잡아 어지간한 짐차로 여섯 대 분량은 되는 모양이다. 그래서 그는, "충주 무너미 마을에 자리 잡을 제집이자 일방은 여느 헌책방 못지않을 만큼 책으로 가득하겠다 싶습니다"라고 말한다.

이 책은 우선 페이퍼백이며 쪽수가 895에 이르는 부피 때문에 이상하고 특별하다는 인상을 준다. 2004년 5월부터 2005년 4월까지 헌책방 나들이 1년을 시간의 흐름을 순서를 바꾸어 거꾸로 2005년 4월부터 2004년 5월까지의 순서로 기술하였다는 점도 독자에게 별나다는 느낌을 주기에 충분하다. 부록으로 전국 헌책방 목록, 서울 헌책방 목록, 문 닫은 헌책방을 수록하였다.

이것만이 아니다. 돌아가신 이오덕 교장님의 유고와 책을 2003년 9월 30일부터 무너미 마을에서 집 한 칸 얻어서 갈무리하고 있고, 우리말과 헌책방을 사랑하는 모임을 꾸리고, 새소리와 바람소리가 좋아서 텔레비전은 처음부터 들여놓지 않았고, 한글사랑운동을 꾸준히 실천하고, 신문도 보지 않으며, 죽는 날까지 자전거를 타고 헌책방 나들이를 즐기겠다는 사실에 이르기까지 최종규 그는 별나고 놀랍고 훌륭한 사람이다. 헌책과 헌책방에 관한 그의 생각을 잠시 들어 보자.

"헌책방이 죽는다는 것은 헌책방에 들어오는 헌책이 적다는 소리이고, 헌책으로 흘러들 만한 새 책이 없다는 것이고, 우리들이 새로 나오는 책을 잘 사서 읽지 않는다는 소리이며, 책을 사 읽어도 맨 그 책이 그 책인 것만 사서 보니까 다양성과 개성이 있는 갖가지 책이 없다는 소리지요. 그래서 헌책방문화는 나날이 죽어 갑니다. … 전문성과 자기 다짐과 믿음으로 펴내는 개성과 다양성이 넘치는 책이 자꾸만 줄어요. 이것은 헌책방만이 아니라 이 나라 책마을 모두가 흔들리고 있는 문제이며, 우리 삶이 자꾸만 돈, 이름, 힘, 이 세 가지에 기울면서 사람됨을 잃고, 자기 삶을 삶답게 찾으면서 즐기지 못한다는 것은 문제라고 생각합니다."

템플스테이

사찰 문화 체험은 참선을 통한 삶의 성찰, 템플스테이(temple stay)이다. 템플스테이란 내외국인이 한국의 전통문화의 보고이자 불교문화의 원형이 잘 보존된 전통 사찰에서 사찰의 일상과 수행자적 삶을 체험해 보는 사찰 문화 체험 프로그램이다. 지난 2002 한일월드컵 때부터 시작된 템플스테이는 한국의 전통문화를 이해하는 계기로 호평을 받고 있다. 이는 참선, 다도, 서예, 발우공양, 사찰 문화재 소개 등의 프로그램으로 진행되며 보통 1박 2일의 일정으로 진행된다(www.templestay.com).

왕릉, 숨 쉬는 문화재

왕릉만큼 시대를 총체적으로 보여 주는 문화재도 드물다. 왕릉의 주인인 왕의 일대기는 정치사요, 그 조성 경위는 당시 토목공사의 수준과 조경 및 건축 기술을 보여 준다. 왕릉의 자연환경과 입지조건은 전통 지리학의 실체와 '풍수'라고 하여 인간과 자연의 합일을 추구하던 친환경적 자연관을 확인할 수 있는 자취이다. 나아가 거기 설비된 곡장, 병풍석, 난간석, 문인석, 무인석, 망주석, 장명등, 혼유석 등 석물은 우리 미술사 연구의 중요한 자료이다. 왕릉은 살아 숨 쉬는 문화재이다.

일본인과 한국 예술의 만남

야나기 무네요시(柳宗悅, 1889~1961)와 조선 예술의 만남은 25세 때인 1914년 아사카와 노리타카라는 조선도자기 전문가가 그의 집을 방문하면서 이뤄졌다. "노리타카가 우리 집에 오면서 조선 백자 항아리 하나를 선물로 가지고 왔다. 이때부터 나는 조선 예술에 마음이 끌리게 되었다." 야나기의 회고담이다.

야나기는 항일시대에 광화문이 파괴될 위기에 놓였을 때 앞장서서 반대했다. 조선 문화를 사랑했던 그의 호소로 광화문은 파괴를 면했으나 결국 경복궁 동편으로 옮겨지는 비운을 맞았다. "조선 문화의 중심인 광화문을 옮기는 것은 야만"이라는 그의 용기 있는 발언은 조선 예술에 대한 깊은 식견과 확고한 소신에서 나온 것이다.

야나기는 일본제국의 해군 소장을 아버지로 둔 명문가 출신으로 도쿄대 철학과를 나와 종교철학에 심취했던 지식인이었다. 그는 한국인이 아닌 타인의 시각으로 우리의 전통미를 체계화한 인물이다. 조선 예술에 대한 다양하고 깊이 있는 그의 저술은 한국의 아름다움을 연구하는 국내외 학자들에게 큰 영향을 주었다.

그는 이론가이고 철학자이며 동시에 행동가와 실천가였다. 조선 공예품을 수집 전시하는 조선민족박물관을 설립하는 과정에서 그가 보였던 추진력은 놀라웠다. 그는 조선 총독 사이토 마코토를 찾아가 박물관을 만들 장소를 경복궁 안에 얻어 냈다. 그는 "사라져 가는 조선의 민족예술을 지키자"라고 외치며 설립 운동에 나섰다. 성악가인 부인 가네코는 기금을 마련하기 위한 독창회를 열었다.

그는 일본제국이 패망한 뒤인 1954년 이런 글을 썼다. "나는 언제나 한국의 작품을 곁에 두고 지낸다. 나는 한때 일본 경찰에 '위험인물'로 등록되어 형사의 미행까지 받는 몸이 되었지만 한국인으로부터의 감사는 충분한 보상이 되었다. 나 자신이 한국의 민예품으로부터 얼마나 많은 것을 배웠으며 마음이 얼마나 윤택해졌는지 모른다."

(홍찬식 chansik@donga. com, "야나기 무네요시展이 주는 감동" 동아일보, 2007. 1. 30)

사진작가의 한복사진전

사진작가 조세현 씨의 한복사진전이 11월 15일 오후 러시아 상트페테르부르크의 국립에르미타주박물관 교육문화센터에서 100여 명의 관람객이 참석한 가운데 열렸다. 세계적인 박물관 에르미타주에서 대중적 장르인 사진전이 열리는 것은 사상 처음이다. 한국 작가로는 1993년 김홍수 화백 초대전 이후 두 번째 전시회이다.

'코리아, 바람의 소리'라는 주제로 열린 전시회에서 조 씨는 20여 년간 서울 덕수궁과 운현궁, 경북 안동 하회마을, 제주 일출봉 등을 배경으로 촬영한 한복 입은 여인들의 모습 28점과 140여 점의 슬라이드를 선보였다. 전시장을 찾은 현지 관객들은 전통 가옥과 자연 풍광을 배경으로 작고한 디자이너 허영 씨를 비롯한 김영석, 이영회 씨의 한복을 맵시 있게 차려입은 모델들의 자태에 큰 관심을 보였다. 영국 미술평론가 카산드라 푸스코 씨는 "한복의 시적 이미지가 안톤 체호프의 갈매기 때처럼 날아오르는 것 같다"라고 평가했다.

특히 전통 한지에 피그먼트 잉크로 프린트한 작품들은 표면이 번들거리지 않고, 한지 특유의 깊고 질박한 맛이 우러나 한복이라는 소재를 잘 표현했다는 평가이다. 한복을 입은 이영애, 이미연, 배두나

등 인기 배우들의 사진은 우리 전통 의상의 아름다움을 더욱 돋보이게 했다. 이번 초대전을 추천한 상트페테르부르크 국립음악원 학장을 지낸 세르게이 롤두긴 교수는 "한복이라는 단일 소재로 다양한 생활상과 내면세계를 묘사하는 솜씨가 놀랍다. 보수적인 에르미타주에서 최초의 사진전 작가로 선택된 것은 큰 의미가 있다"라고 평가했다

(이진영 ecolee@donga.com, 동아일보, 2006. 11. 17).

피아니스트 백건우

우여곡절로 점철된 비운의 예술가 백건우 씨가 벌써 61세가 되었다. "음악은 평소에 느끼지 못하는 것을 느끼게 하고, 좀 더 높은 정신세계로 이끌어 간다"라고 말하는 피아니스트 백건우 씨는 다음 달 8~14일, 서울 예술의 전당 콘서트홀에서 베토벤 소나타 전곡 32곡을 7일 동안 8회에 걸쳐 연주한다. 한두 달에 걸쳐 전곡을 연주하는 사례는 있었지만 7일간 쉼 없이 완주하는 것은 소나타 마라톤이며 기네스북 감이다.

"1주일에 한 곡씩, 한 달에 한 곡씩 하게 되면 쉽지만 음악이 끊기지요. 첫날의 흥분이 다음 날로 이어지고, 또 그 다음 날로 이어지고… 연주자와 청중이 처음부터 끝까지 흥분과 감동을 나누는 시간을 꿈꿉니다." 백건우 씨의 말이다(동아일보, 2007. 11. 8). 음악에 대한 대단한 정열이며 집념이다.

배우 윤정희 씨와의 예기치 못한 결혼. 불운하고 억울하게도 이들 부부는 1980년대 군사정권의 희생양이다. 자유롭고 평화롭게 각자의 영역에서 활동하고 심취할 수 있었다면 이들의 발자취는 어떻게 되

었을까! 참 안타까운 일이다.

판소리

판소리는 우리 민족 고유의 특성을 나타내는 음악이다. 우리 민족 고유의 정서를 판소리라는 독특한 음악 형식으로 표현하는 재주가 우리 민족에게 있다. 분명한 사계절, 삼천리금수강산 등은 우리 민족의 정서를 함양하는 데 다시없는 좋은 자연조건이다.

다음의 인용문은 강한영 교수의 글이다.

판소리와 판소리 사설은 본질적으로 구분된다. 넓고 큰 소리와 울림이(원문: 광대의 소리와 너름새 그리고 안이리가) 고수의 북 장단에 맞추어 극적 결과를 가져오는 것이 판소리라면, 판소리 사설은 정선된 시어(詩語)로서 분명하고 완연하게 한 마당을 구성하는 희곡적 문예작품이다. 즉 판소리는 음악을 통하여 표현되는 극적 양식이오, 판소리 사설은 쓰인 희곡적 양식이다. 따라서 판소리 사설은 우리의 고유전통적인 문학의 한 양식이며, 음악적 전제의 제약을 필연적으로 가지는 형식상의 특성을 지닌다.

판소리 사설이 하나의 학문으로 다루어지게 된 것은 불과 20여 년 전의 일이다. 을유해방(乙酉解放, 1945년) 후, 가람 이병기 스승의 <조선의 극가(劇歌)>라는 서울대학의 강의가 그 처음이라 할 수 있는 짧은 학문사를 가진 이 국학의 새로운 한 영역은 정병욱, 김삼불, 김동욱 그리고 필자가 후학으로 이어받고 있다.

판소리의 이론적 연구가요, 연출가요, 판소리 사설의 작가로서 판소리 사설 여섯 마당과 수십 편의 단가, 한시문 등을 쓴 한국의 사용

(沙翁)이라고 지칭되는 대문호 동리(桐里) 신재효(申在孝) 선생의 생애와 작품에 대해 깊은 관심을 기울여 온 필자는 그동안 이 방면의 자료를 수집하여 1959년 3월 교주(校註) 『판소리 사설 춘향가』의 자비 출간, 1969년 12월 김동욱 교수의 주선에 의한 『영인 신재효 판소리』의 간행(연세대학교 인문과학연구소) 등 다소 성과를 거두었는데, 판소리 사설의 이론적 체계를 구명하려는 것이 필자의 궁극적 목표이지만, 이 작업이 아직 성숙되지 못한 것은 자괴(自愧)할 일이다(신재효 작, 한국판소리전집, 강한영 교주역, 서문당, 1973, pp.5~6).

족구 사랑

족구는 즐겁다. 장기판이 벌어진 사랑방처럼 와자지껄하다. 하는 사람, 보는 사람 모두 흥겹다. 괴발, 개발, 헛발질, 똥 볼, 홈런 볼에 피그르~ 아리랑 볼. 어느 팀이나 새는 곳은 있다. 발 따로, 마음 따로, 흐느적거리는 '몸치'가 있다. 그는 온갖 기기묘묘한 퍼포먼스로 족구 마당을 들었다 놓았다, 웃겼다 울렸다, 흥을 돋운다.

잉글랜드 프리미어리그 맨체스터 유나이티드의 웨인 루니, 라이언 긱스 등 내로라하는 스타들도 족구를 즐긴다. 박지성은 '족구 지존'이다. 2006년 독일 월드컵 때, 프랑스와의 경기에서 넣은 골은 족구에서 네트를 넘어가기 직전 공을 살짝 건드려 넘기는 '토스 슛'이다.

대한민국은 족구를 탄생시킨 국가이다. 1966년 공군 조종사들이 배구장에서 네트를 땅에 내려놓고 발로 시작한 것이 처음이다. 1968년 국방부가 앞장서서 육군과 해군에도 널리 보급했고, 1974년 아예 규칙을 만들었다. 그만큼 대한민국은 족구 최강국이다. 전국족구연합회에 등록된 팀만 2천여 개. 추산되는 동호인은 약 55만 명이나 된다. 등록하지 않은 사람까지 합하면 수백만 명에 이른다.

한국 족구는 잉글랜드 프리미어리그처럼 승강제(乘降制)를 시행한다. 1부 리그는 32개 팀. 해마다 2부 리그에서 올라오는 팀만큼 2부 리그로 떨어진다. 지난해는 3개 팀이 2부 리그로 내려갔다. 2부 리그 팀은 전국족구연합회가 주관하는 20여 개 대회에서 일정한 점수 이상을 따면 1부 리그로 올라간다. 1, 2개 대회에서 우승하더라도 누적 점수가 적으면 자격미달이다. 어느 해엔 오직 1개 팀만 1부 리그로 올라갔다.

족구는 배구 세터의 역할을 하는 띄움수와 넘어차기를 하는 공격수의 궁합이 절대적이다. 강팀 간의 경기는 선수들의 컨디션에 따라 승부가 좌우되는 경우가 많다. 배구와 마찬가지로 서브가 강한 팀이 유리하다. 족구 서브는 누구나 넣을 수 있다. 한 사람이 계속 넣을 수도 있다. 강한 서브는 수비수가 받는다 해도 볼이 불완전하므로 띄움수가 공격수에게 볼을 알맞게 띄워 주기가 힘들다. 서브 득점은 2점이다. 거꾸로 밋밋한 서브를 넣다가 단번에 공격을 당해도 2점 실점이다(김화성 mars@donga.com, "족구공화국은 즐겁다" 동아일보, 2007. 6. 1). 중요한 것은, 선수들은 스포츠를 통하여 만나는 개별 인격체이므로 서로 존중하고, 지킬 것은 지키고, 스포츠맨십을 배양하면서 승리라는 하나의 목표를 향해 나가야 한다는 점이다.

우표 속의 역사

탕탕탕탕… 멀리서 듣는 기관총 소리 같다. 일 분에 이백 번을 두들겨대는 숙련된 우체국 직원의 소인(消印)에 국가원수의 얼굴이 두들겨 맞는다. 이를 본 어떤 국회의원이 예산위원회에서 체신당국에 발언했다. "우표에 국가원수를 써선 안 되겠어!" 한국의 민주주의를 이끌던 여당의 사고방식이었다. 엘리자베스 여왕을 담은 영국이나 유럽 국가의 의원들은 한 번도 일선 우체국을 못 보았단 말인가?

이승만 대통령의 초상은 8년간(1948~1956)에 여덟 번 기념우표에 나왔고, 박정희 대통령은 11년간(1963~1974)에 열여섯 번 나왔다. 윤보선 대통령의 기념우표는 한 장도 나오지 않았다.

1975년 2월 현재, 외국의 국가 원수가 우리나라의 대통령과 나란히 나온 것을 제외한 외국 인물은 에리나 루스벨트 여사(1963. 12. 10. 세계인권선언 15주년기념우표), 맥아더 장군(1965. 6. 25. 유엔군참전 15주년기념우표), 슈바이처 박사(1974. 1. 14. 탄생1백주년기념우표) 등 3명뿐이다.

세계 최초의 우표는 1840년 빅토리아 여왕을 넣어 발행된 영국의 1페니짜리이다. 44년 뒤 1884년에 홍영식은 우정국을 설치하고 동년 11월 18일 문위(文位)우표 5문(文)과 10문짜리를 발행했다. 우리나라 최초의 이 우표가 1975년 당시 시가 8천 원이었다. 그러나 30세의 우정총판 홍영식은 갑신정변을 우정사 개업축하 파티장에서 일으켰으나 실패하여 청나라 병사에게 죽음을 당하고 우표도 겨우 20일의 수명을 누렸다. 1974년에 관광객으로 왔던 어느 일본인은 이 짧은 기간에 실제 사용되어 소인이 찍힌 문위우표에 2천 달러를 호가했다. 세계에서 가장 비싼 우표는 1858년 영국령 Guiana에서 발행된 것으로 한 장밖에 없었으므로 32만 5천 달러이다.

우표 값이 거짓말처럼 엄청난 것은 순전히 그 희소가치 때문이다. 앞서 말한 문위우표가 이 경우에 해당한다. 우리나라 우표 가운데 최고가는 1955년 10월 19일에 발행된 '산업부흥보통우표' 2환짜리 중

파형투문지(波形透文紙)에 찍힌 우표와 동양정판사판 제4차 보통우표인 선녀그림 파형투문지(波形透文紙) 1천 원짜리라고 한다.

윤치호, 양주삼 등이 초기의 수집가로 알려졌고, 구한말 정부는 새 우표 발행과 함께 프랑스어로 안내문을 인쇄하여 외교그룹이나 외국 기관의 개인에게 발송했다.

우리 우표 중 인기가 높았던 것은 1974년 11월 22일 나온 '포드 미 대통령 방한기념우표'와 1주 뒤에 나온 '육영수 여사 추모우표' 4종 인데 후자는 발행 당일에 6백만 장이 매진되는 소동이 벌어져 검찰이 개입하는 사태까지 벌어졌다. 아무리 인기가 있어도 재발행 규정이 없기 때문에 더 찍는 일이 없다.

광복이 되자 조선총독부 우정국 2층 건물(불탄 시민회관 자리)에 미 군정 의 밀러, 제임스 두 소령이 부임했다. 일본우표 잔재분에 '조선우표'라 는 표시와 5전, 10전, 20전, 30전, 5원 등의 액면가를 고무인으로 덧 찍 어서 1946년 2월 1일부터 6월 30일까지 사용했고, 그 이전인 1945년 8 월부터 1946년 1월 말까지는 일본우표를 그대로 사용했다.

일본에서 찍어 온 1946년 5월 1일자 광복 첫 우표는 주문 1년 만에 도착했기 때문에 그간 국내 인플레가 되고, 요금도 인상되어 '해방조 선기념우표'는 쓸 수가 없게 되었다. 당시 도배지 한 장에 10원이었 는데 팔리지 않아 금고에 쌓아 둔 기념우표를 집을 짓던 우체국 직원 이 3전짜리 1백장이 붙은 전지(全紙)를 3원(3전×100장)씩에 사다가 벽종이 로 썼다. 이는 훗날 호주대사를 역임했던 초대 우무국장 이동환 씨 시절의 실화이다.

1946년 8월 15일에 나온 '해방1주년기념우표'가 사실상 우리의 첫 우표이다. 민간인쇄업자 서울의 정교사가 30만 장을 찍었는데 풀이 없어서 감자 풀칠을 했다. 이해 9월 9일 한미우편교환재개기념으로 외교구실을 처음 한 10원짜리(미국행 서장 기본요금) 우표를 경화인쇄가 발행했다.

기념우표가 아닌 보통우표의 첫 발행은 1946년 9~11월에 나온 5종(50전 첨성대, 1원 무궁화와 벼, 2원 무궁화와 지도, 5원 금관총 금관, 10원 이순신 장군)인데, 미군정은 왕정복고사상이라 하여 말썽을 부린 에피소드가 있고, 첫 첨성대의 도안이 잘못되어 탑층이 실제보다 부족하다. 시중에서 신문용지나 조잡한 모조지를 모아 찍었기 때문에 한지도 섞였다.

1946년에 한 번 더 나온 '한글반포 5백주년 기념우표'는 50전짜리 50만 장의 한글 자모(子母)의 도안이다. 수집가들이 모아 놓은 이때의 우표는 감자 풀 때문에 쥐가 쏠았다.

1947년 8월 1일에 나온 '만국우편물교환재개기념우표'부터 위조방지를 위하여 일본에서 파형용지(波形用紙)를 수입하기 시작했다. 당시 은행권을 찍던 청파동 조선서적인쇄에서 찍었으나 덕수궁 맞은 편 고려문화에서도 일부를 1949년까지 찍었다.

1948년 8월 1일에 나온 '헌법공포기념우표'에 처음 대한민국이라는 국호가 들어갔다(그전엔 조선우표라고 찍음). '초대대통령취임우표'(5원)는 8월 5일에 찍었고, '제14회 런던올림픽대회참가기념우표'는 6월 1일에 찍었다.

1948년 '정부수립기념우표' 2종 중 5원짜리(엄도만 씨 도안)는 오스트리아 꽃 우표 10종과 도안 윤곽이 같고 가운데의 무궁화 꽃만 다르다고 하여 외국의 항의를 처음 받았다. '제1회 총선기념우표'는 5월 1일에 나왔다.

1949년 2월 12일, '유엔한위환영기념우표'를 10만 장 찍었는데 유엔한위의 스위스 대표가 우표수집가여서 그의 강력한 요구로 3만 장을 추가 발행한 예외가 생겼다. 이 일은 당시였기 때문에 가능한 일이었다. 이해 5월 5일에 나온 '제20회 어린이날기념우표'(15원)는 20회라는 횟수계산이 틀린 것이다. 10월 5일, 'UPU(만국우편연합)창설75주년기념우표'가 발행되었는데 세계 가맹국이 모두 인쇄술을 총동원한 것이다. 외국에서 주문이 쇄도하자, 서울중앙우체국 직원 등이 결탁하여 위조우표를 찍어냈다. 결국 10명이 징역형을 받았으나 6·25동란으로 풀려났다. 진품보다 모조지 위조의 인쇄가 더 잘되었는데 국내엔 위조품이 두세 장밖에 없는 것으로 알려져, 진품은 2,500원인데 위조우표는 구할 수가 없다.

1950년 1월 1일 '국내항공우편개시기념우표'(60원)가 나왔으나 기상관계로 비행기가 10일 뒤에 뜨는 바람에 항공우편이 기차로 간 것보다 늦게 부산에 배달되었다. 5월 30일, '제2회 총선기념우표'(30원, 30만장)는 프란체스카 여사가 만년필로 그린 도안을 그대로 썼다고 하지만 확인할 수 없다.

1930년대 루스벨트 대통령이 우표수집가여서 우표 도안 결정을 우정장관이 하지 못하고, 대통령의 재가를 받았다. 이를 본떴는지 이승만 대통령 시절엔 우리 우표도 이 박사가 최종 사인을 "가만(可晩)"이라고 했다고 전한다.

6·25후퇴 때 어느 쪽의 검문에도 빼앗기지 않고 통과된 것이 우표여서, 우표 팔아 피난살이 하고, 자녀 교육시킨 이야기가 많다.

1951년 1·4후퇴 때, 부산 대청동(미공보원 부근)에 인쇄소를 차려 국산지를 모아 찍으면서 미국에 용지를 주문했다(국군이 압록강까지 진격했던 1950년 11월 20일에 나온 '국토통일기념우표'는 재무부 수입인지용 용지에 인쇄했다). 막상 주문했던 종이가 들어와서 찍은 것은 1951년 4~7월에 나온 '제4차 보통우표'다. 얼마나 경황이 없었던지 주문량에 '0' 자가 하나 빠진 탓으로 도착분은 터무니없이 부족했다. 그래서 1천 원짜리 '낙랑고분벽화 선녀 천양공인지도(天養供人之圖)'는 지질이 다른 것이 있으므로 값이 다르다. 이 우표는 환도 이후, 부산에서 오프셋으로 위조품이 나왔으나 오늘날까지 확인되지 않았다. 1951년 6~12월 기간 중에는 6·25동란 전에 회수된 우표에 첨쇄(添刷)하여 사용했다.

제2차 대전 전엔 런던이 우표시장이었으나 오늘날엔 뉴욕이 세계시장이다. 150개국의 220개 세계 우정청이 발행하는 우표는 평균 매일 신종을 내는 셈이다. 이곳에서 6·25 전후 5~10만 장씩 나왔던 한국 우표가 역류하여 다시 우리나라에 들어오고 있는데, 요즘 국내 수집가가 늘어난 탓이다.

1951년 9월, 우방군 참전 감사 기념으로 참전국 16개국의 국기를 넣어 2종씩 32종을 발행했으나 덴마크 등 의료 부대 파견도 참전이라는 주장이 제기되어 1개월 뒤 5개국 2종씩 10종을 추가발행, 모두 42종을 찍어서 그 일부를 참전국에 기증했다. 그러자 이태리가 항의했다. 사라진 왕관이 국기에 들어 있다는 것(제2차 대전 이전 자료를 USIS에서 인용한 탓임). 그래서 1952년 2월에 정정 발행하고 사과도 했다.

1952년 3월부터 부산 동래의 조폐공사가 우표를 인쇄하기 시작했다. 여기서 처음 찍은 '제2대 대통령취임기념우표'(9월 10일)는 중앙청(조선총독부 건물) 옆에 이 박사의 초상이 들어가는 것이 원안인데 일제의 잔재가 싫다고 "노!" 하여 '囍(희)' 자로 바뀌었다. 1953년 2월 15일 화폐개혁으로 1환짜리 식목우표가 나왔다.

1953년 8월 1일에 나온 적십자 모금 첨가 우표에 적십자기의 적색

인쇄가 아래로 처진 것이 있어서 '항복을 뜻하는 백색기냐?'고 물의를 일으켰고, 국회는 우표 값에 첨가요금이 들어 있는 이 첨가우표를 부과금으로 보고, "실판매 대신의 강제징수가 아니냐?"고 항의했다. 이런 첨가우표는 1953~1974년 기간에 15번이나 발행되었는데 1974년 11월 11일 발행된 10원짜리 '포드 대통령 방한기념우표'의 매진은 '결핵 퇴치 기금 첨가 우표'(10원+5원)보다 5원이 싸다는 이유로 가수요가 작용했다. 첨가우표는 1906년 네덜란드를 필두로 1960년까지 12개국에서 1,059종이나 발행된 선례가 있다.

한 장의 우표가 국제분쟁을 기정사실화하는 외교역할도 했다. 1954년 9월 15일 독도풍경 보통우표 3종이 나왔는데 일본 국회에서 말썽이 일었다. "죽도는 일본 영토인데 이게 웬일이냐." 일본도 UPU 가맹국이므로 일본의 여론대로 반송은 하지 못하고 독도우표에 먹칠을 하거나 떼어서 배달했다. 일본 정부는 공안을 해치는 물품으로 규정, 일본관세법을 들먹였으나 '우표발행은 주권국의 권리'라는 세계 여론에 꺾였고 우표는 오히려 많이 팔렸다. 이 일은 1953년 전국우정과장회 우표취미강연에서 황우상 씨가 제의한 대로 김봉렬 국장, 이석영 과장이 극비로 진행시킨 것이다.

1955년 2월 10일에 나온 '산업부흥보통우표' 14종은 5종의 용지에 찍었는데 이 중 20환짜리 물결무늬(파형투문지) 우표가 귀하여 당시엔 1만 5천 원에도 살 수 없었다. 이유는 경남에 내려간 어느 해군 대령이 통영우체국에서 이 우표를 몽땅 사 가는 바람에 희소가치가 생겼다는 뒷말이 있다. 우표 값은 이런 의도적 조작에 많이 좌우된다. 15년 전, 당시 반도호텔의 모 무역회사 사장은 당시 4천 원이던 우표를 200장이나 사들여 하루아침에 15,000원 선으로 올려놓기도 했다.

도안논쟁이 붙었던 것은 1959년 10월 3일 발행된 '제40회 전국체육대회기념우표'이다. 릴레이를 뛰며 바통을 넘겨주는데 '앞사람은 뒤로 왼손, 뒷사람은 오른손으로' 넘겨주어 틀렸다고 시비가 붙었으나 당국은 '앞사람이 왼손잡이일 수 있다'고 얼버무렸다.

'5·16혁명1주년기념우표'는 '재건국민운동본부 현상모집 당선포스터 도안'이라고 하여 말썽이었고, 1964년 1월 1일 발행의 '미터법통일실시기념우표'의 kg 영어표기에서 소문자여야 할 k 자가 대문자로 잘못 표기되었다.

'제45회 전국체육대회기념우표'의 45를 뜻하는 로마 숫자는 XXXXV가 아니라 XLV가 정확한 표기이다. 1969년 12월 5일에 나온 '제2차 경제개발5개년계획특별우표'는 톱니바퀴 3개가 함께 붙어 있는데 실제로 '톱니바퀴 3개로는 돌지 않는다'는 반론이 일었다. 이것이 심각했던 이유는 톱니바퀴가 경제계획 자체를 비유한 것으로 풀이되었기 때문이다.

크리스마스 우표는 캐나다가 처음 발행했으나 1957년 12월 10일 우리나라가 '연하우표'를 처음 발행한 이후, 매년 발행하였고, 지금은 70여 개국이 발행한다. 연하우표는 한국이 원조임 셈이다. 그 탓으로 한국연하우표 값이 뛰기도 했다. 1961년 6월 16일에 나온 '5·16 군사혁명기념우표' 등 계속하여 군인, 예비군 등이 우리나라 우표에 많이 등장했지만 이런 한국적 인식은 외국 수집가들에게 별로 호감을 주지 못하여 그 뒤 군인이 우표에서 차차 사라졌다.

1965년 12월 4일에 나온 '제10회 체신의날기념우표'는 우리나라 우표치고는 기형인 마름모꼴이다. 대형 우표로는 1970년 6월 23일에 나온 '위성통신지구국개통기념우표'가 보통 우표의 2배 크기로 처음 나왔다. 1971년 9월 27일에 나온 '아시아노동장관회의기념우표' 중 톱니바퀴가 빠진 것이 충주에서 350장이나 발견되었는데 당시 이 우표는 15,000~20,000원을 호가했다.

우표위조는 1946년 잠용가쇄우표 6종을 일본에서 위조한 사례에서부터 1956년 발행의 박지(薄紙)보통우표, 500환짜리의 사슴 그림 위조인쇄 등 9건이나 된다. 이 중엔 수집가를 대상으로 한 것이 4건, 체신세입에 영향을 줄 정도의 것이 4건이나 된다. 1964년에도 서울에서 2건의 위조사건이 있었다. 첫 번째, 미선나무가 도안된 20원짜리 위조우표는 1966년에 겨우 발견, 2년간 통용되었다. 두 번째 위조우표는 팔만대장경이 도안된 40원짜리, 사슴이 도안된 50원짜리, 봉덕사 신종이 도안된 100원짜리 우표이다. 위조범 18명은 1967년 7월 17일에 검거되었다.

1966년 3월 15일에 동물 시리즈로 나온 꿩 우표는 우연의 일치로 북한 우표와 꼭 닮아 문제가 되었으나 강춘환 도안사가 사용한 참고 도감이 항일시대에 간행된 도감으로 판명되어 몇 차례 불려 다닌 끝에 우표만 소각하는 것으로 일단락되었다.

사람과 숫자의 만남

우리는 출생신고와 함께 생년월일이 숫자로 기록됨과 동시에 사는 곳을 비롯하여 입학한 학교의 학년, 반, 학번, 학업성적, 주민등록번호, 수험번호, 군번, 소속부대, 우편번호, 전화번호, 도서관 장서의 분류기호와 청구번호, 은행의 계좌번호, 사망한 날짜에 이르기까지 숫자로 시작하여 숫자로 끝이 난다. 그만큼 사람과 숫자는 밀접한 관계가 있고, 숫자의 편리함은 더 말할 필요도 없다.

아이들 사이에서 유행하는 '숫자송'을 들어보자. "일, 이, 삼/일! 일 초라도 안 보이면/이! 이렇게 초조한데/삼! 삼 초는 어떻게 기다려/이 야 이야 이야 이야/사! 사랑해 널 사랑해/오! 오늘은 말할 거야/육! 육 십억 지구에서 널 만난 걸/칠! 럭키세븐 사랑해/요기저기 한눈팔지 말 고/나를 봐 좋아해/너를 향해 웃는 모습/매일매일 보여줘/팔! 팔딱팔 딱 뛰는 가슴/구! 구해줘 오 내 마음/십! 십 년이 가도 너를 사랑해."

부정부패를 단적으로 드러내는 검은 돈의 액수는 억, 십억, 백억이 되어 억억 하다가 서민들의 억장을 무너뜨리고, "탁 치니, 억 하고 쓰 러졌다"라는 서울대 박종철 군의 고문치사사건이 연상된다.

억 다음은 조, 경, 해, 자, 양, 구, 간, 정, 재, 극, 항하사(恒河沙), 아승기 (阿僧祇), 나유타(那由他), 불가사의(不可思議), 무량대수(無量大數), 구골, 아사키야, 센틸리온, 구골플렉스, 구골플렉시안, 그레이엄수로 이어진다. 구골은 10의 100제곱이고, 구골플렉스는 10의 구골 제곱이며, 구골플렉시안 은 0이 1조 개가 붙고, 그레이엄수는 0이 100조 개가 붙는다고 한다. 도저히 감조차 잡을 수 없는 숫자이다.

1920년대의 천재 시인 이상의 시는 '수 놀음'이라고 불릴 정도이고, 우리의 신화, 만담, 전설, 수수께끼, 격언, 놀이 등에도 수는 중요한 의미로 우리에게 다가온다. 그만큼 수는 사람과 밀접한 관계가 있다.

수의 형태를 잠시 살펴보자. 한자 一은 눈의 모양을 본뜬 숫자이고, 二는 구멍이 하나인 귀, 三은 구멍이 두 개인 코, 四는 이빨을 드러낸 입 모양, 五는 심장을 형상화한 것이다. 六은 창자를 가리키는데 하나 가 벽을 통과하면 두 개로 나뉘는 형국이며, 소화하는 모습이고, 七은 남녀의 성기가 결합된 절묘한 모양이고, 八은 두 발바닥이며, 九는 어깨인데 오른쪽 끝의 삐침은 손가락이며, +은 닫힌 상태의 항문을 본뜬 것이다. +이 닫힌 상태라면 아라비아 숫자 0은 열린 상태의 항문이다.

아라비아 숫자 0보다 작은 수도 많다. 할, 푼, 이, 모(0.0001), 사(0.00001), 홀, 미, 섬, 사, 진, 애, 묘, 막, 모호, 죽순, 수유, 순식, 탄지, 찰나, 육덕, 공허, 청정 등이 있다.

시간의 개념 역시 숫자를 떠날 수 없다. 고려대 장인순 교수는, "시간은 우리 삶을 지배하는 가장 강력한 힘"이라고 주장한다. 인류의 역사가 그렇듯이 자연에서 가장 잔인한 독재자인 시간에 도전한 것이 바로 자연과학이다. 자연과학이 다루는 시간은 짧게는 fento(초)에서 우주의 나이인 137억 년이다. 미국 로렌스 리버모아 연구소에 설치된 IBM의 슈퍼컴퓨터(블루진/L)는 세계에서 가장 빠른 것으로 일초에 280조 6000억 번의 연산을 할 수 있다고 한다.

연말연시에 오간 사연

묵은해가 지고 새해가 밝으면 우리는 많은 것을 생각하고, 여러 가지 일을 치른다. 연말연시는 묵은 것과 새것의 교차, 끝남과 시작의 만남이다. 그래서 연말연시에 오가는 사연은 짧지만 많은 의미를 함축하기에 우리는 그것을 음미하고 반추한다. 기쁨, 고마움, 행복은 그 열매이다.

백호의 기상을 받아 새해에 큰 영광과 기쁨이 있기를 축원합니다. 교수님, 올해도 늘 행복하시고 건강하세요. 또한 평안과 기쁨이 함께 하시기를 기원할게요(92학번 김은경).

교수님, 고맙습니다. 저는 공주에서 차례 지내고 올라오는데 차가 많이 막히네요. 교수님과의 소중한 19년의 인연, 앞으로도 쭈욱 이어가고 싶어요(91학번 김형선).

명절에 소망성취 기원합니다(80학번 이만수).

인사가 늦어 죄송합니다. 늘 건강하시고 즐거운 일만 함께하시길 바랍니다(81학번 곽병희).

새해 복 많이 받으세요. 교수님. 교수님 덕분에 항상 열심히 살고 있습니다(82학번 박진환).

예, 너무 정신없이 새해를 맞느라 먼저 문안인사 올리지 못했습니다. 죄송스럽고 감사합니다. 항상 건강하시길 간절히 기원합니다(85학번 송영훈).

사돈 내외분 새해 복 많이 받으십시오.

감사합니다. 내외분 건강하시고 가까운 날 뵙시다. 아이들 보내 주셔서 감사합니다(전주 사돈).

고구려와 백호의 기상을 잊지 말고 용약 매진하기를 빈다.

설날과 제68회 생일을 건강과 함께 축하함, 무병장수 소원성취를 기축함(형).

생신, 설, 발렌타인데이, 함께 축하합니다. 서방님, 늘 건강하시고 행복하세요(형수).

형님 내외분께 세배 드립니다(막내).

송구영신 만사형통 건강행복을 축원합니다.

한국의 대명절 설날=행운 행복과 건강이 함께하기를, 가정평화를 기원(형).

안녕하세요. 명주가 순산을 하고 병실에서 휴식을 취하고 있고 내일

퇴원할 예정입니다. 모두 염려해 주신 덕분입니다. 고맙습니다(막내).

순산이라니 복덩이가 왔구나. 축하한다. 마음고생 털어 버리고 즐겁게 사시게. 복덩이 탄생을 축하하네.

명주 아이 12시 30분쯤 정상으로 퇴원해 집에서 휴식 취하고 잘 있습니다. 고맙습니다(막내).

쌍둥이 동생, 복 많이 받으시게.

送舊迎新 靈肉康健 至誠感天. 庚寅年(명지대 명예교수 이범국).

소년이 가니 범년이 오고, 헌년이 가니 새년이 오네. 모순의 화합, 자연의 순환처럼 살아가기. 강녕축원.

회갑을 축하합니다. 30년 교유를 감사하면서 가내평강을 축원합니다.

감사합니다. 벌써 이렇게 됐네요. 가서 바로 전화 드리죠. 다시 한 번 감사드립니다(명지대 교수 현영아).

행복한 설날, 건강하시고 행복한 한 해 되십시오(명지대 교수 차경옥).

내일 오빠 생신이라 축하금 보내려고 은행에 왔는데 국민은행 계좌번호가 이상하네요. 찍어 주세요. 엄마 보고 싶다(김용남).

인사 늦어 죄송합니다. 2월 12~15일 청주 형님 4일장 치르느라고 경황이 없었어요. 덕분에 떡국 먹지 않아 나이가 그대로이고요. 건강하시고 복 많이 받으세요.(조동휘).

설날도 즐기지 못하고 고생이 많았어요. 떡국 탓하는 걸 보니 매제도 세월의 덧없음을 아시네그려. 백호의 기상으로 부디 강건하시오.

34, 37. 새해 건강하시고 복 많이 받으세요(회장 양준영, 총무 김종우).

사찰의 유래

"수행이 있은 다음에 도장이 생겼다." 전남 승주 송광사의 입구에 당당하게 서 있는 사적비에 새겨진 글은 이렇게 시작했다. 뒤통수를 맞은 듯이 큰 느낌이 왔다.

불교 초기의 스님들은 이곳저곳을 돌아다니면서 동굴과 나무 아래에 앉아 수행생활을 했다. 항상 버려진 헝겊 조각을 모아 옷을 지어 입고 나무 아래에 조용히 앉아 정진하며 언제나 걸식하는 등 무소유 정신으로 살아갔다.

불법에 귀의한 빔비사라 왕은, "출가한 스님들께서 추위, 비, 바람, 질병, 맹수, 독충 등의 해침을 받지 않고 안전하게 수행 정진할 수 있는 건물을 지어 승단에 기증하고 싶습니다"하고 세존께 간청했다. 빔비사라 왕의 청을 들으신 세존께서는, "마을에서 너무 멀거나 가깝지 않고, 법문을 들을 사람들이 왕래하기 편리하며, 밤낮으로 번거롭거나 시끄럽지 않아 수행하기에 적당한 곳이라면 검소한 사찰을 지어도 좋다"라고 승낙하셨다. 세존의 승낙을 받은 빔비사라 왕이 죽림정사(竹林精舍)를 지어 승단에 기증함에 사찰의 역사가 시작되었다.

사찰은 진리의 세계, 부처님의 나라를 지상에 실현하려는 불교인들의 염원이 응결되어 형상으로 이루어진 것이다.

사찰의 구조는 역사적 상황과 창건 이념에 따라 조금씩 다르다. 우리나라의 일반적인 사찰의 구조를 보면, 대웅전을 중심으로 좌우측에 법당, 대웅전 앞에 석등, 마당에 탑, 정면에 누각이 자리 잡고 있다. 대웅전과 누각 사이의 좌우측으로 요사, 선원(禪院), 강원(講院)이 있으며, 누각 밖으로 나가면 천왕문, 금강문, 일주문이 있다. 사찰마다 건물

수가 많고 적음의 차이가 있으며 법당과 기타 건물의 위치가 바뀐 경우도 있다. 절과 사찰은 우리 고유의 낱말이기도 하다.

어리굴젓과 마애삼존불

옛날 임금의 수라상에 오르던 진상품으로 유명한 서산 어리굴젓은 이 지역 특산품이다. 간월도에서 바다 쪽으로 들어간 곳에 있는 작은 바위섬에 간월암을 짓고 참선수행을 하던 고려 말의 무학대사가 이곳에서 나는 굴을 손수 따다가 어리굴젓을 담가 먹은 것이 간월도 어리굴젓의 효시라고 한다. 무학대사가 조선왕조 개국 후, 왕사가 된 뒤, 태조에게 어리굴젓을 진상한 뒤로부터 매년 임금의 수라상에 오르게 된 서산 어리굴젓은 간월도에서 채취한 굴로 만든 것이라야 독특한 맛이 난다고 한다.

어리굴젓은 매운 맛을 표현한 '어리어리하다'라는 말과 어린 굴로 담가야 맛이 난다는 의미의 '어리다' 등에서 뜻을 가져온 말로 이 고장 굴은 작으면서 야무져 다른 고장과는 다른 굴 맛이 날 수밖에 없다고 한다.

11월부터 채취하는 생굴의 껍질을 까고 속살만 발라 깨끗이 씻은 뒤 소금을 적당히 넣고 섭씨 17~20도의 온도가 유지되는 발효실에서 보름 동안 발효시키면 된다.

서산지역은 해미읍성, 간월도 간월암, 마애삼존불상, 개심사를 품고 있으므로 관광지로 손색이 없다.

해미읍성은 서산시에서 홍성읍으로 가는 국도 변 해미면 읍내리에 있다. 조선조 성종 22년(1491)에 축조한 성인데 넓은 평지에 원형의 성곽을 쌓은 독특한 형태로 조선의 읍성을 대표할 만한 성이다. 태종 7년(1407) 충청감사가 겸임하는 공주와 인근 예산군 덕산면에 두었던 병마절도사영 등 2개의 충청지역 병마절도사영 중 덕산병영을 태종 18년(1418) 이곳으로 옮긴 뒤 축성을 시작하여 성종 22년에 완공한 것이다. 이 고장에서 나는 화강암으로 성 외곽을 쌓고 안쪽을 흙으로 쌓아 올려 높이 5미터, 둘레 1천8백 미터의 성곽을 만든 뒤 성벽 밖에 깊이 2미터의 연못을 파서 외침을 막던 전형적인 성이다. 성벽 외곽에 가시가 많은 탱자나무를 울타리처럼 둘러쳐 탱자성으로 불리던 이 성은 그간 일부 허물어진 것을 지난 70년대에 복원공사를 벌여 옛 모습을 되찾았다. 성 가운데 아문을 들어서면 '湖西左營(호서좌영)'이라 쓴 현판이 걸려 있는 집무실이 있고 뒤에 객사와 서고 등 부속 건물이 있다. 건물 뒤 작은 동산에 멀리 보이는 망루가 있고, 성벽 위의 순찰도로 곳곳에도 망루들이 있다.

성내 광장에는 대원군 집정 당시 체포된 천주교도들이 갇혀 있던 감옥 터와 나뭇가지에 매달려 모진 고문을 당했던 노거수(老巨樹) 회화나무가 서 있다. 바로 성문 밖 도로변에는 회화나무에 매달려 고문을 받으면서도 굴하지 않은 신도들을 돌 위에 태질을 하여 살해했던 자리개돌이 있어 천주교도들의 순례지가 되었다.

이 성은 이순신 장군이 임진왜란이 일어나기 바로 전해인 35세의 나이에 훈련원 봉사(奉事, 현 교관)로 부임하여 전라도로 전임될 때까지 10개월간 근무한 인연을 맺고 있다.

간월도 간월암(看月庵)은 서산시 서남쪽 30여 킬로미터 거리에 있는 작은 바위섬 위에 있는 유서 깊은 암자이다. 암반으로 이뤄진 육지의 절벽에서 50여 미터 떨어진 바위섬은 하루 두 번씩 밀물 때는 물이 차서

섬이 되었다가 썰물 때는 물이 빠져 작은 자갈길로 육지와 연결된다.

간월도는 무지개처럼 아름다운 주변의 섬들에 에워싸여 바다에 떠 있는 모습이 마치 구름 속에 피어난 연꽃 모양을 하고 있으며 조선왕 조의 도읍을 서울로 정한 무학대사가 고려 말 암자를 처음 짓고 정진 하던 중 공민왕 3년(1363) 깨달음을 얻어 간월암이라 지었다고 한다. 간 월암 법당에는 무학대사 등 이곳에서 수도한 우리나라 고승들의 인 물화가 걸려 있으며 2백년 가량 된 사철나무, 팽나무, 느티나무 등이 암자의 운치를 더해 준다.

마애삼존불은 서산시에서 당진으로 가는 지방도로 20㎞ 거리의 운 산면 용현리 계곡을 올라가다 보면 높은 바위벼랑 위에 세 불상을 양 각한 백제 시대의 불상이다. 국보 제84호인 이 마애불은 석가입상을 중심으로 왼쪽에 제화갈라보살 입상과 오른쪽에 미륵보살반가사유상 을 조각한 형태로 세 불상 모두 밝은 미소를 짓고 있어 백제의 미소로 불린다. 이 불상은 모두 부드럽고 온화한 미소에 법의(法衣)의 선도 부드 러운데 불상의 미소는 해가 비치는 시각에 따라 얼굴의 미소가 변하 는 특징이 놀라울 정도로 정교하고 신비하여 국보로 지정되었다.

초가, 돌담길, 고향의 향기

이른바 새마을운동의 영향으로 지금은 우리의 옛 생활 모습을 쉽 게 찾아볼 수 없어 안타깝다. 변해 버린 고향에서 느낄 수 없는 옛 고 향의 정취를 맛보려면 전국에 보존된 민속마을을 찾아가야 한다.

고향의 정취를 그나마 맛볼 수 있는 곳은, 경기도 용인 민속촌, 충 남 아산 외암마을, 경북 안동 하회마을, 전남 순천 낙안읍성, 강원도 고성군 죽왕면 왕곡마을, 경북 경주시 강동 양동마을, 제주 남제주군 표선면 성읍마을이 대표적이다. 유네스코는 하회마을과 양동마을을 2010년에 세계문화유산으로 지정했다.

초가는 아늑하고 평화로운 모습이어서 좋고, 돌담길은 사람과 인정의 만남이 있어서 정겹고, 고향은 이들과 함께 시원한 들판과 소나무 동산이 어우러져 향기와 어릴 적 추억이 은은하여 좋다

금산사를 만나다

필자가 전주북중학교 2학년 때(1955) 소풍을 이곳으로 가는 바람에 금산사(金山寺)와 처음 만났다. 전주에서 금산사까지는 원거리이므로 한 학급에 한 대씩 트럭을 대절했다. 관광버스가 보급되기 이전이므로 버스 대절은 당시에 감히 엄두를 낼 수 없던 시기였다. 선생님들의 노력으로 그나마 대절한 트럭은 모두 군부대가 민간인에게 불하한 중고품이어서 돌아오는 길에 이 차 저 차 가릴 것 없이 여러 차례 고장이 났다. 어떤 트럭이 고장이 나면 다른 차들은 기다려야 했다. 고장 난 트럭을 어찌어찌 수리하여 잘 달리면 우리는 '똥차가 화가 났다'라고 떠들며 한바탕 폭소의 도가니에 빠졌다.

금산사는 대한불교조계종 제17교구본사이다. 전북 김제군 금산면 모악산에 자리한 금산사는 백제 법왕 원년(599)에 나라의 평안과 백성의 복을 기원하기 위한 원찰로 조그마하게 산문이 열렸고, 신라 36대 혜공왕 2년(766) 진표율사(眞表律師)께서 크게 중창하여 33척의 철미륵불상을 모신 후 미륵신앙의 근본도량 그리고 법상종(法相宗) 종찰로 크게 변모되었고, 후백제 견훤왕이 맏아들 신검에 의하여 미륵전에 유폐되

었던 일과 견훤왕의 신심으로 가람이 일신되었다는 설이 전해진다.

고려 문종 30년(1079)에 주지로 부임한 혜덕왕사(慧德王師)는 창건이념과 전통을 계승 발전시키고자 사찰 전체를 관장하는 대사구(大寺區)와 판각, 경전강의, 수련법회를 관장하는 광교원구(廣教願區) 및 사리탑과 비석을 안치하고, 원로대덕(元老大德)들께서 주석하시는 봉천원구(奉天願區)로 삼분하여 경전연구, 실천수행, 중생교화, 사찰경영 등 합리적인 체제를 확립하여 전대미문(前代未聞)의 전성기를 이룩하였다.

조선 선조 25년(1592) 임진왜란 때 위기에 처한 백성과 국토를 지키려는 구국의 의지로 모인 뇌묵 처영스님을 중심으로 하는 일천오백여 승병들의 수련장이 되었고, 승병들의 헌신적인 활동에 의하여 이 사찰은 재난을 입지 않았다. 그러나 정유왜란 당시에 승병들의 활동을 미워한 왜군들의 보복조치로 인하여 장엄했던 80여 동 건물과 40여 암자가 한 줌의 재가 되고 말았다.

선조 31년(1601) 수문대사(守文大師)께서 열다섯 분의 대덕과 함께 복원불사(復元佛事)를 시작하여 장장 35년 만인 인조 13년(1635)에 다섯 여래, 여섯 보살을 모신 대적광전(大寂光殿)과 39척의 대사구역(大寺區域)을 세웠다.

영조 1년(1725)에 지안(志安)스님께서 1,400여 학인(學人)을 모아 화엄경을 강설하였고, 고종 광무 초에 주지로 부임한 용명화상(龍溟和尙)은 사리탑시를 훼손하려는 광부들을 저지하려다 폭행으로 순교하였다.

한국 불교 중흥과 교단정화 및 불교 대중화 운동에 앞장서 온 월주화상(月珠和尙)께서 1961년 주지로 부임한 이후 스님의 지도에 따라 도영스님과 대중스님, 원근의 불교인 및 관계 당국과 지역 주민들의 깊은 관심과 헌신적인 노력으로 일주문을 비롯하여 금강문, 사천왕문, 보제루, 미륵전, 대적광전, 나한전, 대장전(大藏殿), 명부전, 승당, 서전(西殿), 요사체 등 건물을 중수 혹은 중건하여 오늘의 면모를 갖추게 되었다.

대적광전은 보물 제476호였으나 1986년 12월 6일 불의의 화재로 소실되었다. 1991년 복원되어 1993년 9월 13일 점안식을 거행했다.

금산사 미륵전은 삼층 누각인데 입상의 부처님이 얼마나 장신(長身)이신지 한참이나 올려다본 끝에 존안을 뵐 수 있었다. 참 대단한 미륵전이고 부처님이라고 생각했다. 1990년대 어느 여름, 아내와 함께 부처님을 뵈러 갔는데 마침 미륵전을 관리하는 한 보살의 친절과 호의로 미륵전 지하로 내려가서 부처님의 발을 접하고 쓰다듬을 수 있는 기회가 있었다. 엄숙과 전율의 순간이었다.

십선계

법과 율보다 사람이 먼저 태어났으나 인구가 자꾸 늘고, 생존경쟁이 심해짐에 따라 사람들은 자연을 무시하고, 남을 깔보며, 모두 다 죽어도 나는 살아야겠다는 지나친 욕심을 부리기 시작했고, 살생과 도둑질, 음탕과 망언, 부정부패와 몰상식이 판을 치는 세상으로 변하기 시작했다. 법과 율은 그래서 생긴 것이니 불교의 십선계(十善戒) 역시 사람이 사람답지 않음을 경계하는 뜻이 가득하다.

1. 중생을 내 몸처럼 사랑하고 죽어 가는 생명을 구제한다(不殺生, 불살생).

2. 불우한 이웃을 위하여 항상 보시하는 생활을 한다(不偸盜, 불투도).

3. 예의와 순결을 지켜 중생을 청정의 길로 인도한다(不邪淫, 불사음).

4. 진실하게 말하여 중생들에게 정법을 믿게 한다(不妄語, 불망어).

5. 중생의 화합을 위하여 항상 솔직하게 말한다(不兩舌, 불양설).

6. 부드러운 말로 중생들의 마음을 편안하게 한다(不惡口, 불악구).

7. 사실대로 말하여 중생을 정직한 길로 인도한다(不綺語, 불기어).

8. 몸은 덧없는 것으로서 고통의 원인임을 바로 보아 모든 집착을 버린다(不慳貪, 불간탐).

9. 너그럽고 자비한 마음으로 중생들을 감싸준다(不瞋恚, 불진에).

10. 인과를 믿고 술을 삼가며 부처님의 가르침을 바르게 알리려고 힘쓴다(不愚癡 邪見, 불우의 사견).

성문화

우리는 성문화(性文化)를 어떻게 얼마나 이해할까? "나는 유혹을 제외한 어떤 것에도 저항할 수 있다"라고 오스카 와일드(Oscar Wild)가 말했듯이 지각을 가진 생물일수록 이성(異性)과 먹이의 유혹을 받는다. 왜냐하면 사랑에 빠지고 먹이에 집착함으로써 생물은 자신을 유지할 수 있고 번식할 수 있기 때문이다.

인간의 본성은 식욕과 성욕이다. 식욕은 우리 몸을 건강하게 유지하는 데 필요한 영양분을 충분히 섭취하고 가능하면 그것을 맛있는 음식을 통하여 해결할 수 있다. 그러나 성욕은 식욕과 달리 쉽게 해결될 수 없다. 성욕을 충족시키려면 적어도 자손의 번식에 충분한 만큼의 성생활을 하고 가능하면 즐기면서 만족스럽게 성생활을 해야 한다. 그러나 일부일처제가 정착했고, 남녀평등 사상이 투철한 현실에서 어떻게 성욕을 식욕처럼 쉽게 다스릴 수 있는가. 행동으로 성욕을 충족시킨다는 것은 아무래도 버거운 일이므로 우리는 어쩔 수 없이 일정 부분을 포기하거나 억제한 채 살아야 한다.

번식, 짝짓기, 죽음의 상관관계에 관하여 마굴리스와 세이건(Lynn Margulis, Dorion Saygan)은 다음과 같이 설득력이 넘치는 주장을 한다(섹스란 무엇인가? 홍욱희 역, 서울: 지호, 1999).

"암수의 성이 지상에 출현하기 이전에 박테리아는 20억 년간 암수의 구별 없이 아무것과 짝짓기를 했다. 그 결과 두 세포는 한 세포가 되면서 염색체의 수효는 두 배가 되었기 때문에 원상 복귀하는 과정에서 생식세포인 정자와 난자가 만들어졌다. 이처럼 염색체의 수효가 정상 세포의 절반에 불과한 생식세포들은 자신의 번식을 위하여 본격적으로 짝짓기를 하게 되었다. 그 결과 고등 생물들은 죽음이라는 숙명이 뒤따랐다. 사람 역시 번식과 성적 쾌락의 반대급부로 죽음의 굴레를 벗어날 수 없다."

성은 쾌락을 제공하고 2세를 세상에 탄생시킨다. 성이 있으므로 우리는 살아 있고 호흡하고 생각하는 존재가 될 수 있을 뿐만 아니라 특별한 인격체가 될 수 있다. 이 논리는 생물학자이자 철학자인 플라이쉐커(Gail Fleischaker)가 주장하는 자가보전적 시스템의 세 가지 특성과 일치한다. 그 특성은 자가격리적, 자가생산적, 자가영속적이다. 자가보전은 마치 잘 운영되는 식당과 같아서 성장하고 번영할수록 식당은 확장되고 체인점은 더 많이 개설된다. 간단히 말하면, 후손이 번창하는 가문은 자가보전적 시스템이 상대적으로 우수하다는 증거일 것이다.

기본적으로 생물의 번식은 질서를 창출하는가 하면 동시에 폐열과 엔트로피 상승으로 인하여 무질서를 유발하고 환경을 오염시킨다. 인간의 번식은 이성을 상대로 한 짝짓기, 난자에 성공적으로 수정된 정자, 수정란의 연속적인 성장과 세포분열을 통한 어른 되기 등으로 이루어진다. 이 순환과정에서 마찬가지로 질서와 무질서 그리고 환경오염이 이루어진다면 지나친 논리의 비약일까?

우리는 성적 쾌락에서 어떤 감정을 갖는가? 우리는 성적 쾌락을 즐길 때 한편으로 성의 격차와 에너지의 격차를 깨뜨리는가 하면 다른 한편으로 훗날의 환희를 위하여 두 격차를 보전하고, 목적을 달성함과 달성하지 못함을 동시에 추구하는 기묘하면서도 상반되는 감정을 갖는다. 그런 감정은 번식과 쾌락을 동시에 추구하는 본능일지도 모르고, 심신의 평형을 유지하기 위한 본능일지도 모른다.

성은 청춘의 반란을 유발한다. 질투심 섞인 분노, 낭만적인 로맨스, 무분별한 투기 행위, 갓난아기 등은 모두 성의 산물이다. 오늘날 성의 개념은 빠르게 퇴조하고 있다. 그러나 사람과 사람의 관계를 강화하고 영속화하는 수단으로 성의 중요성은 더욱 높아질 것이다.

동물에서 암수 간의 차이, 즉 성적 이형(性的異型)은 여러 가지로 나타난다. 우선 크기로 보면 사람은 여자가 남자보다 평균 15% 작고, 고릴라는 암컷이 수컷의 절반에 가깝다. 거미는 그 차이가 역전된다. 한 열대산 거미는 수컷이 암컷의 5분의 1이고, 호주산은 무게가 암컷의 50분의 1밖에 안 되는 수컷도 있다.

성적 이형이 다양하게 나타나는 대표적인 행동이 바로 교미다. 거미 중에는 암컷이 교미 中에 수컷을 삼아먹는 종류도 있다. 암컷의 수컷 포식은 사마귀가 잘 알려졌지만 거미는 드물다. 호주산 '붉은등 거미' 수컷은 한술 더 떠 교접기관을 암컷 생식기에 넣은 다음 자신의 배를 아예 암컷의 입에 대 줘 암컷이 바로 먹을 수 있게 한다.

왜 이런 행동을 할까. 암컷은 교미 후 알을 낳기 위해 단백질이 많이 필요하기 때문이라고 알려졌다. 그러나 캐나다 토론토대학의 한 대학원생이 다른 이유를 찾았다. 암컷이 수컷을 잡아먹느라 정신을 파는 동안 수컷이 정액을 충분히 사정하는 데 유리하기 때문이라는 것이다. 정액을 충분히 받으면 다른 수컷이 구애를 해도 퇴짜를 놓기 때문에 이미 받은 수컷의 유전자가 다음 세대로 넘어가는 것이 확실하다. 생물의 임무가 자기의 유전자를 널리 퍼뜨리는 데 있다면 이보다 더 확실한 방법이 어디 있겠는가.

이 추정을 어떻게 믿을까. 열쇠는 '밑드리'라는 곤충에 있다. 밑드리 암컷은 수컷에게서 모기 같은 먹잇감을 받아야 교미에 응한다. 먹잇감이 클수록 교미시간이 길어져서 암컷 몸속에 들어가는 정충의 수도 많아진다는 사실이 밝혀졌다. 붉은등거미 수컷이 암컷에게 몸을 바치는 것도 번식을 확실하게 하기 위한 시간 끌기 작전이다. '결혼 선물'을 주고받은 다음, 교미가 이루어지는 경우는 '춤파리'에서도 관찰된다. 침팬지도 발정한 암컷이 있으면 수컷이 고기사냥에 나선다는 사실이 밝혀졌다. 몸을 바치며 교미를 하는 것은 수컷이 암컷에게 극단적인 선물을 주는 셈이다.

최근 스위스 베른대학 연구팀은, '물거미'는 교미 중에 오히려 수컷이 암컷을 잡아먹는다는 사실을 발견했다. 이처럼 진화는 일정한 한계나 방향이 없다. 생물의 다양성이 경이로울 뿐이다. 영국 시인 알렉산더 포프(Alexander Pope)가 "그대 치명적인 이름이어!"라고 노래한 것이나, 한국 시인 김소월이 "부르다가 내가 죽을 이름이어!"라고 절규한 것으로 보아, 사랑을 위하여 목숨까지 건다는 점은 사람의 사랑이 동물과 다르지 않음을 말한다. 간혹 한국이나 인도 사람들은 혼수를 지나치게 요구하여 비극이 일어나기도 한다. 이 역시 동물과 다를 바 없다(이병훈 ybhoon@kornet.net, "사랑보다 진한 번식욕" 동아일보, 2007. 5. 4).

모차르트 음악의 재현

모차르트 음악이 미술로 재현되었다. 오선지 위에 색을 입히는 오스트리아 작가들이 모차르트 탄생 250주년을 기념하여 그를 기리는 전시를 한국에서 열고 있다. 행사는 오스트리아 정부가 기획한 세계 순회전 '음악과 미술의 만남'으로 유럽과 남아프리카 등 열두 나라, 스무 도시를 순회하며, 아시아는 한국에서 테이프를 끊고, 일본, 타이완, 중국으로 전시가 이어진다.

에른스트 프리드리히, 엘레노어 프리드리히, 앤드류 스튜어드 등 오스트리아에서 활동하고 있는 세 명의 작가가 모차르트 음악을 소재로 만들어 낸 그림 이십여 점을 선보인다. 오선지 위에 그래픽과 색을 입혀 전통을 현대로 이끌어 내듯 음악과 그림을 연결하여 청각과 시각에 호소한다. 작품 중 다수는 세 사람의 공동작업으로 완성되었다. 에른스트가 오선지 위에 섬세한 선 작업을 마치면 그 위에 아내인 엘레노어가 붓이 아닌 다른 도구로 독특한 컬러 효과를 구사하면 마지막으로 앤드류가 붓으로 채색작업을 완성한다.

이번 전시에는 훈민정음을 소재로 한 작품도 선보인다. 훈민정음에 기록된 옛 글자의 조형미에 매료된 에른스트의 권유로 시작한 이번 작업을 통하여 작가들은 과거와 현재의 시차를 넘어 동양과 서양의 결합을 시도한다(장선화 india@sed.co.kr 서울경제, 2006. 10. 16).

경주와 앙코르와트의 만남

최근 세계 7대 불가사의 중 하나인 앙코르와트 유적지에서 경상북

도와 캄보디아 정부 공동 주최로 '앙코르-경주 세계문화엑스포 2006'이 개막되었다. 이 문화엑스포는 소프트파워 시대에 요청되는 지방자치단체의 경쟁력이라는 측면에서 볼 때 몇 가지 중요한 의미를 갖는다.

첫째, 중앙정부보다 지방정부가 적극적으로 주도한 행사라는 점이다. 세계화와 지방화 추세에 따라 이제 지방정부도 국제무대에서 일정 부분 독자적인 역할을 수행할 것이 요청된다. 지방정부의 대외적 역량 강화라는 차원에서 바람직한 시도라고 할 수 있다.

둘째, 무역이나 산업이 아닌 문화를 주제로 삼았다는 점이다. 문화는 사람의 마음에 기쁨과 감동을 줄 뿐만 아니라 공동체의 정체성 확립 및 대외적 위상 제고에 핵심적인 역할을 수행한다. 경상북도가 천 년의 역사를 가진 신라를 집중 소개한 것은 지역 특성이 녹아 있는 고유 문화 콘텐츠를 개발, 활용하려는 적극적인 정책 의지를 잘 드러냈다.

셋째, 일방적인 문화 수출보다 문화교류의 장으로서 마련되었다는 점이다. 이윤 추구를 목표로 하는 일방적인 문화 상품의 수출 시도는 상대국으로부터 거부감을 사고, 역효과를 초래하기 쉽다. 문화교류를 통하여 상호이해가 증진된다면 이를 바탕으로 경제교류가 자연스럽게 활성화될 수 있다. 한국과 캄보디아의 수교 10주년을 맞아 문화박람회가 공동 개최되었다는 사실은 양국의 문화와 역사에 대한 상호이해를 촉진하는 좋은 기회이다.

넷째, 한국의 첨단 문화 기술(culture technology)이 소개되었다는 점이다. 행사장에서는 경주세계문화엑스포가 수출하는 3D 영상물 '천마의 꿈-화랑 영웅 기파랑전'과 캄보디아 크메르제국의 자야바르만 7세의 삶을 다룬 '위대한 황제'가 매일 5회씩 교대 상영된다. '위대한 황제' 역시 경주세계문화엑스포가 제작을 대행한 작품이어서 한국 디지털영상기술의 높은 수준을 과시한 셈이다.

이 문화엑스포가 얼마나 성공적인 문화박람회로 기록될지 판단하기는 아직 이르다. 문화에 대한 투자는 회임(懷妊)기간이 길기 때문에 단기적인 손익만을 가지고 조급하게 평가해서는 안 된다. 문화교류의 효과를 단지 경제적 효율성이라는 잣대로 측정하는 것도 곤란하다.

(김정수, "시론: 경주와 앙코르와트의 만남" 동아일보, 2006. 12. 19).

1950년 12월 24일의 기적

흥남철수작전이 성공적으로 끝나던 날. 한국전쟁의 기적이라고도 불리는 실화. 1950년 중공군의 개입으로 한국군과 유엔군이 모두 어려울 때 유엔군이 철수한다는 소문이 삽시간에 퍼지고, 피난길은 군부대를 따라 끝이 없이 이어졌다.

흥남부두에서 유엔군의 수송선이 민간인을 태워 준다는 소문이 났다. 그러나 피난민을 위한 배는 없고 피난민은 계속 흥남부두로 몰려들었다. 그들은 너도 나도 승선을 애원했고, 한 사람이라도 더 배에 타려고 안간힘을 다했다. 그러나 사정은 그렇지 못했다. 그야말로 아비규환. 이 광경을 목격한 마지막 수송선은 메러디스 빅토리(Meredith Victory)호. 장병들과 함께 여기에 승선했던 미군 10군단장 알몬드 장군은 결심했다. 드디어 그는, "무엇보다 사람이 귀중하다. 장병들이 소지한 무기를 버리고 그만큼의 민간인을 더 태우라"라는 명령을 내렸다. 피난민들은 하나둘씩 배에 오르기 시작했다. 장군의 뜻이 피난민들에게 전달되었고, 이에 호응하여 피난민들도 소중하게 간직했던 물품들을 모두 버리고 그만큼의 피난민을 더 태우게 했다. 알몬드 장군은 또다시 10군단 민사고문 현봉학의 제안을 받아들여 흥남부두를 폭파함으로써 장병들이 버린 무기가 적군의 손에 넘어가는 사태를 예방했다. 이 피난민 속에서 신생아가 태어났으니 그의 이름은 이경필이다.

방송은 만남과 소통의 양식

방송은 점점 접근성이 높아지고 있다. 종합잡지처럼 종합방송이 있고, 교양방송, 전문방송 등으로 간단히 구분하더라도 그렇다. 듣기만 하는 방송, 듣고 볼 수 있는 방송, 철야방송, 시청자가 참여할 수 있는 양 방향 방송, 정부의 인가 없이 행하는 해적방송, 다국어 방송 등 사람의 아이디어, 욕망, 필요성, 통신기술 등이 어우러진 종합예술의 하나로서 방송은 이제 항상 우리 곁에 머무는 만남과 소통의 한 양식이 되었다.

그럼에도 불구하고 위정자나 권력자 혹은 큰 부자는 만남과 소통의 양식인 방송을 악용하거나 사용하는 경우가 있으니 이를 특히 경계해야 한다. 집권층의 방송계 장악이나 악용은 누구를 위한 것인가를 묻지 않을 수 없다. 그때그때의 집권층은 방송을 장악하고 사용하려고 집권했는가, 그렇게 하여 무엇을 하려고 하는가를 묻지 않을 수 없다. 말끝마다 나라와 겨레를 위한다는 그들에게 방송계 장악이나 악용은 너무도 어울리지 않는 해괴한 짓임에 틀림없다. 만남과 소통의 양식은 만인을 위한 것이다.

예지몽

세계적으로 알려진 예언가 주세리노는 예지몽(豫智夢, 예언의 근거로 삼는 꿈)을 통하여 2010년을 이렇게 예언했다.

- 한국의 경제사정은 하반기에 호전될 것이다.
- 1, 2월경에 신종 플루가 크게 유행할 것이다.
- 일본 도쿄에 진도 8.0의 지진이 발생할 것이다.

그러나 예언이란 그럴 수도 있고 아닐 수도 있다고 하니 믿거나 말거나가 아닌가. 잠깐 머리를 식힐 수 있는 가볍고 유쾌한 QA와 만나 보자.

- 한국인이 좋아하는 민물고기는 무엇일까? 3위는 우렁이와 재첩, 2위는 미꾸라지, 1위는 민물장어. 이런 물음과 해답은 관광 상품을 개발하는 데 좋은 아이디어일 것이다.
- 무덤까지 가지고 가고 싶은 물건은 무엇인가? 3위는 보석반지, 2위는 TV, 1위는 휴대전화이다.
- 아내가 할 수 있는 최고의 내조는? 3위는 꿀물 드세요, 2위는 오늘도 돈 많이 벌어오세요, 1위는 밖에 나가 바람 좀 쐬고 오세요.
- 구직자가 말하는 최대의 거짓말은? 이 회사는 제가 가장 입사하고 싶은 회사입니다.
- 면접관이 말하는 최대의 거짓말은? 곧 연락하겠다.
- 사장이 말하는 최대의 거짓말은? 3위는 연봉 인상 못 해서 미안하다, 2위는 내년 한 해만 더 고생합시다, 1위는 이 회사는 여러분의 것이다.

상품과 예술의 만남

어울리지 않는 단어의 조합인 듯하지만 예술의 창의성을 입은 상품은 또 다른 의미의 작품으로 변신하여 관람객들에게 보는 재미를 선사하고 기업에 대한 관심을 불러일으킨다. 남들보다 앞서기 위한 전략을 수립하는 데 가장 유효한 장르는 예술이며 예술가를 지원하고 상품을 작품으로 승화하는 과정은 기업과 예술 양측이 상생할 수 있는 프리미엄 경영 전략이다(장선화 india@sed.co.kr, 서울경제 2006. 12. 5).

"한국 문화를 접목한 영화를 만들고 싶다." 제79회 아카데미 시상식에서 최우수 단편영화상을 수상한 <West Bank Story>를 제작한 김소영 프로듀서의 말이다. 그는, "한국 영화의 강점은 한국과 미국 문화를 접목하는 크로스오버가 뚜렷이 나타나고 있다는 점이며, 기회가 오면 한국영화산업에 참여하고 싶다"라고 밝히면서, "폭넓은 독서를 통하여 창의력과 상상력을 키울 수 있었던 것이 지금 제가 영화제작자로 성공할 수 있었던 동력이 되었다"라고 그녀는 독서의 중요성을 강조하기도 했다(한국교육신문, 2007. 2. 28).

음식문화

의식주는 생명을 유지하기 위한 기본 요건이다. 그중에서도 음식문화는 인류의 역사에서 매우 긴 여정을 가지고 있고, 복식문화와 주거문화보다 우선한다고 하여 무리가 아닐 것이다. 음식의 상징성 역시 뛰어나다.

『춘향전』에서 이몽룡이 변학도의 화려한 잔칫상을 표현한 부분은 만백성의 피눈물이 담긴 금은보화와 산해진미로 사리사욕을 채웠던 탐관오리들과 그들이 즐겼던 호화로운 음식들은 수많은 백성의 굶주림의 대가였다. 생명과 건강의 유지에 필수적이며, 사람의 살림살이와 그 됨됨이를 나타내는 것은 음식이다. 사랑을 표현하는 가장 좋은 방법은 정성스럽게 만든 음식을 나눠 먹는 것이다. 음식은 곧 생명이오, 삶이며, 사랑이었다.

라우라 에스키벨의 소설 『달콤 쌉싸름한 초콜릿』은 음식의 맛을 통해 타인과 소통하는 한 여인의 이야기이다. 평생 어머니를 돌봐야 한다는 가혹한 관습의 희생자였던 티타는 사랑하는 남자 페드로가 친언니와 결혼하는 불행과 아픔을 견디며, 오직 음식 만들기로 자신의 마음을 표현한다. 티타는 사랑에 빠지는 순간, "모든 물질이 왜 불에 닿으면 변하는지, 평범한 반죽이 왜 토르티야가 되는지, 불같은 사랑을 겪어 보지 못한 가슴은 왜 아무 쓸모도 없는 반죽 덩어리에 불과한 것인지"를 깨닫는다. 여성의 의사표현이 제한된 사회 분위기 속에서 사랑조차 마음대로 할 수 없었던 티타는 음식 만들기의 역동적인 행위와 음식을 통한 오감의 체험을 통해 말할 수 없는 내면의 비밀과 소통하는 방법을 터득한다. 서로의 감정을 철저하게 숨겨야 했던 두 남녀는 영혼과 정성이 가득 담긴 음식을 통해 은밀하게 사랑을 속삭인다. 이처럼 음식은 단지 배고픔을 해소하는 매체를 넘어 인간의 감성을 표현하고 욕망을 실현하는 결정적인 역할을 하기도 한다.

존 스타인벡의 『분노는 포도처럼』은 인간에게 음식의 의미가 과연 어떤 것인가를 묻는다. 대공황기의 경제난으로 일자리와 삶의 터전을 잃은 조드 일가. 조드의 딸 로져샨은 우여곡절 끝에 아기를 사산한다. 죽은 아기에게 먹이지 못한 모유를 먹일 사람을 비로소 찾는다. 로져샨은 아사 직전의 노인을 헛간에서 발견하고 자신이 해야 할 일이 무엇인지를 깨닫는다. 여인은 헛간 구석으로 가서 노인의 쇠약한 얼굴을 들여다보면서 자신의 젖가슴을 내놓는다. "먹어야 해요"라고 말하면서 여인은 더 가까이 다가가 노인의 머리를 끌어당겼다. 여인의 손이 노인의 머리를 받쳐 주었다. 그리고 손가락으로 부드럽게 노인의 머리칼을 어루만졌다. 여인의 입술은 다물어지고 신비스러운 미소를 머금고 있다.

가난과 폭력에 시달리던 여인은 사산함으로써 그토록 원했던 엄마가 되는 데 실패한다. 그러나 이름 모를 나그네가 굶어 죽기 직전에 자신의 모유를 그에게 먹임으로써 로져샨은 진정한 어머니의 힘을 깨닫는다. 자기 가족의 먹을거리가 모자라도 이웃의 배고픔을 외면하지 못하던 어머니 마조드의 거대한 사랑의 유산을 로져샨이 물려받는 모습이다. 여인의 가냘픈 젖가슴에서 나온 소중한 모유가 죽어 가는 사람의 생명을 살린다.

이처럼 음식은 인간의 생명과 생존 자체에 대한 강력한 은유이다. 아무리 비싼 옷과 호화로운 집을 가진다 해도 음식이 없으면 생명을 유지할 수 없다. 아무리 성대한 잔치를 벌여도 음식이 모자라거나 맛이 없다면 축제의 흥은 깨지고 만다. 아무리 고통스러운 상황에서도 단 한 조각의 음식이 있다면 우리는 희망을 잃지 않는다. 최첨단 과학의 진보가 휘황찬란하더라도 음식은 우리에게 삶과 사랑 그 자체이다.

합창 교향곡

베토벤의 마지막 교향곡 <합창>은 해마다 세밑의 공연장에서 여러 차례 울려 퍼진다. <합창 교향곡>이 송년연주회 프로그램으로 각광받는 이유는 실러(Friedrich Schiller)의 시와 베토벤의 음악이 새해를 맞는 인류에게 주는 메시지로서 안성맞춤이기 때문이다. 실러는 이렇게 노래한다.

환희여, 찬란한 신의 불꽃
낙원의 처녀여
우리들은 그 환희의 불길에 취해
너의 드높은 성전으로 발을 딛노라
생명이 있는 만물은 자연에서
환희를 목마른 듯 빨아들이고
의로운 자도 의롭지 않은 자도
사뿐히 자연의 발길 따라 뒤쫓아 오라
태양이 영광스러운 하늘을 달리듯이
우리도 기쁨에 넘쳐
형제들이여 승리에 겨운 영웅과 같이
우리도 환희에 찬 길을 달리자
온 인류여 서로 포옹하라
그리고 온 세계에 이 포옹의 키스를 보내라
형제들이여 지 별빛 빛나는 하늘에는
자비로운 환희의 신이 있나니!

한글 익히기

어릴 때부터 한글을 아끼고 잘 쓰려는 노력을 하지 않으면 그렇지 않아도 컴퓨터와 휴대전화의 위력에 눌려서 알게 모르게 한글을 경시하게 되고, 한글을 잘 모르게 된다. 한글이 모국어임에도 불구하고 한글 쓰기를 잘 못하게 된다. 한글을 수출하는 마당에 이 얼마나 부끄러운 일인가! 모국어는 국력이고 에너지이다.

놀이 겸 한글을 익히기 위하여 가족 혹은 친구들과 어울려 낱말 잇기를 하면서 어린이들은 자란다. 가족→족구→구걸→걸작→작품→품위→위인→인물→물건→건축… 이런 식이다.

그런가 하면 유행가의 한 구절처럼, 님이라는 글자에서 점 하나를 찍으면 남이 되고, 남이라는 글자에서 점 하나를 지우면 님이 된다. 이런 방식으로 게임을 할 수도 있다.

감−김, 검−김, 곡−극, 곰−금, 국−극, 굴−글, 균−군, 귤−귤, 꼴−끌, 독−득, 돌−들, 동−등, 마−미, 만−민, 말−밀, 방−빙, 범−빔, 뱀−밤, 별−벌, 빛−빚, 빚−빗, 산−신, 서−시, 석−식, 선−신, 설−실, 섬−심, 암−임, 약−악, 역−억, 얼−일, 용−옹, 잠−짐, 장−징, 절−질, 점−짐, 정−징, 잠−짐, 점−짐, 짬−찜, 차−자, 참−짐, 창−장, 철−칠, 체−제, 추−주, 침−짐, 토−도, 판−핀, 함−힘.

한글은 모국어, 우리의 자랑, 문화의 터전, 참으로 과학적인 언어. 그렇게 한글을 말하고 자랑하고, 자부심을 가지면서도 정작 한글날은 국경일이 아니다. 왜 이렇게 되었을까? 항일시대에 일제가 한글을 말살하려고 어떤 정책을 실행했는가를 우리는 가르치고 배운다. 심지어 어느 언어학자는 언어는 에너지라고 말한다. 모국어 교육, 이건 정치 영역도, 경제 영역도 아니다. 교육과 문화의 대과제이며, 우리 민족의 정신과 영혼의 문제이다. "대~한민국, 쿵쾅쾅쿵쾅, 대~한민국, 쿵쾅쾅쿵쾅." 이는 2002년, 2006년 그리고 2010년 금년에 대한민국 국민 모두가 한마음이 되어 외쳤던 응원구호였다. 우리 고유의 외침이었고 나라사랑의 외침이었다. 이런 거국적인 단결과 화합의 모습은 한글이 있기에 이룰 수 있다. 우리가 한글을 익히고 연구하고 발전시키는 일은 단순히 하나의 언어를 깨우치는 일에 그치지 않는다는 사실을 우리 모두가 잘 깨달아야 할 것이다.

5. 사람과 자연의 만남

물, 생명의 열쇠

물과 빛은 어떤 정보를 가졌기에 태양계에서 유일하게 이 지구상에만 생명을 탄생시켰을까? 우리는 우리들 주위의 그 흔한 물에 대하여 얼마나 알고 있을까? 엘 고어 전 미국 부통령은, "우리가 살고 있는 이 땅은 이웃이 있는지조차 알 수 없는 무한한 우주 공간 속에 외로운 작은 섬처럼 존재하는 지구이지만, 불가사의한 가능성을 갖고 있는 우리의 유일한 보금자리이기도 하다. 더 늦기 전에 인류의 생존을 위협하는 환경재앙으로부터 지구를 구해야 한다"라고 역설한 바 있다.

물론 지금도 팽창을 계속하고 있지만, 1초에 30만 킬로미터를 달리는 빛이 137억 년이나 달려와 창조된 이 거대한 우주에 비하면 어쩌면 지구는 티끌만도 못한 아주 작은 존재일지도 모른다. 하지만 지구에는 놀랍게도 이 거대한 우주와 인간과 과학의 관계를 이성과 품위로 연계시키는 직관을 가진 인간이 존재한다. 지구상의 인류의 역사는 길어야 일만 년 정도에 불과하다. 그런데도 인간은 우주를 품고도 남는 상상력과 창의력으로 찬란한 문화와 문명의 꽃을 피워 왔고, 이제는 아주 먼 곳에 혹시 있을지도 모르는 이웃을 찾아 과학의 힘을 빌려 우주로 우리의 존재를 알리기 위하여 우주의 공통어(빛의 속도, 숫자, 원주율 3.14, 남녀 간의 모습)를 전파에 실어 계속 보내고 있다.

인간은 섭씨 영 도에 얼고, 일백 도에 끓는, 우리 주변에 가장 흔하면서도 신비한 물을 70% 이상 몸에 담고 살아간다. 이런 인간이 살아갈 수 있는 시공간이 얼마나 될까! 인간을 포함한 지구상의 생명체가 살아갈 수 있는 환경적 한계는 온도로는 영상 오십 도에서 영하 오십 도 정도다. 여기에 물과 산소가 충분히 있어야 하며, 또 물과 얼음과 수증기가 서로 순환, 공존할 수 있는 곳이어야 한다. 비행기에서 경험할 수 있듯이 지구 위 10㎞ 상공에서는 온도가 영하 50~60도로 급강하하고, 땅 밑으로 1.6㎞만 내려가면 온도가 영상 50도로 급상승한다.

여기서 우리는 생명체가 살아갈 수 있는 공간이 얼마나 제한되어 있는지 알 수 있다. 이런 극과 극의 아주 좁은 시공간에서 인간이 편안하게 삶을 살아갈 수 있는 것은 물만이 가지고 있는 독특한 성질 때문이다. 우주에서 가장 신비롭고 복잡한 구조를 가진 것이 인간의 두뇌라면, 물은 우주에서 가장 신비로운 화합물이라고 할 수 있다.

생명의 열쇠를 쥐고 있는 물의 신비를 풀기 위하여 지금도 많은 과학자들이 물에 관한 연구를 하고 있다. 지구상의 어떤 물체도 물과 얼음의 관계를 제외하고는 액체가 고체로 변하면서 밀도가 줄지 않는다. 추운 겨울철에 밖으로 나가면 찬바람 때문에 몸이 움츠러들듯이 모든 물체는 온도가 내려갈수록 체적이 줄어드는 것은 대단히 중요한 자연법칙이다. 그런데 놀랍게도 물은 섭씨 4도에서 밀도가 제일 크고, 온도가 내려가 얼음이 되면서 밀도가 줄어 약 10% 정도의 부피가 늘어나는 기현상을 보이는데, 바로 이 기현상이 지구상의 모든 생명체를 안전하게 보호해 온 가장 중요한 성질이다. 만일 얼음이 물보다 무거웠다면 호수나 바다 표면에 얼었던 얼음이 밑으로 가라앉아 수많은 수중생물들은 단 하나도 살아남을 수 없었을 것이다.

겨울에 수도관을 동파시키고, 물동이를 깨뜨리며, 이른 봄 갑작스러운 꽃샘추위로 농작물에 냉해를 입히는 등 악역을 도맡아 온 얼음은, 놀랍게도 지구 초기에 형성된 매끈한 바위를 쪼개고 부셔서 자갈로 바꾸고, 다시 모래로 만들어서 식물이 뿌리를 내릴 수 있는 토양을 만드는 자연의 ball mill 역할을 잘 수행해 왔다. 바위틈에 스며든 물이 얼음이 되는 팽창과정에서 생기는 엄청난 기계적인 힘이 없었다면 45억 년이 지난 지구의 표면은 아직도 매끈한 표면으로 남아 식물과 동물의 생존이 불가능했을 것이다(장인순, 고대교우회보, 제479호, 2010. 6. 10).

변신의 귀재 물. 순수한 물은 색도 맛도 없는 투명한 액체일 뿐인데, 물의 신비성은 아직도 완전히 밝혀지지 않았다.

지구상에서 물처럼 흔하면서도 중요하고, 필요에 따라 변신을 자유롭게 하는 물질은 없을 것이다. 물은 자연계에서 고체, 액체, 기체가 함께 존재하면서 상호변신을 자유롭게 하는 유일한 산위일체성 물질이다. 다시 말하면 언제나 속성을 유지하면서 필요에 따라 상을 바꿀 수 있는 물의 성질이 바로 에너지와 물질의 이동을 도왔고, 생명의 근원을 호수나 바다에 둔 많은 생명체가 긴 지구의 역사와 엄청난 기후의 변화 속에서도 살아남을 수 있도록 도와준 것이다.

물은 생명현상의 주연자가 아닌 연출가. 물은 생명체가 살아가는데 가장 중요한 물질이지만 놀랍게도 DNA나 단백질, 핵산처럼 생명현상 자체의 주연은 아니다. 물은 생명체의 복잡한 현상을 연출하고 집행하는 연출가이다. 끊임없이 형태를 변화시킬 수 있는 물의 능력은 자연계의 모든 순환과 생명체의 삶을 주관하여 인간에게 언제나 고마움과 경외심을 일으킨다. 물은 수없이 다양한 형태로 자연과 인간의 삶을 지배해 왔다. 여름철의 태풍과 천둥번개를 동반한 소나기, 겨울철의 폭설과 서리, 바다와 호수와 강과 실개천 그리고 인간의 감성을 자극하는 이슬비, 가랑비, 물안개, 풀잎이나 거미줄에 맺힌 물방울 등 여러 가지 모양으로 지구표면의 70%를 덮고 있는 물. 문명의 뒤안길에 강과 숲이 있었다는 것은 바로 자연의 순환을 지배하는 물만이 가지고 있는 특성이다.

물 자체는 단순해 보이는 화합물이지만 실제로 우주에서 가장 놀라운 물리 화학적 성질을 가졌다. 'ㄱ' 자 모양의 구조를 가진 물은 중앙에 음전기의 산소 원자와 양쪽 끝에 우주에서 가장 가볍고 가장 먼저 창조된 양전기의 수소 원자로 이뤄졌다. 양전기와 음전기에 의해 아주 약한 수소 결합을 하고 있는데 이 결합이 자연계의 순환과 생명체의 삶을 지배하는 물의 특성을 자아내는 원인이다. 바로 이 수소 결합 때문에 물은 다른 물질에 비해서 끓는 점(비등점)이 높다. 섭씨 100도에서 물이 끓어 수증기가 될 때 그 부피가 약 1,200배로 팽창하는 엄청난 폭발력은 200년 전, 증기기관차의 탄생을 가져왔고 이는 산업혁명을 일으킨 원동력이었다.

우리들의 몸은 수분의 양이 기가 막히게 평형을 이루고 있으므로 물이 조금이라도 부족하면 바로 신체에서 반응이 온다. 물이 1% 부족하면 갈증을, 5% 부족하면 현기증을 각각 느낀다. 물이 8% 부족하면 내분비계가 그 기능을 제대로 못 하고, 10% 부족하면 걷기가 힘들고, 12% 부족하면 생명이 위태롭다. 그래서인지 성인 프란체스코는

"물은 우리들의 자매"라고 했다.

물은 자신은 어쩌면 매우 불안전한 화합물이지만 살아 있는 모든 생명체의 안전성을 유지하는 가장 중요한 존재이다. 어떤 철학자는 물은 잠재력의 원인이자 숨은 힘으로 작용한다고 했는데, 이것이 바로 천의 얼굴을 가진 물의 신비이다. 이처럼 쉬지 않고 변화하는 물의 역동성은 바쁘게 살아가는 현대인에게 시사하는 바가 크다. 어느 누구도 같은 물에 두 번 발을 담글 수 없다는 말처럼(장인순, 고대교우회보, 제480호, 2010. 7. 10).

풍류

봄날의 풍류(風流)로 손꼽을 만한 것이 있다면 아름다운 자연 속에서 솔직하고 따뜻한 마음을 나누는 일이다. 옛 선비들은 굽이진 물가에서 술잔을 건네며 시를 지었고, 아낙들은 참꽃 따다 꽃지짐을 해 먹으며 생활에서 우러난 심정을 노래했다. 이렇게 풍류는 일상생활의 한 단면이었다.

풍류를 즐기는 어떤 모임에서도 거창한 연회 장소, 고급술과 차, 기름진 안주 같은 것은 형식적 소품에 불과했다. 연회에 참석하는 사람, 그 사람의 무게만큼 빛나는 것은 없다. 아무리 노래를 잘하는 기녀도, 아무리 춤을 잘 추는 기녀도, 아무리 악기를 잘 타는 악공도, 시로써 한 줄 정신의 빛을 드리울 선비가 없으면 그 자리는 내세울 풍류가 없었다.

유상곡수연(流觴曲水宴)이라는 연회는 중국 동진(東晉)의 명필 왕희지(王羲之)가 절강성 회계현 산음 지방의 난정(蘭亭)에서 음력 3월 3일, 41명의 벗과 모여 시를 짓고 노닐었던 것으로 유명하다. 고려와 조선의 선비들이 이를 모방하는 모임을 가졌던 것은 왕희지의 절의, 문장, 처신, 명필 등 모든 것을 존경했기 때문이다. 추사 김정희도 "난정의 모임을 본떠 모임을 갖는 것은 단지 상서롭지 못한 것을 털어내고, 술 마시고, 시를 읊으며, 노닐자는 것이 아니요, 우러러 우주의 큼을 보고 굽어 품류(品類)의 성함을 살피는 일이 마음의 올바름에서 나오기에 회포를 풀 수 있는 것"이라고 했다.

맑은 정신이 없으면 맑은 사람이 없고, 맑은 사람이 없으면 맑은 자연도 없다. 맑은 자연은 선비들이 진정으로 지니고 싶어 하던 모습이고, 기상이었다. 자연 속에서 놀이를 즐겼던 것은 그런 정신적 지향 때문이었다.

백두산, 우리 민족의 영산

백두산 천지를 앞에 두면 숨이 멎고 가슴이 아려 온다. 천지를 찍은 사진은 언제 봐도 찬란하고 웅장하고 당당하다. 다시 분단의 아픔이 밀려온다. 지은이를 확인하지 못한 『백두산』을 옮겨 본다.

백두산

민족도 국토도 분단된 슬픈 역사 속에 통일의 그날을 기다려 하마 하마 사십 년
세월의 기만에 분노는 열화처럼
이역(異域) 길 돌아 돌아 아득한 신비의 빛을 따라 신들린 걸음으로

민족의 성지,

국토의 시원(始原) 백두산을 찾아 장강(長江)을 넘고 황하를 건너

잃어버린 우리의 땅 만주 벌 수만 리

고동을 멈춘 심장의 그늘 밑에 부여의 말발굽 소리 고구려의 활시위 소리

초토에 뒹구는 발해의 성 돌마다 그윽이 메아리친다.

국초(國初)의 땅 아사달(阿斯達) 삼위태백(三危太伯) 홍익인간으로 터 잡은 성역에 서서

바위마다 새겨진 역사를 본다.

하늘은 아득히 검어 환웅천왕 크신 목소리 조하(朝霞)의 구름 뒤에 역력하고

땅은 태초의 이름대로 백토(白土)였다.

사슴은 무리 지어 영지(靈芝)를 뜯고 자초(紫貂)는 눈 속에도 은빛 털을 다듬고

산삼은 골짜기마다 해를 더한다.

인신(人身)의 꿈을 잃은 백호의 뒷모습이 보이고 웅녀의 진통 소리도 들린다.

단군 아기 삼 가르던 물 그저 따뜻이 흐르고

아직도 동굴 속에는 쑥 향이 그윽하고 마늘 내음 배어 있다.

요지(瑤池)의 두 선녀 시새우다 던진 옥경(玉鏡) 깨질세라 떠받들어

하늘을 우러러 억만 겁 화석 된 십육 나한

뒤틀어 날고, 쳐들어 포효하고, 수그려 번뇌하고, 엎드려 빌고,

버티어 당기고, 뒤돌아 웃고, 치솟아 끄들고, 취하여 졸고,…

지금도 나라 열던 옛 법도대로

풍백(風伯)은 바람을 일으키고 운사(雲師)는 구름을 몰아 우사(雨師)는 비
를 내려
웅녀의 손(孫)을 맞는다.

우리 몸속의 숲

요즘 등산을 하는 인구가 늘어나고 있다. 대부분 건강을 위하여 산
을 찾지만 신체적 건강 이외에도 도심의 분주함과 번잡함을 떠나 생
활의 여유와 회복을 찾기 위함이다. 현대인은 쉴 틈 없이 일하고 있
으나 정말 숨 쉴 틈도 없이 일하고 있는 것은 아닐까?

아주 오래전부터 사람이 죽었는지 살았는지를 알려고 할 때는 숨
을 쉬고 있는지를 확인하였다. 또 아이가 세상에 태어나 첫 울음을
우는 것은 세상과 소통하는 첫 호흡을 하는 것이고, 삶을 마감할 때
의 마지막 행위는 바로 마지막 숨을 쉬는 것이다. 이렇듯 우리는 태어
나서 죽음에 이를 때까지 정말 숨 쉴 틈 없이 숨 쉬며 살아가고 있다.

환선굴

번 옛날 강원도 삼척 대이리의 촛대바위 근처에 폭포와 소(沼)가 있
어 아름다운 여인이 나타나 멱을 감곤 하였는데, 어느 날 마을 사람
들이 여인을 쫓아가자 지금의 환선굴(幻仙窟) 부근에서 천둥 번개와 함
께 커다란 바위들이 쏟아져 나오고, 여인은 자취를 감추었다.

사람들은 이 여인을 선녀가 환생한 것이라 여기고, 바위가 쏟아져
나온 곳을 환선굴이라 이름을 지은 다음, 제를 올려 마을의 평안을

기원하였다. 여인이 사라진 후 촛대바위 근처의 폭포는 물이 마르고, 환선굴에서 물이 넘쳐나 선녀폭포를 이루었다. 쏟아져 나온 바위는 지금의 환선굴 가는 길목에 남아 있고, 바위더미 위에는 산신당이 세워졌다.

한 스님이 도를 닦기 위하여 환선굴로 들어갔으나 스님이 되돌아 나오는 것을 본 사람은 아무도 없었다. 사람들은 이 스님 역시 환선이라 하였다. 스님이 짚고 왔던 지팡이를 산신당 앞에 꽂아 두었는데, 지금의 진입로 중턱에 서 있는 엄나무가 바로 그것이라고 전한다. 환선굴 내에 스님이 기거하던 온돌 터와 아궁이가 고스란히 남아 있다.

삼척시 신기면 대이리 산 117번지에 위치한 환선굴은 해발 500미터, 총 연장 6.2킬로미터이다. 환선굴은 5억 3천만 년 전, 고생대에 생성된 것으로 추정되는 경사 복합형 석회 동굴이며, 노화(老化)와 회춘(回春)을 거듭한다. 온도는 섭씨 10.2~14도, 습도는 86~96%, 수온은 섭씨 10~13.3도를 유지하며, 1997년 10월 15일 개방되었다. 환선굴과 만난 관광객들은 다음과 같은 소감을 남겼다.

주변 경치가 매우 좋다; 자연이 이렇게 장엄할 수가!; 웅장하고 신기하고 대한민국이 자랑스럽다; 웅장함에 경탄을 금할 수 없다; 자연의 신비, 환상적이다; 자연의 신비 속에 사람은 모래알 같다; 상상초월 입을 다물지 못함; 굉장히 성스럽습니다; 물소리 어우러진 곳에 숭고한 영혼이 깃들어 있다; 하나님의 작품에 감격 감사; 위대한 예술품을 본 것 같다; 꿈의 세계에 왔다; 영화 같고 꿈속 같다; 대단한 동굴이다; 설치는 더 대단하다; 돈이 아깝지 않다; 올라올 때 힘들었지만 관람 후 마음은 따봉; 가슴이 시원한 느낌, 머리가 맑아졌다!; 동굴 안에서 빌었던 모든 소원들이 이루어지기를!; 원시 속으로 왔다가 속세로! 후회 없는 기념; 이승도 아닌 저승도 아닌 또 다른 세상을 본 것 같다; 70 평생 살아온 보람을 크게 느꼈다; 덩실덩실 춤을 추고 싶다; 크리스마스이브에 와 본 동굴은 새로운 느낌이다. 사랑하는 사람과 함께여서 더욱ー; 임신 중에 여기까지 왔지만 후회는 없네; 과연 환상적인 동굴, 제주도 아즈망 감탄!; 아들과의 좋은 견학과 소중한 추억이었다; 아이들이 정말 좋아하고 교육 효과가 있어 좋다; 정말 아이들을 데리고 오기를 잘했다; 박쥐를 봐서 정말 좋다. 신기하고 새로운 체험을 할 수 있었다; 다음에 꼭 한번 다시 오고 싶다; 꼭 한번은 다녀가야 한다; 한 번 더 와서 골고루 구경하겠다; 두 번째 오지만 여전히 많은 감동; 오늘이 네 번째 방문; 고등학교 수학여행 때 오고 군대 가기 전에 다시 온 건데 정말 다시 봐도 또 오고 싶다; 이곳에 와 보지 못하고 죽으면 억울하겠다; 후일 우리 후손들 이 굴 보겠나! 환선굴이어, 영원하라(삼척시 대이동굴관리소 제작, 환선굴).

가을에 생각한다

맑고 높은 하늘, 휘영청 밝은 달, 또르르 구르는 귀뚜라미 소리, 담장 밑에 휘어진 일년초 위에 내리는 가을 햇살, 애호박 꼬지의 뽀얀 빛깔이 풍기는 가을의 정감. 이곳에 무한한 겸손과 엄숙한 마음을 살며시 내려놓고 싶다. 언뜻 書在書 我在我(서재서 아재아)라는 말이 생각나서 가을 풍경의 하나처럼 이를 반추(反芻)한다. "글은 글에 있고 나는 나에게 있다"라는 해석은 지극히 당연하지만, "글은 글대로, 나는 나대로"라는 뜻으로 해석한다면 책과 나 자신이라는 행위자가 일심동체가 되어야 한다는 독서삼매경의 깊은 뜻도 지니고 있음을 알 수 있다. 그러나 어찌 가을만 노래할 수 있단 말인가.

20세기에 접어든 이후, 대학은 그 이념, 기능, 교육 등 여러 부문에서 전반적인 개혁이 불가피하게 되었다. 경제발전, 과학기술의 발달, 고등교육 인구의 급격한 증가 등이 그 요인이 되는 듯하다. 따라서 사회의 대학에 대한 요구도 다양하게 되었음은 당연한 귀결인 셈이다. 대학의 목적과 기능도 전통적 체제에서의 탈피를 불가피하게 만들었고, 사회 진보를 위한 교육, 사람을 만드는 교육, 생활을 위한 교육, 사회에 봉사하는 교육 등이 새로운 교육의 구상으로 등장하게 되었다. 그 가운데 사회를 위한 봉사의 기능이 대학의 중요한 사명으로 대두되었다.

그럼에도 불구하고 밤새도록 영한사전을 뒤져 봤자 외국어 원전 한 쪽 읽기 어려운 주제에, 세계화, 가치관, 국가발전 운운하면서 엘리트인 척 과대망상증과 자기도취에 사로잡힌 허수아비 같은 대학생이 있다면 이는 자신의 비극이요, 우리 조국의 비극이다.

황금의 벌판을 보라. 젊은 벼가 고개를 숙이고 있는가, 완숙한 벼가 고개를 숙이고 있는가. 자신에게서 모순과 무능, 핑계와 억지, 불평과 나태만 발견된다면 무슨 힘으로 자유를 구가(謳歌)하고 젊음을 찬미할 수 있단 말인가. 어떻게 감히 사회봉사를 다짐할 수 있을까. 조상을 비웃고, 선배를 탓하기 전에 나의 몸과 마음을 바로 하고, 나의 옷깃을 여밀 필요가 있지 않을까.

충분하고도 철저한 자기평가와 자기검증 끝에 내달리는 실천의지와 자신감, 거기에 희망에 찬 가슴, 힘찬 맥박, 넘치는 정열을 더한다면, 활화산 같은 젊음의 화신이 되어 자신을 돕고, 남을 도우며, 조국의 미래를 위한 동량(棟樑)이 될 수 있을 것이다.

평창의 하늘, 바람, 눈

강원도 평창은 겨울여행을 꿈꾸는 이에게는 영원한 로망이다. 바람의 언덕인 대관령 목장과 풍차가 있고, 민족의 영산 오대산이 월정사와 상원사를 품고 있기 때문이다. 거기에 단편문학의 백미 이효석의 『메밀꽃 필 무렵』의 배경이기도 하고, 징하게 맛있는 막국수와 황태가 겨울을 계절답게 만들어 주고, 스키장과 눈썰매장과 하얀 눈이 지천인 곳이기 때문이다.

선덕여왕 12년인 643년에 당나라에서 석존사리를 모시고 온 자장율사는 오대산 비로봉 아래에 석가모니의 정골사리를 봉안하고 적멸보궁을 창건했다. 2년 뒤 동대 만월산 아래에 월정사를 세우고 경내에 팔각구층석탑을 건립해 그 안에 진신사리를 봉안했다. 이후 월정사는 크게 중건되었다. 한국전쟁 때 처참하게 타 버려 이후 다시 건립되어 오늘에 이른다. 석조보살좌상, 석굴암 대불의 형태를 본뜬 적광전 석가여래, 국보 제48호인 팔각구층석탑 등이 있다.

상원사는 월정사에서 산속으로 더 올라 비로봉 기슭에 있다. 국내에서 유일하게 문수보살을 모신 문수신앙의 중심지이다. 우리나라에서 가장 오래된 동종 상원사 동종, 청량선원, 상원사 중창 권선문, 문수동자상이 있고, 인근 1.5㎞ 떨어진 곳에 적멸보궁이 있다.

자연과 그 이름

두물머리(양수리)는 북한강과 남한강이 만나는 곳이다. 두 물이 만나 한강이 된다. 우리는 그 이름으로 기적을 일으켰다. 다른 생각, 다른 목소리들을 모아 위대한 대한민국을 만들자.

우리나라의 산천과 유적지들은 풍광과 자태도 아름답지만 그 못지않게 이름도 일품이다. 속리산(俗離山)은 속세로부터 떨어진 산이란 의미를 갖는다. 깊고 울창한 숲으로 굽이굽이 펼쳐지는 이 산을 등정하는 것만으로도 세상의 시름을 잊는데 여기다 이름까지 음미하면 정말 신선이 된 것 같은 느낌을 준다. 우리의 영산 백두산(白頭山)은 하얀 머리, 즉 백발의 의미가 있다. 이름에서 신령스럽고, 너그럽고, 인자한 할아버지의 이미지가 풍긴다.

서해안의 인기 여행지 안면도(安眠島)는 편안히 잠자는 섬이라는 뜻이다. 고즈넉하고 평온한 섬의 분위기가 그 속에 듬뿍 담겨 있다. 소리의 자질도 아름다운 선유도(仙遊島)는 신선이 노니는 섬이라는 뜻이다. 그 이름을 음미하며 섬을 유람하면 별천지에 와있는 느낌이다.

절 이름은 거의 시적 경지에 이른다. 마음을 열어 준다는 뜻의 개심사(開心寺), 참선하는 구름이라는 의미의 선운사(禪雲寺), 딸린 식구와 가족을 많이 거느린다는 의미의 다솔사(多率寺), 넓은 문이라는 뜻의 보문사(普門寺), 덕을 연마한다는 뜻의 수덕사(修德寺).

아름다운 소리의 자질에 더하여 풍부한 뜻과 함축적 의미까지 내포하는 자연의 이름과, 이런 시적인 절 이름들은 우리 조상들의 문학적 이름 짓기의 소산이다.

황태덕장은 추위가 반갑다

꽃샘추위가 전국적으로 기승을 부린 강원도 평창군 횡계리 황태덕장에 매달린 황태에 전날 내린 눈이 꽁꽁 얼어붙었다. 황태덕장의 추위는 반가운 손님이다.

덕계 기행

　눈 덮인 경기도 양주 덕계 들판에서 추위와 시장기를 달래기 위하여 병나발을 불듯 막걸리를 마신다. 막걸리는 차지만 점점 따스해지는 기분과 마실수록 다가오는 포만감이 덕계 들판과 어우러져 눈 덮인 한겨울의 풍경화가 된다.

　덕계 마을은 이름값을 하듯 큰 산의 계곡을 모두 차지하고 있다. 그 들판에 눈이 덮였으니 장관 아닌가. 그 백설의 장관 속에서 병나발식으로 막걸리를 마시는 한 사람의 존재는 너무 미약하고 미미하여 canvas 위의 조그만 점과 같다. 눈 덮인 덕계 들판에 서 있는 한 사람, 그건 사람이 아니라 이미 자연이었다.

6. 사람과 질병의 만남

　생명체 특히 사람의 생로병사(生老病死)는 자연의 섭리인가, 인간의 업보인가. 아무튼 사람은 노쇠와 질병을 만나지 않을 수 없다. 그만큼 질병은 사람의 희로애락과 함께한 불청객이다. 우리나라는 1960년대까지만 해도 국민 대다수가 기생충에 감염되어 있었다. 기생충 질환은 국민병으로 불릴 정도로 한국인을 괴롭혔다. 정부가 '기생충질환예방법'을 만들어 기생충 박멸에 나섰던 시절이다.

　항일시대에 콜레라가 퍼지자 사람들은 관청에서 발행한 문서의 붉은 인주가 찍힌 부분을 오려내어 환자의 이마에 붙이거나 이를 태운 재를 물에 타서 먹었다. 또 붉은 글씨로 장비, 포도대장, 헌병, 순사 등의 이름을 써서 붙였다. 붉은 부적을 문기둥에 붙이기도 했다. 붉은색 옷을 입으면 콜레라에 걸리지 않는다는 소문이 돌아서 여자는 붉은 속바지, 남자는 붉은 주머니가 달린 바지가 크게 유행했다. 서양에서도 콜레라가 창궐하면 어김없이 붉은 옷, 붉은 목도리, 붉은 스타킹이 유행했다. 귀신이 붉은색을 두려워한다고 믿는 것은 동서양이 다르지 않은 모양이다.

인류는 지금까지 질병의 대유행으로 상상을 초월하는 사상자가 생긴 사건들을 수없이 만난 경험이 있다. 1347년부터 1844년까지 서유럽과 중동에 유행했던 페스트, 중세의 서양에서 그리고 최근에는 열대의 질병으로 취급되던 나병, 1518년부터 1977년에 박멸될 때까지의 천연두, 1492년부터 1965년까지 서유럽 및 동아시아에 만연했던 콜레라, 1647년부터 1928년까지의 황열병과 말라리아 등이 전 세계를 공포로 몰아넣은 질병이다.

한 시대에 만연한 질병은 삶의 모습을 바꿔 놓았다. 새로운 문화를 형성했고, 특정한 패션을 유행시켰다. 역사를 바꾼 질병도 있다. 페스트로 인하여 서양의 중세가 막을 내렸고, 천연두로 인하여 아메리칸 인디언은 무력화되었다.

반대로 문명의 발달은 질병의 양상을 바꾸었다. 의학의 발달로 전쟁보다 무섭다는 천연두는 이미 사라진 지 오래다. 경제성장에 따른 식생활의 변화는 비만, 당뇨 등 예전에 문제 되지 않았던 질병을 만들어 냈다.

질병은 시간과 공간을 초월하여 인류의 삶을 끊임없이 간섭해 왔다. 질병과 인간은 오랜 세월, 서로 정복하고, 진화하며, 질긴 인연의 끈을 이어 왔다. 인간은 지금도 질병과 동침 중이다(이호갑 gdt@donga.com, 동아일보, 2006. 12. 12).

꾀병, 칭병(稱病)이라는 낱말이 있고, 공주병, 왕자병이 유행하고 있다. 모든 질병이 다 그렇듯이 이들도 오래가면 좋지 않다. 이 병에 걸리면 적게는 한 사람이 패가망신하고, 크게는 한 기관이나 기업이 폐업의 지경에 이른다. 특히 공주병과 왕자병이 만연(漫然)하면 할수록 나라가 망할 수 있다.

질병과 싸워 이기고, 건강을 유지하기 위한 방안으로 한의학은 약보(藥補), 식보(食補), 행보(行補)를 제시한다. 약과 음식과 운동을 권장하는 말이다. 이 중에서 가장 중요하게 여기고 실천해야 할 것은 행보이다. 규칙적으로 꾸준히 운동을 하면 건강은 저절로 유지된다는 것이다. '배달된 우유를 마시는 사람보다 그 우유를 배달하는 사람이 더 건강하다'라는 말을 가볍게 여기면 아니 된다.

발의 존재와 의미

인체 조직 가운데 발의 위대함을 생각하고 주장하고 인정한 사람은 누구일까? 우리들 한 사람, 한 사람은 자신의 발을 어떻게 인식하고 있는가? 아무튼 발은 늘 불만스럽다. 발은 발바닥, 발가락, 발톱, 발등, 발목, 복사뼈, 발뒤꿈치, 혈관 등으로 구성된다.

발에 힘이 없으면, 발병이 나면, 발무좀이 생기면, 발이 시리면, 발이 화끈거리면, 발톱이 깨지면, 발바닥에 티눈이 생기면, 발뒤꿈치가 아프면, 발 위에 버티고 있는 모든 조직이 무슨 소용이지! 이처럼 발에 이상이 생기면, 걸음만이 문제가 아니라 축구, 스케이팅, 스키 등 발을 이용한 운동을 하나도 할 수 없다. 아니, 사람의 행세를 할 수 없고, 사람답지도 않아 살맛이 나지 않을 것이다.

제법 경제성장을 이루자, 이름조차 외국어투성이인 운동화들이 등장하여 생소함을 자아냈다. 월드컵, 아디다스, 아식스, 프로스펙스 등 제조회사들이 고안한 특정 신발들이 있는가 하면, 축구화, 농구화, 조깅화, 테니스화, 송곳 신발(스파이크) 등 운동종목에 따라 특징적인 신발이 생산되고 애용된다. 이때 발은 이렇게 말한다. "씨알 데 없는 소리

작작해라. 모두 나를 부려먹기 위한 수작들이야. 그런 신발을 신고, 갖가지 재주를 부리고 나면, 날보고 고맙다고 생각하는 놈이 얼마나 되냐? 재주 부리고 상 받으면 그 신발은 기념품으로 남지만 나를 떠받드는 놈이 어디 있어? 남녀평등, 만인평등, 국가의 주인은 국민이다, 모든 주권은 국민에게 있고 모든 권력은 국민으로부터 나온다는 등 하나도 귀에 들어오지 않는 소리다."

발타령은 계속된다. 발병 나기 전에 무슨 신발, 무슨 구두, 무슨 양말, 매니큐어를 신기든지, 바르든지, 씻기든지, 주무르든지 해야지. 하기야 우는 아이에게 젖 준다고 했으니, 발이 울 줄 아나?, 울 수가 있나? 그러면서도 우린 평생 몸을 떠받치는 일에 충실하고 있다. 발이 아무리 내려다본들 발밑에 보이는 것은 아무것도 없고, 모두가 발을 내려다본다. 발은 가장 낮은 신체 조직이니까. 발의 노고를 알아주는 머리가 있을까? 발이 무슨 생색을 내고 다니나? 세수한 물로 발을 씻지, 발 씻은 물로 세수하는 놈은 없지! 인간은 영리하니까. 세숫물 따로, 발 씻는 물 따로 쓰는 놈은 얼마나 되나? 얼굴 닦는 수건 따로, 발 닦는 수건 따로 쓰는 놈은 얼마나 되나? 아니, 걸레로 발을 닦지, 수건으로 발을 닦나? "나를 버리고 가시는 임은 십 리도 못 가서 발병 나요"라는 『아리랑』처럼 발병을 가장 무서워하는 노래는 없다. 발을 구르고, 발로 장단을 맞추지만 발뼉을 친다고 하진 않는다. 손뼉이 무서우니까. 세상에 가장 공평하고 위대한 사람은 언제 어디서나 수건으로 얼굴, 손, 발 모두를 닦는 사람이다. 발을 누가 우러러 보나? 물구나무를 서도 발을 올려다 볼 수는 없다. 왜? 안 보이니까. 다행스러운 일은 최근 발의 건강이 널리 부각되면서 전에 없이 많은 사람들이 발에 신경을 많이 쓰기 시작했다는 사실이다. 발지압, 발마사지는 점점 많은 사람들의 관심을 끌고 있다. 발바닥에 신체의 모든 신경이 집중적으로 배치되었다는 사실과 함께 이제 발의 존재와 그 가치를 깨달은 모양이다.

신체의 가장 밑바닥에 위치하나 온몸을 떠받드는 발의 존재와 가치를 인정해야 하는 것처럼 국가의 기반이 되는 국민, 민초의 위대함을 인정하고 그들을 주인으로 떠받드는 정치가 이루어지기를 간절히 빈다. 그렇지 않으면 자유, 평화, 평등, 정의가 아무 소용이 없다. "대한민국의 주권은 국민에게 있고, 모든 권력은 국민으로부터 나온다"라는 입법정신을 준수할 때이다.

나이 먹음

마흔 살 넘은 친구들끼리 어쩌다 노래방에 모이면 파장 대목에 누군가 한 사람은 김광석의 '서른 즈음에'를 부르고, 느린 곡조에 따라 분위기도 숙연해지는 것은 참 희한한 착각이다. 삶의 문 하나가 영원히 닫히는 듯 노래하는 서른을 이미 10년 전에 건너와 버린 사람들이, 번번이 그 노래에 애잔해지는 것은 감성 많은 노래를 처음 불렀을 때인 20대에 붙들려 있기 때문이라는 생각에 쓴웃음을 짓게 된다.

50대의 자기 세대에 대한 자각을 알아보기 위해 862명에게 인터넷 설문조사를 한 결과, 가장 뜻밖이었던 것은, 객관적 수치가 아니라, 응답자 중 무려 623명이 '50대로 사는 것의 애환이 무엇인가?'라는 주관식 질문에 답을 했다는 사실이다.

나이 먹은 것이 죄도 아닌데 40대 후반부터 퇴물 취급하는 사회 분위기가 야속하다. 50대는 앞뒤 세대 모두에게 질타의 대상이고, 아마

지금의 50대는 외환위기의 직격탄을 맞은 세대일 것이다. 아이들에게 인생 이야기를 해 주면, 옛날과 달라졌다고 하고, 집사람도 그러다가 애들한테 왕따 당한다고 한다. 시부모를 의무적으로 봉양했지만 자식과 며느리에게는 그것을 기대할 수 없고, 남편의 독재, 가부장적 사상 등이 가슴을 치게 한다. 50대가 맞닥뜨린 삶의 불안정보다 그들에게 더 힘든 것은 아무도 내가 살아온 이야기에 귀를 기울이지 않는다는 외로움과 매정한 현실일지 모른다(정은령 ryung@donga.com, 동아일보, 2006. 11. 24). 시간의 흐름과 나이 먹음은 그래서 서럽고 외롭고 안타깝다.

반신욕의 몽상

반신욕(半身浴)은 나이 든 사람들에게 특히 좋다고 한다. 섭씨 40도 정도의 물을 써서, 규칙적으로 대략 20분간의 반신욕은 혈액순환을 돕기 때문에 한방이나 양방을 가리지 않고 권장한다.

설날을 보낸 어느 날, 반신욕을 하던 중 청와대의 한 비서가 대통령의 명을 받아 우리 집을 내방한다는 전갈이 왔다. 반신욕이 끝날 때까지 비서관은 별 수 없이 기다렸다. 반신욕을 마치고 막상 만나 보니 뜻밖에도 청와대 수석비서관을 맡아 달라는 대통령의 간곡한 청탁이었다. 나는 잠시 생각하다가 그 청탁을 단호하게 거절했다.

"지금 나는 그런 자리를 감당할 만큼 건강하지 못하고 능력 또한 미치지 못합니다."

"대통령께서 여러모로 심사숙고한 끝에 내린 인사이니 사양하면 아니 됩니다."

"속된 말로 평양감사도 제 싫으면 그만인데 더 권하지 마십시오."

"일단 수락하시고 일하시다가 여의치 못하면 그때 물러나도 되지 않겠습니까?"

"스스로 판단하기에 불가능한 일인데 어떻게 명을 받겠습니까?"

"삼고초려도 마다하지 않을 작정인데요."

"삼고초려는 당치 않습니다. 김준엽 전 고대 총장을 아시지요? 그런 훌륭한 분도 여러 차례 입각 권유가 있었으나 끝내 그분은 입각하지 않았습니다. 그분에 비하면 나는 조족지혈(鳥足之血)에 불과합니다."

그 순간 "김 선배!" 하는 대통령의 노한 음성이 나의 귓전을 때렸다. 그러나 이것은 한순간의 몽상이었다.

그때그때 최고 통치권자의 명을 받고 정부에 들어간 모든 인사들의 처신은 가관이고 어이없었다. 그들은 뭘 하는지도 모르는 가운데 무슨 사건이 터지고 그것이 빌미가 되어 물러나는 절차 아닌 절차를 따르는 형국이었다. 국가의 부름이니 대통령의 명을 받는 것은 그렇다 치자. 그러나 정부에 들어간 사람들은 어찌하여 제 발로 걸어 나오지 않는가? 나라의 부름을 받고 일을 하다가 자신의 뜻대로 되지 않거나, 능력의 한계를 느끼면 자퇴해야 옳은 일 아닌가? "인사는 만사다"라는 말이 무슨 뜻인지조차 모르는 위인들인가! 아니면 대통령이 물러나라는 눈치를 보일 때까지 자리보전을 하는 것이 예의란 말인가! 조선의 사간원이나 사헌부 선비들이 오직 백성과 나라를 위하는 마음으로 임금에게 간언을 했으나 그것을 임금이 수용하지 않으면 미련 없이 벼슬을 버리고 낙향하는 사례를 우리는 역사를 통하여 잘 안다. 그럼에도 불구하고 오늘날의 위인들은 한번 입각하면 나올 줄을 모른다.

심지어 한 차례 대학 총장을 지낸 일부 인사들은 십여 년 혹은 그 이상을 대학을 바꿔 가며 총장을 맡는다. 세칭 일류 대학의 총장을 지낸 사람임에도 누가 봐도 보잘것없는 대학의 총장을 또 지내는 일명 총장족이 늘고 있다. 그런가 하면 총장을 지냈거나 임기 중의 총장이 대통령비서실장을 맡는 경우도 있으니 그런 위인은 선비인가? 교수인가? 관리인가? 정치꾼인가?

대학의 보직교수들은 어떤가? 그들도 위의 사례를 벗어나지 않는다. 대학의 역대 보직교수들 가운데 자퇴하는 인물은 극소수에 불과하다. 대부분의 대학은 그런 사례가 아예 없다. 그런가 하면 필자의 대학 은사들 가운데 몇 분은 대학에서 보직을 맡더라도 당신의 뜻에 맞지 않거나 이게 아니다 싶으면 당장 물러나는 것을 수차 보았다. 길이 아니면 가지 말아야 한다.

필자는 이영덕 총장 명의의 '취업홍보실장' 인사명령을 받은 일이 있는데 이 총장이 국무총리로 입각하는 바람에 행정의 달인으로 소문난 고건 씨가 그의 후임 총장이 되었다. 당시 취업홍보실은 명지대학 직제상 독립된 부서였다. 헌데 얼마 아니 되는 기간을 두고 고 총장은 학생처장을 통하여 실장인 필자에게 취업에 관한 같은 지시를 반복하는 것이었다. 거기에 더하여 당시 기획관리실장은 취업홍보실 예산을 전용하려는 눈치를 보인다는 그런 분위기가 있었다. 나는 더 참을 수 없었다.

"독립된 부서의 책임자가 무슨 까닭으로 학생처장을 통하여 총장의 지시를 받는가! 기획실장은 또 뭐고!"

나는 교무처장과 총장을 차례로 면담한 자리에서 보직사퇴의사를 밝힌 다음, 사퇴서를 보냈다. 이 조그만 사건을 두고 우리 대학 교수들의 반응은 대강 세 가지였다.

"무반응…."

"뭐, 사퇴까지 할 필요가 있었나?"

"보직 명령을 낸 총장이 누구요? 이 총장이오? 고 총장이오?"

이 조그만 사건은 곧 망각의 늪으로 사라졌고, 총리직은 어느 경우에도 사양하겠다고 공언한 고 총장은 그 후 입각했다. 입각한 고 총리는 한가한 때를 잡아 당시의 명지대학 보직교수를 만찬에 초대한 일이 있었으나 필자는 이를 사양했다. 인사를 들먹이는 소란과 논쟁이 있을 때마다 필자는 이 사건을 떠올린다.

아마존의 눈물을 보니

숲이 훼손되고 하천이 오염되니 자연훼손에서 얻은 결과는 질병과 싸움, 고기잡이, 풀뿌리 캐기이다. 문명인과의 접촉으로 원주민은 각종 질병에 감염되고, 사냥이 원주민의 생활방식으로 바뀌었다. 그렇다면 과연 문명이란 무엇인가?

공평한 하루 24시간

시간의 관리가 소중함을 모르는 사람은 없다. 이런 이야기가 있다. 하루도 빠짐없이 86,400원을 입금해 주는 신기한 은행이 있다. 그런데 그날만 지나면 쓰든 안 쓰든 잔액이 다 빠져나간다. 다음 날도 어김없이 은행은 새롭게 86,400원을 입금하지만 밤이 되면 남은 돈은 계좌에서 깡그리 지워져 버린다. 어제로 되돌릴 수도 없고, 내일로 이월할 수도 없다. 오로지 오늘, 현재의 잔액으로만 살아야 한다.

수수께끼 같은 이 잔액의 비밀은 바로 하루 24시간, 즉 86,400초의 시간이다. 신이 이 지상의 모든 사람에게 공평하게 나눠 주는 이 선물 앞에서 누구도 가진 게 없다고 불평할 수 없다. 매일 자기 앞으로 입금되는 86,400초에 감사하며 멋진 하루를 창조하는 데 힘을 쏟아야 한다. 설사 어느 날엔 잔액을 서툴게 써 버렸다 해도, 오늘 다시 선물로 주어진 현재라는 시간을 충분히 활용해 근사한 날을 만들어야 한다.

나에게 주어진 선물이니 나를 행복하게 하는 일에 너무 인색하게 굴어서는 안 된다. 예컨대, 하루 5분씩 푸른 하늘 올려다보기, 1주일에 한 번쯤 특별한 재능도, 탁월한 사회성도 없이 험한 세상을 헤쳐 나가는 자신에게 '이만하면 잘하고 있는 거야'라고 인정해 주기, 마음만 먹은 채 '내겐 사치'라며 미뤄 두기만 했던 그런 일에 도전해 보기 등도 좋겠고, 불가(佛家)에서 말하는 보시(布施)를 하는 것은 더욱 좋겠다. 불가에서 보시란 남에게 조건 없이 주는 것을 말한다. 불교의 여러 덕목 중에서 으뜸으로 치는 덕목인데, 물질적인 것을 주는 재보시(財布施), 경전이나 책 혹은 훌륭한 말씀을 베푸는 법보시(法布施), 상대에게 두려움과 근심 걱정에서 벗어나 마음을 편안하게 해 주는 무외시(無畏施)가 있다. 앞의 두 가지는 나를 포함한 많은 이에게 벅찬 과제지만, 무외시는 누구든 마음만 먹으면 할 수 있다. 현새까지 받은 게 꽤 많고, 앞으로 베풀 수 있는 것도 그 못지않게 많다고 생각하며 대범하게 살자. 그러다 보면 일상 속에서 우리 스스로 만들어 낸 빛나는 기적들과 만날 수 있지 않을까(고미석 mskoh@donga.com, 동아일보, 2007. 1. 16). 누구에게나 공평하고 매정하기조차 한 시간을 어떻게 관리하느냐, 즉 효과적인 시간 관리는 평생을 좌우하는 소중한 일이기도 하고 두려운 일이기도 하다. 자신을 돕고, 적선하는 일에 시간을 쓰자.

7. 학문들의 만남

　학문 분야 간의 만남을 간단히 말하면 융합학문이다. 융합학문은 미래의 학문이라고 한다. 20세기가 전문화의 시대였다면 21세기는 통합의 시대이다. 인문학과 자연과학의 만남, 자연과학과 예술의 만남 등 다양한 분야의 학문과 지식이 서로 통합하여 더욱 새롭고 창조적인 지식, 학문, 문화를 창출해야 한다.

　그동안 우리의 학제 간(學際間, interdisciplinary) 연구는 다학문적인 유희에 그치고 범학문(汎學問)으로 나아가지 못했다. 그간 각자 얘기만 해 놓고 그것을 학제 간 연구라고 했으므로 진정한 통합적 연구가 아니었다. 전문가라는 미명 아래, 자기 영역만 고수하다가 인문학과 자연과학은 서로 다른 길을 가고 말았다. 이제는 통합적 식견이 필요하다. 동아일보 회의실에서 신년 대담을 나눈 최재천 이화여대 석좌교수와 정민 한양대 교수는 대담 내내 "학문의 경계, 경직된 사고의 경계를 허물지 않으면 한국의 미래는 불투명하다"고 말하며, 통합적인 학문 연구와 사고의 중요성을 강조했다(이광표 kplee@donga.com, 동아일보, 2007. 1. 3).

　삶과 지식의 습득과 인간의 완성을 위한 필수적인 기본 요소로 상상력과 전체를 보는 혜안(慧眼), 서로 다른 요소들을 묶는 관계, 아름다움을 느낄 수 있는 심미안(審美眼) 등을 꼽을 수 있다. 미래 학문은 '관계의 과학'이며, 학문의 경계를 넘나드는 '융합의 과학'이다.

대학의 분과 학문과 단과대학들이 존속할지 의문이 앞선다. 학문이 이제 과거의 분화를 멈추고, 통합, 융합, 통섭(統攝, consilience)의 길로 가고 있기 때문이다. 지금처럼 대학의 학문 분과가 세분되어 횡적 교류없이 유아독존(唯我獨尊)하는 것은 학문으로서의 가치가 떨어지고, 현실세계에 대한 기여도 못 하는 결과를 초래한다.

과거에는 문리대학이 있었다. 희랍의 전통을 이어받아 자유 학예를 가르쳤다. 그런데 이를 쪼개 인문, 사회, 자연대학을 만들었다. 인문학의 위기가 그냥 생긴 것이 아니다. 학문의 벽을 쌓을 대로 쌓았으니 누가 서로를 존중하며 활용하겠는가. 지금 대학의 학문 분과들은 상호 교류하고 교차하지 않으면 문제를 해결하지 못한다.

21세기 지식체계의 본질을 '융합학문'이 아니라고 주장할 사람은 없을 것이다. 21세기 과학의 새로운 패러다임도 융합과학이다. 생각하는 로봇은 생명과학, 인지과학, 기계공학의 융합의 산물이고, 휴대전화 인공지능 칩은 나노기술, 인지과학, 반도체 기술의 합작품이다. 융합학문의 토대가 되는 나노기술은 그 자체가 학제적(學際的)이다. 나노기술이 발달하면 할수록 물리학자가 화학식을 외워야하고, 기계공학자가 박테리아를 관찰해야 하며, 화학도가 전자공학을 연마해야 하고, 재료과학도는 양자역학을 공부하지 않으면 아니 된다. 학제성(學際性)은 학문 사이의 경계를 허문다.

미래의 학문은 관계를 이해하는 데서 출발해야 한다. 각 학문 간의 관계를 엮는 관계학을 RT(Relation Technology)라고 부를 수 있다. 융합의 시대를 맞아 가장 중요한 기술 중의 하나이다. 앞으로 필요한 인물은 '경계를 넘나드는 사람'이다.

미래의 학문으로 예견되는 것 중 하나는 인지과학이라는 이름으로 학문을 하나로 묶거나 큰 학문을 보는 이른바 통섭이다. 융합의 맥락과 어긋나지 않는다. 통섭은 인문학과 자연과학의 통합, 융합을 지향하는 새로운 입장이다. 인문학과 자연과학은 서로 경계를 넘나들어야 한다. 경계를 치고, 장벽을 높이기만 했던 기존의 과학적 태도는 큰 전환이 있어야 한다("미래 학문과 대학을 위한 범대학 콜로키움" 중앙Sunday 제3호, 2007. 4. 1).

최초의 학문이 무엇인가에 관해선 이견이 많지만 학문 태동기인 그리스 시대엔 기하학과 수사학을 중요하게 여겼다. 플라톤은, "신은 기하학자다. 말하는 기술(수사학)은 영혼의 마술이다"라며 기하학과 수사학을 예찬했다. 이런 전통은 중세시대까지 이어져 12세기경 처음 등장한 대학은 삼학(三學: 수사학, 문법학, 논리학), 사과(四科: 기하학, 산술, 천문학, 음악)를 가르쳤다. 그런 의미에서 이 삼학사과는 오늘날 문과와 이과의 시초라고 해도 과언이 아니다.

불과 200년 전만 해도 학문의 세계에서 영역을 구분할 수 없었다. 다재다능한 이상적인 르네상스맨 레오나르도 다빈치는 화가, 과학자, 수학자, 철학자였다. 그는 원근법을 완성했고 인체의 해부학적 구조를 밝혔으며 수많은 기계의 설계도를 남겼다. 프랑스에서 운하 공사를 하다가 죽음을 맞았으니 토목학자이기도 하다. 독일의 대문호 괴테는 저서 『이탈리아 기행』에서 그 자신이 뛰어난 지질학자임을 보여 준다.

어제 서울대학에서 철학, 수학, 영문학, 생물학 등 각 분야 스타 교수 21명이 참석한 가운데 '미래 학문과 대학을 위한 범대학 콜로키엄'

이 열렸다. 학문 간, 단과대학 간의 높은 장벽을 허물고 지식을 대통합함으로써 미래사회에 대비하자는 취지이다. 콜로키엄(colloquium)은 '함께 말하다'라는 라틴어에서 나온 만큼 자신이 속한 학문의 울타리, 전공의 덫을 벗어나 다양한 시각으로 세상을 바라보자는 의지가 읽힌다.

지식의 대통합을 최재천 교수는 '통섭'이라고 부른다. 통섭은 21세기 메가트렌드이다. 미국 하버드대 석좌교수인 생물학자 에드워드 윌슨은 저서 『Consilience』에서 심리학 등 사회과학은 앞으로 생물학으로 흡수될 것이라고 단언한다. 숱한 시인과 작가들이 다룬 사랑이란 감정도 뇌의 작용으로 풀이할 수 있는 세상이다. 학문의 블루 오션을 찾아가려는 대장정의 미래가 기대된다(정성희 shchung@donga.com, 동아일보, 2007. 3. 30).

공학, 인간을 위한 응용학문

자동차의 안락한 승차감을 위해 타이어를 개선하고, 생동감 넘치는 음악 방송을 들을 수 있도록 통신 기술을 파고든 많은 기술자 덕분에 과학은 실생활과 가깝다. 최근 디지털 기술을 도입하면서 공학이 실용주의와 편의주의에 치중해 겉으로는 변화무쌍하지만 인간의 기본 욕구를 충족시키기에는 한계에 온 듯한 느낌이다. 지금은 다른 차원의 상상력이 필요한 것 같다. 최근 과학기술부와 산업자원부가 주관하는 '과학기술과 문화 예술의 만남'이나 '공학 교육 혁신 프로그램'이 주목받는 이유는 과학기술 분야에서 인간의 창의성 구현이 무엇보다 필요하기 때문이다. 과학기술계에 변화가 필요하다.

현재 자연계 대학생에게 교양교육은 단순한 지식 확장과 흥미 유발 수준에 그치지만 교양은 상황 변화에 대처할 수 있는 기본 지식이다. 정보와 지식이 폭주할 때, 폭풍전야 같은 움직임을 느낄 때, 방향을 전혀 예측할 수 없을 때, 기본으로 돌아가라(Back to the basic)는 말을 되새길 필요가 있다.

창의력과 상상력이 왕성한 대학 생활을 시험과 리포트 작성으로만 보냈다면 일류대 졸업장을 가졌다 해도 편식에 의한 영양 불균형 상태로 인하여 경쟁사회에서 살아남지 못할 것이다. 100년 앞을 바라볼 과학자에게 문학과 철학 속에서 많은 꿈을 꾸라고 권유하고 싶다. 과학자가 꿈인 젊은이들에게 들고 다니기도 힘든 두꺼운 전공 서적 못지않게 인문학 지식이 필요하다.

우리가 정해진 시간에 주어진 문제를 푸는 데는 충분한 경쟁력이 있지만 폭넓은 사고를 요하는 분야에서 유난히 약한 모습을 보이는 이유는 교육 제도의 탓이 크다. 이런 현상이 역설적이지만 공학 교육에서 교양과정을 강화하여 100년 후 인간의 삶을 꿈꾸게 해야 할 이유를 설명한다고 생각한다.

국내 대기업도 미래형 최고 경영자의 자질로 원만한 리더십을 강조하고, 공과대학에서 문사철(文史哲)을 권장하는 도서를 발표하는 모습을 보면 미래를 준비하려는 움직임을 감지할 수 있다. 지금은 정보기술, 바이오기술, 나노기술의 융합뿐만 아니라 인문학과 과학기술 분야의 통섭이 글로벌 무한경쟁에 대처하는 방안이라 믿는다(김수원, "文史哲 창의력이 공학의 미래" 동아일보, 2007. 4. 28).

넓은 시야로 바라보자

우리 고대사의 비밀을 풀려면 문헌과 기록에 대한 집착에서 벗어나야 한다. 이를 위해 역사학의 좁은 시야를 인류학과 언어학의 넓은 시야로 보충해야 한다. 인류학과 언어학은 비교연구방법론을 통하여 여러 민족의 역사에서 공통점을 추출한다. 단군신화에 등장하는 곰 토템이 만주, 한반도, 일본, 중앙아시아에서 집중적으로 발견되는 점과 이들 지역의 민족의 기원에 대한 공통된 의식과 언어의 유사성에 대한 연구 결과를 역사학에 접목해야 한다. 역사학이 시간에 대한 종적 연구라면 인류학과 언어학은 공간에 대한 횡적 연구이다. 이들을 접목할 수 있는 것이 공간 감각과 역사 감각을 함께 지닌 사회학의 몫이다(신용하, "우리 고대사 유라시아까지 확장" 동아일보, 2007. 6. 15).

군대의 계급인 Major(소령: 한 병과의 전문가), Colonel(대령: 한 병과를 넘어선 넓은 대열의 총괄자), General(장군: 모든 병과를 아우를 수 있는 자)의 의미를 전공의 융합과 관련하여 음미할 필요가 있다. 세상이 숲이라 가정한다면 우리가 알고 있는 각각의 분야는 나무이다. 아무리 나무의 생김을 잘 알아도 숲이라는 전체를 보지 못하면 세상을 볼 수 없듯이, 과학도, 인문학도, 그 어떤 분야도 함께 만나 어울리지 못하면 진리에 다다를 수 없다는 것이 통섭의 개념이다.

자기 분야를 넘어 각 분야의 관계망(network)을 조망할 수 있는 능력이 있어야 복합적인 사회에서 현장 삼각과 세계적인 경쟁력을 갖출 수 있다. 고려대, 서울대, 한양대 등은 학문 분야 간의 벽을 허물기 위하여 노력과 지원을 아끼지 않는다. 다음의 기사를 보자.

고려대학교: 교육과정의 개편을 통해 핵심 교양에 융합 영역인 '사회적 갈등 해법 영역', '학문 간 통섭 영역', '사회적 갈등 해소', '리더십', '창조력' 등 3영역을 추가함과 동시에 융합 강좌 형태의 '학습자 요구 교과목'을 개설한다.

서울대학교: 자연대는 도전 과제인 '학문융합'을 이끌어 낸 2개 연구에 2년간 매년 최대 1억 원을 지원한다. 의대는 자연대, 공대와의 학제 간 공동연구를 실행하되, 2006년 공대와, 2007년 자연대와 공동연구를 각각 수행한다. 인문대는 특정 지역과 인문대, 사회대, 경영대 등의 교과목을 융합한 '지역융합전공' 교육을 시행한다. '정보문화학', '기술경영' 등 2개 연합 전공을 20여 개로 확대한다. 학제 간 융합강좌 '학문과 과학 연구 윤리'의 신설 및 '인문과 자연', '과학과 예술', '종교와 과학' 등과 같은 형태의 교양 영역을 신설한다.

한양대학교: 학문 융합을 학부 차원에서 본격화한다. '21세기 수행 인문학 글로벌 인재 양성 사업'은 인문대 학부생이 각자 전공을 유지하되, 융합 프로그램인 '과학기술학', '공공수행인문학', '미디어문화', '외국커뮤니케이션' 중 하나를 선택하도록 제도화한다(동아일보, 2007. 3. 12).

학계와 산업계의 만남

학계와 산업계가 언제 진지하게 만났던가? 이젠 다르다. 산학협력, 대학과 기업의 융합을 적극적으로 실천하겠다는 의지로 해석된다. 이장무 서울대 총장과 이구택 포스코 회장. 한국을 대표하는 대학의 총장과 세계적 경쟁력을 자랑하는 철강기업의 최고경영자가 한국 산학협력의 현실과 대안을 논의하기 위하여 특별 대담을 가졌다.

이 회장: 한국은 이제 외국 기술을 베껴서 먹고사는 수준은 지났기 때문에 창의성 있는 인재를 대학이 많이 길러 줘야 한다. 제대로 된 산학협력을 이루려면 기초과학 학술지에 게재하는 논문 수로만 대학 교수를 평가해서는 안 되며, 특허나 산학협력 기여도도 충분히 감안

해야 한다. 기업이 원하는 교육과정을 가진 특성화 대학을 만들거나 석·박사학위 논문의 주제를 기업과 함께 정하고, 학위 수여 후, 해당 기업에 취업하는 방식도 고려해 볼 만하다. 일본 경제의 부활을 가능케 한 중요 요인의 하나는 제조업의 강한 경쟁력이다. 사회가 제조업을 주목하고 평가하는 분위기를 만들어 낼 때 거기에서 일하는 엔지니어들도 힘을 얻을 것이다.

이 총장: 기업도 이제 인재의 수요자가 아니라 인력을 기르고 배출하는 프로슈머(prosumer)가 되어야 한다. 최근 대학이 산업 발전의 원동력이라는 인식이 확산되면서 산학협력에 대한 기여도가 교수 평가에 포함되기 시작했다. 이공계 취업률이 인문사회계보다 높고, 첨단 대기업에서 이공계 CEO의 수가 늘어나는 추세를 볼 때 이공계 출신은 불안하지 않으며 오히려 미래가 밝다(박근태 kunta@donga.com 동아일보, 2007. 2. 16).

조화, 단결, 융합, 협동. 이런 낱말의 공통된 의미는 이질적인 요소들의 결합과 상호작용으로 인하여 더욱 큰 효과와 진보를 가져오는 것이다. 구성원들의 조화, 구성원들의 단결, 구성원들의 융합, 구성원들의 협동은 그렇지 않은 경우보다 기대 이상으로 훨씬 큰 성과와 발전을 가져온다. 독창보다 합창의 웅장함, 백지장도 마주 들면 가볍다, 한 분야와 다른 분야의 만남, 각 분야의 협동의 결과 등은 맥을 같이한다. 그러니까 학문들의 만남은 미래 학문이며, 학문은 사람이 주체이므로 사람과 사람의 만남은 무엇보다 소중하다.

제3장
만남의 철학

만남은 아름답고 생생하며, 유일하고 소중하며, 다양한 형식과 내용을 함께 지니고 있다. 그런가 하면 만남은 지나치게 평범하고 일상적이어서 흔해 빠진 단어로 치부하는 경우도 없지 않다.

사람과 사람의 만남, 사람과 문헌의 만남은 얼마나 소중하고 필연적인가. 만남이 없이 살 수 있을까. 만남이 없다면 사회의 변화와 발전을 기대할 수 있을까. 이런 생각을 바탕으로 만남의 형식, 만남의 대상, 만남의 결과와 주제, 만남의 특징을 밝혀 본다.

1. 이야기를 시작하며

술 빚기는 밀과 쌀의 만남이다. 밀로 누룩을 만들고, 이 누룩이 뜨는 과정에서 누룩곰팡이와 효모 등 미생물과 결합한다. 누룩의 미생물이 쌀을 분해하여 알코올을 만든다.

보통의 선생은 그저 말을 하고, 좋은 선생은 설명을 해 주며, 훌륭한 선생은 스스로 모범을 보이고, 위대한 스승은 영감을 준다. 그러므로 위대한 스승과 제자의 만남은 크나큰 행운이다.

유서 깊은 도시들을 여행하다 보면 자연스럽게 강과 산을 만난다. 사람과 강산의 만남이다. 도시의 역사 이상으로 강과 산은 그렇게 있었다. 강과 산이 있으니 물길과 다리가 있고, 신작로와 오솔길이 있다. 개울이 있는 곳에 징검다리와 돌다리를 놓고, 쉴 수 있는 정자를 지었다. 물이 있는 곳은 여유로움이 있다. 물을 중심으로 마을이 있고, 아랫마을과 윗마을이 다리를 놓으며, 왕래하고 화해했다. 물길은 그저 자연의 길만이 아니라 사람이 사람답게 가야 할 길로 인도하고 연결시키는 크나큰 매개기능을 해 왔다.

결혼, 독서, 검색, 구기(球技), 그리움, 기관, 다방, 단체, 대회, 동무, 동지, 동창, 매스게임, 면담, 면접, 면회, 모임, 발표회, 생산, 생일, 석별, 술집, 식당, 어깨동무, 운동회, 음식점, 이별, 입맞춤, 잔치, 접근, 접선, 접촉, 조우(遭遇), 조직, 주점, 죽음, 집단, 집합, 창구(窓口), 출산, 친구, 탄생, 탐색, 포옹, 학예회, 학회, 회갑, 회식(會食), 회의 등은 만남과 관련된 어휘이거나 만남을 전제하는 어휘들이다. 흥미롭지 않은가.

서울에는 아직도 사람의 체취를 맡을 수 있을 만큼 좁고 꾸불꾸불한 골목이 있고, 그래서 골목길이 있다. 비좁고 구부러진 골목길에서 마주치는 이웃을 보고 어찌 인사 한마디 없이 지나칠 수 있을까. 그래서 길은 좁을수록 인간적이라는 말이 있는 모양이다. 우리나라 사람들은 물과 산을 사람의 심성을 기르고 덕성을 기르는 곳으로 생각해 왔다. 공자는 일찍이 이렇게 말했다. "현명한 자는 강에다 움막을 짓는다. 그러나 덕이 있는 자는 산에다 짓는다."

만남의 개념

만남은 그 형식과 대상에 구애받지 아니하나, 그 의미는 다양하고 때론 심오하다. 인구에 회자(膾炙)되는 다음과 같은 글이 있다.

> 괴테가 영감을 얻으려고 너도밤나무 숲을 찾았을 때 햇빛에 반짝이는 나뭇잎을 보고, "생명의 나무는 영원한 초록빛"이라고 찬탄한 풍경과의 만남.
> "나무들이 나에게 줄기를 내리는 것 같아. 저 경치가 아니었으면 나는 자살했을 거야"라고 했던 베토벤과 나무와의 만남.
> 니체는 루살로메의 지성과 미모에 반해 열렬히 청혼했다. 루살로메는 니체가 쓴 책을 읽은 뒤, "나는 한 권의 책을 읽었다. 그리고 내 모든 삶이 바뀌었다"라고 고백했다. 무명시인 릴케는 루살로메를

만남으로써 문학에 깊은 눈을 뜨게 되었다.

나폴레옹은 괴테를 보자, "사람이 왔군"이라고 말했다.

한 독자가 톨스토이에게 어떻게 하면 잘살 수 있느냐고 물었다. 그는 주저 없이, "우선 좋은 사람을 만나든가, 아니면 좋은 책을 만나라"고 대답했다.

드골은 앙드레 말로를 만났을 때, "마침내 인간을 만났다"고 말했다.

만남은 목적, 형식, 대상, 시간, 공간 등이 어우러지는 행동양식이며, 만남의 주체인 나는 생물학적인 요인과 함께 성장과 교육 배경, 직업과 직위, 경험과 체험, 사회환경, 성격, 창의성, 인간관계, 가치관, 판단력 등으로 조직된 유기체라고 우리는 말한다. 이와 같은 유기체와 행동양식이 절묘하게 조합을 이루고, 상호작용을 함으로써 만남의 주체인 나는 만남이 거듭될수록 끊임없이 변화하고 발전한다.

만남은 세대와 직업, 시간과 공간을 초월하여 분명, 우리들 모두의 주제이고, 관심사이기 때문에, 또 만남이 있는 곳에 언제나 우리들이 존재하기 때문에, 만남은 우리들의 영원한 동반자이다. 과연 만남은 에세이라는 하나의 문학 형식 속에 어떻게 표현되었을까.

조사대상의 분석

여기서는 만남을 주제로 삼은 에세이의 내용을 조사, 분석하여, 만남의 의미와 그 특징을 밝히려고 한다. 그 구체적인 목적은 다음과 같다.

첫째, 만남의 형식, 대상, 결과 및 주제를 밝힌다.

둘째, 만남의 의미와 특징을 밝힌다.

이 글의 목적을 달성하기 위하여 선정된 문헌은 『만남』에 수록된 62편의 에세이이다(만남/강수진 등 저, 서울: 월간에세이, 2008.). <월간에세이>의 원종성 주간이 쓴 이 책의 서문의 일부를 제시함으로써 이 문헌을 선정한 까닭을 대신하고자 한다. 그는 이렇게 말한다.

> 월간에세이 창간 21주년을 기념하면서, 62인의 소중한 만남을 엮어, 독자에게 선물로 되돌려 드립니다. … 그들의 만남을 통하여 우리의 만남 또한 귀하지 않은 것이 없음을 확신하게 되었고, 이 책을 펼친 순간부터 독자들은 가슴 벅찬 감동으로 이 책을 만날 수 있을 것입니다.

이렇게 선정된 62편의 에세이를 다음과 같은 방법으로 조사하고, 조사된 내용을 만남의 형식, 대상, 결과 및 주제 등으로 나누어 분석하며, 분석 결과에 바탕을 두고, 만남의 의미와 특징을 밝힌다.

첫째, 필자의 출생 연도, 직업을 조사, 분석한다.

둘째, 만남의 형식, 대상, 결과 및 주제를 조사, 분석한다.

셋째, 만남의 의미와 특징을 밝힌다.

만남은 아름답고, 생생하고, 유일하며, 특별하고, 소중하고, 다양하다고 말하는가 하면, 만남이라는 언어는 지나치게 친근하고, 평범하고, 흔해 빠져서 그 의미를 생각할 필요가 없다고 말하는 경우도 있다. 과연 만남의 정체는 무엇일까.

앞에서 밝힌 바와 같이 이 글은 궁극적으로 만남의 의미와 특징을 밝히려는 데 목적이 있다. 여기서는 선정된 에세이 62편의 내용을, 1) 필자의 출생 연도와 직업, 2) 만남의 형식, 3) 만남의 대상, 4) 만남의 결과, 5) 글의 주제 등으로 나누어 조사 분석하고, 그 결과를 다음과 같이 자모순(字母順)의 필자명 아래에 각각 기술하였다.

강수진 (1967~)

1. 발레리나.

2. 교육.

3. 모나코왕립발레학교 마리카 베소브라소바 교장.

4. 그는 오늘의 나를 있게 해 준 최고의 스승이며, 발레는 물론 테
이블 매너, 교양인으로서의 예절까지 많은 것을 배웠다. 로잔국
제발레콩쿠르 1위 입상, 슈투트가르트발레단 최연소 입단, 브노
아 드 라 당스 최우수 여성 무용수 수상 등은 모두 마리카 선생
의 가르침에 기인한다. 나는 시간이 날 때마다 부모님과 그분의
안부를 묻는다. 부모님과 스승의 건강한 모습은 나의 행복이고
나는 그런 현재의 삶을 무지하게 사랑한다. 발레가 있고 지켜보
는 관객이 있는 나의 삶, 무엇을 더 바라겠는가.

5. 부모님과 스승의 은혜, 발레, 감사, 행복, 사랑.

곽재구 (1955~)

1. 시인.

2. 여행.

3. 인도의 구걸하는 아이들과 또 다른 한 형제.

4. 한창 엄마 품에서 재롱도 부리고 공부도 해야 할 아이들이 하루
종일 구걸할 대상을 찾기 위해 거리를 어슬렁거리는 모습에서
국가 권력의 정당성을 반문했고, 불교의 윤회설을 증오했으며,
소중한 인간의 모습이 아니라고 단정했다. 그러나 보리밭 사이
에서 만난 한 형제에게 비스킷 한 봉지를 선물로 주려고 했을

때 분명하고 단호하게 과자 봉지를 거절하는 어린 형제의 모습에서 인도의 밝은 미래를 보았다. 그것은 나라와 인종과 빈부를 떠나 세계의 어린이들이 자신의 꿈을 위해 마음 놓고 뛰노는 지구의 풍경이어야 한다.

5. 국가 권력의 정당성, 종교에 대한 회의, 진정한 인간, 청소년과 국가의 미래.

권삼윤 (1952~)

1. 역사 여행가.

2. 여행(이태리 밀라노).

3. 뷔페식당 해피 아워.

4. 해피 아워는, 음료나 술은 종류에 관계없이 5유로달러, 식사는 무료로 무한정 제공(빵, 시리얼, 햄, 샐러드, 토마토, 스파게티, 모차렐라 치즈)하는 밀라노 스타일의 레스토랑임을 소개하고 있다.

5. 음식 문화, 식당 풍경.

권영민 (1948~)

1. 교수, 문학평론가.

2. 방문/빗속의 헌책방.

3. 정지용의 시집 『백록담』 초판본.

4. 이 시집을 구입한 순간 너무 기뻐서 가방 속에 책을 넣은 뒤 빗속을 달렸다. 이 시집 속의 시들에서 느낄 수 있는 정지용 특유의 언어적 조형성에 늘 탄복한다.

5. 정지용의 시의 매력과 조형성.

김수용 (1929~)

1. 영화감독.

2. 여행.

3. 이민 떠난 동생 가족, 어머니의 호미.

4. 나는 어머니의 마음이 담긴 호미 한 자루와 만나면서 가슴이 무너졌다. 녹슨 호미 한 자루는 이민 떠나는 동생의 보따리 속에 어머니가 넣어 준 것이다. 어머니의 마음이 가슴으로 밀려오는 아픔을 느낀다. 슬프도록 그립고, 고마운 모정(母情)이어. 공항으로 배웅을 나온 동생에게 "너, 호미 잘 간수해"라고 나는 말했고, 동생은 알았다고 고개를 끄덕였다.

5. 모정, 가족.

김수혜 (1973~)

1. 기자.

2. 현장 르포.

3. 파키스탄 남자 아삼(택시 기사).

4. 아삼은 도박한 지 3년 만에 카지노 현금지급기 앞에서 돈을 뽑는 속도보다 잃는 속도가 더 빠르다고 생각하자 돌연 정신이 번쩍 들었다. 그렇게 그는 뉴욕을 누비는 택시 기사가 되었다. 연로한 아버지, 전업주부인 어머니, 실업자인 형, 미혼인 누나와 함께 살며 100만 달러가 넘는 교외 주택을 사겠다는 불가능한 꿈을 꾸고 있다. 아삼의 꿈은 요원하지만 간절하고 그래서 서글프다.'

5. 꿈, 희망.

김순응 (1953~)

1. 미술품경매회사 대표.

2. 방문/일본 오사카 한국 골동품 가게.

3. 위패함(位牌函).

4. 일본 사람들은 참 묘한 구석이 있다. 우리는 남의 것에 대한 애정을 이렇게 노골적으로 드러내 본 적이 없다. 사람이건 물건이건 그렇다. 일본의 국보 중에 우리나라 것도 있고, 우리나라의 것으로 추정되는 것들도 많지만 우리 국보 중에 일본 것은 물론 외국 것은 없다. 우리의 옛 미술에 열광했던 야나기 무네요시는 그의 저서 『조선과 그 예술』에서 이렇게 썼다. "일본이 국보라고 세상에 자랑하고 세계 사람들도 그 아름다움을 시인하는 대부분의 작품은 도대체 누가 만든 것인가. 그중에서도 국보 중의 국보라고 말하는 대부분의 작품은 사실 조선 민족이 만든 것이 아닌가." 오사카시립도자미술관을 나오면서 나는 방금 산 위패함을 다시 어루만졌다. 어느 분의 위패를 모셨던 함인지는 알 수 없으나 이제 고국의 품으로 돌아간다.

5. 문화재, 골동품, 대한민국, 일본.

김열규 (1932~)

1. 교수, 문학평론가.

2. 방문.

3, 20대 중반을 넘긴 고아 청년. 그는 문필가를 꿈꾸는 고아원 수양 아이다.

4. 분수에 맞는 자유의 향유를 꿈꾸며 살아가는 한 고아원의 글 쓰

는 청년에 대한 기대와 희망을 본다.

5. 자유, 청소년의 희망.

김용준 (1927~)

1. 교수.

2. YMCA 강연.

3. 함석헌.

4. "차라리 셰익스피어를 못 읽고 괴테를 몰라도 사육신은 알아야
한다. 사육신은 우리를 위해 만장의 기염을 토하는 산 영혼들이
다." …처음 뵈었을 때 나의 심장이 얼어붙는 것 같은 감격을 나
는 지금도 생생히 기억한다. 나는 오늘 새벽에도 선생님의 전신
(全身)사진을 바라보며 '그 사람'을 기리면서 지금을 살고 있다.

5. 참된 스승.

김주하 (1973~)

1. 방송기자.

2. 방문/고아원과 평화의 마을.

3. 고아원의 원아, 평화의 마을의 부랑자.

4. 선물보다 표정을 나누며 이야기를 나누는 것을 더 좋아하는 원
아들. 그만큼 누군가 정을 나눠 주길 기대하는 원아들. 봉사활동
당시에는 내가 도움을 주었다고 생각했으나 돌이켜보면 도움을
받은 것은 나 자신이다. 봉사활동은 내 인생의 소중한 자산이 되
고 나침반이 되었다.

5. 사회봉사활동의 가치, 인생의 나침반.

김창완 (1954~)

1. 가수, 탤런트.

2. 일상생활/우연.

3. 백화점 김봉국 사장(별명은 혹 달린 아저씨).

4. '도대체 당신은 행복합니까?'라고 묻고 싶지만 행복은 물어보는 것이 아닐지 모른다.

5. 행복과 성찰.

김하기 (1958~)

1. 소설가.

2. 교도소의 동료와 참새 및 무기수에 대한 추억.

3. 무기수(별명 독사, 호는 월전), 참새(깡숙).

4. 죄수의 복역 같은 고단한 삶을 극복하기 위해 마음의 창을 드나들며 자유를 줄 수 있는 새, 분노를 진정시키는 평화의 새, 나를 새롭게 하는 변혁의 새를 기르자. 고난극복, 분노진정, 자유, 평화, 변혁을 지향하자.

5. 자유, 평화, 인내.

김혜성 (1964~)

1. 듀오보 CEO.

2. 병아리 키우기.

3. 병아리, 십자매.

4. 사랑이란 곁에 두고도 늘 마음이 안 놓여서, 살펴보고, 지켜보고 싶게 만드는 그런 조바심이고 책임감이다. 아이가 자라서 나만

큼 무심한 어른이 된 후에 아이도 그 밤을 기억할 것이다. 한밤 중 어두컴컴한 거실에 앉아 한참을 상자 안의 병아리를 바라보던 그 밤의 온기를. 자기가 태어나서 처음 생명체를 돌보고 그것 때문에 마음을 태우고 정을 주었던 그 첫 만남을 말이다. 마치 십자매에게 짝을 맺어 준 그 저녁을 내가 기억하듯이.

5. 평화, 온정, 사랑.

김호일 (1960~)

1. 천문연구원.

2. 별보기/11월의 밤하늘에서.

3. 가을별.

4. 11월의 밤하늘은 별들의 잔치가 벌어지는 곳입니다. 카시오페이아, 안드로메다, 페가수스, 백조, 견우와 직녀, 화성, 플레이아데스성단, 오리온, 토성 등을 볼 수 있고, 하늘 가득 쏟아져 내리는 별똥별에 소원을 빌 수도 있습니다. 가을별과의 만남, 그 어느 만남보다 아름답고 행복한 만남이 될 것입니다. 하늘을 올려다보세요. 한낮의 파란 하늘은 힘과 용기를 줄 것이고, 밤하늘의 별들은 꿈과 희망을 줄 것입니다.

5. 아름답고 행복한 만남, 용기, 희망.

목나영 (1975~)

1. 안내견(案內犬)학교 퍼피워킹 담당자.

2. 안내견학교 아르바이트.

3. 안내견 바위.

4. 언제나 시각장애인 곁에서 행여나 우리 주인이 다치지 않을까 곁눈질로 주인의 안전을 살피며 조심스럽게 한 걸음 한 걸음 내딛는 안내견. 나와 안내견학교를 맺어 준 바위는 이제 이 세상에 없다. 나의 실수로 바위는 다 크기 전에 복막염으로 세상을 떠났다. 차갑게 식은 바위를 어루만지며 나는 바위와 약속했다. 훗날 안내견학교에서 일하며, 바위와 같이 안타깝게 죽는 개들이 없도록 노력하리라고. 주인보다 먼저 죽은 개들은 천국문 앞에서 주인이 오기를 기다린다고 한다. 그중엔 바위도 있을 것이다. "바위야, 네가 있었기에 내 평생 안내견을 위해 일할 수 있었다. 고맙다."
5. 안내견의 죽음, 다짐과 감사.

목정배 (1937~)

1. 교수.

2. 일상생활/ 파는 음식과 겨울 나목이 관련됨.

3. 겨울 나목, 자장면 장사 아주머니.

4. 참되게 살려는 사람, 순결과 고결 및 겨울 나목에서 발견한 참회.

5. 참된 사람, 고결, 참회.

문순태 (1941~)

1. 교수, 소설가.

2. 면담.

3. 법정 스님(조계산 송광사 불일암에서 수행 당시 1970년대 반체제 인사로 지목됨).

4. 철쭉꽃 빛깔이 꼭 죽은 사람의 혼같이 보이지 않아요? 꽃은 그냥

피어나는 것이 아니라 죽은 사람의 넋이 세상에 다시 태어난 것입니다. 나는 자유롭습니다. 무서운 것은 마음의 감옥이지요. 세상이 숨 가쁘게 변해 가고 있어요. 그릇이 변하니 그릇 속에 담긴 인간이야 변하지 않을 수가 있어요. 우리는 영혼이 아프게 인생을 고뇌하며 살 가치가 있지만 병들어서는 안 됩니다. 영혼이 아프게 산다는 것은 오히려 정신이 건강하다는 징조지만 영혼이 병들면 구원할 수 없습니다.

5. 영혼, 부활, 자유, 건전한 정신.

박경림 (1979~)

1. 방송인.

2. 취업 지원(라디오 진행자, MC).

3. 나 자신.

4. 누군가가 만들어 놓은 여성 연예인의 기준과 여성 방송 진행자의 조건, 이들이 나 자신을 점점 내 꿈과 멀어지게 만들었다. 많은 고민과 생각 끝에 내린 결론은 '이게 바로 나'라는 것이다. 이상한 목소리와 네모진 얼굴, 다른 연예인에 비해 평범한 얼굴, 작은 키, 이게 '나'라는 것이다. 내가 대중의 기호에 맞게 자신을 바꾼다면 그건 내가 아닌 가짜이다. 이런 결론은 나에게 새로운 꿈과 목표를 주었다. 꿈을 향하는 길에는 여러 갈래가 있다. 운이 좋은 사람은 단거리로 한 번에 갈 수 있지만 그렇지 않으면 어렵게 돌아가든지 스스로 조금씩 길을 만들며 걸어가야 한다. 어쩌면 스스로 만들며 간 길이 더 많은 희열을 가져다줄 수도 있다. 나는 오늘 하루도 작은 설렘과 깨달음으로 당당하게 도전한다.

5. 인생의 목표, 개척정신, 자각.

박근혜 (1952~)

1. 정치인.

2. 독서, 책과의 만남.

3. 풍유란의 저서 중국철학사.

4. 오랜 세월 묻혔던 동양 정신의 유산은 빛나는 보석처럼 어지러 운 세상을 헤쳐 나가는 가르침을 준다. 중국철학사와의 만남을 통하여 마음의 평화를 찾았고 깨달음을 얻었다. 인생이란 다른 사람과의 싸움이 아니라 자신과의 싸움이고, 그 싸움에서 이기 려면 스스로 중심을 잃지 않고 자신의 감정과 욕망을 다스리는 것이다.

5. 독서의 가치, 마음과 정신의 풍요.

박동규 (1939~)

1. 교수.

2. 일상생활 속의 부자 간의 교류.

3. 아버지(박두진 시인), 연필, 민넌필.

4. 연필을 깎는 동안 세속의 잡념을 도려내듯 세속과의 인연을 끊 어냄. 시어(詩語)를 찾기 위하여 시인으로서의 독특한 방식을 가 지게 되고, 이 방식이 연필로 시를 쓰는 버릇을 낳았다고 짐작 함. 연필이 글자를 이루는 소리를 듣고 있으면 무슨 글을 쓰고 있는지를 알 수 있다. 손끝의 감각이 일정해야 글을 쓰는 동안 마음의 평정을 지니고 글을 쓸 수 있다. 시를 쓰려면 무엇을 보

고 느낀 점을 그 순간 언어로 담아놓아야 한다. 그렇지 않으면 머리와 가슴속의 인상밖에 얻을 수 없다.

5. 시작(詩作), 시어, 마음의 평정, 부정(父情)의 추모.

방희종 (1971~)

1. 여행 작가.

2. 사막 여행.

3. 사막의 유목민 베두윈.

4. 베두윈은 왜 친절할까? 사막 때문일까? 그들의 친절은 그들 또한 언젠가는 사막을 건너야 함을 알기 때문일 것이다.

5. 인종을 초월하는 친절.

백성현 (1950~)

1. 교수.

2. 골동품 수집.

3. 로봇.

4. 신이 아담과 이브를 창조했듯이 초능력을 갈망하는 인류는 끊임없이 로봇을 만들고 있다. 로봇과 친하면 남들보다 한발 앞서 미래가 보인다. 로봇 하나하나를 대화하는 마음으로 살피면 그들도 나에게 삶의 기쁨과 보람, 때론 가슴이 터질 듯한 그리움으로 다가오곤 한다. 컬렉션은 자기욕구에만 머물러서는 안 된다. 수집가의 의무는 콘텐츠를 체계화하여 다시 쓰임새와 파장력이 강한 사회로 내던지는 일이다. 컬렉션은 향수와 재미를 꿰뚫고 다시 창조적인 응용을 거쳐 발전해야 한다. 콘텐츠는 누적된 밀도

만큼 미래를 창조할 수 있다.

5. 창의력, 수집, 내용의 누적, 미래 창조.

서영남 (1954~)

1. NGO 활동.

2. 면담/ 교도관의 소개에 의한.

3. 장기수(박용기, 세례명 막시밀리안 꼴베)와 그의 어머니.

4. 17년간 교도소에서 받은 상여금을 가난한 이웃과 아낌없이 나누는 모습은 진흙탕에서 핀 연꽃처럼 참으로 아름답다. 사랑을 받았는데 아낄 것이 없다며 행복해하는 장기수 꼴베. 그를 통하여 하느님의 자비와 사랑을 본다.

5. 사랑과 나눔.

신문수 (1939~)

1. 만화가.

2. 만화 속에서.

3. 아버지.

4 나이 아버지는 증기기관차를 운전하는 당시 철도국 소속의 기관사였다. 집채만 한 기관차에 앉아 짐을 가득 채운 수십 량의 화물칸을 끌고 선로 위를 달리는 아버지가 정말 위대하고 자랑스러웠다. 나는 요즈음도 만화나 열차를 그릴 때 맨 앞에 검은 연기를 펑펑 뿜으며 달리는 증기관차를 그린다. 석탄 연기에 까맣게 그을린 기관사 아저씨가 손을 흔들고 있다. 나의 아버지는 내 만화 속에 영원히 살아계신다.

5. 위대한 아버지, 성실성, 참된 생활 태도.

신봉승 (1933~)

1. 극작가.

2. 다큐멘터리의 제작 과정.

3. 우장춘의 행적과 업적, 우 박사의 일본 자녀들, 명성황후 시해사
   건의 전모.

4. 우 박사는 아버지 우범선을 대신하여 조국에 속죄하기 위해 가
   족들을 버리고 일본에서 갑작스럽게 귀국함(최석채 MBC 고문의 말).
   우 박사는 동경대학 농대 출신이 아니며 씨 없는 수박 역시 우
   박사의 업적이 아니다.

5. 우장춘, 인물 역사.

신현정 (1948~)

1. 시인.

2. 일상생활.

3. 시인과 시.

4. 발목을 묶인 소의 울음처럼 살다 간 시인, 온몸을 망가뜨리며 시
   를 쓴 시인, 배짱과 난해를 가진 친구, 배짱과 난해는 끊임없는
   시작(詩作)으로 이어졌다. 가난이 몰고 오는 모든 것을 시로 남기
   려고 자신을 가난의 혁대로 옭아맸다. 순간순간이 영원으로 이
   어지는 삼라만상의 이치 속에서 시인이 포착한 생의 기호는 시
   였다.

5. 시인과 시와 시작(詩作), 가난과 순간과 영원.

안경환 (1948~)

1. 교수.

2. 친구관계.

3. 옴 라사디(전 캄보디아 의회 외교분과위원장).

4. 작은 나라, 가난한 나라는 언제나 서럽다. 국제회의에서는 발언권도 거의 없다. 캄보디아는 헌법이 선언한 불교 국가이므로 사형(死刑)은 없으나 사형(私刑)은 치안을 해칠 정도이다. 가진 것이 적은 나라, 잃을 것이 적은 사람은 본질적으로 다른 위험이 있다. 그의 무덤은 없으나 나는 내 가슴에 그의 비명(친구여, 미안하다)을 간직하고 있다.

5. 약소국가, 힘없는 사람.

엄계숙 (1964~)

1. 주부.

2. 가정생활.

3. 15명의 가족.

4. 남편의 유머에 웃고, 큰 아이들이 대학에 들어가 성인이 되어 가는 예쁜 모습에 웃고, 정님의 개그에 웃고, 셋째 딸의 효성에 웃고, 줄줄이 머슴아들 생생한 일기를 훔쳐보며 웃고, 예쁘고 깜찍하고 귀여운 딸내미들 재롱에 웃고, 바라만 봐도 웃음이 나오는 열셋째 때문에 우리 모두 웃는다. 가족 한 사람 한 사람의 사랑을 모아 내 몫이 아닌 우리 모두의 몫으로 만들 때 내 가족을 넘어 모든 이를 사랑할 수 있다.

5. 가족사랑, 행복한 가족.

엄창석 (1967~)

1. 소설가.

2. 5일장 장터 구경.

3. 차력사 김팔봉.

4. 그는 우리들이 지금까지 해 왔던 신체적 실험이 얼마나 형편없는 수준인가를 보여 주었다. 그러나 우리가 그가 한 대로 따라할 수는 없었다. 우리는 그의 묘기를 보면서 어떤 위대한 육체적인 꿈을 떠올렸다.

5. 육체의 위대성.

오명희 (1956~)

1. 교수, 화가.

2. 꽃비를 맞으며.

3. 세월의 흐름.

4. 딸애와 그 친구들이 "난 50살이 되었을 때 우아하고 곱게 늙은 여자가 되고 싶어"라고 말하는 소리를 들었다. 이게 웬일인가. 엊그제 바로 얼마 전의 일인 것만 같다. 내가 내 친구에게 저와 똑같은 말을 했던 게. 예전에 그런 말을 했을 땐 50살이 되면 많은 것을 깨달아 알고, 인생을 관조하면서 지혜로워져 주위의 모든 이에게 그 지혜를 나누어 줄 수 있는 그런 모습을 꿈꾸었던 것 같다. 낡은 것, 손때 묻은 것, 정든 것들을 쉽게 버리지 못하는 마음을 알 수 있었다. 내가 어느 사이 그런 나이가 된 것이다. 그 생경한 이미지 사이에 나는 지난 시간을 그렸다.

5. 인생살이, 나이 먹음과 지혜, 시간의 흐름.

오정해 (1971~)

1. 영화배우.

2. 소개.

3. 한복 디자이너 김혜순.

4. 나이와 걸맞지 않게 계속된 행운의 만남에서 나는 겸손을 배웠다. 남에게 옷을 지어 입히는 손길은 어머니의 넉넉함과 그 옷을 입는 분의 아픔과 기쁨까지도 포용할 수 있는 따뜻함이 배어 있어야 한다. 쉽다고 여겨 소홀할 수 있는 부분부터 시작하는 그분의 하루가 나에겐 늘 자극이고 경이롭다. 그래서 그분을 닮고 싶고, 일에서, 여자로서 그분처럼 살고 싶다. 만남은 악연이든 인연이든 그 속에 반드시 이유를 간직하고 있다. 만남은 내 마음을 가장 설레게 하는 말이다. 글쓰기 또한 즐거움으로 회상되는 만남의 한 형식이다.

5. 겸손의 터득, 만남의 이유와 형식, 삶의 모델과 그것이 주는 자극.

오정희 (1947~)

1. 소설가.

2. 일상생활.

3. 생일을 맞은 아들.

4. 이 세상에서 부모자식으로 만날 수 있다는 것은 고마운 일이다. 너는 어디로부터 내게 왔는가. 지난 생에서 우리는 무엇이었고, 다음 생에서는 또 어떤 인연으로 맺어질 것인가. '삶은 관계'라는 정의도 있다. 관계는 만남으로 이루어진다. 점과 점이 이어져 선을 이루듯 삶은 순간순간의 만남으로 이루어지고 변화하면서

하나의 흐름을 형성한다. 자궁의 '나'라는 존재는 이제껏 내가 가졌던 유형무형의 모든 만남의 총화라고 할 수 있다. 직접 또 총체적으로 내 인생에 영향을 미친 것은 가족 특히 아이들과의 만남이다. 모든 만남은 의미를 부여하기에 따라 우연이기도 하고 필연이기도 하다. 우연의 필연성을 이해한다는 것은 우리가 우연히 뜻 없이 던져진 존재가 아니라 모든 만남에는 뜻이 있다고 받아들이는, 인간과 삶에 대한 외경(畏敬)이다. 부모자식의 관계에서 비로소 인생은 아름답고, 누구의 어떠한 삶도 소중한 가치가 있으며, 세상에서 일어나는 어떤 일도 우리와 무관하지 않다는 원론적 깨달음을 얻는다.

5. 삶과 만남, 가족, 부모와 자식, 깨달음.

오한진 (1935~)

1. 교수.

2. 독일 방문.

3. 옛 친지 뮬러.

4. 옛 친구 뮬러가 기르고 있는 개의 1백 세 생일잔치를 위한 초청장과 그 답신 및 초청장 내용에 관한 의문을 제시하는 편지들이 오고 갔다. 외롭게 사는 뮬러에게 함께 지내온 개 디스텔은 유일한 집안 친구이다. 최근에는 불행하게도 오히려 개를 돌보아야 하는 형편이 되었다. 이 잔치는 친구들을 불러서 한번 즐겁게 지내려는 의도이기도 했지만 동물에 대한 인간애를 보여 준 삶의 표현이기도 했다. 그런 그의 태도는 존경스럽다. 그러나 뮬러처럼 늙어서 외롭게 살다보면, 개와 정을 나누다 보면, 인간은 자

신도 모르게 동물의 노예가 될 수도 있다는 생각과, 사람은 외롭게 살면 아니 된다는 생각을 하게 된다.

5. 인간애, 삶의 표현, 외로움.

원종성 (1937~)

1. 수필가, 잡지사 주간.

2. 우연/ 휴가 중.

3. 너와집 툇마루에서 점심을 먹는 노부부.

4. 소박한 시골 노인의 밥상에서 먹기 위해 사는 밥상이 아니라 살기 위해 먹는 밥을 보았다. 살기 위해 먹는 밥을 먹어 본 적이 있는지를 자문하였다. 환절기 탓인지, 나이 탓인지 입맛이 없을 때 나는 노부부의 표정을 배우고 싶다.

5. 시골 노부부의 밥상, 살기 위해 먹는 밥.

유찬 (1964~)

1. 경영컨설턴트, 사장.

2. 화상채팅(skype.com; secondlife.com), 골프, 독서.

3. 가족, 책, 컴퓨터, 신문, 잡지, 무료백과사전(wikipedia).

4. 가까이 있어도 선을 긋고, 담을 쌓고 살며, 가까이 있고 싶어도 멀리 살고 있는 세상이다. 다행히 인공위성을 이용하여 서로 볼 수 있고, 가상공간에서 서로 마음과 생각을 줄 수 있다. 얼마나 가까워질 수 있는가는 우리의 뜻에 달렸다.

5. 현대인의 삶의 풍속도.

유정아 (1968~)

1. 방송국 아나운서.

2. 세계평화시인대회(금강산).

3. 월레 소잉카(나이지리아 태생, 최초의 흑인 노벨문학상 수상자, 시인, 철학자).

4. 이유를 알 수 없는 책임감과 사명감으로 문학, 정치, 풍경, 애수 등에 관한 대화를 나눔. 그는 행사가 끝나고 헤어질 때 아무에게 나 주지 않는 자신의 이메일 주소를 내게 주었다. 그와의 메일 왕래는 간헐적으로 이어지다가 끊어졌다. 아프리카의 모래바람 과 캘리포니아의 산들바람, 태어난 곳의 척박함과 사는 곳의 쾌 적함, 모국의 비철학적 형태와 자신의 철학성, 도피와 잠적의 욕 망과 현시와의 관계 맺음의 욕망 등, 소잉카는 이 세상의 많은 간극 사이에서 문학의 칼날을 벼르고 있다는 생각을 했다.

5. 시인과의 만남과 대화 내용.

윤향기 (1953~)

1. 시인, 여행 작가.

2. 방문/ 인도의 빈민가 초등학교 및 한 학생의 집.

3. 인도의 학생들과 선생님, 아낙과 산모인 그 딸과 신생아.

4. 삶의 시간은 균질하게 흐르지 않고 맴을 돌거나 역류한다. 거지를 보면 반드시 적선을 하라. 그들은 부처님이 변장한 모습이니까.

5. 삶과 적선(積善).

이강숙 (1936~)

1. 교수.

2. 독서.

3. Novel Ideas: the book in the mind and the book on the page / by Barbara Shoup & Margaret Love Denman.

4. 무엇을 닮게 그리느냐의 문제와 그것을 어떻게 닮게 그리느냐의 문제는 창작을 하려는 사람만이 아닌 우리 모두가 풀어야 하는 영원한 숙제이다. 마음속에 있는 것을 종이에 옮기되 아주 닮게 옮겨야 한다. 닮게 그리기는 하늘의 뜻과 땅의 뜻의 관계 개념이기도 하다. 즉 하늘의 뜻은 땅에서도 이루어져야 한다.

5. 창작활동은 모든 사람의 과제이며 하늘과 땅의 관계 개념이다.

이명박 (1942~)

1. 정치인 (2007년 현재).

2. 지하철에서의 만남.

3. 서울 시민.

4. 시민들에게 분명한 비전과 실현 가능한 정책을 제시하면 그들은 동침한다. 불편을 참고 돕는 시민에게서 조국의 밝은 미래를 본다.

5. 시민을 위한 정책 수립과 실천.

이병률 (1967~)

1. 시인.

2. 인도와 터키 여행.

3. 캐나다인 수학 교사 로버트.

4. 사람의 인연은 대단한 것이다. 그것은 쉬운 것이 아니고 알려고 해도 알 수 없는 그래서 묘한 것이다. 불교가 말하는 인연은, 사방 15킬로미터인 돌을 백 년마다 한 번씩 빗자루로 쓸어서 그 돌이 닳아 없어지면 그것을 겁이라고 한다. 옷깃 한 번 스치는 것은 전생에 500겁의 인연이, 한 나라에 태어나는 것은 1,000겁의 인연이, 하루 동안 같은 길을 것은 2,000겁의 인연이 각각 있음을 말한다.

5. 인연의 논리.

이성낙 (1938~)

1. 교수.

2. 아르바이트.

3. 이탈리아 식당 주인.

4. 만남은 한없이 반복되는 크고 작은 이벤트. 사회생활 속에서, 편견에서 비롯된 차별적인 언행을 삼가자. 육체에 가해진 물리적 아픔보다 마음에 받은 화학적 상처가 훨씬 큰 상흔(傷痕)이다.

5. 만남의 교훈, 신중한 언행.

이세은 (1980~)

1. 탤런트.

2. 봉사활동/복지법인 더불어.

3. 장애우.

4. 사소한 작은 인연도 누군가에게는 큰 기적이 될 수 있다. 단 한 순간의 시선이, 한 시간의 관심이 누군가에게는 평생을 지탱할

기둥이 될 수 있다. 우리는 지금도 직장, 학교 등 여러 곳에서 당연한 듯 많은 만남을 갖는다. 이런 글이 있다. "누구든 평생 잊을 수 없는 몇 번의 맛난 만남을 갖게 된다. 이 몇 번의 만남이 인생을 바꾸고 사람을 변화시킨다. 그 만남 이후 나는 더 이상 예전의 나일 수가 없다." 새해를 맞아 당신의 모든 만남이 아름답기를 바랍니다.

5. 만남의 가치와 역할.

이윤기 (1947~)

1. 교수, 소설가.

2. 음악.

3. 붉은 사라판(러시아 노래. 사라판: 러시아 농촌 여성의 옷 이름).

4. 러시아 노래 "붉은 사라판"은 러시아 문학과 음악에 심취한 나의 청소년 시절을 압도했다. 이 노래는, "어머니, 이제는 붉은 사라판을 만들지 마세요. 자유만이 소중한 것, 자유만 있으면 붉은 사라판을 만들지 않아도 되어요…" 대충 이런 내용이다. 수십 년 세월이 흘렀지만 기분이 울적할 때마다 흥얼거리는 노래이다.

5. 청소년 시절을 압도한 러시아 음악.

이청준 (1939~)

1. 소설가.

2. 우연

3. 군밤 장사 청년, 다방 손님(독자), 버스 승객 아주머니, 김밥 장사 아주머니

4. 만남의 대상을 통하여 격려, 질책, 신세짐, 새봄을 기다리는 마음 등을 느끼고 간직함.

5. 만남의 힘과 영향.

이태원 (1966~)

1. 성악가, 뮤지컬 배우, 교수.

2. 개 기르기.

3. 강아지.

4. 어릴 때 아랫집 진돗개에게 물려 죽은 해피를 본 뒤, 개를 기르기는커녕 개 주위에 얼씬도 하지 못했다. 그런 나에게 강아지 한 마리가 생겼고, 어렵사리 일주일을 키우다 보니 어느덧 나도 모르게 그 녀석의 엄마가 되었다. 연습과 공연이 되풀이되는 빠듯한 일정으로 인해 강아지를 혼자 두는 것이 너무 가혹하여 친구 한 마리를 더 기르게 되었다. 이들은 지금 내겐 없어서는 안 될 소중한 가족이 되었다. 한때는 인간의 소외를 강아지들이 대신한다고 생각한 적이 있었으나 강아지들을 기르다 보니 소외가 아닌 사랑의 의미가 내 마음 깊은 곳에 자리하고 있음을 알게 되었다. 나는 이들과의 만남을 통하여 삶 속에 새로운 활력소를 얻게 되었고, 부모님의 사랑을 깨달았고, 무엇보다 가족의 의미를 알게 되었다.

5. 활력소로서의 만남, 만남의 역할.

이현우 (1966~)

1. 가수.

2. 연습과 공연.

3. 뮤지컬과 뮤지컬 세계의 사람들.

4. 참으로 오랜만에 느끼는 긴장감이다. 오히려 이 기분 좋은 긴장
   감이 내가 더 많은 열정과 노력을 쏟아 부을 수 있도록 도와주
   었다. 난 어느 새 데뷔할 때의 내 모습을 되찾아 가고 있었다. 나
   와 내 음악이 아니라 '싱글즈'라는 뮤지컬을 보러 온 사람들과의
   첫 만남, 그 떨림은 내가 안일해질 즈음에 나를 다시 뛰게 할 동
   력으로 가슴속 깊이 아로 새겨졌다.

5. 동력으로서의 만남.

임영균 (1955~)

1. 사진작가, 교수.

2. 연구 여행.

3. 백남준.

4. 오늘의 나를 있게 한 것은 뉴욕에서 훌륭한 예술가들과의 만남
   이며 그중에서도 단연 백남준 선생이다. "예술가에게 영어보다
   창조력이 중요하며 자신이 하고 싶은 말만 정확히 하면 된다. 예
   술은 힘싱 시행착오에서 나온나. 절대 실패를 누려워하지 말라."
   그분의 말씀이다. 이제 백 선생은 떠나시고 뉴욕에는 그의 작품
   과 정신만 남아 있다.

5. 백남준과의 만남과 그의 정신.

임재경 (1936~)

1. 언론인.

2. 독서.

3. 젊은 베르테르의 슬픔(Die Leiden des jungen Werther)/괴테 지음.

4. 80대 초에 맞이한 어머님의 생신을 앞두고 어머니의 소원을 말씀해 보시라고 했더니 "지금 나이 70이면 그 이상의 소원이 없겠구나" 하셨다. 그 소원 없는 나이에 독일어로 "젊은 베르테르의 슬픔"을 읽을 수 있다는 것은 누가 뭐라 해도 행복한 나이이다.

5. 칠순 어머니의 소원과 나의 행복.

전기철 (1954~)

1. 시인, 교수.

2. 같은 마을 주민들과의 일상생활.

3. 쌍가마네와 그들 오뉘의 사랑으로 태어난 어린 시절 친구 쌍가마 영춘.

4. 인륜이라는 허울도 자신들을 감싸고 싶어 했던 가식의 얼굴들만 아니었다면 오뉘의 사랑으로 도망자가 되어야 했던 그들과 그들의 아이인 쌍가마 영춘은 지금 어디에 있는가.

5. 오누이의 사랑, 가식과 인륜.

정목 (1976년(출가)~)

1. 불교 승려.

2. 절에서의 수행 생활.

3. 해탈이(고양이).

4. 절의 그런 분위기 때문인지 아니면 미물까지 귀신의 영향을 받는지, 절밥을 얻어먹고 자라던 해탈이(고양이)마저 스님께 가까이

가지 않고, 평소 그렇게 따르던 스님을 웅크린 채 지켜보기만 했다. 하루는 주지 스님이, "해탈아, 너희 스님이 저렇게 병(폭식증, 식탐증)에 걸렸으니 어쩌면 좋을꼬? 너를 그렇게 아껴 주던 스님이니 네 목숨을 바쳐서라도 저 스님을 구했으면 좋으련만…" 하고 혼잣말을 했다. 뜻밖에 다음 날 해탈이는 숲 속의 나무 아래에 잠자듯 죽어 있었고 폭식증에 걸렸던 스님은 그 뒤 병이 나았다. 말 못 하는 짐승이라는 표현을 쓰지만 그때 그 기억을 통해 나는 짐승들이 말을 못 하는 게 아니라는 확신을 갖게 되었다. 가만히 마음의 문을 열고 귀 기울여 보면 그들이 우리에게 하는 말, 우리가 그들에게 하는 말은 서로 소통될 수 있는 것이 분명하다. 그 통로가 되는 것은 단 하나, 우리가 사랑이라 이름 붙인 감정의 흐름이다.

5. 사람과 짐승의 소통, 사랑이라는 감정의 흐름.

정미조 (1950~)

1. 서양화가, 교수.

2. 팬레터 후 만남.

3. 다예 엄마 송명원.

4. 가수 활동 중에 받은 가장 나이 어린 팬레터의 주인공인 송명원(당시 여중 1년생)은 13년간의 파리 유학 생활을 마치고 귀국한 이후에도 3살 된 다예 엄마로서 미혼자인 나를 늘 안타깝게 생각하였고, 끝내 한 남자를 내게 소개하여 지금까지 행복한 생활을 하고 있다. 그녀는 나보다 훨씬 나이 어린 나이지만 마치 큰 언니처럼 나를 돌봐 주고 있다. 단 한 사람의 진정한 친구를 만나

기가 참으로 힘든 세상에 이렇게 소중한 사람을 만난 것은 나에게 큰 행운이다. 이제부터는 그녀에게 좀 더 많은 시간을 할애하여 감사를 해야겠다.

5. 소중한 사람의 만남과 감사의 마음.

정진석 (1931~)

1. 추기경.

2. 가정교육.

3. 어머니.

4. "신은 모든 곳에 존재할 수 없기 때문에 어머니를 만들었다"라는 격언처럼 어머니는 내 인생의 가장 훌륭한 스승이시다. 남에게 베풀고, 다른 이를 먼저 배려하고, 혼자만이 아니라 많은 사람들에게 유익이 되는 삶을 살도록 어머니는 가르치셨다. 행복한 사람은 사랑을 나눌 수 있는 사람이고 사랑을 받을 줄 아는 사람이다. 내가 갖고 있는 것을 감사하게 생각하면 나눔을 실천하기가 쉬울 것이다. "이웃이 고통받고 가난한 것은 내가 가진 것을 그들에게 나누어 주지 않았기 때문이다"라고 데레사 수녀는 말한다.

5. 어머니는 인생의 스승.

조국 (1965~)

1. 교수.

2. 책과의 만남, 사제지간.

3. 최인훈 작가, 이영희 교수, 이수성 교수, 막스 베버.

4. 최인훈은 고뇌하는 지식인의 방황 지점과 원인을 정확히 포착. 그의 글은 찬찬하고 세밀한 되돌아봄이며 지적 유랑을 경험하게 한다. 체제의 모순을 조밀하게 묘사함. 이영희는 우리 시대의 우상을 갈파함. 지식인은 자신의 이성을 사용하여 우상파괴에 나서야 함을 역설. 암흑 같은 미몽의 시절에 젊은이의 시야를 밝힘. 베버는 군국주의 독일 사회에서 국가주의와 권위주의에 맞서 대학과 학문의 자유를 지키면서 교수의 역할이 무엇인지를 몸으로 보여 준 학자. 어느 고대 필사본의 한 구절을 올바르게 판독해 내는 일에 자기 영혼의 운명이 달려 있다는 생각에 침잠할 능력이 없는 사람은 아예 학문을 단념하라고 외친다. 이수성은 큰 포용력으로 타인에 대한 한없는 배려와 지원을 하고, 사고 연발의 제자를 당부와 격려로 이끌며, 학문적 방향에 대한 결정적 가르침을 준다.
5. 청년기에 만난 스승.

조무제 (1941~)
1. 대법관.
2. 사회봉사 명령이 이행.
3. 요양원 환자들, 즉 의식이 분명치 않은 사람, 탈의, 식음, 용변, 목욕 등에 도움이 필요한 사람, 청력이나 시력을 잃은 사람, 지병에 시달리는 사람.
4. 요양원의 일을 돕고 자신을 단련하기 위하여 요양원 봉사활동을 자원함으로써 번민을 잊고, 성취감과 보람, 노력과 실천의 중요성을 자각함.

5. 요양원 봉사활동과 그 성과.

조성숙 (1960~)

1. 수녀.

2. 병 수발(급성백혈병 환자인 어머니).

3. 어머니.

4. 항암제 치료를 마다한 어머니는 남은 1년 정도의 시간을 주변정
리를 하면서 기쁘게 보내셨다. 살아 있을 때 줘야 진짜 선물이라
고 하시며 가구, 옷, 물건들을 지인들에게 나누어 주셨다. 병실
을 찾아온 사람들은 걱정과 슬픔 대신에 어머니의 기쁨에 전염
되어 밝은 얼굴로 돌아갔다. 기억들도 정리하셨다. 아픈 옛 기억
들을 새롭게 이해하고, 갈등관계에 있던 친지들을 병실로 청하
여 미안하다는 말씀도 하셨고, 고난과 불행한 기억들도 아름답
게 정리하셨다. 어머니는 가난한 사람 곁에 가려면 자신이 먼저
가난한 사람이 되어야 한다는 가르침을 마지막 선물로 내게 주
셨다. 큰 어려움에 빠진 사람들에게 필요한 것은 나를 향한 누군
가의 진심 어린 작은 몸짓이라는 것을 나는 도움을 받아 본 뒤에
알았다. 어머니, 감사합니다.

5. 급성백혈병 환자인 어머니의 주변정리와 마음의 정리, 어머니의
가르침과 은혜.

차범석 (1924~2006.)

1. 극작가.

2. 잠자리와의 대화.

3. 고추잠자리.

4. 만남의 되새김질 – 사람들이 가장 소중하게 여기는 것은 사람과 사람의 만남이다. 사는 것 자체가 만남의 연속이고 반복이다. 연극은 문학, 미술, 음악과 달리 순간만 있을 뿐 그 모체는 영원히 사라지는 예술이며 허무와 공허의 집산일 뿐이다. 나는 그 연극을 사랑했다. 그것은 삶의 시작이고 과정이고 목적이고 수단이기 때문이다. 연극을 잊지 못하는 까닭은 바로 만남에 있다. 연극은 만남의 예술이다. 사람과 사람의 만남, 연극을 만드는 사람과 관객과의 만남, 문학, 미술, 음악, 무용 등 인접 예술과의 만남 없이 연극은 꿈도 꿀 수 없다. 연극은 철저하게 인간관계를 기본으로 여기며 그것을 추구하는 데 그 목적과 보람과 희열이 있다. 그것은 바로 만남이다. 그 소중한 만남을 소중하게 여기는 사람이 줄어드는 것은 안타깝다.

5. 만남의 예술로서의 연극, 가장 소중한 것은 사람과 사람의 만남.

채호기 (1957~)

1. 시인, 문학과지성사 대표이사.

2. 어릴 때 뱀과 조우한 시간.

3. 죽음에 대한 경험.

4. 교실 유리창에 한결같이 핏빛 노을이 가득 차 있을 때 나는 자갈밭에 앉아서 다리를 쭉 편 자세로 손에 잡히는 대로 돌멩이를 화단 쪽으로 던지고 있었다. 화단 속 식물들 사이에는 더 진한 어둠이 도사리고 있음을 의식하지 못한 채 나는 손과 팔을 움직였을 뿐이다. 포물선을 그리며 화단의 어둠 속으로 돌멩이가 들어

갔을 때 노을빛과 다른 하나의 광채, 뱀의 눈이 나를 겨냥했고 나는 뱀의 눈길을 피할 수 없었다. 그 순간은 영원처럼 긴 시간이었다. 그 순간 나는 얼마 살지도 않은 나의 과거와 전생의 삶까지 다 살아내는 것 같았다. 극도로 압축된 드라마틱한 이미지의 순간이었다. 그때부터 여섯 살짜리 나의 머릿속에는 죽음에 대한 의문으로 가득 찼다. 뱀과 조우한 사건은 세계와 화해(和解)롭게 공존하던 소년이 세계와 대립하며 자아를 세우는 그런 시간이 아니었나 싶다.

5. 뱀과의 조우(遭遇)와 죽음에 대한 경험, 화해와 공존이 아닌 자아 수립의 시간.

천양희 (1942~)

1. 시인.

2. 만남.

3. 사람, 책, 풍경.

4. 좋은 책을 만나는 일은 어렵지 않으나 좋은 사람을 만나는 일은 쉽지 않다. 사람이든 책이든 풍경이든 그 만남이 아름답고 진정하다고 생각될 때 내 마음을 거기에 바칠 수 있다면 그것은 바로 평화 같은 만남이다. 사람이 사람의 일생을 바꿔놓고, 한 권의 책과 한 풍경이 한 사람의 일생을 바꿔놓는다. 무엇과 만나든 만남은 교감이며 사랑이고 감동이다.

5. 아름답고 진정한 만남과 평화 같은 만남, 교감(交感)과 사랑과 감동으로서의 만남.

하성란 (1967~)

1. 소설가.

2. 우연.

3. 20년이 지난 옛집의 추억.

4. 어머니의 도마질 소리, 세를 준 부엌이 딸린 방 한 칸, 그 방을 들고 난 수많은 사람들(이런저런 사람 다 치어 보았다는 어머니의 말씀), 대학씩이나 나와 번듯한 직장 하나 못 잡은 아버지, 술 취한 저녁이면 '때만 만나 봐라'라고 호기 부리는 아버지, 총천연색의 전단지로 도배한 다락방 생활, 활자들이 별처럼 쏟아지는 다락방에서 쓴 소설의 첫 문장.

5. 옛집의 추억.

한수산 (1965~)

1. 교수, 소설가.

2. 공연(테네시 윌리엄스의 유리동물원).

3. 작가 테네시 윌리엄스와 "유리동물원"과 "욕망이라는 이름의 전차".

4. 극작가를 꿈꾸던 젊은 날의 회상. 추억은 세월의 햇살 속에서 익는다. 젊은 날의 꿈이 있었기 때문에 나는 오늘 이토록 눈물겹다.

5. 젊은 날의 꿈, 회상과 추억.

홍명보 (1969~)

1. 축구 지도자, 장학재단 이사장.

2. 만남.

3. 환아, 어린이 등 많은 사람들.

4. 2002년의 영광을 뒤로하고 유니폼을 벗을 즈음에 느낀 것은, 내가 받았던 국민의 성원과 사랑을 사회에 환원하고 나눔을 실천할 수 있는 사람이 되자는 것이었다. 한 사람이 일생을 살면서 가지는 만남은 수없이 많다. 사람은 만남을 통해 세상을 내다보고, 스스로 발전할 수 있는 기회를 만들 수 있다. 내가 만난 많은 사람들 속에서 나는 새로운 세상과 더 큰 희망을 보았고 그 희망이 다음 세대로 이어지면서 아름다운 사회가 영위되도록 미력한 힘을 보태는 따뜻한 사람이 되고 싶다.

5. 사랑의 사회 환원, 만남과 희망.

황동규 (1938~)

1. 교수, 시인.

2. 여행.

3. 죽음.

4. 결과는 같을지 모르나 인간에게 변화의 기회를 주는 것이 그렇지 않은 경우보다 낫다는 생각에 이르렀다. 인간에게 변화의 기회를 주는 것, 이것이 휴머니즘의 단초가 아닌가. 그러므로 여행을 가다가 죽는 것보다 여행을 마치고 돌아가다 죽는 것이 낫다.

5. 휴머니즘의 단초(斷礎)는 변화와 발전의 기회를 준다.

2. 만남의 특성

직업과 연령

직업은 한 개인의 삶의 가치와 보람, 인간관계, 사회활동과 업적, 사회적 지위 등을 간단명료하게 나타내는 명사이다. 직업은 사회적 인식과 효용성으로 인하여 그 가치와 수명(壽命)이 길거나 짧을 수 있고, 사회의 변화와 발전에 따라 새로운 직업이 생성되기도 하고 기존의 직업이 폐기되기도 하는 특징을 가진다.

연령은 한 개인의 신체적 및 정신적 성장 기간, 경험의 연륜, 인간관계 및 사회활동이 길이와 폭 등을 단적으로 나타내는 수치(數値)이다. 그렇다면 만남에 관하여 글을 쓴 사람들의 직업과 연령은 어떤 의미가 있을까.

선정된 문헌의 필자 62명의 직업을 조사, 분석한 결과, 그들의 직업은 38종에 이르렀다. 즉 가수, 교수, 만화가, 시인에서부터 스님, 추기경, 탤런트에 이르기까지 다양하기 그지없다. 교수라는 직업도 학문 분야에 따라 구분될 만큼 다양성을 표출하고 있다. 필자들의 연령은

1924~1980년까지 56년간에 걸쳐 분포될 정도로 다양한 연령층을 이루고 있다. 필자들의 세대 역시 항일시대, 광복 이후 시대, 6·25동란기, 경제개발시대, 자유민주화시대 등으로 대변되는 다양한 세대를 구성하고 있다. 선정된 문헌의 필자 62명의 직업을 자모순으로 열거하면 다음과 같다.

가수, 가수/탤런트, 결혼정보회사 대표, 경영컨설턴트/사장, 교수, 교수/문학평론가, 교수/사진작가, 교수/성악가, 교수/소설가, 교수/시인, 교수/화가, 극작가, 기자, 만화가, 미술품경매회사 대표, 발레리나, 방송국 아나운서, 방송인, 법관, NGO 활동가, 소설가, 수녀, 수필가/잡지사 주간, 스님, 시인, 시인/여행작가, 안내견학교 퍼피워킹 담당자, 언론인, 여행작가, 역사여행가, 영화감독, 영화배우, 정치인, 주부, 천문연구원, 추기경, 축구지도자, 탤런트.

이와 같은 사실에 비추어 볼 때, 만남은 직업, 연령 및 세대에 관계없이 모든 사람들이 언제나 관심을 가지고 있는 주제임을 알 수 있다. 만남은 결코 흔해 빠지고, 평범하고, 구차스러운 주제가 아니며, 오히려 다양한 소중함과 특별한 아름다움을 간직하고 있는 우리들의 영원한 동반자이다.

만남의 형식

전술한 바와 같이 만남은 직업과 연령 및 세대를 초월하여 누구나 그리고 언제나 관심을 가지고 있는 만인의 주제이며, 영원한 동반자이다. 만남은 중요하고 반복되는 우리들의 활동 중의 하나이기 때문에 그 형식이 어떤 것인가에 따라 그 활동은 구체화될 것이다. 조사

분석된 만남의 형식을 자모순으로 열거하면 다음과 같다.

가정교육, 강연, 골동품 수집, 공연, 교육, 꽃비, 다큐멘터리 제작, 독서, 만화, 면담, 방문, 별 보기, 병 수발, 봉사활동, 사육/개, 사육/병아리, 세계평화시인대회, 수행생활, 스승과 제자, 아르바이트, 여행, 여행/국내, 여행/사막, 여행/연구, 여행/외국, 우연, 음악, 일상생활, 장터구경, 추억, 취업, 친구관계, 현장르포, 화상채팅.

이 결과에 따르면, 만남의 형식은 외형적으로 다양성과 보편성 및 특수성을 표출하면서 그 속에 은근히 만남의 내용을 간직하고 있음을 알 수 있다. 만남의 형식은 삶의 방식과 수단이며, 사회 변화와 발전의 양식이기도 하다. 그리하여 만남의 형식은 시간과 공간을 초월한다. 여행이라는 만남의 형식을 보더라도, 국내외 여행이 다르고, 특정 국가와 지역에 따라 구분되며, 여행의 목적에 따라 구체화된다. 장터 역시 전통적인 장터와 현대식 장터에 따라 의미가 다르고, 지역에 따라 특징이 다를 수밖에 없다.

만남의 대상

앞에서 만남의 형식은 다양성을 가지며, 그 다양성은 보편성과 특수성을 간직하고 있음을 밝혔다. 만남은 나와 무엇이라는 양자(兩者)의 존재를 전제로 삼으며, 동시에 적어도 두 존재의 관계를 말한다. 내가 무엇을 만나기 때문이다. 그때의 관계는 필연적으로 신체적이고 정신적인 교류이며, 우리는 아마도 전자보다 후자에 큰 의미와 비중을 두고 있다고 하여 지나침이 없을 것이다. 만남의 대상은 만남의 목적 및 결과와 밀접한 관계가 있는가 하면, 만남의 가치 및 보람의 폭과 깊이를 좌우한다. 대상이 없거나, 대상이 무시된 만남이 과연 가능한 일인가. 목적이 없는 만남, 그리고 결과가 무시된 만남이 있을 수 있을까.

선정된 에세이 62편의 내용을 조사한 결과, 만남의 대상은 다음에 열거한 바와 같이 다양하기가 이를 데 없을 뿐만 아니라 그 대상의 다양성은 보편성과 특수성을 내포한다.

발레학교 교장, 문필가를 꿈꾸는 고아 청년, 뷔페식당 해피 아워, 사르나트에서 만난 아이, 위패함, 이민 떠난 동생 가족과 어머니의 호미, 정지용의 시집 백록담, 파키스탄 택시 기사 아삽, 함석헌, 고아원 원아, 부랑자, 백화점 사장, 무기수와 참새, 병아리와 십자매, 가을볕, 안내견, 겨울 나목과 자장면 장사, 법정 스님, 나 자신, 풍유란의 중국철학사, 시인 박두진과 연필과 만년필, 유목민 베두윈, 로봇, 장기수 박용기와 그 어머니, 아버지, 우장춘의 행적, 15명의 가족, 캄보디아 의회 외교위원장 옴 라사디, 차력사 김팔봉, 세월의 흐름, 한복 디자이너 김혜순, 생일 맞은 아들, 친구 뮬러, 너와집에서 사는 노부부, 최초의 흑인 노벨문학상 수상자 월레 소잉카, 인도의 선생과 학생 그리고 아낙과 산모, Novel Ideas(written) by Barbara Soup and Margaret Love Denman, 지하철의 서울 시민, 캐나다 수학교사 로버트, 이탈리아 식당주인, 장애우, 붉은 사라판, 군밤장사와 김밥장사, 강아지, 뮤지컬 세계의 사람들, 백남준, 괴테의 젊은 베르테르의 슬픔, 마을 주민들, 고양이 해탈이, 다예 엄마 송명원, 작가 최인훈과 교수 이영희와 이수성 및 막스 베버, 요양원 환자들, 급성백혈병환자인 어머니, 고추잠자리, 죽음에 대한 경험, 사람과 책과 풍경, 20년이 지난 옛집의 추억, 테네시 윌리엄스의 『유리동물원』과 『욕망이라는 이름의 전차』, 죽음.

만남의 결과와 주제

만남은 언제나 만남의 형식과 대상을 전제한다. 그러므로 나와 어떤 대상과의 만남은, 그 만남이 우연이든 필연이든 반드시 결과를 낳는다. 만남은 직업과 세대를 초월하여 만인의 공통된 관심사이고, 평생을 두고 이루어지는 반복되는 행동양식이라는 점에서 우리들의 영원한 주제이며 동반자이다. 결과가 무시된 만남, 목적이 없는 만남이 과연 있을 수 있을까.

여기서는 선정된 에세이 62편의 내용을 바탕으로 만남의 결과를 조사하고, 그 결과를 주제로 변환하였다. 만남의 주제는 필자의 직업과 연령, 만남의 형식과 대상 이상으로 다양성이 있고, 그 다양성은 보편성과 특수성을 간직하고 있음을 알 수 있다. 이렇게 분석된 만남의 주제를 자모순으로 열거하면 다음과 같다.

> 가족사랑, 감사, 개척정신, 건전한 정신, 고결, 골동품, 국가 권력의 정당성, 꿈, 나눔, 나이 먹음, 노부부, 다짐, 대한민국과 일본국민, 독서, 러시아 음악, 마음의 평정, 마음의 풍요, 만남, 모정, 문화재, 미래창조, 발레, 백남준, 변화의 기회, 봉사활동, 부모, 부모자식, 부활, 사랑, 사회 환원, 삶, 성실성, 성찰, 소통, 수집, 순간과 영원, 스승, 시간의 흐름, 시어, 시의 조형성, 시인과의 대화, 아버지, 약소국가, 어머니, 언행, 영혼, 오누이, 온정, 외로움, 용기, 우장춘, 육체의 위대성, 음식문화, 인간애, 인내, 인류, 인생, 인생의 나침반, 인생의 목표, 인연, 인종을 초월하는 친절, 자유, 자각, 자아수립, 적선, 정지용의 시, 정책수립과 실천, 죽음, 지혜, 진정한 인간의 모습, 참된 사람, 참회, 창의력, 창작활동, 추억, 평화, 행복, 현대인의 풍속도, 희망.

만남의 특성

이 글의 목적을 달성하기 위하여 선정된 에세이 62편의 필자들 가운데 몇몇 필자들은 스스로 만남의 의미와 특징을 다음과 같이 표현하였다. 즉 『만남』의 필자들은 에세이라는 형식을 빌려서 때론 비슷하게, 때론 특징적으로 만남의 정의, 형식, 대상, 의미와 가치, 역할, 영향 등을 기술하였다.

가을별과의 만남은 그 어느 만남보다도 아름답고 행복한 만남이다 (김호일).

만남에서 나는 겸손을 배웠다. 만남은 악연이든 인연이든 그 속에 반드시 이유를 간직하고 있다. 만남은 내 마음을 가장 설레게 하는 말이다. 글쓰기 또한 즐거움으로 회상되는 만남의 한 형식이다(오정혜).

'삶은 관계'라는 정의도 있다. 관계는 만남으로 이루어진다. 삶은 순간순간의 만남으로 이루어지고 변화하면서 하나의 흐름을 형성한다. 자궁의 '나'라는 존재는 이제껏 내가 가졌던 유형무형의 만남의 총화이다. 모든 만남은 의미를 부여하기에 따라 우연이기도 하고 필연이기도 하다. 우연의 필연성을 이해한다는 것은 우리가 우연히 뜻 없이 던져진 존재가 아니라 모든 만남에는 뜻이 있다고 받아들이는, 인간과 삶에 대한 외경이다(오정희).

만남은 한없이 반복되는 크고 작은 이벤트(이성낙).

누구든 평생 잊을 수 없는 몇 번의 맛난 만남을 갖게 된다. 이 몇 번의 만남이 인생을 바꾸고 사람을 변화시킨다. 그 만남 이후 나는 더 이상 예전의 나일 수가 없다(이세은).

만남의 대상을 통하여 우리는 격려, 질책, 신세짐, 새봄을 기다리는 마음 등을 느끼고 간직한다(이청준).

한때는 인간의 소외를 강아지들이 대신한다고 생각한 적이 있었으나 강아지들을 기르다 보니 소외가 아닌 사랑의 의미가 내 마음 깊은 곳에 자리하고 있음을 알게 되었다. 나는 이들과의 만남을 통하여 삶 속에 새로운 활력소를 얻게 되었고, 부모님의 사랑을 깨달았고, 무엇보다 가족의 의미를 알게 되었다(이태원).

나와 내 음악이 아니라 '싱글즈'라는 뮤지컬을 보러 온 사람들과의 첫 만남, 그 떨림은 내가 안일해질 즈음에 나를 다시 뛰게 할 동력으로 가슴속 깊이 아로 새겨졌다(이현우).

단 한 사람의 진정한 친구를 만나기가 참으로 힘든 세상에 이렇게 소중한 사람을 만난 것은 나에게 큰 행운이다(정미조).

만남의 되새김질 – 사람들이 가장 소중하게 여기는 것은 사람과 사람의 만남이다. 사는 것 자체가 만남의 연속이고 반복이다. 연극을 잊지 못하는 까닭은 바로 만남에 있다. 연극은 만남의 예술이다. 사람과 사람의 만남, 연극을 만드는 사람과 관객과의 만남, 그리고 문학, 미술, 음악, 무용 등 인접 예술과의 만남 없이 연극은 꿈도 꿀 수 없다. 연극은 철저하게 인간관계를 기본으로 여기며, 그것을 추구하는 데 그 목적과 보람과 희열이 있다. 그것은 바로 만남이다(차범석).

좋은 책을 만나는 일은 어렵지 않으나 좋은 사람을 만나는 일은 쉽지 않다. 그러나 한 사람, 한 권의 책, 하나의 풍경이 한 사람의 일생을 바꿔놓는다. 무엇과 만나든 만남은 교감이며 사랑이고 감동이다(천양희).

만남은 직업과 세대, 시간과 공간을 초월하는 주제이며, 우리들의 영원한 동반자이다. 만남은 형식, 대상, 목적, 이유, 결과, 주제, 의미, 깨달음 등을 내포한 가운데 밀접하게 상호작용을 함으로써 사람을 변화, 발전시키는 힘이 있다.

3. 이야기를 끝내며

만남의 철학이라는 제목의 이 글은 선정된 에세이 62편의 내용을 조사, 분석하여, 만남의 형식, 대상, 결과 및 주제는 어떤 양상을 보이는지를 살핀 다음, 만남의 의미와 특징을 밝히는 데 그 목적이 있다. 지금까지 조사, 분석, 논의된 내용을 정리, 종합하여, 만남의 의미와 그 특징을 다음과 같이 밝힌다.

만남은 외형적으로 다양성을 표출하면서 그 속에 은근히 보편성과 특수성을 내포한다. 만남은 시간과 공간을 초월하여 이루어지는 삶의 방식이고 수단이며, 개인 및 사회의 변화 및 발전의 양식이기도 하다.

만남은 만남의 목적, 형식, 대상, 시간, 공간 등이 절묘하게 조합을 이루는 행동양식이며, 만남의 주체인 사람은 생물학적인 요인과 함께 성장 및 교육 배경, 직업과 직위, 경험과 체험, 사회환경, 성격, 창의성, 인간관계, 가치관, 판단력 등으로 잘 조직된 유기체이다. 이와 같은 유기체와 행동양식이 긴밀하게 상호작용을 함으로써 만남은 사람을 꾸준히 변화 및 발전시킨다.

만남은 세대와 직업, 시간과 공간을 초월하는 우리들 모두의 주제이며 관심사이기 때문에, 또 만남이 있는 곳에 언제나 사람들이 존재하기 때문에 만남은 우리들의 영원한 동반자이다.

만남은 끊임없이 반복되는 우리들의 행동양식이고, 생활의 활력소이며, 결코 무시할 수 없는 자극과 촉매(觸媒)가 되어, 한순간을 넘어 평생을 좌우하는 영향력이 있다.

만남은 목적을 수반하기 때문에 준비성, 미래지향성, 계속성, 포용성, 창의성, 호혜성을 내포하며, 학문분야간의 융합과 통섭을 촉진하고 증대시키는 힘이 있다.

만남은 상호보완성, 접근성, 유용성, 조직능력을 내포한다. 만남의 상호보완성이란 사람은 다른 사람과의 만남을 통하여 아이디어와 자극 및 평가된 정보를 상호 교환하는 것을 말한다. 만남의 접근성이란 만남의 대상의 접근성이 높을수록 만남의 효과는 증대됨을 말한다. 만남의 유용성이란 만남의 대상의 유용성이 높을수록 만남의 효과는 증대됨을 말한다. 만남의 조직능력이란 만남이 거듭될수록 조직화의 가능성은 증대됨을 말한다. 보이지 않는 대학(invisible college), 학회, 다양한 정보매체 등의 출현은 이를 반증한다.

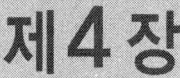

제4장
문헌정보학의 철학적 기반

1971년 10월 22일에 제정된 <도서헌장>의 제1조는 "모든 사람은 읽을 권리가 있다"라고 외치며, 유네스코 총회는 "Books for All"을 테마로 1972년을 '세계도서의 해'로 선포했고, "모든 나라에서 발행된 출판물은 세계 모든 나라 국민들에게 이용될 수 있는 길을 트는 국제 협력을 촉구하고 언어와 이미지에 의한 사상의 자유로운 교류를 증진하도록 촉구한다"라고 <유네스코 헌장>은 말한다. 이런 맥락에서 우리는 문헌정보학의 철학적 기반을 논의하고 탐구해야 한다.

여기서는 지금까지 문헌정보학 연구자들이 밝힌 문헌정보학의 철학적 기반에 관한 일반적인 내용과 사회인식론 및 지식사회회을 정리하여 기술하고, 여기에 더하여 만남의 철학과 민본박애정신(民本博愛精神)이 문헌정보학의 철학적 기반이 됨을 밝히려고 한다.

1. 문헌정보학과 정보

도서관이 없는 문명사회는 존재하지 않았다. 이처럼 도서관은 문명과 함께 있었고 사회와 더불어 발전하였다. 도서관에 대한 사회의 역할기대(役割期待, role expectation)는 문화의 보존과 전승 및 발달에 긴요한 커뮤니케이션 시스템으로 기능하기를 바라는 것이다. 그러므로 문화의 보존, 전승 및 창달과 관련되지 아니한 도서관의 활동이나 문헌정보학의 연구는 모두 가치가 없는 것이다. 이러한 인식은 문헌정보학의 철학적 기반을 이해하고 탐구하기 위한 기초가 될 것이다.

각 학문 분야 속에 대부분 사상이라는 영역이 있다. 즉 문학사상, 역사사상, 철학사상, 교육사상, 과학사상 등이 그것이다. 이들은 각 학문 분야의 발달에 공헌한 인물과 단체의 업적, 사상, 역사 및 그 영향 등을 조명하고 탐구함으로써 각 학문 분야의 본질과 독자성 및 정체성(identity)을 확립하려는 연구 분야이다. 문헌정보학 사상이나 정보관리의 철학 역시 같은 맥락에서 탐구되어야 하며, 그러한 연구는 적어도 두 가지 측면에서 큰 의미가 있다. 그 하나는 문헌정보학의 학문적 본질의 탐구이고 다른 하나는 사서직의 교육이다. 물론 두 측면은 상호보완적인 관계가 있다.

문헌정보학의 철학적 기반에 관한 연구는 다양한 관점에서 이루어져야 한다. 도서관 현상을 역사, 사회, 경제, 문화, 교육 등의 관점에서 각각 교육하고 연구하는 것처럼 도서관의 출현, 도서관에 대한 사회의 역할기대, 이용자 연구, 이용자 교육, 지식혁명, 사서직의 양성과 전문성, 서지도구의 편찬과 이용, 도서관 자동화, 디지털 도서관의 설립과 운영, 도서관의 효율적 운영, 정보의 평등한 공유, 정보 유통의 효율화, 도서관의 접근성(accessibility)과 유용성(availability), 문헌전달능력(document delivery capability), 도서관법, 도서관 평가, 정보 시스템의 설계 및 평가, 문헌정보학 사상 등 문헌정보학의 주요 과제를 인식론뿐만 아니라 도전과 응전, 자극과 반응, 만남의 철학(philosophy of meeting), 민본박애정신 등 다양한 관점에서 논의하고 연구할 필요가 있다.

문헌정보학의 철학적 기반을 탐구하는 일은 이 분야의 학문적 본질과 사상을 정립하는 데 이바지할 것이다. 철학의 연구 영역은 존재론(ontology), 인식론(epistemology), 가치론(axiology), 논리학(logic) 등 네 가지로 흔히 구분되며, 문헌정보학의 철학적 기반은 이 가운데서 인식론과 관련된다.

인식론은 사물을 지각하고 분별하고 판단하기 위하여 사물의 기원과 본질을 탐구하는 철학이다. 인식론은 앎과 깨달음의 철학이며, 사고, 이해, 경험, 학습 등에 의하여 앎과 깨달음은 향상된다. 이 정의를 더욱 집약하면 그것은 존재의 인지양식(認知樣式, recognition form)을 탐구하는 철학이다.

진리와 진리가 아닌 것은 어떻게 구별되며, 안다는 것은 무엇이며, 안다는 것과 모른다는 것은 어떻게 구별되는가, 과연 사람은 참다운 앎에 도달할 수 있는가 등의 질문이 인식론의 과제들이다. 사람은 참다운 앎을 알 수 있고, 깨달을 수 있다고 보는 입장이 있는가 하면, 그 반대의 입장이 있다. 전자는 자명(自明, self-evident)하고 확실한 지식이 야말로 의심할 수 없는 지식이며, 이러한 지식을 근거로 하여 발견된 지식들도 의심할 수 없는 지식이라는 입장이다. 후자는, 지식은 단순한 의견에 불과하고, 자명하고 확실한 지식은 없는 것이며 다만 사람이 안다거나 깨달았다고 생각하거나 그런 의견을 가지고 있을 뿐이라는 입장이다. 이 양극단 사이에 또 하나의 입장이 있다. 즉 사람은 참다운 앎에 도달할 수 있다. 그러나 앎이란 절대불변인 것이 아니라 상대적이고 확률적이며 개선 가능하다는 입장이다. 이 입장은, 인간의 지식이란 광석을 채굴하듯이 어딘가에 숨겨진 것을 찾아내는 것이 아니라 이 세계 속에서 발생하는 현상을 설명하기 위하여 인간들이 만들어 낸 인식의 도구 혹은 설명의 도구에 불과하다는 것이다. 따라서 지식은 인간의 이해와 경험의 범위 혹은 설명하고자 하는 현상의 복잡성 여하에 따라 상당한 제한을 받게 되며, 지식은 인간의 이해, 학습, 사고, 경험 등의 폭이 확대되면 얼마든지 달라지고 개선될 수 있다는 입장이다.

문헌정보학의 철학적 기반과 관련하여 도서관과 문헌정보학의 특징을 살펴보자. 첫째, 도서관과 문헌정보학의 기원과 발생 동기이다. 먼 옛날, 전리품(戰利品)으로 여겼던 시대의 문헌은 재산의 일부였고 따라서 그 시대의 목록은 재산 목록의 성격이 강하였다. 독자 역시 왕족, 장군, 부유층 등 일부 특권 계층일 뿐이었다. 그러나 크고 작은 전쟁과 혁명 등을 통한 문화의 교류와 사회의 급격한 변화는 인쇄술의 발명과 함께 시간과 공간을 초월하여 정치, 경제, 사회, 교육 등 모든 분야의 커뮤니케이션을 촉진시켰으며 문헌은 점차 빠른 속도로 증가

하였다. 커뮤니케이션과 문헌은 더 이상 특권층의 전유물이 될 수 없었고 그 결과 시민 사회와 시민 계급이 탄생되었다. 커뮤니케이션의 활성화와 시민 계급의 탄생은 인구의 증가와 함께 사회구성원들의 요구의 증가 및 그 다양화를 초래하였고 그러한 사회적 분위기 속에 문헌 관리의 필요성이 필연적으로 대두되었다. 문헌 관리의 필요성을 충족시켜야 한다는 사회적 요구가 다름 아닌 도서관의 발생 동기이다.

이런 배경을 가지고 설립된 도서관이 초기에 봉착(逢着)한 문제는 문헌의 효과적인 조직이었다. 이러한 사실은 중국의 目錄學(목록학), 독일의 Bibliothekswissenschaft, 미국의 Library economy 등의 용어에서 유추(類推)할 수 있는 것처럼 문헌의 분류와 편목이 중심을 이루었다. 도서관 현상에 기인하는 문제의 해결, 도서관 경영 원리의 체계화, 사서직의 양성, 문헌정보학의 철학적 기반의 탐구 등은 문헌정보학의 발생 동기이다.

둘째, 도서관과 문헌정보학의 성격이다. 양자의 발생 동기로 보아 전자는 사회기관, 문화기관, 교육기관이며, 후자는 역사학, 언어학, 사회학, 교육학, 심리학, 경영학, 수학, 컴퓨터공학 등과 관련된 종합 과학으로서 정보의 만인 공유 및 정보의 효과적인 유통을 위한 이론을 연구, 개발하여 도서관문화를 창출하는 학제성이 높은 종합 과학이다. 전자의 경영 원리는 일관성, 지속성, 신속성, 정확성, 전문성이며, 후자는 과학적 탐구를 지향한다. 그렇다면 도서관과 문헌정보학의 기원, 발생 동기 및 그 학문적 성격에서 밝힌 내용들은 철학에 바탕을 두고 탐구되어야 한다.

그럼에도 불구하고 도서관과 문헌정보학에 대한 사회의 인식은 문헌정보학의 학문적 본질을 종종 이탈하는 경우가 있다. 그 대표적인 사례는 국가 차원의 도서관 정책이 정치 혹은 경제적인 논리에 의하여 좌우되는 경우이다.

프랑스를 대표하는 사상가이며, 솔본느대학과 스탠포드대학의 교수를 역임한 미셸 세르(Michel Serres, 1930~)는 최근, 한국의 한 명문 대학 교수와의 인터뷰를 통하여 다음과 같이 도서관에 관한 자신의 견해를 밝힌 바 있다.

나는 세느 강변에 건립된 프랑스 대도서관을 바라보면서 쓴웃음을 지울 수 없었다. 디지털 시대에 대량의 문헌을 쌓아놓고 어쩌자는 것인가?(동아일보, 2001. 11. 13).

세르 교수의 이 견해는 세 가지 점에서 우리를 흥분시킨다. 첫째, 저명한 외국 대학 교수의 도서관에 대한 상식과 인식의 수준이며, 둘째, 그러한 견해에 대한 면담자로서의 우리나라 대학 교수의 대응 태도이며, 셋째, 그러한 견해를 여과 없이 기사화한 국내의 저명한 일간지의 편집 방침이다.

"전 세계의 도서관은 앞으로 디지털 문화에 의해 대체되기는커녕 오히려 풍요로워질 것이다." 최근에 개최된 세계도서관정보대회에 참석하기 위해 방한한 마우로구에리니 이탈리아도서관협회 회장의 말이다. 그는 "총 6천만 책의 고서를 디지털화하는 것이 문화인터넷 프로젝트의 최종 목표"라고 밝히면서도 "벽과 서가가 있는 도서관의 원래 모습은 변치 않을 것"이라고 전망하였다.

학문의 본질을 밝히려는 노력이 학문 분야별로 계속되고 있는 것처럼 문헌정보학의 경우도 마찬가지이다. 그 과정에서 문헌정보학이 과학인지, 기술인지를 명확하게 구분하기가 힘들고, 과학이라고 하더라도 그것이 사회과학인지 기술과학인지를 제대로 구분하지 못하였으며, 종합 과학으로서의 문헌정보학의 학제성 역시 문헌정보학의 과학성을 정립하는 데 혼란을 가중시키고 있다는 등 자체 비판마저 종종 야기되고 있다. 문헌정보학은 1970년대와 1980년대를 거쳐 오면서 점차 정보학 중심의 사고, 과학적 본질의 전도(顚倒) 혹은 그것의 상실 현상에 빠지게 되었다는 다음과 같은 비판적 견해가 있다.

문헌정보학에 첨단 과학기술을 접목(接木)하려는 연구자들의 노력이 잇따르고 있다. 동일한 목적을 추구하기 위한 노력과 방법은 다양할수록 바람직할 것이다. 학문의 본질은 변하지 않기 때문이다. 문제는 특정 영역에의 편중과 학문적 본질의 일탈(逸脫)이다. 근래 문헌정보학 분야에 널리 퍼지고 있는 맹목적으로 정보학을 선호(選好)하는 현상과 타 학문의 기능주의적 현상을 우리 학문의 본질인 것처럼 착각하는 풍조가 문제이다. 배타적 신실증주의(新實證主義)가 문헌정보학의 기초와 본질을 호도(糊塗)하는 현상이 있어서는 아니 된다. 최근 국적(國籍)이 없는 숭미주의적(崇美主義的) 학문도 정리하기 힘든 상황에서 또다시 신실증주의에 지배당하는 수난은 극복되어야 한다. 문헌정보학이 견지하는 과학성은 버틀러(Butler), 랑가나단(Ranganathan), 쉐라(Shera) 등에 의하여 일찍부터 인식되어 왔다. 그럼에도 불구하고 일부 문헌정보학 연구자들은 지금까지 문헌정보학의 과학성의 의미를 던지 도서관이라는 사회 기관을 대상으로 기술적인 차원에 치중하는 폐쇄성을 보여 왔다. 이러한 기능주의적 관점도 하나의 연구 방법이 될 수 있지만 문헌정보학의 연구가 현장의 실천 언어로서 이용자들의 일상적인 생활에 바탕을 두어야 한다면 문헌 정보가 표출하는 다양한 현상에 대한 정치적, 경제적, 문화적 제반 요인의 학문적 분석과 이론의 합리성도 함께 밝혀져야 하며 이를 바탕으로 사회적 요구에 부응할 수 있는 변혁을 추구하여야 한다(김태승, 1993).

문헌정보학의 정의

어떤 관점과 무엇에 비중을 두느냐에 따라, 혹은 연구자에 따라 문헌정보학의 정의는 조금씩 다를 수 있다. 표현을 달리하여 문헌정보학을 정의하면 대체로 다음과 같다.

도서관은 고유의 봉사 기능을 통하여 사회구성원 간의 커뮤니케이션을 형성시키고 도움으로써 전래(傳來)된 문화를 보존하고 발전시키는 데 중요한 역할을 수행하는 사회, 문화 및 교육기관이며, 문헌정보학은 이에 관한 이론을 과학적으로 개발하고 탐구하는 종합 과학이다.

문헌정보학은 사회인식론과 지식사회학에 기반을 두고, 도서관 현상을 과학적으로 연구하며, 행정학, 사회학, 경영학, 컴퓨터공학, 심리학, 언어학, 교육학 등과 관련된 종합과학이다.

문헌정보학은 문헌을 수집, 처리, 축적 및 검색하여 그 이용자에게 효과적으로 제공하는 일을 과학적으로 연구하는 종합과학이다.

문헌정보학은 정보와 그 이용자의 효과적인 만남을 과학적으로 연구하는 종합과학이다.

문헌정보학은 적기에 적자에게 적합한 정보를 효과적으로 제공하는 일을 과학적으로 연구하는 종합과학이다.

문헌정보학은 거시적 관점에서 문화의 보존과 전승 및 창달을, 미시적 관점에서 정보봉사를 위한 모든 과정의 효율화를 각각 과제로 삼는다.

문헌정보학의 목표는 사서직의 양성, 도서관의 발전을 위한 기여,

도서관의 경영 원리의 체계화 및 학문적 본질의 탐구이다.

정보의 특징

인류의 문명사는 발달사의 측면에서 도화(圖畵)시대, 필사본(筆寫本)시대, 활자매체시대, 전자매체시대로 구분(Marshall McLuhan)되기도 하고, 농업사회, 산업사회, 정보사회로 구분(Daniel Bell)되기도 한다. 농업사회의 정보원은 다수의 촉망을 받는 소수의 마을 사람에 불과했고 그러한 사회는 한정된 정보에 의하여 그 활동 범위 역시 한정되었다. 그러나 정보 유통 구조의 최적화(最適化, optimization)를 먼저 달성하는 국가가 미래의 세계를 제패(制覇)한다든가, 무엇보다도 정보의 우위성(優位性)이 인정되는 사례와 경향을 실감하는 가운데 개별적인 최적화보다도 집단의 최적화, 더 나아가서 국가의 최적화를 실현할 수 있는 국가 차원의 정보 정책의 수립과 그 실천이 절실하게 필요한 사회가 도래하였다.

현대 사회의 개념은 각 분야에서 많은 관심을 끌고 있으며 그것의 여러 가지 특징 중에서 어떤 부문을 강조하느냐에 따라 사회의 해석에 차이를 보이고 있다. 정보사회 혹은 지식기반사회는 정보와 지식의 가치에 비중을 두고 이를 주목하는 사회라는 점에 공감대가 형성되고 있다. 정보의 가치는 일반적으로 인간의 행동에 어떻게 또 어떤 동기를 부여하고, 연구 활동을 비롯한 제반 활동에 어떻게 작용하며, 의사결정에 어떻게 기여하는가에 따라 결정될 것이다.

정보는 효과적으로 유통되어야 한다. 그러므로 정보 시스템의 기본적인 목적과 기능은 비용대효과(費用對效果)를 고려하여, 적합한 정보를, 적자(適者)에게, 적기(適期)에 제공하는 것이며(Information system should provide the right information, to the right person, at the right time, to the cost-effective way), 문헌정보학은 이에 관한 이론을 개발, 연구하는 종합과학이다.

정보와 그 이용자의 만남을 논의하기에 앞서 정보의 특징을 살펴볼 필요가 있다. 정보를 자원으로 간주한 칼튼(Belinder Calton)은 정보의 특징을 다음과 같이 밝히고 있다(Calton, 1982).

(1) 정보 자원은 다른 자원이 적절한 기능을 발휘할 때 반드시 필요하다. 정보는 하나의 중요한 자원이며 언제나 다른 자원의 이용과 평가에 필요한 것이지만 석탄이나 기름 등과 같은 의미의 자원은 아니다.

(2) 정보 자원은 분배가 이루어지더라도 축소되거나 감소되지 않는다. 오히려 새로운 이용자가 등장함으로써 그 가치는 더욱 증대된다.

(3) 정보는 하나의 상품이다. 따라서 생산되고 판매된다. 시장에 나오지 못하는 정보는 측정이 불가능한 지식에 불과하다.

(4) 정보는 역동적(dynamic)이기 때문에 반드시 교환되는 유일한 자원이며 이러한 교환을 봉쇄하는 힘을 가진 자원은 존재하지 않는다.

(5) 정보는 그 자체가 조직되고 통제를 받는 특징을 가지기 때문에 정보 간의 융합이 쉽다.

(6) 정보는 사회 속에서 무한한 성장 가능성을 가진다.

전술한 바와 같이 정보 유통 구조의 최적화를 달성하려면 정보의 생산, 수집(acquisition), 처리(processing), 축적(storage), 검색(retrieval), 제공 등 모든 과정이 효율화되어야 한다. 그런 의미에서 정보의 특징을 누적(累積)현상, 노화(老化)현상, 중복수록현상(重複收錄現狀), 상호보완성(相互補完性), 정보 전달 매체의 다양성(多樣性), 경제성 및 공공성(公共性)으로 나누어 살펴보자.

(1) 누적현상

이 특징은 학문의 발달에 기인한다. 인간의 특징은 사고, 학습, 연구, 의사결정, 행동 등 다양하다. 그러한 특징으로 말미암아 학문은 발달하고 그 과정에서 경험과 연구 활동의 결과는 각종 문헌에 기록되고 사회의 기억으로 축적되어 다음 세대로 전승(傳承)된다. 즉 정보는 누적현상을 보인다.

(2) 노화현상

학문 분야에 따라 정도의 차이는 있으나 생산된 정보는 시간이 흐름에 따라 노화하여 그 이용 빈도가 낮아지고 정보의 가치가 영(零)이 될 수 있다. 특히 발달 속도가 빠른 분야일수록 그 정보의 수명은 짧다. 새로운 정보를 생산하기 위하여 실지로 이용되는 정보뿐만 아니라 인간이 지적 활동을 영위하는 데 간접적으로 영향을 미치는 정보에 이르기까지 정보는 가치와 수명을 지닌다. 예를 들면, 최근 5년간 전혀 이용되지 않았다거나, 불과 몇 회 정도 이용되었다거나, 끊임없이 이용되고 있다는 각각의 정보를 생각할 수 있다. 일반적으로 도구, 수단, 방법, 내용을 가리지 않고 쓸모가 있다고 판단되는 대상은 생물, 무생물을 가리지 않고 일단 그 존재 가치를 인정해야 할 것이나. 특히 지적 활동의 소산인 특정 정보가 그 가치를 상실하여 어느 시기에 이용 빈도가 매우 낮거나 영이 되었다고 하는 것은 새로이 등장한 관련 정보로 말미암아 정보의 신진대사가 이루어졌다고 보아야 할 것이다.

방사선 물질은 그것을 구성하는 원자수의 반(半)이 붕괴되는 데 소요되는 시간이 항상 같으며 또 처음의 반은 붕괴 속도가 빠르지만 나머지 반의 붕괴 속도는 점차 완만해진다는 반감기(半減期, half life) 개념은 정보의 이용 가치의 감소 현상을 의미하는 문헌의 반감기 개념과 유사하며 이는 정보의 노화 현상을 논리적으로 제시하고 있다. 이 점에 근거하여 특정 문헌의 간행 연도와 그 문헌의 이용 상태를 조사하면 그 문헌에 담긴 정보의 수명을 어느 정도 예측할 수 있다.

(3) 중복수록현상

연구자의 수의 증가와 이들의 경쟁적인 연구 활동, 정보의 효과적인 생산과 전달 등이 요인이 되어 정보는 중복수록현상을 야기한다. 즉 어떤 정보는 단행본, 학술지, 학위논문, 연구 보고서 등 다양한 정보 전달 매체에 각각 수록되기도 하고, 재판(再版), 개정판(改訂版), 별쇄본(別刷本) 등 판차(版次)에 따라 각각 수록되기도 하며, 각종 이차 문헌(secondary literature)의 증가와 학문 분야 간의 관련성 및 그 경계(境界)의 모호성(模糊性)으로 인하여 각각 수록되기도 한다.

(4) 상호보완성

정보의 상호보완성은 학문 분야 간의 관련성이 점차 높아지고 있음을 시사(示唆)하는 특징이다. 새로운 정보를 생산하려고 할 때, 이와 관련된 선행 연구를 주시하는 것은 물론이고 다른 분야의 문헌에도 접근할 필요가 있음을 의미하는 특징이다. 최근 학제적 연구(學際的 研究, interdisciplinary study)를 권장하는 경향이 점차 높아지고 있는 것도 이 특징과 관련된다.

(5) 정보 전달 매체의 다양성

정보를 전달하는 매체는 흔히 도서와 비도서 혹은 인쇄물과 비인쇄물로 구분되나 그 종류는 다양하다. 정보매체의 다양성은 시간과 공간상의 장애를 극복하면서 정보의 효과적 유통을 달성하기 위한 방안을 강구하고 그 방안을 실천하는 과정에서 비롯되었다.

인쇄매체는 필사, 활자화, 마이크로화 등의 발전 단계를 거쳐 왔고, 음성매체는 소리의 전달에서 그것의 축적(蓄積) 및 재생(再生)으로 발전하였으며, 인쇄매체와 음성매체를 통합한 전자기(電磁氣)매체는 경박단소(輕薄短小)를 지향하고 있다. 특히 매스미디어는 지역, 민족 및 언어의 경계를 초월하여 막강한 영향력을 발휘하고 있다. 현대 사회의 총아(寵兒)이며, 과학기술의 소산인 컴퓨터와 섬유광학(纖維光學)시스템은 새로운 형태의 양 방향식(two-way)커뮤니케이션을 가능하게 하고 있다.

도서관에 소장된 정보 매체는 흔히 말하는 책 이외에도 마이크로필름, 마이크로피시, 카세트테이프, CD, CD-ROM, DVD 등 다양하다. 그러나 도서관에 소장된 정보매체는 아직도 대부분 종이에 인쇄된 책자이다.

종이는 AD 105년 중국의 채륜에 의해 발명되었고, 서양에 종이가 전해진 것은 이른바 '종이의 천년 여행'이 지난 12세기이다. 종이 이외의 다른 매체들의 수명은 분명하지 않다. 종이는 이 세상에서 가장 완벽한 정보매체라고 단언하는 사람도 있다.

오랜 옛날 중국인들은 죽간목독(竹簡木牘)이라 칭하는 대나무와 나무에 글을 썼다. 죽간목독은 종이가 발명되기 이전 약 2천 년간 일반적으로 사용되던 서사자료이다. 종이의 발명 이전에 서양은 점토판(clay tablet), 파피루스(papyrus), 납판(蠟板), 양피지(parchment) 등이 주요 서사자료로 널리 사용되었다. 점토판은 기원전 4천 년부터 2~3세기까지 메소포타미아 지방과 그 주변 지역에서 사용되었던 설형문자를 기록하는 데 사용되었다. 파피루스는 고대 이집트 나일 강의 비옥한 델타에서 많이 자라던 갈대의 일종으로 가장 오래된 파피루스는 기원 전 3500년경의 미라에서 발견되었다. 고대 최대의 도서관이었던 알렉산드리아도서관은 70만 권의 파피루스 문서를 소장하였다고 전해진다. 양피지는 양, 염소, 소 등의 가죽으로 만든 것이며 기원 전 500년경부터 19세기까지 널리 사용되었다.

그 밖의 서사재료는 동양의 귀갑(龜甲), 수골(獸骨), 구리, 철, 연, 석각(石刻), 옥, 도기(陶器) 등과, 서양의 수엽(樹葉), 수피(樹皮), 인피(人皮)가 있다. 독일의 드레스덴도서관은 한 권의 인피본 역서(曆書)를 소장하고 있고, 비엔나에서도 한 권의 인피본(人皮本) 멕시코 역서(曆書)가 발견되었다고 하며, 현재 약 50권의 인피본이 존재한다고 한다.

직지(直指) 혹은 직지심경 혹은 직지심체요절(直指心體要節)이라고 흔히 불리는 우리가 자랑하는 세계 기록 유산 『백운화상초록 불조직지심체요절』은 고려 우왕 3년(1377) 7월, 청주 흥덕사에서 간행된 책이다. 프랑스 국립도서관에 보관되었던 이 책은 1972년 유네스코가 지정한 '세계 도서의 해'에 출품되면서 세계 최초의 금속활자본으로 공인을 받았다. 세계 최초의 활판인쇄술은 독일인 구텐베르크(Johannes Gutenberg)에 의해 1455년경에 발명되었다는 것이 과거의 정설이었다.

새로운 정보매체가 등장할 때마다 종이는 자취를 감출 것이라는 예측이 무성했으나 종이 매체는 건재를 과시하고 있다. 종이로 대표되는 오프라인 정보매체는 인터넷으로 대표되는 온라인 매체와 더불어 공존할 것이라고 믿는다.

(6) 경제성 및 공공성

정보는 국가의 자산이며 그것의 효과적인 이용을 통하여 학문의 발달과 경제 성장을 이룩할 수 있다거나, 정보는 불확실성을 극복할 수 있는 근거가 된다거나, 정보는 무료로 입수된다는 통념(通念)을 깨뜨리고 상품처럼 매매 가능성이 있다거나, 정보의 생산과 가공에 관련된 제반 활동이 조직화하고 거대화하여 전략 산업으로 육성할 필요가 있다는 등의 논의는 모두 정보의 경제성을 전제로 한 것이다.

생산된 정보는 그 이용자의 목적과 의도에 따라 시간과 공간을 초월하여 그것의 복제(複製)와 재생산이 가능하다. 더구나 소요되는 비용이 저렴할 뿐만 아니라 그 활용 효과는 사회에 환원되고 만인이 공유(共有, sharing)할 수 있다는 점을 고려하면 그 소요 비용은 영이라고 해도 과언이 아니다. 정보의 수명이 지속되는 한, 정보는 이용 빈도와 관계없이 소멸(消滅)되지 않는다. 즉 정보는 공개되고 유통되는 과정에서 경제재(經濟材)와 판이하게 시장을 성립시키지 않는다. 이것을 정보의 공공성(公共性) 혹은 공공재적(公共材的) 특징이라고 한다. 에반스(Evans)는, 정보는 상품과 달리 그것이 판매되더라도 그 소유자에 의하여 독점되지 않으며 무형체임에도 불구하고 운반, 압축, 확대 및 조작(造作) 가능성을 지닌다고 하였다(Evans, 1987, p.2).

정보관리의 필요성

정보관리가 하나의 독립된 분야가 되도록 촉진한 요인은 무엇인가? 왜 연구자들은 오랫동안 스스로 하던 정보관리를 다른 사람들에게 넘겨주었을까? 그럴 수밖에 없는 사회적 요구란 무엇인가? 이러한 질문에 대한 해답은 정보관리의 필요성을 말하는 것이다.

제2차 세계대전이 끝난 1945년 이후, 문헌의 증가현상은 홍수 혹은 폭발이라고 표현되었다. 그만큼 정보는 양적으로 급증하였다. 그 결과 연구자들은 점점 더 많은 시간을 정보의 입수와 관련된 활동에 빼앗기게 되었고, 문헌조사와 실험을 병행할 수 없는 한계에 이르렀다. 연구자들이 정보관리에 빼앗기는 시간과 노력이 증가할수록 관찰, 사고, 비교, 실험 등 그들의 본업에 투입할 수 있는 시간과 노력은 감소하였고, 그들의 연구 활동은 위축되었다. 그것은 커다란 사회적 손실이었다. 정보관리를 정보관리 전문가에게 맡기는 방법 이외에 달리 대안이 없었다.

프라이스(Derek J. de Solla Price)는 세계의 과학 잡지 수의 증가 현상을 이렇게 밝혔다. "1800년에 세계 과학 잡지 수는 약 100종이었는데 1850년에 1,000종으로, 1900년에 10,000종으로, 1950년에 100,000종으로 각각 증가함으로써 그 잡지 수는 50년마다 10배씩 증가하였다(Price, Science since Babylon, 1961)."

연구자는 적어도 자기의 전문 분야를 다룬 다양한 문헌을 늘 읽어야 할 의무가 있다. 세계의 모든 문헌을 다 볼 수 없다면 적어도 저자, 저명한 연구기관, 저명한 학회, 국내외의 중요한 학술회의에서 발표된 내용에 대하여 그렇게 할 필요가 있다. 오늘날 중복연구로 인한 낭비는 해마다 전체 연구비의 10% 정도라고 추산된다. 정보관리자 집단이 형성되고 그들의 활동이 급속히 확대, 심화됨에 따라 연구자를 압박하던 정보관리라는 무거운 짐은 점차 가벼워지고 있다.

정보량이 급증하고 이용자의 요구가 다양화됨에 따라 양자를 효과적으로 해결할 수 있는 정보관리기관의 기능은 더 복잡하고 어렵게 되었다. 이 일을 효과적으로 수행하려면 낡은 방법이나 기술은 당연히 폐기되고, 새로운 상황에 대처할 수 있는 새로운 방법과 기술이 개발되어야 할 것이라고 현대인은 생각하였다. 컴퓨터를 비롯한 각종 사진재료와 전자재료 및 경박단소(輕薄短小)를 지향하는 통신기기와 정보매체의 등장은 이런 사회적 요구를 충족시키기 위한 정보처리 기자재들이다.

일찍이 헤일프린(Laurence Heilprin, 1968)은 "인식론에 관한 지식의 부족은 문헌정보학의 발전을 가로막는 큰 장벽이다"라고 경고하였다. 문헌정보학의 철학적 기반은 이 분야 연구자들의 보편적인 관심 사항이다. 이것은 문헌정보학이 발생한 이후 문헌정보학에 대한 가장 큰 비판의 하나로 제기되었던 문헌정보학의 이론 및 철학과 밀접한 관련이 있기 때문에 가볍게 다룰 수 있는 문제는 아니다. 지금까지 이 분야에 관심을 가진 연구자들에 의하여 논의된 문헌정보학의 철학적 기반은 사회인식론과 지식사회학이다.

2. 사회인식론

　유아기의 아동은 대체로 먹기, 싸기, 보기, 자기, 울기, 듣기 등 생명을 유지하기 위한 기본적인 지식을 주로 어머니와의 직접 커뮤니케이션을 통하여 습득하고, 시간이 흐름에 따라 초보적인 단계에 불과하나 몸짓, 그리기, 피부교감(physical touch, caressing), 사귀기(friendship) 등 자신의 생각과 감정을 표현하는 데 필요한 지식을 습득하는 단계에 이른다.

　먹기, 싸기, 자기, 보기, 듣기, 어루만지기, 따라 하기, 말하기, 외우기, 몸짓 놀기, 그리기, 사귀기, 입기, 씻기, 읽기, 쓰기 등의 낱말을 통하여 알수 있는 것처럼 유아기의 매우 낮은 단계의 지식은 성장 단계를 거치면서 사람(인성, 지력, 체력, 성취 욕구, 수용 능력, 성장 과정, 교육적인 배경 등)을 중심으로 제도, 관습, 전통, 학문, 종교, 도구, 매체 등으로 구성된 거대하고 복잡한 커뮤니케이션 시스템을 통하여 인식되고, 그렇게 인식된 지식은 또다시 커뮤니케이션 경로를 통하여 점차 그리고 끊임없이 구체화되고 증식(增殖)된다. 이러한 지식이 과학적으로 검증되고 사회의 인정을 받으면 그 지식은 과학화된다.

　인식(認識, knowledge, Erkenntnis, connaissance)의 정의를 사전에서 살펴보면, "첫

째, 사물을 분별하고 판단하며 아는 일, 둘째, 의식하고 지각하는 작용의 총칭이며, 인식론은 인식에 의하여 사물의 진(眞)을 찾을 수 있는가의 여부를 문제로 삼아 그 기원, 본질, 한계에 관하여 연구하는 철학"이라고 풀이하였다. 이런 식으로 단순하게 정의한다면 사회인식론은 사회를 의식, 지각, 분별, 판단하기 위하여 사회의 기원, 본질, 한계 등을 연구하는 철학이라고 할 수 있다.

듀이십진분류법은 인식론의 하위 주제를 (1) 앎과 깨달음(지식, 인식)의 가능성과 한계, (2) 이성과 직관을 포함한 지식의 기원과 원천 및 수단, (3) 지식의 구조, (4) 의문과 부정, (5) 확실성, 가능성, 증거와 범주, 의미와 해석을 비롯한 탐구의 본질, (6) 신념과 신뢰, (7) 가치 및 가치론 등 일곱 가지를 제시함으로써 인식론의 구조를 이해하는 데 도움을 준다.

121 인식론 Epistemology (Theory of knowledge)
    .2 앎과 깨달음의 가능성과 한계 Possibility and limits of knowledge
            Including solipsism and problem of other minds
    .3 지식의 기원과 원천 및 수단 Origin, sources, means of knowledge
            Example: reason, intuition, perception
    .4 지식의 구조 Structure of knowledge
            Including concepts
    .5 의문과 부정 Doubt and denial
    .6 탐구의 본질 Nature of inquiry
            Former heading: belief and certitude
            Including belief
    .63 확실성 및 가능성 Certainty and probability
    .65 증거 및 범주 Evidence and criteria
    .68 의미, 해석, 해석학 Meaning, interpretation, hermeneutics
    .7 신념 Faith
    .8 가치 및 가치론 Worth and theory of values(axiology)

문헌정보학 연구자들은 주요 연구 대상, 즉 도서관이라는 사회구조 및 도서관 현상에 대한 이론적, 철학적 토대를 확립하려는 노력을 끊임없이 경주(傾注)하고 있다. 그것은 도서관이라는 사회적인 지식체계(social knowledge system)를 사회구조로 파악하려는 노력이고, 정보 관리와 봉사를 사회적 요구로 인식하려는 노력이다. 그러므로 문헌정보학은 도서관에서 이루어지는 일련의 기술적 행위나 문헌 정보의 조작적(操作的, operational) 활용에만 집착해서는 아니 된다.

사회인식론은 사회를 지각하고 판단하기 위하여 사회의 구성요소를 통하여 지식과 경험의 인식 과정을 탐구하고 그 결과를 과학화하는 과정을 탐구하는 철학이다. 그런 맥락에서 문헌정보학적 사회인식론은 도서관과 문헌정보학을 인식하기 위하여 도서관 자원을 통한 지식과 경험의 인식 과정을 탐구하고 그 결과를 과학화하는 과정을 탐구하는 분야라고 할 수 있다.

사회인식론은 인간의 사회적 존재 양식에 대한 접근이며 사회 철학의 기본적인 연구 분야인 일상생활에서 사람들을 둘러싸고 있는 세계를 인식하는 양식을 분석하고 그들이 바라보는 현실이 무엇인가를 상정함으로써 올바른 사회의 실현을 도모하는 실천적 노력에 이론적 근거를 제공한다(차인석, 1995).

사회인식론은 인식의 대상을 인간과 사회로 삼고, 그들이 지식과 경험을 인식하는 과정을 탐구하고, 그렇게 인식된 지식과 경험의 과학화 과정을 탐구하는 사회학적 이론이다. 따라서 사회인식론은 한 사회가 다양한 커뮤니케이션 시스템을 통하여 그 사회에 필요한 지식의 생산, 수집, 축적, 검색, 이용, 갱신 등을 연구하는 분야이다. 그러므로 사회인식론은 사회 속에서 일어나는 지식의 창출, 이용 및 축적 과정의 복잡한 실상을 어떻게 연구할 것인지에 대한 방향과 방법을 제시하며, 개인의 지적 활동이라는 연구 범주를 넘어서 한 사회, 국가 혹은 문화가 그것에 작용하는 외부의 자극을 지각하는 과정에 대하여 연구한다.

사회인식론에 대한 문헌정보학 연구자들의 관심은 1955년의 이간(Margaret E. Egan)에서 비롯되어(Egan, 1955) 셰라(Jesse H. Shera)로 이어졌다. 셰라의 사회인식론은, '개인과 사회는 지식을 어떻게 인식하고 있는가?'라는 지식체계에 관한 이론(a theory of knowledge about how society knows as a whole)이다. 그가 밝힌 사회인식론의 핵심적인 원리는 사회구조(social fabric)를 통하여 유통되는 지식의 생산, 흐름, 통합, 이용 등의 현상을 밝히는 것이다. 그 결과 지식과 사회 활동 간의 상호작용에 관한 새로운 지식이 형성되고 체계화되고 있다.

사회인식론은 단지 한 사회 속에서 어떻게 지식이 생산, 입수되어 각 분야의 활동에 이용되고 후일의 이용에 대비하여 축적되는지에 관한 단순한 호기심을 충족시키기 위하여 탐구되는 공론(空論)이 아니다. 그것은 사회학, 인류학, 언어학, 경제학, 경영학, 생리학, 심리학, 수학, 물리학 등 다양한 분야와 밀접하게 관련되어 있으므로 종합과학적 성격을 가지고 있으며, 그 연구 결과들은 문헌정보학에 이론적 기초를 제공한다. 특히 도서관의 여러 가지 봉사활동은 사회인식론의 기초 위에 마련된다. 도서관의 공통된 설립 목적은 특정 집단의 구성원들에게 필요한 문헌을 입수하여 처리, 축적, 검색 및 제공하는 것이며, 이것은 도서관이 사회 속에서 문헌이 생산, 축적, 이용되는 방대하고 복잡한 전체 회로(回路)의 일부임을 의미하는 것이다. 그러한 제한적이고 종속적인 도서관의 커뮤니케이션 기능으로 말미암아 도서관

봉사의 사회인식론적 기초는 더욱 중요하다.

그러므로 사서는 도서관 자원을 관리하는 지식과 기술, 이론과 실제를 모두 갖추어야 하며 그 기술과 실제는 반드시 이론에 근거하여야 한다. 자신들의 기술이 토대를 둔 이론을 이해하지 못한다면 도서관의 효과적인 운영을 위한 기술의 혁신은 기대할 수 없다. 따라서 이론적 기초 위에 마련된 문헌의 기술 형식과 문헌 조직이라면 사람들의 문헌 이용 습관에 부합할 것이며 이용자의 요구를 충족시킬 것이다. 문헌 이용 습관에 맞도록 문헌을 조직하고 도서관의 활동 체계를 설계하려면 적어도 다음과 같은 사회인식론적 문제에 대한 이해와 지식이 필요할 것이다(Shera, 1972, p.114).

(1) 개인이 사물을 인식하는 과정(The problem of cognition—how man knows)

(2) 사회가 사물을 인식하는 과정, 즉 개인의 지식이 사회의 지식으로 변환되는 사회 심리 체제의 본질(The problem of social cognition—the ways in which society knows and the nature of the sociopsychological system by means of which personal knowledge becomes social knowledge)

(3) 시간의 흐름과 더불어 문화 속에서 증폭되는 지식의 본질과 발달 과정(The problem of the history and philosophy of knowledge as they have evolved through time and in variant cultures)

(4) 현행 서지 정보 시스템의 이해 및 커뮤니케이션 과정의 실제와 인식론적 연구 성과의 관련성(The problem of existing bibliographic mechanisms and systems and the extent to which they are in congruence with the realities of the communication process and the findings of epistemological inquiry)

다음의 표는 인간의 기본적인 행위를 중심으로 개인이 사물을 인식하는 과정을 살피기 위하여 작성된 것이다. 예를 들어, 기본 행위의 하나인 '숨쉬기'는 다른 행위와 어떻게 구분되고, 그것의 동의어, 관련어는 무엇이며, 그 행태/습관은 어떠하고, 그 커뮤니케이션시스템/ 환경/ 만남/ 배경은 어떠한가를 상세하게 조사, 분석하면, 개인이 사물을 인식하는 과정을 알 수 있을 것이다.

개인이 사물을 인식하는 과정

기본행위	구분	동의어	관련어	행태/습관	커뮤니케이션시스템/환경 /만남/배경
숨쉬기					
싸기					
먹기					
자기					
보기					
듣기					
말하기					
쓰기					

전술한 바와 같이 숨쉬기, 싸기, 먹기, 자기, 보기, 듣기, 말하기, 쓰기, 씻기, 입기, 그리기, 몸짓, 흉내, 놀이, 어루만지기, 사귀기 등 한 개인의 초보적인 지식은 다양하고도 거대한 커뮤니케이션 시스템을 통하여 점차 인식되고 구체화되며 증식된다. 이러한 개인의 지식은 시간과 공간을 달리하여 또다시 커뮤니케이션 시스템을 통하여 과학적으로 검증되고 변동, 갱신, 통합, 전승됨으로써 사회의 지식으로 체계화되고 확대된다. 사람의 기본 행위를 바탕으로 하여 개인의 지식은 사람, 도구, 제도, 조직, 과학, 문헌 등으로 구성된 거대한 커뮤니케이션 시스템과 효과적으로 상호 작용함으로써 구체화되고 증식된다. 이 과정에서 개인의 지식은 커뮤니케이션 시스템을 통하여 검증, 변동, 갱신, 통합, 전승 및 창달됨으로써 사회의 지식으로 체계화 및

증식된다. 진선미(眞善美)를 지향하는 내용과 사실을 지식이라고 정의한다면, 기존의 지식에 근거하여 문제는 제기되고, 정의되며, 정의된 문제는 가설의 수립과 검증 과정을 거침으로써 새로운 지식은 생성되고, 과거의 지식은 갱신된다. 이러한 과정의 반복을 통하여 사회의 지식은 확산되고 증식된다.

이와 같이 개인과 사회가 변화하고, 발전하는 과정에서 도서관은 사회의 요구를 충족시키기며, 문화의 창달에 일익을 담당하기 위하여 하나의 조직으로 사회 속에 설립되고 운영된다. 따라서 도서관은 무엇보다도 적합한 문헌을 신속하게 선정하고 수집하여야 하며, 수집된 문헌은 신속 정확하게 기술편목(descriptive cataloging)과 주제편목(subject cataloging)을 거쳐 두 개의 파일, 즉 문헌 파일과 서지 정보 파일을 편성하고, 끊임없이 갱신해야 한다. 문헌 이용자는 두 파일과 만나 효과적으로 커뮤니케이션을 함으로써 필요한 문헌을 효과적으로 검색하고 이용하여 지식을 수용, 구체화하고, 새로운 지식을 창출한다. 이것이 간단히 살펴본 도서관을 중심으로 한 지식의 인식 과정이다.

여기서 필요한 정보와 그 이용자가 효과적으로 만날 수 있는 방법을 한 가지 소개하면 다음과 같다. 그것은 다름 아닌 페이슬리(W. J. Paisley)의 동심원(centric circles)을 활용하는 것이다.

페이슬리는 정보 이용자의 환경을 구성하는 요소를 다음과 같이 제시하였다.

…the scientists within his own head, within his work team, within a formal organization, within an invisible college, within his reference group, within a membership group, within a formal information system, within a political system, and within his culture(Paisley, 1968).

정보 이용자는 필요에 따라 위의 여러 시스템 중에서 하나를 선택하거나 여러 개의 시스템을 차례로 조사하여 정보를 얻으려고 할 것이다 위의 시스템 중에서 과학자와 가장 가까이 있는 것은 물론 자신의 두뇌이다, 과학자는 그가 자신의 두뇌 속에 들어 있다고 페이슬리는 말한다. 두뇌는 정보 처리가 행해지는 곳이며, 과학자는 거기에 자신의 지식과 상상을 축적해 둔다. 자신의 두뇌 다음으로 과학자와 가까이 있는 시스템은 자신의 장서이며, 그 다음은 같은 부서, 소속 기관에 설치된 정보 봉사 기관, 소속 기관 등의 순위이다. 과학자는 당연히 일상적으로 일어나는 여러 가지 정보 요구를 충족시키기 위하여 멀리 떨어져 있는 시스템보다 가까운 곳에 있는 시스템을 더 많이 이용한다.

그러므로 페이슬리의 동심원을 본 뒤에 정보 이용자들이 이해하고 깨달아야 할 사실이 있다. 즉 해결하려는 문제를 가진 정보 이용자는 자신의 두뇌를 중심으로 하여 전술한 여러 시스템(자신의 장서, 소속 부서의 동료, 소속 단체의 정보 봉사 기관, 소속 기관, 소속 단체의 회원, 인접 단체의 회원, 비공식 커뮤니케이션 경로, 공식 커뮤니케이션 경로, 정치 경제 사회 문화 등 체제)을 가깝고 먼 것의 정도에 따라 차례로 동심원을 그린 다음, 자신의 두뇌에서 출발하여 점차 먼 곳에 위치한 시스템으로 이행(移行)하는 방식으로 필요한 정보를 수집하고 이용해야 한다. 이 방식은 자전 중인 전투(戰鬪)병들이 지뢰를 발견할 때 쓰는 수동방식과 같다. 그들은 자신이 서 있는 곳을 중심으로 삼고, 가까운 곳에서 차츰 먼 곳으로 천천히 옮기면서 지뢰를 탐색한다.

지식의 본질

지식이란 무엇인가? 이것은 우리가 만나는 근본적인 문제 중의 하나이다. 죤슨(Samuel Johnson)은, "지식은 늘 확대를 원한다. 지식은 불과 같다. 불은 처음에 외적 요인에 의하여 타지만 나중에는 혼자 탄다"라고 말했다. 클라크(J. M. Clark)는, "지식은 그 수확이 줄어들지 않는 유일한 생산 수단"이라고 말하였다. 『이희승 국어대사전』은 지식을, (1) 사물을 아는 마음의 작용, (2) 알고 있는 내용 혹은 알려진 일, (3) 인식으로 얻은 성과라고 정의하였고, 『웹스터사전(Webster's third new international dictionary)』은 지식에 관하여 12개의 정의를 열거하고 있다. 그 가운데 두개의 정의는 사실(fact)과 상태(condition)를 말하고, 그 동의어는 science, learning, information, erudition, lore, scholarship이다.

그러므로 지식이란 인간이 아는 것, 즉 인간이 인식을 통하여 얻은 진리, 사실, 정보, 원칙 등 전체를 의미한다. 이처럼 지식이란 한 개인, 한 집단 혹은 한 문화가 아는 것이므로 인식자(認識者, perceiver)가 없는 지식이란 있을 수 없다. 결국 지식이란 어떤 사람이 발견하여 이해하고 그 사람 고유의 개념, 이미지 혹은 관계 속에 넣어서 기억한 가치, 사실, 정보 등을 말한다. 그렇게 축적된 지식 더미에서 개인과 사회는 때때로 필요에 따라 도움이 될 지식을 검색하여 이용한다. 계획된 연구 활동을 통하여 새로운 원리 혹은 사실이 발견되면 그것이 기존 지식에 첨가되어 기존 지식은 증가하지만 외부로부터 어떤 메시지를 받았다는 사실만으로 지식이 증가하거나 수정되지는 않는다. 개인은 물론 사회에도 외부에서 받은 메시지를 선택하여 체계화하는 기관이 있기 때문이다. 이 기관의 지적 처리 기능이 개입하기 때문에 개인이나 사회가 축적한 지식은 단순히 그것이 수용한 외부 자극의 총합보다 더욱 가치가 있다.

지식은 사람이 알고 깨달은 것이므로 사람과 유리된 지식은 존재할 수 없다. 인식자에 의하여 지식은 사회에 측적되며, 측적된 지식은 필요에 따라 검색되고 이용된다. 이용된 지식에 바탕을 두고 새로운 사실이 발견되며, 그것은 기존 지식에 추가된다. 이러한 과정이 효과적으로 반복되는 가운데 지식은 확산, 증대된다.

아는 사람이 없으면 지식은 존재할 수 없다. 지식은 상대적 존재이며 그것은 항상 아는 사람과 관계가 있다. 사서는 이 점을 기억해야 한다. 지식은 개인이나 집단의 인식 과정을 통하여 생산되고 존재하기 때문에 지식을 얻으려면 그것을 알고 있는 개인이나 집단과 접촉하거나 그들의 저서와 만나야 한다. 이러한 직접 혹은 간접 접촉으로 이루어지는 커뮤니케이션을 통하여 개인과 사회 혹은 문화가 보유하고 있는 지식은 증대되고 사회는 발전한다. 셰라는 이러한 내용을 도서관 상황(library situation)이라고 명명하고, 다음과 같은 간단한 틀을 만들었다. 이 틀이 의미하는 바는 다음과 같다. 즉 도서관 상황의 주체인 문헌 이용자는 자동차로 비유되는 나앙한 서지도구를 이용하여 객체인 문헌파일과 만나며, 그러한 만남의 효과는 문헌 이용자가 어떤 서지도구를 선택하고, 선택된 서지도구를 어떻게 이용하느냐에 따라 좌우될 것이다.

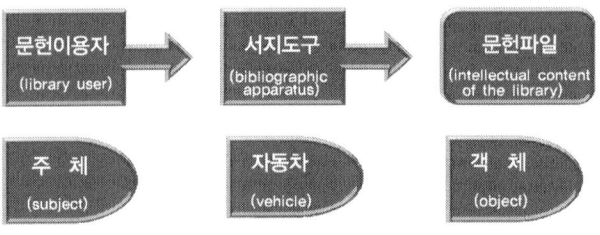

Source: Shera, 1972, p.118.

도서관 상황

　문헌 이용자는 개인일 수도 있고, 집단일 수도 있으나 그는 문헌파일의 양과 그 품질의 영향을 받는다. 서지도구의 종류와 형태 및 구조는 그 편찬방침에 따라 다양하다. 문헌파일은 주제와 매체로 구성된다. 그 주제는 일반적으로 다양한 사실(fact)과 공간(space) 및 시간(time)으로 구성되며, 매체는 보존성과 함께 경박단소(輕薄短小)를 지향하고 있다.

지식의 분류

　지식의 본질을 이해하는 한 가지 좋은 방법은 분류라는 도구를 이용하는 것이다. 분류는 하나의 분석 양식(a form of analysis)이며 특히 한 사회에 축적된 지식의 본질과 기능을 설명하는 정교한 제시력(提示力)을 가지고 있다. 그러나 일부 철학자들처럼 분류자가 단지 그의 지적 호기심이나 상상력을 발휘하는 방편으로 지식의 분류를 시도한다면 그 결과는 아마 실용적 가치가 별로 없을 것이다. 분류의 결과가 쓸모가 있으려면 분류의 목적이 분명하게 제시되어야 한다.

　커터(Charles Ammi Cutter), 듀이(Melvil Dewey) 등 문헌정보학의 개척자들은 문헌의 속성을 생물학적 표본과 유사한 것으로 간주하여 문헌의 분류를 지식의 분류와 관련시켰으며, 실지로 그들은 생물분류학의 체계를 문헌의 분류에 접목하려고 하였다. 그러나 문헌은 형태학적 특징과 지적 특징을 모두 갖추고 있다. 더구나 문헌의 지적 특징은 영구불변(永久不變)이 아니고 시대에 따라, 독자에 따라 각각 달라진다. 예를 들면 동서양의 고전(古典)의 내용은 과거와 현재의 독자에게, 동양과 서양의 독자에게 각각 다르며, 한국사의 해석은 식민사관(植民史觀)이냐 민족사관(民族史觀)이냐에 따라 다르다. 문헌은 문자와 기호가 체계적으로 기록된 매체에 불과하나 그것을 읽는 사람과 읽는 시기에 따라 그 내용은 가변적이다. 이처럼 가변적이고 다차원적 지식을 그것의 본질에 따라 분류한다는 것은 현실적으로 어려운 일이다.

그러나 지식의 분류는 불가능하다거나 가치가 없는 일은 아니다. 실용적 목적에 따라 행하는 지식의 분류는 가능하고 유용한 것이다. 마흐럽(Fritz Machlup)이 시도한 지식의 용도별 분류를 살펴보자. 그는, 분류란 인식자가 지식에서 얻은 주관적 의미에 따라 체계적으로 배열하는 것이라고 정의하고, 이용이라는 관점에서 지식을 다섯 가지로 분류하였다(Shera, 1972, pp.124~125에서 재인용).

첫째, 실용지식(practical knowledge)은 일상생활과 활동에 쓰이는 지식이며 기능공의 작업 과정에 필요한 단순한 지식에서, 대기업체 사장의 의사결정에 필요한 경영 지식에 이르기까지 다양하다. 실용지식은 그 사용 분야에 따라 전문지식(professional knowledge), 경영지식(business knowledge), 작업지식(workman's knowledge), 정치지식(political knowledge), 가사지식(household knowledge), 기타 실용지식(other practical knowledge) 등 여섯 가지로 분류된다. 실용지식은 과학기술의 발달과 기록 매체의 이용 습관으로 인하여 급증하였다.

둘째, 순수지식(intellectual knowledge)은 인간의 지적 호기심을 충족시키는 종류의 지식을 말하며 대학의 교양 교육 내용의 주류를 이룬다. 순수 지식은 이론적으로 실용성이 없다고 하나 관점, 입장 등 경우에 따라 실용적일 수 있다. 똑같은 책일 경우에도 독자에 따라 얻는 지식의 종류는 각각 다를 수 있다.

셋째, 오락지식(pastime knowledge).

넷째, 종교지식(spiritual knowledge).

다섯째, 쓸모없는 지식(unwanted, or useless knowledge)은 평소에 늘 보고 듣는 대부분의 지식을 말한다. 개인이나 사회는 각각 외부 메시지를 취사 선택(取捨選擇)하는 조직이 있고 그 조직을 통하여 지적 여과가 이루어지며 이때 인식자와 인식 시기에 따라 폐기되는 지식이 있다.

에들러(Mortimer J. Adler)와 골만(William Gorman)은 지식을 여섯 가지 기준에 따라 분류하였다(Adler and Gorman, Syntopicon, vol. 1, pp.887~889; Shera, 1972, pp.123~124에서 재인용).

(1) 대상의 다양성(according to diversity of objects)

a. 존재-생성적(生成的) 지식, 지성적 및 감성적 지식, 필수적 지식, 부수적 지식, 항구적 지식, 일시적 지식, 물질적 지식, 영적 지식(being-becoming, intelligible, sensible, the necessary, the contingent, the eternal, the temporal, material, immaterial)

b. 본질에 관한 지식(knowledge of natures or kinds as distinct from knowledge of individuals)

c. 사실적 지식(knowledge of fact, knowledge of ideas or relations)

d. 현상(phenomenal, noumenal, sensible, suprasensible)

(2) 지적 능력(according to the faculties involved in knowing)

a. 감각에 의한 인식 능력(sense perception)

b. 기억력(memory)

c. 추리력 혹은 지력(智力, rational or intellectual)

d. 이해력, 판단력, 이성, 직관, 상상력(understanding, judgment, reason, intuition, imagination)

(3) 지식 습득 방법(according to methods of means of knowledge)

a. 상상력, 통찰력, 심사숙고(深思熟考), 추론이 아닌 직관(vision, contemplation, or intuitive as distinct from discursive)

b. 직접 혹은 간접적인 판단, 귀납법, 논리적 추리, 원리, 결론(immediate, mediated judgments, induction, reasoning, principles, conclusions)

c. 선천적, 후천적(innate, acquired)

d. 선순위(先順位), 후순위(後順位), 선험적(先驗的), 사색적, 사변적(思辨的), 경험적(a priori, a posteriori, transcendental, or speculative, empirical)

e. 자연적, 초자연적, 감각적, 이성적, 운명적, 영감적(natural, supernatural, sense or reason, faith or inspiration)

(4) 인정(according to degrees of assent)

a. 확실성, 가망성(certain, probable)

b. 확실성의 유형, 가망성의 정도(types of certainty, degrees of probability)

c. 적절성, 부적절성(adequate, inadequate perfect, imperfect)

(5) 지식 습득의 목적(according to the end, or aim, of knowing)

a. 이론적, 실용적, 지식 습득 자체, 생산 자체(theoretical, practical, for the sake of knowing, for the sake of production)

b. 실용적 지식의 유형, 생산과 행동을 위한 지식의 용도, 지식의

기능적 용도, 도덕적 용도(types of practical knowledge, the use of knowledge in production and in the direction of conduct, technical, moral)

(6) 지식 전달 매체(according to the media of communicating knowledge)

a. 지식 전달의 수단과 방법(means and methods of communicating knowledge)

b. 지식 확산의 가치, 토론과 논쟁의 자유(value of the dissemination of knowledge, freedom of discussion)

3. 지식사회학

지식사회학과 사회인식론은 서로 역개념(逆概念)이다. 즉 사회인식론은 지식이 사회에 미치는 영향을 분석하지만 지식사회학은 사회가 지식에 미치는 영향을 분석한다.

전자는, 사회의 인식은 지식과 관련된다는 관점을 가지고 사회를 인식하기 위하여 사회의 지식 인식 과정을 탐구한다. 사회를 인식하기 위하여 노력하면, 지식을 습득하게 되고, 습득된 지식들이 축적되고 이용되면 이에 근거하여 새로운 지식이 창출된다. 이 과정이 계속 반복되면 사회는 변화하고 발전한다. 즉 지식은 사회의 변화와 발전에 영향을 준다는 것이 사회인식론의 입장이다.

후자는, 지식의 인식은 사회와 관련된다는 관점을 가지고 지식을 인식하기 위하여 지식의 사회적 기반을 탐구한다. 사회에 축적된 경험, 능력, 요구. 필요성, 기대, 소망, 미래지향적 사고와 행위 등은 지식의 창출과 소멸에 영향을 준다는 지식사회학의 입장이다. 그러나 사회인식론과 지식사회학은 상호 관련되어 있으며 각각 독자적인 학문 체계로 발전하고 있다.

지식사회학은 인간의 사고와 지식 및 사상에 영향을 미치는 사회적 요인을 구명하려는 학문 분야이다. 지식사회학이 전제로 삼는 가정은, 인간의 사상이나 아이디어는 위대한 천재의 개인적 영감에서 나오는 것이 아니라 그가 속한 집단의 전체적 경험에서 나온다는 점이다. 역사상의 모든 위대한 발명은 천재들에 의해서가 아니라 당시의 사회적 요구에 의하여 이루어졌다는 것이 지식사회학 연구자들의 시각이다. 즉 어느 사회의 집합적 경험, 능력 및 요구는 그 사회에서 생산되는 지식의 범위, 내용 및 형식을 결정한다는 것이 지식사회학 연구자들의 주장이다. 이 주장은 사회적 조건이 의식을 결정한다는 마르크스(Karl Heinrich Marx, 1818~1883)의 주장과 상통한다. 지식사회학은 처음 몇 사람의 예술사 연구자와 사상사 연구자의 관심으로부터 시작되어 발달하였다. 예술사에 의하면, 예술의 양식은 각각 사회의 역사적 상황에서 시작되어 발달된 것임을 알 수 있다. 현존하는 예술 양식들은 각각 이전의 유사한 양식들이 가지고 있던 특징을 어느 정도 보존하고 있다. 예술 분야에서의 이러한 현상은 지식 분야에서도 마찬가지이다. 예술의 양식 속에서 역사상 특정 시기에 일어난 상황들의 영향을 읽을 수 있는 것처럼 지식의 내용이나 형식 속에서도 그 지식이 생겨나서 발달한 사회의 역사적 배경에 관련된 요소를 볼 수 있다.

지식사회학은 지식과 사회의 상호 관계를 주목하여 지식의 사회적 기반을 탐구한다. 그러므로 관념은 사회적 상호 작용에 의하여 생성되고 성장하며 그러한 관념의 구체적인 내용은 개인이 태어난 모태(母胎)로서의 사회 현실을 반영한다는 점을 강조한다(장상호, p.41). 19세기의 이 분야의 주요 공헌자는 마르크스와 뒤르켐(Emile Durkheim, 1858~1917)이며, 최근의 대표적인 연구자는 만하임(Karl Mannheim, 1893~1947), 머튼(Robert King Merton,

1910~), 슈타크(Werner Stark, 1909~), 하버마스(Jurgen Habermas), 블루어(David Bloor, 1942~)이다.

마르크스는 사회적 존재가 의식을 결정하며 그 반대는 성립하지 않는다고 주장하였다. 그는 또 사람의 사회적 활동 중에서 물질적 하부 구조를 이데올로기적 상부 구조와 구별하고 전자는 후자를 결정한다고 말하였다. 따라서 사고 양식과 이론은 이데올로기에 불과하고 이데올로기는 계급적 이해관계를 내포한 신념 체계이며 사회적 계급에 따라 사람들은 그러한 이데올로기에 감염된다는 견해가 유물론적 지식사회학의 특징이다(장상호, p.41).

만하임은, 인간의 사고는 특정 사회구조 속에 놓여 있는 그 사람의 입장에 따라 결정된다. 따라서 지식사회학은 지식의 존재제약성(存在制約性)을 이론적으로 정립하고 지식의 내용이 지니고 있는 존재제약성을 밝히는 것을 목적으로 한다고 말하였다. 지식의 존재제약성은 지식의 사회적 혹은 역사적 구속성을 의미한다.

머튼은 구조주의적 시각에서 지식의 제도화와 발전을 밝히는 데 주력하였고 특히 1938년에 발표된 그의 박사학위논문 「17세기 영국의 과학기술과 사회학(Science technology and sociology in the 17th century England)」은 과학 활동이 사회적으로 승인된 활동으로 정착되는 데 청교도 윤리가 어떤 공헌을 했는가를 밝힌 것이다.

슈타크는 보편적인 관념의 생성은 적합한 사회적 상황과 발생론적으로 관련성이 있다는 점을 주목하고 지식사회학은 이를 입증하는 데 주력한다고 말하였다(Stark, 1960).

하버마스는, 지식사회학은 지식을 비판적으로 조명하는 방법론으로 미시적 분석과 거시적 분석을 종합하였으며, 지식의 제약 조건과 지식을 구성하는 요인을 노동, 언어, 권위라고 규정하면서, 지식사회학은 사회와 인간 간의 상호관계를 연구하는 분야로서 지적 현상에 대한 사회학적 방법론이다. 지식사회학의 관심은 존재와 사고와의 상호 영향을 추적하는 일이다. 그것은 사회의 통합과 해체의 변동 과정을 설명하는 변동 이론으로서의 의의를 가진다고 주장하였다(송호근, 1990).

블루어는 보편성과 객관성이라는 베일에 싸여 있던 과학 지식을 사회학적 분석의 대상에 포함시킴으로써 과학 지식 역시 다른 지식과 똑같이 사회 속에서 여러 사회 집단들의 이해관계 및 가치 체계와 충돌하면서 형성된다고 보고, 지식사회학(sociology of scientific knowledge)이 고수해야 할 네 가지 원칙을 다음과 같이 제시하였다.

첫째, 인과성(因果性), 즉 지식을 낳은 원인을 밝히는 인과적 설명을 추구한다. 지식과 사상이 형성되려면 다양한 사회적 요인이 필요하며 그러한 요인들 사이에는 인과성이 있다는 점을 밝힌다.

둘째, 공평성(公平性), 즉 참된 지식과 거짓된 지식 모두를 설명의 대상으로 삼는다.

셋째, 대칭성(對稱性, symmetry), 즉 참된 지식과 거짓된 지식, 성공과 실패, 합리성과 비합리성 모두에 대한 설명 양식은 대칭적이어야 한다.

넷째, 성찰성(省察性), 즉 이 원칙은 지식사회학 자체에도 적용되어야 한다(Bloor, 2000).

1992년에 버널상(J. D. Bernal Award)을 수상한 블루어는 이러한 원칙이 지식을 과학적으로 연구하는 객관적 방법이라는 점에서 이것을 지식사회학 일반의 원칙으로 제시하였다. 전술한 네 가지 원칙 가운데 특히 대칭성의 원리는 여러 방향으로 확장되면서 오늘날의 과학기술과 그 정책을 분석하는 중요한 도구인 기술의 사회적 구성론과, 인간과 비인간을 포괄하는 새로운 설명 체계인 '행위자 연결망 이론(actor-network theory, 行爲者 連結網 理論)'을 낳았다.

지식사회학과 관련하여 도서관사회학(sociology of library)을 주장하는 연구자들도 있다. 그러나 이 분야를 문헌정보학의 분과 학문으로 삼는다는 발상은 신중하게 다루어질 필요가 있다. 그 이유는 다음과 같은 문제에서 비롯된다.

첫째, 문헌정보학 연구자들은 도서관사회학이 문헌정보학의 고유 영역이라고 당당하게 주장할 수 있는가? 사회학 연구자들은 이 주장이 타당하다고 인정하는가? 즉 도서관사회학은 문헌정보학의 하위 분야인가, 사회학의 하위 분야인가?

둘째, 전자라고 여기는 경우, 도서관학사회학을 교육하고 연구할 인력은 사회학적 배경이 충분한 전문 인력인가?

셋째, 문헌정보학 교육과정은 도서관사회학을 교과목으로 삼을 만큼 사회학을 수용하고 있는가?

도서관사회학을 최초로 주장한 연구자는 독일의 칼슈테트(Peter Karstedt)이다. 그의 저서, 도서관사회학(Studien zur Soziologie der Bibliothek)은 1954년에 간행되었는데, 이 저술을 통하여 그는 도서관사회학을 역사사회학, 체계사회학, 지식사회학으로 나누어 논의하였다. 최근 국내의 한 연구 결과는 이 분야의 주요 연구 영역 다섯 가지를 시론적(試論的)으로 다음과 같이 제시하면서 도서관사회학의 주된 역할은 문헌정보학 연구 영역의 확대와 인식론적 기초를 제공해 주는 패러다임이 될 만큼 유용하다고 주장하였다(김정근, 이수상, 1996).

첫째, 이론과 철학의 연구 영역으로서 사회적 지식체계로서의 도
서관이 성립되는 각종 이론과 철학적 문제를 탐구한다. 그
연구 대상은 사회인식론, 지식사회학, 도서관과 인간, 도서관
과 사회 등이다.

둘째, 도서관의 사회적 기반을 탐구한다. 그 연구 대상은 도서관의
역할과 목적, 이를 달성하기 위한 각종 제도와 정책 및 사회
구조, 지역사회, 도서관 운동 등이다.

셋째, 문헌 정보의 사회적 문제를 탐구한다. 그 연구 대상은 문헌
정보의 생산, 조직, 처리, 관리 및 평가, 정보 기술 환경, 국가
간 혹은 지역 간 지식 이동, 정보 종속, 정보의 불평등, 정보
저작권, 정보의 공개와 보호, 주제 분석, 서지 통정 등이다.

넷째, 정보 이용자를 탐구한다. 그 연구 대상은 이용자 요구의 분
석, 정보화 과정, 사회 계층과 도서관의 관계 등이다.

다섯째, 사서직을 탐구한다. 그 연구 대상은 사서직의 윤리, 역할,
전문성, 사회성 등이다.

지식사회학 연구자들은 이 분야의 발전 과정에서 부각된 학문과
사회적 조건 간의 예외적인 관계를 다음과 같이 제시하고 있다(장상호,
pp.44~48).

첫째, 학문적 지식은 이데올로기와 다른 관념 체계이다.

둘째, 연구자 집단은 계급적 이해관계에서 독립할 수 있다.

셋째, 연구자들은 창의적 활동을 수행하기 위하여 일반적인 사회
와 구별되는 공동체를 형성한다. 그러므로 지식사회학은 사
고의 사회 결정성을 표방(標榜)하나 개인의 창의성을 거부하지
않는다.

넷째, 존재는 사유(思惟)를 결정한다는 점을 인정하나 그 인과관계(因果關係)와 상호 관련성 역시 인식해야 한다.

지금까지 사회인식론 및 지식사회학에 관한 기초적인 내용을 개괄적으로 살펴보았다. 그 내용을 정리하면 다음과 같다.

사회인식론은 사회를 인식의 대상으로 삼고, 사회의 기원, 본질, 발달 등을 연구한다. 사회의 인식은 지식과 밀접한 관계를 가진다는 관점에서 사회가 지식을 인식하는 과정을 연구한다. 즉 사회 속에서 일어나는 지식의 창출, 이용 및 축적 과정을 연구한다.

사회인식론의 관점에서 도서관의 모든 봉사활동은 이용자의 문헌 이용습관을 지속적으로 조사, 분석, 평가하고 그 결과를 도서관 운영에 반영함으로써 효과적으로 수행될 수 있다. 도서관이 서명, 저자명, 주제명, 키워드를 문헌의 접근점으로 선정하는 근거는 이용자의 문헌 이용습관에 기인한다. 이 습관은 사회가 지식을 인식하는 구체적인 과정의 하나이다.

지식사회학은 지식의 사회학, 즉 지식을 사회학적으로 연구하며, 지식을 인식의 대상으로 한다. 지식은 사회와 밀접한 관계를 가진다는 관점에서 지식의 사회적 기반, 지식에 영향을 주는 사회적 요인을 연구한다. 즉 사회의 집합적 경험, 능력 및 요구는 어떻게 그 사회에서 생산되는 지식의 범위, 내용 및 형식을 결정하는가를 연구한다.

지식사회학의 관점에서 도서관은 문헌의 수집에서 제공까지의 모든 과정에서 사회의 요구를 반영하고 충족시켜야 하며, 가치 있는 문헌을 수집, 축적함으로써 문화의 보존 및 전승에 기여해야 한다. 사회의 요구, 가치지향, 문화의 보존 및 전승 등은 사회적 기반이기 때문이다.

이 두 분야의 이해를 돕기 위하여 그 내용을 다음과 같이 비교하였다.

사회인식론	지식사회학
사회의 인지양식을 연구하는 분야이다. 즉 사회의 구성 요소를 통하여 지식과 경험의 인식 과정을 연구하여 그 결과를 체계화한다.	지식에 대한 사회의 영향을 연구하는 분야이다. 즉 인간의 사고와 지식 및 사상에 영향을 주는 사회적 요인 을 탐구하여 그 결과를 체계화한다.
사회를 인식한다는 것은 지식과 관련이 있다는 관점을 가지고 사회가 지식을 인식하는 과정을 탐구한다.	지식을 인식한다는 것은 사회와 관련이 있다는 관점을 가지고 지식의 사회적 기반을 탐구한다.
지식 자체를 연구하고, 지식의 영향을 연구하며 개인의 지적인 생활, 사회가 수용하는 모든 자극 및 사회를 통하여 전달되는 지식의 유통 과정을 연구한다.	사회의 요구는 지식을 발달시킨다는 관점을 가지고 모든 분야에 관한 사회의 집합적 경험, 능력, 요구는 어떻게 모든 분야의 내용 및 형식을 결정하는가를 연구한다.
도서관의 모든 상황은 개인과 사회가 지식을 인식하는 방식과 일치해야 한다. 즉 도서관의 모든 활동은 문헌 이용 습관과 일치해야 한다.	모든 분야에서 제기되는 사회의 요구를 도서관 시스템의 설계에 반영해야 한다.
도서관은 문헌의 수집에서 제공까지의 모든 과정을 효율화하기 위하여 이용자의 문헌이용 습관을 지속적으로 조사, 분석, 평가하고 그 결과를 도서관 운영에 반영해야 한다.	도서관은 문헌의 수집에서 제공까지의 모든 과정을 효율화하기 위하여 사회의 요구를 지속적으로 조사, 분석, 평가하고 그 결과를 도서관 운영에 반영해야 한다.

4. 만남의 철학

　인류의 역사와 더불어 만남의 역사는 시작되었다. 또 만남이 없이 우리는 아무것도 할 수 없을 정도로 만남은 사람의 행동양식이며 생활양식이다. 따라서 만남은 문화이고 철학이다.

　새로운 발견과 아이디어가 설득력이 있고 해당 분야 연구자들의 인정을 받으려면 이들이 검증되어야 한다. 이 글의 목적은 만남의 철학이 문헌정보학의 철학적 기반이 되는지를 밝히는 것이다. 즉 만남은 과연 어떤 의미와 가치를 지니고 있는가, 그 의미와 가치는 문헌정보학의 정의에 부합하는가를 밝히는 것이다. 이와 관련하여 무엇보다 정보 이용자의 정보요구, 비공식 경로를 이용한 정보수집 행태, 인용문헌분석(citation analysis)과 각주(脚注, footnote)를 차례차례 기술하고, 만남의 철학과 민본박애정신은 문헌정보학의 철학적 기반임을 밝힌다.

정보요구와 정보수집 행태

문제를 발견하고 문제를 해결하기 위하여 정보 이용자는 정보의 필요성을 인식하고, 그 필요성을 충족시키기 위하여 이용자는 스스로 정보를 검색하거나 정보봉사기관에 정보를 요구한다. 이것은 정보 이용자와 정보의 적극적이며 생산적인 만남이 이루어지는 일련의 과정이다. 정보봉사기관은 이용자들의 정보요구를 충족시키기 위하여 설립되고 운영된다. 그러므로 정보봉사기관이 제일 먼저 할 일은 그 기관을 이용하는 사람들의 정보요구를 정확히 파악하는 것이다. 이것은 정보봉사기관이 행하는 여러 가지 과업 중에서 가장 중요한 것이다. 왜냐하면 이용자들의 요구가 정확하게 파악되지 않은 상태에서 행해지는 모든 일, 즉 문헌의 선택, 수집, 파일의 구성, 검색 등은 사실상 무의미한 것이기 때문이다. 이용자들의 정보요구를 파악할 때 만나는 가장 큰 어려움은 그것이 개인의 다양한 삶과 직업 활동 과정에서 생기므로 매우 다양하고, 사람에 따라 다르고, 또 같은 사람이라도 시간과 공간 및 상황에 따라 다르다는 것이다. 그럼에도 불구하고 정보봉사기관은 정보 이용자의 요구를 파악하여 그들의 요구를 충족시키려는 노력을 꾸준히 기울이고 있다는 사실을 이용자는 깊이 인식하여야 한다. 이는 정보와 그 이용자의 만남을 최적화하려는 소중한 노력이다.

정보요구와 관련된 것으로 어떤 정보봉사를 시작하기 전에 반드시 조사하여 밝혀야 할 일이 한 가지 더 있다. 그것은 '정보봉사를 이용할 사람들이 필요한 정보를 흔히 어떤 방식으로 수집하는가'라는 정보 이용자들의 정보수집 행태에 관한 것이다. 여기서는 그런 행태에 관하여 지금까지 수행된 연구 결과들이 밝힌 몇 가지 중요한 사실에 대하여 살펴보려고 한다.

　과학자들은 필요한 정보를 어떻게 입수하는가? 이 질문은 1948년 런던에서 영국학술원(The Royal Society)이 주최한 과학 정보에 관한 국제학술회의의 주요 동기였다. 런던 회의 이후, 많은 문헌정보학 연구자들이 이 물음을 되물으며 답을 구하려고 애썼다. 그러한 연구들을 통하여 과학자들이 정보를 입수하는 몇 가지 방법들이 밝혀졌고, 또 그러한 연구를 수행하는 방법들이 개발되었다. 과학자들의 실제 정보요구가 무엇인지를 밝히려는 연구도 많았다. 그러나 왜 과학자들이 특정 정보의 수집을 선호(選好)하고, 정보수집 방법의 어느 부분이 중요하고, 정보수집 과정에 대한 연구가 과학자들의 경우로 제한될 필요가 있는지 등의 문제를 다룬 연구는 별로 없었다. 이용자들의 정보수집 행태에 관하여 지금까지 수행된 연구는 물리학자, 심리학자, 또는 어느 정부 기관의 연구 개발 요원들과 같이 큰 집단의 정보수집 습관에 관한 조사 연구에서, 어느 도서관이나 정보관 이용자들의 정보이용 행태에 관한 작은 규모의 조사 연구, 또는 아주 구체적으로 어느 학술지의 구독자들에 대한 조사나 어느 도서관의 목록 이용 실태를 조사한 것과 같이 한 봉사나 도구에 대한 조사에 이르기까지 그 규모나 내용이 다양하다. 그러므로 여기서 그 모든 연구의 결과들을 논의한다는 것은 어렵고 또 사실상 불필요하다. 다만 비공식 경로를 이용한 정보수집 행태를 간단히 살펴보려고 한다.

　연구자들은 자신에게 필요한 모든 정보를 도서관을 비롯한 공식 경로만을 통하여 수집하는 것이 아니다. 어떤 연구자들은 도서관을 거의 이용하지 않지만 그들도 도서관 밖에서 동료에게 묻는 등 다양한 비공식 경로를 통하여 필요한 정보를 수집하고 있다. 우리는 연구자들이 정보를 수집할 때 공식 경로에 대한 비공식 경로의 보충적 기능을 인정하여야 한다. 지금까지의 여러 조사 결과로 밝혀진 바에 의하면 연구자들은 개인 장서를 가장 많이 이용한다는 것이다. 정보요구가 발생하면 그들은 먼저 자신의 장서를 조사한다. 거기서 적합한 정보를 찾지 못하면 비공식 경로로 주의를 돌려 필요한 정보를 찾기 시작한다. 즉 동료를 찾아가서 묻거나 소속 기관 안의 혹은 밖의 고문에게 물어서 정보를 구한다. 그러한 정보원에서 다 실패하면 그때에는 도서관이나 그 밖의 정보봉사 기관을 방문한다는 것이 일반적 경향이다. 정보 수집에 편리하거나 유익하다고 생각되는 순서로 정보원들을 열거하여 보라고 연구자들에게 요청하면 '도서관에 간다' 혹은 '사서에게 묻는다'는 응답은 대개 낮은 순위에 들어간다. 개인 장서와 비공식 경로가 높은 순위에 들어가는 것은 주로 접근성과 이용의 편의 때문이다. 사람들은 일반적으로 비공식 경로가 공식 경로보다 새로운 정보를 더 많이 가지고 있다고 믿는다. 비공식 커뮤니케이션 경로는 입수하기 쉬운 공개적인 출판물을 통하지 않고 정보 요구자와 정보 제공자 사이에 이루어지는 개인적 대화 및 그와 유사한 형태의 정보 전달을 말하며 주로 개인 간에 구두로 정보가 전달되는 것을 가리킨다. 비공식 커뮤니케이션 경로에는 여러 가지 이점이 있으나 그것들이 모두 개인 간의 상호작용적 성격에서 비롯된다. 즉 비공식 커뮤니케이션 경로는 개인 간에 이루어지는 직접적인 커뮤니케이션이며, 따라서 개인의 요구에 맞게 조절될 수 있으며, 민감한 반응을 얻을 수 있다. 공식 커뮤니케이션은 정방향식, 즉 저자로부터 독자로 향하는 일방 통행식인 데 비하여 비공식 커뮤니케이션은 양 방향식 커뮤니케이션이다. 그러므로 양 방향식 성격을 띤 모든 커뮤니케이션은 일단 비공식 커뮤니케이션의 범주에 넣어서 생각할 수 있다. 양 방향식 특성을 가진 비공식 커뮤니케이션은 개인과 개인의 두 사람에 머무르지 않고 '보이지 않는 대학'으로까지 확대될 수 있다.

　오늘날 각 연구 분야의 엘리트라고 자처하는 연구자들 사이에 비공식적으로 형성되는 '보이지 않는 대학'의 원형(原形)은 1640년대의 영국으로 거슬러 올라간다. 아직 학회와 같은 연구자들의 공식 모임이 나타나기 전에 당시 영국의 저명한 연구자들은 관심 분야별로 소수의 동료들끼리 모여 학문에 관한 토론을 하며 의견을 교환하였다. 1640년대 영국 런던에서 자주 만나 토론하던 유명한 한 연구자 집단이 특히 사람들의 주의를 끌었다. 그들은 자신들의 모임을 철학자회 (philosophical college)라고 불렀으며, 그러한 모임을 선술집, 그레샴대학(Gresham College), 혹은 옥스퍼드(Oxford)에서 가졌다. 보일(Robert Boyle)은 그들을 '보이지 않는 대학'이란 별명을 붙여 불렀다. 1662년에 그 집단이 영국학술원이라는 공식 기구로 발전하기까지 사람들은 그들이 스스로 지은 이름보다 보일이 붙인 '보이지 않는 대학'이라는 별명으로 흔히 불렀다. 비공식 커뮤니케이션 경로는 연구자들이 스스로 만들어 유지하는 자연발생적인 것이다. 그렇다면 그것이 자연스럽게 발생하지 않을 수 없는 이유는 무엇인가? 이 물음에 대한 여러 연구자의 공통된 대답은 공식 경로가 충족시키지 못하는 정보요구를 충족시키기 위해서이고, 공식 경로가 제공하는 정보가 너무 많아서 적절한 정보의 선별 수단이 필요하기 때문이라는 것이다. 연구 활동에서의 공식 커뮤니케이션이 가지지 못한 비공식 커뮤니케이션의 장점은 무엇인가? 그것은 정보의 신속한 제공, 선정된 정보의 제공, 평가 통합된 정보의 제공, 실용 목적으로 변환된 정보의 제공, 글로 표현할 수 없는 정보의 제공, 즉각적인 환류(feedback) 등이다. 비공식 커뮤니케이션의 장점들을 좀 더 자세히 알아본다.

첫째, 비공식 경로의 가장 중요한 특성은 전달되는 정보의 신속성이라 할 수 있다. 연구자 간의 대화, 편지, 전화, 출판전배포기사(出版前配布記事, preprint), 뉴스 레터, 잡지 게재 예정 기사의 목록 등은 출판 과정에 따르는 시간적 지체(time lag)를 극복하고 최신 정보를 제공한다.

둘째, 비공식 경로는 연구자 자신에게 적합한 정보를 제공할 뿐만 아니라 동료 연구자가 적절하다고 평가하는 정보를 제공한다. 이 경로를 통하여 연구자는 선택 및 평가된 정보뿐만 아니라 경우에 따라서는 다른 정보와 통합하여 만들어진 새로운 정보를 얻을 수 있으며, 문헌이 아닌 정보 그 자체를 구할 수도 있다. 또한 비공식 커뮤니케이션 경로는 연구자가 주도(主導)하여 관리할 수 있다. 연구자는 연구 주제, 연구 방법, 연구 단계에 따라 필요한 정보를 달리하는데 공식 경로를 통해서는 그때그때의 요구를 즉각 충족시킬 수 없다. 그러나 비공식 경로를 이용하면 즉각적인 응답을 얻을 수 있다.

셋째, 비공식 커뮤니케이션은 개인 간의 커뮤니케이션이므로 이를 통하여 비판적 견해를 즉시 얻을 수 있다. 이처럼 환류를 통하여 연구자는 우선, 연구의 구성에 대한 비평을 얻을 수 있고, 동료와의 토론을 통하여 그의 가설 및 문헌 수집 방법에 대한 확신을 얻을 수 있으며, 오류(誤謬)나 불완전한 부분에 대한 비평을 받아 적절한 수정을 가할 수 있다.

넷째, 비공식 경로는 학술지 기사에 제시되지 않은 상세한 연구 과정과 실험 기기의 사용법, 혹은 학술지 편집인이 중요하지 않다고 생각하거나, 글로 표현하기에 너무 장황하거나, 글로 표현할 수 없는 내용 등을 제공할 수 있다. 실패한 연구나 소규모 연구 과제의 결과도 입수할 수 있다. 즉 자유로운 표현으로 사소한 정보까지 입수할 수 있다.

다섯째, 비공식 경로는 특히 기술자들에게 도움이 되는 일이지만 연구 보고서에 전문 용어로 표시된 정보를 전달자가 일반 이용자들이 쉽게 이해할 수 있는 언어로 바꾸어 전달할 수 있다.

여섯째, 비공식 경로는 어떤 연구에 관한 정보를 다양한 형태로 전달한다. 즉 구두로, 소규모의 모임에서 비공식 발표를 통하여, 또는 편지로 재구성하여, 반복적으로 각종 이용자 집단에게 효율적으로 전달할 수 있다.

일곱째, 비공식 커뮤니케이션은 동일한 주제 분야의 연구에 종사하고 있는 연구자 집단들을 결집(結集)시키는 효과를 발휘한다.

비공식 커뮤니케이션은 전술한 장점을 가지고 있으나 동시에 다음과 같은 약점도 가지고 있다.

첫째, 비공식 경로를 통하여 배포되는 정보는 한정된 사람에게만 배포되며, 축적이 일시적이어서 때로는 검색하기가 어렵다.

둘째, 비공식 커뮤니케이션은 연구자 측에 시간과 노력을 요하며, 비공식 커뮤니케이션이 이루어지는 장소인 학술회의의 참석을 위한 비용, 편지와 전화를 위한 비용 등이 필요하다. 즉 유지비용(維持費用)이 많이 든다.

셋째, 비공식 경로를 통하여 배포되는 정보의 품질은 배포자 자신만이 관리하기 때문에 상당량의 쓸모가 적은 정보가 배포될 수 있다.

넷째, 비공식 커뮤니케이션은 정보 전달이 우발적이고, 어느 범위의, 어느 정도의 정보가 전달되는지를 확인하기 어려우며, 특정 집단의 구성원들 사이에 교환되는 정보는 그 집단의 구성원이 아니면 알 수 없으며, 때로는 그 집단의 존재조차 알 수 없다. 학술지와 같은 공식 커뮤니케이션의 급성장으로 많은 연구자들에게 정보 공급량의 급증 현상이 초래되었고 따라서 연구자들은 관심 주제 분야의 동향을 계속 입수하기 위하여 문헌 탐색에 점점 더 어려움을 겪게 되었다. 비공식 커뮤니케이션을 위하여 형성된 '보이지 않는 대학'은 연구자들의 정보요구의 충족을 위해서뿐만 아니라 구성원들이 적절하다고 믿는 범위로 수집 정보를 축소하기 위하여 자연 발생된 것이라 볼 수 있다.

지금까지 수행된 정보 이용자의 연구로 보아 비공식 커뮤니케이션은 연구자 간의 정보 전달 과정에서 중요한 위치를 차지하고 있음이 분명하다. 연구자들이 비공식 커뮤니케이션에 상당히 많이 의존한다는 것은, 연구자들이 공식 커뮤니케이션 경로의 제한점을 인지하고 있으며, 공식 경로의 개선을 요구하는 표시로 받아들일 필요가 있다는 것을 의미한다. 공식 경로를 개선한다는 것은 비공식 커뮤니케이션의 이점을 공식 커뮤니케이션이 수용하고, 비공식 커뮤니케이션의 공식화로 발전시켜야 한다는 말이다. 결국 비공식 커뮤니케이션 경로에 대한 이해는 궁극적으로 공식 커뮤니케이션의 개선에 기여하여야 한다.

인용문헌분석과 각주

연구자들의 정보수집 및 이용행태에 관한 연구방법의 하나인 인용문헌분석을 소개하고 논의할 차례이다. 문헌을 인용한다는 것은 사람과 문헌의 적극적인 만남에서 비롯되며 구체적으로는 연구자의 정보수집 및 이용행태를 나타내는 것이다.

정보 이용자의 필요에 의하여 수집된 정보는 이용을 전제로 한다. 그럼에도 불구하고 수집된 정보가 모두 이용되는 것도 아니고 또 이용된 문헌이 모두 인용되는 것도 아니다. 문헌의 인용은 구체적이며 사실적인 정보수집 및 이용행태를 가리킨다.

국내외를 막론하고 정보 이용자의 정보수집 및 이용행태를 밝힌 연구는 상당히 많으며 그러한 연구는 주로 인용문헌분석을 중심으로 수행되었다.

정보 이용자의 정보수집 및 이용행태를 조사하고 연구하는 목적은 정보 시스템의 효율적 운영을 위한 기초 자료를 계량적(計量的)으로 제시한다는 큰 목적 이외에 이 분야의 이론과 연구 성과들이 제시하는 내용을 정보 이용자들이 잘 이해함으로써 정보의 효과적인 수집과 이용에 큰 도움을 받을 수 있다는 측면을 간과(看過)해서는 아니 된다.

정보 이용자 특히 연구자들은 새로운 연구 결과를 생산할 때 과거의 문헌을 인용하는 저술습관을 보이며, 그렇게 인용된 문헌은 새로운 연구 결과를 수록한 문헌 속에서 흔히 각주라는 형태로 등장한다. 각주는 인용된 문헌을 대표하는 서지정보를 체계적으로 기술한 것이며 그러한 서지정보는 인용된 문헌을 분석하는 근거가 된다. 인용된 문헌이 각주라는 형태로 제시되고, 이에 근거하여 인용된 문헌을 분석하기 때문에 인용문헌분석은 정보 이용자의 정보수십 및 이용행태를 밝히는 연구 방법으로 흔히 활용된다.

연구자들이 문헌을 인용하는 동기는 대략 다음과 같다.

첫째, 최신 문헌을 이용했다는 근거로 삼는다.

둘째, 연구의 근거와 그 타당성을 제시한다.

셋째, 특정 연구자의 견해를 지지하고 검증하며 비평, 수정 및 논의한다.

넷째, 연구와 관련된 문헌을 알린다.

다섯째, 연구자의 지적 수준을 과시한다.

1873년부터 실용화된 '쉐퍼드 판례(Shepard's Citations)'가, 미국의 각급 법원은 판례를 중시해야 한다는 원칙에 따라 작성되기 시작한 것처럼 문헌인용의 전통은 선행 연구 성과를 존중하고 이를 기초로 후속 연구가 수행된다는 의미를 가진다. 도구의 필요성을 지각하고 이를 제작하여 요긴하게 사용한다는 사실은 다른 동물과 구별되는 인간의 중요한 특징이다. 인용문헌분석은 연구자들이 흔히 학술 활동의 토대, 도구 및 수단으로 삼는 선행 연구 문헌들이 서로 어떤 관계를 맺고 있는지를 계량적으로 조사 분석하는 것이다. 따라서 특정 학문 분야를 대표하는 권위 있는 학술지를 조사 대상으로 선정하고 조사 대상 기간을 선정하여 거기에 수록된 논문이 인용한 문헌을 분석의 대상으로 삼는 것이 일반적으로 수행되는 인용문헌분석이다. 조사의 대상으로 삼은 학술지, 즉 표본 잡지(source journal)를 선정하려면 예비연구(pilot study)를 하거나 해당 분야에 종사하는 전문가의 협조를 구할 필요가 있다. 일반적으로 전국 규모의 학회지가 표본 잡지로 선정된다.

인용문헌분석을 활용한 연구는 대체로 다음과 같은 내용을 밝힐 수 있다.

첫째, 연구자들이 수집하고 이용한 연구 성과의 학문 분야별 이용 행태.

둘째, 연구자들이 수집하고 이용한 문헌의 형태별 이용행태.

셋째, 연구자들이 수집하고 이용한 문헌의 연령별 이용행태.

넷째, 연구자들이 수집하고 이용한 문헌의 언어별 및 간행국별 이용행태.

다섯째, 특정 분야의 연구에 필요한 핵심 학술지(core journal).

여섯째, 타 학문(他學問) 및 외래학문(外來學問)의 수용과정(受容過程).

일곱째, 특정 학문 분야의 연구자 집단.

인용문헌분석에 의한 연구의 결과는 정보 시스템의 수서 정책과 장서 폐기 정책의 수립을 위한 기초 자료를 제공함과 동시에 정보 봉사활동의 개선과 그 확대를 위한 기초 자료를 제공한다.

연구자들이 생산하는 창의적인 정보는 선행 연구 결과에 토대를 둔다는 사실에 착안한 과학문헌인용색인(SCI)은 미국과학정보연구소(ISI)를 창립한 가아필드(Eugene Garfield)의 독창적 산물이다. 다음에 제시된 색인은 이 체제를 모방한 간단한 형태의 인용문헌색인이다. 이 색인은 하나의 인용된 문헌(屈萬里, 昌彼得, 1953, 圖書板本學要略, 臺北: 中央文物供應社) 밑에 여러 개의 인용한 문헌을 수록하였는데 그 형태는 비록 간단하나 인용한 문헌과 인용된 문헌의 관계를 잘 보여 준다.

屈萬里, 昌彼得. 1953. 圖書板本學要略. 臺北: 中央文物供應社.

　　1962. 천혜봉. 古書 目錄에 있어서의 當面한 諸問題. 석사논문. 연세대학교.

　　1968. 천혜봉. "庚子字攷", 성균관대학교논문집 13.

　　1974. 천혜봉. "韓國 印刷術의 濫觴", 성균관대학교논문집 19.

　　1974. 천혜봉. "癸未字와 그 印本", 서지학 6.

　　1976. 천혜봉. "高麗 鑄字 印刷術", 성균관대학교논문집 22.

　　1976. 천혜봉. "初雕 大藏經의 現存本과 그 特性", 대동문화연구 11.

　　1977. 천혜봉. "韓國에서의 書誌學의 展開 및 그 課題", 한국학보 6-7.

　　1978. 천혜봉. 羅麗 印刷術의 硏究. 박사논문. 성균관대학교.

　　1978. (편의상 생략)

　　1982. (편의상 생략)

　　1982. 권희승. 湖南 坊刻本에 관한 硏究. 석사논문. 성균관대학교.

　　1983. 심우준. "妙法 蓮華經 異板考", 도서관학보(중앙대학교) 4.

1985. (편의상 생략)

1987. (편의상 생략)

1989. (편의상 생략)

1989. (편의상 생략)

1990. 배현숙. 朝鮮王朝實錄의 書誌的 硏究. 석사논문. 중앙대학교.

1990. (편의상 생략)

1990. (편의상 생략)

1991. (편의상 생략)

1997. 조형진. "淸代 後期의 活字 印刷", 季刊 書誌學報 19.

앞에 제시된 하나의 인용된 문헌과 여러 인용한 문헌과의 관계에서 이용자는 다음과 같은 사실을 확인할 수 있다.

첫째, 인용된 문헌은 35년간(1962~1997) 연구 활동에 인용되었다.

둘째, 인용된 문헌은 총 21회 인용되었다.

셋째, 인용된 문헌은 5명의 연구자가 집중적으로 인용하였다.

넷째, 인용된 문헌으로서의 외국문헌이 최초로 인용되는 데 소요된 시간은 9년이다.

다섯째, 인용된 문헌은 핵심문헌의 하나이다.

예시한 바와 같이 과학문헌인용색인은 인용된 문헌을 표제어로 삼고, 그 표제어 밑에 인용한 연도순으로 인용한 문헌을 열거하는 형태를 취하기 때문에 다음과 같은 특징을 가진다. 따라서 이 색인의 이용자는 그 특징을 유효적절하게 활용할 필요가 있다.

첫째, 특정 문헌의 중요도를 확인할 수 있는 정보를 제공한다.

둘째, 특정 문헌이 표출하는 분야의 연구 동향을 파악할 수 있는 정보를 제공한다.

셋째, 특정 문헌의 선택과 그 문헌의 효율적인 이용에 도움을 주는 정보를 제공한다.

넷째, 외국 문헌의 수용 상황을 파악할 수 있는 정보를 제공한다.
다섯째, 특정 연구자의 연구 결과를 평가할 수 있는 정보를 제공한다.
여섯째, 특정 분야의 발달사를 추적할 수 있는 정보를 제공한다.
일곱째, 연구자들의 학문적 계보를 파악할 수 있는 정보를 제공한다.

각주란 무엇이며 그 의미와 목적은 무엇인가? 이 질문은 특히 대학의 신입생들이 학술 자료를 접했을 때 반드시 느끼게 되는 고통이며, 마치 해저와 같은 깊은 물에 잠수할 때의 고통과 같다. 각주는 문헌이 하수도 시설을 통하여 논지의 증거를 공급받는 곳임과 동시에 무능한 동료들의 상반되는 견해들을 제시할 수 있는 곳이기도 하다. 각주는 언제나 이 두 가지가 동시에 이루어지는 장소이다. 그것은 영양소의 공급원이자 소화기관이며, 연회장이자 화장실이며, 잔칫상이자 구토하는 그릇이다. 이 점은 현대적인 문화 주택이라면, 전기와 상수도가 공급되어야 하고, 하수도 시설이 있어야 하며, 쓰레기 수거가 이루어져야 하는 것과 같다. 각주가 있어야 문헌은 비로소 학술적이 된다. 과거의 학문들이 매우 학술적이지 못하다는 데카르트주의자의 비판에 대한 반작용의 하나로 각주는 성립했다. 이로써 문헌학의 검증 도구로서의 각주는 자연과학 분야의 실험과 동등한 지위를 차지하게 되었다.

각주는 벨(Bavle)의 『역사와 비판사전(Dictionnaire et critique, 1697)』에서 처음 시작되었고, 독일의 역사학자 랑케(Leopold von Ranke, 1795~1886)에 의하여 확고히 자리를 잡았다. 랑케는 문헌학적 작업에 매료되었던 학자였으며, 그 작업의 성과를 각주로 제시하였다. 이로써 그는 역사의 출처를 중시하는 역사학의 토대를 세웠고, 근대적 의미의 역사학의 창시자가 되었다.

각주는 일단 문헌의 내용이 옳다는 것을 입증하는 증거가 된다. 각주는 출처, 문헌 그리고 문서들을 인용한다. 각주는 선행 문헌에 근거하거나 그들을 반박한다. 각주는 재판소의 법정에서 증인이 행하는 진술과 동일한 기능을 하며, 때로는 대질심문과도 같다. 각주에 대한 심리가 있은 후 문헌은 판결(결론)을 내릴 수 있다.

각주를 이해하기 위한 본래의 의도는 명예욕이다. 데이비드 롯지(David Lodge)는 자신의 장편 소설 『작은 세계(Small world)』의 줄거리를 기사 로망스 관련 학술 대회로 시작한다. 이로써 그는 대학의 교수들을 방랑 기사들에 비유한다. 기사들은 명예욕 때문에 무술 시합이 열리는 장소들을 오락가락한다. 연구자들도 자신의 실력을 경쟁자들과 비교하기 위하여 학회를 열심히 찾아다닌다. 진리를 추구하는 마음이 아마도 학문 연구의 가장 중요한 원동력일 테지만, 그 뒤를 이어 곧 동료 연구자의 인정을 받고 싶은 마음이 뒤따른다. 각주도 거기에 한몫을 한다. 각주는 연구자에게 기사의 문장(紋章)과 같다. 그것은 그가 연구자임을 증명하며, 그를 신뢰하게 되며, 무술대회에 참여할 자격을 부여한다. 그것은 그의 무기이기도 하다. 그는 그것으로 자신의 명예를 드높일 뿐만 아니라 경쟁자의 명예를 격하시키기도 한다. 각주는 모든 방면에서 활용할 수 있는 다목적 무기인 셈이다. 혹자는 그것을 경쟁자의 등을 찌르는 비수(匕首)로 사용하며, 혹자는 그것을 경쟁자를 때려눕히는 몽둥이로 사용한다. 혹자는 우아한 결투를 할 때 사용하는 펜싱용 검처럼 사용하기도 한다. 따라서 독자는 각주가 문헌의 본문보다 더 재미있다고 여기는 경우도 많다. 이런 경우, 각주는 마치 투계장의 닭들이 휴식 시간에 잠시 링을 떠나, 길거리로 나와서 서로 치고받으며 싸우는 꼴과 같은 모습을 보여 준다. 그러므로 연구자는 본문에서 착용했던 예의범절이라는 가면을 각주에서 잠시 벗어던지고, 자신의 진짜 얼굴을 드러내도 괜찮다. 이런 점에서 각주는 본문보다 더 진실하며, 이 진실을 경쟁자에게 보여 주어도 되는 곳이다.

이와 비슷한 수많은 전술(戰術)이 각주에 존재한다. 그중 하나는 경쟁자의 문헌을 전혀 인용하지 않는 것이다. 선행문헌이 아무리 적절한 것이라 해도 그것을 간단히 무시해 버리는 것이다. 인용되지 않는 연구자는 학계에 존재하지 않는 사람이다. 왜냐하면 그는 '파급효과인자(波及效果因子)'를 지니지 못했기 때문이다. 이 인자는 가아필드가 설립한 미국과학정보연구소가 특정 저술의 인용 빈도수를 조사, 편찬, 배포하는 과학문헌 인용색인에 기록된다. 인용되지 않은 연구자는 학계의 지도에 기록되지 않는다는 뜻이다. 무시(無視)라는 무기는 다른 연구자에게 치명상을 입힐 수 있다. 그러나 이 무기는 오디세우스의 활(오디세우스는 부인을 괴롭히는 귀족들에게 복수를 하기 위해 그들이 모인 연회장에서 일렬로 늘어선 도끼 자루의 고리들을 향해 화살을 쏘아 통과시켰다)처럼 베테랑 전사들만이 사용할 수 있다. 평범한 연구자가 인용을 하지 않았다면 그는 그 인용이 담긴 중요한 책을 읽지 않아서 모르고 있기 때문이라는 혐의를 받게 된다.

이와 반대로 경량급 연구자들은 그런 책을 인용함으로써 오히려 자신의 천박한 지식수준을 노출시킬 위험이 상존한다. 유명한 연구자는 서부 영화에 등장하는 명사수에 비유될 수 있다. 모든 연구자들이 그 유명한 연구자의 권위에 의존하려고 하기 때문이다. 그런 줄 대기에 성공한 연구자는 하루아침에 유명해질 수 있다. 별다른 재능 없이 기생충처럼 사는 연구자들은 자신의 독창적 업적보다 다른 저술가에 대한 비평으로 명맥을 유지하고자 하기 때문이다. 이 말은 그들이 학계에서 아무런 중요한 기능을 못 한다는 뜻은 아니다. 그들은 아프리카의 하이에나처럼 병든 문헌을 찾아다니며 공격함으로써 숨통을 끊어놓는다. 또는 그들은 다큐멘터리 동물영화에 등장하는 독수리처럼 문헌의 건강을 책임지는 보건 경찰이며, 그 시체를 치우는 청소부이다.

학술 논쟁이 공개될 경우에 각주는 특정 이론의 추종자들이 누구인지를 식별할 수 있게 한다. 그것은 군대에서 부대를 표시하는 마크가 그 착용자를 아군인지 적군인지 식별할 수 있게 하는 것과 같다. 따라서 각주를 통하여 연구자는 자신이 특정 그룹에 봉사하는 사람임을 모든 이들에게 공표할 수 있다. 그는 각주로 특정 그룹의 회원 가입권을 취득하는 셈이다. 한 학파의 회원들은 원칙적으로 서로가 서로를 인용한다. 그리하여 연구자들은 '인용 카르텔'이 존재한다고 우스갯소리를 한다. 이리하여 회원들은 자기들끼리 '파급효과인자' 수치를 올린다. 동일한 이유에서 자연과학 분야의 연구자들은 종종 실험보다 저술에 지나치게 신경을 쓰게 된다. 그야말로 제사보다 젯밥을 주목하는 것과 같다. 그런 연구자는 글로 쓰인 대로 실험을 하는 실험실의 책임자에 지나지 않지만, 출판이 그의 '파급효과인자' 수치를 높여 준다. 물론 모든 문헌은 다른 문헌의 각주가 될 수 있으며, 하나의 문헌은 각주가 될 수 있는 운명을 지니고 있다. 반대로 프로이트(Freud)처럼 말한다면, 문헌이 있었던 곳에 각주는 생성된다. 모든 문헌은 문헌의 쓰레기더미 위에서 자란다. 즉 문헌은 문헌의 밑거름이 된다. 모든 새로운 문헌은 그것의 선행문헌들을 수집하여 자신의 각주란에 가둬 두고 거기에서 적절한 것을 낚아 올린다. 문헌과 각주는 서로 끝없이 오가며 변신을 한다. 문헌의 바다는 유전자 풀(pool, 한 집단의 유전자의 총합)인 셈이며, 이 속에서 각주들은 끝없는 이합집산(離合集散)을 통하여 늘 새로운 문헌을 배출한다.

그럼에도 불구하고 대학의 신입생들은 각주가 들어 있는 학술 문헌을 읽으려면 어느 정도 훈련이 필요하다는 사실을 깨닫게 된다. 예컨대 우리가 문헌의 본문에서 프로이센의 역사를 읽게 된다면, 각주는 그 본문이 어떻게 성립하게 되었는지 그 생성의 역사를 안내한다. 이것은 우리가 우스갯소리를 들으면서 이것에 대한 설명을 함께 듣는 경우와 같다. 또 노엘 카워드(Noel Coward)의 말처럼, 사랑의 행위를 하던 도중에 누군가가 찾아와 우리 집의 초인종을 누른다면, 일단 문으로 가서 확인한 다음, 하던 일을 계속할지의 여부를 결정하는 경우와 같다. 독서 중에 이루어지는 이러한 중단에 우리는 익숙해져야 한다(Schwanitz, pp.519~521).

전술한 정보요구, 비공식 경로를 이용한 정보수집 행태, 인용 문헌 분석 및 각주에 얽힌 논의와 연구는 정보와 그 이용자의 만남을 소중하게 생각한 나머지 그 만남을 효율화 및 최적화하려는 문헌정보학 연구자들의 노력의 일환이다.

만남의 철학

인류의 역사와 더불어 만남의 역사는 시작되었다. 또 만남이 없이 우리는 아무것도 할 수 없을 정도로 만남은 사람의 행동양식이며 생활양식이다. 따라서 만남은 문화이고 철학이다.

도서관 이용자 혹은 문헌정보학을 배우는 학생들을 대상으로 '오늘 우리는 만난다'라는 제목의 특강을 한다고 가정해 보자.

'오늘 우리는 만난다'라는 말은 누구나, 언제, 어디서나 할 수 있는 말입니다. 겉으로는 문헌정보학의 냄새가 전혀 없는 말입니다. 과연 그럴까요? 만남은 평생을 좌우한다고 합니다. 왜 그럴까요? 먼저 만남에 관한 일반적인 이야기를 나누어 봅시다.

호흡은 인체와 산소의 만남이며, 산화는 원소와 산소의 만남입니다. 만지기, 때리기, 꼬집기 등 신체접촉은 만남을 전제로 합니다. 만남은 대상을 전제로 합니다. 사람과 사람의 만남, 사람과 문헌의 만남, 사람과 기계의 만남 등이 그렇습니다. 만남의 대상이 사람이더라도 성별, 신분, 직업, 인종, 혈연, 지연, 학연 등에 따라 만남은 구분되며, 그에 따라 결과가 달라집니다.

만남은 시간과 공간을 전제로 합니다. 언제, 어디서 만나느냐? 이처럼 만남은 시간과 공간에 따라 구분되며, 그에 따라 결과가 달라집니다.

만남은 목적과 방법을 전제로 합니다. 만나서 뭘 하지? 무엇 때문에 만나지? 무슨 일로 만나자고 하는 걸까? 무엇을 어떻게 결정하지? 이처럼 만남은 목적과 방법에 따라 구분되고, 그에 따라 결과가 달라집니다.

만남은 형식과 주제를 전제로 합니다. 어떻게 만날까? 이걸 입을까? 모자를 쓰나 마나? 구두는 뭘 신을까? 화장을 해야겠지? 책이라도 한 권 들고 가나? 이처럼 만남은 형식과 주제에 따라 구분되고 그에 따라 결과도 달라집니다.

이와 같이 만남은 대상, 시간과 공간, 목적과 방법, 형식과 주제를 갖추고 있음을 알 수 있습니다. 만남은 이 외에도 일반성과 특수성, 다양성과 계속성을 내포합니다.

앞에서 '오늘 우리는 만난다'는 말은 문헌정보학의 냄새가 전혀 없는 말입니다. '과연 그럴까요?'라고 나는 반문했습니다. 다음과 같은 단어를 생각해 봅시다.

독서, 주제분석, 정보검색, 참고봉사 등은 우리 분야의 전문용어입니다. 독서는 독자와 문헌의 만남이고, 주제분석은 사서와 문헌 혹은 사서와 참고질문자의 만남입니다. 정보검색과 참고봉사는 사서와 이용자와 도구의 만남이며 그 결과는 사람과 정보의 만남입니다.

'새'와 '조류'를 각각 검색어로 삼아 정보를 검색했을 때, 검색된 정보의 양과 수준이라는 점에서 검색 결과는 차이가 많습니다. 또 潮流, 藻類, 鳥類는 '조류'의 동음이의어입니다.

여러분, '만남은 문헌정보학과 밀접한 관계가 있구나!'라는 생각이 들지 않습니까? 늦지 않았습니다. 이제부터라도 우리는 만남을 심사숙고해야 합니다.

나는 이상과 같은 내용을 '만남의 철학'이라고 이름 지었습니다.

이제, '오늘 우리는 만난다'에서 '오늘 우리는 만났다'로 말을 바꿔야 합니다. 만남은 평생을 좌우한다고 합니다. 오늘 우리는 만났고, 만남에 관한 이야기를 나누었습니다. 여러분, 만남을 많이 가질 수 있도록 분발합시다. 아무쪼록 내가 오늘 전한 '만남의 철학'이 여러분에게 새로운 도전의 씨앗이 되기를 기대합니다.

문헌정보학은 만남과 밀접한 관계를 가지고 있다. 문헌정보학은 생산된 정보를 효과적으로 수집, 처리, 축적하고, 그렇게 정보 시스템에 축적된 정보와 그 이용자의 만남을 최적화하기 위한 이론을 과학적 방법으로 연구, 개발하는 종합과학이다. 그 목적은 신분, 인종, 국가 등을 초월하여 누구나 평등하게 정보를 공유할 수 있다는 '만인평등 정보공유(萬人平等 情報共有) 사상'을 실천하는 것이다. 이처럼 문헌정보학은 '정보와 그 이용자의 만남'을 대전제로 삼아 교육하고 연구해야 하며, 도서관은 '정보와 그 이용자의 만남'을 돕고 실행하는 사회적 장치여야 한다. 정보는 사람을 위하여 사람이 생산하는 사회 발전 요소의 하나이고, 그 이용자는 다름 아닌 사람이며 나라의 근본인 백성이다. 정보 이용자는 다만 상황과 입장이 다른 국민일 뿐이다. 모든 국민은 언제, 어디서나 정보 이용자가 될 수 있다. 사람과 정보의 만남을 돕고 실행하며, 그것을 교육, 연구하는 일은 '만인의 평등한 정보 공유 사상'과 하나도 다름이 없다. 더더욱 분명한 것은, '정보와 그 이용자의 만남'은 근본적으로 만남의 범주에 속한다는 사실이다. 다만 만남의 주체인 사람이 구체화되어 정보 이용자가 되었고, 만남의 대상 즉 객체가 구체화되어 정보가 되었을 뿐이다. 그러므로 만남의 의미와 가치는 전술한 문헌정보학의 정의에 부합한다고 하여 무리가 없을 것이다. 이를 좀 더 구체적으로 기술하면 다음과 같다.

첫째, 만남의 필요성, 형식, 대상, 주제, 결과는 각각 보편성과 특수성 및 다양성을 내포하는 것처럼 정보와 그 이용자의 만남도 이와 같다. 정보 이용자가 정보의 필요성을 인식하면 그는 필요한 정보와 만나기 위하여 그 형식, 대상, 주제를 반드시 결정한다. 그렇게 하여 정보와 그 이용자의 만남이 이루어지면 그 결과, 성과, 효과는 반드시 뒤따른다. 적합한 정보가 그 이용자에게 효과적으로 제공되려면 양자의 만남의 필요성, 형식, 대상, 주제, 결과는 반드시 각각 보편성과 특수성 및 다양성을 나타낸다.

둘째, 만남은 개인과 사회의 변화 및 발전을 위한 생활방식이며 행동양식인 것처럼 정보와 그 이용자의 만남은 깨달음과 새로운 정보를 창출하기 위한 생활방식이며 행동양식이다.

셋째, 만남은 만남의 목적, 형식, 대상, 시간, 공간 등이 절묘하게 조합을 이루는 행동양식이며, 만남의 주체인 사람은 생물학적인 요인과 함께 성장 및 교육 배경, 직업과 직위, 경험과 체험, 사회환경, 성격, 창의성, 인간관계, 가치관, 판단력 등으로 잘 조직된 유기체이다. 이와 같은 유기체 간의 만남은 개인과 사회의 변화 및 발전을 촉진한다. 마찬가지로 정보와 그 이용자의 만남도 동일한 의미를 가진다.

넷째, 만남은 세대와 직업, 시간과 공간을 초월하는 우리들 모두의 주제이고, 관심사이며, 만남이 있는 곳에 언제나 사람들이 존재하므로 만남은 우리들의 영원한 동반자이다. 정보와 그 이용자의 만남도 이처럼 영원한 동반자의 관계이다.

다섯째, 만남은 끊임없이 반복되는 우리들의 행동양식이고, 생활의 활력소이며, 결코 무시할 수 없는 자극과 촉매(觸媒)가 되어, 한순간을 넘어 평생을 좌우하는 영향력이 있다. 마찬가지로 정보와 그 이용자의 만남은 학습과 연구 활동의 활력소이며 자극과 촉매가 되어 정보 이용자의 평생을 좌우한다. 정보와의 만남이 없이 현대인은 아무것도 이룰 수 없다.

여섯째, 만남은 목적을 수반하기 때문에 준비성, 미래지향성, 계속성, 포용성, 창의성, 호혜성을 내포하며, 때론 학문 분야 간의 융합을 촉진하고 증대시키는 힘이 있다. 정보와 그 이용자의 만남도 이와 똑같은 의미를 지닌다. 그 결과, 양자의 만남은 경우에 따라 학문 분야 간의 융합을 촉진하고 증대시키는 원천이 된다.

일곱째, 만남은 상호보완성, 접근성, 유용성, 조직능력을 내포한다. 만남의 상호보완성이란, 사람은 다른 사람과의 만남을 통하여 아이디어와 자극 및 평가된 정보를 상호 교환하는 것을 말한다. 만남의 접근성이란, 만남의 대상의 접근성이 높을수록 만남의 효과는 증대됨을 말한다. 만남의 유용성이란, 만남의 대상의 유용성이 높을수록 만남의 효과는 증대됨을 말한다. 만남의 조직능력이란, 만남이 거듭될수록 조직화의 가능성은 증대됨을 말한다. '보이지 않는 대학', 학회, 다양한 정보매체 등의 출현은 이를 반증한다. 정보와 그 이용자의 만남도 이와 같다. 즉 양자의 만남을 통하여 얻은 정보는 정보 이용자가 보유한 기존의 정보아 신진데시를 함으로써 상호 보완하고 때론 새로운 성보가 창출된다. 양자의 접근성 및 유용성은 만남의 효과를 좌우한다. 양자의 만남이 거듭될수록 환류(feedback)가 잘 이루어지고, 그 결과 양자의 조직 능력은 증대된다.

만남의 주체는 어느 경우에도 사람이며, 정보 이용자 역시 만남의 주체이다. 정보와 그 이용자의 만남은 만남의 대상이 정보로 한정된 만남의 구체적인 사례일 뿐이며, 이때 정보 이용자는 정보의 특징을 염두에 두지 않을 수 없다. 더구나 정보의 특징은 양자의 만남을 촉진하는 촉매의 역할을 한다는 사실은 특이하다.

결론적으로 정보와 그 이용자의 만남은 '만남의 철학'이 기반이 되어 이루어진다. '만남의 철학'은 문헌정보학의 철학적 기반이며, 문헌정보학은 '만남의 철학'을 실천하는 종합과학이다.

5. 민본박애정신

　새삼스럽게 민본박애정신을 설명할 의도는 없으며 그것이 이 장의 목적도 아니다. 다만 민본박애정신은 문헌정보학의 철학적 기반임을 논의하려면 이에 관한 간단한 설명이 필요할 것이다.

　국리민복(國利民福), 주권재민(主權在民)은 민본박애정신의 또 다른 표현일 뿐이며, 민본박애정신이 없이 국리민복, 주권재민을 이룰 수 없다. 그러므로 이에 반하는 조직은 시간이 문제일 뿐 반드시 붕괴된다. 국민의 요구를 무시하고, 그 지지를 받지 못하는 조직은 유명무실한 유령단체이며, 사회 발전의 해악(害惡)일 뿐이다.

　학교가 설립되고, 졸업생이 배출되면 명칭의 나름이 있을 뿐 어김없이 동창회가 조직된다. 동창회는 졸업생들의 단결과 친목을 도모하기 위하여 자생적으로 출현하며, 그 궁극적인 목표는 모교의 무궁한 영광과 발전에 기여하는 것이다. 동창회는 모교의 무궁한 영광과 발전을 위한 압력단체라는 점에 주목할 필요가 있다. 졸업생들은 동창회라는 조직을 통하여 자칫 홀대받기 쉬운 졸업생이라는 이름의 국민의 뜻과 요구와 비판을 모교에 제시하기 때문에 압력단체라는 것이다.

우리나라의 대학동창회 중의 하나는 "참여하는 동창회, 봉사하는 동창회, 긍지를 갖는 동창회, 모교를 돕는 동창회"를 지표로 삼는다. 이 지표는, 우리 졸업생들은 동창회를 앞세워 이렇게 활동할 것이라는 굳센 의지의 표명이며, 목표설정이며, 모교와 사회를 향한 미래지향적인 압력이며 선의의 협박이다. 이 지표에 반하는 모교와 사회는 어떻게 될까?

입장과 상황에 따라 소비자, 노동자, 농민, 재학생, 졸업생, 정보 이용자 등 여러 가지 이름으로 포장된 국민의 뜻과 요구를 존중하지 않는다거나 이에 반하는 일이 반복되면 될수록 국리민복, 주권재민, 민본사상은 그림의 떡에 지나지 않는다.

국리민복, 주권재민, 민본사상이 하루아침에 이루어진 것이 아닌 것처럼 만인평등의 정보공유(equal information sharing for all) 사상 역시 마찬가지이다. 사회 발전 과정에서 도서관이 출현하고 발달하는 가운데 여러 가지 문제와 현상이 발생하고, 그 문제와 현상에 다수의 구성원들이 공감을 표시하고, 그 문제를 해결하기 위하여 각 시대의 여러 사람들이 도서관 현상을 관찰, 기억, 비교, 분석 및 해석하는 가운데 만인평등의 정보공유사상으로 정립된 것이다.

세계 최초의 도서목록 『피나케스(Pinakes)』를 편찬한 칼리마쿠스(Callimachus, 305?~240? B.C), "책은 우리의 마음을 기쁘게 하고 우리에게 말을 걸고 충고하며 활력과 활기에 찬 관계를 우리와 더불어 맺는다"라고 말한 르네상스 시대의 인문주의의 창시자 페트라르카(Petrarch, 1304~1374), "사서는 학문을 한 사람으로 용모가 단정하고 좋은 성격의 소유지이며 문어와 구어에 능통해야 한다. 또 분류와 편목을 하고 책을 보호할 줄 알며, 이용자가 필요한 책을 손쉽게 접할 수 있도록 도우며, 대출도서에 대한 상세한 기록을 유지해야 한다"라고 그 자질을 주장한 위대한 애서가 몬테펠트로 (Federigo da Montefeltro, 1444~1482), 『세계서지(Bibliotheca Universalis)』를 편찬한 게스너(Conrad von Gesner, 1516~1565), 프랑스 최초의 문헌정보학자로 평가되는 노데(Gabriel Naude, 1600~1653), 노데의 업적과 사상을 계승, 발전시킨 듀리(John Dury, 1596~1680), 독일의 천재적인 학자이며 노데와 듀리의 사상을 실천한 라이프니츠 (Gottfried Wilhelm von Leibnitz, 1646~1716), 도서관 실무와 교육 및 문헌정보학 연구를 병행한 에버트(Friedrich Adolf Ebert, 1791~1834), 저서 『문헌정보학교본시안 (Versuch eines Lehrbuches der Bibliothekswissenschaft)』에서 처음으로 Bibliothekswissenschaft 라는 용어를 사용한 슈레팅거(Martin Schrettinger), 사전체목록을 고안, 편찬했으며, <사전체목록규칙(Rules for a dictionary catalog)>을 제정하고, <전개분류법(Expansive Classification)>과 <저자기호표(author table)>를 창안한 커터(Charles Ammi Cutter, 1837~1903), 사서교육과정을 최초로 제시했고 문헌정보학을 대학의 독립된 연구 분야로 인식한 룰만(Friedrich Rulllman, 1846~1909), 근대 도서관과 문헌정보학의 대부 듀이(Melvil Dewey, 1851~1931), 인도 도서관 운동의 선구자이며 『문헌정보학의 다섯 가지 법칙(Five laws of library science)』 등을 저술한 랑가나단(Shiyali Ramamrita Ranganathan, 1892~1972), 『문헌정보학입문(An introduction to library science)』을 저술한 버틀러(Pierce Butler), 세계적인 문헌정보학자 셰라(Jesse H. Shera, 1903~1982) 등으로 이어지는 인맥은(김용성, 2005) 민본박애성신을 바탕으로 만인평등의 정보공유사상을 실천하고, 정보와 그 이용자의 만남을 최적화하기 위하여 진력한 위인들이다. 도서관 이용자, 문헌 이용자, 정보 이용자를 존중해야 한다는 문헌정보학 연구자들의 한결같은 인식과 실천적 노력은 민본박애정신에 뿌리를 둔 것이다. 민본박애정신은 문헌정보학의 철학적 기반이 된다.

참고문헌

강수진 등 저. 『만남』 서울: 월간에세이, 2008.

강운구 등 저. 『특집! 한창기』 서울: 창비, 2008.

『국립중앙도서관 2010』 서울: 국립중앙도서관, 2005.

김광억 등 저. 『문화의 다학문적 접근』 서울: 서울대학교 출판부, 1998.

김영식. 『역사 속의 과학』 서울: 창작과 비평사, 1982.

_____. 『과학사 개론』 서울: 다산출판사, 1983.

김용성. 「문화에 대한 문헌정보학적」 접근, 국회도서관보 37(3), 2000.

_____. 『사상이 있는 도서관문화』, 인문과학연구논총 24(명지대학교), 2002.

_____. 『정보관리의 철학적 기반』 서울: 명지대학교출판부, 2005.

김익록. 『나는 미처 몰랐네 그대가 나였다는 것을』 서울: 시골생활, 2009.

김정근, 이수상. 「도서관사회학 연구시론: 문헌정보학의 학문성에 대한 인식론
적 전환을 위하여」, 한국문헌정보학회지 30(4), 1996.

김종서, 이영덕, 정원식. 『최신교육학개론』 서울: 교육과학사, 1993.

김태승. 「학문의 신실증주의적 신드롬을 경계함」, 도서관문화 34(5), 1993.

도정일, 최재천. 『대담: 인문학과 자연과학이 만나다』 서울: 휴머니스트, 2005.

문용린. 「행복에 관한 연구」, 한국교육신문 2007년 3월 5일.

박성래. 『과학사 서설』 서울: 외국어대학 출판부, 1979.

박원식. 『천년산행』 서울: 크리에디트, 2007.

박이문. 「인문학의 위기」, 대한교육신문 2001년 3월 7일.

박이문. 「한 이상주의자의 대학관」, 교수신문, 1997년 4월 14일.

송호근. 『지식사회학』 서울: 나남, 1990.

오진곤. 『과학사 개론』 서울: 우성문화사, 1985.

오진곤. 『서양과학사』 서울: 전파과학사, 1985.

원동연. 『5차원 전면 학습법』 서울: 김영사, 2000.

이광호. 「공자의 학문은 인문학의 전형이다」, 민족문화추진회보 83, 2006.

이돈희, 등 저. 『교육이 변해야 미래가 보인다』 서울: 현대문학사, 1998.

장상호. 『학문과 교육(상)』 서울: 서울대학교 출판부, 1997.

전국대학인문학연구소협의회. 제5회 인문학 학술대회 2001년 10월 19~20일.

전상운. 『과학의 역사』 서울: 산학사, 1983.

전용복. 『한국인 전용복』 서울: 시공사, 2010.

전태국. 『지식사회학』 서울: 사회문화연구소, 1994.

정범모. 『교육과 교육학』 서울: 배영사, 1971.

정수일. 『고대문명교류사』 서울: 사계절, 2001.

정진숙. 『출판인 정진숙』 서울: 을유문화사, 2007.

정철웅. 「인문학 발전을 꿈꾸며」, 명대신문 2001년 3월 26일.

조광. 「인문학의 가치」, 고대교우회보 2006년 10월 2일.

조성식. 『영어와 더불어』 서울: 해누리, 2007.

차인석. 『사회인식론: 인식과 실천』 서울: 민음사, 1995.

최성진. 『도서관학통론(증보판)』 서울: 아세아문화사, 1988.

_____. 『정보학원론』 서울: 아세아문화사, 1976.

최성진, 조인숙. 『정보봉사론(개정판)』 서울: 아세아문화사, 1994.

최승범. 『소리: 말할 수 없는 마음을 듣다』 서울: 이가서, 2007.

한국철학사상연구회. 『철학대사전』 서울: 동녘, 1989.

홍사중. 『근대 시민 사회 사상사』 서울: 한길사, 1981.

Bloor, David. 『지식과 사회의 상』 김경만 옮김. 서울: 한길사, 2000.

Boorstin, Daniel J. The Discoverers, 3 vols. New York: Random House, 1983.

Egan, Margaret E. "The library and social structure", Library Quarterly 25, 1955.

Evans, G. E. Developing library and information center collections. 2d ed. Littleton, Colo.: Libraries Unlimited, 1987.

Guaydier, Pierre. 『물리하사』 노봉회 역. 서울: 전파과학사, 1988.

Hessel, Alfred. 『서양도서관사』 이춘희 역. 서울: 한국도서관협회, 1983.

Machlup, F. The production and distribution of knowledge in the United States. Princeton University Press, 1962.

MacLeod, Roy and others. 『에코의 서재: 알렉산드리아도서관』 이종인 역. 서울: 시공사, 2004.

Margulis, Lynn; Saygan, Dorion. 『섹스란 무엇인가?』 홍욱희 역. 서울: 지호, 1999.

Milton, John. 『아레오파지티카』 임상원 역. 서울: 나남, 1964.

Paisley, W. J. "Information needs and users", In: Annual Review of Information Science and Technology, vol. 3, 1968.

Price, Derek J. de Solla. Science since Babylon. New York: Columbia University Press, 1961.

Schwanitz, Dietrich. 『교양: 사람이 알아야 할 모든 것』안성기 옮김. 서울: 들녘, 1999.

Shera, Jesse H. Foundations of the public library: the origins of the public library movement in New England 1629~1955. Chicago: University of Chicago Press, 1949.

_____. The foundations of education for librarianship. New York: John Wiley, 1972.

_____. Introduction to library science: basic elements of library service. Littleton, Colo.: Libraries Unlimited, 1976.

Stark, Werner. 『지식사회학: 정신생활의 보다 깊은 이해를 위하여』이면석 역. 서울: 범한서적(주), 1976.

Williams, Raymond. 『기나긴 혁명』서울: 문학동네, 2007.

Ziemilski, A. "The social forms of the transfer of knowledge", In: Domination or sharing? by Bruno Ribes and others. Paris: Unesco Press, 1981.

김용성

1942년 서울 신당동에서 출생, 6·25동란으로 아버지와 둘째 형을 잃고, 편모슬하에서 7남매가
치열하게 살았다. 그냥 책이 좋아 사서가 되고, 대학도서관 사서장이 되어 11년간 도서관 현장
에서 살았으며, 27년간 문헌정보학 교육과 연구에 몸담은 끝에 정년퇴임하여 명지대학교 문헌
정보학과의 명예교수가 되었다.

만남의
철학 이야기

초 판 인 쇄 | 2011년 2월 11일
초 판 발 행 | 2011년 2월 11일

지 은 이 | 김용성
펴 낸 이 | 채종준
펴 낸 곳 | 한국학술정보㈜
주   소 | 경기도 파주시 교하읍 문발리 파주출판문화정보산업단지 513-5
전   화 | 031) 908-3181(대표)
팩   스 | 031) 908-3189
홈 페 이 지 | http://ebook.kstudy.com
E - m a i l | 출판사업부 publish@kstudy.com
등   록 | 제일산-115호(2000. 6. 19)

ISBN   978-89-268-1872-5 93810 (Paper Book)
          978-89-268-1873-2 98810 (e-Book)

내일을여는지식 은 시대와 시대의 지식을 이어 갑니다.

이 책의 저작권 사용료 전액을 대한적십자사에 기부합니다.